安徽師範大學中國詩學研究中心學術專刊
安徽師範大學文學院高峰學科建設經費資助項目

李商隱詩歌集解（二）

劉學鍇文集

第一卷

安徽師範大學出版社
ANHUI NORMAL UNIVERSITY PRESS
·蕪湖·

喜舍弟羲叟及第上禮部魏公①

國以斯文重②，公仍內署來〔一〕③。風標森太華④，星象逼中台⑤。朝滿遷鶯侶⑥，門多吐鳳才⑦。寧同魯司寇⑧，唯鑄一顏回〔二〕⑨！

校記

〔一〕『署』原一作『相』，朱本、季抄同。

〔二〕『唯』，紀事作『只』。

集注

①【朱注】《舊唐書》：『大中元年二月，禮部侍郎魏扶奏：臣所放進士三十三人，其封彥卿等三人以父兄見居重位，不令中選，詔翰林學士韋琮重考覆。』《唐詩紀事》：『大中初，扶知禮闈，入貢院題詩云：「梧桐葉落滿庭陰，鎖閉朱門試院深。曾是當年辛苦地，不將今日負前心。」榜出，無名子削為五言詩以譏之。』李羲叟，義山弟

也。是歲登第，義山因上魏公詩云云。【馮注】本傳：『弟羲叟進士擢第，累為賓佐。』按：《甲集序》曰：『仲弟聖僕特善古文，居會昌中進士為第一二。』此追言於舉人中傑出也。又《獻鉅鹿公啟》云五言四首，今止一首，何耶？【按】據《册府元龜》卷六四一、《唐會要》卷七六，大中元年進士放榜在正月二十五日。《舊書·紀》作『三月』，誤。《唐詩紀事》：『扶登太和四年進士第。』『五言四首』或為『五言四韻』之誤，即所上此詩也。

②【補】《論語·子罕》：『天之將喪斯文也，後死者不得與於斯文也。』斯，此；文，指禮樂制度。魏扶為禮部侍郎，故頌稱『國以斯文重』。

③【馮注】《漢書·孔光傳》：『光為帝太傅，行内署門户。』班固《兩都賦序》：『内設金馬、石渠之署。』《新書·志》：『開元時，改翰林供奉為學士，別置院，號為内相，又以為天子私人。』扶蓋兼翰林之職。【補】仍，更。

④【朱注】《山海經》：『太華之山，削成而四方，高五千仞。』【補】風標，猶風度、品格。森，森嚴。

⑤【朱注】《漢書》：『上台司命為太尉，中台司中為司徒，下台司禄為司空。』【馮注】《漢書·東方朔傳》：『願陳《泰階六符》以觀天變。』注曰：『泰階，三台也，每台二星。』《後漢·郎顗傳》：『三公上應台階。』【補】《晉書·天文志》：『三台六星，兩兩而居。起文昌列抵太微。一曰天柱，三公之位也。在人曰三公，在天曰三台。……西近文昌二星曰上台，……次二星曰中台，……東二星曰下台。』周代六卿中有地官大司徒，執掌邦教。魏扶為禮部侍郎，故云『逼中台』。

⑥【朱注】《劉賓客嘉話録》：『今謂登第為遷鶯，蓋本《毛詩》「伐木丁丁，鳥鳴嚶嚶，出自幽谷，遷於喬木」。然並無鶯字。頃試《早鶯求友》及《鶯出谷》詩，別無證據，豈非誤歟？』愚按唐人陽楨詩『軒樹已遷鶯』，蘇味道詩『遷鶯遠聽聞』，後來遂承襲用之。【馮注】葉大慶《考古質疑》：『《詩》「嚶嚶」，雖非指鶯，然漢張衡《歸田賦》：「王雎鼓翼，倉庚哀鳴；交頸頡頏，關關嚶嚶。」又《東都賦》：「雎鳩鸝黄，關關嚶嚶。」倉庚、鸝黄，皆鶯也，皆以「嚶嚶」言之，唐人未必不本於此。』按：《詩》傳、箋、疏並不指鶯。《本草·釋名》曰：

「《禽經》云鷺鳴嚶嚶，故云。」或云：鷺項有文，故從賏，賏，項飾也。或作『鶯』，鳥羽有文也。竊以為相承之由當以此。【按】句意謂在朝者多扶之同年。

⑦【朱注】《西京雜記》：『揚雄著《太玄經》，夢吐白鳳凰，集於《玄》上，頃而滅。』

⑧【程注】《史記·孔子世家》：『定公十四年，孔子由大司寇行攝相事。』

⑨【朱注】《揚子》：『或曰：「人可鑄歟？」曰：「孔子鑄顏回矣。」』【補】商隱《上座主李相公狀》亦云：『孔子鑄顏，未是陶鈞之力。』

箋評

【何曰】絶好應酬詩。（《輯評》）

【姚曰】上半首，頌主司門牆之峻；下半首，美其得士之盛。

【屈曰】以大聖人為比且不可，況過聖人乎？唐士無識如此。

【紀曰】前六句太俗，後二句公然不通。（《詩説》）末二句陋甚，不應無忌至此。即以詩論，亦拙極。（《輯評》）

【張曰】孔子典故，古人常用。如少陵『孔丘盜跖』等語，當時不以為忌諱，宋以後始懸為厲禁耳。前六句典切，絶非膚陋一流也。（《辨正》）

【按】末聯謂魏扶主持文柄，為朝廷選拔人材，與孔子僅能從事教育，鑄一顏回相比，遠勝之矣。此應酬之作，末聯亦尋常頌贊語。

文集有《獻侍郎鉅鹿公啟》，云：『今月某日舍弟新及第進士羲叟處，伏見侍郎所制《春闈於榜後寄呈在朝同年兼簡新及第諸先輩》五言四韻詩一首。……輒罄鄙詞，上攀清唱……，其詩五言四首（韻）謹封如右。』則此詩係和魏之作。

海客

海客乘槎上紫氛①，星娥罷織一相聞②。只應不憚牽牛妒〔一〕③，聊用支機石贈君④。

〔一〕『應』，悟抄作『因』，義同。

①【朱注】劉楨詩：『（鳳凰集南岳，）奮翅淩紫氛。』　【程注】李白詩：『謔浪棹海客，喧呼傲陽侯。』

【馮注】《說文》：『氛，祥氣也。』　【補】紫氛，猶紫霄，指天空。槎，木筏。海客乘槎事見下注。

②【補】星娥，指織女星。相聞，猶相見。聞、見義可通。張若虛《春江花月夜》：『此時相望不相聞。』或解

為相知，亦通。

③【補】只應，只因。

④【馮注】《荆楚歲時記》：『漢武帝令張騫使大夏，尋河源，乘槎經月而至一處，見城郭如州府，室内有一女織，又見一丈夫牽牛飲河。騫問曰：「此是何處？」答曰：「可問嚴君平。」織女取搘機石與騫俱還。後至蜀問君平，君平曰：「某年某月客星犯牛、女。」搘機石為東方朔所識。』按：《博物志》止言『天河與海通，近人居海渚者，年年八月見浮槎，去來不失期。人有奇志，立飛閣於查上，多齎糧而去，芒芒忽忽，不覺晝夜，奄至一處云云。』不言張騫。本出傅會，不足辨也。此則兼用之。

【朱彝尊曰】（三四句）亦有所指。

【何曰】此一以（疑作『似』）贈畏之輩，猶存故意，不承執政指，若反眼不相識者。然去漠然無情止一間耳。

（《輯評》）

【姚曰】海客乘槎，至誠相感，星娥那有不答之理。豈赴鄭亞聘時作耶？

【屈曰】一比登第也。二不以事辭也。不憚其夫而以石贈，不止罷織相聞也。人生世上，勢位富厚，蓋可忽乎哉！

【程曰】此當為相從鄭亞而作。亞廉察桂州，地近南海，故託之以海客。言亞如海客乘槎，我如織女相見。亞非楊、李之黨，令狐未免惡之。然昔從茂元，已為所惡，亦不自今日矣。只應不憚其惡，是以又復從亞耳。自反無愧，横逆何計哉！

【馮曰】海客比鄭，星娥自比，支機石喻己之文采，牽牛比令狐也，孰知其遥妒之深哉！○三句謂不憚他人之妒也。時令狐綯在吴興，未幾亞貶而綯登用，遂重疊陳情而不省矣。

【紀曰】此怨令狐之作也。比附顯然，苦乏神韻。（《詩説》）

【張曰】午橋謂從鄭亞作，以桂管近海也。馮氏從之。余細玩詩意，當是徐幕作。若大中元年子直方遠刺湖州，尚未内召，『星娥罷織』，亦尋常事，何妬之可言。今定為徐幕，則情事恰合矣。徐亦近海，固不獨桂管也。此必初聞子直入相時作。（《會箋》）

【按】此詩比附痕跡明顯。星槎典固常用於稱頌官位遷昇，亦用於比喻奉命出使，如杜甫『奉使虚隨八月槎』（《秋興八首》）。起句即以張騫出使喻鄭亞之廉察桂管。桂州近海，故曰『海客』。《自桂林奉使江陵途中感懷寄獻尚書》云：『水勢初知海』，文集亦言『桂海』，皆可證。『星娥罷織』，謂己罷祕省之職而就亞之辟也。三四謂己惟其不憚舊好之妒，故以文采為亞効力，以酬知遇之意。《奉使江陵》詩亦言『前席驚虚辱』矣。『牽牛』自可理解為令狐綯，但不必專指一人，解為牛黨亦可。義山始受知于令狐楚，楚卒後入王茂元幕，娶其女，即遭令狐綯疑忌，以為『忘家恩』。此次又隨李德裕之主要助手鄭亞赴桂幕，則自包括令狐綯在内之牛黨視之，義山自為不貞之『星娥』矣。張氏謂徐府作，恐非。盧弘止雖亦會昌舊臣，德裕所倚重者。然與德裕之關係遠不若鄭亞親密。大中初貶謫李黨，弘止即未受牽累，可見牛黨亦不以盧為李黨主要成員；而鄭亞則首當其衝，既出桂州，後又貶循州。《新·傳》云：『亞亦德裕所善，綯以為忘家恩，放利偷合，謝不通。』則義山從亞之為牛黨所深疾亦明矣。

謝往桂林至彤庭竊詠①

辰象森羅正②，鈎陳翊衛寬〔一〕③。魚龍排百戲④，劍珮儼千官⑤。城禁將開晚⑥，宫深欲曙難。月輪移枍詣〔二〕⑦，仙路下闌干〔三〕⑧。共賀高禖應⑨，將陳壽酒歡⑩。金星壓芒角⑪，銀漢轉波瀾〔四〕⑫。王母來空闊⑬，羲和上屈盤⑭。鳳凰傳詔旨⑮，獬豸冠朝端⑯。造化中台座，威風大將壇〔五〕⑰。甘泉猶望幸，早晚冠呼韓⑱。

校記

〔一〕『鈎』，朱本、季抄作『勾』，字通。

〔二〕『枍詣』，姜本、戊籤作『几席』，悟抄作『睥睨』。

〔三〕『闌』，蔣本、朱本作『欄』。馮引一本『闌干』作『欄杆』。均同。

〔四〕『轉』，馮引一本作『展』。

〔五〕『大』，朱本、季抄作『上』。

①【馮注】原編集外詩。《舊書·志》：『嶺南西道桂管經略觀察使治桂州，管桂、昭、蒙、富、梧、潯、龔、鬱林、平、琴、賓、澄、繡、象、柳、融等州。』《舊書·鄭畋傳》：『父亞，字子佐，大中初為桂管都防禦經略使。』《新書·選舉志》：『凡官已受成，皆廷謝。』此從鄭亞赴桂朝謝也。【朱注】《西都賦》：『玉堦彤庭。』注：『帝居也。』【按】漢皇宫以朱色漆中庭，稱彤庭。後泛指皇宫。此指朝廷。

②【程注】張正見《山賦》：『森羅辰象，吐吸雲霧。』【補】辰象，星象。森羅，森然羅列。

③【程注】《星經》：『羽林軍星四十五星，壘辟十二星，并在室南，主翊衛天子之軍。』【按】鈎陳已見《陳後宫》（玄武開新苑）詩注。

④【朱注】漢武帝為魚龍曼延之戲。【馮注】《漢書·武帝紀》：『元封三年，作角抵戲。』《西域傳》：『作《巴俞》都盧、海中《碭極》、漫衍魚龍、角抵之戲以觀視之。』師古曰：『魚龍者，為舍利之獸，先戲於庭極，畢，乃入殿前激水，化成比目魚，跳躍漱水，作霧障日，畢，化成黃龍八丈，出水散戲於庭，炫耀日光。』《西京賦》云：『海鱗變而成龍』，即為此色也。百戲，詳《西京賦》。『漫衍』，亦作『曼延』。『抵』亦作『觝』，亦作『氐』。【程注】《後漢書·安帝紀》：『罷魚龍曼延百戲。』劉孝綽詩：『九成變絲竹，百戲起龍魚。』【補】百戲，古代樂舞雜技表演之總稱。漢代稱角抵戲。包括各種雜技幻術（如扛鼎、尋橦、吞刀、吐火等），裝扮人物之樂舞，裝扮動物之魚龍曼延等。唐代百戲甚為流行。如《新唐書·敬宗紀》：『寶曆二年九月甲戌，觀百戲于宣和殿，三日而罷。』

⑤【程注】《文中子》：『衣裳襜如，劍珮鏘如，皆所以防其躁也。』賈至《早朝》詩：『劍珮身隨玉墀步，衣冠

身惹御爐香。』王維詩：『芙蓉闕下會千官。』【馮注】古者諸臣皆有劍珮，上殿則解劍。故功高者，特賜帶劍履上殿，如蕭何是也。

⑥【程注】《南史》：『孝武欲重城禁，故復置衛尉卿。』

⑦【朱注】枍，烏詣切。《關中記》：『建章宫中有馺娑、駘盪、枍詣、承光四殿。』《三輔黄圖》：『枍詣，木名，宫中美木茂盛也。』【程注】《廣韻》：『漢有枍詣宫。』《西都賦》：『洞枍詣以與天梁。』杜甫詩：『翩然紫塞翮，下拂明月輪。』

⑧【馮注】古樂府《善哉行》：『月没參横，北斗闌干。』此只言欄檻。【程注】張説詩：『仙路迎三島，雲衢駐兩龍。』

⑨【朱注】《月令》：『仲春玄鳥至日，天子以太牢祠于高禖。』注：『求子之祭。』【馮注】《漢書・武五子傳》：『上年二十九，乃得太子，甚喜，為立禖，使東方朔、枚臯作禖祝。』《詩・生民》之篇，傳曰：『去無子，求有子，古者必立郊禖焉。』【補】高禖，古代帝王為求子所祀之禖神。《禮記・月令》鄭玄注：『高辛氏之世，玄鳥遺卵，娀簡吞之而生契，後王以為媒官嘉祥而立其祠焉。變媒言禖者，神之也。』王引之《經義述聞》以為『高』是『郊』之借字。按：求子所祭神祠在郊外，故稱『郊禖』。

⑩【馮注】稱觥上壽，本《詩・豳風》。《漢書・兒寬傳》：『臣寬奉觴再拜上千萬歲壽。』桂管之命在二月，時或生皇子，或宣宗母鄭太后壽日在是月，故以姜嫄比之，皆無可徵。【程注】王維詩：『斗回迎壽酒。』

⑪【朱注】《天官占》：『太白者，西方金之精，白帝之子，徑一百里，角摇則兵起。』《史記注》：『角，芒角也。』【馮注】《爾雅》：『明星謂之啟明。』《史記・天官書》：『太白曰西方，秋，司兵，小以角動，兵起。』【補】芒角，指星之光芒。

⑫【馮注】《詩》：『倬彼雲漢。』《爾雅》：『析木謂之津，箕斗之間漢津也。』此謂啟明之光已隱，銀漢之形漸退，則將曉矣。但語似秋令。

⑬【朱注】王母降漢宮，詳《漢宮詞》。

⑭【馮注】《山海經》：『東南海外、甘水之間，有羲和之國，有女子名曰羲和，方日浴於甘淵。羲和者，帝俊之妻，生十日。』注曰：『羲和，蓋天地始生，主日月者也。堯因此而立羲和之官。』《廣雅》：『日御曰羲和。』上句似指太后，此句謂天子升殿。或謂亦指太后，非也。以上用意，皆未可曉。【補】屈盤，枝幹屈繞。

⑮【朱注】用木鳳銜書事。【姚注】《鄴中記》：『石虎詔書，以五色紙銜木鳳凰口中，飛下端門。』

⑯【程注】《後漢書·輿服志》：『法冠，執法者服之，或謂之獬廌冠。獬廌，神羊，能辨曲直，楚王嘗獲之，故以為冠。』《述異記》：『獬廌，一角之羊也，性知人有罪。皋陶治獄，其罪疑者，令羊觸之。』《宋書·王弘傳》：『忝承人乏，位副朝端。』【朱注】《唐書》：『法冠者，御史大夫、中丞、御史之服也。一名獬廌冠。』廌，俗作豸。【馮注】《新書·儀衛志》：『朝日，御史大夫領屬官至殿西廡，監察御史二人立東西朝堂甎道，以涖百官。內門開，監察御史領百官入宣政門。』

⑰【馮注】《後漢書·馮衍傳》：『威風遠暢。』《晉書·阮孚傳》：『今王莅鎮，威風赫然。』《魏志·杜畿傳注》：『古之刺史奉宣六條，以清静為名，威風著稱。』二聯寫朝儀。【程注】王維詩：『久踐中台座，終登上將壇。』

⑱【朱注】《漢書·宣帝紀》：『行幸甘泉，郊泰畤。匈奴呼韓邪單于稽侯狦來朝，贊謁稱藩臣而不名。』《匈奴傳》：『單于朝天子於甘泉宮，漢寵以殊禮，（賜以冠帶衣裳），位在諸侯王上。』【程注】《漢書·食貨志》：『公卿白議封禪事，而郡國皆豫治道，修繕故宮及馳道。縣縣治宮儲、設共具而望幸。』【馮注】此以柔遠為頌。『冠』字複。

【何曰】『城禁將開晚』句，詩眼。（《義門讀書記》） 又曰：詩當宣宗初政之時，不知其謂。（《輯評》）

【姚曰】『辰象』四句，言大勢。『城禁』四句，言曉景。『共賀』四句，太平景色。『王母』四句，早朝儀注。『造化』四句，以服遠為祝也。

【屈曰】一段彤庭森嚴，宫禁深閉。二段夜晏。三段官府之衆。結望致太平也。通篇只詠彤庭，並不及謝往桂林一字，題必有錯誤。

【程曰】《謝往桂林至彤庭竊詠》者，乃大中元年義山應鄭亞桂管之辟，謝恩於朝堂也。自起至『羲和上屈盤』十四句皆寫朝中氣象。『鳳凰傳詔旨』四句謂上以鄭亞為桂州刺史、御史中丞、桂管防禦觀察等使也。結末『甘泉猶望幸，早晚冠呼韓』二句，謂會昌中党項侵盜不已，宰相請使宣慰，武宗決意討之，不克而崩。宣宗即位，故以漢宣帝之待呼韓邪，比之期党項之來歸也。

【馮曰】此必鄭亞赴桂時，但用字有不類，義山何若此歟？原編集外，固可疑耳。

【紀曰】宏敞稱題，結寓傷時之意，亦不露骨。（《輯評》） 廉衣以為：『魚龍』句欠莊，『王母』句無謂，『羲和』句欠渾成也。（《詩説》）

【張曰】『魚龍』句必當時實事，故義山藉以寫景，何以見其欠莊？豈以妄作粉飾語為莊耶？『王母』『羲和』，用典未詳，不宜强解也。『無謂』『未渾』評語，均不甚切。（《辨正》） 又曰：此將隨鄭亞赴桂管時作，時或值宣宗母鄭太后壽日，或時生皇子，故有『高禖』『壽酒』『王母』『羲和』諸句。朝賀大典，丹禁森嚴，外臣不得預，所以謂之竊詠也。馮氏乃疑其用字不類，何歟？（《會箋》）

【按】此赴桂林前隨鄭亞入朝辭謝，見彤庭早朝景象而賦。視『魚龍排百戲』及『共賀高禖應，將陳壽酒歡』等句，宫中當有慶典，而非常朝。據《新唐書·后妃傳》：『憲宗孝明皇后鄭氏。……元和初，李錡反，有相者言后當生天子。錡聞，納為侍人。錡誅，没入掖庭，侍懿安后。憲宗幸之，生宣宗。宣宗為光王，后為王太妃。及即位，尊為皇太后。太后不肯别處，故帝奉養大明宫，朝夕躬省候焉。』合之詩中『高禖應』『壽酒歡』之語，似是鄭太后壽日。如宣宗生皇子，似不必有『壽酒歡』之事。屈以詩中不及謝往桂林而疑題必有誤，程以『鳳凰』四句為帝授亞官職，均非。鄭亞桂管前已任命，此特行前廷謝耳。

離席①

出宿金尊掩，從公玉帳新②。依依向餘照③，遠遠隔芳塵④。細草翻驚雁，殘花伴醉人。楊朱不用勸，只是更沾巾⑤。

集注

①【馮注】義山所歷諸幕，惟桂管春時從鄭亞出都。

②【姚注】《抱朴子》：『兵在太乙玉帳之中，不可攻也。』《唐藝文志》：『兵家有《玉帳經》一卷。』【馮注】詩：『從公于邁。』【按】玉帳，軍帳，詳見《重有感》注。此謂軍幕。

③【補】離京赴桂，取道東行，回望長安，故『依依向餘照』。

④【朱注】《拾遺記》：『石虎太極殿，樓高四十丈，春雜寶異香為屑，使數百人於樓上吹散之，名曰芳塵臺。』庾闡《揚都賦》：『結芳塵於綺疏。』【馮注】漸離京師。【補】本集《蝶三首》：『遠恐芳塵斷。』

⑤【馮注】《列子》：『楊朱見歧路而泣之，為其可以南可以北。』

【何曰】清麗。生動。（《輯評》）

【姚曰】金樽帳飲，餞席也。依依向晚，遠別之況，方從此始。雁已驚飛，花猶伴醉，歧路之泣，烏能已已。

【紀曰】格力殊健，末二句太竭情耳。（《詩説》）

【張曰】此篇語兼失意，與《春游》詩豪興迥殊，疑是大中元年桂游時作矣。宜從馮説也。（《辨正》）又曰：詩意牢騷。此為赴桂管幕作，無前春遊詩傲岸情態矣。馮氏比而編之，甚謬。（《會箋》）

【按】此赴桂管時作無疑。途中詩《荆門西下》云：『洞庭湖闊蛟龍惡，却羨楊朱泣路歧。』可與本篇末聯參證。《赴職梓潼留别畏之同年》云：『京華庸蜀三千里，送到咸陽見夕陽。』此則云：『依依向餘照，遠遠隔芳塵。』一西去，一東去，固極明顯。

五松驛①

獨下長亭念《過秦》②，五松不見見輿薪③。只應既斬斯高後④，尋被樵人用斧斤⑤。

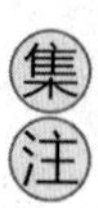

①【朱注】按《白氏長慶集》有《望秦赴五松驛》詩。此驛在長安東。

②【朱注】賈誼有《過秦論》。【馮注】《史記注》：『秦法十里一亭。』庾信賦：『十里五里，長亭短亭。』《史記·秦始皇本紀》：『太史公曰：善乎賈生推言之也。』又《陳涉世家》：『褚先生曰：吾聞賈生之稱曰。』注：『裴駰案：《班固奏事》云「太史遷取賈誼《過秦》上下篇以為《秦始皇本紀》《陳涉世家》下贊文」，然則言「褚先生」者，非也。』按：《本紀》全述賈誼之言，《世家》節取其中一篇，若皆出司馬筆，則複矣。故《索隱》據『地形險阻』數句，定為褚先生所改題也。【按】《過秦論》全文見《史記·秦始皇本紀》。念，誦讀。

③【補】五松，指五大夫松，參見《李肱所遺畫松詩》『或以大夫封』句注。此泛指松樹。輿薪，負薪。句意謂五松驛無松，但見樵人負薪而已。

④【馮注】《史記》：『胡亥、斯、高大喜。』又：『二世使趙高案丞相李斯獄，責斯與子繇謀反狀，誣服，具斯五刑，論腰斬。二世拜趙高為中丞相，高刦二世於望夷之宮，二世自殺。子嬰即位，謀令宦者韓談刺殺之。』【程

注】《秦二世紀》：『趙高更立公子嬰，令子嬰廟見，受王璽。子嬰曰：「我聞趙高與楚約，滅秦宗而王關中。此欲因廟中殺我。我託病不行，丞相必自來，來則殺之。」高果自來。子嬰遂刺殺高於齋宮。』

⑤【馮注】斤在欣韻，唐賢律詩多通用。本集如東冬、蕭肴之類，通用頗多。

【錢謙益曰】以五松比斯、高之見斬也，奇甚。（《唐詩合選箋注》）

【吴喬曰】義山卒時，綯正貴顯，意者遥詛之詞，并及其用事者乎？『只應』句，似有刺。（《西崑發微》）

【朱彝尊曰】以五松比斯、高之見斬，似淡實奇。（錢良擇評末句作『奇甚』。）

【何曰】斯、高既斬，秦祚亦盡，此歎其（露）謀國者不知務也。（《輯評》）

【徐德泓曰】亦為宦寺而發，全從大夫松上落想。下二句，從『輿薪』兩字引出，惡惡之詞，不嫌其直，然較之豺虎有昊之畀，尚覺渾融。

【姚曰】斯、高之禍，乃波及五松耶？奇絶快絶。

【屈曰】『斯高』句言秦之亡也。召伯甘棠，勿剪勿伐，秦亡而五松見薪，人惡其暴虐如此，所以念賈生之《過秦》也。深妙。

【馮曰】此必訓、注誅後，其私人亦削斥也，非僅朋黨之迭為進退者。

【紀曰】無一句是詩。（《詩説》）又曰：粗鄙。（《輯評》）

【張曰】驛在長安東。……義山東還過此所賦也。（《會箋》）又曰：此亦晚唐詩常調，何至粗鄙？（《辨正》）

【岑仲勉曰】考《通典》一七五商州：『上洛，漢舊縣，有秦嶺山。』《史記·封禪書正義》引《括地志》：『灞水，古滋水也，亦名藍谷水，即秦嶺水之下流，在雍州藍田縣。』是望秦嶺及五松驛在赴襄鄧路中，居長安東南，張顧采朱説以為東還所經，里地、考史，兩俱失之。（《平質》）

【按】岑氏駁張東還過此而賦之説，甚是。然馮説亦大有可疑者。開成元年，義山并無南行之跡，此其一。斯、高之間，勢若水火，互不相容，與訓、注之結黨擅權，排斥異己，情況迥異，以斯、高擬訓、注，殆為不倫，此其二。且詩意言秦之亡始於斯、高被斬，二人既斬，五松為薪，秦祚亦終；而訓、注之斬，作者視為『誅儵忽』『戮城狐』，恐不致以為危及唐祚也。此其三。細推詩意，似是有感於封建統治集團内部黨同伐異，相互傾軋，火併之後，統治力量大為削弱，亡國滅族之禍旋亦隨之而發。秦之末世，用事大臣如斯、高者相互傾軋，先後被誅，秦亦隨之而亡；唐之季世，朋黨紛争，南北司勢若水火，政局動蕩變化不已，長此以往，則距『被樵人用斧斤』之期亦不遠矣。故託秦事以寄憂國之慨，且深著警誡之意。曰『念《過秦》』，其意則固在唐也。『尋被』二字，頗見作者用意。大中元年三月，義山赴桂，途中當經五松驛。此詩與《四皓廟》《岳陽樓》等或均途中借憑弔古蹟而託諷現實之作。其時黨局反覆，李黨失勢被貶，宜作者有此慨。

四皓廟〔一〕①

羽翼殊勳棄若遺②，皇天有運我無時。廟前便接山門路，不長青松長紫芝③。

校記

〔一〕『皓』，萬首唐人絶句作『老』，係避家諱改。

集注

①【道源注】廟在商縣商雒山。【馮注】《高士傳》：『四皓者，皆河内軹人也。秦始皇時，見秦政虐，共入商雒，隱地肺山。』按：終南山、商雒山皆有廟，詩不重『廟』字。【岑仲勉曰】集有兩首，皆七絶；其一『羽翼殊勳棄若遺』，馮編開成三年，其二『本為留侯慕赤松』，馮編會昌六年，張皆從之，前者謂為莊恪太子發，後者謂為李德裕發。但今集已編次無序，縱使分詠兩人，獨不許事後同時追感乎？《長安志》一三：『四皓廟在（咸陽）縣東二十五里。』此種詩無寧同入不編年一類，勿强作解人也。【按】岑氏謂馮、張編年無的證，固是，然二詩均非泛泛詠古之作則甚為明顯，論世知人試為之解，自亦無妨。説詳箋。

②【朱注】『羽翼』語見《漢書》。【馮注】《史記·留侯世家》：『高帝欲廢太子。留侯曰：「此難以口舌争也。上有不能致者四人，太子卑辭安車固請，宜來。來，以為客，從入朝，則一助也。」於是使人奉太子書，迎此四人。及燕，置酒，太子侍。四人從，年皆八十有餘，鬚眉皓白，衣冠甚偉。上怪之，四人前對，各言名姓，曰：東園公、角里先生、綺里季、夏黄公。上乃大驚曰：「煩公卒調護太子。」四人趨去，上目送之，召戚夫人，指示四人者，曰：「我欲易之，彼四人輔之，羽翼已成，難動矣。」竟不易太子者，留侯招此四人之力也。』《晉書》：『閻纘

上書曰：「漢高欲廢太子，四皓為師，子房為傅，竟復成就。」』《詩》：『棄予如（若）遺。』【按】句意謂四皓雖有羽翼殊勳，亦棄之若遺，不加任用。

③【馮注】《高士傳》：『四皓作《紫芝之歌》。』紫芝，隱居之物；青松，棟梁之器，故云。【姚注】《歌》曰：『曄曄紫芝，可以療饑。』

【何曰】松猶見封，羽翼者顧見遺邪？皆身賤自傷，無聊感憤之詞。（《輯評》）

【姚曰】言商山一路，青松紫芝，無在不有，可惜不能為四皓耳。

【屈曰】松可為棟梁而芝惟可隱，蓋出此山門，便可直至京師，故云『我無時』。

【程曰】史，惠帝既立，不紀於四皓有何恩澤，頗疑為失載耳。如義山此詩，則是如介之推不言禄，禄亦不及，聽之還山矣。義山多見僻書，必有所本，故言外有譏其輕出商山之意。

【馮曰】《舊書·文宗子傳》：『長子永，母曰王德妃，太和四年封魯王。六年以庾敬休兼魯王傅，鄭肅兼王府長史，李踐方兼王府司馬。其年十月册為皇太子，以王起、陳夷行為侍讀。開成三年，上以太子不循法度，不可教導，將議廢黜，宰臣及衆官論諫，意稍解，官屬及宦官宫人等數十人連坐死竄。其年十月暴薨，勑王起撰哀册，謚莊恪。王德妃晚年寵衰，賢妃楊氏懼太子他日不利於己，日加誣譖，太子終不能自明也。既薨，上意追悔。』此為輔導莊恪太子者歎也。王德妃已為楊賢妃譖死，太子危疑之際，竟無人能建羽翼之勳者。哀册中云『憂兢損壽』，蓋文宗已即悔之，有『富有天下，不能全一子』之痛。詩借古致慨，甚為警切。余初以敬宗為皇太子，文宗得迎立，皆由於裴晉公，乃以此章為午橋、緑野高歌放言借慨，舍近而求遠，是為誤矣。

【紀曰】全不成語。（《詩説》） 拙鄙。青松暗指五大夫松。（《輯評》）

【張曰】通體皆從四皓着想。四皓逢漢高而建羽翼之動，而莊恪為楊賢妃誣譖，竟無紫芝翁其人，何運會之不相值哉？迂謬其詞，味在言外，所以為詩人之筆也。（《會箋》） 又曰：唐自敬宗以後，多以旁支入繼大統。文宗莊恪太子又以讒廢，此詩之所以借古發慨也，語最深婉。紀氏不能詳其用意，故以為拙鄙耳，與玉谿何涉哉？（《辨正》）

【按】此蓋借四皓之建立羽翼殊勳而見棄於時，以託諷時君之斥棄功臣也。首句一篇主意，以下三句均發揮『棄若遺』之意。『皇天有運』，指惠帝終於踐阼；『我無時』，託為四皓口吻，謂有功而見棄。四皓見棄即因史籍失載而推度之，不必另有所本。『廟前』二句，正借廟之荒寂與不長青松唯長紫芝，暗示君主之冷遇，不以之為棟梁而使其同於隱淪也。馮、張泥於四皓為太子羽翼事，謂為輔導莊恪太子者歎。然首句『羽翼殊勳』用筆極重，殊非輔導莊恪太子並無顯著功績者所能當。且『官屬及宦官宫人等數十人連坐死竄』，亦不得僅言『棄若遺』。細推詩意，聯繫時事，此詩與『本為留侯慕赤松』蓋同為李德裕而發。第『本為留侯』篇慨其能為蕭何而不能為留侯，此則慨其雖建殊勳而終遭斥棄耳。『羽翼殊勳』，指其輔佐武宗，建烜赫之功業（亦即《太尉衛公會昌一品集·序》所謂『淮海伯父，汝來輔予』『其功伐也既如彼』『成萬古之良相』之意）。『棄若遺』，則指宣宗即位，即出德裕為荆南節度使，繼又調東都留守。大中元年二月，復因白敏中使其黨訟，德裕又自東都留守以太子少保分司東都。詩即作於此時。其時德裕雖已遭斥棄，然尚未如日後之貶潮貶崖，萬里投荒，故以『棄若遺』形其投閒置散。與《舊將軍》『雲臺高議正紛紛，誰定當時蕩寇勳』，及《過伊僕射舊宅》『朱邸方酬力戰功，華筵俄嘆逝波窮』（亦借慨德裕）等句對照，益見『羽翼殊勳棄若遺』之所指。

四皓廟固不止商山一處有之，然唐人詩中之四皓廟多指在商山者則為事實。許渾《四皓廟》云：『紫芝翳翳多青草，白石蒼蒼半緑苔。山下驛塵南竄路，不知冠蓋幾人回。』顯為商山四皓廟。義山此詩寫景與其相類，當指同地。大中元年春隨鄭亞赴桂林，正經此廟，故有感於德裕之有功見棄而借四皓致慨也。

商隱之取名，即寄寓其父李嗣望其異日為商山四皓一類人物，建立羽翼殊勳之意。故詩中『皇天有運我無時』之嘆或亦寓有生不逢時之慨焉。

商於新開路①

六百商於路②，崎嶇古共聞③。蜂房春欲暮④，虎穽日初曛⑤。路向泉間辨，人從樹杪分⑥。更誰開捷徑⑦，速擬上青雲⑧。

①【朱注】《唐書》：『商州上洛郡。貞元七年，刺史李西華自藍田至内鄉，開新道七百餘里，迴山取塗，人不病涉，行旅便之。』【馮注】《通典》：『商州上洛郡商洛縣，古商縣。』檢地志云：『商，於中。』蓋今商於，亦漢商縣地，鄧州南陽郡内鄉縣即於中地，張儀所言商於地也。按：商州至京師幾三百里，《舊書·志》屬山南西道，《新書·志》屬關内道。

②【馮注】《戰國策》：『張儀説楚，能閉關絶齊，願獻商於之地六百里。楚果絶齊求地，儀與六里。』

③【馮注】《漢書·王莽傳》：『繞霤之固，南當荆楚。』師古曰：『四面塞阸，其道屈曲，谿谷之水回繞而霤，今商州界七盤十二竫是也。』按：竫，音争，縈也。或作『繞』，非。【何曰】反映新路。（《讀書記》）

④【馮注】《淮南子》：『蜂房不容鵠卵，小形不足苞大體也。』【紀曰】『蜂房』二字如實詠其物，與上『崎嶇』意不貫，若以比亂石之密，與『春欲暮』三字不聯，且涉于晦也。（《詩説》）【按】蜂房實寫。山間崖壁上每有蜂房，與『崎嶇』正相應。此句『春欲暮』與下句『日初曛』均點時令。

⑤【何曰】蜂猶嬾飛，虎猶畏出，次聯如入鬼窟中也。正與結句反對。（《輯評》）【按】次聯不過形容山路崎嶇，唯見蜂房附於崖壁，虎穽設於道旁。而時令則暮春將至，日色初曛也。何解非。

⑥【何曰】是新路。（《讀書記》）【馮曰】正寫新開。【按】二句極形山路之陡險。路向泉間蜿蜒，微細而幾不可辨；距離稍遠，人即如懸於木末，須分辨始可見之。二句似從杜詩『我行已水濱，我僕猶木末』化出。

⑦【程注】《後漢書・張衡傳》：『捷徑邪至，我不忍以投步；干進苟容，我不忍以歙肩。』《唐書・盧藏用傳》：『司馬承禎嘗召至闕下，將還山，藏用指終南曰：「此中大有佳處。」承禎徐曰：「以僕視之，仕宦之捷徑耳。」』【馮注】《離騷》：『夫惟捷徑以窘步。』此則義取仕宦之捷徑。【何曰】是新路。（《讀書記》）

⑧【徐曰】青雲，驛名，屬商州。（馮注引）【馮曰】杜牧、周吉皆有詩。此言雲路，語意雙關。

【姚曰】此慨冒險躁進之徒也。自古未開之路，今人開之。捷徑既開，更有捷徑，雖蜂房虎穽，架險梯危，豈復顧哉！

【屈曰】結句用意。

【馮曰】及第後往來所經之作，結寓速仕之望。又曰：《寶刻類編》有《商於驛路記》，韋琮撰，柳公權書，李商隱篆額，大中元年正月立。余因疑此章亦為其年赴桂時作。但此碑亦作《商於新驛記》，乃修治驛路而新道早開

矣。且玩詩句，與所云『湘妃廟下已春盡』者必不符，故定編此。（按《馮譜》繫此詩開成二年登第後）

【王鳴盛曰】小小處皆用比興，從無直叙者。（指末聯）

【紀曰】結入小家數。（《詩説》）又曰：結亦徑露。（《輯評》）

【張曰】余考《舊書·后妃傳》，有『崔湜嘗充使開商山新路。婉兒草制，曲叙其功』語，則商山新路，歷朝均有開鑿，頗難定指何時，馮説甚是。大要集中往來商於之作甚多，或皆未第及遊江東時所作，惜無可編年耳。（《會箋》）

【岑仲勉曰】《商於新開路》詩，蜂房春欲暮，馮注一疑（大中）元年赴桂時作，設想甚合，惜又泥於新道早開，不能堅其信。（張）箋四疑游江東時作，殊未知往江東者逕出洛陽，循淮域，無需假途至商於也。

【按】此詩當作於大中元年。馮謂『及第後往來所經之作』，按義山無論往來京洛或往來長安、濟源，均必取函潼大道，絶無可能枉道數百里，取商州一綫。後者向為自長安赴襄漢及湘南交廣桂管地區之大道，義山大中元年赴桂林，正取此道。馮又謂『玩詩句與所云湘妃廟下已春盡者必不符』，按是年閏三月，抵潭州時為閏三月二十八日，抵湘陰時約閏三月二十日前後，正『已春盡』之時。義山此次隨鄭亞南行，三月七日啟程，『春欲暮』（指三月下旬）時正經商於一帶，與『湘妃廟下已春盡』毫無矛盾。末聯略有寓慨，然非希冀語，乃諷慨語，其意與『人皆向燕路，無乃費黄金』（《自桂林奉使江陵》）及『浩蕩天池路，翱翔欲化鵬』（《洞庭魚》）等語相近。蓋是時宣宗繼立，黨局反覆，仕途險惡。屢遭顛躓之詩人，獨隨鄭亞失勢南行，而干禄者仍向此險惡之仕途中，尋進身之捷徑，故詩人面對『崎嶇古共聞』之商於山路，於寫景紀行中略寓感諷之意耳。姚氏謂『此慨冒險躁進之徒』，雖不免以偏概全（全篇仍以寫景紀行為主），然末聯寓意則大體近是。

送崔珏往西川①

年少因何有旅愁？欲為東下更西遊。一條雪浪吼巫峽②，千里火雲燒益州③。卜肆至今多寂寞④，酒壚從古擅風流⑤。浣花牋紙桃花色⑥，好好題詩詠玉鉤⑦。

集注

①【朱注】《唐書·藝文志》：『崔珏字夢之，大中進士，有詩一卷。』【馮注】《宰相世系表》：『崔氏清河小房珏。』《北夢瑣言》：『珏嘗寄家荆州。』按：《崔八早梅有贈兼示》詩自注之崔落句，《唐音戊籤》采入崔珏逸句，未知其更有別據否也？余檢李頻有《漢上逢同年崔八》詩，李為大中八年進士。其詩意謂己方作客，羨崔還家，與珏之寓荆州、第進士頗相似。《李羣玉集》在長沙裴幕時亦有崔八，約在會昌、大中間，然皆不書其名也。檢《新書·表》所列珏與邠、鄯、酈、鄲同房，而分支七八世。邠、鄯輩子孫極盛，子名皆從玉旁，而珏兄弟行絶少。若無他據，而僅以《義山集》注合之，則本集固分標崔八、崔珏，似明是兩人，何可妄合哉？俟再詳考。【張曰】案詩集《早梅有贈》之崔八，當即同詣藥山之崔八，余疑為桂管補巡官之崔兵曹，與崔珏或非一人。馮説甚通。【岑仲勉曰】《樊南詳注》四云：『程午橋箋詩以福（戎子）為崔八，其何據哉？』余按商隱《為東川崔從事福謝辟啟》，馮云：『謝東川節度柳仲郢之辟。』仲郢遷東川約大中五年，在李頻詩崔八登第之前，則與福無可牽合，況

《啟》又云『某早辱梯媒，獲沾科第』乎？惟商隱既代福為文，友情儘非落漠，以擬《早梅有贈》之崔八，亦非毫無理由者。總之，兩李詩中之崔八與商隱詩之崔珏，究竟各別為三人，抑為二人，或甚至同為一人，均有待乎更翔實之憑證也。（《唐人行第録》）【楊柳曰】大約就在（大中二年）詩人淹留荆州時，崔珏又有四川之行。【按】崔珏寄家荆州，大中年間進士，與李頻詩中之同年崔八似是一人。然與《早梅有贈》之崔八、同訪藥山之崔八則未必一人。蓋同訪藥山之崔八與義山同居鄭幕，受其厚遇；早梅有贈之崔八與義山同在惠祥上人講下聽法，似均為義山同輩。而此詩之崔珏則尚少年，似為義山後輩，且詩中絲毫不及二人同在桂幕跡象，故可揣知其非同訪藥山之崔八。作年或在大中元年。

②【馮注】《水經注》：『廣谿峽乃三峽之首，江水東逕而歷巫縣、巫谿，又東逕巫峽，杜宇所鑿通也，其間首尾一百六十里，謂之巫峽。自三峽七百里中，重岩疊嶂，隱天蔽日。春冬時，素湍緑潭，迴清倒影；夏水襄陵，雖乘奔御風不以疾也。』【朱注】徐凝《瀑布詩》：『一條界破青山色。』【程注】元稹詩：『坐見千峰雪浪堆。』杜甫詩：『雲門吼瀑泉。』

③【朱注】盧思道《納涼賦》：『火雲赫而四舉。』【何注】白公（居易）《書通州事》云：『四野千重火雲合。』【姚注】《地理志》：『蜀都有火井，在臨邛縣西南。欲出其火，先以家火投之，須臾許，隆隆如雷聲，爛出通天，光輝十里。』【馮注】益州，成都府。【按】益州泛指西川，故云『千里火雲』。火雲即夏雲。姚注引係今所謂天然氣，與『火雲』無涉。

④【馮注】《漢書·傳》：『蜀有嚴君平卜筮於成都市，以為卜筮賤業而可以惠衆人，因執導之以善。裁日閲數人，得百錢足自養，則閉肆下簾而授《老子》。年九十餘終。蜀人愛敬，至今稱焉。』

⑤【馮注】《史記》：『司馬相如，蜀郡成都人，字長卿，與文君俱之臨邛，盡賣車騎買酒舍酤酒，而令文君當壚，相如自著犢鼻褌，滌器於市中。』

⑥【朱注】《寰宇記》：『浣花溪在成都西郭外，屬犀浦縣，地名百花潭。大曆中，崔寧鎮蜀，其夫人任氏本浣

花溪人；後薛濤家其旁，以潭水造紙為十色牋。』《資暇録》：『元和初，薛濤尚松花牋而好製小詩，惜其幅大，乃命匠狹小為之，蜀中才子以為便。後減諸牋亦如是，特名曰薛濤箋。』【馮注】《舊書・杜甫傳》：『成都浣花里，結廬枕江。』《國史補》：『紙有蜀之麻面、屑末、滑石、金花、長麻、魚子、十色牋。』元人《蜀牋譜》云：『浣花潭水造紙佳，薛濤僑止百花潭，躬撰深紅小彩箋，時謂之薛濤箋。』濤為名妓，歷事幕府，以詩受知。句似用此也。若《桓玄偽事》詔平準作青赤縹緑桃花紙，必非所用。

⑦【朱注】《招魂》：『砥室翠翹，挂曲瓊些。』王逸注：『挂，懸也；曲瓊，玉鈎也，雕飾玉鈎，以懸衣服。』【姚注】鮑照《玩月》詩：『始見西南樓，纖纖如玉鈎。』【馮注】蜀於地勢為西南，而崔年少，乍入使府，故以取義。鮑詩中有『仕子』『休澣』『宴慰』諸句。【程注】《漢武故事》：『鉤弋夫人手拳。帝披其手，得一玉鉤，手得展，故因以為藏鉤之戲。』後人效之，別有酒鉤，當飲者以鉤引杯。詠玉鉤即酒鉤也。律詩結句多從第六句生出。集中《即日》詩又有『更醉誰家白玉鉤』之句可證。又章孝標《上蜀中王尚書》詩云：『丁香風裏飛牋草，邛竹烟中動酒鉤。』尤為蜀中事實。朱注引《招魂》『挂曲瓊些』，又陳帆引鮑照《新月》詩『纖纖如玉鉤』，皆未合。【按】程謂玉鉤即酒鉤，然酒鉤為飲酒時之藏鉤之戲，似不得謂『詠玉鉤』。『題詩詠玉鉤』，當以解為題詩詠月為宜。二句蓋謂浣花牋紙甚美，正堪宴飲吟詠題詩也。

【張戒曰】此詩送入蜀人，雖似誇文君酒壚，而其意乃是譏蜀人粗鄙少賢才耳。（《歲寒堂詩話》）

【朱曰】此必不得已而西游，詩以慰之也。不過説蜀耳，詞意雄壯，色飛眉舞。此是義山學老杜處。（《李義山詩集補注》）

【何曰】（『年少』句）跌宕。（『卜肆』句）年少無愁。（『好好』句）加『好好』二字者，正見其年少無旅愁也，不然首句無着落矣。（《讀書記》）又曰：（『一條』句）欲東。雙拗。（『千里』句）更西。（次聯）對仗誠佳，但第四則成都無時不火災矣。『火雲』只是行路艱阻，非用欒巴故事。言水既如彼，陸又如此，旅愁所以盛也。詳詩意，當是夏初送別之語。（《輯評》）

【趙臣瑗曰】『欲為東下』者，求免於旅也；而『更西遊』，不自覺其愁之至矣。此詩提出『年少』二字，言正宜從事四方，胡可怏怏不樂。三四承之，特發『因何』二字之義。除非巫峽波濤之可畏乎？然可以盪滌少年之心胸者正此；除非益州毒熱之難犯乎？然可以磨煉少年之筋骸者正此。然則旅愁果因何而有耶？五六進一步慰之，五是賓六是主，勿作平看，借君平之老成以形出相如之跌宕，言君今此去未必不有奇逢，堪壯少年之行色也。七八一氣接下，即以今日錦囊之佳句作當年繡户之琴心也可。（《山滿樓箋注唐詩七言律》）

【陸曰】全詩主意，定於起處兩言，下便承此一筆掃去，更無窒礙也。『欲為東下更西遊』，言崔往西川，本崔之好遊，與惘惘可憐者迥別，又何知有羈旅之愁乎？夫世所誇勝遊，不過覽其山川，稽其人物，聞見所及，記之篇章而已。今所歷之地，有巫峽焉，有益州焉；所傳之人，有君平焉，有卓女焉。憑弔其間，足供吟詠，斯亦盡遊之樂事矣，收拾中四句作結，此詩家大開大闔法也。〇昌黎云：『窮愁之言易工，歡愉之詞難好。』惟義山寫歡愉處亦能異樣出色。〇巫峽一聯，不過寫景，著『吼』字『燒』字，便不平庸，然又極穩妥。

【陸鳴皋曰】三四句，寫道中景。五六句，寫川中景。結從『酒壚』句生出，暗用薛濤以寓妓樓風月之意，年少之情易蕩，故以『好好』二字微諷之。古人贈行，亦自不苟也。

【姜本無名氏批】此作刻意摹杜，剛欲得其朗健。

【姚曰】崔之西遊，必不得已，故詩以慰之。欲東下而更西上，所謂不如意事也。況雪浪一條，火雲千里，正川江水漲，炎暑方盛時乎？然既到彼中，卜肆之異人可訪，當壚之佳麗可懷，浣花牋紙，題詠優游，正少年得意事也，何愁之有？

【屈曰】一不應有旅愁。二飄泊無定，旅愁之故。三路險，四炎暑。五六言君平、相如皆可尚友。桃花牋紙，詩詠玉鉤，弔古尋遊，足銷旅愁也。○飄流旅愁，時無知己也。尚友古人，不必求知己於當世，慨寄甚深。

【馮曰】首稱年少，似為崔未第時，而義山年長於崔也。三四是荆江赴蜀之程，則是江鄉相送，非京師也。隨常情景，一無感觸，當在義山未遊巴蜀之前。但無可定編。

【紀曰】問『年少因何有旅愁』如何解？曰此言己之流離老大，有愁固宜，年少乃亦旅愁從何處有耶？此緊呼下句之詞。『欲為』三句正是旅愁之故，是一問一答句法，非真言其無旅愁也。起二句跌宕，入手須有此矯拔之意。然第三句不甚雅，廉衣以為宜删也。『玉鉤』應從午橋作酒鉤解。

【姜炳璋曰】前四是旅愁，後四是解其愁也，五六是交互對法：卜肆今雖寂寞，而從古風流；酒罏當日風流，而今為古迹也，皆言勝地可以覽古感興。

【張曰】『一條』『火雲』等字，皆唐人習用語，雅俗本無一定，但視用之何如耳。《杜工部集》中此類極多，不聞後人以不雅病之，況義山邪？（《辨正》）

【按】年少作快意之游，本不應有旅愁，而崔竟有旅愁矣，故首句云『因何有旅愁』。次句即補足首句之意，暗透崔之身不由己，雖欲為東下而不得不西遊；行非所願，故有旅愁。以下六句均就其所經所至之地景物之奇麗、人情風俗之淳美，慰其不必有旅愁。何、陸箋非。崔之往西川，是否屬幕遊性質，不易定。

據首句義山年當長於珏，而開成、會昌年間，義山無南遊江鄉之跡（辨已詳《贈》《哭劉蕡》諸詩箋）；若大和時，則義山亦方年少，更不得稱珏為『年少』矣。何氏謂是初夏送別之語，若然，則大中元年赴桂道經江陵時正當閏三月，《荆門西下》亦有『荆門迴望夏雲時』之語，與此時令正合，頗似南行經江陵時送别崔珏入川也。南行途中所作《為滎陽公上門下李相公狀一》云：『南郡旬時，方集水潦。』似亦與『一條雪浪吼巫峽』之想像相合。

荊門西下①

一夕南風一葉危②，荊門迴望夏雲時〔一〕③。人生豈得輕離別，天意何嘗忌嶮巇〔二〕④？骨肉書題安絶徼〔三〕⑤，蕙蘭蹊徑失佳期⑥。洞庭湖闊蛟龍惡，却羡楊朱泣路歧⑦。

〔一〕「門」，各本均作「雲」。【朱曰】疑作「門。」【馮曰】今據《佩文韻府》所引改。【按】朱、馮校是，兹據改。

〔二〕「嘗」，朱本作「曾」。

〔三〕「安絶徼」，蔣本作「安紀復」，姜本、戊籤作「忘紀復」，季抄一作「忘絶復」，均非。【紀曰】「安」字疑「空」字之訛。

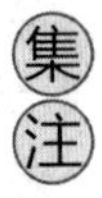

①【朱注】盛弘之《荊州記》：「郡西泝江六十里，南岸有山曰荊門。」《水經注》：「荊門在南，上合下開，狀

似門。」【馮注】《後漢書・郡國志》：『南郡夷陵有荆門虎牙山。』袁山松《宜都山川記》：『南岸有山名荆門，北岸有山名虎牙。』按：宜都即夷陵，唐時峽州也。荆門之下為荆江，西通巴峽，南會重湖。【岑仲勉曰】荆門即荆州用典，猶云舟發荆州向東而下。以東向為西下，古人自有此種語法。……此詩乃隨亞赴桂途次作。【按】岑説是。詳箋。

②【補】一葉，指舟。

③【何曰】自荆門迴望夏口乃西下也，兩『雲』字俱活用，不誤。（《輯評》）【朱彝尊曰】夏雲，夏日之雲也，味此似由荆門西下入蜀。【馮曰】荆門志地，夏雲紀時。或謂從荆門之雲，迴望夏口之雲，地勢詩意皆不可通。【岑曰】鄭亞除桂管在二月，抵任在五月，過荆時約當四月，故云『迴望夏雲』。【馮班曰】不破之破。（何焯引）【按】詩意謂迴望荆門於夏雲之中。蓋既自荆門沿江東下，故迴望之，荆門已在夏雲之中矣，意境與『朝辭白帝彩雲間』相似。

④【程注】《楚辭》：『何周道之平易兮，然蕪穢而嶮巇。』王逸注：『嶮巇猶顛危也。』《鸚鵡賦》：『奚遭時之嶮巇。』【按】『天意』句意略似『人間路有潼江險』（《寫意》），應首句『一夕南風一葉危』，謂世路維艱。曰『天意』，則嶮巇必不能免也。

⑤【袁曰】『安』者不能致之意。【馮曰】（袁解）亦可疑。【補】絶徼（音叫），猶絶塞，極遠之邊塞，此指桂林。句意謂家人寄書囑己安於遠方異域。

⑥【補】謂己遠離家鄉，蕙蘭蹊徑，會合無期。

⑦【錢曰】路岐在平陸，無風波之惡。【何曰】下『却羨』二字，正見洞庭之險惡也。（《讀書記》）【岑仲勉曰】洞庭蛟龍則預計來途之嶮巇，並非迴望。【按】謂遥瞻前路，洞庭浪闊，蛟龍出没，險艱猶勝於昨，翻不如楊朱之泣於岐路，猶得免此險艱耳。可參看姚培謙箋語。

【朱彝尊曰】（頷聯）情深意遠，玉溪所獨。

【陸曰】此因江湖之險，而歎世路風波不可屢觸，見人生只合杜門耳。一夕之間，乘風西下，是已過荆門矣。迴望而覺其危，乃痛定思痛也。因不禁内自訟曰：天地嶮巇，何處不有，往而就之者我也，然則人生豈得輕離別哉？骨肉書題，道遠莫致，蕙蘭蹊徑，有約不歸。其縈我懷者已是百端交集。況涉江渡湖，蛟龍作惡，較之楊朱歧路，更多身命之憂乎？下半首全從三四生出。

【陸鳴臯曰】此言舟下荆門風波之險。人自不可輕出，而天豈知有危境乎？第五句，謂書寫平安以慰遠地。六句，謂沅湘佳景不得流覽矣。反不如悲歧路者猶在陸地而無恐也。

【姚曰】此已渡險而歎險路之不能避也。一夕南風，危舟已度，正老杜所謂『死地脱斯須』者，縱少年輕別，豈知天險之不可狎耶？五六承『離別』來，在客裏，則書題斷絶；在家中，則畹望無期。而波浪蛟龍，前途性命之虞，方未艾也。夫楊朱之泣歧路，謂其可以南可以北，今此行則絶無他路可避，畏途之泣，豈彼所可同日而語乎？此承『嶮巇』作結。

【屈曰】一點時，二荆門回首。三四順承一二，嶮巇指荆門，天意不忌嶮巇，人間豈得輕視別離。今日骨肉絶徼，蘭徑失期，別離如此。湖闊龍惡，其險如此，羡者歧路猶在平地也。

【程曰】此似為桂林從事奉使南郡過往之作，與《自喜》五律、《岳陽樓》七絶意旨略同。首二句喻己從事遠方，以為差安，今至此地，乃知不免綯之怨怒，是亦一危機也。三四言輕離家室，宜避嶮巇，而故自投之，但只任天，天亦不憐也。五六言骨肉關心，鄉園可念。末喻綯之怒既有明徵，而已安得不為危懼，於此方覺彼拘謹者初必擇地而蹈為可羡耳。

【馮曰】此篇移易數過而終難定也。《偶成轉韻》篇『頃之失職辭南風，破帆壞槳荆江中』，與此『荆門』『南風』相合，則西下者自西而下也。『迴望』二字，一章之主。洞庭蛟龍，亦從迴望及之。此解近似，惟中四句不兼桂管罷貶之嗟，轉類初經別離之態，此則可疑也。或謂詩中僅一『危』字，無破帆壞槳之奇險，從前湖湘之遊，安知不亦遭風危懼？《通典》：『硤州西至巴陵郡一百九十里。』巴陵郡則南至潭州矣，故曰『西下』，而預愁洞庭之闊也。此似於中四句情事較合，亦可備一説。愚交惑於胸，因念千載之後，欲追溯千載以前江湖行役之確程，固必不可得矣。兩存之俟後人審定耳。又曰：與《風》五律之『來鴻』『別燕』，時令迥異，彼則大似入蜀之程，與此必宜分編，但亦無能細定也。又曰：此篇久未能定，今揣其必為遇險後至荆門之作。蓋水程由洞庭而經荆江，故迴望兼及洞庭。今則將自荆門西下而至荆州，荆州江陵在荆門之西南，以從陸路，故云『却羡路歧』也。其後陸發荆南，始至商洛，乃可一串相通耳。又曰：偶檢《通鑑·梁紀》：『湘東王繹以王僧辯為大都督，擊侯景，聞景已入江夏，繹與僧辯書曰：「賊乘勝必將西下。」又曰：「賊若水步兩道直指江陵。」』《通鑑注》曰：『自江夏指江陵，當作西上。』愚疑『西下』字或當時非誤，與此題『西下』似可相證。此似由陸路至江陵，後又陸路至商洛，一時行蹟，其如此歟？又曰：風五律之情景又不可合，當是別有秋時水程，無可再考。頗疑座主鎮蜀，往謁不遇，歸途時作。（後三條係補箋。）

【紀曰】詩亦不失風調，但末二句竭情太甚，成蹶蹷之音耳。（《詩説》）　太盡便乏餘味。『安』字疑『空』字之誤。（《輯評》）

【張曰】自巴閬歸，故曰『西下』。『一夕南風一葉危』，謂此行遇合無成，夏雲點時，義山與李回相遇正在五月，歸途已秋。自荆門追慨前事，故曰迴望也。『骨肉』二句，言家中消息，尚疑我安於遠客，而豈知蕙蘭蹊徑，已失佳期乎？『絶徼』泛指遠方。『洞庭』二句，即蛟龍覆舟之感也。詩為李回事而發，《偶成轉韻》『破帆壞槳』同此寓言。馮氏作實事解之，全失語妙矣。（《會箋》）　又曰：語曲意深，餘味惘然。詩中全是失路之感，久讀方領其

妙。看似説破，實則未説破也（按何焯引馮班評首聯云：『不破之破。』），此善於用筆所致。（《辨正》）

【黄侃曰】案詩意當為自桂林奉使南郡，還路所作。（《李義山詩偶評》）

【岑仲勉曰】張箋三云：『案《荆門》詩而謂之西下，明指下蜀而言，……回望夏雲，則指前此留滯荆州之迹，荆州在荆門西南。』説詩執滯，遂多誤解。馮氏原注二云：『則西下者自西而下也。迴望二字，一章之主。洞庭蛟龍亦從迴望及之。此解近似，惟中四句不兼桂管罷貶之嗟，轉類初經别離之態，此則可疑也。』已大概得此章三昧，惜後來補注反别趨岐途耳。其實荆門即荆州用典，猶云舟發荆州向東而下。以東向為西下，古人自有此種語法，洞庭蛟龍則預計來途之嶮巇，並非迴望。鄭亞除桂管在二月，抵任在五月，過荆時約當四月（編著者按：過荆時約閏三月中旬），故云迴望夏雲。簡言之，此詩乃隨亞赴桂途次作。若入歸塗，方不日相會，何須『骨肉書題安絶徼』？可證馮、張兩説之窮也。（《平質》）

【按】此赴桂途次作無疑。『荆門西下』之『西下』，猶『南下大散嶺』之『南下』也。如係溯江而上，斷不得謂之『西下』。如張説自巴閬歸，則其時已届仲秋，與『南風』『夏雲』顯有牴牾。馮氏因《偶成轉韻》有『頃之失職辭南風，破帆壞槳荆江中』之句，遂疑此詩首句『一夕南風一葉危』亦必同指此役。然『江間波浪兼天湧』，乃四時常見之景象，何必定指此役哉？細味此詩，乃自荆門（即荆州）順江而下，途中遇風波險惡，有感而作。首聯謂一夕南風，浪惡舟危，迴望荆州，已入夏雲籠罩之中。此回顧來路，驚魂甫定之情。頷聯即因之抒感，二句蓋先果後因，特倒置以顯頓挫之致，意謂天意既故設嶮巇以增遠行者之艱危，則人生豈得輕别離哉！言外自有世路維艱，始料未及之慨。腹聯承『輕離别』，謂家人寄書，雖勸我安居絶域，勿因思家而增憂傷；然蕙蘭香徑，春光易逝，重會難期，抛妻别子，作此遠遊，實屬無謂。末聯又由『迴望』轉進一層：迴望來路，艱危初歷；瞻望前途，浪險蛟惡，更增怵惕，翻不如泣路岐之楊朱猶可避此險艱也。羡泣路岐，當有寓意。蓋會昌末大中初，黨局反覆，李黨失勢，牛黨復熾，與牛、李二黨均有瓜葛之詩人，值此黨局反覆之際，確有路岐之慨。雖應鄭亞之辟，遠赴絶徼，且有『不憚牽牛妒』之表白，然内心深處則不能不懼此險象叢生之世路風波也。詩即景寓慨，融旅途風波之險與世路風波之感為一體，所謂『信有人間行路難』是也。

程氏謂奉使南郡過往之作。然使南郡在冬令，回途在開年之初，與詩中『夏雲』『南風』，時令顯然不合，亦非。

岳陽樓①

欲為平生一散愁，洞庭湖上岳陽樓②。可憐萬里堪乘興，枉是蛟龍解覆舟③！

①【朱注】《方輿勝覽》：『岳陽樓在岳州郡治西南，西面洞庭，左顧君山。』【馮注】《通典》：『青草、洞庭湖，在岳州巴陵郡。』《岳陽風土記》：『岳陽樓，城西門樓也。』

②【補】謂欲一散平生積鬱之愁悶，而登此洞庭湖上之岳陽樓。

③【補】可憐，可喜。二句蓋謂可喜者此行得以乘興縱遊萬里，至於長路風波、蛟龍覆舟之險又何足畏哉！曰『枉是』，則蛟龍覆舟之險固已歷矣。

【姚曰】萬里遠遊，未嘗為蛟龍阻興。此是反説，如坡公『要觀南海窺衡湘』之意。

【屈曰】登樓散愁，忽生萬里之興。奈覆舟可慮而止，愁不可散也。

【程曰】《唐詩紀事》云：『令狐綯惡李商隱從鄭亞之辟，疎之。』又按《樊南乙集・序》：『余為桂州從事，嘗使南郡。』南郡者，江陵也。本集有《奉使江陵》之詩。此詩其同時也。萬里乘興，言從亞之辟無心；蛟龍覆舟，言逢綯之怒可畏也。

【馮曰】本歎長路風波，却用反託晦之。覆舟，謂所望又變更也。

【紀曰】此感遇之作，其辭太直。『枉是』即『遮莫』之義。（《詩説》）

【王鳴盛曰】本是愁極，却言不愁，正深於愁者也。其用筆回曲，應詩人中所罕見。

【張曰】蛟龍覆舟，顯有所指。蓋李回不能攜赴湘幕，半出於憂讒畏譏，非疏義山也。詩必作於與回相見後，非在岳陽，觀起聯自明。（《會箋》）　又曰：此因座主李回貶湖南而已不能從去致慨也。詞意倍極凄痛，自傷語非自負語也，何謂太激邪？（《辨正》）

【按】此詩作於大中元、二年桂管往返途中（包括奉使江陵往返，亦途經岳陽）固無疑，然究屬何次行程仍須細酌。程謂奉使江陵途中作，恐非。桂林、江陵間奉使往來，恐不得謂『萬里乘興』之遊。張謂桂管歸途作（其附會李回不能攜之赴湘事，謬甚。回與義山已在潭州相見，義山且在回幕逗留，詳《潭州》箋），參照《偶成轉韻》『頃之失職辭南風，破帆壞槳荆江中。斬蛟破壁不無意，平生自許非匆匆』之句，似較合。然細味此詩，仍以大中元年赴桂途次作為是。蓋二年桂管歸途，所謂『萬里』之行已近尾聲，與此詩正作萬里行之語氣不合。堪乘興之『堪』

字，頗可玩味，連下句意謂縱有蛟龍覆舟之險，亦不減我萬里乘興之意興也。如係歸途，則其時作者方抑塞窮途，作步兵之哭，即令蔑視『蛟龍』，恐亦不至謂此行為『萬里乘興』也。元年赴桂途次所作《荆門西下》云：『洞庭湖闊蛟龍惡，卻羡楊朱泣路歧。』此瞻望前路而畏蛟龍之覆舟也。而本篇『可憐萬里堪乘興，枉是蛟龍解覆舟。』此已歷洞庭風波之險而笑蛟龍枉解覆舟也。二詩之於蛟龍覆舟，一畏懼，一嘲笑，感情似正相反，實則情隨境遷，既歷險境則覺其不過如此而已。蓋元年赴桂時，義山雖亦有憂讒畏譏之情，然彼時令狐之怒尚未顯著，故險境既歷，自不妨有『枉是蛟龍解覆舟』之豪語。味前二句，亦似初登岳陽樓口吻。

商隱《為滎陽公上門下李相公狀》係抵潭州後代鄭亞上李回之狀，中云：『南郡旬時，方集水潦，重湖吞吐，實亞滄溟。未濟之間，臨深是懼，及揚帆鼓枻，則浪静風和。』正可與《荆門西下》《岳陽樓》二詩相印證。

夢澤①

夢澤悲風動白茅②，楚王葬盡滿城嬌③。未知歌舞能多少，虛減宮厨為細腰！

集注

①【朱注】雲、夢，楚二澤名。《漢陽圖經》：『雲在江之北，夢在江之南。』【馮注】《尚書傳》：『雲夢澤在江南。』《周禮注》：『雲瞢在華容。』《左傳注》：『雲夢跨江南北。』《爾雅注》：『今華容縣東南巴邱湖是。』《疏》

曰：『杜預云：枝江縣安陸縣有雲夢城，此澤跨江南北，每處名存。亦得單稱雲、單稱夢。巴邱湖，江南之夢也。』按：雲夢甚廣，兼洞庭湖有之。《通典》：『岳州巴陵郡，青草、洞庭湖在焉。』此荆、郢、安諸州與潭、岳接境而分疆者也。義山南遊郢澤，固至此境。或云江北為雲，江南為夢，潭州在江南，故標曰『夢澤』。南北分屬，昔人曾辨其非，詩意倘或然歟？又曰：《爾雅》：『十藪：楚有雲夢。』注曰：『今南郡華容縣東南巴邱湖是也。』《左傳》：『䢵子之女生子文，䢵夫人使棄諸夢中。䢵子田，使收之。』注曰：『夢，澤名，江夏安陸縣城東南有雲夢城。』又：『鄭伯如楚，王以田江南之夢。』注曰：『楚之雲夢跨江南北。』又：『楚子濟江，入於雲中。』注曰：『入雲夢澤中，所謂江南之夢；北亦有夢矣。』《漢書・地理志》：『南郡華容縣。』注曰：『雲夢澤在南，荆州藪。』又：『編縣有雲夢宮。』又：『江夏郡西陵縣有雲夢宮。』《後漢書・郡國志》：『華容侯國。雲夢澤在南。』注引《左傳》杜注，又引《爾雅》郭注。杜氏《通典》：『安州安陸縣，雲夢澤在焉。岳州巴陵縣有洞庭湖、巴邱湖、青草湖。』《元和郡縣志》：『安州安陸縣南五十里有雲夢澤。』《史記・司馬相如傳》：『雲夢方九百里。』《左傳》『䢵子之女棄於夢中』，無『雲』字。『楚子濟江，入雲中』，復無『夢』字，則雲、夢二澤自別矣。而《禹貢》《爾雅》雙舉二澤，故後代以來通名一事，故《左傳》曰『畋於江南之雲夢』也。又曰：『雲夢縣西七里雲夢澤。』又曰：『岳州巴陵縣西三十里青草湖，中君山，縣西南一里餘洞庭湖，縣南七十九里巴邱湖，又名青草湖，俗云即古雲夢澤也。』按：《志》引『畋於』句增『雲』字。《太平寰宇記》：『安陸縣東南雲夢澤，闊數千里，南接荆湘。雲夢縣楚襄王廟在縣東子城内，相傳祭祀焉。』《元豐九域志》：『安州安陸縣雲夢一鎮，省縣為鎮也。有雲夢澤。岳州巴陵縣有君山、洞庭湖。』按：雲夢之境，古人多辨之。近人胡渭《禹貢錐指》博引詳辨，總謂雲夢方八九百里，跨江南北，南雲北夢，單稱合稱，無所不可。傳稱江南之夢，對江北之夢言，非謂江北為雲，江南為夢也。愚更意唐時史志雲夢惟載於安陸，而洞庭、青草載於巴陵，並不通合。《元和志》且明以『俗云』微斥之也。然則唐、宋間皆以雲夢在安州，洞庭在岳州。《左傳》『棄夢中』『田江南之夢』，論其情事，必不得遠至洞庭也。『䢵』亦作『鄖』，即今安陸府。柏舉之敗，楚子入雲中，即奔鄖奔隨，亦近境耳。余揣義山既過安州伊僕射舊宅，似凡所云雲夢，皆指安州近地言之。與《潭州》《岳陽樓》各自有慨，不可相混，惜無從細索訂定耳。【張曰】此桂管府罷後作。【按】雲夢說極歧異，馮氏所引僅其中部份記載及異說。據《漢書·地理志》等漢、魏人記載，雲夢澤在南郡華容縣（今潛江縣西南）南，其範圍本較有限。晉以後經學家方將古雲夢澤範圍日益擴大，包洞庭湖於其内，與漢以前記載不符。義山此詩所謂『夢澤』，當係業已擴大之雲夢澤概念。且極可能本夢在江南之説，即指洞庭湖一帶藪澤地區。馮氏以《通典》《元和郡縣志》之記載，遂斷定當指安州安陸縣南之雲夢澤，恐失之拘。而『俗云』洞庭、青草即古雲夢澤之説或正義山所從者。蓋詩人作詩，未必對此詳加考證，而多從衆説。孟浩然《臨洞庭上張丞相》已言『氣蒸雲夢澤』矣。作年當在大中元年春夏間，詳下箋。

②【馮注】《左傳》：『爾貢包茅不入。』【程注】《本草》：『白茅俗呼絲茅，可以苫蓋及供祭祀苞苴之用。』【補】《左傳》杜注：『包，裹束也；茅，菁茅也。束茅而灌之以酒，為縮酒。』周時楚國每年向周天子貢包茅，以供祭祀時濾酒之用。故詩人因眼前『悲風動白茅』之景象聯想及楚國舊事。

③【朱注】《墨子》：『楚靈王好細腰，其臣皆三飯為節。』《後漢書·馬廖傳》：『楚王好細腰，而國中多餓人。』【吴景旭曰】《野客叢書》據傳曰：『楚王好細腰，宫中多餓死。』《荀子》乃曰：『楚王好細腰，故朝有餓人。』《淮南子》亦曰：『靈王好細腰，民有殺食而自飢也。』人君好細腰，不過宫人，豈欲朝臣與國人皆細腰乎？余觀《墨子》載：『靈王好細腰，故其臣皆三飯為節，脅息而後帶，緣牆然後起。』《韓非子》載：『莊王好細腰，一國皆有飢色。』當時子書不言宫中而言朝與野，率有此謬。【按】諸書所載楚王好細腰事，其影響所及，或宫中，或朝野，總見其風靡一時，不妨並存。此詩曰『葬盡滿城嬌』，曰『宫厨』，所指仍為宫人。

【朱彝尊曰】題不曰『楚宮』，而曰『夢澤』，亦借用也。

【陸鳴皋曰】從餓死生情，其意為因小害大者言也。

【姚曰】普天下揣摩逢世才人，讀此同聲一哭矣。

【屈曰】此因夢澤宮娃之墳而興嘆當時之歌舞也。○制藝取士，何以異此！可嘆。

【馮曰】與《楚宮》（複壁交青瑣）同意。（按《楚宮》末聯云：『歌成猶未唱，秦火入夷陵。』）

【紀曰】繁華易盡，却從當日希寵者一邊落筆，便不落弔古窠臼。（《詩説》）『滿城嬌』三字太鄙。（《輯評》）

【姜炳璋曰】此舉一事以為後世諷也。『能多少』，猶云為日無多也。君好容悦，臣事揣摩，轉盼間都成悲風白茅，何如澤在生民、功在社稷，君臣共垂不朽耶？千秋龜鑒，以詼諧出之，得未曾有。○一，籠罩全神。二，點明題旨。三四，則申明其義也。『虚減』，宫人自減之，亦楚王減之也，二意并到。

【張曰】首二句悲黨局之反復，末二句自解。李回失意左遷，而己獨依依不舍，修飾文采以慰之，可謂不知歌舞之多少矣。反言之，所以表忠於李黨之微意也。（《會箋》）

【劉逸生曰】這種深沉的感慨，不能説只是在於惋惜當時楚國宫女的不智，而是頗像一位哲學家用一個小故事來闡述大道理那樣，使人透過具體事情的表面，去探索它裏面包含的理趣。比如説，通過楚國宫女的這種可憐也頗可笑的行動，不是可以聯想到那些為了追求個人名利，不惜喪失生平操守，而又終於身敗名裂的人來嗎？不是還可以聯想到那些為了邀歡争寵，而使自己作出種種愚蠢的事情的人來麽？……作者寫下這兩句的時候，不知道是諷刺别人還是嘲笑自己，也許兩種用意都有。嘲笑的事情是什麽，我們也很難弄得清楚。不過，它總不能不是當時某種生

活現象的概括，而且主要不在於懷古，却可以斷言。（《唐詩小札》）

【郝世峰曰】詩人的想象力從『楚王葬盡滿城嬌』而生動地深入到受害者們的靈魂深處，突出地感受到受害者的愚昧，愚昧得可憐，雖然值得同情，可是令人憤慨！……這裏反映着詩人對於生活中的庸俗心理的感受，反映着他對於某種已成風氣的愚昧所抱的可憐與輕蔑的態度；這種態度使他能掙脱傳統認識的拘束，從古老的傳説中發現了更高、更深刻、更具普遍性的現實意義。世間某種惡濁的潮流之出現，總是在一部分庸衆的迎合與追逐下形成的，提倡者固不能辭其咎，迎合與追逐者的作用也十分惡劣，他們誤已害人而不自知，同那些為細腰而餓死的宮女一樣，可憐、可笑復可悲。（《李商隱七絶臆會》）

【按】此詩既非以荒淫亡國為戒，亦非徒慨繁華易盡，馮，紀説皆未中肯綮。詩中所慨所諷者，為瀰漫於當時楚國宮廷上下之『細腰』風。此風固倡自『好細腰』之楚靈王，然詩人用筆之重點則不在『好細腰』者而在『為細腰』而減宮厨者。而於後者，又非僅諷其迎合邀寵，乃諷其身陷悲劇而不自知，為人戕害而不自知，自我戕害而不自知。故諷刺中有同情，然非一般地同情其處境與命運，而係同情其作為悲劇人物所不應有之無知、愚蠢與麻木。故同情中又含有悲天憫人式之冷峻。要之，作者於此競為細腰之現象中所發掘者，乃一種自願而盲目地走向墳墓之悲劇，而『楚王葬盡滿城嬌』適成此種悲劇之有力襯墊。『葬盡』與『未知』『虚減』，前後呼應，為全篇點眼，諷刺入骨，亦悲涼徹骨。

詩雖詠楚宮細腰之風，而深慨宮中美人之愚昧與麻木，然因其鞭辟入裏，故能深入揭示出此種悲劇之内在本質，具有遠超出此一題材範圍之典型性與普遍意義。姚、屈二氏之評，實即從詩之普遍意義所引發之聯想。劉、郝二家評，緣其能從大處着眼，抓住詩歌主題典型性加以發揮，所見乃特深。按白茅俗稱茅草，春夏抽生有銀白色絲狀毛之花穗，詩稱『悲風動白茅』，當係春夏間白茅開花時之景象。至『悲風』，特詩人當時之主觀感受，與時令無涉。義山大中元年赴桂途經洞庭湖一帶，正值春夏之交（閏三月二十八日抵潭州），詩當作於此時。其時黨局反覆，現實中固不乏競為細腰而迎合得勢者之徒，詩中或亦融鑄此類現實感受。

失猿

祝融南去萬重雲①，清嘯無因更一聞②。莫遣碧江通箭道③，不教腸斷憶同羣④。

①【朱注】《長沙記》：『衡山七十二峰，最大者五：芙容、紫蓋、石廩、天柱、祝融，而祝融為最高。』【馮注】《初學記》引《南岳記》：『衡山下踞離宮，攝位火鄉，赤帝館其嶺，祝融托其陽。』按：衡山為南岳，祝融可為統稱。《荆州記》曰：『山有三峰：紫蓋、石囷、芙蓉，芙蓉最為竦桀。』其後每云七十二峰，最大者五峰，祝融峰乃最高者。杜詩：『祝融五峰尊，峰峰次低昂。紫蓋獨不朝，争長嶫相望。』是亦言五峰矣。

②【馮注】《異苑》：『嘯有一十五章，其六曰《巫峽猿》。』《荆州記》：『高猿長嘯，屬引清遠。』

③【馮注】《梁書》：『高祖曰：「漢口不闊一里，箭道交至。」』此只取莫為人所射耳。

④【姚注】《世説》：『桓温入三峽，部伍中有得猿子者，其母緣岸哀號，行百餘里不去，遂跳船上，至，便絶。破視腹中，腸皆寸斷。』【馮注】《搜神記》：『有人得猿子殺之，猿母悲喚，自擲而死。破腸視之，寸寸斷裂。』

【何曰】後二句不解。（《輯評》）

【姚曰】言此猿之去，清嘯時定有失羣之憶，又恐其或遇意外之傷，可謂多情之至。

【屈曰】江道如通，雖失猶可尋得，玩首句自知。較李遠《失鶴》詩深妙多少！三四得詩人忠厚之意。

【馮曰】嘆所思之又遠去也。在祝融之南，則非潭州矣。似亦座主鎮西川時之深慨也。『失猿』似寓失援之隱。

【紀曰】詩頗曲折，然曲折而無味。○末二句平山以為恐其或遇意外之傷也，蓋通箭道則人得而取之矣。

【張曰】失猿寓失援之意。首二指鄭亞之貶。結謂李回。語意均極明顯。（《會箋》）又曰：曲折而有拙致，味即在其中，此唐人獨到之境，宋以後則絶響矣。紀氏祇知後世詩法，妄詆義山，真門外漢之見耳。○此亦桂管府罷，感慨遇合無成而作。『祝融』二句，言桂州罷歸之況。『莫遣』二句，寓巴蜀遊滯失意之恨，從此去李黨而就令狐，故云『不教腸斷憶同羣』也。『失猿』者，即《轉韻》詩所謂『鯉魚食鈎猿失羣』意耳。（《辨正》）

【按】此隨鄭亞赴桂途次作。《偶成轉韻七十二句》叙此次南行之役，有『依稀南指陽臺雲，鯉魚食鈎猿失羣』之句，二語可大體概括本篇背景及内容。詩題『失猿』即『猿失羣』之意。詩寫失羣孤孑之感，詩人亦隱然以失羣之猿自況。首句謂祝融南去，雲山萬重，點出赴桂程途。時已行近衡岳，故有此語。次句謂南去之後，猿羣長嘯之聲即無因再聞矣，點醒題目『失猿』。失，離失。三四二句謂但願碧江如箭之道莫再相通，則此離羣之猿自可不再南去，即可免失羣之悲，不致因思念同羣而腸斷矣。箭道，指一綫水道，蓋泝湘水而南行，水道愈顯狹窄，故云。

張謂首二指鄭亞之貶，不知亞之貶循，當循桂江而下，入今之西江，復泝東江而至貶所，與『祝融南去』了不相涉。

五月六日夜憶往歲秋與澈師同宿〔一〕①

紫閣相逢處②，丹巖議宿時〔二〕。墮蟬翻敗葉，栖鳥定寒枝。萬里飄流遠，三年問訊遲③。炎方憶初地④，頻夢碧琉璃⑤。

校記

〔一〕『六日』，朱注本作『十五』。【馮曰】《法苑珠林》：奘法師《西國傳》云：『三月十六日至五月十五日，盛熱也。』一作『十五』，或不誤。

〔二〕『議』，戊籤作『記』。【馮曰】『議宿』無理，『記宿』亦非。《莊子》『假道於仁，託宿於義』，必因以致誤耳，故竟改定。【按】『議宿』可通。

集注

①【朱注】按徹師乃知玄法師弟子僧徹，見《高僧傳》，非越州靈徹也。【馮注】原編集外詩。按：集中智玄

非衲子，已詳辨矣（參馮氏《別智玄法師》題注）。《通鑑》：『懿宗咸通十二年幸安國寺，賜僧重謙、僧澈沈檀講座。』《舊書・李蔚傳》作僧徹，未知即此詩之澈師否。李郢有《長安夜訪澈上人》詩：『關西木落夜霜凝，烏帽閒尋紫閣僧。』與此《澈師》合也。【按】僧澈，又作僧徹。事詳《宋高僧傳》卷六《唐彭州丹景山知玄傳》《唐京兆大安國寺僧徹傳》。

②【馮注】張禮《遊城南記》：『圭峰、紫閣在終南山四皓祠之西，圭峰下有草堂寺，紫閣之陰即渼陂。』《通志》：『紫閣峰，鄠縣東南三十里，旭日射之，爛然而紫。』【按】下句『丹巖』即指紫閣。

③【朱注】《法華經》：『諸佛皆遣侍者問訊釋迦牟尼佛。』【馮注】《維摩經》：『維摩詰稽首世尊足下，問訊起居。』此『三年』字不必拘看。【張曰】謂與澈師相別，有三年之久也，不必泥看。

④【朱注】《楞嚴經》：『於大菩提，善得通達，覺通如來，盡佛境界，名歡喜地，即初地也。』【馮注】《法苑珠林・十地部》曰：『初地菩薩猶如初月，光明未顯，其明性皆悉具足；二地菩薩如五日月；三地菩薩如八日月云云。』按：初地至十地，皆以初月至十五日圓滿月為喻，故用之，非詳箋不知其用字之精也。【程注】王維《登辨覺寺》詩：『竹徑從初地，蓮峰出化城。』【按】馮注引恐非所用。此『初地』指佛教寺院，即當年相逢之地，僧徹所居之紫閣寺院。

⑤【朱注】《觀經》：『下有金剛七寶金幢，擎琉璃地，琉璃地上以黃金繩雜廁間錯。』【道源注】臨濟曰：『龍生金鳳子，衝破碧琉璃。』（朱注引）【馮注】《魏略》：『大秦國多赤、白、黑、緑、黃、青、紺、縹、紅、紫十種琉璃。』按：天竺西通大秦，多珍物，故佛經多言七寶，而佛有號寶華琉璃功德光照如來也。《涅槃經》云：『有五色光從佛口出，時祇洹精舍變成瑠璃。』又曰：『文殊師利化瑠璃像，衆生念文殊像，法先念瑠璃像。』又有夢中得見文殊師利之語。此以言愁處炎荒，憶清涼之界也。

【姚曰】此恨見道之遲也。憶昔同宿之時，墮蟬敗葉，悟身世之無常；棲鳥寒枝，幸皈依之有所。於斯時也，不能了徹大事，而萬里飄流，回頭初地，夢想其能已耶？

【屈曰】一二同宿。三四往歲秋夜。五六五月十五夜。七八憶。

【程曰】詩有『炎方』語，蓋從事桂管時作。

【紀曰】一氣渾圓，如題即住，所謂恰到好處也。（《詩説》）次聯亦深有託寓。（《輯評》）

【張曰】詩在桂州作，故有『萬里』『炎方』語。（《會箋》）

【按】義山大中元年三月初七離京赴桂，閏三月中途經江陵，同月底抵潭州，五月中離潭州，六月初九方抵桂林。有《為滎陽公赴桂州在道進賀端午銀狀》《為滎陽公端午謝賜物狀》及《為滎陽公桂州謝上表》等可證，《謝上表》云：『即以今月九日到任上訖。』今月指六月。此詩當仍作於旅途中。則作『六日』是。首聯寫往歲與澈師紫閣相逢議宿。次聯承『議宿』寫秋夜同宿情景。姚謂『墮蟬敗葉，悟身世之無常；棲鳥寒枝，幸皈依之有所』，似之。『萬里飄流遠』，正『棲鳥定寒枝』之反面，故有『三年問訊遲』之語。末聯謂身處炎方，倍憶往昔同宿清涼之境，亦微有寓慨，言外似含遠赴炎荒，不如皈依佛門清涼世界之意。

桂林①

城窄山將壓②，江寬地共浮③。東南通絶域〔一〕④，西北有高樓〔二〕⑤。神護青楓岸⑥，龍移白石湫⑦。殊鄉竟何禱⑧？簫鼓不曾休。

〔一〕『東』，馮引一本作『西』。

〔二〕『西』，馮引一本作『東』。

①【朱注】《山海經》：『桂林八樹在賁隅東。』注：『八桂成林，言其大也。』《舊唐書》：『江源多桂，不生雜木，故秦時立為桂林郡。武德四年，置桂州總管府。後置桂管經略觀察使，治桂州。』

②【朱注】柳宗元《記》：『桂州多靈山，發地峭豎，林立四野。』

③【馮注】《通典》：『桂州有離水，一名桂江，又有荔水，亦曰荔江。』【朱注】《方輿勝覽》：『桂州有湘、灕二江，荔江、陽江。』【按】江寬，指桂江。

④【朱注】《方輿勝覽》：『桂州東接諸溪，南浮瓊崖。』【馮注】白居易《授嚴謩桂管觀察使制》：『東控海嶺，右扼蠻荒。』

⑤【朱注】《桂海虞衡志》：『靈川、興安之間，有嚴關，朔雪至此輒止，大盛則度關至桂州城下，不復南矣。北城舊有樓，曰雪觀，所以夸南州也。』【馮注】二句寫地勢，一遠一近。桂之東南，廣州、循州而外，皆大海矣。韓昌黎《送鄭尚書序》：『其海外雜國之屬，東南際天地以萬數。』故曰『絶域』，此遠勢也。嚴關正當桂州西北隅，此近形也。高樓更寓望君之思，廣、桂在京師東南數千里也。他書引之有作『西南』『東北』者，桂之西南為安南、交阯，似亦可通。然舊刊集本皆作『東南』『西北』。徐氏以全同《古詩》『西北有高樓』句為嫌，則固無妨也。

⑥【道源注】《南方草木狀》：『五嶺之間多楓木，歲久則生瘤癭，一夕遇暴雷驟雨，其樹贅暗長三五尺，謂之楓人。越巫取之作術，有通神之驗，取之不以法，則能飛去。』《述異記》：『南中有楓子鬼，楓木之老者人形，亦呼為靈楓焉。』

⑦【朱注】《一統志》：『白石湫在桂林府城北七十里，俗名白石潭。』【馮注】曹學佺《名勝志》：『白石潭水甚深，相傳靈川縣南二里有蛟精塘。昔藏妖蜃，傷隄害物。南齊永明四年，始安内史裴昭明夢神女七人，雲冠玉珮，各執小旂圭印，自言為荆楚以南司禍福之神，此方被妖蜃所害，今當禁之於白石湫。既覺，詢其故，得之。先時湫水險急，舟觸必敗，乃為建祠秩祀，水遂平。義山詩云云即此。』按：《隋書》：『桂州人李光仕作亂，保白石漈，周法尚討平之。』當即此地。白石神事，何《寰宇記》不之載也？【按】本集有《賽白石神文》，馮注引《靈川縣志》云：『白石湫在縣南三十五里，亦曰白石潭、白石漈，灕江自白石而下，深潭廣浸，與湘江埒。』

⑧【馮注】《漢書·郊祀志》：『粵人俗鬼，而其祠皆見鬼，數有效，粵巫立粵祝祠，祠天神帝百鬼，而以雞卜。』【朱注】宋李彥弼《八桂堂記》：『民俗篤信陰陽，多尚巫卜，病不求醫藥。』【程注】王勃《序》：『轁

仙駕於殊鄉。』

【何曰】第四忽入思歸，變化不測。（《輯評》）

【陸鳴皋曰】前六句俱寫地，而上四句虛寫，下二句實寫也。末言風俗，而曰『何禱』，句便不板而活。

【姚曰】山重水闊，南則杳然絶域，北則但有高樓，孤身作客，真無可告訴之地也。彼叢祠簫鼓，聒耳不休，不知有何心事耶？

【屈曰】首句狀難狀之景。三四高亮雄壯。五六殊鄉靈怪，即下簫鼓所禱者。結句怪異之詞，自傷留滯於此，渾涵不露。

【紀曰】字字精鍊，氣脈完足，直逼老杜。（《詩説》） 落句愁在言外。（《輯評》）

【張曰】文集有為滎陽公賽諸神廟禱雨文，詩後半指此。（《會箋》）

【按】此初至桂林描繪殊鄉形勝、風俗之作。地則遥隔京華，鄰接絶域，俗則神異靈怪，祀禱不休，描繪叙述中均暗透作客異鄉之愁緒。屈謂『自傷留滯』，紀謂『愁在言外』，均得作者之意。首聯范晞文《對牀夜語》曾稱之，謂其不用事而工妙。

深樹見一顆櫻桃尚在

高桃留晚實〔一〕①，尋得小庭南。矮墮緑雲髻〔二〕②，欹危紅玉簪〔三〕③。惜堪充鳳食〔四〕，痛已被鶯含④。越鳥誇香荔⑤，齊名亦未甘。

〔一〕「桃」，戊籤作「枝」。

〔二〕「矮」，朱本作「倭」。

〔三〕「簪」，朱本、馮注本作「簮」。【按】「簪」「簮」字通。韓愈《送桂州嚴大夫》詩：「山如碧玉簪。」

〔四〕「食」原作「實」，涉上文而誤，據席本、朱本改。

①【程注】謝朓詩：「餘榮猶未已，晚實猶見奇。」　【馮注】《爾雅》：「楔，荆桃。」注曰：「今櫻桃。」

②【朱注】《古今注》：『墮馬髻，今無復作者。倭墮髻，一云墮馬之餘形也。』古樂府：『頭上倭墮髻。』【馮注】《廣韻》：『矮，烏蟹切，短貌。墮，他果切。倭墮，髻也，小兒剪髮為髻。倭，烏果切。』按：『矮』字與『倭』字，或可通用。此是謂深樹。古辭《陌上桑》『頭上倭墮髻』，是詠羅敷採桑時。劉禹錫詩：『鬟髻梳頭宫樣妝。』　【按】倭（矮）墮髻，一種髮髻向額前俯偃之髮式。此狀櫻桃樹緑葉滿枝。

③【馮注】謂一顆尚在。

④【馮注】《月令》：『仲夏，天子羞以含桃，先薦寢廟。』《吕氏春秋注》：『含桃，鶯桃。鶯鳥所含食，故言含桃。』此痛已之不得仕於朝而寄人幕下。

⑤【何曰】足『晚』字。（《輯評》）　【馮注】《古詩》：『越鳥巢南枝。』天寶中，因南海進荔支，名新曲為《荔支香》，見《甘澤謡》。

【何曰】似桂林幕中作，末句蓋有謂也。（《讀書記》）　又曰：結句泛，不見『深樹一顆』意。（《輯評》。前條『末句蓋有謂也』，此作『落句蓋自謂也』。）

【賀裳曰】佳句每難佳對，義山之才，猶抱此恨……『痛已被鶯含』，事容有之，實為俊句；上云『惜堪充鳳食』，又涉牽湊。（《載酒園詩話》）

【姚曰】摧殘偶剩，此櫻桃之不遇者，要未屑於香荔齊名也。士之抱才遺佚，何以異此！

【屈曰】櫻桃一顆，又在隱處，非尋不可見也。三四比其色相。五六惜其不遇。（《唐詩成法》）　又云：五六言不能事天子而官幕僚。本是鳳食，即與世所貴重者齊名，亦未肯甘心，況為小鳥所食！高妙。（《玉谿生詩意》）

【程曰】此碩果之感也。老於名場，繫而不食，故借櫻桃發之。論其材，君上可供，堪食丹山之鳳；惜其遇，友生求我，空隨幽谷之鶯。是則由校書郎而沉淪幕僚之恨事也。結句謂荔支不得齊名，豈真茗艼酪奴之評品哉！亦慨從事南方，同調者少，若妄庸人把臂入林，吾不任受也。有『越鳥』字，大都嶺南作。

【馮曰】赴桂後作，與《櫻桃》諸絶句迥不同。鄭亞大有文名，結疑指之。

【紀曰】寓意之作，有比附之痕，而格亦不高。（《詩説》）　此亦悔從王氏之作。五六分明，然不成語。（《輯評》）

【張曰】此與集中《嘲櫻桃》諸詩大不相同，蓋借所見以自寓也。前四句寫孑然可憐之景。『惜堪』二句，言本當翱翔華省，反使沉淪記室。『越鳥香荔』，點明桂管，意謂己之文名，豈僅傲遠地人才而甘心哉？如此觀之，比喻分明，絶無所謂語病矣。（《辨正》）　又曰：結『越鳥香荔』『齊名未甘』，當謂同舍中有文采者，馮氏疑指鄭亞，府主尊嚴，措辭不得爾也。（《會箋》）

【按】末聯張箋是。詩即物寓慨，自抒有才見棄，孑處荒遠，沉淪下僚之感。櫻桃向為薦寢廟、供内廷之物。唐李綽《歲時記》：『四月一日，内園薦櫻桃，寢廟薦訖，班賜各有差。』故因晚實一顆而生淪棄不遇之慨，『晚』字見意。王維《敕賜百官櫻桃》云：『纔是寢園春薦後，非關御苑鳥銜殘。』本篇似化用其詞。

晚晴

深居俯夾城①，春去夏猶清②。天意憐幽草，人間重晚晴③。併添高閣迥〔一〕④，微注小窗明⑤。越鳥巢乾後，歸飛體更輕⑥。

〔一〕『迴』，英華作『曉』，非。

集注

①【馮注】夾城，猶云重闈，即『宅與嚴城接』之意。舊注引《舊書·志》京都東内達南内有夾城複道者，誤。【按】莫休符《桂林風土記》：『夾城，從子城西北角二百步北上，抵伏波山，沿江南下，抵子城逍遥樓，周回六七里。光啟年中，前政陳太保可環剏造。』莫道才《李商隱寓桂居所遺址考》（載《安徽師大學報》二〇〇二年第一期）疑光啟前已有夾城，光啟年間係重建。

②【補】謝朓《别王丞僧孺》詩：『首夏實清和。』句意謂時當夏日，而氣候尚清和宜人。

③【馮曰】深寓身世之感。【田曰】偏於閒處用大筆。（馮注引）。【鍾惺曰】妙在大樣。（《唐詩歸》）【吴喬曰】次聯澄妙。

④【何曰】句微晦。言晴後憑高，所見愈遠也。（《讀書記》）【譚元春曰】此句説晚晴，其妙難知。【補】併，更，益。

⑤【朱彝尊曰】（二句應）俯夾城、深居。

⑥【何曰】（『越鳥』句）切『晴』；（『歸飛』句）切『晚』。（《讀書記》）【朱彝尊曰】（二句）寫其得意。【補】《古詩十九首》：『胡馬依北風，越鳥巢南枝。』

【賀裳曰】義山之詩，妙於纖細。如《全溪》作：『戰蒲知雁唼，皺月覺魚來。』《晚晴》：『併添高閣迴，微注小窗明。』《細雨》：『氣凉先動竹，點細未開萍。』（《載酒園詩話》又編）

【何曰】淫雨不止，幽隱無以滋蔓，正不曉天意何愛此草，忽焉雲開日漏，雖晚猶及，有人欲天從之快，蓋寓言也。○但露微明，已覺心開目舒，五六是倒裝語，酷寫望晴之極也。越鳥，越燕也。（《輯評》）

【徐德泓曰】玩『猶清』『憐』『重』字義，殊有望恩末路之意，非漫咏也。結到『越鳥』『歸飛』，時在嶺表可知矣。

【吴瑞榮曰】『併添高閣迴』，妙空迹象，下句便落筌蹄。第三句亦勝對句。（《唐詩箋要》）

【姚曰】晚晴，比常時晴色更佳。天上人間，若另换一番光景者，在清和時節尤妙。小窗高閣，異樣焕發，而歸燕亦覺體輕，言外有身世之感。

【屈曰】當良時而深居索寞之況。三四自解自慰意。五六晚晴景。七八亦自喻。（《玉溪生詩意》）又曰：一地二時。三四出題。五六承三四，七八開筆。三四寫題深厚。五六得題神。七八自喻，蓋歸歟之歎也。（《唐詩成法》）

【程曰】此為歷所從事者多見憎於時，而已亦為所累，久而自明，適有天幸，故於『天意憐幽草，人間重晚晴』一聯微露其旨。結言越鳥歸巢，疑在桂管將入京師時作也。

【紀曰】輕秀，是錢、郎一格。五六再振起，則大曆以上矣。○末句結『晚晴』，可謂細意熨貼，即無寓意亦自佳也。（《詩説》）

【李因培曰】玉谿詠物，妙能體貼，時有佳句，在可解不可解之間。又曰：（『天意』二句）風人比興之意。純自意匠經營中得來。（《唐詩觀瀾集》）

【許印芳曰】前半深厚，後半細致，老杜有此格律。（《瀛奎律髓彙評》引）

【顧安曰】三、四妙將『天意』突説一句。然後對出『晚晴』，『併添』『微注』，『晴』字説得深細。結句有意無意，亦是少陵遺法。○此詩亦非徒咏時景者。五、六寄意殷切，千百回吟之，其妙自見。玉溪別有句云：『夕陽無限好，只是近黄昏』……可合參之。（《唐律消夏録》）

【周詠棠曰】（三四）大家數語。結近滯。（《唐賢小三昧續集》）

【林昌彝曰】（三四）喻人之晚遇者。（《海天琴思續録》）

【張曰】詩用『越鳥』，是桂林作。（《會箋》）

【按】頷聯歷來為人所賞，妙在觸景興感，情與境偕，脱口道出，渾融無迹，寄興在有意無意之間。既富詩情，又寓人生感受與人生哲理。詩之寄託，此為上乘。與『采菊東籬下，悠然見南山』，同為可遇而不可求之境。何、程箋稍鑿，蓋誤以寄興在有意無意間之寫景詩為刻意寓託比附之寓言詩也。

寓目①

園桂懸心碧，池蓮飫眼紅②。此生真遠客③，幾別即衰翁。小幌風烟入④，高窗霧雨通。新知他日好⑤，錦瑟傍朱櫳。

①【馮注】《左傳》：『得臣與寓目焉。』梁元帝《答張纘文》：『寓目寫心，因事而作。』

②【道源注】《廣韻》：『飫，飽也，厭也。』佛書：眼以視色為食。

③【程注】《古詩》：『人生天地間，忽如遠行客。』

④【馮曰】碧、客、入皆入聲，偶不檢。

⑤【程注】《楚詞》：『樂莫樂兮新相知。』【朱彝尊曰】『他』疑作『當』，感舊之意也。若作『他日』，不應既衰猶動妄想。【馮注】新知謂新婚。『樂莫樂兮新相知』，本杞梁妻《琴歌》，不僅指交情也。『他日』，昔日也。《左傳》：『他日吾見蔑之面而已。』凡或前或後，皆可曰他年、他日。

【陸鳴皋曰】『遠客』，言其暫至，即藏『幾別』意，接下句始順也。『新知』，新相知也。『好』，上聲。末句正形相好之象。

【徐德泓曰】首聯尚屬虛景。項聯，寫寓目之情。腰聯，方正寫寓目之景。末聯，又從衰、別二字生情，非贅語也。

【姚曰】園桂之碧，向來懸心。池蓮之紅，向來飫眼。舊物不改其常，其如衰翁已不似舊人何？小幌高窗，今日之荒涼，即舊時之親熱處也。

【屈曰】一二景。三四情。五六景，七八情。新知猶方知也。以今日之衰翁，方知他日錦瑟朱櫳之好也。

【馮曰】客中思家之作，解作悼亡者誤。『園桂』，點桂林；『池蓮』，比幕府。

【紀曰】前四句是初見感嘆，後四句是細細追尋，故兩層寫景而不複。此中具有針縷，非後人之屋上架屋也。格調殊高。（《詩説》）前四句乃觸目生感，後四句乃追尋舊迹，故兩層寫景而不複，非屋上架屋之比。○格意俱高，不以字句香倩掩之。（《輯評》）

【張曰】詩有『遠客』『衰翁』語，的是東川晚年作。結寓悼亡，與『京華他夜夢，好好寄雲波』，同一用筆。馮編桂管，謂園桂點桂林，殊不足據。

【按】此篇馮解甚精。張氏以詩有『遠客』『衰翁』之語，謂為東川晚年作。然桂林較之梓州，道里更遠。『幾別即衰翁』并非言眼下已成衰翁，而謂人生易老，幾回遠別即成衰翁矣，後之懷念妻室，正由此生出。紀氏謂前四觸目生感，後四追尋舊迹，亦非。詩題『寓目』，一二與五六皆即目所見，三四與七八則觸景而生情。桂碧蓮紅，正所以反襯已之索寞，由物之繁盛而及已之孤寂。小幌風煙，高窗霧雨，今日幕府寥落之景，更令人思念家室也。『錦瑟傍朱櫳』者，必王氏喜彈瑟，故有此語。

酬令狐郎中見寄①

望郎臨古郡〔一〕②，佳句灑丹青③。應自丘遲宅④，仍過柳惲汀⑤。封來江渺渺，信去雨冥冥⑥。句曲聞仙訣⑦，臨川得佛經⑧。朝吟搘客枕，夜讀漱僧缾⑨。不見銜蘆雁，空流腐草螢⑩。土宜悲坎井⑪，天怒識雷霆⑫。象卉分疆近⑬，蛟涎浸岸腥⑭。補羸貪紫桂⑮，負氣託青萍⑯。萬里懸離抱，危於訟閣鈴〔二〕⑰。

〔一〕「郎」原一作「郊」，誤。

〔二〕「閣」，悟抄、席本、錢本、影宋抄作「閤」。字通。

①【胡震亨注】時為湖州刺史。（《唐音戊籤》）【朱注】此必令狐綯官湖州時有詩寄義山，而以此酬之也。唐史，開成中，綯累遷庫部、户部員外郎；出為湖州刺史。【程注】《舊書》謂綯自員外郎出為湖州刺史，與詩題不合。《新書》云：「累擢左補闕、右司郎中，出為湖州刺史。」以此詩證之，當從《新書》。【馮注】綯於大中二年自湖州入行尚書考功郎中、知制誥，義山於元年五月抵桂管。此在桂州酬寄湖州也。徐曰：「湖州天寧寺有尊勝陀羅尼石幢一十四座，今存其八，中有建於大中元年十一月者，後題令狐綯姓名，則二年入朝明矣。」按：幢款一書大中元年十一月二十八日中大夫使持節湖州諸軍事守湖州刺史上柱國彭陽縣開國男令狐綯。又一款大中二年八月刺史蘇特，銜與前略同，惟無縣爵耳，可以見當時刺史之全銜也。又一題會昌二年十月樹，五年六月准勑廢。然則大中元年所樹，乃復興釋教事也。時綯已封彭陽男矣。中大夫與《紀》作「中散大夫」小異。【按】據《吳興志》：「令狐綯，大中元年三月二十一日自左司郎中授。」可證綯之出守湖州非如《舊唐書》本傳所載在會昌五年。詩有「天怒識雷霆」「不見銜蘆雁，空流腐草螢」語，當作於大中元年夏。

②【朱注】《魏書》：『孝文曰：「吏部郎必使才望兼允者。」』本集《為鄭亞謝上表》：『極望郎於南省。』【馮注】山公啟事：『舊選尚書郎，極清望也，號稱大臣之副。』按：稱清郎、望郎以此。【張曰】古郡，指湖州。

③【張曰】丹青，謂紙。【按】此謂令狐以詩相寄。

④【朱注】《梁書》：『邱遲，字希範，吴興人，邱靈鞠之子，八歲能屬文，累官中書郎，遷司徒從事中郎，卒。』【馮注】《南史》：『邱遲，……累宫中書侍郎，遷司空從事中郎。』

⑤【朱注】白居易《記》：『湖州城東南二百步抵霅溪，溪連汀洲，洲一名白蘋，梁吴興太守柳惲於此賦詩云：「汀洲采白蘋。」因以名洲也。』【馮注】《梁書》：『柳惲字文暢，少工篇什，為吴興太守。』【按】應自、仍過，謂詩寫於丘遲之宅，寄經柳惲之汀。借以美其詩篇。

⑥【馮注】古謂使者曰『信』，如《史記·韓世家》『發信臣』之類。【補】《世説新語·文學》：『司空鄭冲馳遣信就阮籍求文。』

⑦【朱注】《真誥》：『勾曲洞天東通林屋，北通岱宗，西通峨眉，南通羅浮。』《南史》：『陶弘景止於句容之句曲山，此山下是第八洞宫，名金陵華陽之天，周迴一百五十里。乃於山中立館，自號華陽陶隱居，徧遊名山，訪求仙藥。既得神符秘訣，以為神丹可成，而苦無藥物，帝給黄金、硃砂、曾青、雄黄等，復合飛丹，色如霜雪，服之體輕。』

⑧【朱注】《宋書·謝靈運傳》：『帝不欲復使東歸，以為臨川内史。』《廬山記》：『靈運一見遠公，肅然心服，乃即寺翻《涅槃經》，名其臺曰『翻經臺。』』【姚曰】『封來』四句，言得綯寄詩，如仙訣佛經之珍重也。

⑨【馮注】《寄歸傳》：『梵云軍持，此云瓶。』《西域記》云：『澡瓶也。』【程注】《雲笈七籤》：『俯漱靈瓶津。』【吴喬曰】述己之寂寞。【屈曰】『朝吟』二句，喜而誦，不間書夜也。【按】吴解近是，詳下二句。

⑩【朱注】衡陽有回雁峰，桂林又在衡陽之外，雁所不到。流螢自寓其飄泊無依。【吴喬注】（上句）言不能

如雁之銜蘆避險，下句言所託非善地。　【姚曰】『朝吟』四句言諷誦之餘，酬寄無便。　【馮注】《淮南子》：『雁銜蘆而飛，以避矰繳。』《月令》：『季夏之月，腐草為螢。』（二句）亦點時序。『土宜』以下則自叙。　【按】姚解非。雁而曰『銜蘆』，當非謂其可傳書而係切其避矰繳。『不見銜蘆雁』，固有暗示桂林地處衡陽以南之意，亦以寓已之未能如銜蘆雁之全身避害，故下句以流螢喻己之天涯飄泊。『朝吟』二句與此二句一意貫串，其非指誦讀令狐之詩甚明，吴解得之。『令狐見寄』之意已於前八句盡之，『朝吟』以下即轉而叙己之境遇心跡。

⑪【朱注】『坎井』見《易》。稽康詩：『坎井蝤蛭宅，神龜安所歸？』　【馮注】《左傳》：『使毋失其土宜。』《易·坎卦、井卦》。《莊子·秋水篇》：『埳井之鼃。』埳、坎字同。《晉書·孫楚傳》：『時龍見武庫井中。楚言龍蟠坎井，同於蛙蝦，願陛下赦小過，舉賢才，修學官，起淹滯。』徐曰：『宋梅摯《感應泉銘序》：『昭州江水不可飲，飲者輒病，日用汲井。』大抵昭、桂之間，草木蔚薈，蛇虺出没，故日用皆藉井取給。』

⑫【朱注】嶺南多雷（馮注引）。吴武陵《與孟簡書》：『霆砰電射，天怒也，不能終朝。』　【馮注】《國史補》云：『雷州春夏無日不雷，秋冬則伏地中，狀類彘，人取食之。』又柳文有雷山、雷水，地皆近桂林，故《異俗》詩亦云：『未驚雷破柱。』按：（二句）言外自悲坎壈，祈釋怨怒。

⑬【朱注】《海録》：『鳥荒象卉，尋隔於皇風。』　【馮注】《桂海虞衡志》：『象出交阯山谷。』《禹貢》：『島夷卉服。』傳曰：『南海島夷，草服葛越。』《史記·秦始皇本紀》：『桂林、象郡、南海。』按：象郡，漢為日南郡，與交趾同屬交州，皆桂州近疆。

⑭【朱注】《北夢瑣言》：『蛟形如馬蟥，涎沫腥粘，掉尾纏人而噬其血。』　【馮注】《墨客揮犀》：『蛟如蛇，其首如虎，見人先以腥涎繞之，既墜水，即於腋下吮其血。』

⑮【道源注】《拾遺記》：『闇河之北有紫桂成林，羣仙餌焉。』韓終《采藥》詩：『闇河之桂，實大如棗，得而食之，後天而老。』（朱注引）　【馮注】《山海經》：『桂林八樹在賁隅東。』注曰：『賁隅，音番隅。』　【吴喬曰】言以窮故受辟於亞。

⑯【朱注】陳琳《答曹植牋》：『君侯秉青萍干將之器。』注：『青萍，劍名。』【馮注】徐曰：上句謂一時之為貧，此句謂報恩之本願。綯之寄詩，必有誚其背恩者，故反覆自陳。【吴喬曰】欲終依綯以自振。

⑰【朱注】鈴閣風摇，離緒如之。【程注】《晉書·羊祜傳》：『祜在襄陽，常輕裘緩帶，身不被甲，鈴閣之下，侍衛者不過十數人。』錢起詩：『戍樓雲外静，訟閣竹間清。』【馮注】鈴，風鈴也。官閣寺觀多有之。

【補】鈴閣，將帥或州郡長官理事之處，簷角有鈴。

【朱曰】『句曲』以下皆自序。時義山羈宦桂管，故有象卉、蛟涎等句。

【吴喬曰】義山癸亥受王茂元辟（按『癸亥』誤），娶其女。丁亥（當作卯）受鄭亞辟，從往桂州。綯官湖州太守。大中二年，召拜考功郎中，此作題稱郎中，而詩語多湖、桂事，則知綯之贈詩，猶未離湖州，而此答在内召之後也。（按：答詩在令狐内召前。詩題郎中係指出守前任左司郎中，非内召初之考功郎中。以上見《西崑發微》。）又曰：《酬令狐郎中見寄》詩，有曰『天怒識雷霆』，又曰『危於訟閣鈴』，已知綯意之不釋然矣。其後復為彼所感，桓司馬所謂人不可無勢，我乃能駕馭卿者矣。（《圍爐詩話》）

【朱彝尊曰】此必綯寄書義山，詩中詢其近況，因酬其見寄之意。故叙綯略，而自叙詳，此古人立言之法。

【姚曰】綯……出為湖州刺史。首四句，叙其寄詩。邱遲宅、柳惲汀，皆湖州舊蹟。『封來』四句，言得綯寄詩，如仙訣、佛經之珍重也。『朝吟』四句，言諷誦之餘，酬寄無便。『土宜』四句，言桂管地當卑窪，天多雷雨，象卉蛟涎，真窮塞之地也。唯是藉紫桂以補羸，託青萍以見志，離抱懸懸，不啻如訟閣之鈴矣。

【屈曰】一段令狐見寄。二段得書喜出望外。三段追述未接所寄時情況。四段自叙久滯炎荒，兼寫酬意。邱遲、柳惲方令狐。仙訣、佛經比令狐所寄。『朝吟』二句，喜而誦，不問晝夜也。『不見』四句，言未寄詩時已如腐草之螢，羈棲桂管，無異坎井，乃雷霆天怒，果不終朝，有詩來寄也。綯以義山受鄭亞之辟，怒甚，故答詩如此。

【程曰】起句『望郎臨古郡』，自為綯由郎中出知外郡之時。古人於官爵重內輕外，故不曰太守而曰郎中也。下文引用邱遲宅、柳惲汀，皆吴興故事，與綯本傳由左補闕、右司郎中出為湖州刺史相合。朱長孺以為必綯湖州寄詩，而義山以此酬之，良是；又以為『句曲』以下為義山羈宦桂管時自序之詞，亦是。按義山為桂管防禦觀察使鄭亞判官，亞坐李德裕黨貶官，乃令狐綯所排。此詩云：『土宜悲坎井，天怒識雷霆』，當是綯所寄詩已有惡李背恩之口吻，而以此答之。下又云：『補羸貪紫桂，負氣託青萍』，蓋謂其相從鄭亞，貧乏使然，不過貪其資給，如紫桂之補羸而已。而此心所向，終記舊恩，依然託之氣節，有如青萍之負氣者在也。結語嘆蹤跡之遼遠，訴心事之危疑，益情見乎詞者矣。

【紀曰】應酬之作，不見本領，只『封來』二句小有致耳。（《詩説》）『古郡』字無着，『丹青』句凑韻。（《輯評》）

【按】此詩内容及寓意，吴、姚、程三家箋已大體闡明，程箋尤詳。義山陳情告哀之作，此為較顯著者。前此《酬別令狐補闕》雖亦有『錦段知無報，青萍肯見疑』，『彈冠如不問，又到掃門時』等卑詞，然其時綯未貴顯，朝中亦非牛黨專權，故酬別中半含剖白，祈其釋疑。此則直言『天怒識雷霆』，言外大有怵惕惶恐、震懾不知所措之狀。蓋商隱之從亞，正值李黨失勢，牛黨復熾之時，自令狐綯觀之，此正商隱改絃易轍，轉依牛黨之日，乃商隱竟追隨實為外貶之李黨骨幹鄭亞，則其死心塌地依附已敗之李黨，且無視牛黨之震怒報復亦明矣。故寄詩必暗誚其從亞為『忘家恩，放利偷合』，頗震其雷霆之怒。商隱酬詩，乃極力剖白己之從亞，僅為口腹之資，正所以掩飾其真實政治傾向，以見其不過為貧而仕之庸人。用心固良苦，然亦勢必不得綯之諒解。詩極言南荒之僻遠荒凉，己心之摇摇危墜，亦欲以告哀語動之，祈綯之息怒也。合此篇與《奉使江陵途中感懷寄獻尚書》《海客》二詩並讀，不特可想見義山當日處境之艱困，亦可見其内心之分裂與言行之矛盾，此實義山悲劇性格之一端。

奉寄安國大師兼簡子蒙〔一〕①

憶奉蓮花座〔二〕②，兼聞貝葉經③。巖光分蠟屐〔三〕④，澗響入銅缾⑤。日下徒推鶴⑥，天涯正對螢⑦。魚山羨曹植〔四〕⑧，眷屬有文星⑨。

〔一〕『大』原作『太』，非，據蔣本、悟抄、席本、戊籤、錢本改。

〔二〕『座』，馮引一本作『坐』。

〔三〕『屐』，悟抄作『屣』，非。

〔四〕『魚』原作『漁』，非，據蔣本、悟抄，席本、戊籤、錢本改。

①【道源注】《佛祖通載》：『安國寺賜紫大達法師端甫，為左街僧録内供奉，裴休撰碑，今《玄秘塔碑》是也。』（朱注引）　【朱注】按安國大師即前知玄法師也。《高僧傳》云：『知玄與弟子僧録僧徹住上都大安國寺，號

安國大師。』又按《元氏長慶集》有《寄盧評事子蒙作》，疑即此子蒙。【馮注】《唐會要》：『長樂坊安國寺，睿宗龍潛舊宅。』《續酉陽雜俎》：『安國寺紅樓，睿宗在藩時舞榭。』按：道源以安國大師為《玄秘塔碑》大達法師端甫，而序朱氏者（按：指錢謙益，曾撰《李義山詩集·序》）駁之，以為是知玄，住上都安國寺，號安國大師者。愚考太和元年，詔白居易與安國沙門義林講論麟德殿，見《三教論衡》。而《舊書》作僧惟澄者也。他如安國寺紅樓僧廣宣，見韓昌黎、白香山、劉夢得、雍陶諸人集，而《新書·藝文志》：『《令狐楚與廣宣唱和詩》一卷。』蓋其人年頗永，義山固及與之相識矣。道源所引端甫，時亦可合，然安國京師大刹，前後僧徒頗多，難定其為何人。若知玄之説尤謬，已詳前矣（按馮氏於《別智玄法師》題注曾詳辨智玄為女道士，非衲子）。又《東觀奏記》：『大中時僧從誨住安國寺，道行高潔，兼工詩，以文章應制，多稱旨。』此尤與義山同時，而可以工詩相契也，何可定指哉！按《白公後集》十七卷，時當會昌元年，有《贈盧侍御子蒙》詩，即《元集》中人也，似即會昌四、五年尹河南之盧貞字子蒙者，詳文集《為河南盧尹表》。此題必非其人，不可妄指。畢沅《關中金石志》：『唐安國寺有二：一在西京者，為睿宗龍潛宅；一在東京者，為中宗節愍太子宅。景雲元年並名為安國者，以睿宗本封故也。』

【按】此安國大師即僧徹（澈），詳參陶敏《全唐詩人名考證》。

②【朱注】《文殊傳》：『世尊之座，高七尺，名曰七寶蓮花臺。』【馮注】又：『文殊師利坐千葉蓮花。』此類語佛經甚多。

③貝葉經已見《安平公詩》注。

④【朱注】《晉書》：『阮孚好蠟屐，歎曰：「未知一生當著幾兩屐！」』

⑤【道源注】《寄歸傳》：『軍持有二：若甆瓦者是凈用，若銅錫者是濁用。』【馮注】梵云軍持，此云瓶。《西域記》云：『澡瓶也。』

⑥【朱注】《晉書》：『陸雲與荀隱素未相識，嘗會張華座，雲抗手曰：「雲間陸士龍。」隱曰：「日下荀鳴鶴。」鳴鶴，隱字也。』【屈注】《世説注》：『《荀氏家傳》云：荀鳴鶴與陸士龍在張公座，語互有反伏。陸連屈

嗚鶴，辭皆美麗，張公稱美之。」

⑦【朱注】《晉書》：『車胤家貧，不常得油。夏月則以練囊盛數十螢火，照書讀，以夜繼日焉。』

⑧【朱注】《通典》：『濟州東阿有魚山，一名吾山。《瓠子歌》「吾山平兮鉅野溢」是也。』《異苑》：『陳思王植嘗登魚山，忽聞巖岫裏有誦經聲，清遒深亮，遠谷流響，不覺斂襟祗敬，便效而則之。今梵唱皆植依擬所造。』慧皎《唱導序》：『陳思王深愛聲律，屬意經音，既通般若之瑞響，又感魚山之神製，傳聲則三千有餘，在契則四十有二。』【馮注】《法苑珠林》：『梵聲顯世始於此焉。』《魏志》：『植登魚山，臨東阿，喟然有終焉之志，遂營為墓。』

⑨【朱注】《晉書·天文志》：『文昌六星，在北斗魁前。』【道源注】子蒙必安國俗家眷屬，故以曹植擬之。【馮注】《史記·樊噲傳》：『誅諸呂、呂須婘屬。』《妙法蓮華經》：『彼佛弟子有無量百千萬億菩薩聲聞以為眷屬。』按：『眷』同『婘』，眷屬字佛經習見，偶引此耳。又，《維摩詰經》：『父母妻子親戚眷屬吏民知識，悉為是誰。』【程注】白居易詩：『詩家眷屬酒家仙。』杜甫詩：『南斗避文星。』

箋評

【姚曰】蓮座聽經，皈依有素。巖光澗響，喻大師宗風；蠟屐銅瓶，喻窺測有限。下言我之虛名，雖傳日下，而一氈遠滯天涯，豈如子蒙為大師眷屬，以文星而得親佛日耶？

【馮曰】似赴桂管後寄也。

【紀曰】只『澗響』一句佳，餘俱平平，後四句尤俗。（《詩說》）　四句自好，後半殊俗。（《輯評》）

【張曰】石林以安國大師為大達法師端甫，錢牧齋序朱氏又以為即悟達國師知玄。考贊寧《高僧傳》，知玄未嘗住安國，住安國者乃僧徹也。義山嚴事玄，徹乃玄之弟子，此稱大師，亦不細符。子蒙蓋安國眷屬，亦必非河南尹之盧貞，無可妄揣，馮説得之。義山晚年喜與衲子往還。詩意頗似遊江東時，非桂管也。（《會箋》）又曰：詩格峻拔，不當以俗詆之。（《辨正》）

【按】首聯謂昔嘗於安國大師座下親聞傳道講經。頷聯承『憶』字，寫當時所見安國大師超凡脱俗之高風。蠟屐度巖，銅瓶汲澗，極狀其境之清静，心之悠閒。腹聯轉寫自己，謂往昔我雖名聞京華，而今則徒然漂泊天涯。末聯『兼簡子蒙』，謂其為大師眷屬，又兼善文，令人如羡魚山之曹植也。詩當作於桂管。《酬令狐郎中見寄》云：『不見銜蘆雁，空流腐草螢。』朱曰：『流螢，自喻漂泊無依也。』本篇『天涯正對螢』句意略同。義山桂管詩每言『天涯』『萬里』，亦可證。

城上①

有客虚投筆②，無憀獨上城〔一〕。沙禽失侣遠，江樹著陰輕。邊遽稽天討〔二〕③，軍須竭地征④。賈生游刃極，作賦又論兵⑤。

〔一〕『憀』，馮引一本作『聊』，義同。

〔二〕『邊遽』原作『伐必』，非；一作『邊遽』。據蔣本、悟抄、席本、姜本、戊籤、朱本、錢本、影宋抄改。

集注

①【馮注】原編集外詩。

②【姚注】《後漢書》：『班超為官傭書，久勞苦，投筆嘆曰：「大丈夫當立功異域，安能久事筆硯乎？」』【按】謂雖投筆從軍（入幕），而抱負無從實現，故曰『虛投筆』。

③【朱注】《説文》：『遽，傳也。』徐曰：『傳，驛車。』《左傳》：『子産乘遽而至。』【程注】《國語》：『越王句踐乃率中軍泝江以襲吴。入其郛，焚其姑蘇，徙其大舟。吴晉争長未成，邊遽乃至，以越亂告。』《書》：『天討有罪，五刑五用哉！』獨孤及《太行苦熱行》：『長虵稽天討。』【馮注】《爾雅》：『馹、遽，傳也。』注曰：『皆傳車馹馬之名。』【補】稽，稽延，遲延。

④【程注】《周禮·地官》：『大司徒以土均之法，辨五物九等，制天下之地征。』杜甫詩：『巴人困軍須。』

⑤【姚注】《莊子》：『庖丁為文惠君解牛，曰：「臣之刀十九年矣，所解者數千牛，而刀刃若新發於硎。彼節者有間，而刀刃者無厚，以無厚入有間，恢恢乎其於游刃必有餘地矣。」』【朱注】《賈誼傳》：『屠牛坦一朝解十二牛，而芒刃不頓，所排擊剥割皆中理解也。』誼作《弔屈原賦》《鵩賦》，又欲施五餌三表以繫單于，是『論兵』也。

【姚曰】此傷遠客之空羈也。才非投筆，觸目心驚，邊遽軍須，時事蹙迫，使賈生復作，其能於此作賦又論兵耶？

【程曰】詩有「江樹」句，當是從事東川時作。大中六年，蓬、果羣盜寇掠三川，……故有「邊遽稽天討，軍須竭地征」之句。結用賈生，自負之詞耳。

【馮曰】程氏、徐氏皆因「江樹」字以為東川作，然桂江自可也。《代滎陽公表》云：「控西原而遏寇。」《狀》云：「海上有分屯之卒，邕南有未返之師。」五句定指此。若東川則喪失家道，意緒闊略，不復以賈生游刃自譬矣。細玩乃可別之。桂州近長沙，故屢以賈生為比。

【紀曰】五六不成語。七八尖佻。（《詩説》）

【張曰】未至不成句。結乃得意語，亦非佻薄也。（《辨正》）

【按】馮繫桂幕，是。詩寫失意無聊，報國無門之情。頷聯於寫景中滲透孤孑之感，黯淡之情，應上「獨」「無憀」。腹聯馮引《代滎陽公表》以證之，恐非。表、狀中所言戰事規模甚小，何至「邊遽稽天討，軍須竭地征」？當另有所指。按會昌末年以來，党項屢寇掠西北地區，朝廷命將進討而遲延無功。大中元年五月，吐蕃又誘党項及回鶻餘衆侵掠河西。「稽天討」「竭地征」當指此。是心之所存，非目之所見，有類杜甫登岳陽樓「戎馬關山北，憑軒涕泗流」者。末聯固以賈生自喻，然非「得意」語。國家危機深重，己則空懷「作賦論兵」之才而不為世用。憂國之情益深，報國無門之苦悶亦愈强烈。

高松

高松出衆木①，伴我向天涯②。客散初晴後〔一〕，僧來不語時。有風傳雅韻③，無雪試幽姿④。上藥終相待，他年訪伏龜⑤。

校記

〔一〕後，朱本、全詩作『候』。

集注

①【補】出，凌越、超越。

②【補】向，臨。

③【補】雅韻，指松濤之清響。

④【補】松樹霜雪嚴寒中更顯蒼翠挺拔，而嶺南地暖，終年無雪，故云『無雪試幽姿』。

⑤【朱注】《嵩高山記》：『嵩高山有大松樹，或百歲，或千歲，其精變為青牛、為伏龜，採食其實，得長年。』【馮注】《本草注》：『茯苓通神靈，上品仙藥也。』《博物志》：『《仙傳》曰：松脂淪地中，千年化為茯苓，千年化為琥珀。』

【何曰】落句自傷流滯也。玩『無雪』句，必在桂林所作。（《讀書記》）又曰：落句今雖不試，要有身後之名。我文采猶當結為靈藥也。（末句）反對『高』字。（《輯評》）

【姚曰】遠客高松，相對居然老友。人但知雅韻幽姿，世不多得，孰知其終成度世之善藥也？亦含自寓意。

【屈曰】三四是伴我時。五六天涯。結承五六，『終』字着意。○『有風』『無雪』，寫天涯令人不覺。

【徐曰】曰『天涯』，曰『無雪』，詩必作於桂林。（馮箋引）

【紀曰】起句極佳，結句亦好，中間四句芥舟以為三四太廓，五六太黏也。（《詩説》）

【張曰】三四傳神，五六切地，即以自寓。在桂林留滯所作。不嫌太廓太黏，紀評殊失詩意。（《辨正》）

【按】詠高松即以自寓。前四寫高松凌越衆木之身姿與幽雅不凡之神韻，而已之卓然特立、鄙棄凡近之風標氣韻自見於言外。五六緊扣『天涯』，於自負自賞中流露僻處荒遠，才能不為世用之感慨。末聯隱然以他年『上藥』自期。屈謂『終』字着意，甚是。味『無雪』句，似大中元年冬令作，當在奉使江陵前。

席上作〔一〕①

淡雲輕雨拂高唐，玉殿秋來夜正長②。料得也應憐宋玉，一生唯事楚襄王。

校記

〔一〕原題下注：『一云予為桂州從事故府鄭公出家妓令賦高唐詩。○淡烟微雨恣高唐，一曲清塵遶畫梁。料得也應憐宋玉，只應無奈楚襄王。』姜本無『一云』二字，影宋抄、才調集無『府』字。蔣本、姜本、悟抄、影宋抄、戊籤無『高唐詩』以下二十八字。又，影宋抄、錢本、席本下卷《天平公座中呈令狐令公》詩後有《席上贈人》一首，題下注：『故桂林滎陽公席上出家妓。詩云：淡烟微雨恣高唐，一曲清聲遶畫粱。料得也應憐宋玉，只應無奈楚襄王。』【按】『一云』二字當從姜本刪。『予為桂州從事故府鄭公出家妓令賦高唐詩』十八字係題注。餘詳箋。

①【原注】予為桂州從事，故府鄭公出家妓，令賦高唐詩。【朱注】鄭公，鄭亞也。【馮曰】稱故府者，詩係追録也。【按】或題注係日後所加。

②【馮注】借古事，故用玉殿。杜詩《答嚴公垂寄》有用『行宮』字，古人不避，然不可效也。

【馮班曰】『料得』二句旁批：太露。（二馮評閱《才調集》）

【陸鳴皋曰】『惟』字得體。

【姚曰】張文昌《節婦吟》『恨不相逢未嫁時』亦此意，義山之為令狐忌也亦猶是耶？

【屈曰】『一生唯事』多少含蓄，若作『只應無奈』便淺露。

【錢曰】意狂語直，詩家惡品。（馮箋引。按錢氏所據本當作『只應無奈』。《輯評》作朱彝尊批）

【馮曰】未至惡品，若作『只因無奈』便不佳。

【紀曰】病于淺直。首作特恃才狂態，別本則病狂喪心矣。且主人在座，必無此理。（《詩説》）

【姜炳璋曰】以宋玉自謂，以襄王謂鄭公，善戲謔而止于禮義，此謂性情之正。

【張曰】此表明一生不負李黨之意，實義山用意之作，而託之於席上贈妓耳。注自具微旨。（《會箋》）又曰：藉高唐關合席上家妓，并自己感遇之意，亦寓其內，深處正未可測。此種入神之篇，當細心領會之，豈可僅據外面，妄詆為粗淺耶。（《辨正》）

【劉盼遂曰】『淡雲輕雨』也即高唐雲雨的意思。玉殿，應『席上』，因為寫的是高唐，所以用玉殿。最後兩句是説，料想家妓應憐宋玉之平生只奉侍襄王一人，而自己所事奉者却無定主。詩人同情家妓被驅逐的不幸遭遇，同時也流露了自己的身世之慨，慨嘆自己不像宋玉之終生事一主，而是到處遷徙，那景況也不過如家妓而已。這和他的《城外》詩『未必明時勝蚌蛤，一生長共月虧盈』的意思相同。（《李義山詩説》）

【按】此席上即興之作，別無深意，姚、張箋均失之鑿。首二席上即景，暗以神女喻家妓，以楚襄喻鄭亞。三四則以宋玉自比，謂彼多情之神女，料亦應憐專事楚襄之宋玉也。一生唯事，誇張其詞耳，固不必泥。此因鄭亞出家妓，身為親信之幕僚，故發此雅謔；若作『只應無奈』，則墮入惡謔矣。家妓與幕僚，雖身份不同，而惟事府主則同，『料得』二語中或亦微寓同是天涯淪落人之慨焉。劉氏以『出』為『驅逐』，與『席上作』『高唐』等語均不合，殆非。

端居①

遠書歸夢兩悠悠②，只有空牀敵素秋③。階下青苔與紅樹〔一〕，雨中寥落月中愁。

校記

〔一〕『苔』原作『菭』。【按】『菭』係『苔』之本字。《漢書》：『華殿塵兮玉階菭。』今據各本改通行字。『樹』，馮引一本作『葉』。

①【補】端居，平居，閒居。《梁書·傅昭傳》：『終日端居，以書記為樂。』王維《登裴迪秀才小臺作》：『端居不出户，滿目望雲山。』

②【馮注】遠書彼來，歸夢我去，兩皆久疎。

③【朱注】梁元帝《纂要》：『秋曰白藏，亦曰素秋。』　【楊曰】『敵』字險而穩。（馮注引）　【按】敵，此處有『抵擋』意。

【徐德泓曰】晴雨都無是處，要見落寞人，無一而可也。

【姚曰】寥落窮愁，遠書歸夢，無非妄想糾纏。若斬斷得時，青苔也，紅樹也，空牀也，干他甚事？

【屈曰】書、夢俱無，正唤只有、空、敵等字。對青苔、紅樹皆愁，正結上空牀敵素秋耳。

【程曰】此亦失偶以後作。

【馮曰】客中憶家，非悼亡也。

【紀曰】『敵』字自是險而穩，然單標此等以論詩，不知引出幾許魔障矣。此詩頗佳，竟以此一字之故不以入選，漸流漸弊，誠怖其卒，吾見夫竟陵之為詩者也。（《詩説》）

【張曰】『敵』字練得固好，然義山好處原不在此也。（《辨正》）

【按】此非悼亡詩，曰『遠書歸夢兩悠悠』，言外自有寄書之人在也。首句一篇之根。遠書不至，歸夢難成，故益感客居秋夜之寂寥冷落。『敵』含『對』義，然『對』只表現『空牀』與『素秋』默默相對之寂寥清冷之狀，偏於客觀描繪；『敵』則兼寫出『空牀』獨寢者不堪忍受清冷凄寒環境之重壓，偏於主觀感受，雖似較硬較險，然抒情自更深刻。三四『雨中』『月中』當非一夕之景，將眼前實景與想像中曾歷之景交織描寫，無形中使時間內涵擴展延伸，暗示中宵不寐，思念遠人已非一夕。『雨中』與『月中』，『寥落』與『愁』，均互文。此詩當為義山中年幕遊遠地時作。味其意致，頗似桂幕時。可與《夜意》參讀。

到秋

扇風淅瀝簟流離〔一〕①，萬里南雲滯所思②。守到清秋還寂寞〔二〕，葉丹苔碧閉門時。

〔一〕『離』，蔣本、席本、錢本、萬絶作『漓』，朱本、季抄一作『灕』，字通。戊籤『流離』作『琉璃』。

〔二〕『到』原作『道』，據蔣本、席本、戊籤、朱本改。

①【朱注】簟，竹席；流離，簟文也。《魯靈光殿賦》：『流離爛漫。』濟曰：『皆光色貌。』【馮注】按：琉璃，《漢書·志》本作『流離』，然此是言簟文。【按】流離，光采焕發貌。此狀簟之光潔。淅瀝，此指風聲。

②【朱注】陸機賦：『指南雲以寄欽。』【程注】陸雲《感逝》：『眷南雲以興悲。』

【何曰】（末句）正是秋來懷人，非徒紀物候也。（《輯評》）

【徐德泓曰】上二句，夏意也。言簟者，本江文通賦中『夏簟青兮晝不暮』語耳。南雲，亦謂夏雲。故第三句直接，今日望明日，來年思去年，同此一嘆。

【姚曰】歸心不遂，到秋則一發不堪矣。

【屈曰】當長夏相思，意到秋時必能相見；今葉丹苔碧，而閉門寂寞，何以為情乎？

【馮曰】次句所思在南雲，非身在南雲，解作桂管者誤也。此楚遊時，其人已去，而義山猶守客舍，時亦將歸矣。

【紀曰】『到』字好，以前有多少話在。○不言愁而愁見，住得恰好。（《輯評》）

【張曰】義山（大中二年）巴楚留滯，自夏涉秋，萬里南雲，所思顯然。蓋至是而歸計決矣。馮氏强附江鄉之

遊，安得有此情景哉！（《會箋》）

【按】屈箋是。『到秋』者，自夏到秋也。所思者滯留南方，遲遲未歸，故云『萬里南雲滯所思』。是抒情主人公身在北方甚明。馮氏既云『所思在南雲，非身在南雲』（按此解是），又謂『義山猶守客舍』『楚游將歸』，何矛盾至此！解作義山思念、等待身處南方之情人固可，然解為義山代閨人抒寫懷遠之情似更切。與《端居》參讀，當倍感後解之切。南北相隔，彼此相思，情景略似，故一則云『只有空牀敵素秋』，一則曰『守到清秋還寂寞』；一則云『階下青苔與紅樹，雨中寥落月中愁』，一則曰『葉丹苔碧閉門時』。

夜意

簾垂幕半捲，枕冷被仍香。如何為相憶，魂夢過瀟湘①？

集注

①【補】二句謂如何因相憶之故，而魂過瀟湘於夢中與己相會，以暫慰寂寥也。『魂夢』非指己。

【姚曰】衆生總爲業想纏縛，無一刻安歇時。魂夢過瀟湘，軟煖中應更有在。

【馮曰】憶内之作，殊近古風。

【紀曰】小有情致，然無深味。（《詩説》）

【張曰】一氣渾成，耐人咀嚼，正深於味者，不但情致宛轉可誦也。（《辨正》）

【按】詩有『魂夢過瀟湘』語，當是大中元年居桂幕時憶内之作。一二寫深夜夢醒，枕冷人杳，似聞餘香之況。三四係感念之辭，謂對方奈何以相思之故，夢魂竟不憚萬里，遠涉瀟湘，與我相會於夢中也。構思頗似杜甫《夢李白》『三夜頻夢君，情親見君意』。

訪秋

酒薄吹還醒，樓危望已窮①。江皋當落日，帆席見歸風②。煙帶龍潭白③，霞分鳥道紅。殷勤報秋意，只是有丹楓④。

集注

①【馮注】陸機詩：『擊斗宿危樓。』【按】『望已窮』，謂已可極望，隱含秋高氣爽之意。下四句即寫登樓遠望所見。次句即所謂『獨上高樓，望盡天涯路』之意。

②【馮注】《海賦》：『維長綃，挂帆席。』謂見歸帆而羨之。【補】江皋，江邊高地。日將暮，故惟江皋尚值夕暉。『帆席』句謂舟帆北向而見風之自南而北。『落日』『歸風』，皆寓歸思。

③【補】龍潭，當即《桂林》詩所謂『龍移白石湫』者，參《桂林》詩注。鳥道，險峻狹窄之山路。二句謂暮煙籠罩龍潭而晚霞映紅鳥道，亦寫秋晴暮景。分，有顯露意。

④【馮注】結言嶺南常暖，舍『丹楓』不見秋意也。

【何曰】中四句疏上『望』字。（《讀書記》） 又曰：對起。次連流水蹉對，使不死板。集中詩律多半如是。所以望歸之切者，以地暖無秋色也。只有丹楓，又傷心物色，此豈暫醉所能忘哉！（《輯評》）

【徐德泓曰】前六句俱是『訪』意。以『秋』作結，『風』亦可見，字語奇妙。

【姚曰】此見知幾者之少也。吹酒易醒，樓高可望，秋已至矣，三承二，四承一。煙白霞紅，秋色正麗，不知霜信之已到丹楓也。結句正透題中『訪』字意。

【馮曰】徐氏以為在桂林作，是也。蓋龍潭桂州亦有之，而鳥道泛比高險。

【紀曰】意境既闊，氣脈亦厚，此亦得杜之藩離者。『訪』字恐『初』字之訛，形相似也。且作『初』尤與末二句意思相關。

【姜炳璋曰】一二，所以當訪。中四，句句有『訪』字在內。七八，訪得之。

【按】嶺南地暖而內地習見之蕭瑟秋色殊不易睹。題曰『訪秋』，正暗示時令已至清秋，而景物未見秋色，故特訪尋之。危樓遠望，落日歸帆，煙白霞紅，雖觸處皆秋晴朗爽之景，然殊難發覺。所以顯示秋意者，惟丹楓耳。此寫桂林秋景，亦以寓異域之感，思鄉之情。

海上謠

桂水寒於江①，玉兔秋冷咽②。海底覓仙人③，香桃如瘦骨④。紫鸞不肯舞⑤，滿翅蓬山雪。借得龍堂寬⑥，曉出揲雲髮⑦。劉郎舊香炷⑧，立見茂陵樹⑨。雲孫帖帖卧秋烟⑩。上元細字如蠶眠⑪。

①【馮注】《通典》：『桂州有離水，一名桂江。』【姚注】《酉陽雜俎》：『月中有桂，高五百丈。』【葉嘉瑩曰】桂林遠在炎方，其地之水實不當較（長）江水為寒冷。是則『桂水』二字雖為實有之地，而『寒於江』三字的形容，則可能已非實寫其溫度之寒暖，而當另有一份寫遠在異域的冷落凄寒之感的喻示了。

②【朱注】傳玄《擬天問》：『月中何有？玉兔擣藥。』【按】海上天寒，月中玉兔亦為之寒慄噤咽。

③【朱注】《漢·郊祀志》：『自威、宣、燕昭使人入海求蓬萊、方丈、瀛洲。諸仙人及不死之藥皆在焉。未至，望之如雲；及到，三神山反居水下。』

④【姚注】《漢武故事》：『王母種桃，三千年一著子。』【補】《博物志》：『漢武帝好仙道，……七月七日夜漏七刻，王母乘紫雲車而至於殿西。……王母索七桃，大如彈丸，以五枚與帝，母食二枚。帝食桃輒以核著膝前，母曰：「取此核將何為？」帝曰：「此桃甘美，欲種之。」母笑曰：「此桃三千年一生實。」』二句與《昭肅皇帝挽歌辭》『海迷求藥使，雪隔獻桃人』近似，謂海上並無仙山，故入海底而尋覓仙人；仙桃樹亦瘦若枯骨，而不見結實。總言仙人之難覓、仙藥之難求。

⑤【馮注】《瑞應圖》：『鸞鳥，赤神之精，鳳凰之佐，喜則鳴舞。』

⑥【朱注】《楚詞》：『魚鱗屋兮龍堂。』

⑦【道源注】揲，《集韻》作拙。《説文》：『閱持也。』《詩》：『鬒髮如雲。』【補】揲，以手抽點成批或成束物品之數目。此處含有閱數查看之意。

⑧【朱注】《漢武内傳》：『七月七日燔百和之香以待王母。』【馮注】《漢武帝内傳》無劉郎之稱，未檢所始。《宋書·符瑞志》：『宋武帝劉寄奴飲於逆旅，逆旅嫗曰：「劉郎在室内飲酒。」』此語固不可類推也。乃李賀詩亦云『茂陵劉郎秋風客』。何楫《班婕妤怨》：『獨卧銷香炷。』

⑨【朱注】武帝葬茂陵。言其死之速。

⑩【朱注】《爾雅》：『昆孫之子為仍孫，仍孫之子為雲孫。』【馮注】皆以仙家寄意。雲孫，疑即天孫，或《楚詞》稱雲中君之類。或即上從漢武，指其後世，亦通。【按】雲孫，自本身數起第九代孫。《爾雅·釋親》郭璞注：『（雲孫）言輕遠如浮雲。』

⑪【馮注】《漢武内傳》：『帝以王母所授《五嶽真形圖》《靈光經》及上元夫人所授金書秘字六甲靈飛十二事，

自撰集為一卷，奉以黄金之箱，封以白玉之函，珊瑚為軸，紫錦為囊，安著栢梁臺上。』【朱注】《海録碎事》：「《書斷》：『魯秋胡翫蠶作蠶書。』」宋之問詩：『宛轉結蠶書。』○言武帝雲孫皆盡，此上元蠶書亦安在哉？

【按】謂雲孫已逝，帖卧於秋煙荒野，惟留上元蠶書於人間耳。『蠶書』不必專指，形容細字如蠶眠而已。

【朱彝尊曰】義山學杜者也，間用長吉體作《射魚》《海上》《燕臺》《河陽》等詩，則多不可解。飛卿學李者也，即用太白體作《湖陰》《擊甌》等詩，亦多不可解。疑是唐人習尚，故為隱語，當時之人自能知之，傳之既久，遂莫曉所謂耳。有明制義且有然者，何況於詩！

【徐德泓曰】此言入海求仙之虚誕也。水寒月冷，海景凄凉甚矣。所謂香桃，仙果也，已枯如瘦骨而不可食矣。紫鸞，仙馭也，亦遍身寒窘而不能飛矣。且並不見仙人，但棲止于荒凉鱗族之區，以曉沐而已。夫漢武焚香，而金母至，自謂見之矣，乃此身旋故，至于子孫亦皆物化。而所傳秘笈神符，不過等于蠶書故紙已耳。見之尚無所益，况茫茫之海，更不可見耶？

【姚曰】諷求仙也。月中桂冷，海底桃枯，神仙何在？驂鸞馭龍，徒虚語耳。且劉郎既葬之後，又經幾葉雲孫卧秋煙，言同歸陵墓中也。當日上元夫人，雖有蠶書往來，豈足信耶？

【屈曰】當水寒秋冷時，求仙海上，而仙不可得，不過於龍堂中歡娱美色而已，安得不速死乎？此刺世之好求仙者，非刺漢武也。

【程曰】此謂敬宗好仙也。按史：道士趙歸真説上以神仙，上信用其言。山人杜景先請偏歷江嶺求訪異人。有潤州人周息元自言壽數百歲，使中使迎之，館於禁中山亭。起句言桂水言江，謂偏歷江嶺也。次二句謂覓得周息元也。次二句謂周息元自言數百歲，妄自尊大，不肯輕處也。次二句謂館於禁中山亭也。次二句謂敬宗崩也。末二句謂稱玄宗皇帝之後，則歷世至敬宗為雲孫。仙李蟠根，不綿壽數，徒如漢武傳受上元夫人之圖經已耳。

【馮曰】非諷求仙，蓋歎李衛公貶而鄭亞漸危疑也。『桂水』二句，借月宫以點桂林。『海底』六句，指衛公貶潮州濱海地矣。其貶以七月，故言秋令。『劉郎』二句，謂武宗昔日倚信，而崩後遽遭遠斥也。『雲孫』比鄭亞，君相擢用之庶僚，猶高曾之有雲仍。『卧秋烟』者，失勢而愁懼也。『上元』句喻衛公之相業紀在史書，且暗寓為之作《一品集序》。蓋九月德裕書自洛至桂，命亞作序，而不意時已貶潮，勢將沉淪海底矣。　又曰：『滿翅』句，狀其心憂髮白。

【紀曰】此及下《李夫人三首》《景陽宫井雙桐》總長吉體耳。（《詩説》）長吉派，無可取。（《輯評》）

【張曰】此在桂管自傷一生遇合得失而作。首二句叙孑身遠客，冷落可憐景況。『海底』二句，言沈淪使府，無異海底。香桃、瘦骨，極狀消瘦無聊之態。『紫鸞』四句，言從前贊皇當國，原可立致臺閣，而無端遭喪，攀附不及，自此由菀而枯矣。《相思》詩已以『紫鳳青鸞共羽儀』比李黨。『滿翅蓬山雪』，極言髮白骨立，以形容母憂也。『借得』二句，喻重官祕閣，『龍堂』比禁近也。『曉出揲雲髮』，謂一無事事，即『卧枕芸香清夜闌』意。『劉郎』二句，追慨故君。蓋武宗崩而時勢變，乃義山一生不得志之由，故特言之。『雲孫』自寓，義山系本王孫。細字、蠶眠，比己文章。言從此為人記室，以文字為生涯也。通首不涉黨局，當在衛公未貶前。『玉兔秋冷』，兼點時令。一篇大意如是，閲者勿以其叙述不倫而晦之。（《會箋》）

【陳貽焮曰】《資治通鑑》卷二百四十、二百四十一：『上（按：指唐憲宗）晚節好神仙，詔天下求方士。宗正卿李道古……薦山人柳泌，云能合長生藥。（元和十三年十月）甲戌，詔泌居興唐觀煉藥。……柳泌言於上曰：「天台山神仙所聚，多靈草，臣雖知之，力不能致，誠得為彼長吏，庶幾可求。」上信之。（十一月）丁亥，以泌權知台州刺史，仍賜服金紫。……柳泌至台州，驅吏民采藥，歲餘，無所得而懼，舉家逃入山中；浙東觀察使捕送京師。皇甫鎛、李道古保護之，上復使待詔翰林；服其藥，日加躁渴。……（十五年，正月）庚子，暴崩於中和殿。』……

這首詩可能就是借漢武帝求仙無成來諷詠這件事的。……頭兩句寫仙境寒冷情狀。南海有桂，又稱桂海。『桂』指桂海，隱喻台州。台州在今浙江臨海一帶。三、四兩句意謂遣人求神仙和不死之藥而不可得。……『香桃』喻不死之藥。桃樹尚『如瘦骨』，豈有仙桃？……五六兩句和前幾句一樣，還是寫仙境蕭瑟寒冷景況，意謂仙境不過如此，足見求仙的荒誕。七、八兩句寫求仙采藥的道士早起在龍宮披髮眺望。因『海底』而聯想到『龍堂』，又因『揲髮』眺望而引出下段所見所感。九、十兩句説漢武帝求仙時點剩的香炷還在，馬上又見他陵墓上的樹木長成了。足見求仙的無稽。……末後兩句是説不僅漢武帝如此，就是他的子孫也全都死光了，即使上元夫人曾將那寫滿密密麻麻細字的金書密訣傳授給他也無用。唐武宗卒於作者之前。武宗上至憲宗共五朝。其中穆宗、武宗也好神仙。廖仲安同志認為『卧秋烟』也是從李賀《追和何謝銅雀妓》『石馬卧新烟』句化出的。（《談李商隱的詠史詩和詠物詩》）

【按】題稱『海上謡』，固切桂林（其地近海，又稱桂海，商隱文有『遠從桂海，來返玉京』語），然其託意則在諷帝王求仙海上，與七絶《海上》寓意相類。起二句言海上凛寒。三四寫入海求仙，不見仙人，唯見香桃如同瘦骨，暗示神仙與仙藥均屬虚幻渺茫。五六謂蓬山仙境，極為寒冷，紫鸞亦因滿翅堆雪而不肯起舞。以上六句均極形所謂海上仙境之寒冷，以見其地既不能生長仙桃，亦無紫鸞翔舞之仙家景象。無論仙人之不可覓，即或覓見，彼所謂仙人者，亦終日凛寒而毫無意趣矣。七八因『海底』而轉出『龍堂』（借喻宫廷），謂彼求仙之帝王雖借得此寬廣之龍堂以居，然於生死壽夭亦無能為力，曉起揲如雲之髮，亦惟恐白髮之相催矣。此即漢武《秋風辭》『少壯幾時兮奈老何』之慨。九、十乃接言武帝待西王母之香炷猶在，而茂陵之樹早已森森矣。末二并謂武帝之遠代子孫亦已長眠地下，惟留毫無效用之上元祕書於人間而已。後段六句極寫求仙者死亡相繼，以見求仙之虚妄。唐代中晚諸帝，大都迷信神仙方術，妄求長生，覆轍相沿，而不知悟。詩言『雲孫帖帖卧秋烟』，正針對此種現象而發。故此詩雖諷時主求仙，然非專指某一帝，亦非專詠某一事。首言『桂水』，以指桂海，詩或作於大中元年秋居桂幕時。葉嘉瑩曾著專文《李義山海上謡與桂林山水及當時政局》，從詩歌意象出發，融諷刺帝王求仙、影射政局、自傷身世諸説為一體，可參。

念遠

日月淹秦甸，江湖動越吟①。蒼梧應露下〔一〕，白閣自雲深②。皎皎非鸞扇③，翹翹失鳳簪④。牀空鄂君被⑤，杵冷女須砧〔二〕⑥。北思驚沙雁，南情屬海禽。關山已摇落，天地共登臨⑦。

〔一〕『梧』，朱本、季抄作『桐』。

〔二〕『須』，各本多作『嬃』，字通。

①【馮注】《史記》：『越人莊舄仕楚執珪而病。楚王曰：「舄今富貴矣，亦思越不？」中謝對曰：「凡人之思故，在其病也。彼思越則越聲，不思越則楚聲。」使人往聽之，猶尚越聲也。』《秦策》亦有之，作『吴人吴吟』。【朱注】《登樓賦》：『莊舄顯而越吟。』【程注】王維詩：『渭水明秦甸，黄山入漢宫。』【按】越吟，指思鄉

之情。

②【朱注】《通志》：「紫閣、白閣、黃閣三峰俱在圭峰東。紫閣旭日射之，爛然而紫。白閣陰森，積雪不融。黃閣不知所謂。三峰相去不甚遠。」杜甫詩：「錯磨終南翠，顛倒白閣影。」【馮注】岑參《白閣西草堂詩》：「東望白閣雲，半入紫閣松。」

③【馮注】按《古今注》：扇始於殷高宗雊雉之祥，服章多用翟羽，故有雉尾扇，後為羽扇。扇名甚多，「鸞扇」可通用矣。江淹《擬班婕妤詠扇》曰：「紈扇如圓月，出自機中素。畫作秦王女，乘鸞向烟霧。」亦可據也。【朱注】庾信詩：「思為鸞翼扇，願備明光宮。」

④【朱注】《後漢書·輿服志》：「太皇太后、皇太后簪以玳瑁為擿，長一尺，端為花勝，上為鳳爵，以翡翠為羽毛。」【馮注】《爾雅》：「翹翹。」注曰：「懸危。」【程注】楊巨源詩：「香風暗動鳳凰簪。」

⑤見《牡丹》（錦幃初卷衛夫人）注。

⑥【朱注】《離騷》：「女嬃之嬋媛兮。」注：「女嬃，屈原之姊也。楚謂姊為嬃。」《水經注》：「秭歸縣北有屈原宅，宅東北六十里有女嬃廟，擣衣石猶存。」

⑦【何曰】共登臨，言彼此相望也。（《輯評》）【補】宋玉《九辯》：「悲哉秋之為氣也，蕭瑟兮草木搖落而變衰。」

【何曰】「牀空」二句：對仗工。（《讀書記》）「日月」句：北。「江湖」句：南。（《輯評》）

【陸鳴皋曰】前四句正起念而至遠也。中四句，言失意而寂寥也。後四句，寫得空闊，題意始透。

【姚曰】首四句，家中客中雙起。三承二，四承一。中四句合寫。末四句雙收南北相思之況。

【屈曰】一段兩地情景。二段不得同居。三段仍寫兩地相思。

【程曰】此自桂嶺入朝之作。起『日月淹秦甸』，乃謂久在長安；『江湖動越吟』，則轉思桂嶺從事也。以下蒼梧承越，白閣承秦。至第五聯北思、南情一聯，曰驚沙雁，曰屬海禽，蓋謂長安可畏，竟如飛鴻之慮弋人；桂嶺無機，轉若沙鷗之狎海客。蓋府罷入朝之後，令狐當國之時，是為大中四年作。

【馮曰】首句即《甲集序》所謂『十年京師寒且餓』也。次句謂動旅思。三四一南一北。『皎皎』兩聯，憶內也。結處明點南北，而言兩地含愁，互相遠憶，忽覺雄壯排宕，健筆固不可測。

【紀曰】格意與《搖落》及《戲贈張書記》同，末二句亦有格韻，但五六句太拙而晦。（《詩説》）　五句未解，或『非』字是『悲』字之訛。○結二句自闊遠。（《輯評》）

【許印芳曰】長律佳者，《念遠》云（略）。此憶内詩也。通首排對。起四句伏脈。中四句細寫。結四句點眼，總收兩地相思。筆力壯健，格律亦全摹少陵。【張曰】此亦客子思家之作。曰『蒼梧應露下』，曰『南情屬海禽』，是在桂幕也。詩雄壯排宕，健筆固不可測，殊如馮評。（《會箋》）

【按】此詩題為『念遠』，南北夾寫，又有『秦甸』『越吟』『蒼梧』『白閣』『鄂君』『女嬃』等語，一南一北，一男一女，遥隔關山而均思念遠人。『杵冷』句謂妻子獨處孤寂。『牀空』句即《端居》之『只有空牀敵素秋』，《夜意》『枕冷被仍香』之意，謂己居于桂管。尾聯謂彼此于此摇落之秋各自登臨念遠，雙綰己與對方作結。故解為桂幕思家念遠之作，自屬順理成章。然細推之，似亦不無疑問。按此説，己在南而妻在北，然首句『日月淹秦甸』如指對方在長安，則『淹』字殊為不切，蓋妻室本居留家中，固無所謂『淹』也。馮氏似亦覺察此點，故解首句為作者自述『十年京師寒且餓』情景。然此詩南北夾寫，首二如單指一方，則三四『蒼梧』『白閣』之對舉即屬無根，上下文亦不相承接。此其一。『蒼梧』指南，『白閣』指北，固無疑，然言蒼梧露下，則曰『應』，顯為遥想推測之辭；言白閣雲深，則曰『自』，極似眼前實見之景，然則『念遠』者當在北，而所念者當在南也。此其二。且『秦甸』『白閣」，固指長安，而「蒼梧」則湘中之地，非必指桂管也（以「女嬃」代指對方，亦似暗切湘中）。此其三。綜此數端，頗疑此詩乃作者居秦地時思念湘中某一女子之作，或與《燕臺》詩之「雙璫丁丁聯尺素，内記湘川相識處」，與《河陽》詩之「湘中寄到夢不到」有關，亦未可知。暫依馮、張繫大中元年，俟再考。或解作代閨人念遠，亦通。

又疑此篇係自桂歸京後懷念鄭亞而作。「日月」句自慨淹塞京華，「江湖」句指鄭亞羈留遐遠，悵然懷歸。「蒼梧」「白閣」分承南北，「露下」「雲深」，起下「摇落」。「皎皎」二句不甚可解，似以「非鸞扇」「失鳳簪」分喻己之不得近君與亞之被貶。「牀空」二句，以鄂君喻亞，以女須自喻，託為男女之情以抒南北暌隔之恨。「北思」二句，明點南北思念，鄭亞貶循，更近南海，故曰「南情屬海禽」。末聯則謂值此關山摇落之秋，天地肅清，彼此當登臨而互相遥望也。玩「動越吟」及末句，似鄭亞在循有詩相寄。

朱槿花二首〔一〕①

蓮後紅何患？梅先白莫誇②。纔飛建章火③，又落赤城霞④。不捲錦步障⑤，未登油壁車⑥。日西相對罷，休澣向天涯⑦。

其二

勇多侵露去〔二〕⑧，恨有礙燈還⑨。嗅自微微白⑩，看成沓沓殷。坐忘疑物外〔三〕⑪，歸去有簾間⑫。君問傷春句，千辭不可删。

〔一〕各本題均同，底本、蔣本、悟抄、影宋抄、錢本、朱本第二首為『西北朝天路』；姜本、戊籤、席本第二首為『勇多侵露去』，『西北朝天路』首題作『晉昌晚歸馬上贈』，席本於『勇多侵露去』篇末注：『原與《晉昌》詩交誤，今正。』【程曰】原集編次第二首為『西北朝天路』，胡氏《戊籤》考訂『西北朝天路』一首乃《晉昌晚歸馬上贈》詩，而《晉昌晚歸》之『勇多侵路去』一首為《朱槿花》第二首，其誤甚明，今依胡本改訂。【紀曰】戊籤似亦有理。【按】姜本、戊籤、席本及胡氏校訂是，茲據改。《朱槿花二首》與《晉昌晚歸馬上贈》於不分體三卷本中雖均在下卷集外詩中，然二題之間相隔詩十首，似無錯簡之可能；而分體本（如蔣本）則《朱槿花二首》與《晉昌晚歸馬上贈》乃緊相連接，交錯之可能性極大。今蔣、姜二本同屬分體本，而蔣本交錯，姜本不誤，頗疑蔣本自三卷本分體編次時將二詩誤植，而後來之三卷本（如毛本）又復據誤植之分體本而沿其誤也。姜本不誤，正可證其所據之三卷本原不誤。

〔二〕『露』原作『路』，據戊籤改。

〔三〕『忘疑』原作『來疑』，一作『疑忘』；影宋抄、席本亦作『疑忘』；錢本原作『來疑』，校改為『疑忘』。均誤。據蔣本、姜本、戊籤、悟抄改。

①【馮注】《南方草木狀》：『朱槿花，莖葉皆如桑，高止四五尺。自二月開，至中冬歇，花深紅色，大如蜀

葵，有蘂一條，長於花葉，上綴金屑，日光所爍，疑若焰生。一叢數百朵，朝開暮落，插枝即活。一名赤槿，一名日及。』《嶺表録異》：『朱槿花亦謂之佛桑花。』按：《爾雅・釋草》：『椵，木槿；櫬，木槿。』別二名也。後人謂白曰椵，赤曰櫬。槿有紅白紫黄數色，純白者名舜英，而朱槿花惟南方最盛。又曰：（朱槿花）即今人習稱佛桑花者，非他槿花類。【按】朱槿，木槿別種，又名扶桑，枝條柔弱，葉深緑，似桑。花冠大型，盛産南方，為著名觀賞植物。夏秋開花。

②【補】二句謂槿花於蓮花開後始紅亦何害，梅花於槿花開前即開放亦不必誇。

③【朱注】《漢書》：『太初元年，柏梁殿災，越巫勇之曰：「越俗，有火災，復起屋，必以大，用勝服之。」於是作建章宫。』《西京賦》：『柏梁既災，越巫陳方。建章是經，用厭火祥。』【馮注】顧寧人《日知録》：『庾子山《枯樹賦》云：「建章三月火。」考《史記》：「武帝太初元年冬十一月，柏梁臺災；春二月，起建章宫。」是災者乃柏梁，非建章，而三月火又秦之阿房，非漢也。子山誤矣。』按：此遂承用之。

④【朱注】《會稽記》：『天台赤城山土色皆赤，巖岫連沓，狀若雲霞。』《天台山賦》：『赤城霞起而建標。』【田曰】（二句）似感開落之遽。【按】兼寫其紅艷燦爛。

⑤【朱注】《晉書》：『石崇與王愷奢靡相尚，愷作紫絲步障四十里，崇以錦步障五十里敵之。』

⑥【朱注】樂府《蘇小小歌》：『妾乘油壁車，郎騎青驄馬。』【按】二句謂朱槿花未能蒙人賞識，以錦障掩護，以油壁車乘載。

⑦【馮注】《唐類函》：『休假亦曰休沐。』《漢律》：『吏五日得一下沐。言休息洗沐也。』《問奇類林》：『俗以上澣、中澣、下澣為上旬、中旬、下旬，蓋本唐制十日一休沐。』《通鑑注》：『一月三旬，遇旬則下直而休沐，謂之旬休，亦曰旬假。』【程注】鮑照詩：『休澣自公日，宴慰及私辰。』

⑧【補】句意謂勇多故常先於他人侵露而去。

⑨【馮注】凝燈還，如《異苑》有云：『欲進路，凝夜不得前去。』此言夜則不得不還也。按：小説有云凝夜方

至。白香山詩：『東家典錢歸凝夜，南家貰米出凌晨。』是唐人常語。【按】凝燈，猶凝夜，深夜也。

⑩【朱注】《楞嚴經》：『觀鼻中氣，出入如烟，烟相漸銷，鼻息成白。』殷，烏閑切。【馮注】緊接上聯，言自微明之時，聞此花氣，直看至盛開而暮落也。【補】杳杳，繁多，零亂。朱注引《楞嚴經》釋『嗅自微微白』非是。

⑪【馮注】《莊子》：『顔回曰：「回坐忘矣。墮枝體，黜聰明，離形去知，此謂坐忘。」』【按】坐忘，指端坐而全忘一切物我、是非差別之精神境界。

⑫【馮注】入則閒消永晝，出則客館孤清，皆羈留遠幕之慨。

【朱曰】此因槿花而發身世之感也。（《李義山詩集補注》）

【姚曰】（『蓮後』首）此因槿花而發身世之感也。……朱槿雖榮，不得與蓮、梅並價。雖似火如霞，而錦障壁車，未蒙賞識，僅於天涯休澣時，日西相對。蓋花中之不遇者。必在蜀幕中作。

【程曰】上卷《槿花》二首，愚以為女冠惜別而發。玩此二詩，亦寓惜別之意，豈即一時之作歟？前首結句云：『休澣向天涯。』蓋將從事於幕府也。

【馮曰】在嶺南作，身世之感凄然。唐時幕僚晨入昏歸，韓昌黎《上張僕射書》、杜工部《遣悶呈嚴鄭公詩》可見也。義山此時自有所不愜意耳。

【紀曰】第一首不成語。（《詩説》） 前六句拙鄙之甚。（《輯評》） （第二首）題與詩俱不了了，然詩自是不成語。（《詩説》）

【張曰】前首起聯感開落之速，後半嘆不得通顯中朝，而使府蟠迹也。次首更極狀晨入昏歸，遠幕無聊之況。結即『年華無一事，祇是自傷春』意。《偶成轉韻》詩有『朱槿花嬌晚相伴』語，此在桂府作。（《會箋》）又曰：（『蓮後』首）前六句寫景極佳，何謂拙鄙？（《辨正》）

【按】馮、張箋近是而未盡洽。前首一二兩聯言其開時及開落之速。腹聯略寓不遇之感。末聯點明遠幕天涯之人與朝開暮萎之花寂寞相對情景。後首一二兩聯謂已晨出昏歸，故清晨去時只見此花初開時微微之白，而晚間歸時惟見萎謝之花沓沓殷紅矣。腹聯似寫居處寂默情景。末聯『傷春』，正點自傷身世之意。

寄成都高苗二從事①

紅蓮幕下紫梨新②，命斷湘南病渴人③。今日問君能寄否？二江風水接天津④。

①【自注】時二公從事商隱座主府（『二』字原闕，據蔣本、姜本、戊籤、錢本、影宋抄、席本補。『府』字，朱本作『所』）。【補】高，指高瀚。《唐故朝議郎河南府壽安縣令賜緋魚袋渤海高府君墓誌銘序》：『故相國江州李公（按：指李回，大中年間曾任江州刺史）在相位，一見深國士之遇……相國節制庸蜀（按：大中元年八月，李回出為劍南西川節度使），時已失勢，開府之日，士或不願召。府君感知委質，慷慨請行……相國廉問湘中（按：指

大中二年正月李回責貶湖南觀察使），復以本官奏充觀察支使。」苗，不詳。此詩當作于大中元年李回已出鎮西川之後，約是年九月。自注中之『商隱座主』即指李回。回為開成三年商隱參加博學宏辭科考試時之考官。

②【朱注】《南史》：『王儉用庾杲之為衛將軍。蕭勔與儉書曰：「庾景行泛綠水，依芙蓉，何其麗也！」時人以儉府為蓮花池。』《蜀都賦》：『紫梨津潤。』楊慎曰：『紫梨，《選注》不言其狀。按蜀有梨樹，花以秋日，其花紅色。唐李遵有《進紫梨表》可證。』【馮注】《文選·蜀都賦》『紫梨津潤』李善注曰：『《西京雜記》：上林有紫梨。』按：下文『二江』切蜀。紫梨，詞賦屢見，非專蜀產。孫楚《秋賦》曰：『朱橘甘美，紫梨甜脆。』此以紀秋令，故曰『新』。恒州記室李遵作《進梨表》，見唐末許默《紫花梨記》。【按】紫梨新，喻高、苗二從事。

③【朱注】義山時在桂管。【馮注】《漢書·地理志》：『長沙國湘南縣。』注曰：『衡山在東南。』《舊書·志》：『潭州長沙縣，漢臨湘縣；湘潭縣，漢湘南縣地。』按：湘水出零陵始安縣陽朔山，皆東北流，至會洞庭湖水而東北入大江；故自桂州至衡、潭，皆可曰湘南，韓昌黎《送桂州嚴大夫》詩『茲地在湘南』也。然桂州究多稱嶺南，而長江連郡，則皆據古稱湘南。此句定指潭州，朱氏謂桂管，非矣。【按】病渴，即患消渴疾，已見《送裴十四》詩注。義山用相如消渴典，意每有別，此處指求仕之情之急切，與《漢宮詞》『侍臣最有相如渴』之渴意近。湘南當依朱注，指桂管，詳箋。

④【朱注】《水經注》：『成都縣有二江雙流郡下。故揚子雲《蜀都賦》「兩江珥其前」也。』《華陽國志》：『李冰為蜀守，壅江作堋，穿郫江、檢江別支流雙過郡下，以行舟船，溉田萬頃。』《寰宇記》：『今謂外江、內江。』《爾雅注》：『箕、斗之間，天漢之津梁。』【程注】左思《蜀都賦》：『帶二江之雙流。』按：《一統志》：『二江一名汶江，一名流江。』又按《一統志》，桂州亦有湘、漓二江，未知孰是。【馮注】《南史》：『江祏及弟祀、劉渢、劉晏俱候謝朓，朓謂祏曰：「可謂帶二江之雙流。」』【按】二江，指郫、檢二江。檢江亦稱流江。屈原《離騷》：『朝發軔於天津兮，夕余至乎西極。』注：『天津，東極箕斗之間漢津也。』《晉書·天文志》上：『天津九星，橫河中，一曰天漢，一曰天江，主四瀆津梁，所以度神通四方也。』一般稱為銀河。

【姚曰】此羡二公之得所依歸也。湘南痟渴人，紫梨餘潤可得一沾耶？

【屈曰】湘南病渴，正需紫梨，風水相接，果能寄否？蓋託言也。

【程曰】題下原注：『時二公從事商隱座主（府）。』考義山開成二年登第，座主高鍇。鍇由吏部侍郎出為鄂岳觀察使。題云成都，或鍇為鄂岳之後更官西川，史傳失書耳。詩中次句『命斷湘南病渴人』，似義山在桂州將去鄭亞而他適，望二從事為之援引也。又按上卷亦有此題，首句『家近紅蕖曲水濱』，或二從事皆成都人未可知也。（按『家近紅蕖曲水濱』一首，馮氏考訂為《病中早訪招國李十將軍遇挈家遊曲江》之又一首，詳該詩箋。）

【馮曰】商隱座主，高鍇也。題之書法，必高、苗二人從事成都也。余初疑其為成都人，又據《舊書·紀》高鍇為河南尹，而以天津指東都洛水，今知皆甚誤也。《舊書·紀》：『開成三年五月，以吏部侍郎高鍇為鄂岳觀察使』，至四年七月，又書『鍇尹河南。』《舊、新書·傳》：『鍇於三年轉吏部侍郎，五月出為鄂岳觀察，卒。』皆不叙尹河南也。鍇兄銖，太和九年五月，以給事中觀察浙東，《舊書·紀、傳》同。《紀》於銖，他無所書，《傳》則云：『開成三年，入為刑部侍郎，四年七月，出為河南尹。』是四年《傳》文之銖，即《紀》文鍇，而有一誤矣。且鍇三年方至鄂岳，豈四年即内召，尋又出尹耶？《紀》又不書何人代領鄂岳也。《與陶進士書》係五年九月，稱鍇為夏口公，則必尚在鄂岳，而鍇尹河南之《紀》文，洵不可據矣。至會昌元年觀察鄂岳者為崔蠡，見《為濮陽陳許舉代狀》。今就詩釋之，首句言秋深入幕，末句以二江比二從事，天津泛言霄漢，言從此上升也。次句義山在湘南寄詩也。更合檢《舊、新書·紀、傳、表》《通鑑》：開成二年十月，李固言罷相，節度西川，會昌初入朝。會昌六年四月，西川節度使為崔鄲。大中元年，李回罷相，為西川節度使，二年二月責授湖南觀察，是時即杜悰節度西川。然則會昌朝數年鎮西川者，史文多所闕軼，如崔鄲鎮蜀，見《紀》文，而《傳》渾云歷方鎮，此必高鍇於五年深秋時遷鎮西川，《紀》《傳》皆闕之耳。以詩證補，必不誣矣。詩見《成都文類》，亦一證也。又按：《舊紀》言，開成政事最詳於近代，然疎略已不免，故徵事箋詩，甚費鉤校也。

【紀曰】詩亦風韻，但意旨不甚了了。（《詩説》） 又曰：題與注作者已自表明高鍇西蜀矣，何疑焉！ 觀詩語，似代束索梨。觀題下注，知有望援之意也。

（《輯評》）

【姜炳璋曰】二江風水無所不通，紫梨分惠，即可從二江便附湘南也。然其意以二江在成都，喻高鍇；天津為天漢，喻令狐綯。鍇與綯相善，即商隱登第亦由綯與鍇言之，彼此相通，猶之二江與天津相接也。義山欲鍇代為釋憾於綯，而冀二從事為之道達於鍇。若作真欲寄梨，便是癡人説夢。

【張曰】馮注謂座主為高鍇，大誤。座主李回也，見文《補編》。回大中元年出鎮西川，二年貶湖南。此當是大中元年秋間寄贈之作也。〇攷李回於大中元年八月罷相，出鎮西川，其辟二從事當在其時，正紫梨花開時也。詩暗寓望援之意。義山正從事桂林，故以湘南病渴自比。若高鍇則《舊書·紀》書：『開成三年五月，以吏部侍郎高鍇為鄂岳觀察使。』《新書》本傳則云：『鍇於三年轉吏部侍郎，五月出為鄂岳觀察使，卒。』與《舊紀》合。是鍇不久即卒，並無移鎮西川事也。《舊紀》雖於開成四年七月又書鍇尹河南，考《傳》云：『鍇兄銖，太和九年五月以給事中觀察浙東。開成三年入為刑部侍郎，四年七月出為河南尹。』是河南尹為銖，《紀》《傳》自相歧誤耳。馮氏杜撰高鍇遷西川，實屬巨謬，不可不急正之也。（《辨正》） 又曰：結望二公達意府主，為之汲引，重官京朝也。自程午橋疑座主為高鍇，馮氏妄撰高鍇遷鎮西川事，而此詩遂不可通矣。集又有『家近紅蕖曲水濱』一首，與此同題，疑是此題次章。惟義山赴桂，家仍居洛，與『紅蕖曲水』似不相符，或係錯簡也歟？今仍分載而剖之。（《會箋》）

【按】《樊南文集補編》卷四有《為滎陽公上西川李相公狀》，可證李回大中元年出鎮西川。《補編》卷五有《上座主李相公狀》，卷七有《為湖南座主隴西公賀馬相公登庸啟》，狀作於會昌五年李回拜相時，啟作於大中二年李回由西川責授湖南觀察使後，而均稱『座主』，足證此詩題注所稱座主指李回，而詩中『湘南』定指桂管。張氏據《補編》駁正馮氏之説，誠是。詩當作於大中元年深秋。首句『紫梨新』似非僅點秋令，當兼喻高、苗之新入回幕，視『紅蓮幕下』字可知。次句謂己遠處湘南，『病渴』殊甚，言外自含分津沾潤之意。三四乃就『病渴』而盼高、苗二公惠以紫梨之餘潤。『二江』點成都，亦暗喻高、苗二從事，『風水接天津』者，明言『風水相接，果能寄否』，實暗喻高、苗與李回朝夕相接，當可沾溉於己也。『天津』亦作『天漢』『天潢』，而『天潢』即皇室宗支之别稱。李回係唐宗室，故以『天津』喻之，馮謂『泛言霄漢，言從此上升也』，於高、苗之身份亦未合。詳詩意，似義山有望於高、苗二從事之援引。然推之情理，亦有可疑。蓋是時義山居桂幕不過數月，賓主相處尚稱融洽，視《獻寄舊府開封公》詩，亞之厚遇義山顯然，義山恐不至甫居鄭幕即生他就之想。且李回、鄭亞均屬李黨，鄭由給事中出為桂管觀察使，與李由宰相出為西川節度使，其性質均屬外貶，義山即令懷求進之想，亦當知李、鄭處境之類似，而不至於以為居李幕必能攀援而上也。況李回本為義山宏博試時座主，高、苗二從事與李回之關係，未必即深於義山，如其有意望回汲引，大可不必倩高、苗轉達府主，而可直接上啟求回引進。或此種稱羨之詞，分津沾潤之語，亦屬尋常應酬語，不必過泥歟？

懷求古翁①

何時粉署仙②，傲兀逐戎旃③。關塞由傳箭〔一〕④，江湖莫繫船⑤。欲收碁子醉，竟把釣車眠⑥。謝朓真堪憶，多才不忌前⑦。

校記

〔一〕『由』，蔣本、姜本、悟抄、朱本均作『猶』。按：『由』『猶』字通。

集注

①【馮注】原編集外詩。《新書·藝文志》：『李遠詩集一卷，字求古，大中建州刺史。』《唐詩鼓吹注》：『太和五年進士，蜀人也。忠、建、江三州刺史，終御史中丞。』徐曰：『《温岐集》有《寄岳州從事李員外遠》詩，共三首，是遠嘗以郎署出為幕職，故此起聯云然。稱之翁者，必於義山分尊年長也。』按：『飛卿寄李詩，諸本題字不同，『李』一作『韋』，『遠』一作『肱』，故不足據。』杜牧《早春寄岳州李使君李善棋愛酒》詩云：『分符潁川政』，似即李遠，又曾守岳，然與此詩不符。許渾有《寄當塗李遠》詩云：『不須倚向青山住』，則遠曾在宣州，故此用謝朓。他篇『南陵寓使』可以相證，非岳陽時也。【張曰】《為滎陽公上宣州裴尚書啟》云：『李處士藝術深博，議論縱横，敢曰賢於仲尼，且慮失之子羽。云於江沔，要有淹留。便假以節巡，託之好幣。十一月初離此訖。末由披盡，勤戀增誠。其他並付使人口述。』初疑李處士即係義山，考義山由正字奏辟幕職，狀中皆稱李支使，斷無再稱處士之理。此李處士蓋别一人，當是先赴江沔，後使宣歙。據《甲集序》，義山使南郡在十月，而處士則十一月初離桂林，必在江沔與義山相晤，故代作此啟也。《凉思》詩：『客去波平檻』，『客去』當即指處士。又云『南陵寓使遲』，時義山或有所屬望於宣州，託處士轉達。《懷求古翁》云：『謝朓真堪憶，多才不忌前』，當日情事，約略可

見矣。……（遠）必時佐裴休幕。詩又云：『關塞猶傳箭，江湖莫繫船』，指党項寇邊事，詩為是年（按指大中元年）使南郡時作無疑。馮氏繫諸會昌二、三年永樂閒居時，誤矣。至温飛卿集《寄岳州從事李員外遠》詩，張固《幽閒鼓吹》載宣宗朝令狐綯薦遠杭州，當是遠後所歷官，與此詩不同也。【按】杜牧《早春寄岳州李使君》作年不詳，然至遲在大中六年牧之卒前。温庭筠《寄岳州李外郎遠》有句云：『湖上殘棋人散後』，『春水還應理釣絲』，與牧之所謂『李善棋愛酒，情地閒雅』者正合，亦與《懷求古翁》『欲收棋子醉，竟把釣車眠』者相符，可決三人所寄懷者必同一李遠無疑。温另有《春日寄岳州李員外》五律二首（此據述古堂鈔本，一本作《春日寄岳州從事李員外二首》，然其二末聯云：『尚平婚嫁累，無路逐雙旌』，則李員外之為持節出守岳州而非幕府從事甚明，此二首亦當作於遠守岳時。郁賢皓《唐刺史考全編》謂李遠約大中初任岳州刺史。庭筠咸通元年嫁女於段成式子安節，其子温憲約生於會昌初，詩言『尚平婚嫁累』，可證其時離子女婚嫁不遠，揆之情理，當亦在大中年間。義山之《懷求古翁》首二句『何時粉署仙，傲兀逐戎旃』，蓋謂李遠以郎官（司勳員外郎）出任持節之刺史。馮謂『許渾有《寄當塗李遠》詩云「不須倚向青山住」，則遠曾在宣州，故此用謝朓。』然許詩云：『車前驪病駑駘逸，架上鷹閒鳥雀高。舊日樂貧能飲水，他時隨俗願餔糟』，似其時遠正賦閒，與所謂『何時粉署仙，傲兀逐戎旃』者難合。不得因用謝朓事而定作本篇時遠在宣州也。至張氏以《涼思》中之『客』為李處士，謂義山或有所屬望於宣州託處士轉達，並以《懷求古翁》詩末聯證之，其誤顯然。《涼思》云：『客去波平檻，蟬休露滿枝』，明寫夏秋間景色。而李處士十一月初離桂林，如於江沔與義山相遇，最早亦在十一月末，其時豈復有蟬鳴乎？李遠守岳約在大中初。此詩似為遠任岳州刺史時寄懷之作。故繫於此。

②【馮注】郎官曰粉署。《漢官儀》：『尚書郎奏事於明光殿，省中皆胡粉塗壁，畫古賢人烈士。』

③【朱注】陶潛詩：『兀傲差若穎。』謝朓《辭隋王牋》：『契闊戎旃。』【程注】支遁詩：『傲兀乘尸素。』【補】逐戎旃，謂任持節統軍之州刺史。戎旃，軍旗。

④【馮注】《舊書·吐蕃傳》：『徵兵用金箭。』《裴行儉傳》：『是日傳其契箭。』《新書·吐蕃傳》：『其舉兵以

七寸金箭為契，有急兵，驛人臆前加銀鶻。」

⑤【馮曰】時方需才，未宜久淹江介。　【按】二句與《送從翁從東川弘農尚書幕》詩之『南詔知非敵，西山亦屢驕。……少減東城飲，時看北斗杓』用意相類。

⑥【馮注】張固《幽閒鼓吹》：『宣宗朝，令狐綯薦遠為杭州，帝曰：「我聞遠詩云：『長日惟消一局棋』，豈可以臨郡哉？」」對曰：「詩人之言，非有實也。」乃俞之。』然則遠固素好弈，而後又曾刺杭矣。《北夢瑣言》亦載之，作『人事三杯酒，流年一局碁』。張固他書作張同，似誤。　【朱注】元結詩：『醉裏長歌揮釣車。』【補】釣車，一種釣具。上有輪子纏絡釣絲，既可放遠，亦可迅速收回。

⑦【馮注】《南史》：『謝朓好獎人才。會稽孔覬粗有才筆，未為時知。孔珪嘗令草讓表以示朓，朓嗟吟良久，手自折簡寫之，謂珪曰：「士子聲名未立，應共獎成，無惜齒牙餘論。」』《晉書·載記》：『魯徽謂趙染忌前害勝。』《北史》：『李業興務進忌前。』徐曰：『義山每代人屬草，故有懷於斯事。』　【何曰】此亦難望之今日。（《輯評》）

箋評

【姚曰】由粉署而逐戎旃，以許身念切，故高卧情違耳。我則業以微才見忌於時，收棋把釣之餘，恨不能與同志相憐之人一罄情懷也。（按：『欲收』二句指求古翁，姚箋誤。）

【屈曰】前半求古翁，後半懷。

【程曰】求古翁人不可考，玩詩，亦如義山以檢校曹郎而入幕府之不得意者也。

【馮曰】與下篇（按指《和韋潘前輩七月十二日夜泊池州城下先寄上李使君》）參看，李遠當在宣歙觀察幕，而義山寓使南陵，或曾至宣州，藉其雅意，今則既歸而重懷之也。『傳箭』句似是會昌二、三年回鶻入犯時，故編此。

【紀曰】詩有爽氣，但乏厚味耳。

【張曰】《新書·藝文志》：『李遠詩集一卷，字求古。』許渾有《寄當塗李遠》詩，是遠曾在宣州。『關塞傳箭』，指大中初党項寇邊事。起言李當上馬殺賊，立功塞外，不宜終隱江湖。結以謝朓期之，望其無惜齒牙餘論也。徐氏云：『義山每代人屬草，故有懷於斯事。』此必李處士寓使南陵時寄懷之作。馮編於會昌間，不知義山開成江鄉之遊，未嘗至宣也。（會箋）

【按】首聯謂遠以郎官而出為刺史，『傲兀』字起下二聯。次聯言關塞未靖，邊事堪憂，且莫徜徉江湖，寄情山水，蓋因遠之兀傲不羈、脱略世事而有所勸勉也。張氏謂『關塞傳箭』指党項寇邊事，似之（《城上》詩『邊遽稽天討』意略同，可互參），其繫此詩於大中元年，或不大誤。腹聯想像遠居官閒逸放恣之態。結以謝朓比遠，美其多才而不忌前之品質，『真堪憶』正點題内『懷』字。

桂林道中作〔一〕

地暖無秋色，江晴有暮暉。空餘蟬嘒嘒①，猶向客依依。郕小犬相護，沙平僧獨歸。欲成西北望，又見鷓鴣飛②。

〔一〕『道』，蔣本、姜本、戊籤、悟抄、席本、朱本作『路』。『中』，姜本作『上』。

①【馮注】《詩》：『鳴蜩嘒嘒。』　【程注】《秋興賦》：『蟬嘒嘒以寒吟兮。』

②【朱注】《禽經》：『子規啼必北向，鷓鴣飛必南翔。』　【馮注】《吴都賦》：『鷓鴣南翥而中留。』

【何曰】第二本説無日不雨，却從『晴』時點出，對法變換。鷓鴣飛但南向，見《吴都賦》注。僧猶有歸處，而我獨南去無家，從（惟）有蟬聲尚似故鄉耳。曲折有味。（《輯評》）　又曰：『村小』一聯確是題位。（《讀書記》）

【姚曰】上半首，是桂林氣候如此。犬護僧歸，人物各有依栖之所，而望鄉遠客，又見鷓鴣之惱我情緒也，真是無可奈何。

【程曰】此述從事鄭亞為不得已而行之情也。前四句言桂林氣候絶異京師。五六言其地之荒僻。末言迴望京師，遠在西北，不逢來人，但見鷓鴣南翔而已，其何以為情耶？

【馮曰】此近遊，非至江陵。

【紀曰】平正之篇，前四句一氣流走，頗有機致。五六句撑拄不起，便通首乏精神，並前四句亦覺庸俗矣，此等處如屋有柱，必不可順筆寫下也。（《詩説》）

【張曰】義山冬使南郡，而此詩有『地暖無秋色』句，故馮氏疑為近遊。然考《樊南甲集序》作於十月舟中，其起程或不妨在九月，有此等詩未可知也。（《會箋》）

【按】馮謂桂林近遊，張謂奉使江陵首途，雖均無的證，然細味詩意，馮説實較優。曰『地暖』『江晴』，曰『欲成西北望，又見鷓鴣飛』，留滯炎荒之意顯然。如奉使江陵，僕僕道塗間，似不得云『欲成西北望』。全詩意態容與，頸聯寫江村恬静閒適景象，興起末聯歸思，亦非道塗間情景。

江村題壁

沙岸竹森森，維艄聽越禽〔一〕①。數家同老壽②，一徑自陰深〔二〕。喜客嘗留橘，應官説采金③。傾壺真得地〔三〕，愛日静霜砧〔四〕④。

〔一〕『艄』，悟抄作『梢』，席本作『稍』，蔣本、戊籤作『舟』。【按】『艄』『梢』字通。維梢即繫船。作『稍』顯因形近致誤。孤立言之，似作『舟』義略勝。然如本作『舟』，似無改作『梢』字或誤為『稍』字之可能；而原作『艄』者，則極可能因其不經見而改作『舟』。席本作稍，亦可證其原作『艄』或『梢』。

〔二〕『陰』，姜本作『幽』。

〔三〕『地』原作『也』，一作『地』，據蔣本、戊籤、悟抄、席本、錢本、影宋抄、朱本改。

〔四〕『砧』字原闕，一作『砧』，據蔣本、姜本、戊籤、席本、影宋抄、錢本補。

①【馮注】何遜詩：『維梢晨已積。』

②【程注】《左傳》：『其所以蕃祉老壽者，為信君使也。』《後漢書·荀爽傳》：『陽性純而能施，陰體順而能化，以濟禮樂，節宣其氣，故能豐子孫之祥，致老壽之福。』【補】錢起《題玉山村叟壁》：『一徑入溪色，數家連竹陰。』

③【程注】《韓非子》：『荊南之地，麗水之中生金。人多竊採金。採金之禁得而輒辜磔於市甚衆。』【馮注】嶺南郡縣多貢麩金與銀，見史志。【補】應官，應付官事、官差。

④【姚注】《左傳》：『賈季曰：趙衰，冬日之日也。』注：『冬日可愛。』

【方回曰】三四好。五六亦是晚唐。義山詩體，不宜作五言律詩，不淡不為極致，而艷而組不可也。（《瀛奎律髓》）

【馮舒曰】詩亦濃淡隨宜耳。五言律必要淡，又被黃、陳誤了。『香霧』『清輝』，何嘗淡乎？（二馮評閲《瀛奎律髓》）

【馮班曰】落句好。五律本於齊、梁，虛谷不解也。律體成於沈、宋，承齊、梁之排偶而加整也。若云不淡不極，失其原本矣。

【姚曰】此嘆遠地之無可與語也。荒村野老，客主殷勤，真樸可喜。舍此而求可以傾壺之地，豈可得耶？

【程曰】詩有『維艄』字，有『越禽』字，有『採金』字，當是從事桂幕奉使江陵時作。

【紀曰】三四如畫。通首俱老。（《詩説》）『愛日』字俗。（《輯評》）又曰：義山五律佳者往往逼杜。虛谷以門户不同，未觀其集耳。況律詩亦不專以淡為貴。盛唐諸公千變萬化，豈能以一『淡』字盡之。此論似高而陋。『愛日』字鄙。虛谷云：『三四好，五六亦是晚唐。』此二句是。（紀氏批點方回《瀛奎律髓》）

【姜炳璋曰】讀三四，如見桃花源人。

【許印芳曰】義山學杜，得其神骨，而變其面貌，故能自成一家。虛谷所云組織豔麗，即其外貌也。以外貌論詩，已是門外漢。而且謂義山體不宜五律，直夢囈耳。曉嵐謂義山五律佳者往往逼杜，此語誠非阿好。

【張曰】此則使南郡時途次之作矣。（《會箋》）又曰：冬日可愛，本有出典，何以為俗？豈可以後人用濫而責古人哉！（《辨正》）

【按】詩云『嘗留橘』『愛日静霜砧』，時令已屆冬季。與《桂林道中作》之『空餘蟬嘒嘒』季候有別。義山奉使江陵，途經衡山、湘江一帶在十月（《樊南甲集序》作於十月十三日，有『削筆衡山，洗硯湘江』語），則首途當在冬初，與此詩寫景正合。張謂此使江陵途次作，可從。視『維艄』語，亦似途次暫停征橈情景。

自桂林奉使江陵途中感懷寄獻尚書①

下客依蓮幕②，明公念竹林③。縱然膺使命④，何以奉徽音⑤？投刺雖傷晚⑥，酬恩豈在今⑦！迎來新瑣闥⑧，從到碧瑤岑⑨。水勢初知海⑩，天文始識參〔一〕⑪。固慚非賈誼，唯恐後陳琳⑫。前席驚虚辱⑬，華尊許細斟⑭。尚憐秦痔苦⑮，不遣楚醪沉⑯。

既載從戎筆⑰，仍披選勝襟⑱。瀧通伏波柱⑲，簾對有虞琴⑳。宅與嚴城接，門藏别岫深㉑。閣凉松冉冉，堂静桂森森。社内容周續㉒，鄉中保展禽㉓。白衣居士訪㉔，烏帽逸人尋㉕。佞佛將成縛〔二〕㉖，耽書或類淫㉗。長懷五羖贖㉘，終著《九州箴》㉙。

良訊封鴛綺㉚，餘光借玳簪〔三〕㉛。張衡愁浩浩㉜，沈約瘦愔愔㉝。蘆白疑粘鬢，楓丹欲照心。歸期無雁報，旅抱有猿侵。短日安能駐？低雲只有陰。亂鴉衝瞧網㉞，寒女簇遥碪㉟。東道違寧久㊱？西園望不禁㊲。江生魂黯黯㊳，泉客淚涔涔㊴。

逸翰應藏法㊵，高辭肯浪吟㊶？數須傳庾翼㊷，莫獨與盧諶㊸。假寐憑書簏㊹，哀吟叩劍鐔㊺。未嘗貪偃息㊻，那復議登臨！彼美迴清鏡㊼，其誰受曲鍼㊽？人皆向燕路㊾，無乃費黄金㊿！

〔一〕『識』，季抄一作『見』。

〔二〕『縛』原作『傳』，非，據戊籤改。

〔三〕『借』字原闕，一作『借』，據蔣本、姜本、戊籤、悟抄、席本、錢本、影宋抄補。

①【朱注】時義山為桂府觀察判官。此詩乃寄鄭亞者，但二史俱不云亞兼尚書，疑有誤。【程注】《舊書》：『鄭亞，字子佐，元和十五年擢進士第。李德裕在翰林，亞以文干謁，深知之。出鎮浙西，辟為從事。會昌初始入朝，為監察御史，累遷刑部郎中。中丞李回奏知雜事。遷諫議大夫、給事中。五年，德裕罷相，鎮渚宫（按德裕罷相鎮荆南在會昌六年四月），授亞正議大夫。出為桂州刺史、御史中丞、桂管都防禦經略使。大中二年，吴汝訥訴冤，德裕再貶潮州，亞亦貶循州刺史，卒。』《新書》：『鄭亞，字子佐。李德裕為翰林學士，高其才。及守浙西，辟署幕府。擢監察御史。李回任中丞，薦為刑部郎中、知雜事，拜給事中。德裕罷宰相，出為桂管觀察使。坐吴湘獄不能直，冤貶循州刺史，死於官。』二史皆不云兼尚書，然所紀官爵多不同，可知史亦多誤。義山當必有據。【馮注】《樊南甲集》（《序》）：『大中元年冬，如南郡。』二史及文集全銜皆不言兼尚書，然當時必兼之，節鎮之常例也。文集稱諸使府皆曰尚書。《漢書·地理志》：『南郡，秦置，縣十八。江陵故楚郢都。』《舊書·志》：『山南東道

荆州江陵府，荆南節度使治。』【張曰】此寄獻鄭亞也。節鎮例兼尚書，史多不具。時荆南節度使鄭肅，義山奉亞命往使，見《補編》。【岑仲勉曰】（張）箋沿馮説，謂『節鎮例兼尚書，史多不具。』『例兼』固非是，且桂管衹觀察，亞又是初授及外貶，無緣帶尚書也。（《平質》）又曰：『謂節鎮必兼尚書及稱使府皆曰尚書，都闇於官制者之詞也。即就《樊南文》言之，如《代僕射濮陽公遺表》《為大夫安平公華州進賀皇躬痊復物狀》《為侍郎汝南公華州謝加階狀》《為韓同年上河陽李大夫啟》，所云僕射、大夫、侍郎，無不依朝制所授以為稱謂，若《為崔從事寄尚書彭城公啟》，則劉瑑固檢校工部尚書出除宣武也。更就商隱本身之府主觀之，如《上尚書范陽公啟》二首，文稱尚書矣，然弘止實以檢校户部尚書出武寧節度；《獻河東公啟》及《上河東公啟》二首，文稱尚書矣，然仲郢實帶檢校禮部尚書外除東川，彼皆稱尚書者會逢其巧耳。《文饒集》叙亞衹兼御史中丞，與《樊南文》《為中丞滎陽公謝借飛龍馬送至府界狀》《為中丞滎陽公赴桂州長樂驛謝敕設狀》《為中丞滎陽公桂州賽城隍神》諸標題合。商隱久居蓮幕，豈至冒昧妄稱，此題尚書字斷是後來傳誤，不必枝節辨護也。（《唐史餘瀋》）【按】岑説似是，然舊本均作『尚書』，姑仍其舊。《為中丞滎陽公祭桂州城隍神文》作于大中元年八月二十七日，仍稱亞為中丞，如有加尚書之事，當在其後。

②【補】《戰國策·齊策》：『居有頃，（馮諼）倚柱彈其劍，歌曰：「長鋏，歸來乎！食無魚。」左右以告。孟嘗君曰：「食之，比門下之客。」』吴師道注引《列士傳》：『孟嘗君厨有三列。上客食肉，中客食魚，下客食菜。』

③【自注】公與江陵相國詔叙叔侄。【朱注】按《唐書·宰相表》無名詔者，此注疑亦誤。竹林七賢，阮籍、阮咸為叔侄。【程注】《新書》：『會昌五年，鄭肅以檢校尚書左僕射同中書門下平章事。宣宗即位，罷為荆南節度使。』江陵相國當是鄭肅。【馮注】《通鑑》：『會昌六年九月，以荆南節度李德裕為東都留守，以鄭肅代充節度。』當訛『肅』為『詔』也。按肅與亞皆滎陽人，皆德裕所最善，程箋良是。《舊書·鄭肅傳》『罷為河中節度使，以疾辭』者，誤矣。【張曰】自注：『詔叙叔侄。』『詔』與『譜』形近，當是字誤。【按】義山《為滎陽公上荆南鄭相公狀》云：『近者上臺，出為外相。……十叔相公，師律克貞，功成允懋。……不唯宗族，實係蒸

黎。」「韶」或係字誤。「十叔」即指鄭肅。

④【程注】《北史》：「南北初和，李諧、盧元明首通使命，二人才器並為鄰國所重。」【補】《為滎陽公上荆南鄭相公狀》：「李支使商隱，雖非上介，曾受殊恩，常願拜叔子於荆（原作蓟，據錢振倫校改）州，更謟魯史；謁季良於南郡，重議齊論，抒其投迹之心，遂委行人之任。其他誠款，附以諮申。」

⑤【程注】楊方詩：「因風吐徽音。」【補】徽音，美音，德音。亦以喻音信，猶言嘉訊。

⑥【馮注】《後漢書·童恢傳》：「掾屬皆投刺去。」《魏志·夏侯淵傳注》：「人一奏刺，書其鄉邑名氏，世所謂爵里刺。」按：爵里刺如今之履歷也。此取初充掾屬之意，諸史文中習見。【按】刺，名片。古代於竹簡上刺名字，故曰刺。王充《論衡·骨相》：「通刺倪寬，結膠漆之交。」《梁書·諸葛璩傳》：「未嘗投刺邦宰。」

⑦【馮注】報恩將畢生以之也。若云舊已相識，亦通，但與下文「初知」「始識」不符。【按】前解是。

⑧【朱注】范雲詩：「攝官青瑣闥。」【馮注】《漢舊儀》：「黄門郎日暮入，對青瑣門拜，名曰夕郎。」《漢書》注：「孟康曰：以青畫户邊鏤中。師古曰：刻為連瑣文，以青塗之。」亞以給事中出。【按】作「青瑣闥」與下「碧瑶岑」對文，義似長。然鄭亞固因宣宗即位而出官，則「新瑣闥」或指新朝宫廷而言。

⑨【馮注】昌黎《桂州》詩「山如碧玉簪」之意。【按】謂已隨亞至桂林。

⑩【朱注】桂林郡濱海。【馮注】兼取觀海難為水之意。

⑪【馮注】曹植《與吴質書》：「面有逸景之速，別有參商之闊。」徐曰：「參商二星，兩不相見。「始識參」，恨相見之晚也。」【朱注】杜甫詩：「天横醉後參。」【按】參、商二星，此出則彼没。杜甫《贈衛八處士》：「人生不相見，動如參與商。」

⑫【朱注】陳琳為曹操管記室。【程注】《魏志》：「廣陵陳琳，字孔璋，前為何進主簿，避難冀州，袁紹使典文章。袁氏敗，歸太祖，以為司空軍謀祭酒，管記室。」

⑬【馮注】《史記·賈生傳》：「賈生徵見，孝文帝方受釐，坐宣室，上因感鬼神事而問鬼神之本，賈生因具道

所以然之狀，至夜半，文帝前席。既罷，曰：「吾久不見賈生，自以為過之，今不及也。」」【按】謂鄭亞厚遇之，優禮有加。

⑭【馮注】暗用鄴中公讌。【程注】傅玄詩：『華樽享清酤。』

⑮【朱注】《莊子》：『秦王召醫，破癰潰痤者得車一乘，舐痔者得車五乘。所治愈下，得車愈多。』【按】取『痔苦』義。

⑯【朱注】張協《七命》：『簞醪投川，可使三軍告捷。』注：『楚與晉戰，或進王一簞酒，王欲與軍士共之，則少而不徧，乃傾酒於水，令衆迎流而飲之，士卒皆感惠盡力，遂大捷。』【馮注】按：古之言酒，每曰楚醪。如《楚詞》：『吴醴白糵，和楚瀝只。』曹植賦：『蒼梧縹清。』《荆州記》：『淥水出豫章康樂縣，其間烏程鄉有酒官，取水為酒，與湘東酃湖酒並稱。』酃、淥酒皆楚地也。『沉』謂沉醉。若《七命》云：『簞醪投川，可使三軍告捷。』李善只引《黄石公記》：『昔良將用兵，人有饋一簞之醪，投河，令衆迎流而飲之。』而《史記》則以為楚莊王事，《符子》則以為秦穆公、蹇叔事，《吴越春秋》《列女傳》則以為句踐事。既不專屬楚，且並非句意。舊注引之，似是而實謬。【何曰】瑣事俚語，治化乃爾工疋。（《輯評》）【按】『楚醪』似用穆生典。《漢書·楚元王傳》：『初，元王敬禮申公等，穆生不耆酒，元王每置酒，常為穆生設醴。及王戊即位，常設，後忘設焉。穆生退曰：「可以逝矣！醴酒不設，王之意怠，不去，楚人將鉗我於市。」』杜甫《贈李白二十韻》：『楚筵辭醴日。』二句謂亞憐己有不能飲之苦疾，不令飲至沉醉。

以上為第一段。從『奉使』叙起。述己隨亞赴桂及亞之厚遇。

⑰【程注】張正見詩：『將軍入大宛，善馬出從戎。』《南史·任昉傳》：『昉尤長載筆，才思無窮，當時王公表奏，無不請焉。』謝朓詩：『載筆陪旌棨。』

⑱【程注】白居易詩：『尋幽駐旌軒，選勝迴賓御。』王僧孺序：『道合神遇，投分披襟。』杜甫詩：『入幕知孫楚，披襟得鄭僑。』【補】選勝，尋遊名勝之境。《唐書》：『各令諸司選勝宴會。』披襟，猶披懷。二句謂雖為

幕僚，然於尋幽選勝之際，仍得披懷投分。

⑲【朱注】《後漢書》：『馬援為伏波將軍，征交阯，立銅柱，為漢之極界。』《投荒雜録》：『愛州九真郡有銅柱，馬援以表封疆。』【姚注】瀧，奔湍也，俗謂水湍峻者為瀧。【馮注】《桂海虞衡志》：『伏波巖突然而起且千丈，下有洞，可容二十榻，穿鑿通透，户牖旁出，有懸石如柱，去地一線不合，俗名馬伏波試劍石，前浸江濱，波浪日夜漱齧之。』按：洞前石脚插入灕江。此曰瀧，江水之通稱也。柱非銅柱之謂。【按】馮注是。然伏波柱不妨兼取伏波銅柱字面。

⑳【朱注】《禮記》：『舜揮五絃之琴，以歌《南風》之詩。』【程注】曹植《藉田説》：『懷有虞，撫素琴。』【馮注】《寰宇記》：『桂州舜廟在虞山之下。』【按】『有虞琴』似非泛言，『琴』或與當地名勝古蹟之名稱有關。或即指虞山。義山《賽舜廟文》（作於桂林）有『帝其罷奏南琴，停吹西琯』語。

㉑【馮注】此下言寓館清幽，容其野逸。明張鳴鳳《桂故》：『此數句狀府廨與獨秀山相接，如在目中。』【按】莫道才《李商隱寓桂居所遺址考》據『瀧通』四句及《晚晴》『深居俯夾城』句，謂商隱居所當在今疊彩山脚東南靠近江濱處。文載《安徽師大學報》二〇〇二年第一期。

㉒【朱注】《釋氏通鑑》：『惠遠居廬山三十年，社衆數千，著者十八人。』《高僧傳》：『彭城劉遺民、豫章雷次宗、雁門周續之、新蔡畢穎之、南陽宗炳、張萊民、張季碩等，並棄世遺榮，依遠居止。』【程注】《宋書·隱逸傳》：『周續之字道祖，雁門廣武人，居豫章建昌縣。入廬山，事沙門釋慧遠。』《蓮社高賢傳》：『慧遠居廬山，慧永、慧持、道生、曇順、僧叡、曇恒、道昺、曇詵、道敬、佛馱邪舍、佛馱跋陀羅，名儒劉程之、張野、周續之、張詮、宗炳、雷次宗等結社念佛，世號十八賢。』【馮注】同上：『鑿池植白蓮。時遠公諸賢同修净土之業，因號白蓮社。』【姚注】續之自社主遠公禪寂之後，雖隱居廬山，而州將每相招引，頗從之游，世號通隱。』

㉓【朱注】《家語》：『魯人有獨處室者，鄰之嫠婦室壞，趨而託焉。魯人閉户不納，婦曰：「子何不若柳下惠然？嫗不逮門之女。」魯人曰：「柳下惠則可，我固不可。」』【馮注】《家語注》曰：『以體覆之曰嫗。』

【補】展禽，即柳下惠。二句謂已佞佛而不迷聲色。

㉔【朱注】佛書：『維摩詰世號白衣居士。』　【馮注】《禮記》：『居士錦帶。』《楞嚴經》：『白衣居士。』又：『愛談名言，清净自居，現居士身。』《南史》：『到洽築室巖阿，幽居積歲，時人號曰居士。』《禮記鄭氏注》：『道蓺藝居士。』《維摩詰經》：『為白衣居士說法。』

㉕【朱注】陳周弘正有《謝勅賚烏紗帽啟》。《唐書》：『隋貴臣多服烏紗帽，後漸廢，貴賤通服折上巾。』【馮注】《隋書·禮儀志》：『帽，古野人之服也。上古衣毛帽皮，不施衣冠。宋、齊之間，天子宴私，著白高帽，士庶以烏，其制不定。』又曰：『隱居道素之士，被召入謁見者，黑介幘。』按：幘與帽制異而取義同，蓋野逸之服。　【程注】韓翃詩：『烏帽背斜暉。』駱賓王詩：『一謝滄浪水，安知有逸人。』　【按】此『烏帽』為隱者之服。白居易《池上閑吟》之二：『非道非僧非俗吏，褐衣烏帽閉門居。』《邵氏聞見録》：『康節為隱者之服，烏帽緇褐，見卿相不易也。』二句謂交游者多隱逸之士。

㉖【馮注】《晉書·何充傳》：『充與弟準，性好釋典，崇修佛寺。時郄愔與弟曇奉天師道，謝萬譏之曰：「二郄媚於道，二何佞於佛。」』《維摩經》：『所生無縛，能為衆生說法解縛，是故菩薩不應起縛。何謂縛？何謂解？貪著禪味，是菩薩縛；以方便生，是菩薩解。』

㉗【朱注】《南史》：『劉峻苦所見不博，聞有異書，必往祈借。清河崔慰祖謂之書淫。』　【馮注】《晉書》：『皇甫謐耽翫典籍，忘寢與食，時人謂之書淫。』

㉘【馮注】《史記·秦本紀》：『百里奚亡秦走宛，楚鄙人執之。繆公聞其賢，欲重贖之，恐楚人不與，乃請以五羖羊皮贖之，授之國政，號曰「五羖大夫」。』　【按】此謂長感鄭亞辟舉知遇之恩。辟幕僚時例致聘錢，故云『五羖贖』。

㉙【朱注】《左傳》：『虞人之《箴》曰：「芒芒禹蹟，畫為九州。」』《漢書·揚雄傳》：『箴莫善於《虞箴》，作《州箴》。』　【馮注】《漢書注》曰：『（《州箴》）九州之箴也。』　【程注】杜甫詩：『畏人千里井，問俗

《九州箴》。』【何曰】似幕中當日有諫獵之事。（見《輯評》）【徐曰】借言九州之内，惟其所使。（馮注引）【按】似借『著《州箴》』喻己以支使當表記身份為鄭亞效力。

以上為第二段。叙己居亞幕寓居之幽勝、生活之閒逸。

㉚【程注】陸機詩：『愧無雜佩贈，良訊代兼金。』【姚注】《古詩》：『客從遠方來，遺我一端綺。文彩雙鴛鴦，裁為合歡被。』

㉛【朱注】《史記》：『趙平原君使人於楚，欲誇楚，為玳瑁簪。』王筠詩：『徒歌鹿盧劍，空貽玳瑁簪。』【馮注】漢人古絶句：『何用通音訊？蓮花玳瑁簪。』【補】《史記·樗里子甘茂列傳》：『臣聞貧人女與富人女會績，貧人女曰：「我無人買燭，而子之燭光幸有餘，子可分我餘光。」』此以『餘光』喻亞之恩惠。二句謂赴江陵途中，叨承亞之恩惠，以書信惠寄。

㉜【朱注】張衡《四愁詩序》：『出為河間相，時天下漸弊，鬱鬱不得志，為《四愁》詩。』

㉝【馮注】《南史》：『沈約與徐勉書，言己老病：「百日數旬，革帶常應移孔；以手握臂，率計月小半分。」』【補】愔愔，静寂無聲貌。

㉞【朱注】噍，俗『晒』字。

㉟【程注】李白詩：『何惜刀尺餘，不裁寒女衣。』【馮注】磪，砧同。以上四聯，皆冬日客途情景。

㊱【朱注】《左傳》：『若舍鄭以為東道主。』

㊲【馮注】魏文帝《芙蓉池作》：『乘輦夜行遊，逍遥步西園。』曹植《公宴》詩：『清夜遊西園，飛蓋相追隨。』【按】二句謂離桂幕為時不久，然已屢憶幕中遊宴，時時引領回望矣。

㊳【朱注】江淹《别賦》：『黯然銷魂者，惟别而已矣。』

㊴【朱注】《述異記》：『鮫人即泉先也，又名泉客。』《吴都賦》：『泉室潛織而卷綃，淵客慷慨而泣珠。』【程注】江淹詩：『涔淚猶在目。』【馮注】《吴都賦注》：『鮫人臨去，從主人索器，泣而出珠滿盤，以與主人。』

江淹《雜體詩》：『涔涔猶在袂。』　【補】，涔涔，淚流貌。

以上為第三段。述奉使赴江陵途中情景。

⑩【程注】崔融詩：『逸翰金相發，清談玉柄揮。』　【徐注】（法）當作『去』。《漢書》：『陳遵贍於文辭，性善書，與人尺牘，主皆臧去以為榮。』師古曰：『去亦臧也。』（馮注引）　【馮注】舊皆作『法』，亦通。

⑪【程注】韓愈詩：『險語破鬼膽，高辭媲《皇墳》。』

⑫【朱注】《晉書》：『王羲之書初不勝庾翼、郄愔，及暮年方妙。嘗以草書答庾亮，而翼深嘆服，因與羲之書云：「吾昔有伯英章草十紙，過江顛狽，遂乃亡失。忽見足下答家兄書，煥若神明，頓還舊觀。」』數，音朔。

【何曰】逸翰。（《輯評》）

⑬【朱注】《晉書》：『劉琨為段匹磾所拘，為五言詩贈其別駕盧諶。琨詩託意非常，攄暢幽憤，遠想張、陳，感鴻門、白登之事，用以激諶。諶以常詞酬和，殊乖琨心。重以詩贈之。』　【何曰】高辭。（《輯評》）　【馮注】時鄭亞必以書寄之，故美其詩書也。　【徐曰】似亞別有寄他人詩，而義山亦見之。（馮注引）　【按】馮注是。

⑭【馮注】《晉書·劉柳傳》：『傅迪好廣讀書而不解其義，柳惟讀《老子》而已，迪每輕之，柳云：「卿讀書雖多而無所解，可謂書簏矣。」』　【程注】《詩·小雅》：『假寐永嘆。』

⑮【朱注】鐔，音尋。《説文》：『鐔，劍鼻也。』《漢書注》：『劍口旁橫出也。』　【按】劍鐔，即劍柄上端與劍身連接處之兩旁突出部分，亦稱劍口、劍首、劍環。

⑯【馮注】極言奉懷之專。　【程注】魏文帝《濟川賦》：『思魏都以偃息。』

⑰【馮注】《詩》：『彼美人兮。』

⑱【馮注】《吴志·虞翻傳注》：『年十二，客有候其兄者，不過翻，翻追與書曰：「僕聞虎魄不取腐芥，磁石不受曲針，過而不存，不亦宜乎？」』此必有人間之，鄭亞疑其逗遛，故以自明。　【按】二句謂蒙亞清鑒，已當

忠直以報之。

㊾【馮注】《史記・淮陰侯傳》：「北首燕路。」《後漢書・孔融傳》：「嚮使郭隗倒懸而王不解，則士莫有北首燕路者矣。」

㊿【馮注】《六帖》：「燕昭王置千金於臺上，以延天下士，謂之黃金臺。」

以上為第四段。因亞有書相寄而自抒心跡。

【《輯評》墨批】典疋嚴重而無深意警語，甚矣投贈之難工也。

【姚曰】時義山為桂府觀察判官，此詩乃寄鄭亞者。首四句叙題。「投刺」四句，叙隨鄭到桂。「水勢」四句，叙桂幕中情景。「前席」四句，叙鄭相待之厚。「宅與」四句，叙寓居佳勝。「社内」四句，叙朋從之樂。「佞佛」四句，言幕中無事，思廣所見聞。下遂言奉使事。「良訊」二句，點明江陵。此下至「泉客淚涔涔」，皆奉使在途情景。「逸翰」下八句，蓋鄭有詞翰相寄，故客中捧誦再三，偃息登臨，皆所不暇也。末四句，美鄭清識不凡，宜士之望金臺而首路耳。

【屈曰】一段奉使。二段受知尚書。三段自桂林。四段江陵途中。五獻尚書。段段皆感懷。

【程曰】幕僚奉使聘問鄰封，尋常事耳，何至有鬱鬱居此之嘆！其詞曰：「長懷五羖贖」，則有似乎欲拘留者，又曰：「終著《九州箴》」，則有似乎欲侵奪者。下文又有張愁沈瘦、白鬢丹心等語，當時必非無故云然，惜無從考證也。

【馮曰】大有鬱塞淹留之態。蓋因德裕罷斥，諸所厚者皆懷危懼，亞之遺使至江陵，同病相憐之情也。義山亦因此徘徊，可於言外領之。措辭纏綿沉摯，正以消其疑耳。吟至結聯，固畏人之多言矣。

【紀曰】清而薄，末四句歸于美鄭，然語脈不大融洽，嫌於鶻突，結二句尤佻達不稱也。問此詩述典頗麗，那得謂之清而薄？曰厚薄在氣味格力之間，不在詞句之濃淡也。古詩有通篇無一典故者，可得而謂之薄哉？（《詩説》）原注：『韶叔姪』，當是『昭穆叔姪』，脱一『穆』字，又訛『昭』為『韶』。

【袁枚曰】前四叙寄詩之由。次段二十八句，叙在桂府幕中之情與景。三段二十四句，寫途中所感之懷。客懷寂寞，故觸景增傷。『東道』二句，迴憶鄭公。『逸翰』四句，望鄭寄詩之意。末四句，望鄭之垂顧而薦拔也。（《詳注圈點詩學全書》）

【姜炳璋曰】按贊皇本傳，以會昌六年四月充荆南節度，荆南即江陵也，至大中二年貶潮州司馬。據鄭亞本傳，亞即於贊皇出鎮之年為桂管防御觀察使，即義山在其幕。豈有亞使義山至江陵存問故相國韶，而不發一書存問贊皇之理？固知義山之使江陵，注意全在贊皇，而問故相國其以為名也。蓋此時贊皇無因去國，白敏中用事，僧孺、宗閔輩同日北遷，滿目仇人。亞為贊皇親厚，凜凜自危，故不敢明言奉候贊皇，而托之詢問故相乎？感懷者，感其事而有懷也。故叙署中風景，微含凄凉蕭瑟之意，不比他處寫幕府之絢爛矣。其以周續、展禽自況，深懼為人疑謗，不能自明，則『放利偷合，詭薄無行』之譏，義山已料及之。其叙署中無事，借以消遣，微含主人失勢、坐客無聊之意。其叙途中景物，短日低陰，言為時不久；江魂泉淚，言己憂深；鴉冲曬網，雲羅密布也；女簇遥砧，歲時已暮也。前云良訊鴛綺，是寄故相國者；後云逸翰高辭，蓋寄贊皇者，既有詢問之書，復有慰贈之詩。故幕中唯知己之庾翼可語，而不解事之盧諶不悟也。庾翼，自謂也。『叩劍鐔』，意不平也；不登臨，中有憂也。結出『彼美回清鏡』以收全局，則此詩之旨，何嘗不隱而彰歟！○首四句，叙奉使。『投刺』以下十二句，言從亞到桂，禮遇之厚。『前席』，謂相與謀畫也；『細斟』，喻相與斟酌也；『憐秦痔』，謂愛我多病之身；『不遣楚醪沉』喻不與儕衆為偶也，并言相契之深。『既載』以下十四句，署中無事，風景寂静，尋僧訪道，佞佛耽書，言賓主憂讒，無所展布也。『長懷』以下四句，『懷五羖』，言我之志欲如五羖大夫之建功而不能也；『著《州箴》』，言欲如揚雄之著《州箴》，江陵之使固所愿也，以蹴起奉使。『張衡』以下十四句，言在途風景，舉目增悲，蓋朝局初更，元老去位，不知作何結局也。『逸翰』以下八句，正言寄書與贊皇，已獨會其意也。末四句，『彼美』謂贊皇，『清鏡』猶云衡鑒，言已與亞同此憂者，以彼美去位耳。設清鏡得回，則小人無從媒孽，士之赴亞者，如赴燕昭王之臺，毋乃費黄金之多乎！（按：鄭亞之出為桂管觀察使及義山赴桂幕在大中元年，李德裕出為荆南節度使在會昌六年。大中元年德裕已在東都。）

【張曰】詩後半反復沈摯，剖心自陳，感知傷遇，皆在言外。必衛公貶潮後，南郡使歸途次所作。義山少年依違躁進，至是更歷患難，頗有始終從一之意。初心不背李黨，於此可見矣。（《會箋》）又曰：紀氏譏末四句歸美於鄭為『突出無端緒』，而不知『逸翰』以下已轉到鄭亞，脈絡分明，不得以為『突出無端緒』也。結言朝局已换，人皆改路趨附他門，而已獨蒙厚愛，無乃虚費黄金乎？蓋其時衛公疊貶，令狐内召，黨局反復，鄭亞漸危，故以此言以自明心迹耳。謂近俳戲，詩意荒矣。此詩鋪叙，波瀾壯闊，屬對亦精，謂其頗乏警策，豈非違心之論耶？（《辨正》）

【岑仲勉曰】此詩應去江陵時作。若在歸途，似當題『江陵歸途』。惟去時表明已之不抱衾别向，則意深言重，若如（張）箋言『南郡使歸途次所作』，人既遄歸，似無須多此一舉矣。（《平質》）

【按】詩作於赴江陵途次。張箋謂使歸途次，並云其時衛公疊貶，令狐内召，均非。馮箋似亦誤以為逗遛江陵期間作，視『大有鬱塞淹留之態』，『義山亦因此徘徊』等語可知。然題既稱『奉使江陵途中』，詩又歷叙『蘆白』『楓丹』『短日』『低雲』等景象，其作於初冬赴江陵客途固無疑。詩之主旨，在感念鄭亞知遇之恩、自陳酬恩知己之意。一段『投刺雖傷晚，酬恩豈在今』，二段『長懷五羖贖，終著《九州箴》』，三段『蘆白疑粘鬢，楓丹欲照心』，四段『人皆向燕路，無乃費黄金』，均反復致意，屈謂『段段皆感懷』，誠是。幕僚寄詩，感激府主知遇之恩，固常事，然此詩之作，確與當時黨局變化有關。義山本年初入桂幕時，德裕雖已出為太子少保分司東都，然官爵猶崇，以文宗朝兩黨迭為進退形勢觀之，李黨非無再起可能。其後形勢又變，八月李回罷相，出為劍南西川節度使，十二月而德裕貶潮。義山赴江陵時，德裕雖尚在洛，然其時牛黨專權、盡逐李黨之勢業已明朗。值此形勢倉皇之際，義山反復自陳，確有於患難艱危中自明心迹之意。末聯以諷趨附得勢者作結，正所以明己之不抱衾別向也。

洞庭魚①

洞庭魚可拾，不假更垂罾②。鬧若雨前蟻，多於秋後蠅③。豈思鱗作簟④，仍計腹為燈⑤？浩蕩天池路，翱翔欲化鵬⑥。

集注

①【馮注】《荊州記》：『青草湖一名洞庭湖，周迴數百里，日月出没其中。』《長沙志》：『洞庭之水瀦七百里，在岳州城西。青草湖每秋夏水泛，北與洞庭為一；水涸，則此湖先乾，青草生焉。』

②【補】罾，以竿支架之魚網。

③【姚注】《易林》：『蟻封户穴，大雨將集。』《博物志》：『蟻知將雨。』【屈注】杜詩：『況乃秋後轉多蠅。』

④【朱注】《杜陽雜編》：『咸通末，上迎佛骨入内道場，設龍鱗之席。』【馮注】魚鱗簟也。原出處未詳。

⑤【朱注】《史記》：『始皇冢中，以人魚膏為燈。』【馮注】《天寶遺事》：『南方有魚，多脂，照紡績則暗，

照宴樂則明，謂之饞燈。』《本草》：『江豘魚有曲脂，照摴博即明，照讀書即暗，俗言嬾婦化也。』【按】二句謂魚但蟻聚蠅集，爭腥逐臭，豈慮以鱗作簟、以腹為燈之下場。『豈』字貫兩句。『腹為燈』，暗用董卓死後燃其臍膏事。

⑥【姚注】《莊子》：『北冥有魚，其名為鯤，化而為鳥，其名為鵬。……海運則將徙於南冥。南冥者，天池也。』

【朱曰】此影羶附之徒也。蟻聚蠅屯，粉身碎骨，此等本不足惜，但患不能為鯤鵬變化之人也。（《李義山詩集補注》）

【何曰】下半好。三四足『可拾』之意。（《讀書記》）

【姚曰】此歎羶附之徒也。蟻聚蠅屯，粉身碎骨，此等本不足惜，但患不能為鯤鵬變化之人耳。

【屈曰】庸愚妄思富貴也。

【程曰】此自桂府北歸過洞庭作，即洞庭之魚刺讒夫孔多也。義山才名甚盛，當時嫉忌者衆；不安鄭幕，疑亦緣此。結乃自喻將去之不復返也。

【馮曰】冬令水涸時也。借譏庸人之冀非分者。

【紀曰】全不成語。（《詩說》）三四鄙俚，五六拙笨，七八庸俗。（《輯評》）

【張曰】此贊皇貶後刺牛黨中倖進者。末云：『浩蕩天池路，翱翔欲化鵬』，即所謂『人皆向燕路』（按此句見《奉使江陵》詩）也。（《會箋》）又曰：深刺黨人倖進，觀結句疑指子直一流。然不覺顯露者，以其託物借寓

也。紀氏遽以鄙俚、拙笨、庸俗目之，何也？（《辨正》）

【按】張氏《會箋》説近是。朋黨傾軋，歷來一黨得勢，則紛紛趨附。蟻聚蠅集，争腥逐臭，得意忘形，妄思化鵬，正為此輩寫照。《辨正》謂指子直，恐非。曰『可拾』，曰『鬧』『多』，則所指固趨附之羣小耳，非牛黨中重要成員如子直者也。

此詩與《夢澤》《宫辭》《宫妓》等雖均有感於現實政治生活中某種現象，有所為而發。然《夢澤》諸作挖掘較深，具有較大普遍性與典型性，此則較為淺露，未能由特殊中概括出共同本質，故其藝術價值亦自遜一籌。

宋玉

何事荆臺百萬家〔一〕①，唯教宋玉擅才華〔二〕？《楚辭》已不饒唐勒，《風賦》何曾讓景差②！落日渚宫供觀閣③，開年雲夢送煙花④。可憐庾信尋荒徑，猶得三朝託後車⑤。

〔一〕『臺』，季抄一作『門』。

〔二〕『唯』，戊籤、季抄一作『獨』。

①【朱注】《家語》：『楚王將遊荆臺，司馬子祺諫。』《方輿勝覽》：『荆臺在監利縣西三十里，土洲之南。』【馮注】《説苑》作楚昭王。《國語》：『靈王為章華之臺。』《後漢書》邊讓《章華賦》：『靈王遊雲夢之澤，息荆臺之上。』

②【朱注】宋玉《諷賦》：『楚襄王時，宋玉休歸，唐勒讒之於王。』又《風賦》：『楚襄王遊於蘭臺之宫，宋玉、景差侍。』【道源注】《荆楚故事》：『襄王與唐勒、景差、宋玉遊雲夢之臺，王令各賦大言，唐勒、景差賦不如王意。宋玉賦曰：「方地為輿，圓天為蓋。彎弓掛扶桑，長劍倚天外。」王於是喜，賜以雲夢之田。』【馮注】《騷》亦賦也，《漢書·藝文志》列之詩賦家。《志》曰：『屈原離讒憂國，作賦以諷，有惻隱古詩之義。屈原賦二十五篇，唐勒賦四篇，宋玉賦十六篇，皆《楚辭》也。』《文選》登宋玉《九辯》《招魂》，而不及唐勒。王逸注《楚辭》云：『《大招》，屈原作，或曰景差，疑不能明也。』亦未及唐勒，勒不如玉審矣。宋玉、景差並侍於王，而《風賦》惟玉為之，王曰：『善哉論事！』此故云然。《史記·屈原列傳》：『楚有宋玉、唐勒、景差之徒，皆好辭而以賦見稱，然皆祖屈原之從容辭令，終莫敢直諫。』【何注】景差，《漢書·古今人表》作『景瑳』，小顔音子何反。《史記》作『差』，《索隱》注曰：『《法言》及《漢書》皆作「瑳」，今作「差」，是字省耳。徐、裴、鄒三家皆無音，是如字讀也。』此入麻韻，不知何據？（馮注引）

③【朱注】《左傳》：『王使子西為商公，沿漢泝江將入郢，王在渚宫。』注：『小洲曰渚。』《郡縣志》：『渚宫，楚别宫也。』《一統志》：『在江陵故城東南，梁元帝即位渚宫即此。』【馮注】楚渚宫故城在今江陵縣東。

④【朱注】沈約《與徐勉書》：『開年以來，病增慮切。』【何曰】言渚宫觀閣、雲夢，莫非助發才華，為詞

賦用也。（《輯評》）　【馮注】開年，明年也。言無早晚，無年歲，皆足逞其才藻。　【《輯評》墨批】宮供、夢送疊韻。

⑤【朱注】《渚宮故事》：『庾信因侯景之亂，自建康遁歸江陵，居宋玉故宅。』《北史》：『信先事梁簡文帝，後奔江陵，元帝除御史中丞；聘西魏，遂留長安，累遷儀同三司；周孝閔帝踐阼，遷驃騎大將軍。』三朝，謂梁、魏、周也。　【馮注】《詩》：『命彼後車，謂之載之。』庾信《哀江南賦》：『誅茅宋玉之宅，穿徑臨江之府。』按：《北史傳》：『庾信先為東宮抄撰學士，是武帝時也；後事簡文帝、元帝，則三朝矣。信奔江陵，元帝除御史中丞，故與『尋荒徑』合。乃舊解以梁、魏、周為三朝，身既留北，安得尚尋南土哉？信雖遭亂漂流，猶得以文學侍從三朝；而義山歷文、武、宣三朝，沉淪使府，故有羡於子山也。語曲情哀，味之無極。歸州亦有宋玉宅，此則江陵。

【補】後車，侍從者所乘之車。曹丕《與朝歌令吴質書》：『從者鳴笳以啟路，文學託乘於後車。』『三朝』馮注是。可憐，可羡也。

【朱曰】此嘆遇合之不如前人也。（《李義山詩集補注》）

【何曰】此題下缺一『宅』字。○此作者自謂。○落句澹澹收住，自有無窮感慨。（《讀書記》）　又曰：『楚辭』疑『微辭』。○落句以歷事文、武、宣三朝皆不得志也。○宮供觀閣，語近『郭冠軍家』；夢送烟花，又似『此婢雙聲』也。（《輯評》）

【《唐詩鼓吹評注》】此言宋玉才華獨擅於荆門，故唐勒、景差皆有所不及也。且玉居荆門，日落則渚宮觀閣足供吟眺，新年則雲夢煙花來助流連。是以當時梁之庾信，居宋玉之宅而挹其風流，歷仕梁、魏、周三朝，託宋玉之後車，而近侍於君王也。則豈非才華有獨擅哉！

【胡以梅曰】前四句贊美其才華。五從荆臺之景言其寂寞。『供』字奇，猶慣用也。宫中觀閣尤高，落日每供其照耀，但有落日則無繁華之物矣。六切玉之賜田在雲夢，『送』乃流年之相送煙花過去也。同是叙景，只須供字送字，意味幽深遂不落庸套，名家用意不同。結言所遺之宅居之，猶出文物之庾開府而為三朝侍從之臣。輕輕帶出，譏刺戲謔，以為餘波，精雅之妙。（《唐詩貫珠串釋》）

【陸曰】上半言其人，下半言其宅。起意維楚有才，乃何以荆臺百萬家之衆，而擅才華者獨宋玉一人耶？楚辭、風賦，其才華也，唐勒、景差皆莫能及，其獨擅也。接言其人雖往，其宅猶存，不且與渚宫觀閣、雲夢烟花同為楚地之勝耶？信以避亂居此，可謂千古才人，後先輝映矣。託後車，猶云『望屬車之清塵』也。信仕梁、魏、周，故云三朝。

【姚曰】此歎遇合之不如前人也。自古文人，福命多薄，獨天生宋玉之才，一時無兩。忌者既多，必遭偃蹇，乃渚宫雲夢間，侍從逍遥，主臣相得，何其幸與！至千年下如庾信者，偶居故宅，猶如丐其餘庇，而得承事三朝，文人薄命之説，吾終有所未信也。蓋無聊自遣之詞。

【屈曰】前半宋玉才華，乃楚一人。後半言渚宫雲夢，餘風猶在，故庾信一尋荒徑，永託後車。意言己之才華可追庾信，渚宫之夢亦堪託宋玉之後車，而流落終老，其視庾也遠矣。

【程曰】文士失職，今古同情，以古準今，能無慨嘆！宋玉之才華，不但荆臺百萬家之所無，即同受屈原之指授者，唐勒、景差亦皆不及，可謂荆臺獨步矣。然考其身世，不過從遊於當時之諸侯而已。渚宫之供觀閣，未嘗無情；雲夢之送烟花，未嘗不樂。無如以此窮年，有何情緒！空留故宅，庾信重來，轉不如其流離播遷之時，猶得歷事梁、魏、周三朝以博貴顯也。杜子美《詠懷古跡》亦有『可憐宋玉臨江宅，異代猶教庾信居』之語（按此義山《過鄭廣文舊居》詩，程氏誤記），蓋託之古跡以詠懷，義山亦此意也。詩中『落日』字，乃日復一日之義，『開年』字乃年復一年之義，不可作夕陽、獻歲解。若只就本字論之，落日猶可，開年無謂，豈有千載之下，推求古人之明年耶？其所以言及年月者，乃自歎歷佐藩幕之久；所以言及三朝者，亦自歎不得忠於敬宗、文宗、武宗也。

【馮曰】在江陵作。時將於開春還桂，五六兼以託意。

【紀曰】四家以為失之鈎剔過明，不愜人意也。（《詩説》）

【曾國藩曰】此詩弔宋玉，即以自傷也。係桂林奉使江陵時作。（《十八家詩鈔》）

【張曰】此詩乃玉谿使南郡時作。江陵有宋玉宅，故以自況。託寓深婉，味之無盡。至鈎勒分明，本係詩法應爾。紀氏不愜意此種，宜其妄下苛責也。紀評有引廉衣、蒙泉、四家諸説，然既為紀氏所取，則責備有歸矣。（《辨正》）

【黄侃曰】此首自傷無宋玉之遇，末二句尤顯。『開年』即《楚辭》所云『開春』『獻歲』，猶言新年新春耳。程解大謬。五六二句，正自傷無宋玉之遇也。（《李義山詩偶評》）

【按】杜甫《詠懷古跡》云：『摇落深知宋玉悲』，『庾信生平最蕭瑟』。此則似反其意。前四極贊宋玉之才華，言外即寓己之才華不讓宋玉之意（《偶成轉韻》云：『迴看屈宋由年輩。』）。五六謂荆臺風物絶勝，渚宫觀閣，雲夢煙花，均足助其文思才藻，承上『何事』『擅才華』而言。曰『供』曰『送』，正所以見地靈人傑，天助斯文。『落日』『開年』，舉日暮、新春以概一日一年。此亦反用杜詩『江山故宅空文藻』之意。馮謂義山將以開春還桂，五六兼以託意，恐失之牽强。蓋此詩非以宋玉自喻，特借宋玉以反襯己之不遇耳。七八即轉借庾信點醒此意，謂宋玉因擅才華而為文學侍從之臣，託於王之後車，其遇合固無論矣，即尋荒徑、居故宅之庾信，亦得沾其餘丐，而歷仕三朝。言外則己雖才比宋玉，然三朝淪落，寄跡幕府，遇合迥異，可不悲悵也哉！才同而遇異，悲己之生不逢時，此一篇之主旨。『猶得』二字，有深悲焉。

楚宮〔一〕①

複壁交青鏁②，重簾掛紫繩③。如何一柱觀④，不礙九枝燈⑤？扇薄常規月〔二〕⑥，釵斜只鏤冰⑦。歌成猶未唱，秦火入夷陵⑧。

校記

〔一〕蔣本無此首，當是從三卷本分體編排時漏收。

〔二〕『規』，英華作『窺』。

①【朱注】《風賦》：『楚襄王遊於蘭臺之宮。』【馮注】按《史記·楚世家》，楚始封居丹陽，今枝江縣故城。熊渠興兵至於鄂，立其中子紅為鄂王，今武昌。後至文王熊貲，始都郢，今南郡江陵縣北紀南城是。至平王更城郢。【程注】《寰宇記》：『楚宮在巫山縣西二百步陽臺古城內，即襄王所遊之地。』【按】此楚宮當指江陵之

楚宮，視『一柱觀』可知。或即指渚宮（春秋楚成王所建，為楚之別宮，故址在今湖北江陵城内）。

②【馮注】《史記·張耳傳》：『貫高等乃壁人柏人，要之置廁。』《索隱》曰：『置人於複壁中，謂之置廁。』《後漢書·趙岐傳》：『孫賓石藏岐複壁中。』【朱注】《漢書注》：『青瑣，户邊刻為連瑣文，以青塗之。』

③【程注】古《子夜歌》：『重簾持自障，誰知許厚薄？』

④【朱注】《渚宮故事》：『宋臨川王義慶鎮江陵，於羅公洲立觀甚大，而惟一柱，（號一柱觀）。』《一統志》：『一柱觀在松滋縣東邱家湖中。』【馮注】按張華《博物志》已云《南荆賦》『江陵有臺甚大，而唯有一柱，衆木（梁）皆共此柱』也。

⑤【朱注】《西京雜記》：『漢高祖入咸陽，有青玉五枝燈。』《漢武内傳》：『七月七日，王母至，帝掃除宫内，然九光之燈』。王筠《燈檠詩》：『石花曜九枝。』【補】九枝燈，一幹九枝之花燈。《藝文類聚》卷三十四沈約傷美人賦：『拂螭雲之高帳，陳九枝之華燭。』盧照鄰《十五夜觀燈》詩：『別有千金笑，來映九枝前。』

⑥【朱注】班婕妤《怨歌行》：『裁為合歡扇，團團似明月。』梁簡文帝詩：『青山銜月規。』【馮注】魏徐幹《團扇賦》：『仰明月以取象，規圓體之儀度。』

⑦【朱注】《鹽鐵論》：『如畫脂鏤冰，費日損功。』【道源注】刻水玉作釵，如鏤冰然。李賀詩：『寒鬢釵斜玉燕光。』【馮注】此喻玉釵。『月』『冰』皆取孤冷之義。【按】月、冰均狀扇、釵之華美。

⑧【朱注】《史記》：『秦昭襄（當作楚襄王）二十一年，白起伐楚，拔郢，燒夷陵。』《唐書》：『峽州夷陵郡，屬山南東道。』【馮注】《通典》：『唐峽州夷陵郡，即楚夷陵地。』

【何曰】落句與《鄠杜馬上》同一結法。（《讀書記》）又曰：前六句一氣念過。（《輯評》）

【徐德泓曰】前半總言宫室。上兩句，寫其麗；下兩句，故作疑問之詞，正見其搆造之巧也。腹聯，言宫中惟事裁扇鏤釵而已。乃未及行樂，而即灰滅，可慨夫！

【姚曰】上半首，寫其締構之精巧。五六，寫其聲色之嫺麗。上六句，總寫其窮極驕奢，有加無已之想，而以末二語作點化。

【屈曰】此與《陳後宫》一首同意。

【程曰】此結警策無倫，與劉賓客《蜀先主》詩『凄凉蜀故伎，來舞魏宫前』，皆懷古之逸響也。

【馮曰】起聯言藏之密；次聯言爾止一身，豈能消此多麗；三聯想見美人後房冷静；末則誚其未遑行樂，忽遇驚危。似在嗣復貶潮時乎？

【紀曰】意格與《陳後宫》一首同，彼未説出，此説出耳。（《詩説》）然較彼少做作之態，稍為近雅。（《輯評》）

【張曰】起以幾事不密為喻。『如何一柱』『不礙九燈』，比嗣復一貶之不足而再貶也。『扇薄』句命合奇窮，『釵斜』句徒勞空往。結即『更替林鵶恨，驚頻去不休』意也。（《會箋》）又曰：律體全以比興出之，義山創格，前無古人，與《陳後宫》一首各極其妙，皆天地間不可磨滅之文字也。紀氏强為解釋，陋甚。○頗不易解。若謂指李回貶湘，亦不細切；且『如何』二句，語意與下不貫。馮氏謂指楊嗣復貶潮事，則更謬矣，《燕臺》事與嗣復無涉也。（《辨正》）

【按】此尋常懷古之作，深解者非。馮、張箋均穿鑿不可信，張箋尤謬。前四極狀楚宮之華侈。次聯謂宮室建造奇麗，燈燭輝煌，不必泥『一柱觀』建於何時。腹聯謂後宮佳麗之衆多，服飾之華麗。末則點醒奢淫亡國旨意。全篇頗似具體而微之《阿房宮賦》。前四大體相當於賦之『六王畢』一段；五六相當於賦之『妃嬪媵嬙』一段。七八則正賦之『楚人一炬，可憐焦土』也。作年不易確考，如係弔江陵楚國舊宮遺迹有感而作，或作於大中元年冬奉使江陵時。

人日即事①

文王喻復今朝是〔一〕②，子晉吹笙此日同③。舜格有苗旬太遠〔二〕④，周稱流火月難窮⑤。鏤金作勝傳荆俗，翦綵為人起晉風⑥。獨想道衡詩思苦，離家恨得二年中⑦。

〔一〕『是』，悟抄作『事』，非。

〔二〕『太』原作『大』，非，據蔣本、戊籤、錢本、朱本改。

①【馮注】《北史·魏收傳》：『晉議郎董勛《答問禮俗》云：「正月一日為雞，二日為狗，三日為猪，四日為羊，五日為牛，六日為馬，七日為人。」按：《北史》及《太平御覽》所引，皆一日至七日止。竊意取自小至大，萬物之性，人為貴，故曰七日，最靈辰也。《西清詩話》載劉克以東方朔《占書》示客，乃有八日為穀句。穀是植物，非其義也，殊不足信。

②【朱注】《易》：『七日來復。』【馮注】（《易》）王注、孔疏取六日七分之義，舉成數言，故曰七日也。變月言日，乃褚氏、莊氏之説，疏中駁去之。姚氏譏義山疏於經學，反誤矣。【何曰】此句是破題。（《讀書記》）【補】《易·復》：『七日來復，利有攸往。』《坤》卦六爻皆陰；《復》卦六爻，其第一爻為陽，二至六爻皆為陰。《坤》卦表示純陰，《復》卦則已有一陽，表示陽氣由剥盡而復，故謂『來復』。

③【程注】《列仙傳》：『王子喬者，周靈王太子晉也。好吹笙作鳳凰鳴，道士浮邱公接以上嵩高山。三十餘年後見桓良曰：告我家七月七日待我於緱氏山頭。』

④【朱注】《書》：『七旬有苗格。』

⑤【朱注】《詩》：『七月流火。』【何曰】（二句）襯出『日』字。（《讀書記》）

⑥【馮注】《荆楚歲時記》：『人日剪綵為人，或鏤金箔為人，以貼屏風，亦戴之頭鬢。又造華勝以相遺。』華勝起於晉代，見賈充李夫人《典戒》。云像瑞圖金勝之形，又取像西王母戴勝也。【朱注】劉臻妻陳氏《進見儀》：『人日，上人勝於人。』【姚注】《事原》：『綵勝，起於晉，賈充夫人所作。』

⑦【朱注】薛道衡詩：『入春才七日，離家已二年。人歸落雁後，思發在花前。』【馮注】《御覽》引《國朝傳記》：『薛道衡聘陳，為《人日》詩。』

【范晞文曰】前輩云：詩家病使事太多，蓋皆取其與題合者類之。如此乃是編事，雖工何益！李商隱《人日》詩……正如前語。（《對牀夜語》）

【朱彝尊曰】以七句七月襯出七日，何其拙也！

【何曰】楊、劉只學此種。齊梁中本有此體，今變為七言耳。（《讀書記》）又曰：纖俗。發端自比淪落使府，庶幾此日補復，名挂朝籍，如登仙然。三四又歎杳邈難期也。五六則得過且過，隨時愛景光耳。結借元卿《人日》詩句收出，方行役於外也。（《輯評》）

【陸曰】前半兩引七日事，正筆也，言與人日同也。一用七旬，一用七月事，翻筆也，言與人日異也。齊梁間有此體，義山戲效之而變為七言耳。五六因叙人日之風俗，即滚下作結。言鏤金剪綵，從來以此日為樂，獨有思歸之客，每悵然於雁後花前，蓋隱以道衡自況也。

【姚曰】此因人日而恨客中之難度也。文王喻復，子晉吹笙，皆七日吉祥事。然自此以後，由七日而七旬，由七旬而七月，度日如年，正不知幾時得過耳。鏤金翦綵，家人婦子之樂，何處不有？而我今日離家之況，獨如道衡，二年中之苦恨已如此，豈堪日復一日哉！

【屈曰】此首乃獺祭之最下者。

【馮曰】題曰『即事』，通體層疊，注到離恨，是在江鄉寓慨也。然自成一格，微近香山，本集若此輕俊取勢者絶少，惟《和韋潘七月十二日詩》略似耳。玩結聯，或他人見贈之作乎？類列於此，與《柳》詩皆可疑也。又曰：『鏤金』二句，《萬花谷續集》采之，出李商隱，不必疑也。（補箋）又曰：（姚箋前四句）頗善為説，豈其然乎？

【紀曰】前四句一字不通，五六亦堆垛無味，七八雖成語亦無佳處。（《詩説》）前四句用經悖謬，後半堆砌不成語。（《輯評》）

【袁枚曰】嚴冬友曰：凡詩文妙處，全在於空。譬如一室內，人之所游焉息焉者，皆空處也。若窒而塞之，雖金玉滿堂，而無安放此身處，又安見富貴之樂耶？鐘不空則啞矣，耳不空則聾矣。范景文《對牀録》云：『李義山《人日》詩，填砌太多，嚼蠟無味。』若其他懷古諸作，排空融化，自出精神，一可以為戒，一可以為法。（《隨園詩話》）

【張曰】詩亦不惡，然非玉溪手筆，馮氏疑之是也。（《辨正》）

【按】義山詩中自有此種，不必疑。馮舉《和韋潘前輩》及《淚》《聞歌》等皆類此，第後二首稍富藻采耳。末聯以道衡自況，點明離恨主旨，亦頗類《淚》之結聯。五句言『傳荆俗』，似是身在荆楚，因人日而興歸思。末以道衡自比，亦暗寓北人留滯南方之意。似是大中二年人日在江陵作。自大中元年離家，至此已二年，故借道衡詩以發之。

贈劉司戶蕡①

江風揚浪動雲根〔一〕②，重碇危檣白日昏③。已斷燕鴻初起勢④，更驚騷客後歸魂⑤。漢廷急詔誰先入〔二〕⑥？楚路高歌自欲翻〔三〕⑦。萬里相逢歡復泣，鳳巢西隔九重門⑧。

〔一〕『揚』，朱本作『吹』、季抄一作『吹』。

〔二〕『詔』原一作『召』，朱本、季抄同。

〔三〕『自欲』，悟抄作『欲自』，朱本作『意欲』，均非。

①【馮注】《舊、新書·傳》：『劉蕡字去華，幽州昌平人。寶曆二年進士。博學善屬文，尤精《左氏春秋》，好談王霸大略，耿介嫉惡，慨然有澄清之志。太和二年，策試賢良方正能直言極諫者，蕡切論黄門大横，將危宗社。考官不敢留蕡在籍中，物論喧然不平之。令狐楚在興元，牛僧孺鎮襄陽，皆表蕡幕府，授秘書郎。而宦人深嫉蕡，誣以罪，貶柳州司户參軍，卒。』按：《舊傳》蕡終使府御史，此從新傳。【補】劉蕡次子劉珵墓誌《唐故梁國劉府君墓銘序》云：『烈考諱蕡，皇秘書郎，貶官累遷澧州員外司户。』可證劉蕡非卒于柳州貶所。詩作于大中二年正月，詳編著者按。

②【朱注】張協詩：『雲根臨八極。』注：『雲根，石也。雲觸石而生，故曰雲根。』【馮注】《唐音癸籤》：『雲根，六朝人先用之，宋孝武《登樂山詩》「屯烟擾風穴，積水溺雲根。」』按：晉張協《雜詩》『雲根臨八極，雨足灑四溟』已在前矣。但景陽是狀積雨，尚非實境，宋孝武方指石。

③【朱注】《韻會》：「碇，鎮舟石。」【程注】陰鏗詩：「行舟逗遠樹，度鳥息危檣。」【馮注】碇，同「矴」。《玉篇》：「矴，石也。」【何曰】發端是比時局。（《輯評》）

④【姚注】《廣絶交論》：「軼歸鴻於碣石。」碣石，燕地，故曰燕鴻。【何曰】謂下第。（《讀書記》）

【馮注】昌平，燕地。對策為進身之始，謂不留在籍。【程注】李白《臨江王節士歌》：「燕鴻始入吴雲飛。」

【按】燕鴻字習用，然此則特指蕡係燕人。

⑤【何曰】謂遠貶。【馮注】時在楚地，故以騷客目之。【按】曰「歸魂」，則非遠貶途中可知，當是蕡自柳州内遷澧州司户後。詳編著者按。

⑥【馮注】《漢書·賈誼傳》：「誼既以謫去三年。後歲餘，文帝思誼，徵之。至，入見。」【程注】姚合詩：「清净黎人泰，惟憂急詔徵。」【按】句謂朝廷急詔重徵會昌年間被貶牛黨舊相，但不知誰能先入朝輔政。

⑦【馮注】用接輿歌鳳事。【紀曰】「翻」字是「翻曲」之「翻」，香山詞所云「聽取新翻《楊柳枝》」是此「翻」字也。【按】接輿歌鳳事見《論語·微子》《莊子·人間世》及晉皇甫謐《高士傳》。然此句「楚路高歌」係承上「騷客」言，以屈原比劉蕡，非用接輿事。翻，摹寫，歌唱。句意謂蕡于相遇之楚路自寫歌詩以抒慨。

⑧【朱注】《帝王世紀》：「黄帝時，鳳凰止帝東園，或巢於阿閣。」《九辨》：「君之門兮九重。」【道源曰】東坡詩「九重新掃舊巢痕」本此。【馮班曰】落句以「萬里」二字襯「相逢」，歡、泣二意俱有着落。【按】道源所云，本陸游《施司諫注東坡詩序》，見《渭南文集》卷十五。

【洪邁曰】唐文宗太和二年三月，親策制舉人，賢良方正劉蕡對策，極言宦官之禍。既而裴休、李郃等二十二人

中第，皆除官。考官左散騎常侍馮宿、太常少卿賈餗、庫部郎中龐嚴見蕡策皆嘆服，而畏宦官不敢取。詔下，物論囂然稱屈。諫官御史欲論奏，執政抑之。李郃曰：『劉蕡下第，我輩登科，能無厚顏。』乃上疏，以為『蕡所對策，漢、魏以來，無以為比。今有司以蕡指切左右，不敢以聞，恐忠良道窮，綱紀遂絶。臣所對不及蕡遠甚，乞回臣所授，以旌蕡直。』不報。予按是時宰相乃裴度、韋處厚、竇易直。易直不足言，裴、韋之賢，顧獨失此，至于抑言者使勿論奏，豈不有愧于心乎？蕡既由此不得仕于朝，而李郃亦不顯，蓋無敢用之也。令狐楚、牛僧孺乃能表蕡入幕府，待以師禮。竟為宦人所嫉，誣貶柳州司户。李商隱贈以詩曰：『漢廷急詔誰先入？楚路高歌自欲翻。萬里相逢歡欲（按：當作『復』）泣，鳳巢西隔九重門。』及蕡卒，復以二詩哭之曰：『一叫千回首，天高不為聞。』又曰：『已為秦逐客，復作楚冤魂。……併將添恨淚，一灑問乾坤。』其悲之至矣。甘露之事，相去纔七年，未知蕡及見之否？（《容齋詩話》）

【錢龍惕曰】『江風揚浪動雲根』者，謂奄宦勢盛也；水深雪紛，以比小人也；『重碇危檣白日昏』者，蔽君之明也。蕡以忠言危論，排君門而上聞，如燕鴻之初起而遽斷其勢，雖騷魂可招，驚猶未定也。『漢廷急詔』，求直言也，蕡言不用，則先入者誰乎？迨柳州之貶，南過沅湘，則楚路高歌自欲翻耳。回望君門九重，鳳巢新掃，所以萬里相逢，既歡而復泣，悲夫！

【朱曰】此恨忠直之不見容也。（《李義山詩集補注》）

【朱彝尊曰】上半首興而比也，取『白日昏』之義。又曰：四句直下，故對不甚工。

【胡以梅曰】此是義山在途相遇而贈者。首二句比也。風浪動雲根，閹人之勢狂横；重碇危檣比蕡，白日昏言朝廷。三言風狂日昏使飛鳥不能奮翼，已斷其初起之勢，蓋士子初試對策，乃仕進之初起也。……結言目前遠謫相逢。歡者，難遇而得遇；泣者，悲其屈抑，而鳳巢遥隔君門耳。（《唐詩貫珠串釋》）

【陸曰】按蕡太和二年以試策切直為中人所誣，出為柳州司户，後卒貶所。義山哭之以詩曰：『去年相送地，春雪滿黄陵。』然則此云『萬里相逢』，當在潭州時遇蕡作也。江風吹浪，而山為之動，日為之昏，只十四字，而當日北司專恣，威柄凌夷，已一齊寫出。三句是遏抑其言，使不得上聞；四句是廢斥其身，使不為世用。『急詔』句承燕鴻來，言斷者不可復續也；『高歌』句承騷客來，言哀者難免纍欷也。結言君門萬里，西顧黯然，此所以知已相逢，暫得一笑，而旋復不樂者也。

【陸鳴皋曰】此劉就貶而相遇于楚江也。前四句，俱寫江天風色之慘。五句，以劉對策在前，故曰『先入』。末則幸其得見，而復傷其不遇也。

【姚曰】此恨忠直之不見容也。風浪奔騰，有滔天翳日之勢，不但進用無由，而且放逐堪驚，世運可知矣。顧當此之時，埽門由竇，夫豈無人，仕路至此，已而已而，楚歌所以作也。然則今日之臨歧灑淚，非痛別離，痛九重之孤立耳。

【屈曰】一二寫時景，以風喻中人，以日喻朝廷。三比初對策被放，四比被貶。五賢良無出其右者，彼先登高第，果何人哉？猶言劉蕡下第，我輩登科也。六相逢柳州。七八總結上六句，言君門萬里，無可訴冤也。

【程曰】按《唐書》，蕡之對策，在太和二年。甘露之變，在太和九年。其貶卒之年，史皆不載。長孺氏所撰《詩譜》，於文宗太和二年直書曰：『上親策制舉人劉蕡貶柳州司户。』即以義山贈、哭諸詩隸其下。是則對策之後即貶矣。然以蕡中間兩辟幕府計之，安得二年即貶？且義山是時方為令狐楚巡官在汴，安得此詩有『楚路』之語？余謂諸詩乃隨鄭亞南遷以後之作也。大中元年，從鄭亞桂州判官，嘗自桂林奉使江陵，又使南郡（按江陵即南郡），意蕡之貶，當在此時，義山道遇，贈之以詩。別未逾年，遂卒於貶所，又繼之以哭也。《哭蕡》詩云：『離居星歲易，失望死生分。』又云：『去年相送地，春雪滿黃陵。』皆其明證。故曰『萬里相逢』，又曰『楚路高歌』也。曰『燕鴻勢斷』，謂下第也；曰『騷客魂驚』，謂遠貶也。義山於甘露之變，痛心疾首於諸宦人，而蕡之對策已先極言其禍。北司蔽主，白日黃昏，言路難通，君門萬里，故相逢則歡而泣也。他日哭之，則并溢浦湘江之水添為恨淚。而不敢哭於寢門者，欲以師事之也。

【馮曰】開成五年，商隱辭尉任，南遊江鄉。……座主高鍇觀察鄂岳，而安、黃為其所管。義山既遊江鄉，必先赴其幕，路經安、黄。……時適楊嗣復罷相，觀察湖南，因又有潭州《贈劉司户蕡》之跡。司户歷為宣歙王質、興元令狐楚、襄陽牛僧孺從事，皆見《傳》文。僧孺開成四年八月出鎮，會昌二年（按當作『元年』）罷，蕡在幕正當其時。蕡卒年無明文。《新書·傳》載昭宗誅韓全晦等，左拾遺羅衮訟蕡云：『身死異土，六十餘年。』帝贈蕡左諫議大夫。是年天復三年癸亥，上距會昌四年甲子，得六十年。蕡當於開成、會昌間卒於江鄉，故詩云『復作楚冤魂』，又云『湓浦書來秋雨翻』也。義山於此年至潭州。會昌元年春，與蕡黄陵晤別，而蕡於二年秋卒矣。凡此皆南遊之實據也。（《玉谿生年譜》） 又曰：《玉泉子》云：『劉蕡，楊嗣復門生也。中官仇士良謂嗣復曰：「奈何以國家科第放此風漢耶？」嗣復懼而答曰：「昔與蕡及第時，猶未風耳。」』竊疑義山赴潭，司户必因謁座主來潭，故得相晤，而於春雪時黄陵送別也。

【王鳴盛曰】一結忍不住直説出來，悲凉嗟怨，因己與劉俱被擯斥，故同病相憐，如此沉痛。（馮注初刊本王氏手批）

【紀曰】起二句賦而比也。不待次聯承明，已覺冤氣抑塞，此神到之筆。七句合到本位，只『鳳巢西隔九重門』一句竟住，不消更説，絶好收法。（《詩説》）

【姜炳璋曰】此甘露變後義山目擊宦官之横，知唐祚必移於此，於蕡之謫而盡情發揮以贈之也。一二言閹人亂政，白日昏黑。雖有重碇危檣，無處安置，言直言不容也。北鴻初起，而已斷其勢，使之下第也。於是二十年來俯就兩節度之辟，徘徊幕官。斯時騷客已倦游將歸矣，而閹人前憾未已，摭拾小過，謫為柳州司户，是驚其後歸之魂也。夫宦官稔惡如此，將來必至如東漢永平間，急召外藩，提師以除十常侍，但不知誰當先入耳。而蕡已斥逐，每以屈原高歌翻為新曲，諷切時政，而朝廷不知也，亦自欲翻耳，何益焉？七八，今日奉使江陵，萬里相會，可謂極歡，而細思復泣，非為蕡泣也，蓋豺狼當道，以言為諱，朝陽鳳鳴，唯蕡一人，而今日遠竄，是鳳凰之巢已西隔九重之門矣。安望有伏闕陳書，力鋤閹竪者哉？嗟乎！蕡之策在太和初，至九年而有甘露之變。義山之詩在大中初，追昭宗時，崔胤召朱温入清君側，遂移唐祚。與東漢之亡若合符節，則所謂『漢廷急詔誰先入』不早數計而燭照之乎！雖謂之『詩史』可也。

【張曰】《贈劉司户蕡》詩有『江風吹浪』『楚路高歌』語，又云『萬里相逢歡復泣』，是為義山與司户相逢之跡。《新書·蕡傳》：『令狐楚、牛僧孺節度山南東、西道，皆表蕡幕府，授祕書郎，而宦人深嫉蕡，誣以罪，貶柳州司户參軍，卒。』（《舊書·傳》云：『位終使府御史。』證以詩題，未免小疏，《新傳》是也。）《新書·牛僧孺傳》：『開成四年八月為山南東道節度使，會昌元年漢水溢，壞城郭，坐不謹防，遷為太子少保。』蕡在幕，正當其時，其貶柳州及卒，不詳何年。《新傳》載昭宗誅韓全晦等，左拾遺羅衮訟蕡曰：『身死異土，六十餘年。』是歲天復三年癸亥，上距會昌四年甲子，得六十年。蕡當於會昌元年春初貶柳，路經湘潭，與義山晤別（《贈劉司户蕡》）詩：『已斷燕鴻初起勢，更驚騷客後歸魂。』以湘纍比蕡，其為初貶時無疑。蕡曾佐令狐楚興元，與義山舊識，故有『風義兼師友』句。馮氏謂：『蕡，嗣復門生，必謁舉主至潭。』不知是時嗣復已貶潮矣。《再哭司户》詩：『已為秦逐客，復作楚冤魂。』又云：『路有論冤謫，言皆在中興。』合之羅衮《請褒贈疏》，則蕡乃卒於貶所，亦非江鄉也，而二年秋卒矣。　又曰：司户貶柳過潭，義山晤別，所謂『春雪滿黄陵』者，正此時也。（《會箋》）

【岑仲勉曰】羅衮之言，實為馮氏涉想之最先出發點，因而將《贈蕡》《潭州》《哭蕡》諸詩，皆集合於此兩三年中。按《新書》雜采説部，記年常或舛誤。光化昭雪王涯，亦云六十餘年，衮等或許承文而誤。馮既言《新傳》蕡貶柳州司户卒，但當日皇綱尚振，謫人未容逗遛，何為又信其卒於江鄉？且僧孺當年上眷尚優（其貶在會昌四年），如牛不能庇蕡，嗣復豈復能庇之？……蕡大中初在柳州謫任，故得於桂與商隱相見。《贈蕡》詩『萬里相逢歡復泣』，『萬里』率指嶺外，施諸潭州，弗類也。越大中二年二月，鄭亞責循州，商隱北返，春雪黄陵，蓋是年事。又明年蕡乃卒。羅衮之『六十餘年』，殆當正作『五十』。蕡是否放還，卒於江鄉，現據《哭劉蕡》詩四首，尚難論定。（《唐史餘瀋李商隱南遊江鄉辨正》）

【按】義山開成末會昌初南游江鄉之説，發自徐氏（徐逢源箋《潭州》詩，謂：『疑（楊）嗣復鎮潭，義山曾至其幕』），成于馮氏，張氏《會箋》復張大其説。『南游』前後，繫詩達數十首。其中《贈劉司户蕡》詩，馮、張均據羅衮疏語『六十餘年』上溯，定為會昌元年春作。斯誠『南游』繫年詩之關鍵。細審贈、哭劉蕡諸詩及有關材料，所謂開成末南游江鄉，實屬臆説虛構。馮、張所繫南游期間及前後諸詩，已分別於各篇下駁正之。此處專就劉蕡貶柳、遷澧、去世及義山贈、哭諸詩之具體寫作時間等問題作一總説。

一、《贈劉司户蕡》詩既非作于蕡貶柳途次，亦非作于蕡貶居柳州期間，而係作于蕡已自柳州累遷澧州之後。詩明言『江風』『楚路』，《哭劉司户蕡》《哭劉蕡》詩亦追述二人黄陵晤别，可證二人此次相遇必在江鄉而不在桂林（桂林無春雪）。岑謂『蕡大中初在柳州謫任，故得於桂與商隱相見』，殆誤。馮、張均以為劉蕡貶柳途中與義山晤别（馮謂『疑義山赴潭，司户必因謁座主來潭，故得相晤；』張謂『蕡當于會昌元年春初貶柳，路經湘潭，與義山晤别』），殊不知詩明言『騷客後歸魂』，説明其時蕡已從柳州貶所北歸。復據劉蕡次子劉珵墓銘序關於蕡『貶官累遷澧州員外司户』之記載，更可證實劉蕡並非卒於柳州貶所，而是先遷某地後，再遷澧州員外司户。澧州在澧水入洞庭湖處附近，與二人晤别之地湘陰黄陵相距不遠。因此，《贈劉司户蕡》當是劉蕡累遷澧州員外司户赴任途中或已在澧州司户任時外出與商隱相遇，商隱贈蕡之作。結合其它有關情況，以後一種可能性較大。

二、義山與劉蕡此次黄陵晤别之時間，不在會昌元年春，而在大中二年正月。馮浩斷定贈詩作于會昌元年春，其主要證據即《新傳》所載羅衮疏語。然《新傳》所載並非羅疏原文，而係對羅疏不準確之撮述。傳文云：『及昭宗誅韓全晦等，左拾遺羅衮上言：「蕡當大和時，宦官始熾，因直言策請奪爵土，復掃除之役，遂罹譴逐，身死異土，六十餘年。」』而羅疏原文則為：『劉蕡當大和年對直言策，是時宦官方熾，朝政已侵，人誰敢言？蕡獨能指抑墮雨迴天之勢，欲使當門；奪官卿爵土之權，將令擁篲。遂遭退黜，實負冤欺。其後竟陷侵誣，終罹譴逐。沉淪絶世，六十餘年。』兩相對照，即可發現二者之主要區别，一為『身死異土，六十餘年』，一為『沉淪絶世，六十餘年』。按沉淪一詞，意即埋没、淪落。《楚辭·九嘆·愍命》：『或沈淪其無所達兮，或清激其無所通。』《後漢書·孟嘗傳》：『而沈淪草莽，好爵莫及。』李白《贈從弟南平太守之遥》：『彤庭左右呼萬歲，拜賀明主收沉淪。』商隱《獻舍人彭城公啟》：『沈淪者延頸，逃散者動心。』沉淪均沉埋不遇之義。『沉淪絶世，六十餘年』，意謂劉蕡自被譴逐而沉埋下僚，直至辭世（絶世），迄今已有六十餘年。換言之，『六十餘年』應自被讒逐貶柳之日算起，而不應自『絶世』之日算起。馮氏據《新傳》所撮述之羅疏『身死異土，六十餘年』逆推，故謂蕡卒于會昌初。實則，劉蕡貶柳之時間與『絶世』之時間相隔有九年之久。按劉蕡之貶，羅疏謂『竟陷侵誣，遂罹讒逐』，《新傳》謂『宦人深嫉蕡，誣以罪，貶柳州司户參軍』，然均未言誣以何罪。按裴夷直在貶驩州期間有《獻劉蕡書情》（一作《獻歲書情》）詩云：『白髮添雙鬢，空宫（一作『過』）又一年。』音書鴻不到，夢寐兔空懸。地遠星辰側，天高雨露偏。聖期（一作朝）知有感，雲海漫相連。』據《新唐書·裴夷直傳》及《通鑑》，裴夷直曾在文宗卒後兩次上奏，觸怒宦官仇士良，又未在武宗即位之册牒上署名，加以裴曾受到宰相楊嗣復之擢拔，故始則出為杭州刺史，繼又于會昌元年三月，被作為文宗病危時企圖擁立安王溶之楊嗣復同黨遠貶為驩州刺史。而劉蕡早在大和八年即與裴同在宣歙觀察使王質幕，寶曆二年登第時，楊嗣復為其座主。楊嗣復先于開成五年八月被貶為湖南觀察使，繼又于會昌元年三月貶為潮州司馬。結合楊、裴、劉之貶潮、貶驩、貶柳，以及裴、劉與楊之人事關係來考察，劉蕡之貶柳，當是宦官誣以黨附楊、裴之罪的結果。楊、裴之貶在會昌元年三月，蕡之貶柳當亦與此相去不遠。裴之抵達驩州貶所當已在是年秋冬，據《獻劉蕡書情》詩『空宫又一年』之句，此詩當為會昌三年初作（元年秋冬抵驩，至二年初為一年，至三年初為又一年）。可證直至會昌三年初劉蕡仍居柳州貶所。裴、劉既因與楊之關係被遠貶，則其量移、牽復（復官）之時間亦當與楊密切相關。據兩《唐書》及《通鑑》，楊嗣復于會昌六年八月内遷江州刺史，大中二年二月，以吏部尚書召，道岳州卒。而裴夷直則『宣宗初内徙，復拜江、華等州刺史』。劉蕡之量移内遷，自當與楊、裴大體同時。自情理言，宦官既深嫉蕡，將其遠貶，絶無可能在政局無大變化之情況下將其量移内遷。故蕡之『累遷澧州員外司户』當在會昌六年八月之後至大中元年六月商隱抵達桂林前一段時間内。再結合李商隱在大中元、二兩年之行蹤，及《贈劉司户蕡》『後歸魂』、《哭劉司户蕡》『去年相送地，春雪滿黄陵』之句，兩人黄陵晤别之具體時間必在大中二年正月商隱奉使江陵歸途。自會昌元年劉蕡貶柳，至此已首尾八年，『後歸』之語，自非虛語。

《贈劉司户蕡》之寫作時間既已考明，則全詩意藴自不難理解。首聯賦中含興，描繪風浪蔽天、日昏舟危景象，透露出對時代政治氛圍之感受，既為劉蕡之悲劇遭遇展現典型環境，又傳出雙方深沉激憤之憂國情懷。頷聯分寫被貶、内遷。『已斷』『更驚』，蟬連而下，見宦官專恣之局面迄未改變。腹聯上句指當時朝廷起用牛黨舊相之情勢，蓋寄希望于劉蕡舊日座主、現任江州刺史楊嗣復之入朝輔政，以改變劉蕡之處境，故下句謂蕡于相遇途中自寫歌詩一抒激憤情懷。尾聯『歡復泣』，兼晤與別而言，亦寓悲歡交并之複雜情緒。鳳巢西隔，九重路遥，重入修門尚未有期。詩淋漓鬱勃，沉雄悲壯，得杜之神。

關於馮、張所考證之開成末會昌初商隱江鄉之游並不存在之問題，著者已撰考辨文章多篇：一、《李商隱開成末南游江鄉説再辨正》（載《文學遺産》一九八〇年第三期），二、《李商隱開成末南游江鄉説再辨正補正》（載《文史》四十輯），三、《李商隱開成五年九月至會昌元年正月行踪考述》（載《文學遺産》二〇〇二年第一期）。可參看。

鳳

萬里峰巒歸路迷，未判容彩借山雞①。新春定有將雛樂②，阿閣華池兩處棲③。

①【朱注】判、『拚』同。《南越志》：『曾城縣多鵕鸏。鵕鸏，山雞也。光色鮮明，五彩炫耀。』言彩鳳非山雞

之比。【馮注】《文子》：『楚人擔山雞，路人問曰：「何為也？」欺之曰：「鳳凰也。」路人請十金，弗與；倍，乃與之。將獻楚王，經宿鳥死，國人傳之，咸以為真。王感其貴買，厚賜之，過於買鳥之金十倍。』按：拚、拼、拌三字皆有音潘而為捐棄之義。《方言》曰：『拌，棄也，凡揮棄物謂之拌也。』此『判』字意亦可。【張相曰】判，割捨之辭，亦甘願之辭。

②【朱注】《晉書·樂志》：『《吳歌雜曲》一曰《鳳將雛》。』　【馮注】《隴西行》：『鳳凰鳴啾啾，一母將九雛。』《晉書·樂志》：『鳳將雛歌者，舊曲也。』應璩《百一詩》云：『言是《鳳將雛》。』然則其來久矣。

③【朱注】《帝王世紀》：『黃帝時，鳳皇巢於阿閣。』《韓詩外傳》：『齊景公出弋昭華之池。』　【程注】華池在崑崙山上。【馮注】崔駰詩：『鸞鳥高翔時來儀，啄食竹實飲華池。』《文選·天台山賦》：『漱以華池之泉。』注曰：『《史記》曰：「崑崙其上有華池。」』按：即《大宛傳》所云『其上有醴泉瑶池』也。《山海經》：『崑崙近王母之山，有鸞鳥自歌，鳳鳥自舞。』

【胡震亨曰】似寄內人詩。（《唐音統籤戊籤》）

【何曰】上連豈是寄內？疑是東川時作。下二句言可為後生領袖也。（《輯評》）

【姚曰】此為孤鳳羈雌之詞，豈寄內詩耶？

【屈曰】此思家之作。一自己。二佳人之美。乃分棲兩處，安有將雛之樂乎？傷心之至也。

【程曰】此寄婦之詞也。起句屬己，嘆未遂其歸情。次句屬妻，料無心於妝束。三句又屬妻，言其抱子之情。四句兼屬己，怨其分離之苦也。第二句用山雞自愛其羽以比女為悅己者容。曰『未判』借其容彩者，正為下文兩處棲也。觀《毛詩》『自伯之東，首如飛蓬。豈無膏沐？誰適為容』，則第二句了了矣。首句云『萬里峰巒歸路迷』，則此詩當作於從事桂管時。

【馮曰】《戊籤》謂似寄内詩，是也。首言身在炎方；次句自負才華，兼寓幕僚之慨；三四憶母子之娛樂，悵南北之分離。

【紀曰】寓意亦淺。

【張曰】首言『萬里峰巒歸路迷』，是由荊至洛時作，失意而歸，故曰『迷』。『未判』句謂淪落之餘，猶堪以文采與人馳逐也。義山是年（按指大中二年）入京赴選，携眷同行。結言明春卜居京師，不再出遊，從此當永與妻子相聚矣。馮氏謂在桂寄内詩，似小誤。（《會箋》） 又曰：此篇《統籤》謂是寄内，馮氏因首句定為桂管所作。然寓諷未詳，淺深安能臆測哉？（《辨正》）

【按】此桂管寄内詩。作於大中二年春自江陵返抵桂林後。篇中之『鳳』，兼分棲兩地之雌雄雙方而言。首句謂己身居嶺外，遥望京華，峰巒萬重，歸路亦迷。次句謂己文采華然，豈甘與山雞等價，『越鳥誇香荔，齊名亦未甘』，與此意近。馮謂『自負才華，兼寓幕僚之慨』，極是，屈、程以為指妻，殊誤。三句遥想妻子抱雛之樂，四句乃因此而益嘆兩地分棲，不得享家室天倫之樂，應上『歸路迷』。曰『新春』，詩當作於大中二年春。

題鵝

眠沙卧水自成羣，曲岸殘陽極浦雲〔一〕。那解將心憐孔翠〔二〕①，羈雌長共故雄分②。

〔一〕「殘」，英華作「斜」。

〔二〕「解」，英華作「得」；蔣本、姜本一作「暇」。「翠」原一作「雀」，朱本、季抄同。

①【朱注】孔翠，孔雀、翡翠也。杜甫詩：「孔翠望赤霄，愁思雕籠養。」【程注】《蜀都賦》：「孔翠羣翔。」【馮注】《晉書·張華傳》：「《鷦鷯賦》：孔翠生乎遐裔。」

②【朱注】謝靈運詩：「羈雌戀舊侣。」魯陶嬰《黃鵠歌》：「夜半悲鳴兮，想其故雄。」【按】此「故雄」非謂亡侣，係舊侣之意。

【朱曰】言孔翠之羈孤，不若鵝羣有眠沙卧水之適也。

【何曰】自嘆不如鵝之不材，反無往而不自適也。（《輯評》）

【姚曰】大都世間出色處，便是吃苦處。可嘆！

【屈曰】傷孔翠之以文采羈孤，不及鵝羣無文采反得眠沙卧水之適也。

【程曰】此乃天末羈孤之感。孔翠以有文章易為人所網羅，固不如凡鳥之守其匹也。黄山谷有『兩鳧相倚睡秋江』之句本於此。

【馮曰】更有意在焉：鵝喻同舍之無愁者，『羈雌』自謂，言爾等豈能知我愁心哉！必嶺南作矣。

【紀曰】此深怨牛李黨人之作，殊徑直無餘味也。問此篇焉知非悼亡之作？曰觀詩中曰『自成羣』，曰『那解將心憐孔翠』，且不曰雄與雌分，而曰雌與雄分，語意皆不似也。（《詩説》）此深刺異己之作，其詞淺露。〇此恨鵝羣之不憐孔翠。朱長孺謂孔翠之羈孤不及鵝羣之自適，作相羡之辭，非『那解』二字之義矣。（《輯評》）

【張曰】詩意謂今日更不敢自矜文采，惟恨舊恩之不能重合耳。起二句遠幕依人之慨。此亦陳情不省後作。頗似徐幕時，必非嶺南也。（《會箋》）又曰：此篇意極深曲難解。長孺説固非，而桐鄉馮氏箋，亦未盡詩意。余粗定之：首句蓋言己本令狐門下士，而今反與李黨王茂元、鄭亞為羣。『眠沙卧水』，極狀冷落之況。次句暗指羈宦桂管遠方。『殘陽』，則喻贊皇已貶，黨局又變也。『羈雌』自比，『故雄』比鄭亞，『孔翠』則比黨人。言桂州將罷，自己又與府主相别，更何暇復為黨人分憂乎？其為桂府託寓遇合作無疑，非深刺異己也。以為淺露，真不知此詩之味者耳。解作客中憶家之作，似更明顯。（《辨正》）

【錢鍾書曰】謂畫中鵝樂羣得地，渾不管世間翡翠、孔雀嗒焉喪偶之戚。（《管錐編》）

【按】朱、何、姚、屈、程諸家箋就詩作解，雖取舍稍異，而大旨略同，本較通達。馮氏别出新解，以『羈雌』為義山自謂，言外以鄭亞為『故雄』，則求深反鑿矣。張箋尤穿鑿支離不可從，其離『孔翠』與羈雌、故雄為二事，殆近乎荒唐。紀謂『深刺異己』，亦過。『那解』者，緣鵝之『眠沙卧水自成羣』，故不解雌雄長離之孔翠羈孤之情，非恨之之詞。審詩題，當是題畫詩，畫中羣鵝眠沙卧水，悠然游息於曲岸殘陽之境，對此遂生聯想與感慨：文彩爛然之孔翠，雌雄長離，翻不如鵝之悠閒容與、雌雄相守、無憂無慮也。志士才人，固常戚戚，固多憂思，而隨分自適、無志與才者反常熙熙而樂，詩中或亦寓有此類人生感受。

即日

桂林聞舊説，曾不異炎方①。山響匡牀語②，花飄度臘香③。幾時逢雁足④？著處斷猿腸⑤。獨撫青青桂⑥，臨城憶雪霜⑦。

集注

①【自注】宋考功有『小長安』之句也。（原無『也』字，據蔣本、影宋抄、錢本、席本補。）【馮注】宋之問景龍中為考功員外郎，後流欽州，賜死桂州，見《新書·傳》。《宋集》有《桂州三月三日》詩，頗言其繁麗，然無『小長安』之句。徐曰：『魯人張叔卿有《流桂州》詩云：「莫問蒼梧遠，而今世路難。胡塵不到處，即是小長安。」《舊、新書》皆作「叔明」，附《李白傳》，竹溪六逸之一。杜子美《雜述》作「叔卿」，皆無可考。其為考功，疑注有誤。』按：《全唐詩》止云官侍御史，不言何地人。詩僅二首，一云『不敢繡為衣』，謂官侍御也。其云『胡塵不到』者，謂禄山之亂所不及耳。玩此自注，疑宋先有『小長安』句而逸之也。

②【程注】《莊子》：『麗之姬，艾封人之子也。晉國之始得之也，涕泣沾襟。及其至於王所，與王同匡牀，食芻豢，而後悔其泣也。』《淮南子》：『心有憂者，匡牀衽席弗能安也。』白居易詩：『匡牀閒卧落花朝。』【姚注】《莊子注》：『匡牀，安牀也。』【馮注】《商君書》：『明者無所不見，人君處匡牀之上而天下治。』錢曰：『即空

谷傳聲之意。」（《輯評》作朱彝尊評）按：言所居在山。　【補】匡牀，亦作筐牀，方正而安適之牀。《淮南子·主術訓》：「匡牀蒻席，非不寧也。」高誘注：「匡，安也。」

③【馮注】度臘則交春矣。義山於正月還桂。　【程注】孫逖詩：「雪梅初度臘。」

④【馮注】《漢書·蘇武傳》：「漢使復至匈奴，常惠教使者謂單于，言天子射上林中，得雁，足有係帛書，言武等在某澤中。」　【按】嶺南雁所不至，不能藉以寄書，故云。

⑤【補】「斷猿腸」已見《失猿》詩注。此處似兼寓憶幼子之意。著處，猶到處、處處。句謂到處聞猿腸斷之聲，亦謂異鄉風物處處令人腸斷也。

⑥【馮注】《莊子》：「受命於地，惟松柏獨也，在冬夏青青。」

⑦【馮注】度臘終無雪霜。非憶雪霜，念京華也。

【姚曰】杜詩：「五嶺皆炎熱，宜人獨桂林。」此詩翻其意。中四句皆所謂不異炎方者。結句青桂，以自況也。

【屈曰】舊説桂林無雁無雪。

【程曰】此初至桂府懷鄉之作。

【紀曰】亦平正無出色。（《詩説》）　三四不對，恐有訛字。（《輯評》。按紀説非。詳箋）

【張曰】詩有「花飄度臘」句，是正月自南郡返桂時作。（《會箋》）

【按】起聯謂昔聞桂林有小長安之稱，與炎方迥異，今至其地，乃知其與炎方無異也。以下即承此言之。「山響」句謂其城窄山壓，故山居匡牀夜語亦清晰可聞。響者傳也，與下「飄」字對文。「花飄」句謂其花開獨早，自臘月開至春初。二句寫其地僻多山，氣候温暖。五六謂其地無雁而多猿，且寓思家念子之情。末聯借桂青無雪再點炎方，且寓懷念京華之意。撫桂而憶雪霜，或有『無雪試幽姿』之慨。

北樓①

春物豈相干②，人生只强歡。花猶曾斂夕，酒竟不知寒③。異域東風溼④，中華上象寬⑤。北樓堪北望〔一〕，輕命倚危闌〔二〕。

校記

〔一〕『北』，蔣本、姜本、戊籤、悟抄、錢本、朱本及英華作『此』。

〔二〕『闌』，他本多作『欄』，字通。

集注

①【馮注】北樓不一處。李羣玉有《長沙陪裴休登北樓》詩，長沙素稱卑溼，五句亦合。今以三四氣候，當為

桂林之北樓也。

②【程注】何遜詩：『旅客長憔悴，春物自芳菲。』　【按】感情苦悶，故雖面對春天景物，竟若與己不相干者。

③【馮注】暗點炎方。　【葉嘉瑩曰】『竟』『猶』二字……它的口吻應是説花『猶然』如此，而酒却『竟然』如彼之意……詩人欲借看花飲酒以求强歡……然而炎方的春日既無萬紫千紅輪番開放的盛事，所見的唯一屬於花的變化的僅有槿花之朝開暮萎而已。是故詩人才説『花猶曾斂夕』，這正是詩人看花以求『强歡』所得的感受。至於就『飲酒』言，則如在北國中原，每當春來之際，往往餘寒猶厲，所以詩人們向來在賞花時也常要飲酒，這不僅因飲酒的微醺可增加賞花的意興，同時也因春寒猶厲才更需要在賞花時飲酒以抵禦身外的春寒，何況在身外的春寒中也才更能領略到飲酒的興致。如今……遠在炎方，則雖欲勉强藉飲酒以求强歡，然而却可惜竟全無身外春寒之感，如是則情味全非矣。所以才會説『酒竟不知寒』。（《關於評説中國舊詩的幾個問題》）

④【程注】王維詩：『別離方異域。』　【朱彝尊曰】『溼』字奇。

⑤【程注】李白賦：『內以中華為天心，外以窮髮為海口。』

【朱彝尊曰】寫旅況深痛至此！

【陸鳴皋曰】此在嶺南作也。前四句，言無心對物。五六句，悲遠地而想中華。結出思君苦情，覺『莫上望京樓』之語，為薄道矣。

【姚曰】愁人見好景亦愁，所謂强歡也。花開酒煖，正所謂春物者，其如異域荒涼，中華遠隔。人生至此，真非景物之所得寬解。輕命倚危欄，其詞亦迫蹙矣。

【屈曰】三承一，四承二，細絶。七八合結五六。望鄉之切，至於輕命。『猶』字輕花一步，『竟』字重酒一步，言花之夕猶歛，若與人共愁者，而酒竟不知，安能强歡乎？

【程曰】此從事桂管之作，亦希望内擢也。

【楊曰】（前）四句一氣湧出，結句無限悲凉，不堪多讀。

【紀曰】前四句一氣湧出，氣脈流走。五六句格力亦大，但七八句嫌於太竭情耳，此等是用意做出，然愈用意病痛愈大，大為全篇之累也。（《詩説》）　一結太竭情，所謂蹶蹙聲也。（《輯評》）

【張曰】三四暗點炎方，此桂林之北樓，馮説是也。（《會箋》）　又曰：結語讀之衹覺凄痛，不嫌直致，非蹶蹙聲也。且紀氏嘗以自負語為激兀露骨，而此種則又以竭情訶之。詩人措辭，可謂窮矣。噫！豈不過甚也乎？（《辨正》）

【按】作於大中二年春。其時朝局變化，李黨疊貶，鄭亞處境岌岌可危。詩人已感難在桂幕安身，故思歸之作頗多。詩中極寫身處異域之苦悶與對中原之懷想，以及苦悶中强歡反增惆悵之心情，讀之有强烈壓抑感與逼仄感。起聯突兀而來，直抒『强歡』。頷聯一氣接下，『猶』『竟』二字開合相應，於直致中顯沉鬱與悲凉。五六宕開，境闊而情悲。尾聯盡情傾泄，不復含蓄。

思歸

固有樓堪倚，能無酒可傾？嶺雲春沮洳①，江月夜晴明。魚亂書何託？猿哀夢易驚。舊居連上苑②，時節正遷鶯③。

①【程注】《詩·國風》：『彼汾沮洳。』《魏都賦》：『隰壤纖漏而沮洳。』【補】《詩·魏風·汾沮洳》孔疏：『沮洳，潤澤之處。』此狀嶺雲之濕潤。

②【馮注】《史記·始皇本紀》：『渭南上林苑。』班固西都賦：『西郊則有上囿禁苑。』此謂移家關中時。【按】漢上林苑方圓三百四十里，南至御宿（即樊川）。而商隱開成五年十月移家樊南，故云『舊居連上苑』。

③【馮注】遷鶯，不專言科第，凡仕途遷轉皆用之，如蘇味道詩『遷鶯遠客聞』也。【按】『遷鶯』雙關。

【姚曰】有樓堪倚，有酒可傾，嶺雲江月，景物亦復不惡。五六承三四作轉。當此之時，而不念故鄉春色，豈人情耶？

【程曰】結語思及上苑，思及遷鶯，則有慨於己之沉滯。上有『嶺雲』字，是從事桂管時也。

【馮曰】『嶺雲』『江月』，必在桂府時也。

【紀曰】起得超忽，收得恰好。通首一氣轉折，氣脈雄大。廉衣謂古法備具，苦乏生韻。（《詩說》）余謂祇乏新意，尚不至土偶衣冠。（《輯評》）

【延君壽曰】談詩者每言不可刻意求新，此防其入於纖巧，流於僻澀耳，非謂不當新也。若太倉之粟，陳陳相因，作者無意緒，閱者生厭惡矣。如義山《思歸》云：『固有樓堪倚，能無酒可傾？』又《即日》云：『地寬樓已迥，人更迥於樓。』難云不佳，然再做，則味同嚼蠟。然人之犯此病者則不少矣。（《老生常談》）

【張曰】三四點景，是是年（指大中二年）春作。（《會箋》）

【按】前四即『雖信美而非吾土兮』之意。五六歸書難託，歸夢易驚，正點『思歸』之意。末聯『舊居』，馮謂指移家關中時，甚是。蓋開成五年移家關中係從常調，故聯想及『遷鶯』；今亦正當遷鶯時節，而拋妻別子，流滯嶺外，不得賞漢苑之春色，亦不得與『遷鶯』之調轉，故益增惆悵。『連上苑』『正遷鶯』，言外黯然。

異俗二首①

鬼瘧朝朝避②，春寒夜夜添③。未驚雷破柱④，不報水齊欄〔一〕⑤。虎箭侵膚毒⑥，魚鉤刺骨銛⑦。鳥言成諜訴〔二〕⑧，多是恨彤襜〔三〕⑨。

其二

户盡縣秦網⑩，家多事越巫⑪。未曾容獺祭⑫，只是縱豬都⑬。點對連鼇餌⑭，搜求縛虎符⑮。賈生兼事鬼⑯，不信有洪鑪⑰。

〔一〕「齊」原一作「廢」，非。「櫩」，蔣本、姜本、影宋抄、朱本作「簷」，字同。

〔二〕「訴」原作「詐」，影宋抄作「旂」，均非，據朱本、季抄改。席本作「謀詐」，亦非。

〔三〕「襜」原作「檐」，蔣本作「襜」，均非，據姜本、錢本、席本改。朱本、季抄作「幨」。

集注

①【自注】時從事嶺南。　【朱注】本傳：「給事中鄭亞廉察桂州，請為觀察判官、檢校水部員外郎。」　【徐曰】此詩載《平樂縣志》，原注下又有「偶客昭州」四字。（馮注引）

②【朱注】《後漢書·禮儀志注》：「顓頊氏有三子，生而亡去為疫鬼。一居江水，為瘧鬼。」《賓退録》：「高力士流巫州，李輔國授謫制，力士方逃瘧功臣閣下。」則避瘧之説自唐已然。【馮注】《禮記》：「孟秋行夏令，民多瘧疾。」《文選·東京賦注》：「《漢舊儀》曰：『顓頊氏有三子，已而為疫鬼；一居江水，為瘧鬼；一居若水，為魍魎蜮鬼；一居人宫室區隅，善驚人，為小鬼。』」按：他書引此，每有誤字。《幽明録》：「河南楊起，少時病瘧，逃於社中，得素書一卷，以讉劾百鬼。」乃晉時人已有然矣。

③【馮注】徐曰：「嶺南地氣恒暖，連雨即復凄然。」《廣西通志》：「三春連暝而多寒。」

④【朱注】《世説》：「夏侯太初嘗倚柱作書，時大雨霹靂，破柱，衣服焦然，神色無變。」　【馮注】《世説

注》曰：『臧榮緒又以為諸葛誕也。』按：『作書』《御覽》引之作『讀書』。曹嘉之《晉紀》：『諸葛誕以氣邁稱，嘗倚柱讀書，霹靂震其柱，誕自若。』

⑤【何曰】『未驚』『不報』，言有甚於此者。迅雷洪水，發作無時，不足道也。（《輯評》）【錢曰】『未驚』『不報』，言習以為常也。（馮注引，《輯評》作朱彝尊評）

⑥【朱注】《桂海虞衡志》：『蠻箭以毒藥濡箭鋒，中者立死。藥以蛇毒草為之。』

⑦【朱注】《嶺表異物志》：『鱷魚大如船，牙如鋸齒，尾有三鉤，極利，遇鹿、豕，即以尾戟之。』【馮注】題曰『異俗』，虎箭、魚鉤，當以民俗射虎捕魚言之也。朱氏引《嶺表志》『鰐魚尾有三鉤……』，此語余未見。而《吳時外國傳》《廣州異物志》《嶺表録異》諸書，鰐魚長者二三丈，狀如鼉，一目，四足，修尾，喙長六七尺，舉止趫疾，口森鋸齒甚利。虎及鹿渡水，鰐擊之，皆中斷。鹿走崖岸上，羣鰐嗥叫其下，鹿必怖懼落崖，多為所得。皆不言鉤也。朱氏所引本沈括《筆談》，而《筆談》又云：『土人設鉤於犬豕之身，筏而流之水中，鰐尾而食之，則為所斃。』余謂此泛言捕魚，不專指鰐，其意則借寓虐政。【按】馮解是。句意謂捕魚之鉤極鋒利，足以刺骨。然未必有刺虐政之寓意。

⑧【朱注】韓愈文：『小吏十餘家，皆鳥言夷面。』《北山移文》：『牒訴倥偬裝其懷。』注：『牒，文牒也；訴，告也。』【姚注】《增韻》：『官府移文治訟詞，皆曰牒，通作諜。』【馮注】《後漢書·度尚傳》：『椎髻鳥語之人，置於縣下。』《桂海虞衡志》：『牒訴券約多用土俗書。』

⑨【朱注】《周禮》：『巾車有容蓋。』鄭司農云：『容為幨車，山東謂之裳幃，以幃障車旁如裳為容飾，其上有蓋，四旁垂而下，謂之幨。』《職原》：『皂蓋分輝，彤幨昭彩。』【姚注】彤幨，刺史車帷。【馮注】彤幨，即傳車赤帷。《後漢書》：『賈琮為冀州刺史。舊典：傳車驂駕，垂赤帷裳。琮曰：「刺史當遠視廣聽，何垂帷裳以自掩塞乎？」乃命御者褰之。』又《後漢書·郭賀傳》：『勑行部去襜帷。』此似州民有訟其刺史者。

⑩【朱注】《地理志》：『桂林郡本秦置。』網罟之利開於秦，故曰秦網。【程注】《晉書·殷仲堪傳》：『秦網

雖虐，游之而不懼。』【馮注】《桂海虞衡志》：『桂林城北有秦城，相傳始皇發戍五嶺之地。』按：地開於秦，則法網亦始於秦也。朱氏謂網罟之利開於秦，非然也。或只取『網』字，不重『秦』字。【按】只取『網』字，言民俗多事漁業，故家盡懸網，與『秦網』之典無涉。僅用其字面。

⑪【朱注】《漢書・郊祀志》：『命粵巫立粵祝祠，安臺，無壇，亦祠天神帝百鬼，而以雞卜。』【姚注】《史記》：『漢武帝令越巫立越祠祝。越巫者，越國之巫也。』

⑫【朱注】《月令》：『孟春之月，獺祭魚，然後虞人入澤梁。』【馮注】《王制》：『獺祭魚，然後虞人入澤梁。』【何注】《汲冢書》：『獺不容魚，國多盜賊。』

⑬【朱注】《酉陽雜俎》：（《諾臯記》）『伍相奴或擾人，許於伍相廟多已。舊説，一姓姚，二姓王，三姓汪。昔值洪水，食都樹皮餓死，化為鳥都，皮骨為豬都，婦女為人都。在樹根居者名豬都，在樹半可攀及者為人都，在樹尾者名鳥都。南中多食其巢，味如木芝，窠表可為履屧，治脚氣。』【馮注】《桂海虞衡志》：『山猪即豪豬，身有棘刺，能振發以射人。二三百為羣，以害禾稼，州洞中甚苦之。』按：當即所謂『豬都』也。又檢《寰宇記》汀州下引牛肅《紀聞》，與（《酉陽雜俎》）《諾臯記》略同，而言男女自為配偶，又言聞其聲不見其形，亦鬼之流也。必非所用，故附存以訂其誤。《後漢書・朱穆傳》：『穆著《絶交論》。』注引其論，略有『游豶蹂稼，而莫之禁也』句，似即此豬都之義。

⑭【朱注】《列子》：『龍伯之國有大人，一釣而連六鼇。』【程曰】『點對』二字未詳。唐人喜用方言入詩，如杜之斬新、遮莫，韓之斗覺、聖得之類皆方言也。此當亦屬方言，猶檢點也。

⑮【朱注】《抱朴子》：『道士趙昞能禁虎，虎伏地低頭閉目，便可執縛。』《真誥》：『道家有制虎豹符。』南中多虎，故求符禁之。【馮注】《後漢書・呂布傳》：『縛虎不得不急。』

⑯【朱注】《漢書・賈誼傳》：『上方受釐，坐宣室，因感鬼神事，問以鬼神之本，誼具道所以然之故。』【按】首見於《史記・屈原賈生列傳》。詳見賈生詩注。

⑰【朱注】《莊子》：『今一以天地為大爐。』賈誼《鵩鳥賦》：『天地為爐兮造化為工。』杜甫詩：『汩没聽洪爐。』【何曰】言事鬼而不信命也。（《輯評》）【錢曰】結意言王化所不及也。【馮曰】宋之問詩：『代業京華裏，遠投魑魅鄉。』元結詩：『吾聞近南海，乃是魑魅鄉。』唐人投荒之慨類然。【按】何解、錢解皆是。王化所不及，故巫風甚熾，文士亦多事鬼而不信天地造化也。

【朱彝尊曰】（首章）句句賦異俗，紀事體如是。未驚、不報，言習以為常也。（馮箋引作錢評，『賦異俗』作『實賦』。）又曰：（『鳥言』二句）恨官長，刺之也。

【何曰】第二首似有刺貪之意。（《讀書記》）又曰：（次章）中四句蓋言貪虐交濟，末乃責以不知天道神明可畏。不敢正言，故但借異俗為廋詞耳。（《輯評》）

【徐德泓陸鳴皋曰】（鬼瘧朝朝避）徐曰：前半總言地氣瘴癘陰濕，常雷常雨，不足為異也。五六句，寫其土俗。後以司牧結之，便覺莊重得體，不同泛詠，而又不顯斥，誠深于杜者與？陸曰：結語惟一『恨』字，而官之非人可知。不必明言其人其事，而使聞者知警。慎選擇，肅官箴，無意不含，詩中聖也。

【姚曰】（首章）一二時令之乖。三四見聞之異，未驚、不報，言皆見慣也。虎箭魚鉤，殘忍性生。鳥言諜訴，反怨其上，豈堪化誨耶？（次章）既好殺，又怕鬼，未申獺祭，且縱豬都，言能加禍於人也。連鰲試餌，縛虎求符，言其乞靈於鬼也。雖有賈生，豈能以洪爐之説闢之耶？

【屈曰】朝朝、夜夜、未驚、不報、户盡、家多、未曾、只是，言習俗也。雷破柱、水齊簷，皆常有者，故未驚、不報。

【程曰】原注『從事嶺南』者，從亞也。唐世嶺南尚仍蠻俗，蓋以教化未施，非盡民之辜也。惟舉其地之患害為言，若不可一朝居者，是因官此者之意所弗安乃爾也。而實即以深責之。言虎為患，使民自防之；鱷為害，竟無法處之。而不能感虎令自渡河，不能諭鱷令自徙海。故結言鳥言牒訴，多恨彤襜，以説俗之不美，而所以致之然者何以解也。次首借賈生況之，明示刺譏。意謂為司牧者求事鬼神，無能矯時革俗，乃至從風而靡。玩其詞，蓋必有所指也。

【田曰】聲格似杜，不必於工處求之。（馮箋引。《輯評》朱筆批作：『聲極似杜，正不必於工處求之。』）

【紀曰】中晚唐詩不難于新巧而難于樸老，不難于情韻而難于氣骨，二詩不為佳作，然于中晚之中為尚有典型也。二首骨法俱老，結句各有所刺。（《詩説》）　此種選一家之詩則可存，選一代之詩則可删。（《輯評》）

【張曰】義山攝守昭平。詩歎異俗難治，是刺史語。二句『春寒夜夜添』，合之《昭郡》詩『桂水春猶早』，其攝守當在正月間。至二月府貶。則涖昭不過數日耳。（《會箋》）

【按】馮浩據《淵鑑類函·州郡部·廣西》引義山詩三條中有集中所無者四句云：『假守昭平郡，當門桂水清。海遥稀蚌迹，峽近足灘聲。』謂義山曾攝守昭州（詳下首馮箋），張氏《會箋》因之。然今人陶敏查出此詩乃宋人陶弼所作，見《輿地紀勝·昭州》。故馮氏之説難以成立。二首均實賦南中異俗。首章言其地氣候反常，雷雨頻繁，瘴疾流行。民多射虎捕魚為生。而方言鴃舌，殊不可通。末聯微有寓意，謂吏其地者多貪殘之輩，故民每恨其長官也。次章則言其地民多事網罟，巫風甚熾。故未容獺祭，即入澤梁；檢點鰲餌，而釣巨鰲。豪豬為害，縱之勿射；猛虎出没，搜求虎符。三、五承一，四、六承二。末則云巫風所染，文士亦信鬼神而不信自然造化之道，蓋深慨南中之荒遠迷信，王化所不及。或以為賈生係自喻，恐非。

昭州〔一〕①

桂水春猶早②，昭川日正西〔二〕③。虎當官路鬭〔三〕，猿上驛樓啼④。繩爛金沙井⑤，松乾乳洞梯⑥。鄉音吁可駭〔四〕，仍有醉如泥〔五〕⑦。

〔一〕『州』，蔣本、姜本、戊籤、錢本、影宋抄、席本作『郡』。

〔二〕『川』，悟抄、英華作『州』。

〔三〕『路』，朱本、季抄作『道』。英華作『渡』。

〔四〕『吁』，朱本、季抄作『殊』。

〔五〕『仍』，悟抄作『自』。

①【朱注】《唐書》：『昭州平樂郡，屬嶺南道。』　【馮注】《舊書·志》：『（昭州）西至桂州二百二十里。』

②【朱注】《水經注》：『桂水出桂陽縣北界山，北逕南平縣而東北流，右會鍾水，故應劭曰：桂水出桂陽，東北入湘。』【馮注】《通典》：『桂州有灕水，一名桂江。』【按】此桂水非源出桂陽流入湘江之桂水，而係今廣西之桂江，上游稱灕水。昭州平樂縣即濱桂江。朱注非。

③【朱注】《通志》：『昭潭在平樂府城東二里，下有十六灘。』【馮注】《通典》：『昭州取昭潭為名，潭州亦取昭潭為名，則彼此皆有昭潭。昭州有昭岡，潭只在江中，蓋因岡為名。』《湘中記》：『或謂昭王南征，没於此潭，因名。』【按】昭川即平樂水，與灕水合流後稱桂江。

④【馮注】《郡國志》：『昭州夷人往往化為貙。』貙，小虎也。【按】虎、猿皆實寫，狀其地之荒僻。馮引失當。

⑤【道源注】《方輿勝覽》：『金沙井在平樂府治東。』（朱注引）【馮注】《平樂縣志》：『（金沙井）在塘背庵内，唐李義山所詠也。近為僧填，不可復問。』

⑥【朱注】《方輿勝覽》：『乳洞在興安縣西南，洞有三：上曰飛霞，中曰駐雲，下曰噴雷。下洞泉流石壁間，田隴溝塍如鑿。中洞有三石柱及石室石牀。左盤至上洞行八十步得平地，有五色石横亘其上。』然平樂、恭城皆出鍾乳，蓋洞亦非一，大率昭潭多有之。【馮注】《新書·志》：『昭州恭城縣有鍾乳穴十二，在銀帳山。』

⑦【馮注】《後漢書·儒林傳》：『周澤為太常，卧病齋宫。其妻哀澤老病，闚問所苦，澤以干犯齋禁，收送詔獄謝罪。時人語曰：「生世不諧，作太常妻，一歲三百六十日，三百五十九日齋。」』注曰：『《漢官制》此下云：「一日不齋醉如泥。」』鄉音殊足駭人，我惟以醉自遣。【按】醉不屬己。

【姚曰】桂水昭川，氣候既自舛錯，但見虎鬭猿啼，松乾繩爛，欲覓一人類，而侏離駃舌，殊不可辨，惟有付之一醉而已。

【屈曰】明白之極，不用詮解。詩如此已乎？近日作者死學此一路。

【馮曰】《淵鑑類函·州郡部·廣西》引義山詩三條，『城窄山將壓』四句，『桂水春猶早』四句，又有集中所無者四句云：『假守昭平郡，當門桂水清。海遥稀蚌迹，峽近足灘聲。』不知從何採取。似據《永樂大典》，且內府多古籍也。杜氏《通典》云：『頃年常見州縣有攝官，皆是牧守所自置署，政多苟且，不議久長，始到官已營生計，迎新送故，勞弊極矣。』唐時州縣闕官，幕府得自置署，史傳中以幕職攝郡縣者頗有之。如《舊書·薛戎傳》：『福建觀察使柳冕表為從事。累月，轉殿中侍御史。會泉州闕刺史，冕署戎權領州事。』可類證也。義山時蓋攝守昭郡，因非朝命，故云『偶客』耳。得此一解，三篇情味乃出。『灘聲』疑『猿聲』之誤，即『猿上驛樓啼』之意，方與『蚌迹』對。又曰：假守，《史記·南粤尉佗傳》：『佗即以法誅秦所置長吏，以其黨為假守。』《漢書》作『守假』。

【紀曰】無佳處。後四句亦轉落欠清。（《詩説》）三四自好。（《輯評》）

【張曰】中二聯一近一遠分寫，遂不合掌。結以異鄉作客為收，虛實兼到，轉折極為清楚，章法全宗少陵。紀評太苛，不可從也。（《辨正》）

【按】此詩頗類畫中之素描，蓋不經意為之。雖寫荒僻之狀，而感情未必憎厭。末句當屬之鄉人，視『仍有』字可見。馮注引『假守昭平郡』四句係宋人陶弼詩，見《輿地紀勝·昭州》。已詳上篇按語。

射魚曲①

思牢弩箭磨青石〔一〕②，繡額蠻渠三虎力③。尋潮背日伺泅鱗〔二〕④，貝闕夜移鯨失色⑤。纖纖粉簳馨香餌⑥，綠鴨迴塘養龍水⑦。含冰漢語遠於天，何繇迴作金盤死⑧？

校記

〔一〕『青』，各本均作『清』，據朱注及馮注本改。

〔二〕『伺』，蔣本、戊籤作『俟』。『伺泅』，季抄一作『俟涸』。

集注

①【朱注】《始皇本紀》：『徐市等入海求神仙，數歲不得，乃詐曰：「蓬萊藥可得，然常為大鮫魚所苦，故不得至，願請善射與俱，見，則以連弩射之。」自瑯琊北至榮成山，弗見；至之罘，見巨魚，射殺一魚，遂並海西，至平原津而病。』　【程曰】此以為『射魚』二字之本則可，若據以為求仙之詩則失之。

②【朱注】《異物志》：『南方思牢國産竹，可礪指甲，即今簹簩竹也。』《韻會》：『此竹皮利，可為刀。』《嶺表録異》：『皮上有麄澀文，以為錯子錯甲，利勝於鐵。若鈍，以酸漿洗之。』楊慎曰：『今東廣新州有此種，字又作澁勒。』《老學庵筆記》云：『澁勒，竹名。竹膚有芒，可剉爪是也。』《魏志》：『挹婁在扶餘東北十餘里，弓長四尺，如弩；括長八寸，青石為鏃。』《唐書》：『黑水靺鞨居肅慎地，亦曰挹婁，人勁健，善步戰。其矢石鏃長二寸，蓋楛弩遺法。』【馮注】嵇含《南方草木狀》：『簹簩竹皮薄而空多，大者徑不過二寸，皮麤澀，以鎊犀象，利勝於鐵，出大秦。』沈懷遠《南越志》曰：『沙麻竹，人削以為弓，弓似弩。淮南所謂溪子弩也。』《太平寰宇記》曰：『賀州簩竹，有毒，人以為觚，刺虎，中之則死。』蓋交、廣間多竹弓矢以施其毒也。然皆無『思牢』之字。朱氏舊注引《異物志》云：『南方思牢國産竹，即簹簩。』余檢異物志，未見此語，且宋以前志外國者無『思牢』，至楊伯嵒《臆乘》乃有之，未足據也。他書引此句，有直作『簹簩』者。俟再考。《異物志》：『夷州土無銅鐵，磨礪青石，以作弓矢。』此石弩楛矢之類。《郡國志》：『昭州俗以青石為刀劍，如銅鐵法。』按：《禹貢》：『荆州貢砮，砮石中矢鏃。』《後漢書·東夷傳》：『挹婁，古肅慎國，青石為鏃，鏃皆施毒。』而蘇子瞻《石砮記》：『余自儋耳北歸，江上得古箭鏃，槊鋒而劍脊，其廉可劌，而其質則石。此即所謂楛矢石砮。』尤與此為切證。又補注曰：『戴凱之《竹譜》：「筋竹為矛，稱利海表。槿仍其幹，刃即其杪。生於日南，別名為簟。」注曰：「筋竹至尖利，南土以為矛。其筍未成竹時，堪為弩絃。」又：「百葉參差，生自南垂。傷人則死，醫莫能治。亦曰簩竹，厥毒若斯。彼之同異，余所未知。」注曰：「一枝百葉，因以為名。夷人以刺虎豹，中之輒死。一物二名，未詳其同異。」按：（思牢）即此種而名互異耳。宋人楊伯嵒《臆乘》：「南番思牢國産竹，質甚澀，可以礪指甲。又李商隱云：『思牢弩箭磨青石』，是知亦可作箭。……」後視《六書》豪韻『簩』字注云：『簹簩，竹名，一枝百葉，有毒。』按：今《廣韻》七之云：『簹，竹名，有毒，傷人即死。』又六豪：『簩，竹名，一枝百葉，有毒。』是分兩種，不合稱。《文選·吴都賦》：『簟簩有叢。』注曰：『簩竹有毒，夷人以為觚，刺獸，中之必死，亦單名簩也。』本集各本皆只作『思牢』，無作『簹簩』。他書引句亦作『思牢』，或作『簹簩』。余疑思牢弩箭自有其物，或後人乃以簹簩實之耳。吴僧

贊寧撰《筍譜》，篾竹筍、簩竹筍分為二種。《華陽國志·蜀志》：『汶山郡臺登縣山有砮石，火燒成鐵，剛利。』《禹貢》「厥賦砮」是也。」【按】思牢、篾簩為一。同音通假。

③【朱注】繡額，猶云雕題。蠻渠，南蠻渠魁也。《詩》：『有力如虎。』【程注】《北史》：『魏楊大眼為荆州刺史，縛藁為人，衣以青布而射之。召諸蠻渠指示曰：「卿等作賊，吾正如此相殺也。」』楊炎《河西節度使廳記》：『旄頭虎力之勁，劍服穹廬之長。』【馮注】《禮記》：『南蠻，雕題、交趾。』

④【姚注】泅，音囚。《説文》：『浮行水上也。』

⑤【姚注】《九歌·河伯》：『紫貝闕兮珠宮。』【朱注】夜移失色，懼為所射也。

⑥【姚注】《廣韻》：『簳，古旱切，音幹，小竹也。』【馮注】句意言釣，非謂箭簳。【按】馮注是。『馨香餌』可證。

⑦【朱注】《遁甲開山圖》：『絳北有神龍池，帝王歷代養龍之處。』【屈注】緑鴨，俗言緑頭鴨也，古詩用者甚多。迴塘，池塘也。養龍水，猶言養魚池也。

⑧【馮注】含冰，似用《莊子》『內熱飲冰』。漢語，似用《莊子》『肩吾聞接輿之言，猶河漢而無極也』。然皆未盡符，俟再考。【屈注】《唐六典》：『大明宮在禁苑東南，內有麟德、凝霜、三清、含冰、水香、紫蘭等殿。』《後漢書·荀爽傳》：『集漢事成敗可為鑒戒者，謂之《漢語》。』金盤承露，漢武求仙事。【按】馮注非。屈注『含冰』似是；注『漢語』『金盤』則非。金盤，指盛膾魚之金盤。『漢語』未詳，庾信《奉和法筵應詔》：『佛影胡人記，經文漢語翻。』元稹《縛戎人》：『中有一人能漢語，自言家本長安窟。』漢語即指中國漢族語言。二句似謂魚在養龍水中，本離宮苑中操漢語之君主極遠，何竟身死于射魚者而置金盤中為人所食乎？

【朱曰】此詩亦諷求仙。○『纖纖』二句，言大魚不可得見，於是懸餌箭竹以求之鴨緑養龍之水焉。『含冰』二語未詳。或曰：漢武射蛟，因於禮祠。與始皇射魚，總之求長生耳。宜乎含冰漢語遠在天上，何為金盤承露，卒不免於死乎？

【何曰】自《射魚曲》至《景陽宫井雙桐》，皆仿長吉，雜《長吉集》中幾不能辨。（《讀書記》）

【姚曰】此歎禍機之不可測也。弩勁矢銛，蛟龍引避，不必言矣。乃至緑鴨迴塘，潛藏得所，而身薦金盤，竟為粉䉉馨香所誤，禍機之不測如此。

【屈曰】此借射魚而諷唐武宗之求仙也。言射大魚大海而不得，而射小魚於池塘，猶不為始皇求仙於海上，而如漢武之求仙於方士也。不敢明言天子，而言殿名；遠於天，不以《漢語》之成敗為鑒戒也。言若以成敗為鑒戒，安得死於方士之藥乎？

【程曰】此為鄭注而作。注本姓魚，冒為鄭，時號『魚鄭』，又曰『水族』。《唐書》《通鑑》皆載之。甘露之變，注在鳳翔，押牙李叔和斬之以獻，此所以為射魚也。起二句言射魚之具、射魚之人，以比李叔和。次二句言魚之深藏、魚之遭射，以比鄭注之擁兵鳳翔，自恃兵衛，乃終為監軍張仲清與押牙李叔和定計斬之。次二句言魚之貪餌、魚之失所，以比鄭注家貲籍没，得絹百餘萬匹，而為其周親者，朝廷為之一清。末二句言魚死不得其所，與其妄為人射，何如金盤玉箸之鱠，猶為有名，以比注先與中官陷宋申錫，及其死，則求為申錫而不可得也。含冰漢語，不得其解，故闕疑以俟考。朱注以為此詩諷刺求仙，非是。試玩結語，意重在魚，不在射魚之人。詩法如此，詩旨可見矣。安得泥於秦皇求仙海上射魚故事耶？此當與韓昌黎《射訓狐》詩一例。朱子《考異》論韓詩有為而作，後人有以為指王叔文者，此其類也。

【馮曰】此章……蓋悲李衛國貶崖州而作，首二句謂射魚之具甚利，而人甚猛也。『尋潮』暗點潮陽，『背日』謂遠背京華，『泅鱗』喻衛公，伺者，日夜有人伺察也。『貝闕夜移』，謂移崖州而衛公失色，自知必死矣。『纖纖』以下費解。似謂自有清幽美境可娱此身，今則遠不可即，何由歸死於故土乎？衛公有平泉佳墅，而南荒炎熱，不可得冰，故云。第未能字字豁然耳。

【紀曰】長吉澁體。（《詩説》）　長吉派之不佳者。（《輯評》）

【姜炳璋曰】長孺以為諷求仙，誠未合詩旨。洴江謂鄭注本姓魚，人曰『魚鄭』，又曰『水族』；甘露之變，注在鳳翔，押牙李叔和斬之以獻，此所以為『射魚』也。愚謂：按之詩意，亦自可通。但訓、注奉詔誅鋤宦官，雖謀之不臧，而身死家屠，宦官自是益肆横無忌，乃舍極惡之仇士良，而極詆鄭注，若惟恐其不封剳者，義山素懷義憤，豈至此乎？此詩不曰『網魚』，而曰『射魚』，必蛟鰐之屬，此指當時節度使之跋扈如劉稹者。『尋潮背日伺泅鱗』，謂郭誼雖為謀主，實陰伺其所為；『背日』，猶云暗地也。『貝闕』，海上仙宫，乃怪魚所依倚；『夜移鯨失色』，謂邢州守將裴問請降於王元逵，洺州守將王釗、磁州守將安玉降於何弘敬，而劉稹失色退沮也。可見平日粉竿香餌，日設於鴨塘龍水中，安逸之地，實禍機所伏，稹自不悟耳；一旦失勢，為郭誼所殺，而魚置金盤所獻矣。然則自以為去天甚遠，而專恣以抗朝廷者，亦自速其死焉耳。

【張曰】詩本難解，馮氏謂悲李衛公貶崖州而作，尤難解矣。惟『尋潮背日』句尚可附會，其下則真謎語矣。故余箋《義山集》，遇此等篇，皆不敢妄下武斷也。又案馮氏謂追慨衛公，余細審之，若以為指楊嗣復貶潮事，似尤通。起二句寫彼讒者之勢力，毒如弩，力如虎，大約指中官及李黨言。蓋嗣復等之貶，實發於中官，而李黨又交搆之也。『尋潮』二句，言彼讒者終日伺釁，竟能上迴天聽，所謂『貝闕夜移鯨失色』也。嗣復等已先貶，故曰『泅鱗』。『纖纖』二句，謂搆造賢妃託立祕謀，其初意專為嗣復等，不過以安王為香餌耳。『緑鴨迴塘養龍水』，謂賢妃撫養安王溶也。『含冰』句言賢妃傳語事，本河漢無稽，縱欲辨之，而天遠九重，求如盤水加劍，死於請室，又何可得哉！此為武宗初遣中使往湖南殺嗣復時作。如此細繹，不較馮説明顯哉？雖然，義山與嗣復至交，果詠此事，何以更無深摯之痛，如《燕臺》諸詩者？夫同一詩也，此解之而通，彼解之而亦通，則無為定論矣。姑附鄙見於此，亦以見解詩難，解義山詩尤不易也。（《會箋》）

【按】程以為刺鄭注，馮以為傷李德裕，姜以為影指劉稹為郭誼所殺，張又以為指楊嗣復貶潮，説雖紛歧，穿鑿則同。惟程氏謂：『試玩結語，意重在魚，不在射魚之人。詩法如此，詩旨可見矣。安得泥於秦皇求仙海上射魚故事耶？』則深得此詩筆意，足以破朱、屈二氏諷求仙之説。「《射魚》」之與「《海上》」，固不必同一意旨也。此詩意旨，姚箋已得其大概。前四謂繡額蠻酋，力大勝虎，勁弩利鏃，伺魚之出而射之，而魚已失色夜遁，並珠宫貝闕亦已夜移矣。後四則謂彼鴨頭緑色迴塘中所養之魚，反為纖纖釣竿上之香餌所誘，死於刀砧，而為盤中之食。姚謂歎禍機之不可測，近之。一則有所戒懼而得免强弩利鏃之禍，一則卒為利誘而喪身，兩相對照，似戒香餌之不可近更切詩意。詩必有所為而作，然不必定指某人某事，虚解為佳。據詩中所寫南荒情景，或作於桂幕。

木蘭①

二月二十二〔一〕，木蘭開坼初〔二〕。初當新病酒②，復自久離居③。愁絶更傾國，驚新聞遠書〔三〕。紫絲何日障？油壁幾時車④？弄粉知傷重，調紅或有餘。波痕空映襪⑤，煙態不勝裾⑥。桂嶺含芳遠，蓮塘屬意疎⑦。瑶姬與神女⑧，長短定何如〔四〕⑨？

〔一〕『二十二』，【馮曰】一作『二十五』。

〔二〕『坼』，姜本、戊籤、席本、錢本作『拆』，字通。

〔三〕『新聞』，【馮曰】一作『心開』。

〔四〕『何如』，姜本作『如何』，非。

集注

①【馮注】原編集外詩。《離騷》：『朝搴阰之木蘭。』司馬相如《子虛賦》：『桂椒木蘭。』左思《蜀都賦》：『木蘭梫桂。』按：合《楚詞》《漢書》《文選》諸注：木蘭，大樹也。其皮似椒，亦云似桂，辛香可食，可作面膏藥。去皮不死，葉似長生，冬夏榮，常以冬華。其實如小柿，甘美，南人以為梅。《本草》曰：『生零陵山谷及太山。』《圖經》曰：『今湖嶺蜀川諸州皆有之。』而於韶州種云『與桂同』。是取外皮為木蘭，中肉為桂心，桂中之一種耳。蓋木蘭是桂類而劣於桂，似即今所習用之桂皮歟？若其花則《本草》有云：『粉紅色，二三月開。』李時珍云：『花內白外紫，亦有四季開，有紅黃白數色。木肌細而心黃，大者可為舟。』花之時色，所言不同矣。李衛公《平泉草木記》有『海嶠之木蘭』，白香山《題令狐家木蘭花》詩『膩如玉指塗朱粉，光似金刀剪紫霞。從此時時春夢裏，應添一樹女郎花』，則可為此篇證也。又按：白香山《木蓮樹圖序》曰：『木蓮樹生巴峽山谷間，巴民亦呼為

黃心樹。大者高五丈，涉冬不凋。身如青楊，有白文。葉如桂，厚大無脊。花如蓮，香色艷膩皆同，獨房蕊有異，四月初始開，自開迨謝，僅二十日。忠州鳴玉谿生者，穠茂尤異。詩曰：「如折芙蓉栽旱地，似抛芍藥掛高枝。」又曰：「紅似燕支膩如粉。」又曰：「花房膩似紅蓮朵，艷色鮮如紫牡丹。」』宋祁《益部方物記》：『木蓮花生峨眉山谷，花夏開，枝條茂蔚，不為園圃所蒔。』是則木蓮以遐僻標奇，常與木蘭相類而實異。乃《本草・釋名》：『木蘭、杜蘭、林蘭、木蓮、黃心，其香如蘭，其狀如蓮，其木心黃。』是一物而異名也，似誤混矣，故不憚詳徵之。又按：《羣芳譜》列木蘭於玉蘭花、辛夷之間，疑即與之同類，不必過以珍奇目之也。譜又以木蓮即木芙蓉，則未可信。【按】《離騷》所謂木蘭係香草，與此詩木蘭係木名者不同。木蘭狀似楠樹，質似柏而微疏，可造船。皮辛香似桂，厚者似厚朴。葉大。晚春先葉開花。一云早春先葉開花，花外紫內白。果實似玉蘭。產於我國中部，久經栽培，供觀賞。詩作於大中二年二月二十二日。

②【馮注】《史記》：『信陵君竟病酒而卒。』

③【補】自，已，已經。

④紫絲障、油壁車，均見《朱槿花》注。

⑤【朱注】《洛神賦》：『凌波微步，羅襪生塵。』

⑥【朱注】《洛神賦》：『曳霧綃之輕裾。』【馮注】《三輔黃圖》：『成帝與趙飛燕戲於大液池，以金鎖纜雲舟於波上，每輕風時至，飛燕殆欲隨風入水，帝以翠縷結飛燕之裾。今太液池尚有避風臺。』

⑦【馮注】江淹《西洲曲》：『采蓮南塘秋。』【按】此『蓮塘』指長安晉昌里令狐綯居所附近之南塘。《宿晉昌亭聞驚禽》有『過盡南塘樹更深』之句。

⑧【朱注】《山海經》：『姑瑤之山，帝女死焉，化為瑤草，服者媚于人。』《集仙傳》：『靈華夫人名瑤姬，王母第二十三女，嘗遊東海，過巫山，授禹上清寶文理水之策。』【馮注】《水經注》：『巫山者，帝女居焉。宋玉謂帝之季女，名曰瑤姬，未行而亡，封於巫山之臺，精魂為草，實為靈芝。』【按】神女屢見。

⑨【朱注】《神女賦》：『穠不短，纖不長。』《登徒子好色賦》：『臣東家之子，增之一分則太長，減之一分則太短。』

【馮班曰】此是木蘭開時有憶，非詠木蘭也。（何焯引。《輯評》）

【姚曰】首四句，叙見花之日，正值病酒之初，離居之後，發動情思，全在此。『愁絶』四句，歎其容艷。『弄粉』四句，寫其粧飾。『桂嶺』四句，言庶幾桂與蓮可以並美，而惜其不相見也。

【屈曰】一段開當離别聞書時。二段木蘭之色態。三段比結。

【程曰】此亦艷詩，中有桂嶺之語，乃從事桂管時所遇也。但有『離居』字，有『遠書』字，則别後記憶之詞。其言『蓮塘屬意疎』者，亦文中所言『雖有涉於篇什，實不接於風流』者也。

【徐曰】據白香山題詩，此篇有託，非詠物也。（馮箋引）

【馮曰】義山寓意令狐之作極多，此章命意雖難執定（木蘭何必令狐家獨有），第以『桂嶺』二句，似從桂管歸京，而情意疎淡；起句月日，似暗記到京相見，非無謂者，故通體不盡符，而且類列之。又曰：蓮塘、南塘，此後屢見，當是京城南曲江芙蓉池相近之地也，疑令狐有别館在焉。

【紀曰】格卑而兼多累句。（《詩説》）語亦浮泛。（《輯評》）

【張曰】玉谿詩篇篇皆有本事，不解其本事，宜其以『浮泛』二字了之，吾欲為古人不平矣。〇大中二年正月，子直召拜考功員外郎，其到京必在二月。此首句『二月二十二，木蘭開坼初』，蓋暗記子直至都之日。令狐家木蘭最盛，故借以寓意，言從此位致通顯矣。觀『驚新聞遠書』句，則此詩乃義山在桂管聞而賦之者，故下又曰『桂嶺含芳遠』也。義山自婚王氏，久為李贊皇一黨，從鄭亞、從柳仲郢，亦皆為衛公所厚者。令狐因茂元之故，遷怒義山，詩所以云『弄粉知傷重』者，即指此。『紫絲』二句，言何時復居門館。『波痕』二句，寫遠客了然情況。結則言牛李二黨果何者煦我哉！『長短定何如』，問之之詞。時義山尚在桂幕，故詞中不兼失意之語。蓋未幾而府罷，屢啟陳情矣。（《辨正》）又曰：此篇寓意令狐，尤屬顯明，今細箋之。首云『二月二十二，木蘭開坼初』，謂初聞子直拜中書舍人也。《翰苑羣書重修承旨學士壁記》：『令狐綯大中二年二月十日自考功郎中知制誥充翰林學士。三年二月二十一日，特恩拜中書舍人，依前充。』句正指此。『初當新病酒』，如醉；『復似久離居』，如迷。『愁絶更傾國，驚新聞遠書』，言不意有此一事。『紫絲』『油壁』，喻内禁，從此分隔雲泥，我所期望，不知何日能達矣。『弄粉』句謂今日始知宿憾終未能釋。『調紅』句謂彼或藉以調謔，亦未可知。『波痕空映襪』，謂前之陳情，俱屬無益；『煙態不勝裾』，謂今之所得，無異空勞。『桂嶺』指桂幕，『蓮塘』令狐所居，言彼之含怒而不屬意者，正以我從鄭亞故也。結意則謂此後兩美合并，情『長』情『短』，真使人不知如何而可耳。白香山有《題令狐家木蘭花》詩，故假以寄意。所以不列之大中五年除博士時者，以博士之除，似在夏秋，與此詩寫景不類也。馮氏不能細參前後諸詩，知其然而不知其所以然，宜其所解之膚廓歟？（《會箋》）

【按】馮氏以詩有『桂嶺』二句，疑其暗喻己從桂管歸京，而令狐情意疎淡，似之。張氏《會箋》乃以木蘭為託喻令狐，則與詩意相左。詩言『桂嶺含芳遠』，明借含芳於桂嶺之木蘭以自喻。『愁絶』『傷重』等語，施之令狐，亦弗類。細味全詩，蓋借木蘭以自寓者也。首四謂木蘭開坼之日，正值己病酒之際，離居之時。『久離居』，指獨處嶺外，與家室遠離。此段猶用賦法。義山託物寓懷詩，每有以賦體起而自然轉入比興者，如《回中牡丹為雨所敗二首》（其二）：『下苑他年未可追，西州今日忽相期。』《高松》：『高松出衆木，伴我向天涯。』均其例。『愁絶』句狀木蘭初開含愁之態、傾國之姿；『驚新』句未詳，似承『久離居』，謂驚對新艷，忽值遠書乍至。『紫絲』二句，非因其已障、已車而問，用意在『何日』『幾時』，蓋言其不知何時方能得此殊遇也，與《朱槿花二首》（其二）『不卷錦步障，未登油壁車』意同而語異。此段曰『愁絶』，曰『何日障』『幾時車』，自寓不遇之意顯然。『弄粉』二句，狀木蘭膩粉紅艷之容顏與內含傷痛之意態。『波痕』二句，則又狀其輕盈綽約之風姿與無人欣賞之遭遇（借『空』字點出）。此段仍以美好之容態與不幸遭遇兩兩相形。『桂嶺』二句點醒全篇託寓主意，謂己含芳於桂嶺荒遠之地，而彼居帝里蓮塘者（隱指令狐），則毫不措意而疏我也。『波痕』二句已將木蘭暗比為宓妃，末聯乃進而謂：如此美艷之木蘭，定可與瑶姬、神女媲美也。自負自賞，正襯出自傷之意。詩當大中二年二月在桂林作，『桂嶺含芳』『久離居』語可證。據商隱《樊南乙集序》『二月府貶』之文及《為滎陽公與前浙東楊大夫啟》『以今月二十三日南去』之語，鄭亞當於大中二年二月二十三日啟程赴循州貶所。此詩正鄭亞啟程前一日所作。其為借木蘭自傷更屬無疑。

燈

皎潔終無倦，煎熬亦自求[1]。花時隨酒遠，雨後背窗休〔一〕。冷暗黃茅驛[2]，暄明紫桂樓[3]。錦囊名畫揜，玉局敗碁收[4]。何處無佳夢，誰人不隱憂[5]？影隨簾押轉[6]，光信簟文流[7]。客自勝潘岳[8]，儂今定莫愁[9]。固應留半焰，迴照下幃羞[10]。

〔一〕『後』，蔣本、戊籤、席本、影宋抄及才調作『夜』。

①【馮注】《莊子》：「膏火自煎也。」【朱注】阮籍詩：「膏火自煎熬。」

②【馮注】嶺南多瘴。《御覽》於容州引《郡國志》曰：「春為青草瘴，秋為黄茅瘴。」柳柳州詩：「瘴江南去入雲烟，望盡黄茅是海邊。」

③【朱注】鮑照詩：「鳳樓十二重，桂樹玉盤龍。」【馮注】《山海經》：「桂林八樹在賁隅東。」《拾遺記》：「闇河之北有紫桂成林，實大如棗，羣仙餌焉。」又《御覽》引《漢武内傳》云：「紫桂宮，太上丈人君處之。」

④【何注】古《子夜歌》：「明燈照空局，悠然未有期。」（《輯評》）【按】二句謂燈或照已掩卷之錦囊名畫，或照已收之玉局敗碁。

⑤【朱注】《詩》：「耿耿不寐，如有隱憂。」【何注】隱憂只斷章在不寐意。（《輯評》）【按】二句謂燈或照眠夢者，或照不寐者。

⑥【朱注】《漢武故事》：「上起神屋，以白珠為簾箔，玳瑁押之，象牙為篾。」蕭貫《曉寒歌》：「海牛押簾風不入。」【補】押，通「壓」，指簾軸，所以鎮簾。徐陵《玉臺新詠序》：「玉樹以珊瑚作枝，珠簾以玳瑁為押。」

⑦【朱注】梁簡文帝詩：「簟文生玉腕，香汗浸紅紗。」

⑧【馮注】《晉書》：「潘岳總角，乘羊車入市，見者皆以為玉人，觀之者傾都。」

⑨已見《富平少侯》注。

⑩【陳敒源曰】梁紀少瑜《（殘）燈》詩：「惟餘一兩燄，纔得解羅衣。」結語從此化出。（朱注引）

【錢曰】義山詠物詩，力厚色濃，意曲語鍊，無一懈句，無一襯字，上下古今，未見其偶。（《唐音審體》）

【姚曰】此借言佳時之難遇也。起四句總冒。『冷暗』八句作一氣讀，而於最有情處作結。

【屈曰】一段燈之光華性情。二段無處不照。三段照愁不寐，覩物懷人，起下段也。四段若遇雙美，當照出無限風流。

【程曰】此非詠燈，乃幕中寫懷耳。中有黃茅驛、紫桂樓，或從事桂管之時也。末有『儂今定莫愁』又『迴照下幃羞』二語，乃託於婦人女子，以寓其屈身事人之義。

【李因培曰】（『花時』二句）淡遠得味外味。在此題尤難。（《唐詩觀瀾集》卷二十四）

【馮曰】此桂府初罷作也。首二句領起通篇，『皎潔』言不負故交，『煎熬』言屢遭失意，『自求』二字慘甚。三四溯昨春從行而背京師，五謂行近桂管，六則抵桂幕，七八不意其遽貶也。『何處』一聯，言倏喜倏憂，人世皆然。『影隨』二句，謂蹤跡又將流轉。結二韻謂兩美終合，定有餘光之照。雖未見明切子直，而此外固無人矣，正應轉首句。

【紀曰】與《腸》詩同一下派，只『冷暗黃茅驛』一句差可。（《詩説》）

【張曰】馮解甚精，結語乃指李回。回以節度降觀察使，雖屬左遷，尚有辟署之權，故以『半餤』為喻。如此方與起句不負故交意相應，不得概謂子直也。（《會箋》）　又曰：此篇馮氏定令狐陳情所作。余細玩之，蓋為屬意李回而發耳。蓋李回不能携赴湖南幕府，實因遭貶畏讒，此詩所以解之也。首三韻言桂管府罷，急圖遇合。『錦囊』二句，言黨局反復。『何處』二句，代為解釋，言不必因一時之不得志，有所顧忌。『影隨』二句，言己亦隨黨局流

轉，决不肯希意他就。結則望其哀憐舊情，急為援手也。必非例為子直之作矣。（《辨正》）

【按】馮箋謂此桂府初罷作，頗似之。蓋此詩不特以『黄茅驛』『紫桂樓』字面點桂管，且起手二句便露刻意寓託之痕。中間『錦囊』二句，亦顯屬寓言。然馮氏句解似未安，張箋尤鑿。詩蓋以『燈』自喻。首二以『皎潔』喻己之品質，以『煎熬』喻己之遭遇與内心痛苦，曰『自求』，則今日之遭遇固由自取。意致與《蟬》首聯『本以高難飽，徒勞恨費聲』相近。『花時』四句，自時、地二者寫燈之『無倦』『煎熬』。『花時』『雨後』，即『不揀花朝與雪朝』；『冷暗』『暄明』，即不論何所何地，均照之無倦。四句概括在桂幕情景。『錦囊』二句，以燈照名畫之掩、碁局之收，隱喻桂府之罷。『何處』二句，以燈之或照好夢正濃者，或照耿耿不寐者，以喻罷幕時幕僚情況之不同。『影隨』四句承『佳夢』言，謂彼等送舊迎新，欣有所託，故『莫愁』也。『固應』二句承『隱憂』言，殘燈半燄，空照下幃獨居之人，情何以堪！『下幃』，即『罷幕』之寓言也。全詩亦不妨視為『桂州罷吟寄同舍』也。繆鉞先生曾謂：『義山之詩，已有極近於詞者，如《燈》……取資微物，詩中所用之意象辭采，皆極細美，篇末尤為婉約幽怨。此作雖為詩體，而論其意境及作法，則極近於詞。蓋中國詩發展之趨勢，至晚唐之時，應産生一種細美幽約之作，故李義山以詩表現之，温庭筠則以詞表現之。體裁雖異，意味相同。蓋有不知其然而然者。』（《論李義山詩》。收入著者《詩詞散論》。）此論自宏觀角度考察義山詩，所見特大，故標而出之。

寄令狐學士①

祕殿崔嵬拂彩霓②，曹司今在殿東西〔一〕③。賡歌太液翻黄鵠④，從獵陳倉獲碧鷄⑤。曉飲豈知金掌迥⑥，夜吟應訝玉繩低⑦。鈞天雖許人間聽⑧，閶闔門多夢自迷⑨。

校記

〔一〕『東』，【馮曰】《萬花谷》引之作『中』。

集注

①【朱注】《令狐綯傳》：『大中二年，召拜考功郎中，尋知制誥，充翰林學士。』【馮曰】（湖州）《郡守表》書『二年四月二日，除翰林學士』。蓋召拜考功，未至闕，又拜學士，與舊傳合。【張曰】案《翰苑羣書·重修承旨學士壁記》：『綯大中二年二月十日自考功郎中知制誥充。』又《東觀奏記》：『令狐綯自湖州刺史召來，翌日，授考功郎中知制誥；到闕，召充翰林學士。』馮説似未合，内召或當在二月前也。《新書·表》書除學士於四月，誤。

②【程注】王延壽《魯靈光殿賦》：『乃立靈光之祕殿，配紫薇而為輔。』【馮注】班固《西都賦》：『正殿崔嵬層構。』又曰：『虹霓迴帶於棼楣。』

③【程注】杜氏《通典》：『唐尚書省有左右司郎中各一人，員外郎各一人，分管尚書六曹事。其諸曹司郎中總三十人，員外郎總三十一人，通謂之郎中。』李肇《翰林志》：『翰林院在銀臺門北麟德殿西廂重廊之後，學士院在翰林之南，别户東向。』綯以考功郎中充翰林學士，故曰曹司今在殿東西也。【馮注】《唐會要》：『德宗又置東翰林院於金鑾殿之西。』按：此則言在天子左右也。

④【朱注】《西京雜記》：『始元元年，黄鵠下太液池，帝為歌曰：黄鵠飛兮下建章。』【何注】《漢書·昭帝

紀》：『始元元年春，黃鵠下建章宮太液池中，公卿上壽。』（《輯評》）　【補】《書·益稷》：『乃賡載歌曰：元首明哉。』賡，繼續。翻，譜寫、摹寫。

⑤【朱注】《唐書》：『鳳翔府寶雞縣，本陳倉，至德二載更名。』《晉太康地志》：『秦文公時，陳倉人獵得獸如彘，不知名，牽以獻之。逢二童子，童子曰：「此名為媦，常在地中食死人腦。即欲殺之，拍捶其首。」媦亦語曰：「二童名陳寶，得雄者王，得雌者霸。」陳倉人乃逐之，化為雌雉，上陳倉北阪為石。秦祀之。』《水經注》：『昔秦文公感伯王之言，遊獵陳倉，遇之於北阪，得若石焉，其色如肝，歸而寶祠之，故曰陳寶。』【馮注】《史記·封禪書》：『秦文公獲若石云，于陳倉北阪城祠之。其神來也常以夜，光輝若流星，從東南來集于祠城，則若雄雞，其聲殷云，野雞夜雊。以一牢祠，命曰陳寶。』《括地志》云：『寶雞神祠在岐州陳倉縣。』《搜神記》云：『雄者飛至南陽，其後光武起於南陽。』按：《史記·秦本紀》：『文公三年東獵，四年居汧、渭之會，十九年得陳寶。』乃《宋書·符瑞志》云：『秦穆公發徒大獵，得其雌者，化而為石，置之汧、渭之間。至文公為之立祠，名曰陳寶祠。』夫穆公乃文公曾孫，德公之少子，何《宋書》之舛也！《漢書·郊祀志》又云：『宣帝即位，或言益州有金馬、碧雞之神，可醮祭而至，於是遣大夫王褒使持節而求之。』如淳曰：『金形似馬，碧形似雞。』《九州要記》：『禺同山有金馬、碧雞之祠。』此別為一事，詩乃誤合之，文集亦然。

⑥【朱注】《三輔舊事》：『仙人掌在甘泉宮。』《長安志》：『仙人掌大十圍，以銅為之。』【姚注】《漢書》：『孝武作柏梁銅柱、承露仙人掌之屬。』【馮注】《三輔黃圖》：『建章宮有神明臺，武帝造，祭仙人處。上有承露臺，有銅仙人舒掌捧銅盤玉杯，以承雲表之露，和玉屑服之。』按：《三輔黃圖》：『建章宮神明臺、甘泉宮通天臺，皆言有承露盤。』

⑦【朱注】謝朓詩：『玉繩低建章。』【馮注】《春秋元命苞》：『玉衡北兩星為玉繩，玉之為言溝刻也。』宋均注：『繩能直物，溝謂作器。』【何曰】（五六）洗發『崔嵬』二字。（《讀書記》）【程注】張九齡《夜直簡諸公》詩：『樹摇金掌露，庭徙玉樓陰。』

⑧【馮注】《呂氏春秋》：『天有九野，中央曰鈞天。』《史記》：『趙簡子疾，扁鵲視之，曰：「血脈治也，而何怪！昔秦繆公嘗如此，七日而寤，告公孫支曰：『我之帝所甚樂。』今主君之疾與之同。」居二日半，簡子寤，語大夫曰：「吾之帝所甚樂，與百神遊於鈞天，廣樂九奏萬舞，不類三代之樂，其聲動人心。」』此頂上以喻綯之詩文。【按】鈞天非喻綯詩文，詳箋。

⑨【程注】《説文》：『閶闔，天門也。』李白《梁甫吟》：『閶闔九門不可通。』【馮注】司馬相如《大人賦》：『排閶闔而入帝宮。』《左傳》：『晉政多門，不可從也。』此兼用建章宮千門萬户意。【朱彝尊曰】不曰『無門』，而曰『門多』，微詞可想。

【朱曰】此以汲引望令狐也。（《李義山詩集補注》）

【吴喬曰】時義山在桂州，結有望援之意。（《西崑發微》）

【何曰】以飛卿《投蕭舍人》詩相較，兩人真相去不啻三十里。顧瞻玉堂，如在天上；流落人間者，九閽萬里，何夢不得到。而君則曉飲夜吟其中，固不啻濁水汙泥清路塵也。（《讀書記》） 又曰：結句本休文『夢中不識路，何以慰相思』，兼之尊卑闊絶也。（馮箋引）

【胡以梅曰】此詩起稱内殿之高宏，而翰林之曹司，即在諸殿之東西，見其身履禁庭親切也。於是侍中而賡揚君王太液之歌，隨獵而得碧雞之瑞。曉之所飲，乃天上沆瀣，金掌露盤中物，而身在天際，豈覺金掌之迴？夜吟忘其更深，但驚訝玉繩星之低。四句金璧輝煌，對工意足，皆無中生有。結言鈞天之樂雖許人聽，但上天門路多，總有趙簡子之夢，亦迷而難至，以見天人遥隔，非其引導不得而進耳。（《唐詩貫珠串釋》）

【陸曰】大中二年，令狐綯為翰林學士，適義山隨鄭亞在嶺表，故有此寄。上半祕殿崔嵬，曹司密邇，言綯身依日月，而高不可攀也。且上作歌而綯賡焉，上遊獵而綯從焉，其得君為何如乎？下半言己方流落桂林，天上玉堂，夢且不到，而綯得曉飲夜吟其中，真有雲泥之隔也。篇中極力寫出得意失意兩種人來，仍無一毫乞憐之態，可謂善於立言。

【姚曰】大中二年，令狐綯拜考功郎中、尋知制誥、充翰林學士，詩故以汲引望之。首聯，地居禁近。次聯，親幸日深。榮寵如此，玉堂天上，自謂分所應得，豈復憶念故交。故諷之曰：鈞天賡樂，未必非人世所可與聞，但閶闔門多，無人引進耳。仍不放倒自家身分。

【屈曰】一宫殿森嚴。二學士親近。入則賡歌太液，出則從獵陳倉，飲則從曉至暮，吟則自夜達明。如此得君，分當薦士，奈何鈞天之樂雖許人間遥聽而不令人入門何也？

【程曰】令狐綯本傳：『綯由湖州刺史召入翰林為學士，又為翰林承旨，夜對禁中，燭盡，帝以乘輿金蓮華炬送還。吏望見，以為天子來。及綯至，皆驚。』當時綯之得君恩遇蓋至於此。此詩所謂賡歌從獵、曉飲夜吟，皆極寫其異數。結句則自嗟未蒙汲引之意，但未至官貴行馬之甚耳。

【馮曰】今玩温作『萬象曉歸仁壽鏡，百花春隔景陽鐘』，寫内相之任重望高，未必遜此也。論其大勢，温不如李之盤鬱。

【紀曰】此與《玩月戲贈》同意，亦有調度，然格意殊薄。問第四句何指？曰此無所指，只因從獵牽出陳倉碧雞，圖作對耳，然終覺凑泊，不及上句之自然。（《詩説》）

【方東樹曰】句法雄傑。是時欲解怨於綯，不然，不全作贊美之辭。然吐屬大雅名貴。……末以汲引望之，仍自留身分。（《昭昧詹言》）

【張曰】（大中二年入京）道中作。（《會箋》）又曰：盤鬱雄渾，集中上駟，未見其薄也。『從獵』句亦極自然。（《辨正》）

【按】綯之充翰學，《重修承旨學士壁記》作二月，《新書・表》在四月。如在二月，消息傳至桂林，亦需相當時日。故張氏以為返京道中作，然詩無道中作之跡象。此詩前六句極寫令狐之貴顯得寵，頗露欣羡稱美之意；末聯顯含希圖汲引之情，而出語較婉，不似『幾時《緜竹頌》，擬薦《子虛》名』之露骨。諸家多以為無乞憐之態，然『閶闔門多夢自迷』，明言宮闕天上，門多自迷，則訴哀望引之情亦已溢乎辭矣。與《鈞天》對照，一則諷綯之庸才貴仕，夢到青冥，慨己之知音不遇，一則羡綯之顯貴得君，希其汲引垂憐，直似兩種人格。『鈞天』即天上之樂，聽鈞天即喻供職朝廷，親近君主，馮解為『綯之詩文』，殆非。

亂石

虎踞龍蹲縱復橫，星光漸減雨痕生〔一〕①。不須併礙東西路，哭殺厨頭阮步兵②。

〔一〕『雨』，萬絶作『水』。

①【馮注】《左傳》：『隕石于宋五。隕星也。』【補】《春秋》莊公七年：『夜中星隕如雨。』注：『如，而也。』此暗示亂石係天降之隕石。

②【朱注】《晉書》：『阮籍聞步兵厨人善釀，有貯酒三百斛，乃求為步兵校尉。』【姚注】《魏氏春秋》：『籍時率意獨駕，不由徑路，車跡所窮，輒慟哭而返。』

【馮班曰】比當途之人也。（何焯引）

【賀裳曰】《亂石》一詩，亦深妙。……『虎踞龍蹲縱復横』，即柳州所云『怒者虎鬬，企者鳥厲』也。『星光漸減雨痕生』，乃用星隕地為石兼將雨則礎潤二意。『不須併礙東西路，哭殺厨頭阮步兵』……亂石塞路，有類途窮，此義山寄託之詞，而意味深遠。（《載酒園詩話》卷一）

【朱曰】末二語途窮之悲。

【吴喬曰】詩有比刺，其為綯乎？（《西崑發微》）

【何曰】既不得掛名朝籍，并使府亦不得安其身，所以發憤也。（《輯評》）

【姚曰】悲途窮也。

【屈曰】刺小人當路也，意太露。

【徐健庵曰】不但窮途之悲，兼有蔽賢之恨。（馮引）

【馮曰】別有深意焉。亞坐德裕事而貶，義山緣此廢滯矣。上二句指李黨之據在要地者，一旦光燄忽衰，漸形蕭颯。下二句恐其勢將累我。

【紀曰】前一句不成語，後二句亦淺直。且步兵加『厨頭』為目，亦捏湊無理。（《詩説》）

【姜炳璋曰】一二，喻執政之排己。三，喻萋斐之小人更媒孽其間；四，則自謂也。楊文公億云：『既填溝壑，猶下石而未休；已困蒺藜，尚彎弓而未已。』即此詩意歟？

【張曰】文人一作兀傲自負語，便以為粗鄙。此等詩法，不識紀氏受自何人？『厨頭』用典，何為不佳？○此種詩皆無定解，總是窮途失意之痛。大約皆桂管、巴蜀廢罷留滯時，觸緒致慨者耳。必一一編年比次，未免太近穿鑿矣。讀者細參行蹤，詳味詩意，博通觀之可也。（《辨正》）又曰：『虎踞龍蹲縱復横』，喻牛李二黨，彼此傾軋。『星光』句謂一黨漸衰，而一黨又代起也。結言黨人於我何仇，奈何跬步纔蹈，荆棘已生，使人抱途窮之哭乎？故曰『不須』也。不得專指李黨，馮説未洽。（《會箋》）

【按】此係夜行見亂石縱横，阻塞道路，有感而作。『亂石』喻抑塞仕途之黑暗政治勢力。夜間亂石暗影朦朧，故覺其如『虎踞龍蹲』。四字畫出其狰獰可怖，森然搏人之狀。『縱復横』正點題中『亂』字，並為下『併礙東西路』伏根。次句以星光减與雨痕生暗示『亂石』盤踞要路已久。三四乃直抒窮途之慟與抑塞之憤。『不須』二字，正深疾其阻塞賢路無所不用其極，不為寒士開一綫之路，憤極亦復痛極，可謂字字血淚。語雖直率，情自沉鬱。

詩中以暗夜迷茫景象作為背景，正透露出政治環境之黑暗。『亂石』縱横，自非專指一黨而言。義山仕途抑塞，直接原因固緣牛黨惡其『背恩』，根本原因則在晚唐整個黑暗腐朽之政治環境。此詩所抒寫者，實係其整體感受，不必泥於一黨，亦不必拘於一事。至何氏從『併礙東西路』中味出『既不得掛名朝籍，并使府亦不得安其身』，馮、張又進而推測詩當作於大中二年罷桂幕後，則知人論世，自可參考。商隱大中二年秋桂管歸途作《獻襄陽盧尚書啟》亦云：『豈謂窮途，再逢哲匠？』可見其時詩人確有窮途之慟。

潭州①

潭州官舍暮樓空，今古無端入望中②。湘淚淺深滋竹色③，楚歌重疊怨蘭叢④。陶公戰艦空灘雨⑤，賈傅承塵破廟風⑥。目斷故園人不至，松醪一醉與誰同⑦！

集注

①【朱注】《唐書》：『潭州長沙郡，屬江南西道。』《元和郡縣志》：『隋平陳，改湘州曰潭州，取昭潭為名。』【馮注】《水經注》：『臨湘縣北昭山，山下旋泉，深不可測，故言昭潭無底，亦謂之湘州潭。』《舊書・志》：『秦漢為長沙郡國；晉置湘州；隋為潭州，以昭潭為名。』

②【陸曰】言之所及在古，心之所傷在今，故曰『今古無端』。【王闓運曰】起極蒼莽，故中四句可實砌。

③【朱注】《博物志》：『舜二妃曰湘夫人。舜崩，二妃啼，以淚揮竹，竹盡斑。』【馮注】《述異記》：『湘水岸有相思宮、望帝臺。舜歿，葬蒼梧，二女追之不及，慟哭，淚下沾竹，文悉斑斑然。』《水經注》：『大舜陟方，二妃從之，溺於湘江，神遊洞庭之淵，出入瀟湘之浦。』

④【朱注】《楚詞・九歌》稱『澧蘭』『秋蘭』者不一，故曰『重疊怨蘭叢。』【馮注】《史記・屈原列傳》：『楚人既咎子蘭勸懷王入秦而不反也。屈原既嫉之。』又曰：『令尹子蘭大怒。』【補】楚歌，指屈原《離騷》《九

歌》等。重疊，猶反複、多次。《離騷》中有『蘭芷變而不芳兮，荃蕙化而為茅。何昔日之芳草兮，今直為此蕭艾也』『余既以蘭為可恃兮，羌無實而容長』等句，解者相承以為『蘭』係影射令尹子蘭。『怨蘭叢』當取此意。『蘭叢』指其非一人。句意蓋謂屈原之詩歌中反複致怨者，係令尹子蘭之流。朱注所引非所用。

⑤【朱注】《晉書・陶侃傳》：『劉弘為荆州刺史，以侃為江夏太守，又加督護，使與諸軍并力拒陳恢。侃乃以運船為戰艦，所向必破。後討杜弢，進克長沙，封長沙郡公。』【馮注】《朱伺傳》：『侃以伺能水戰，曉作舟艦，乃遣作大艦。』【按】句意謂陶侃昔曾於此驅戰艦立奇功，今則遺跡蕩然，唯見雨灑空灘而已。

⑥【朱注】《西京雜記》：『賈誼在長沙，鵩鳥集其承塵。俗以鵩鳥至人家，主人死。誼作《鵩鳥賦》。』《釋名》：『承塵，施於上以承塵土也。』《寰宇記》：『賈誼廟在長沙縣南六十里，廟即誼宅。宅中有井，上圓下方。』【馮注】《史記》：『賈生為長沙王太傅三年，有鴞飛入舍，止於坐隅。楚人命鴞曰服。生以長沙卑濕，壽不得長，傷悼之，乃為賦以自廣。』《水經注》：『湘州郡廨西陶侃廟，云舊是賈誼宅。地中有一井，是誼所鑿，上斂下大，狀似壺，旁有一脚石牀，纔容一人坐形，流俗相承云誼宿所坐牀。又有大柑樹，亦云誼所植。』

⑦【馮注】《本草》：『松葉、松節、松膠，皆可為酒。』陸士衡詩：『瓦罍酌松醪。』【按】松醪為唐代潭州名產，屢見唐人詩文。杜牧《送薛種游湖南》：『賈傅松醪酒。』

【金聖嘆曰】暮樓空，言既不對酒，又不攤書，只是凭高閒望，并無他事感發。此即次句所云『無端』也。然而心如秋滿月，眼若青蓮花，一任空樓無端，偏是萬端齊起。於是而淚色淺深，怨歌重疊，心同理同，自哭自笑，由來天下絶頂大聰明人，單除二時茶飯，其餘總代古人擔憂，此真不可得而自解者也。前解自寫解事，此解（指後四句）寫潭州人不解事也。言如此愁絶無聊，庶幾破除有酒，然而巡索全州，更無可語。陶公已去，賈傅又夭，故園信斷，又能奈何哉！（《貫華堂選批唐才子詩》）

【朱彝尊曰】頷聯古，腹聯今。

【何曰】此隨鄭亞南遷而作。第三思武宗，第四刺宣宗。五六則悲會昌將相名臣之流落也。《楚詞》以蘭比令尹子蘭，蓋指白敏中言之。（《輯評》『白敏中』下有『令狐綯』三字。）〇『今古無端入望中』句下箋：此登潭州官舍樓而作，所望者故園人耳。今目斷鄉關，而潭州已事，歷歷在目。『無端』二字，從空樓寫出，絶妙章法。〇『湘淚淺深滋竹色』二句評：入望古今。〇『陶公戰艦空灘雨』二句評：雨中壞艦，風中破廟，令人不堪回首。〇『目斷故園人不至』，收『望』字。（《讀書記》）又曰：『無端』二字有怨意。要知只是自己無聊，與古人原無與。惟其意有未得，故無端所見，皆增悲感，觀首末可知。『松醪』句，淺學慣調。（《輯評》）

【胡以梅曰】此義山平鋪直叙之作。中間四句皆用望中本地風光，是承古；結句是承今也。三四意在言外，有騷人之旨。（《唐詩貫珠串釋》）

【陸鳴臯曰】中四句，俱從第二句寫出。

【趙臣瑗曰】暮樓空，是只有我一人在也。次句指中四件事。古何所有？夫人之淚也，屈子之歌也，陶之戰艦，而賈之承塵也。今何所餘？竹之色也，蘭之叢也，空灘之雨，而破廟之風也。乃古之所有既與我不相值，今之所餘又與我不相干，而觸物思人，撫今追昔，不覺一時俱到眼前，此所謂『無端入望中』也。然而何以遣之？意惟是呼朋把酒，庶可一消其寂寞，而今則安可得哉？玩目斷故園、一醉誰同，見潭州并無一人可語。（《山滿樓箋注唐詩七言律》）

【陸曰】從來覽古憑弔之什，無不與時會相感發。義山此詩，作於大中之初。因身在潭州，遂借潭往事，以發抒胸臆耳。『湘淚』一聯，言己之沉淪使府，不殊放逐，固難免於怨且泣也。而會昌以來，將相名臣，悉皆流落，凄其寂寞之況，因破廟空灘而愈增愴然矣。此景此時，計惟付之一醉，而客中孤獨，誰與為歡？旅思鄉愁，真有兩無可遣者。

【姚曰】此傷客中無可與語也。首句點明興感之由。大凡今人自有今人事，古人自有古人事，千年影現，真屬無端。竹色蘭叢，今所見也，因竹色而想到湘淚，因蘭叢而想到楚歌，古人如在眼前也。空灘雨，破廟風，今所見也，因空灘而想到陶公戰艦，因破廟而想到賈傅承塵，古人如在眼前也。此所謂『無端入望中』也。豈知不願見者偏見，願見者偏不見。夫吾所願見者，故園知己，相逢一醉而已，若之何其竟不能到眼前也耶？

【屈曰】一潭州暮望，二望中之感。中四皆承二。湘淚、楚歌、陶、賈，古也；蘭、竹、風、雨，今也。七八自傷流滯於此。

【程曰】此傷李德裕之罷相遠貶也。大中元年，鄭亞廉察桂州，義山為從事。七月，李德裕貶潮州司馬。命題為潭州者，當是隨鄭亞入桂州，經過潭州，聞德裕之事而作。起句就所過之地發端也。次句言目中古事與胸中今事相類，無端入望，觸緒可傷也。三四謂武宗已崩，使人有蒼梧之悲；宣宗初立，遂致有屈原之放也。五六謂立功於東川回鶻者，不啻陶侃長沙之功；立言於《丹扆六箴》者，無異賈誼《治安》之策也。七八即風人『未見君子，我心怓怓』之意。蓋以道途計之，德裕貶潮，亦當取道於此。語語潭州古事，却語語傷古論今，今古無端一句，固明示其意矣。

【徐曰】此作於楊嗣復出為潭州時。三指文宗，四指武宗放逐諸臣，叢蘭指贊皇門下也。疑嗣復鎮潭，義山曾至其幕。（馮箋引）

【馮曰】徐說約略得之矣。《舊書·傳》《通鑑》：『嗣復於武宗即位之年五月罷相守尚書，九月出為湖南觀察。明年三月，遣中使往殺嗣復、李珏，宰相李德裕、崔珙、崔鄲等極言，乃再貶湖州刺史。……』此章在潭州作，中二聯皆從潭境借古以喻今也。首云『暮樓空』，結云『人不見』，是義山有意中之人也。時惟贊皇得君當國，《會昌一品集》有《論救三狀》，《獻替記》曰：『德裕救不得，他人固不可矣。』蓋德裕雖與嗣復不協，而以公義力救，其時之誣二王與賢妃及嗣復者，固中人為多也。徐氏以叢蘭指李黨，非然矣。又曰：『湘淚』句雖故君常語，然武宗云

『嗣復全是希楊妃意』，故以比楊妃，點明嗣復得罪之根。下句謂嗣復重疊被讒，尤工切也。余疑楊妃死在嗣復出鎮後者，於此亦可參悟。又曰：校定《年譜》，嗣復貶潮之時，義山漸已還京，故此段遊跡往來，終難得其細確。

【王鳴盛曰】中四句全是弔古，而傷今在其中。弔古顯然，傷今則並無明文，不可知也。馮箋揣度附會，太覺穿鑿。○其實不過是在潭州官舍，薄暮登樓，懷古憑弔，有鄉人同客於此者，待之未至，故云『目斷故園人不至，松醪一醉與誰同』，如此而已，未必有諷刺時事也。且一面痛惜嗣復之貶謫，一面又想其後房姬妾，用心殊欠光明，義山不至此。

【紀曰】五六有悲壯之氣，起結皆滑調落套，而結尤甚。（《詩説》）五六似乎激壯，實亦浮聲。一摹此種，即入嘉、隆七子門牆。（《輯評》）

【方東樹曰】……此亦是詠懷古跡，以第三句為主，而下即潭之事景言之。詩亦平平，可不入選。七句『人不至』或指劉蕡。（《昭昧詹言》）

【張曰】此桂管歸途，暫寓湖南，遲望李回之作。『湘淚淺深』『楚歌重疊』，喻李黨疊敗，身世孤危。『陶公空灘』，謂鄭亞遠謫。『賈傅破廟』，自謂。唐人罷職，往往喜以賈生為言，不獨寫景也。結則遲李回不至之恨矣。回宗室，與義山同出隴西，故曰『故園』；『松醪一醉』，取置醴意。夫君未來，樓空無主，此所以又復北上，而有《漢南書事》、『萬里風波』諸詩也。（《會箋》）又曰：起結看似近滑，實倍沈著。蓋沈著在骨，外面不露耳。晚唐勝於後人處全在此。後人無其用意而强學之，便滑矣。中聯分寫古今，迥異浮聲，不得以明七子徒有空架者例之。

（辨正）

【岑仲勉曰】商隱是年（指大中二年）行蹤，大概得如下述：即鄭亞二月貶循（史不著日，《為滎陽公與前浙東楊大夫啟》云：『以今月二十三日南去。』《箋》三謂是二月二十三日。然桂州去西京四千七百里，詔命之傳，最速需十餘日，職是之故，或得為三月也），維時商隱方攝守昭平，如其須待替人，則去桂在三、四月（《箋》三謂涖昭不過數日，恐未必然）。由是五月至潭，節序相合。流連湘幕，當滯旬時，夫故有《賀馬相公登庸啟》之代撰。李回降湖南，以二月命，不容五月尚未抵任。《箋》三謂《潭州》詩為『桂管歸途暫寓湖南遲望李回之作』，……可謂無一字有來歷。（《平質》）

【按】徐氏首創『嗣復鎮潭，義山曾至其幕』之説，馮氏因之，且謂此詩係傷嗣復之疊貶。此實純屬臆想。細按義山詩文集，絶無與嗣復交往之跡，何得因嗣復鎮潭而臆測義山曾至其幕（南遊江鄉説之誤已另有辨）？且楊嗣復再貶為潮州司馬，在會昌元年三月，而義山早在元年正月即已在華州周墀幕，有為華、陝所擬賀赦表可證，焉得復在潭傷嗣復之貶乎？程氏謂大中元年隨鄭亞赴桂經潭州聞李德裕貶潮州而作，亦非。義山赴桂途中抵潭，在閏三月末，約五月中離潭，六月九日抵桂。而德裕被貶為潮州司馬在元年十二月，義山安得預知其事？然德裕大中二年仲春于貶潮途中經洞庭，仲夏抵潮（據其所作《舌箴》），而商隱約于是年三四月離桂北返，約四月下旬抵潭州（端午在潭有《楚宫》詩），故不排斥在自衡陽至潭州之途中有與南行之德裕相遇之可能。即使未相遇，德裕之南貶作為一種政治背景，在《潭州》詩之解讀中亦應加以注意。

詩必有託寓。次句『今古無端入望中』已暗示明為弔古，實為傷今。陸氏謂『言之所及在古，心之所傷在今，故曰今古無端』，頗能道出作者用意。『湘淚』典，詩家習用以寓故君之思，何、程謂思武宗，近是；『楚歌』句，則以『蘭叢』影指當時之執政者，何氏謂指白敏中、令狐綯輩，可從（綯本年二月已自湖州内召，且不久即充翰學），『怨蘭叢』者，怨白敏中、令狐綯輩之排斥異己、貶逐會昌有功舊臣也。腹聯即承此意而言之。『陶公』句借陶侃事暗寓會昌有功將帥之遭冷遇，『賈傅』句借賈誼長沙事暗寓會昌有功文臣之遭貶斥，均不必專指一人。末聯謂薄暮登樓，弔古傷今，感慨萬端，目極故園，路途阻修，期待友人，而友人不至。鄉思羈愁、傷時感世之情，竟無可排遣矣。

楚宮〔一〕

湘波如淚色漻漻①，楚厲迷魂逐恨遥〔二〕②。楓樹夜猿愁自斷③，女蘿山鬼語相邀④。空歸腐敗猶難復⑤，更困腥臊豈易招⑥。但使故鄉三户在⑦，綵絲誰惜懼長蛟⑧！

〔一〕【朱彝尊曰】通首寫『楚』字，而無『宮』字意，恐題有誤。【何曰】『宮』疑作『厲』。【程曰】詩語與楚宮無涉，別本一作『楚厲』，當從之。【按】舊本均作『楚宮』。何、程説雖近理，然別無佐證，故仍從舊本。程云『別本一作楚厲』，亦未見。

〔二〕『厲』原一作『癘』，蔣本、姜本、戊籤、錢本、影宋抄、悟抄、席本並作『癘』，字通。

①【朱注】《水經》：『湘水出零陵始安縣陽朔山，東北過酃縣西，又北至巴江山，入於江。』《説文》：『漻，清

深也。」《莊子》：「謬乎其清。」　【程注】《道德指歸論》：「偆偆謬謬，消如冰釋。」　【馮注】《戰國策》：「食湘波之魚。」

②【朱注】《禮·祭統》：「七祀曰泰厲。」疏：「泰厲，古帝王無後者。此鬼無所依，好為民作禍，故祀之。」　【程注】「厲，鬼無後也。」《左傳》：「鬼有所歸，乃不為厲。」朱注但引「泰厲，古帝王無後者」，不合。【馮注】鬼無依則為厲。楚厲謂屈大夫。《正字通》：「厲，《周禮》俗本譌作「癘」」。

③【朱注】《招魂》：「湛湛江水兮上有楓，目極千里兮傷春心。」　【馮注】《九歌·山鬼》：「猨啾啾兮狖夜鳴，風颯颯兮木蕭蕭。」

④【朱注】《楚詞·山鬼》：「若有人兮山之阿，被薜荔兮帶女蘿。」　【馮注】《水經注》：「汨水又西為屈潭，即羅淵也，淵潭以屈為名。」甄烈《湘中記》：「屈潭之左玉笥山，屈原棲於此山而作《九歌》。」　【按】愁自斷、語相邀，楚厲迷魂雖遠而當年情景宛在也。戴叔倫《過三閭廟》：「沅湘流不盡，屈子怨何深！日暮秋風起，蕭蕭楓樹林。」與本篇前幅意境相類。

⑤【馮注】《後漢書》：「樊宏卒，遺敕薄葬，以為棺槨一藏，不宜復見，如有腐敗，傷孝子之心。」《檀弓》：「復，盡愛之道也。」注曰：「復謂招魂。」

⑥【朱注】屈原自沈，葬於魚腹，故曰「困腥臊」。　【馮注】《韓非子》：「有巢氏民食果蓏蚌蛤，腥臊惡臭。」此謂死埋黃壤，猶腐敗難復，況葬魚腹乎？　【補】《楚辭·招魂》王逸注：「宋玉憐哀屈原忠而斥棄，愁懣山澤，魂魄散佚，厥命將落，故作《招魂》。」

⑦【程注】《項羽傳》：「項羽使蒲將軍夜引兵度三户。」張晏注：「三户，地名，在梁淇西南。」韋昭注：「三户，楚三大姓昭、屈、景也。」　【馮注】《左傳》：「哀公四年，以畀楚師于三户。」注曰：「今丹水縣北三户亭。」《史記·項羽本紀》：「楚南公曰：『楚雖三户，亡秦必楚。』」《索隱》曰：「韋昭以為楚三大姓昭、屈、景也。」臣瓚曰：「楚人怨秦，雖三户猶足以亡秦。二説皆非，《左氏》云云，則是地名不疑。」《正義》曰：「服虔云：『三

戶，漳水津也。」後項羽果渡三户津，破章邯，秦遂亡，是南公之善讖。』按：三户自以地名為正，而此詩仍用三姓之義。【按】『三户』猶三户人家，極言存留人家之少，非指三大姓，更非三户津。

⑧【朱注】《續齊諧記》：『屈原五月五日投汨羅死，楚人每至此日，竹筒貯米投水祭之。漢建武中，長沙歐回白日忽見一人，自云三閭大夫，謂回曰：「聞君當見祭，甚善。但常年所遺，並為蛟龍所竊。今若有惠，可以楝樹葉塞其上，以五色絲縛之，此二物蛟龍所憚。」回依其言。世人作粽，并帶五色絲及楝葉，皆汨羅遺風也。』【馮曰】詩言楚鄉人類不絕，誰惜綵絲而不以之懼蛟龍乎？

【許學夷曰】商隱七言律既多詭僻，時亦有鄙俗者，如『空歸腐敗猶難復，更困腥臊豈易招』，『未容言語還分散，少得團圓足怨嗟』，『稽氏幼男猶可憫，左家嬌女豈能忘』，『賈氏窺簾韓掾少，宓妃留枕魏王才』等，最為鄙俗者也。（《詩源辯體》）

【金聖嘆曰】此為先生反《招魂》之作也。言湘江之波，漻乎其清，臨崖窺之，底皆可見。見底，則不見靈均之魂也。所以然者，靈均實『恨』，恨則必『迷』，迷則必『遥』。既恨而迷、而遥，即又安得定在一處，而有魂之可招哉！三四凡下楓、猿、蘿、鬼等字，皆寫其恨其迷其遥也。上寫靈均之不可招，此（指後解）寫招靈均之未必是也。言他人死於牖下，然升屋呼畢，猶卒歸大殮，豈有懷憤捐生，已誓葬魚腹，乃更望還返哉！夫前人未卒之業，即後人莫卸之擔；前人臨終之言，即後人敬諾之心也。然則，但有一人仰體存楚之志，靈均雖為長蛟所食，乃無恨焉。不然而三户盡亡，一黍是惠，靈均日月争光之心，僅如此而已乎？亦可發一笑已。

【何曰】按開成元年三月，左僕射令狐楚從容奏：『王涯等既伏辜，其家夷滅，遺骸棄捐，請官為收瘞，以順陽和之氣。』上慘然久之，命京兆收葬涯等十一人於城西。仇士良潛使人發之，棄骨於渭水。此詩蓋傷其事而託言屈子沉湘困於腥臊也。渭水至清，故曰『色漻漻』；涯等被族無後，故以泰厲為比。落句所謂『人之云亡，邦國殄瘁』也。（《讀書記》）又曰：五六承上，第言死已不可追，況葬於魚腹乎？下更反言收之，言國若不亡，即死亦無餘恨。○『楚厲迷魂逐恨遥』，生下四句。○涯等被戮，豈惟齒馬乎？事連宫禁，故題曰『楚宫』，不當作『厲』。弔三閭意極沉鬱。（以上《輯評》。末條與『宫疑作厲』校語牴牾，疑非何氏評語。《輯評》與『宫疑作厲』校語相連，似是後人針對何氏校語而發，姑附此。）

【胡以梅曰】此過楚宫而弔屈原，覩湘水之深清，哀其魂迷而恨逐水之遥也。楓樹夜猿聲慘，其魂自斷，惟女蘿山鬼為之相邀耳。沉淵腐敗即已難復，何況為魚所啖，其魂豈易招乎？但使三户在而得亡秦復楚，死亦不惜也。起以『如淚』領『清』，通用《離騷》楚些融洽出之，若斷若續，用古活法。妙在一結道出靈均心事，歸於忠蹇得體。（《唐詩貫珠串釋》）

【陸曰】此借屈子沉湘之事，以悲涯、餗等十一人也。……《禮·祭統》：『七祀曰泰厲，祀古帝王之無後者。』當日涯等親屬皆死，孩稚無遺，故引用之。因通篇詠屈子事，故不曰泰厲而曰楚厲。三四言暴尸城西時，傷心慘目，人鬼皆愁也。涯等戮於乙卯十一月，葬於丙辰三月，故曰『空歸腐敗』也。收葬未幾，旋遭拋棄，故曰『更困腥臊』也。結言涯等身死，不足深惜，所可惜者，人之云亡，邦國殄瘁耳。

【姚曰】此哀忠魂之不諒於世也。湘波黯淡，怨魂如存，計惟有夜猿山鬼可共語耳。要其日月争光之心，必不沉没於此水可知也。果如世俗所傳，哀其身之歸於腐敗，慮其魂之困於腥臊，至有綵絲繫粽之説，則是三户已亡，一靈猶滯，亦淺之乎言屈子矣。俚俗之繆，其可信耶？

【屈曰】湘水恨遥，只今惟有夜猿山鬼耳。尋常死者猶難復生，更投魚腹，豈易相招？但使本國不亡，綵絲之祭非所惜也。『惜』作憐愛意解。

【程曰】『楚宫』一作『楚厲』，蓋為宋申錫竄死開州而作也。當時文宗惡宦官强盛，苦不能制，嘗密與申錫言之，以其沈厚忠謹，拜同平章事。申錫引吏部侍郎王璠為京兆尹，以密旨諭之。璠洩其謀，於是宦官王守澄與其黨人鄭注陰為之備，令神策都虞候豆盧著誣告申錫謀立上弟漳王，申錫坐貶開州司馬，後竟卒於貶所。從而流死者數十百人，天下以為冤。按《唐地理志》：『開州屬山南道。』固楚地也。冤死者數十百人，是為厲也。申錫之貶，在太和五年，其死在七年。史雖稱有詔歸葬，當時必為宦官所抑，有如史稱『生殺除拜皆決於中尉，上不預知』者，故詩中有『空歸腐敗猶難復，更困腥臊豈易招』之語也。史稱申錫失其何所人，結語有『故鄉』字，豈楚人耶？楚之為地甚廣，其鄉里當去開州為近耳。或有謂此詩為王涯等作，以為仇士良棄涯等骸骨於渭水，故以屈子沉湘比之。是大不然。王涯、賈餗、舒元輿三相死甘露之變，事在京師，無與於楚，何由而指為楚厲耶？況王涯之死，史稱百姓觀者或詬詈，或投瓦礫擊之，其不稱人心甚矣。義山又與之略無投分，何為而哀弔之耶？若宋申錫天下以為冤者，則為詩傷之宜矣。

【馮曰】雖直詠三閭，而自有寄慨。顧俠君、何義門、陸圃玉皆以為傷王涯等棄骨渭水，固為近是。愚意題作『楚宮』，豈兼因楊賢妃棄骨水中，而觸類鳴冤乎？首句暗寓湘妃啼竹之意。

【紀曰】三四自佳，五六太拙。

【姜炳璋曰】此過湘江而弔屈原也。或以仇士良沉王涯等屍於渭水，故以為喻，既與湘江不合；或謂宋申錫欲誅宦官，與王璠謀，璠泄其事，貶開州司馬而卒，故云『楚厲』，愚以為皆非也。詩弔屈原，以次句『迷魂逐恨』為主。三四，是未沉汨羅之前，魂已欲逝。五六，是既沉汨羅之後，魂豈易招？『歸腐敗』，歸其屍，『腥臊』，為讒佞小人之喻。二句用開合法，言放逐而死，即不自沉，其魂猶難復，況更為小人所困，自沉於江，魂從何處問乎？亦長為厲魂而已。然屈子之恨，在於秦仇未復，但使三大姓足以亡秦，則屈子之恨銷，而厲魂慰矣。懼長蛟而愛惜綵絲，豈屈子之心哉？詩旨只如此。必謂指時事，則以之稱劉去華亦甚貼切，何必宋申錫乎？

【張曰】此詩專弔三閭，似無寓意。疑五月五日荊楚記所見而賦之者。（《辨正》）又曰：此在荊楚感於午日屈原沈湘事，而為李黨失意者慰藉也。屈原被讒子蘭，今李黨見阨太牢，其事正同。然而怨懟自沉，於事何裨？但使三户尚在，終當有捲土重來之望，蛟龍雖惡，又何畏哉？是此詩之寓意矣。時李回左遷，必有憂讒畏譏之意，故詩以解之。馮氏編於開成五年江鄉遊時（按馮編會昌元年），謂因楊賢妃棄骨水中事，觸類鳴冤。夫江鄉之遊非五月，而楊賢妃賜死，陪葬章陵，見《長安志》，亦無棄骨水中事，不得以《會要》不載為疑。至甘露之變，王涯輩棄骨渭水，更與義山風馬牛無涉，題為楚宫，復何所指？憑虛任臆，真足齒冷也。（會箋）

【按】何氏謂傷王涯被戮、棄骨渭水，程氏已駁之詳矣。王涯非罪受戮，義山《有感二首》確有傷之之意。然擬之屈子沉湘，則迥乎不倫。末聯謂三户儻存，楚鄉人將永遠紀念，更非貪鄙如王涯者所可比擬。然程氏謂指傷宋申錫竄死開州，亦過於穿鑿，且與題『楚宫』及詩中『湘波』『困腥臊』等皆了不相涉。張氏謂為李黨失意者慰藉，亦覺牽强。詩言屈原沉湘而困腥臊，儻有所喻，其人必已列鬼籙，然其時（張繫大中二年）李黨首領及重要成員雖遭遷謫，尚皆健在，安得以楚厲擬之？尤可疑者，腹聯承『楚厲迷魂逐恨遥』，止言其不易招，烏有『怨懟自沉，於事何裨』之意？尾聯謂楚鄉之人追思屈原，不惜以彩絲懼長蛟，更何嘗有『捲土重來』之意？是張氏責人『憑虛任臆』，已亦不免於此也。

通觀全詩，實尋常詠古憑弔之作，未必有所寓託。前六句由湘波起興，引出弔古情懷，謂今歷屈子沉湘故地，惟目睹江上青楓，耳聞山間猿啼，恍見女蘿山鬼殷勤相邀而已，楚厲迷魂則杳不可招尋矣。末聯復借彩絲懼蛟之傳説，表明人民對屈原之崇敬追思。哀憤之中復含贊頌屈原精神不朽之意。進步人物遭冤貶，固作者所處時代之普遍現象（劉蕡即其例），本篇於弔屈之中或滲透此種現實政治感受。

此詩當為大中二年五月北歸途經潭州逗留李回幕時，因楚鄉風俗有感而作。約作于端午前後。

木蘭花〔一〕

洞庭波冷曉侵雲〔二〕，日日征帆送遠人。幾度木蘭舟上望〔三〕①，不知元是此花身。

〔一〕各本均無此首。【馮曰】《古今詩話》：『義山遊長安，宿旅舍，客賦《木蘭花》詩，衆皆誇示，義山後成，客盡驚，問之，始知是義山。一云陸龜蒙，誤。』按：《唐詩紀事》與《詩話》同。《西谿叢語》則云：『唐末，館閣諸公泛舟，以木蘭為題，忽一貧士登舟作詩云云，諸公大驚，物色之，乃義山之魄，時義山下世久矣。』又李躍《嵐齊集》云：『是陸龜蒙於蘇守張摶坐中賦《木蘭堂》詩。』故諸本附入集外詩。今細玩詩趣，必是義山，且《萬首絶句》入《義山集》，並不重見《魯望集》，因皮、陸有《宿木蘭院》詩，致生歧説耳。今直采入正集。【按】《詩話總龜》《全唐詩話》亦載此事。今據《萬首絶句》及馮注本補入。

〔二〕『洞庭波冷曉侵雲』，【馮曰】《陸龜蒙集》作『洞庭波浪渺無津』，《西谿叢語》作『洞庭春水緑於雲』，今從《萬首絶句》《全唐詩話》。雲韻通用，本集屢有此例。

〔三〕『幾度』，【馮曰】一作『曾向』。

集注

①【馮注】《述異記》：『七里洲中，魯班刻木蘭為舟，至今在洲中。』

【馮曰】詩中須有個人在，前賢論之詳矣。此在令狐家假物託意之作。上二句謂桂管往來，久願歸朝也。下二句謂曾經遠望，不知元是此中舊物，比己之素在門館也。妙筆運之，情味緜遠。若江湖散人，無此情事矣。後人妄生談柄，何足據哉！

【張曰】義山自婚於茂元，從鄭亞，望李回，久已去牛就李，今為京尹辟管章奏，是依然又入太牢羈紲矣，故言外有含意焉。馮解雖精，猶屬皮相。（《會箋》）

【按】唐人詩之本事，頗有因詩而敷演成文者，故時有本事殊不足信，而詩則並非贋品者。如九日詩留題廳事之說固極可疑，而詩則可信。此詩亦然。首二寫洞庭湖上目送征帆情景，當是即目所見。然則所謂遊長安宿逆旅賦詩及馮、張之說皆不攻自破。三四由『送遠人』而聯及自身，由目送征帆而聯及自身所在之舟，謂幾度登舟望遠，不知己身實亦如由木蘭斲成而漂泊天涯之孤舟也。全篇意致、構思極似《夕陽樓》：『花明柳暗繞天愁，上盡重城更上樓。欲問孤鴻向何處，不知身世自悠悠。』第《夕陽樓》點明『身世自悠悠』，此則稍曲折含蓄耳。桂櫂蘭枻，沅湘洞庭，向與騷人有密切聯繫，柳宗元詩亦有『騷人遙駐木蘭舟』之語。彼征帆遠去者固為不得志之騷人，而目送征帆者亦天涯漂泊之騷人也。

離思〔一〕

氣盡《前溪舞》①，心酸《子夜歌》②。峽雲尋不得③，溝水欲如何④？朔雁傳書絶⑤，湘篁染淚多⑥。無由見顔色〔二〕，還自託微波⑦。

〔一〕原題下注：一本無『思』字。

〔二〕『由』，蔣本、姜本、戊籤一作『因』，季抄作『因』。

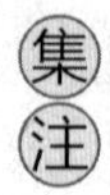

①【朱注】《寰宇記》：「前溪在烏程縣南，東入太湖，謂之風渚，夾溪悉生箭箬。晉車騎將軍沈玩家於此。樂府有《前溪曲》，玩所制。」《樂府解題》：「《前溪》，舞曲也。」　【按】《前溪舞》，參見前《回中牡丹為雨所敗》第二首注。

②【朱注】《唐書・樂志》：『《子夜歌》者，晉曲也。晉有女子名子夜，造此歌聲過哀苦。』《樂府解題》：『後人更為四時行樂之辭，謂之《子夜四時歌》，又有《大子夜歌》《子夜警歌》《子夜變歌》。』【按】參見《曲江》詩注。

③【馮注】用巫峽朝雲。

④【朱注】文君《白頭吟》：『今日斗酒會，明日溝水頭。躞蹀御溝上，溝水東西流。』

⑤【姚注】《漢書・蘇武傳》：『常惠見漢使，教使者謂單于，言天子射上林中，得雁，足有係帛書，言武等在某澤中。』【程曰】『雁書』字面雖用蘇武事，其義理則用庾子山賦『親友離絶，妻孥流轉，玉關寄書，妝臺留釧』也。

⑥見《潭州》注。

⑦【朱注】《洛神賦》：『託微波而通辭。』

【何曰】通首是寫離中之思，非單寫『離』字。（《讀書記》）

【徐德泓曰】此亦思君之意，故用雁書、湘竹事。淡遠風神，嫋嫋不盡。

【姚曰】寵移愛奪：無復歌舞情懷，如峽雲之既散，溝水之分流，所謂『恩情中道絶』也。然雁書雖斷，湘淚常啼，猶願託微波而通詞，以庶幾其不終棄，忠厚之至也。

【屈曰】一二思，三四離。五離，六思。結言無由一見，故作此詩也。

【程曰】此篇通體用女子事，近於褻媟。細繹之，乃怨望在位有力者之不加物色也。自《國風》《離騷》、古樂府多託於婦人女子以為言，唐人往往效之。如獻主司則曰：『妝罷低聲問夫壻，畫眉深淺入時無？』辭辟聘則曰：『還君明珠雙淚垂，恨不相逢未嫁時。』此類甚多。此詩亦此義也。起二句謂己之材藝如妙舞清歌不能自達，心酸氣盡，惟有悲涼。三四言己之遇合如神女、文君，分明可覓，未尋峽裏，空嘆溝中。五六言己之情思如玉關湘江，柔情繾綣，雁書不至，竹淚偏多。七八則言其不得望見顏色，惟有託微波以通詞而已。

【馮曰】首歎氣竭心酸，次謂不能追尋，已相離絶，猶『何能更涉瀧江』之意也。五謂音書不至，六點明湘中。結言雖不得見，猶欲通詞言情，與『命斷湘南病渴人』同一意緒。徐氏謂為令狐作，非矣。

【紀曰】此詩寓交親離合之感，託于艷詞，前六句含情甚深，末二句不作絶望語，亦極得詩人忠厚之旨，但格卑耳。（《詩説》）

【許印芳曰】此亦八句皆對，抑揚頓挫，語語沉着。結意纏綿温厚，是真詩人之筆。

【張曰】『峽雲』句指蜀遊失意。『溝水』句指李回赴湖南，已不能從，彼此分流也。『朔雁傳書』用蘇武上林寄書事，慨不能復官禁近也。『湘篁』亦指湖南，言不能復入回幕也。起結寫求援之感，言猶欲藉書通候也。用典無一泛設，真絶唱也。○《補編·上韋舍人狀》，大中二年歸洛作，云：『今春亦憑令狐郎中附狀。』蓋子直内召，義山在桂管時已通問矣，詩中『朔雁』指此也。（按：此狀岑仲勉《平質》考訂以為當會昌六年宣宗即位後不久所作）（《辨正》）又曰：黨局反復，自傷所如輒阻也。『峽雲』『溝水』，即上諸篇所箋者是（按：指所謂『蜀遊不遇』）。『朔雁』指令狐，謂音信全無。『湘篁』指李回，謂恩知未報。……起結寓求援之感，蓋幾於哀猿之啼矣，凄戾不堪卒讀。（《會箋》）

【按】此託為閨中傷離之詞以寄『舊好隔良緣』之怨思，寄託痕跡顯然。首聯謂空自歌舞，不蒙賞愛，但覺氣盡心酸，悲苦愁思。次聯謂遇合無緣，徒傷分離。出句以神女自喻，謂己如峽中之行雲，尋襄王而不得，即『襄王枕上原無夢』，空枉陽臺一片雲之意，非謂尋峽雲而不得也。對句則謂今日之勢，已如溝水之分流，難以復合，故曰『欲如何』。腹聯謂對方杳無音書，不加置理，己則惟有含悲染淚而已。末聯承上，言雖無由得近對方，猶託微波通辭，冀其能稍加哀憐也。此為向令狐綯陳情告哀之詞，可決然無疑。玩詩中『朔雁』『湘篁』二語，當是義山自桂林北歸途經潭州時向令狐陳情之作。是年二月綯內召，適值鄭亞貶循，義山罷幕，窮途阻塞，不免有寄書修好之事。而令狐宿憾甚深，不予置理，此正所謂『朔雁傳書絶，湘篁染淚多』也。《舊傳》謂『商隱屢啓陳情，綯不之省』，《新傳》謂『商隱歸窮自解，綯憾不置』，均可與此相印證。

深宮

金殿銷香閉綺櫳〔一〕，玉壺傳點咽銅龍〔二〕①。狂飈不惜蘿陰薄，清露偏知桂葉濃。斑竹嶺邊無限淚，景陽宮裏及時鐘②。豈知為雨為雲處〔三〕，只有高唐十二峰③。

〔一〕『銷香』，季抄一作『香銷』。
〔二〕『點』，朱本、季抄一作『響』。
〔三〕『處』，季抄一作『意』。

①【馮注】《周禮》：「挈壺氏。」注曰：「挈壺水以為漏。」《初學記》：「殷夔漏刻法：為器三重，圓皆徑尺，差立於水輿踟躕之上，為金龍，口吐水，轉注入踟躕經緯之中，流於衡渠之下。」「李蘭漏刻法：以玉壺玉管流珠奔馳行漏。」【程注】徐彥伯詩：「假寐守銅龍。」

②【朱注】《南史》：「齊武帝以内深隱，不聞端門鼓漏，置鐘景陽樓上應五鼓。及三鼓，宫人聞聲早起粧飾。」李賀詩：「今朝畫眉早，不待景陽鐘。」

③【姚注】《天中記》：「巫山十二峰，曰望霞、翠屏、朝雲、松巒、集仙、聚鶴、净壇、上昇、起雲、飛鳳、登龍、聖泉。」【馮注】按：巫山十二峰，詩家習見。放翁《入蜀記》曰：「巫山峰巒上入霄漢，十二峰者不可悉見，惟神女峰最為纖麗奇峭，當即十二峰中之朝雲也。」

【吴喬曰】「香銷」二句，深宫寂寞之況也。「狂飈」二句，榮枯不齊之歎也。「斑竹」二句，言己之顧望於君王如此，乃雲雨承恩者只在高唐而不下逮，其聽己於怨思乎？此等詩全有寓意。（《西崑發微》）

【朱鶴齡曰】此首全是宫怨，亦寓言也。（三句）怨；（四句）妬。又曰：「香銷」二句，深宫寂寞之況也。「狂飈」二句，榮枯不齊之嘆也。「斑竹」二句，自言己之顧望於君王如此，乃雲雨承恩者，只在高唐而不下逮，其能已

於怨思乎哉！（《李義山詩集補注》）

【《輯評》朱批】怨恩之偏也，含蓄之極。○首二句，深宮寂莫之况也。○起句言只守空宮，已貫注結句。○（狂飆）二句，榮枯不齊之歎。○一彼一此，腴新頓別，下文承此，跌起『只有』二字，寫怨不覺。○（斑竹）二句，言己之顧望於君父如此。○結言雲雨承恩者只在高唐而不下逮，其能已於怨思乎哉？（以上均眉批）○腹連自比，落句此所用非人也。（題下批。此條似出另一人。馮箋引田評曰：『一彼一此，腴枯頓別。「只有」二字寫怨，偏能含蓄。』）

【胡以梅曰】焚香以待臨幸，香消不來，所以閉其房櫳，但聞玉壺傳漏，從銅龍而下，以水急有嗚咽之聲，蓋聽者心有悲咽并擬及於水聲也。不即不離，下『咽』字，點綴有情。步步不肯放鬆纔活，纔有精神，宜讀處留神。若必竟作水咽，顧失神矣。『閉』字亦有寂莫之意。三四雖言夜景，謂有風有露，然是言好惡之偏，恩澤不均，狂風偏加於薄蘿，清露獨濃於桂葉，所以有淚如湘妃之竹，然而無益，徒然一夜悲愁，早是景陽鐘已鳴，催起理妝矣。而一夕雲雨，盡在他處迷惑耳。暗將通宵遞下，而無痕跡。總之格調不猶人，且此亦託深宮為題，意旨言己之不遇，而歎沛澤之未均也。就外象歸宮怨。《長門賦》：『桂樹交而相紛兮，芳酷烈之誾誾。』今『桂葉』本此。

【《唐詩鼓吹評注》】此宮人不得幸，怨君王厚薄失均也。首言金殿香銷，玉壺傳點，君王已至別宮矣。以君之棄己，如蘿陰之疎薄，反受風吹；其厚於人，如桂葉之濃華，益加露潤，其何能不怨望哉！斯時也，念君不忘，嘗下二妃之淚，徹夜不寐，長聽景陽之鐘。想君王之夢，只在高唐十二峰而已。蓋以神女况近幸之人也。

【程湘衡曰】唐自肅、代以後，天子制於閹豎，代不立后，至易世始追稱之。敬、文之間，享國日淺，先朝嬪御疑有失德，故詩言如此。結謂陽臺雲雨，祇堪形諸夢寐，不謂人間乃有薦枕解珮事也。（殷元勳《才調集補注》引）

【陸曰】此擬深宮怨女作也。望幸不來，則綺櫳為之閉矣。憤懣未舒，則銅龍為之咽矣。三四言風露皆天所施，而蘿陰桂葉，榮枯不齊如此，所謂實命不猶也。下半言我之瞻望泣涕，曾無間於晨夕，豈知雲雨承恩者只在巫峰十二而不我下逮，其能免於怨思乎哉？只五十六字，可當一篇《長門賦》讀。

【徐德泓曰】前《促漏》題，的係宮詞，此則雖寫宮怨，而托意又在遇合間也。首言夜間景象。次聯，一喻廢棄者，一喻承恩者。第五句，仍根第三句意；第六句，仍根第四句意。結言恩澤之偏也。明係缺望之情，而不失和平之旨，斯為蘊藉。『景陽』句，其意雖只在『及時』二字，但上已有壺漏字樣，亦覺未净。而神韻之佳，固自不可掩耳。

【姚曰】此歎恩遇之不均也。蘿陰本薄，偏值狂飈；桂葉本濃，特加清露，不均甚矣。顧天下之懷貞慤、抱誠愫者何限！『斑竹』句，喻遠臣；『景陽』句，喻近臣。彼為雨為雲，豈有期準，而為之蕩情佚志乎！通首全是比意。

【屈曰】一二深宮寂寞之情。中四比賦兼陳。三比己之失寵而更遭讒口也。四比人之得寵而分外蒙恩也。五六言今日之所以墮淚，憶當時之得寵。七八言不意其如此而竟如此也。

【程曰】朱長孺以為宮怨，淺之乎論詩也。蓋從柳仲郢東川幕府，故有高唐雲雨之句，即所經歷峽中以為言也。起二句亦追憶夫在朝得志如綯輩者。三四一聯，上謂當時排擠之黨人，下謂目前辟聘之知己。五六一聯，上寫經歷之風景可傷，下羡朝士之通籍可羡。結聯以為士之就聘，如女子之適人，若使朝士有推挽者，則軟紅香土中未必不可以供驅策，豈知其沈淪東川耶？詩顯而明，風人比體也。若從朱説，徒為郛郭之詞，絶無寄託之旨，不作可也。

【馮曰】一二點題。三謂彼不我憐，四謂我猶有戀，指昔登第也。五謂從桂管湘江而來，六謂綯已及時升用。七八即所過以寄慨。與上章（指《過楚宮》）託意無殊，而吐詞各別，真妙於言情者。又曰：下半或如『當罏仍是卓文君』之寄慨，亦通。要皆此時（指大中二年秋）作也。

【王鳴盛曰】《深宮》是託於宮人之廢棄者以寫怨。起自陳寂寞。中二聯，每聯以一腴一枯相形。結則羡彼之承寵。

【紀曰】鈎勒清楚。然淺薄即在清楚處。

【姜炳璋曰】長孺作『宮怨』，是也。蘿陰本薄，而狂風吹之；桂葉本濃，而清露浥之。猶己色衰，而君復棄之，彼少艾，而君復寵之也。於是淚若湘妃，徬徨永夜，坐聽鐘聲，然而無庸也。為雨為雲，巫峰十二，原是難得，吾儕薄命，其敢妄覬乎？怨而不怒，斯謂之性情之正。

【張曰】起二句即『閶闔門多夢自迷』意，喻令狐之尊貴。『狂飆』句怨其不哀憐薄宦。『清露』句猶欲望其沾溉也。『斑竹』指湖湘之失意。『景陽』比牛黨之得君。結言當時覆雨翻雲，渾無定所，豈知今日祇有此門可以告哀乎？此後入京自解，屢啟陳情，皆基於此矣。（《會箋》）又曰：祇覺其沉著，不覺其淺薄，『清楚』之評，亦不切也。○首二句暗寓不能復官禁近。『狂飆』二句即《無題》『風波不信菱枝弱，月露誰教桂葉香』意。（《辨正》）

【按】此假宮怨以寓遇合，託寓顯明，徐、王二箋最為簡明切要，程、馮、張三家，則比附穿鑿，反失詩意。首聯曰『閉』曰『咽』，深宮寂寥情景顯然，次句即『似將海水添宮漏，共滴長門一夜長』之意，程、張解為『追憶在朝得志如綯輩者』，『喻令狐之尊貴』，可謂適得其反。頷腹二聯，均『一腴一枯相形』。析言之，則頷聯言待遇之不公，着重就施遇者方面言之；腹聯言苦樂之懸殊，着重就受遇者方面言之。『斑竹嶺』與『景陽宮』相對，似有暗示己之漂淪湖湘與令狐之近君得寵之意。末聯即承『清露』『景陽』二句，謂承恩者惟高唐神女而已。神女喻指令狐。按大中二年二月，令狐綯召拜考功郎中，尋知制誥，充翰林學士，而義山則罷幕失職，鬱鬱北歸，此正所謂『斑竹嶺邊無限淚，景陽宮裏及時鐘』也。馮氏因『高唐十二峰』之語，而定此詩為是年經巫峽時所作，殊誤，曰『豈知為雲為雨處，只有高唐十二峰』，詩人明明不在其中。

岳陽樓

漢水方城帶百蠻①，四鄰誰道亂周班②？如何一夢高唐雨③，自此無心入武關〔一〕④？

〔一〕「心」，悟抄作「人」，非。

①【程注】《左傳》：「楚國方城以為城，漢水以為池。」《東都賦》：「內撫諸夏，外綏百蠻。」【按】方城，山名，在今河南葉縣南。「方城以為城」指以方城山為城。

②【程注】《左傳》：「諸侯守在四鄰。」又：「齊人餼諸侯，使魯次之。魯以周班後鄭。」【紀曰】《左傳》稱諸侯戍齊，使魯為班，魯以周班後鄭。「周班」字本此。言楚之強橫，四鄰諸侯無敢議其亂周之班者也。殊不成語。

③【朱注】《高唐賦序》：「昔者先王嘗遊高唐，夢見一婦人，曰：妾巫山之女也，旦為朝雲，暮為行雨。」【馮注】《神女賦序》：「襄王使玉賦高唐之事，其夜王寢，果夢與神女遇，其狀甚麗。」

④【朱注】武關，秦劫楚懷王處。《漢書注》：「武關，秦南關，通咸陽。」《一統志》：「在商縣東一百八十里。」【程注】《史記·楚世家》：「楚懷王入武關，秦伏兵絕其後。」【馮注】《史記索隱》曰：「《左傳》云：『通於少習。』杜預以為商縣武關。」此謂襄王不入關攻秦而報父仇。

【何曰】題有誤。又曰：可知古人題目只在即離之間。又曰：責襄王荒淫而忘父。（以上三條，均見《輯評》朱批，是否均何氏評，未可定。）

【姚曰】此詩似有為而發，以色荒忘父仇，特借題起意耳。

【屈曰】言楚有如此之江山，而荒淫亡國，可為永戒也。

【程曰】此與前一首（按指同題七絶『欲為平生』首）不同，乃論史之作，謂楚襄王忘秦劫懷王之讎也。秦昭王約懷王會武關，遂與西至咸陽。懷王子襄王立三年，而懷王卒於秦，楚人皆憐之。然則襄王之當報父讎明矣。及襄王七年迎婦於秦，秦楚復平，是則以一婦而忘其不共戴天，襄王何如人哉！義山登岳陽樓，觀其地足以用武，憶其事竟以忘讎。起句『漢水方城帶百蠻』者，謂巫、黔諸郡皆楚疆，其地最廣也。次句『四鄰誰道亂周班』者，周之封建，班列可考，今諸侯相攻，秦竟劫楚，誰復有辨其紊亂舊章者耶？三句借用高唐神女以喻迎婦之事。結句責其遂與秦平也。此詩之風旨也。按高唐神女事，為楚懷王，宋玉本賦序所謂『昔者先王』是也。古人誤作襄王，承襲已久。義山他詩亦云：『料得也應憐宋玉，一生唯事楚襄王。』皆因譌而傳譌也。

【馮曰】借慨一自婚於茂元，遂終身不得居京職也，豈漫責楚襄哉！

【紀曰】此是登樓見山川形勢，偶然觸起當日楚王以如此地利而不能報秦故云爾也，然殊無取義。四家曰：『可見古人作詩，題目只在即離之間。』此説甚是，作詩看詩皆不可不知此意。（《詩説》） 無所取義，其指未詳。（《輯評》）

【張曰】此亦寓屬意李回湖南幕府之慨也。結言自婚於王氏，久依李黨，自此不復再入令狐門館也。時子直内召在京，故以入武關暗喻。其後屢啟陳情，真非始願所及矣。馮注謂：恨從此沈淪關外也。説亦可通，但與『無心』二字不合。『無心』者，不願之意，非不能也。似余説較長。亦可悟義山初心始終在李黨矣。大可與『萬里風波』等篇參證。（《辨正》。《會箋》改從馮説）

【按】馮説穿鑿附會不可從，張氏已辨其與『無心』不合，甚是。義山因婚於王氏而受擯，與楚襄因『夢高唐』而忘父讎，性質迥異，豈容比擬？且如馮説，首二直為毫無意義之游辭。顧張説穿鑿更甚，以『入武關』為『入令狐門館』，如此比附，豈復成詩？何、姚、屈、程諸家，就詩解詩，尚稱切實，程箋尤詳贍（解次句微誤，當依紀解）。然謂其止於論史，似未能充分發明詩意。按義山《題漢祖廟》云：『乘運應須宅八荒，男兒安在戀池隍？君王自起新豐後，項羽何曾在故鄉！』贊『宅八荒』而貶『戀池隍』，此詩則責『夢高唐』而『無心入武關』，意致頗為相近，似均借詠懷古跡寓慨時君之沉湎聲色而乏遠圖。題為『岳陽樓』者，或因登樓覽眺，荆楚百蠻之地，極目千里，遂生感慨。『觀其地足以用武，憶其事竟以忘讎』，二語得之。詩當作於桂管歸途，味『無心入武關』語可見。《雲谿友議》卷上載：『故李太尉德裕鎮渚宫，嘗謂賓侶曰：「余偶欲遥賦《巫山神女》一詩，下句云：自從一夢高唐後，可是無人勝楚王？晝夢宵征巫山，似欲降者，如何？」段記室成式曰：「屈平流放湘沅，椒蘭友而不争，卒葬江魚之腹，為曠代之悲。宋玉則招屈之魂，明君之失，恐禍及身，遂假高唐之夢，以惑襄王，非真夢也。我公作《神女》之詩，思神女之會，惟慮成夢，亦恐非真。」李公退慚，其文不編集於卷也。』德裕此詩下二句與商隱詩語頗相似，作時（當在會昌六年四月至十月間）亦相去不遠，似有某種聯繫，録此以備考。

同崔八詣藥山訪融禪師①

共受征南不次恩②，報恩唯是有忘言③。巖花澗草西林路④，未見高僧且見猿〔一〕。

〔一〕『且』，朱本、季抄作『只』。【按】『且』亦『只』也。

集注

①【道源注】《稽古略》：『藥山在澧州，惟儼禪師為初祖，太和六年入寂。』融禪師或其後也。【馮注】唐伸撰碑銘，惟儼終於文宗嗣位明年十二月，非六年也。崔八、崔珏未可合一，詳《送崔珏往西川》。《隋書·志》：『澧陽郡澧陽縣有藥山。』【張曰】《補編》有《為滎陽公桂州補崔兵曹攝觀察巡官牒》云：『兵曹出於華胄，早履宦途。』必此崔八，惜其名不可考矣。

②【朱注】杜氏《通典》：『征南將軍，漢光武建武二年置，以馮異為之。』【馮注】《後漢書·紀》：『光武建武二年，以廷尉岑彭為征南大將軍；五年，以偏將軍馮異為征西大將軍。』按：《彭傳》屢稱征南，《異傳》並無

此號，《通典》則謂征南將軍，光武二年以馮異為之也。《晉書》：『羊祜為征南大將軍。』此亦為征南之最著者。【按】『征南』指鄭亞。以『征南』稱亞，猶以『征東』稱盧弘止（鎮徐州），以『征西』稱王茂元（鎮涇原）。不次，不拘常次。《漢書・東方朔傳》：『待以不次之位。』注：『不拘常次，言超擢也。』商隱在鄭亞幕，任支使當表記，地位僅次於觀察使、副使、判官，故云『不次恩』。然句意則兼己與崔八言之。

③【程注】庾信《佛龕銘序》：『昔者如來追福，有《報恩》之經。』《莊子》：『言者所以在意，得意而忘言。』【馮注】《高僧傳》：『惠可立雪斷臂，求法於達摩。達摩曰：「我法一心，不立文字。」』【按】此『忘言』謂恩重而難以語言表達，難以尋常方式圖報，唯有『忘言』，祈佛法報之而已。

④【朱注】《高僧傳》：『沙門慧永居在西林，與慧遠同門遊好，遂邀同止。刺史桓伊以學徒日衆，更為遠建東林寺。』【馮注】《蓮社高賢傳》：『西林法師慧永，太元初至尋陽，乃築廬山舍宅為西林。』按：『慧』一作『惠』。

【何曰】縈紆鬱悶，四句中多少曲折。（《讀書記》）

【姚曰】末句正是忘言境界。

【屈曰】己與崔八同受征南不次之恩，惟有忘言，欲以佛法報之。不意行盡山路，不見高僧，惟聽猿鳴，為之腸斷也。

【程曰】題為訪僧，而詩則懷征南之恩，當是為柳仲郢節度東川，故稱之曰『征南』。仲郢厚遇義山，甚至憐其羈孤，賜以樂人；因其寫經，親為撰記，其稱不次之恩尤允。藥山為澧州地，在東川部內（按程説誤，澧州屬江南西道）。融禪師或為仲郢所信崇者，故義山同崔八詣之。崔八當即文集中為東川崔從事福作謝啟者，蓋幕下同事也。詩云『共受征南不次恩』，謂己與崔福懷舊德也。『報恩惟是有忘言』，謂仲郢貶官雷州，已與崔福莫能為之申理也。下二句即韓昌黎所謂以妄塞悲者，言惟有尋覓高僧，為祈冥福，乃復不遇，空過西林，但見猿在林間，令人腸斷而已。此即《九歌》『猿啾啾兮狖夜鳴，思公子兮徒離憂』之義也。

【馮曰】山境在澧州、朗州之間，洞庭湖之西也，其東南至長沙四百里，北至江陵三百里，故解者謂桂管歸途之作。今細參前後事跡，此說定是。

【紀曰】紆紆曲曲，一步一折，語凡三轉，用意最深，然深處正是其病處。末二句尤不成語。（《詩說》）

【張曰】前二句已說明正意，故結句以含蓄不露作收，此正布局妙處。若後路一洩無餘，則是直布袋矣。紀氏謂『詞不達意』，真不知詩之言也。（《辨正》）

【按】玩詩意，崔八似與義山同在桂林鄭亞幕，此次幕罷，與義山同舟北歸。融禪師似亦舊與鄭亞有交往者。首句謂己與崔同受亞之厚遇。次句『忘言』含兩意：感念深恩，固在意而不在言，『忘言』正是感念至深之境界，而感恩圖報，如我之身世落拓者，亦唯有求之於佛法而已。意與《獻寄舊府開封公》末聯『酬恩撫身世，未覺勝鴻毛』有相近處。三四謂訪融禪師不遇。佛法無邊，若得高僧開導，或此心可以稍安，而今巖花澗草之路，唯聞清猿哀鳴，不見高僧之迹，此情何堪！

藥山在洞庭西，似桂管歸途除潭州、江陵外，於洞庭沿岸一帶亦有所逗留。本年初商隱與劉蕡在湘陰黃陵晤別。此時劉蕡或已離澧州員外司户任他往，故詩集中未見與蕡在澧州相遇之跡。

楚吟

山上離宮宮上樓，樓前宮畔暮江流。楚天長短黄昏雨，宋玉無愁亦自愁〔一〕①。

〔一〕『自』，蔣本、姜本作『有』。

①【姚注】宋玉《九辯》：『余萎約而悲愁。』【補】長短，總之。

【何曰】首句言深居隔絶。次句言小人復長其惡也。○長晷短景，但有夢雨，則賢者何時復近乎？此宋玉所以多

愁也。

【姚曰】何況客中！

【程曰】此妓席將離之作也。開口言山言宮，蓋楚之山有巫山，楚之宮有細腰宮也。此興起之端緒也。暮江流者，日月易邁而波濤不返，言其將去也。下用楚天字、雨字，分明以朝雲暮雨之事承之。宋玉則自謂也。宋玉嘗言東鄰之女窺臣三年而不為之動，恐當此際，未免多情，此之謂無愁亦自愁也。

【田曰】只在意興上想見。（馮箋引）

【馮曰】吐詞含珠，妙臻神境，令人知其意而不敢指其事以實之。

【紀曰】淺直。（《詩説》）

【張曰】此亦荆楚感遇之作。『楚天長短黄昏雨』，蓋南方五月梅雨時往往有此景象也。（《會箋》）

【錢鍾書曰】《招魂》：『目極千里兮傷春心。』……合之《高唐賦》：『長吏隳官，賢士失志，愁思無已，太息垂淚，登高遠望，使人心瘁。』二節為吾國詞章增闢意境，即張先《一叢花令》所謂『傷高懷遠幾時窮』是也。……別有言憑高眺遠，憂從中來者，亦成窠臼，而宋玉賦語實為之先。……是以李商隱《楚吟》：『山上離宫宫上樓，樓前宮畔暮江流，楚天長短黄昏雨，宋玉無愁亦自愁』；温庭筠《寄岳州李員外遠》：『天遠樓高宋玉悲』，已定主名，謂此境拈自宋玉也。（《管錐編》八七五頁）

【按】此當是大中二年夏桂管歸途經江陵時作。題曰『楚吟』，地瀕大江，山有離宮，必指江陵無疑。作者宋玉云：『何事荆臺百萬家，惟教宋玉擅才華。』此亦云『宋玉無愁亦自愁』，相互參較，其為同地之作益顯。惟張氏謂『長短黄昏雨』指五月梅雨，則與歸途經江陵時季節不甚符。義山五月已抵潭州，在李回幕當有較長時間逗留；至藥山亦須一定時日，故不大可能五月已至江陵。文集有《為湖南座主隴西公賀馬相公登庸啟》，馬植拜相在大中二年五月己未（廿一日），制書抵潭，當已六月上旬。離潭約在六月上中旬間，抵達江陵約六月下旬。據《偶成轉韻七十二句贈四同舍》叙荆江舟行遇風情況，其時正值長江水漲，與此詩所寫『楚天長短黄昏雨』之景象正合。若夔峽歸途經江陵，已是『霜野物聲乾』之仲秋季候，與此詩所寫景象不符。

詩觸目興感，黯然神傷，純從虛處傳神，義山每有此種神境（《暮秋獨遊曲江》《夕陽樓》《樂遊原》五絶皆此類）。馮云『令人知其意而不敢指其事以實之』，此固緣作者所感本非一事。身世沉淪，仕途坎坷，東西路塞，茫茫無之，值此楚天暮雨，江流渺渺，不覺觸緒紛來，悲涼無限，此所謂『宋玉無愁亦自愁』也。『愁』字雖似虛泛，包蘊則豐，知人論世，其内容自不難體會。

摇落

摇落傷年日①，羈留念遠心。水亭吟斷續，月幌夢飛沉②。古木含風久，疎螢怯露深。人閒始遥夜③，地迥更清砧。結愛曾傷晚④，端憂復至今⑤。未諳滄海路⑥，何處玉山岑⑦？灘激黄牛暮〔一〕⑧，雲屯白帝陰⑨。遥知霑灑意，不減欲分襟⑩。

〔一〕『激』，席本作『急』。

集注

①【補】宋玉《九辯》：『悲哉秋之為氣也！蕭瑟兮草木搖落而變衰。』

②【馮注】《文選・雪賦》：『月承幌而通輝。』《莊子》：『夢為鳥而厲乎天，夢為魚而投於淵。』《後漢書・李膺傳》：『偃息衡門，任其飛沉。』陸雲《為顧彥先贈婦》詩：『山海一何曠，譬彼飛與沉。』【程注】鮑照詩：『月幌垂霧羅。』陸機《悲哉行》：『寤寐多遠念，緬然若飛沉。』

③【馮注】《楚詞・九辯》：『靚杪秋之遥夜兮，心繚悷而有哀。』應璩詩：『秋日苦短，遥夜綿綿。』

④【程注】王筠詩：『同衾遠遊玩，結愛久相離。』【馮注】秦嘉《贈婦》詩：『歡會常苦晚。』

⑤【馮注】謝莊《月賦》：『陳王初喪應、劉，端憂多暇。』

⑥【馮曰】以入海求仙比入朝。

⑦【馮注】謝朓詩：『若遺金門步，見就玉山岑。』餘見《玉山》。

⑧【朱注】《水經》：『江水又東逕黃牛山。』注：『下有灘，名曰黃牛灘。南岸重嶺疊起，最外高崖間有石如人，負刀牽牛，人黑牛黃，成就分明。行者謡曰：「朝發黃牛，暮宿黃牛。」言水路紆深，迴望如一矣。』《宜都記》：『自黃牛灘東入西陵界，至峽口一百餘里。』【馮曰】過下牢次黃牛廟，過諸灘，及抵秭歸縣界，尚見黃牛灘。詳放翁《入蜀記》。

⑨【朱注】《郡國志》：『公孫述據蜀，自稱白帝，號魚腹為白帝城。』【馮注】《郡國記》：『公孫述至魚腹，有白龍出井中，因號魚腹為白帝城。』《通典》：『夔州雲安郡、奉節郡漢魚腹縣地，有白帝城。』

⑩【朱注】杜甫詩：『不堪垂老鬢，還對欲分襟。』【馮注】謂爾當遥知我相思之苦不減初別也。【按】馮注非，詳箋。分襟，猶分袂，離別。

【何曰】蘊藉之至。（《輯評》）

【徐德泓曰】此亦在蜀之詩。前十句，俱叙羈思離情，而其中『古木』四句，兼點入悲秋意也。『未諳』以下，言不知帝京何在，而惟覺灘激雲屯，道路淹阻。其涕零處，一如傷別之苦矣。

【姚曰】首四句，因摇落而傷舊遊。『古木』四句，正舊遊處摇落之況。『結愛』四句，言相合甚難，相違甚易，不知相聚在何時也。末四句，叙己客遊之地，而念故人應同此愁緒耳。

【屈曰】一段摇落之感，二段摇落之景，三段摇落之情，四段情景合結。

【程曰】此與《梓州府罷》同時之作。詩中有黄牛峽、白帝城，地近梓州；又有『欲分襟』語，自為府罷也。以『摇落』命篇者，用宋玉《九辯》悲秋之義，以自道其坎壈失職而志不平也。

【馮曰】此寄内詩也。『結愛傷晚』者，久為屬意而成婚遲也。『端憂至今』者，數年閑居愁苦，赴桂又不久，行者居者皆含愁也。『未諳』二句，謂未得入仕中朝而家室聚也。的是此時（指大中二年秋）途次所寄。味其意態，似小有羈留之況。又曰：文集《為李貽孫啟》以全力赴之，必故交之深者。貽孫會昌五年為夔州刺史，大中二三年或尚在夔乎？

【王鳴盛曰】（馮浩）此箋甚確，知桂府後，東川前，鑿有此一段行跡。（馮注初刊本王氏手批）

【紀曰】蒙泉評曰：五六蘊藉之極。　情調殊佳。格雖不高，而亦不卑。（《詩説》）　語極濃至，佳在不靡。（《輯評》）

【張曰】詩多遲暮羈孤之感，必梓府將罷時作。午橋箋良是。結謂定知衰頽之淚，不減别離之苦，泛言之也。謂

寄内者誤。（《會箋》）

【按】此篇繫年歧異。程、張均謂梓州府罷時作，然詩言『羈留念遠』，羈留之地，明在白帝、黄牛之間，而梓州距白帝近千里，夔州又非東川節度轄地，幕罷之際，忽於夔峽之地羈留，殊不可解（罷幕歸京，亦非取道夔峽）。

綜觀全詩，當是詩人羈留夔峽時悲秋懷遠之作。所懷之人，視『結愛』之語，似為其妻王氏。《戲贈張書記》詩以『古木含風久』襯起張書記與其妻室兩地相思之情，本篇亦用此語，似可視為此詩係懷内之作之一旁證。通釋之，則『摇落』二句，一篇之綱，以下即念遠之情與摇落之景夾寫。『水亭』二句，承『念遠』遥想對方因懷念遠人而水亭吟詩，月幌尋夢情景。王氏居洛陽崇讓宅，有東亭、西亭，或即所謂水亭也。『古木』四句，寫夔峽秋夜摇落清寥之境，而已之羈留念遠之情亦寓其中。『結愛』四句，謂已與王氏已傷結愛之晚，復因羈宦遠別而端憂至今，帝京宫闕，如蓬萊、玉山仙境，欲尋無路，欲上無梯，『摇落』『羈留』之情一齊寫出。『灘激』二句，夔峽即景，點明羈留之地。末聯結『念遠』，謂遥想對方此際因懷遠而霑襟灑淚，其哀傷當不減於分别之時也。

據『結愛曾傷晚，端憂復至今』二語，此詩當非義山與王氏結褵後不久所作。王氏未亡故前，義山出遊南方惟大中初桂管之行。馮、張大中二年巴蜀之游説雖不能成立，然是年秋義山桂管歸途中曾折向夔峽一帶並稍作逗留，則並非毫無可能。楊柳《李商隱評傳》亦主桂管歸途滯留荆巴之説，並謂『義山此次入蜀，從地區言，没有超出長江沿岸的夔峽一帶；從時間言，没有超過兩個月。……他的入蜀，實際上還是在（荆南節度使）鄭肅的管轄地區。』此説似大體可信。蓋是年三四月間，義山因鄭亞貶循離桂北歸，五月已在潭州，有潭州、楚宫諸詩可證。『流連湘幕，當滯旬時』（岑仲勉《平質》），自潭續發，抵達江陵，亦不過六月中下旬。而自荆南續發時已是『霜野物聲乾』（《楚澤》）之仲秋景象，其間應有兩月左右之間隙，在此期間，折向夔峽一帶稍作遊覽逗留，自不無可能。江陵至夔州水程七百餘里，上水約需半月至二十天。如商隱七月初啟程，七月二十左右可抵夔州。在夔州有所羈留，十餘天後即已八月，與《摇落》詩所寫『疎螢怯露』『始遥夜』之景象正合。作《摇落》詩後不久，商隱即乘舟順流東下，沿途作《過楚宫》《風》《江上》諸詩（見後），抵達江陵時已是八月中下旬。自江陵續發，有《楚澤》《漢南書事》《歸墅》《陸發荆南始至商洛》《九月於東逢雪》《商於》《夢令狐學士》諸詩，到商洛一帶已是『四海秋風闊』之深秋景象，由于早寒，九月間就遇到雪。抵達長安，約在九月末十月初。時間上正可銜接。

過楚宫

巫峽迢迢舊楚宫①，至今雲雨暗丹楓。微生盡戀人間樂〔一〕，只有襄王憶夢中。

〔一〕『微生』，【何曰】『微』作『浮』。（《讀書記》）【馮曰】『微』，一作『浮』。【按】各本均作『微』。

①【馮注】《舊書·志》：『山南東道夔州，本巴東郡屬縣，有巫山，以巫山峽為名。』《水經注》：『江水又東逕巫峽，杜宇所鑿，以通江水。』《寰宇記》：『楚宫在巫山縣西北二百步，在陽臺古城内，即襄王所遊之地。』

【按】杜甫《詠懷古跡》（其二）云：『最是楚宫俱泯滅，舟人指點到今疑。』則題所謂楚宫者，特其故址耳。

【謝枋得曰】高唐雲雨本是説夢，古今皆以為實事，此詩譏襄王之愚，前人未道破。（轉引自《唐詩品彙》）

【鍾惺曰】（末句）亦笑得呆人妙。（《唐詩歸》）

【陸時雍曰】説意之過。（《唐詩鏡》）

【徐德泓曰】明醒出『夢』字，其為虚境可知。曰『盡戀』，曰『只有』，言但可自愚，而不足以惑世也。此與上章（按：指《有感》詩，詩中有『却是襄王夢覺遲』之句）命意又别。每見誦者，將兩首後二語合成水乳，俱謂桑濮之音，毋乃不求甚解乎！

【姚曰】反唤妙絶。微生那一個不在夢中，却要笑襄王憶夢耶？請思『只有』二字，還是唤醒襄王，還是唤醒衆生？

【屈曰】辭氣似刺襄王，其實作者自有寄託，不可呆講。

【馮曰】自傷獨不得志，幾於哀猿之啼矣。

【紀曰】寓感之作，亦無佳處。（《詩説》）　此以寓悼亡之意。（《輯評》）

【姜炳璋曰】亦弔古也。雲雨時有，而襄王歸之神女；人間樂事，而襄王索之於夢中，皆可笑也。凡怪事，當以常理破之。

【俞陛雲曰】唐人有詠襄王詩云：『楚峽雲嬌宋玉愁，月明溪静隱銀鉤。襄王定是思前夢，又抱霞衾上翠樓。』與此詩第四句合觀之，若僅言襄王之幻境留連，樂而忘返。然合此詩三、四句觀之，則人生萬象當前，刹那間皆成泡影，有何樂之可戀？而世人不悟，不若迷離一枕，與世相遺，作者其有出世之想，借襄王為喻也。

【張曰】此楚宫在巫峽，非他篇虚擬之比，巴閬歸途作。自悲人生無味，不如夢中之樂也，哀痛極矣。（《會箋》）又曰：篇中含味無窮，若悼亡詩，必更帖切，不如是之泛博也。細玩自見。余亦過經人世炎凉之人，每誦此詩，輒神不怡，幾若為余發者。文字感人，一至此耶？○詩意與《亂石》一首同，皆途窮痛哭也。深慨人世險巇，一無可以留戀，不如夢中尚得安静片刻耳。讀之使人輒唤奈何！非曾經憂患，不識此味也。必非悼亡之詩，紀評强解可笑。（《辨正》）

【郝世峰曰】巫山神女之美麗，……是無與倫比的。她那縹緲恍惚、超塵絶俗的仙人風度，尤其令人神往。可是世人中又有幾個能够認識並愿意去追求這種妙臻神境的美呢？他們只知迷戀平庸的世俗之樂，却不了解追求更高更美的境界才是人生的最大樂趣。……襄王的至情，是庸人不能理解的。在庸俗氣氛的包圍中，襄王没有知音，他的精神在寂寞中燃燒，在寂寞中求索，然而，也唯有他才真正懂得美。……李商隱嚮往超遠高潔的境界，但是無人了解他，反而遭到漠視、歪曲、猜忌。……他始終珍視自己那美好的理想，與排斥他的人是兩樣情懷，既高潔、驕傲，又寂寞，苦悶。……詩人的人生經驗同故事的情境相複合、重疊，産生了融匯着多種感情的『微生盡戀人間樂，只有襄王憶夢中』的瞬間聯想。這一聯想，同評價楚襄王毫無關係，只是詩人自己對人生的感歎。（《李商隱七絶臆會》）

【按】此大中二年秋自夔州順江東下，過巫峽有感于襄王夢遇神女事而作。詩所表現者，係一種幻滅中之執着追求。陽臺神女之夢，美好而虚緲。然『襄王』則執意以求，且長憶而不忘。此實義山一生追求、幻滅、再追求、再幻滅之心路歷程及悲劇性精神之寫照。『神女生涯原是夢』『顧我有懷如大夢』『一春夢雨常飄瓦』，此為義山對人生追求幻滅之經常性體驗。其可貴處正在儘管屢次幻滅，仍執着追求不已。

久已泯滅之楚宫舊址，雲雨籠罩丹楓之迷離景象，為『憶夢中』創造出典型氛圍，使後幅所抒寫之蘊含人生哲理之情思更耐咀味。

楚宮〔一〕

十二峰前落照微①，高唐宮暗坐迷歸②。朝雲暮雨長相接，猶自君王恨見稀〔二〕。

〔一〕原題『楚宮二首』，才調集選第二首（月姊曾逢下彩蟾），題作『水天閑話舊事』，戊籤從之。他本多作『楚宮二首』，唯影宋抄題内無『二首』二字。今從才調集，將第二首改題『水天閑話舊事』，附於此首之後。

〔二〕『自』，馮引一本作『是』。

①十二峰，見前《深宮》注③。

②【補】高唐，戰國時楚國宮觀名，在雲夢澤中。參前《岳陽樓》（漢水方城帶百蠻）注③。

【《輯評》朱批】言外見獨於賢才不然耳。

【姚曰】見干寵者之無已也。

【屈曰】人間之久別，恨更如何？

【程曰】紅豆相思之曲也。前一首悵望其不得頻見。

【馮曰】今玩七絶，託意未明，要異于七律（指『月姊曾逢下彩蟾』首）之用意。

【紀曰】前一首寓不見之感，乃從對面加一倍寫出，極有思致，然總是刻意做來，乏自然深遠之味。

【張曰】此與《複壁交青瑣》篇均不得其寄託所在，未敢强解。馮氏謂皆開成五年江鄉之遊寓意所歡，為楊嗣復而發，不知燕臺事與嗣復無涉，集未嘗為嗣復别有詩也。

【按】二首宜分别觀之。七絶似有寓託。《深宫》云：『清露偏知桂葉濃』，『景陽宫裏及時鐘』，『豈知為雨為雲處，只有高唐十二峰』。即此詩所謂『朝雲暮雨長相接』之意。得寵者既已朝暮與君相接矣，而君王猶恨相見之稀，則其顧承恩遇之隆自不待言。《新書·綯傳》載綯『為翰學承旨。夜對禁中，燭盡，帝以乘輿金蓮華炬送還，院吏望見，以為天子來。及綯至，皆驚。』『朝雲』二句，或即因此類現象有感而發，而已之不遇自寓其中。據首句及次句，似是親臨其境即景抒感，故編于《過楚宫》下。

水天閒話舊事〔一〕

月姊曾逢下彩蟾①，傾城消息隔重簾②。已聞珮響知腰細，更辨絃聲覺指纖〔二〕。暮雨自歸山峭峭〔三〕③，秋河不動夜厭厭④。王昌且在牆東住，未必金堂得免嫌⑤。

校記

〔一〕原為《楚宮二首》之第二首，今從《才調集》改題『水天閒話舊事』。當是《楚宮》與《水天閒話舊事》相連，抄刻流傳過程中脱去後首之題，與前首相連，後人遂改題『楚宮二首』。影宋抄于『楚宮』題下列七絶、七律各一首，題内無『二首』二字，猶可見部分原貌。

〔二〕『絃』，律髓作『琴』。

〔三〕『峭峭』原作『悄悄』，一作『峭峭』，據蔣本、戊籤、席本、錢本、影宋抄及《才調集》改。

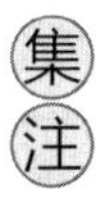

①【何注】月姊，嫦娥也。（《輯評》）

②【何注】《子夜歌》：『重簾持自隔，誰知許厚薄？』

③【馮注】劉蛻《文冢銘序》：『峭峭為壁。』謝靈運詩：『威摧三山峭。』

④【馮曰】神味勝上聯。【補】厭厭，同懕懕，安靜貌。《詩·小雅·湛露》：『厭厭夜飲。』《毛傳》：『厭厭，安也。』

⑤【朱注】樂府：『人生富貴何所望？恨不早嫁東家王。』【何注】《後漢書·逸民傳》：『平原王君公儈牛自隱，時人謂之曰：「避世牆東王君公。」』嵇康《高士傳》曰：『君公明《易》，為郎。數言事不用，乃自汙與官婢通，免歸。』此必實有比儗之事，而不可攷矣。（馮注引）唐人詩：『王昌只在此牆東。』（《輯評》）【道源注】《後漢書》：『桓帝時童謠曰：以錢為室金為堂』。【陳啟源曰】東家王，為盧莫愁詠也。金堂疑指盧家鬱金堂。【馮注】謂近在牆東，嫌疑難免，不我肯即，徒枉然耳。與『隔重簾』緊應。何氏引王君公，以『牆東』字相牽耳。其實牆東猶東家，何可據以强合？王昌必非其人，揔不如闕疑也。又《補注》曰：王君公附見《逢萌傳》，自王莽時至東漢初人，必不可合。余并疑《高士傳》為郎之説，亦不確也。【按】高士奇《天祿識餘》：『王維崔顥韓偓唐彦謙等詩中皆言王昌，其人始末已無可考。』且在，只在，但在。

【范德機曰】想像高唐格。初聯言『曾逢』，又言『重簾』，蓋仿佛音塵之意也。三聯是才情。落聯述王昌故事，其意深也。（《詩學禁臠》）

【朱曰】此以男女託諷君臣之際也。（《李義山詩集補注》）

【馮舒曰】此題集本誤也。（《批點才調集》）

【馮班曰】（『月姊』句旁批）俱説舊事。（同前）

【錢曰】詩中無楚宮意，豈因詞意太顯，故詭託之歟？○『覺指纖』下批：皆隔簾想像語。（《唐音審體》）

【何曰】此篇賦當年貴主之事而不可考矣。（《讀書記》）○三四虛虛實實。五六起『免嫌』，言神女天孫當如此也。○愈寬愈緊，風人譎諫之妙。（《瀛奎律髓彙評》引）

【楊曰】（首句）逗一『逢』字，却反接『隔』。（次句）生下二句。簾是帷簿消息。（三四句）摹擬入微。（五六句）隔。（七句）一句收出。（末句）應轉『逢』字。（《輯評》朱筆行間批，馮引『摹擬入微』作楊評，今從之。）

【胡以梅曰】此直賦其艷情之詞也。言月姊曾經下蟾相逢，今相顧消息隔在重簾之内，但聞珮響絃聲，想像其腰細指纖之妙耳。從行暮雨而神女言歸，山亦為之悄悄寂寥；繼望秋河而知天孫不渡，祇覺厭厭其夜長乎？但恐置身如王昌，在莫愁東家金堂之畔，動他人之嫌，不能永洽歡情也。通身剥皮剔骨，用事展情，出入化境，天隨子所謂暴天物，抉摘刻露，天能致罰，蓋此等題此等詩歟？

【《唐詩鼓吹評注》】此言貴家之姬，美如月姊，自彩蟾而下，重簾相隔，不可得見，但聞環珮之響，已知腰細；辨琴瑟之聲，尤覺指纖耳。若其既去之後，暮雨自歸，巫山悄悄，秋河不動，静夜厭厭，悵美人兮寂寞，隔東牆以相窺。雖處金堂錢室之中，而暫時下來，重簾相隔，終未必得免嫌疑也。義山為人，時稱其詭薄無行，故為當塗所薄，末二句當是謔浪之詞。

【趙臣瑗曰】此亦無題之類。時而秋也，故即以月姊比之。傾城也而曰『消息』，以尚隔重簾，未經覿面之故。三四極寫隔簾消息，思幽致曲，一掃浮艷，可廢《高唐》《洛神》諸賦。五六遂寫其去後，竟未得一見，而已絶無消息矣。末稍帶謔，自是義山本色。

【程湘衡曰】疑主家有安樂、太平之行，故云爾。（殷元勳《才調集補注》引）

【查慎行曰】若不用『暮』字，安知為巫山之行雨？不用『秋』字，安知為牛、女之渡河？作者尚恐晦，於『暮雨』襯『山』字，則巫山愈明；於秋河襯『夜』字，則銀河不混。而於數虛字足消息相隔之意，可謂窮工極巧。

（《瀛奎律髓彙評》引）

【陸曰】（次章）雖以楚宮為題，然細玩全篇，似刺當時貴主之事也。《禮》：『婦人不下堂階。』今曰『曾逢』，有令人見之者矣。又：『内言不出。』今珮響絃聲，有令人聞之者矣。雖暮雨自歸，未諧歡夢；秋河不動，獨處良宵，然重簾咫尺，既有見而聞之者，則牆東之嫌，恐不能為斯人免也。○高青邱『小犬隔花空吠影，夜深宮禁有誰來？』與此同一微言冷刺。

【徐德泓曰】此確是擬豔之詞，非有所喻托者。其題因先有《楚宫》絶句，故連而及也。前半，言相隔而想像之。第五六句，寫其無情，有《漢廣》『江永』之意。結語稍失風人之體。

【陸鳴皋曰】『暮雨』二句，于無情中寫得極其流麗，正詩家筆妙處。

【姚曰】此以男女託諷君臣之際也，見無媒者之自傷。月姊曾逢，傾城遥隔，細腰纖指，彷彿難覩。暮雨自歸，秋河不動，正《楚詞》所謂君可思而不可恃也。然暌隔既久，嫌隙旋生，況王昌近在牆東，金堂豈免遭謗，貞臣誼士，惟有嘿嘿自喻而已。

【屈曰】已逢月姊，只隔重簾，雖未相親，而『已知』『更覺』，亦幾希矣。五六終未相親。然相去咫尺，安能免嫌？不如相親之為愈也。有屈於不知己而申於知己之恨。此結與『《武皇内傳》分明在』意同。

【程曰】此皆紅豆相思之曲也。……後一首籌計其終必相見。文人薄倖，不必有其事，不妨有其詞。

【紀曰】直是無題之屬，誤列於《楚宫》下耳。末二句譏刺之語也，言隔簾不見，徒想像其腰細指纖，惟有失望而歸，悒悒中夜耳，況彼東家自有王昌為所屬意，焉有及我之理耶，分明言其及亂，而但以為不免于嫌，則詩人忠厚之詞也。詩與楚宫不相應，此題（《水天閑話舊事》）有理。（《詩説》）　此寓言遇合之作。（《輯評》）　又曰：通首從次句生出。（《瀛奎律髓刊誤》）

【張曰】或係艷情。（《會箋》）　又曰：後一首當從《才調集》題為《水天閒話舊事》，蓋暗比所思之人，或友人有所戀，暗指此事，與《戲贈》同旨，無庸穿鑿。此本合為一題，不類甚矣。然二首均不詳為何年所賦也。

（《辨正》）

【按】本篇當是艷詩。首聯謂其人如月中嫦娥，昔曾有幸覿面相逢，然今番則重簾相隔，傾城容色無從窺見。次聯因『隔』而生癡想，於珮響絃聲中得其傾城消息之彷彿。腹聯暗示彼則無意，飄然自去，我則有情，永夜不寐。『山峭峭』『夜厭厭』，皆形況永夜寂靜無聲情景。末聯謂我近在牆東，雖隔絶未通，然恐鬱金堂中人亦不得免嫌耳。其人似是貴家姬妾，故語帶戲謔。題稱『水天閒話舊事』，或係雨天與友人話及此段充滿悵惘之舊事，遂筆之於詩。詩中所寫，即想望而不得相親之『舊事』。

風

迴拂來鴻急〔一〕，斜催別燕高①。已寒休慘淡②，更遠尚呼號。楚色分西塞③，夷音接下牢④。歸舟天外有，一為戒波濤。

校記

〔一〕『迴』原作『迥』，據朱本、馮注本改。

①【朱注】沈約《詠風》：『送歸鴻於碣石。』庾肩吾《風》詩：『湘川燕起餘。』【馮注】《禮記》：『仲秋之月，盲風至，鴻雁來，玄鳥歸；季秋之月，鴻雁來賓。』又曰：來鴻、别燕，深秋時令；迴拂、斜催，形容風勢。

②【補】董仲舒《春秋繁露·治水五行》：『金用事，其氣慘淡而白。』句意謂萬物已在寒氣中凋零，風勿吹之使更慘淡凄凉也。

③【朱注】《荆州記》：『郡西泝江六十里，南岸有山，名荆門，北面有山，名虎牙。二山楚西塞。』【馮注】《水經》：『江水又東過夷陵縣南，歷峽東逕宜昌縣北，又逕狼尾灘、黄牛山、西陵峽，出峽東南流逕故城北，又東歷荆門、虎牙之間，過夷道縣北，又南過江陵縣南。』注曰：『荆門在南，上合下開，闇徹山南，有門象虎牙在北，石壁色紅，間有白文，類牙形，並以物象受名。此二山楚之西塞也，水勢峻急。』

④【朱注】《元和郡國志》：『下牢鎮在夷陵縣西二十八里，隋於此置峽州。貞觀五年移於步闡壘，其舊城因置鎮。』【馮注】《新書·志》：『夷陵郡夷陵縣西北二十八里有下牢鎮，有黄牛山』。

【徐德泓曰】此江風也。首二句，言勢。第三句，言色；四句，言聲。五六句，不説風，而中有風象，移不到雨雪境界，正詩家寫神處也。結體老成，必如此，通首方有歸着。

【朱曰】此東行在道之詩。（《李義山詩集補注》）

【陸鳴皋曰】此亦感懷之作。第七句，因上有『歸途』句，故下一『更』字，兩意一串矣。『烟水』二字，仍帶江景，正法之緊密處。

【姚曰】此東行在道之詞。三四承東來，五六承北望。七句言從此更前往也。

【屈曰】前景後情，杜詩多如此。一二高亮有神。

【程曰】此亦桂嶺府罷北歸道中時作，曰『萬里』，曰『北望』可見。

【馮曰】江程寓懷之作。三四左右顧望，下言無所遇合，更向客途，而意在急歸也。

【紀曰】蒙泉曰：三四佳句。

【姜炳璋曰】此亦不得志於時之作。觀落句，猶有餘望。

【按】此自夔峽歸江行寓感之作，當與風五律同時作，而此篇稍在後。『萬里風來』，舟已出峽；『清江北望樓』，指舟行所見江南岸之樓閣。『雲通』句承『北望』，謂路通梁苑；『月帶』句承首句，謂地在荆楚，時值秋令。『刺字』二句暗透曾有投刺干謁之想而未有遇合，故仍向此阻修之歸途（指歸京之途）。末聯緊承『歸途』，收到眼前江上之景，謂前路尚煙水漫漫，征途中毋再淹留也。曰『更煙水』，則舟行雖已出峽，尚未抵江陵之景；曰『豈淹留』，則先時之淹留自包言内，與《搖落》詩『羈留』夔峽之情正合。義山自桂歸京，途中於潭州、江陵、夔州均有逗留，而迄無所遇，故此篇有『刺字從漫滅』『吾道豈淹留』之慨。

聽鼓

城頭疊鼓聲①，城下暮江清〔一〕。欲問《漁陽摻》，時無禰正平②。

校記

〔一〕「清」，戊籤作「晴」。【馮曰】晴則鼓聲更震，似「晴」字佳。【按】「清」字更富遠神。

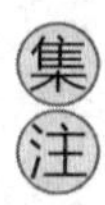

集注

①【朱注】《衛公兵法》：「鼓三百三十三槌為一通。鼓止角動，吹十二聲為一疊。」【馮注】《文選》謝脁詩：「疊鼓送華輈。」善曰：「小擊鼓謂之疊。」【按】此疊鼓泛言鼓聲連續不斷，不必泥。古時客船啟行，常鳴鼓催客。故有下句。

②【馮注】《後漢書》：「禰衡字正平。曹操欲見之，而衡稱狂病不肯往。操懷忿，聞衡善擊鼓，乃召為鼓史，因大會賓客，閱試音節。諸史過者，皆令脱其故衣，更著岑牟單絞之服。次至衡，衡方為《漁陽》參撾，蹀躧而前，容態有異，聲節悲壯，聽者莫不慷慨。進至操前，先解衵衣，次釋餘服，裸身而立，徐取岑牟單絞著之，畢，

復參撾而去。操笑曰：「本欲辱衡，衡反辱孤。」」注曰：『搥及撾，並擊鼓杖也。參撾是擊鼓之法。而王僧孺詩云：「散度《廣陵》音，參寫《漁陽》曲。」自音云：「參，音七紺反。」後諸文人多同用之。據此詩意，則「參」曲奏之名；則「撾」字入於下句，全不成文。下云「復參撾而去」，足知參撾二字相連。而讀參為去聲，不知何所憑也。參，七甘反。』按：此用『《漁陽摻》』，亦承僧孺句耳。字本作『參』。至『摻』字見《詩經·鄭風、魏風》，或後人於此亦加手耳。徐鍇曰：『摻，音七鑒反，三撾鼓也。』亦作去聲矣。【按】摻撾，擊鼓之調。『《漁陽摻》』即『《漁陽摻撾》』（鼓曲名）之省。庾信《夜聽擣衣》詩：『聲煩《廣陵散》，杵急《漁陽摻》。』二句謂欲學《漁陽摻》之鼓調，惜當世無禰衡其人。又，胡仔《苕溪漁隱叢話後集》卷十四引《緗素雜記》考《漁陽摻》甚詳，可參看。

【何曰】正為身似正平耳。（《輯評》）

【姚曰】借鼓聲抒憤懣也。

【馮曰】此遊江鄉作。未定前後何時也。禰衡遇害於江夏，得毋於武昌感歎而作歟？

【紀曰】有清壯之音，以氣格勝。次句着『城下暮江清』五字，益覺蕭瑟空曠，動人遠想，此渲染之法。（《詩說》）

【張曰】疑亦大中二年留滯荆楚時作，非開成江鄉時也。（《辨正》）

【按】何、姚、紀評均是。義山性格，本有剛直不阿、强項不屈一面，觀《任弘農尉獻州刺史乞假歸京》《自況》《偶成轉韻》諸詩可見。然仕途偃蹇，命運多舛，又不得不屈節事人，甚至陳情告哀，希求援引。黄徹謂：『英俊陸沉，强顔低意，趨跖諾虎，扼腕不平之氣，有甚於傷足者。』此論可謂深知義山之内心苦悶。此詩正其長期積鬱孤憤之自然流露。平日所受之屈辱，無從發洩，今日忽聞城頭鼓聲，乃聯想及禰衡擊鼓之事，激發憤世嫉俗、蔑視權貴之情。『欲問』二句，明歎世無禰衡，實慨己空有禰衡蔑視權貴之情，而不能如禰衡之擊鼓辱曹，一洩憤懣也。作年不易確考，張説似較合理。操曾將禰衡遣送荊州劉表，詩有『暮江』字，或即作於大中二年自桂歸京道經江陵時，不必定在江夏也。

楚澤

夕陽歸路後，霜野物聲乾①。集鳥翻漁艇，殘虹拂馬鞍〔一〕②。劉楨元抱病③，虞寄數辭官④。白袷經年卷⑤，西來及早寒〔二〕⑥。

〔一〕『虹』，朱本、季抄一作『紅』。【屈曰】霜夜早寒安得有虹？『紅』是。【按】詩言『夕陽歸路』，所描繪者為薄暮景物，雨後晚晴或近處有雨，殘虹常見。如屬『殘紅』，如何能『拂馬鞍』？『霜野』猶『秋野』。

〔二〕『及』，蔣本、姜本、戊籤作『又』。

集注

①【何曰】第二句伏後早寒。（《讀書記》）

②【何曰】三四是澤中。（《讀書記》）　又曰：三四寫景好。鳥見人至而飛，正見更無他人行此路也。（《輯評》）

③【朱注】劉楨詩：『余嬰沉痼疾，竄身清漳濱。』　【補】《三國志·魏志·王粲傳》：『瑒、楨各被太祖辟，為丞相掾屬。』

④【朱注】《南史》：『虞寄字次安，性冲静有栖遁志。大同中，閉門稱疾，惟以書籍自娛。陳寶應既擒，文帝敕章昭達，發遣還朝。衡陽王出閣，手敕用為掌書記。後除東中郎建安王諮議，加昭戎將軍，寄辭以疾。王於是命長停公事，其有疑議，就以决之。』　【馮注】同上：『寄前後所居官未嘗至秩滿，裁朞月，便自求解退。』

⑤【朱注】《説文》：『袷，夾衣無絮。』亦作裌。《真誥》：『許長史著葛帔單衣白袷。』李賀詩：『白袷王郎寄桃葉。』　【馮注】《急就篇》注：『衣裳施裏曰袷。』潘岳《秋興賦》：『御袷衣。』

⑥【何曰】落句與《逢雪》發端同意。（《輯評》）。按《九月於東逢雪》前幅云：『舉家忻共報，秋雪墮前峰。嶺外他年憶，於東此日逢。』）　【楊曰】謂在桂常暖，經年不着也。（馮注引）

【姚曰】薄寒中人，客途最易生感。斜陽瘦馬，清寂可知。祗因抱病辭官，已歷盡南中之苦，翻以早寒加衣為可

喜也。

【程曰】此初辭幕府，歸途寫懷之作。義山之於楚中，去來蹤跡頗多，最著者為桂州鄭亞判官，嘗使江陵，有《自桂林奉使江陵途中感懷寄獻尚書》詩。然詩中有云：『東道違寧久？西園望不禁。』則奉使旋還，未必遽歸。此當從柳仲郢為東蜀判官。仲郢左遷，遂以廢罷。將歸鄭州，取道楚澤也。史稱義山還鄭州，未幾病卒，詩中『劉楨元抱病』之句可證。平生所佐幕府，河陽、桂州、京兆、東蜀，□□累累，仕宦不進，則虞寄數辭官之句益可信也。（按程氏此箋謬誤甚多，姑録存之。）

【楊曰】從桂入朝途中作。（馮箋引）

【馮曰】午橋以數辭官謂東川罷歸，東川豈常暖哉？桂府之罷，儘可云『數辭官』矣。又曰：以上三首（按指《陸發荆南始至商洛》《歸墅》《楚澤》），或同時，或異時，無可再訂，且類編之。

【紀曰】無甚佳處。（《詩説》）

【張曰】南方常煖，北地早寒，故有末句。『夕陽』『霜野』，只是泛寫景物，不得作深秋解也。（《會箋》）又曰：《於東逢雪》是桂府歸後由東路赴京之作，在此篇之後，與『九日樽前』詩皆一時情事也。馮氏次遊巴蜀於歸東都後，而謂大中三年自蜀入京，而《逢雪》一篇，無從編定，其桂府罷以後之蹤跡全舛矣。何氏此評得之。（《辨正》）

【按】題稱『楚澤』，而詩有『霜野』『漁艇』『馬鞍』等語，當是陸行而傍湖澤，其陸發荆南之首途乎？義山自潭、岳至荆南，係取道荆江，自無所謂『殘虹拂馬鞍』之景象。而荆南向北更遠之地，亦不得再稱『楚澤』。末聯寫南北氣候之異，點明『西來早寒』，亦與涉江後情景相合。

漢南書事①

西師萬衆幾時迴②，哀痛天書近已裁③。文吏何曾重刀筆④，將軍猶自舞輪臺⑤。幾時拓土成王道〔一〕⑥？從古窮兵是禍胎⑦。陛下好生千萬壽⑧，玉樓長御白雲杯⑨。

校記

〔一〕『幾時』，蔣本作『何年』。

集注

①【朱注】《通鑑》：『大中三年二月，吐蕃秦、原、安樂三州及石門等七關來降，詔涇原、靈武、鳳翔、邠寧、振武皆出兵應援。又募百姓墾闢三州七關土田，將吏營田者，官給牛及種糧。其山南、劍南没蕃州縣亦令收復。四年秋八月，發諸道兵討党項，連年無功，戍饋不已，上頗厭用兵。』此詩乃作於其時也。【陸曰】《通鑑》：『党項之反，由邊帥利其羊馬，數欺奪誅殺所致。』宣宗興兵致討，連年無功。此詩當在大中五年命白敏中充招討時

作也。【程注】長孺……訂以為大中四年之作則非。四年義山在徐州，唯三年自桂管入朝乃過漢南耳。【馮注】《爾雅》：『漢南曰荆州。』注曰：『自漢南至衡山之陽。』按：唐時稱山南東道（治所襄州）曰漢南，荆、襄地勢同也。《舊書·紀》《通鑑》：『會昌五、六年，党項攻陷邠寧鹽州界城堡，發諸道兵討之，至大中四、五年，連年無功，戍饋不已。上頗知邊帥欺奪其羊馬，或妄誅殺，党項不勝憤怨，故反，乃以李福為夏綏節度使，面加戒勵。上頗厭用兵，議遣大臣鎮撫，以宰相白敏中充招討行營都統制置等使。定遠城使史元破党項九千餘帳，敏中奏平夏党項平，又奏南山党項亦請降。詔并赦，使之安業。』詩蓋自桂歸途經荆江時作，非書漢南之事。【張曰】馮氏徵考甚詳，是年党項尚未就撫，故詩著拓土窮兵之戒，而望其勿生事四夷也。【按】漢南，指襄陽。文集《補編》有《（為濮陽公）上漢南李相公狀》《上漢南盧尚書狀》，漢南均指襄陽。考義山大中元年赴桂、二年由桂返京，均曾途經襄陽，並分别有《上漢南盧尚書狀》及《獻襄陽盧尚書啟》。此詩當作於二年北歸道襄陽時，詳箋。

②【馮注】党項，西羌也。味詩意當作『幾人』。【按】味下『近已裁』『猶自』『窮兵』等語，自應作『幾時』，不得因與腹聯出句偶重而疑及此。

③【馮注】《漢書·西域傳》：『上乃下詔，陳既往之悔，曰：「輪臺西於車師千餘里，迺者貳師敗，軍士死略離散，悲痛常在朕心。今請遠田輪臺，欲起亭隧，是擾勞天下也，朕不忍聞。」贊曰：『孝武末年，棄輪臺之地，而下哀痛之詔，豈非仁聖之所悔哉！』【按】此必當時宣宗有暫罷征討党項之詔，義山桂管歸途，適於漢南見之，故題作『漢南書事』。『裁』，猶『作』。

④【朱注】《漢書贊》：『蕭何、曹參，皆起秦刀筆吏。』【姚注】《賈誼傳》：『俗吏之所務，在於刀筆筐篋，而不知大體。』【何注】第三責宰相也，用汲長孺刀筆吏不可為公卿語。（《讀書記》）【馮注】《史記·馮唐傳》：『上功莫府，一言不相應，文吏以法繩之。吏奉法必用，賞太輕，罰太重。』又《李廣傳》：『大將軍使長史急責廣之幕府對簿，廣曰：「廣年六十餘矣，終不能復對刀筆之吏。」遂自剄。』《漢書·胡建傳》：『失理不公，用文吏議，不至重法。』【紀曰】蕭何主關中饋餉，故漢祖藉以有功。在内無此人，將軍在外何益乎？此非輕何之辭，

勿泥刀筆二字。【按】紀解是。句意謂『何曾重用如蕭何之類的文吏』，故下句云然。此即『但須鸑鷟巢阿閣，豈假鴟鴞在泮林』之意，為義山之一貫觀點。

⑤【朱注】《漢書·西域傳》：『自燉煌西至鹽澤，往往起亭，而輪臺、渠犁皆有田卒數百人，置使者校尉領護，以給使外國者。』輪臺在車師國西北千餘里，渠犁在輪臺東北。【馮注】《漢書·李廣利傳》：『烏孫、輪臺易苦漢使。貳師行，兵多，所至小國莫不迎，出食給軍。至輪臺不下，攻數日，屠之。』師古曰：『輪臺亦國名。』《舊書·志》：『隴右道北庭都護府有輪臺縣，有輪臺州都督府。』此聯謂無人案責邊將之罪。又補注曰：二句謂不力戰而玩寇自逸，徒令生民被害。【按】『舞』字暗譴邊將玩兵。曰『猶自』，則是詔書雖裁而邊兵未息。

⑥【程注】《吴都賦》：『拓土畫疆，卓犖兼并。』【馮曰】味詩意，『幾時』二字誤。【按】『幾時』即『何時』『何代』之意，不誤。義山偶疏，致『幾時』二字重出，然其意自明，用字亦愜。

⑦【馮注】《魏志·王朗傳注》：『車駕既還，詔三公曰：「窮兵黷武，古有成戒。」』枚乘《奏吴王書》：『福生有基，禍生有胎。』【程注】延篤《與段熲書》：『知窮兵極遠，大捷而返。』【補】《三國志·吴志·陸抗傳》：『而聽諸將徇名，窮兵黷武，動費萬計，士卒雕瘁，寇不為衰，而我已大病矣。』

⑧【朱注】《樂府·射烏辭》：『陛下壽萬年，臣為二千石。』【馮注】《書》：『好生之德，洽於民心。』稱觥上壽，本《詩·豳風》。《漢書·倪寬傳》：『臣寬奉觴再拜上千萬歲壽。』

⑨【馮注】玉樓在崑崙，白雲亦仙事，即瑶池宴飲之義。【補】玉樓，指神仙居處。白雲杯，仙家所用酒杯。古稱仙鄉為白雲鄉（《莊子》：『乘彼白雲，至於帝鄉』），故云。

【王夫之曰】大有宛折，但露鋒芒，《百一》以來，不乏此製。（《唐詩評選》）

【朱曰】此在漢南感時事而作也。（《李義山詩集補注》）

【何曰】此指討党項事。（《讀書記》）又曰：『猶自』呼下『幾時』。哀痛天書，徒為文具口論，王道亦碌碌隨刀筆，不肯正議息兵，坐釀國家之禍。吾君老矣，奈何不亟圖所以善其後乎？（《輯評》）

【陸曰】党項本西羌種，故曰『西師萬衆幾時迴』也。時上頗厭用兵，特選儒臣以代邊帥之貪暴者，臨行，復面加戒勵，故曰『哀痛天書近已裁』也。三句是責相，四句是責將，言刀筆吏既不可為公卿，而師武臣復養寇以邀賞，國是尚可問乎？時又募百姓墾辟三州七關土田，并山南、劍南没蕃州縣，亦令收復，故曰『幾時拓土成王道』也。大中三年，吐蕃等州來降，詔諸道出兵應援，兼以党項之役，戍饋不已，故曰『從古窮兵是禍胎』也。結言幸而天心厭亂，允崔鉉之議，遣大臣鎮撫，將兵端自此獲息，而一念好生，可長享太平之福矣。

【陸鳴皋曰】大中初，李在嶺表，時涇原等處皆出兵納吐蕃降地，募民開種。又連年討党項無功，上頗厭兵，故作此詩。前半言天子已有哀痛之心，而奈何文臣武將尚皆以此為事乎！『舞』字更精，言不憂而反樂也。五六句，謂無益而有損。末則頌美其君，而願其竟罷耳。

【姚曰】此義山在漢南感時事而作也。……西師萬衆，連兵累歲，天子非無哀痛之辭，乃文吏之刀筆斂手，將軍之驕蹇自如。師老財匱，禍胎不細，惜未有以好生之德感悟主心者也。

【屈曰】西師無功，天子將下詔息兵矣。文吏無才，將軍兒戲，如何能拓土，亦徒結禍胎耳。如果有輪臺之悔，國祚綿長，理當然矣。

【程曰】《唐書》稱宣宗精於聽斷，而以察為明，無復仁恩之意。結句云『好生千萬壽』，蓋望其加恩四海，以綿國祚，亦臣子忠愛之義也。

【紀曰】拓土窮兵是正面，而以對『哀痛天書』言之，則借為反襯也。結句就『哀痛天書』作收，極直極曲，可謂之婉而章矣。　複兩『幾時』，雖不害為好詩，如西子捧心，不得謂之非病。（《詩説》）

【方東樹曰】起二句叙事，峥嵘飛動起棱。次二句議，言文武非人。五六做明。收應次句。宣宗大中四年，討党項，連年無功，戍饋不已。上頗厭用兵。政府不言，武將貪功。先君曰：『三四言刀筆為相，不知大體。收頌美宣宗，深罪將相，言帝好生，定獲天祐也。』樹按：收句語意支離。（《昭昧詹言》）

【按】此詩作年，朱氏引《通鑑》大中四年八月『發諸道兵討党項，連年無功，戍饋不已。上頗厭用兵』等語，以為當作於其時。馮、張雖改繫大中二年桂管歸途，然仍引大中四、五年之事以證宣宗『頗厭用兵』，且以漢南為荆州，似均未洽。按《通鑑》大中四年於『党項為邊患，發諸道兵討之，連年無功，戍饋不已』下接書『右補闕孔温裕上疏切諫，上怒，貶柳州司馬』，臣下勸諫，猶怒而貶之，則其時必無『哀痛天書近已裁』之事可知。是年冬十一月，以劉瑑為京西招討党項行營宣慰使，十二月，又以鳳翔節度使李業、河東節度使李拭並兼招討党項使，足見討党項事尚在繼續。直至大中五年春，方以李福為夏綏節度使，選儒臣以代邊帥之貪暴者；且以党項久未平，頗厭用兵，從崔鉉建議，遣大臣鎮撫。然白敏中三月任招討党項行營都統，四月即因定遠城使史元破党項九千餘帳而奏党項平，八月，又赦南山党項。然則大中五年三月充招討時，並無『哀痛天書』之下，而八月南山党項請降後，又無『西師萬衆幾時迴』之事。且題云『漢南書事』，詩必作於襄陽。而大中四年，義山在徐州及汴州；大中五年，義山在汴、入京、赴蜀，均未涉足漢南。是以知詩之必作於大中元、二兩年内。而大中元年秋所作《城上》詩，有『邊遽稽天討，軍須竭地征』之語，所指即討党項之事，故知此年並無『哀痛天書近已裁』之事。則可推知，此詩當作於大中二年桂管歸途經襄陽時。自會昌五年討党項以來，至此已歷四年，故有『窮兵』之慨。味詩意，似當時宣宗或有罷征之議，或竟有罷征之詔，而邊將邀功自利，實未認真執行，故有『西師萬衆幾時迴』『將軍猶自舞輪臺』之語。將之所以猶自玩兵，不特因朝無良相，實亦因君主拓土之意未已，『哀痛天書』亦徒具文而已。故此詩雖似歸美宣宗好生之德，實借徒有『哀痛天書』之舉而征討未已，暗諷其有窮兵拓土之意也。紀評其『婉而章』，殊得詩人用心。

贈田叟

荷蓧衰翁似有情①，相逢攜手遶村行。燒畬曉映遠山色②，伐樹暝傳深谷聲。鷗鳥忘機翻浹洽③，交親得路昧平生。撫躬道直誠感激④，在野無賢心自驚⑤。

①【補】《論語·微子》：『子路從而後，遇丈人，以杖荷蓧（古代除草用具）。子路問曰：「子見夫子乎？」丈人曰：「四體不勤，五谷不分，孰為夫子？」植其杖而芸。』

②【朱注】《韻會》：『畬，火種田也。』杜甫詩：『燒畬度地偏。』【馮注】《雲谷雜記》：『沅、湘間多山農家，植粟崗阜。欲布種時，則先伐其林木，縱火焚之，俟其成灰，即布種於其間，所收必倍，史所謂刀耕火種也。』《農書》：『荆楚多畬田，先縱火熂爐，候經雨下種，歷三歲，土脈竭，復熂旁山。熂，爇火燎草；爐，火燒山界也。』

③【朱注】《列子》：『海上有人，每旦從鷗鳥遊，鷗之從者百數，其父令取來，鷗鳥舞而不下。』本集《太倉箴》：『海翁忘機，鷗故不飛。』

④【錢良擇曰】不覺有感，信口説出，妙在突然。（馮注引）

⑤【程注】《書》：『野無遺賢。』【何曰】落句言我以直不為時俗所容，亦擬從此叟以老。得路者竟使君子在野，恬然漠然乎？『心自驚』三字諷刺深妙。又曰：佳在落句，不當賞腹連。【馮曰】二句緊接交親之得路者。《新書·姦臣傳》《通鑑》：『明皇欲廣求天下之士，命一藝以上皆詣京師。李林甫恐斥其姦惡，言草野未知禁忌，恐汙聖聽，乃令郡縣精切試練，送省，委尚書試問，御史中丞監總，遂無一中程者。』此暗用其意。言躬懷直道，感激不平，彼妒賢嫉能，妄謂在野無賢，安得不令我驚心哉！語似晦而意甚悲，略以『野』字映帶田叟耳。舊解皆謬。

【陸曰】此叟賢而隱於田間，故義山贈之以詩。言此荷蓧之衰翁，相逢在野，攜我繞村而行，似非無情者。燒畬伐樹，皆田家所有之事，寫來却自韻致。以下贊其人品之高也。鷗鳥忘機，與為浹洽；交親得路，如昧平生，殆所謂確乎不拔者耶？向意明盛之世，野無遺賢，乃今見叟而不覺心為之驚矣。

【姚曰】此感交親之不如田叟也。人生相與，最可恨是無情，失路則相依，得路則相棄，所謂無情也。荷蓧衰翁，本非舊識，而攜手遶村，歡然相契，但見遠山映燒畬之色，不近城市趨炎之色也；深谷傳伐樹之聲，不聞俗人强聒之聲也。吾於此時，如鷗鳥之忘機，自然浹洽；念交親之得路，頓昧平生。不謂田野之間，猶存直道，撫躬感激，誠以此耳。蚩蚩俗輩，反謂在野無賢，不亦重可怪乎？

【屈曰】相逢似有情，因而同行携手。次聯同行時情景。五淡遠之情，六孤高之品。有情如此，安得野無遺賢哉！鷗鳥忘機，翻能浹洽；交親得路，竟昧平生，人不如鳥。田叟之高如此，故結言野有遺賢也。

【程曰】此詩借忘機之田叟，形排擠之故人。五六一聯，劃然界斷。結用野無遺賢者，天寶中李林甫為相，盡斥上書獻賦者，以野無遺賢為玄宗賀，其蔽賢欺君若此。然則今日之扼塞義山者，亦以為野無遺賢耶？『在野』二字是道田叟，却是隱隱自寓，故曰『撫躬』，曰『心驚』也。

【馮曰】此似桂管歸途作。移《漢南書事》上。（按：馮原編廢還鄭州時。）

【紀曰】太激，七八尤不成語。（《詩説》）

【姜炳璋曰】此感激於排擠之故人，嘆其不如浹洽之田叟也。第七句，不過言直道可風耳，而語意拙澀，殊費解。末句，宰相每云在野無賢，可怪也。

【張曰】玉谿詩境，先從少陵樸實一派入手，後加色澤，故在晚唐中獨有骨氣，此種乃直露本色處，所以為佳。此可與識者道，難為淺見寡聞者言也。（《辨正》）又曰：不定何年，亦不似義山手筆，可疑也。（《會箋》）

【按】詩以『衰翁似有情』領起，五六即以偶逢忘機之田叟翻能浹洽，反襯得路之交親竟昧平生，以抒寫人生感慨。『交親得路』顯指令狐綯輩。末聯如馮説係緊接『交親得路昧平生』，謂撫躬自問，誠為直道之人，故中心感激不平，欲效用於世，然當軸者竟謂野無遺賢，故聞之而心驚也。似指田叟，又似自寓。

刀耕火種，唐時以荆楚湘沅一帶較普遍，馮氏增刻本編於桂管歸途中，似可從。温庭筠《燒歌》云：『鄰翁能楚言，倚鍤欲潸然。自言楚越俗，燒畬作旱田。』（此詩當作於襄陽徐商幕）亦可參證。或謂引火燒山以布種之俗，各地均有，初不限於江南或沅湘，義山桂府罷北旋，行旅匆匆，無此閑情逸致與田叟繞村而行，因疑此詩當作於閒居永樂期間，亦可備一説。

歸墅①

行李踰南極②，旬時到舊鄉③。楚芝應徧紫④，鄧橘未全黄⑤。渠濁村春急⑥，旗高社酒香〔一〕⑦。故山歸夢喜，先入讀書堂。

〔一〕『社』原作『杜』，據蔣本、悟抄、席本、戊籤、朱本改。

①【朱注】按詩有『踰南極』之句，時必歸自桂林。【按】墅，此言舊鄉之草墅。

②【程注】《左傳》：『行李之往來，共其乏困。』【馮注】劉向《七嘆》：『擢舟航以横濿兮，濟湘流而南極。』曹植詩：『南極蒼梧野，游眄窮九江。』按《王制》，古九州之地，南不盡衡山，故衡湘云南極也。【補】行李，本指使者，此猶言行旅之人。南極，亦可泛指南方。王充《論衡·寒温》：『火位在南，水位在北，北邊則寒，

南極則熱。」《晉書・周嵩傳》：「割據江東，奄有南極。」此「踰南極」猶云越南方荒遠之地而歸，不必泥解為越衡湘。

③【馮注】《書》：「至于旬時。」傳曰：「十日三月。」此似言百日。　【程注】《離騷》：「忽臨睨夫舊鄉。」

【按】馮説迂曲。「旬時」自作十來日解。視三四句可知，詳箋。

④【朱注】《十道志》：「商洛山在商州東南九十里，亦名楚山。」《高士傳》：「四皓避秦入商洛山，作歌曰：「曄曄紫芝，可以療饑。」」【馮注】《水經注》：「楚水出上洛縣楚山，四皓隱於楚山。」《寰宇記》：「商山又名地肺山，亦稱楚山。」按：《史記索隱》：「商、洛之間，秦、楚之險塞。」故每稱楚。

⑤【朱注】《唐書・地理志》：「鄧州南陽郡，屬山南東道。」王維詩：「商山包楚鄧。」張衡《南都賦》：「穰橙鄧橘。」【馮注】《漢書・志》：「南陽郡：穰縣、鄧縣。」

⑥【朱注】杜甫詩：「村舂雨外急。」【朱彝尊注】言水碓也。【馮注】《後漢書・西羌傳》：「虞詡曰：「因渠以溉，水舂河漕。」」注曰：「水舂、即水碓也。」【按】渠濁緣水漲，故曰「村舂急」。

⑦【朱注】《廣韻》：「青帘謂之酒旗。」張載《酒賦》：「擬酒旗於玄象。」白居易賦：「青旗沽酒趁梨花。」【馮注】《韓非子・外儲説》：「宋人有沽酒者，懸幟甚高。」注曰：「幟即帘也，亦謂酒旗。」《春秋元命苞》：「酒旗主上尊酒，所以侑神也。」張衡《週天大象賦》：「酒旗緝醼以承歡。」《史記索隱》：「二十五家為里，里各立社。」【程注】《北史・杜弼傳》：「神武自晉陽東出，尒朱氏貪政，使人入村，不敢飲社酒。」【補】《荊楚歲時記》：「社日，四鄰並結綜會社，牲醪，為屋於樹下，先祭神，然後饗其胙。」《歲時廣記・二社日》：「《統天萬年曆》曰：立春後五戊為春社，立秋後五戊為秋社。」孟元老《東京夢華録》：「八月秋社，各以社糕、社酒相賚送。」是社酒本指社日祭神所用之酒。此處言「旗高」，且與「村舂」對文，自為村釀之意，兼點時令。

【何曰】喜歸情味極其生動。（《輯評》）

【陸鳴皋曰】此歸自桂林，故曰『踰南極』。次聯，在道之景。三聯，門外之景。結到風人本色，較之童僕歡迎，更覺清灑。

【姚曰】此從南中歸家在道之詞。屈指旬日後便到舊鄉，計到時秋物正麗，邨春社酒之樂，動魄消魂，宜我之身未到夢先到也。

【屈曰】一二歸墅。三四時景。五六情事。七八歸情。

【馮曰】衡在潭州南數百里，在桂州東北千里，故朱氏曰：『云踰南極，必歸自桂林也。』余初疑其或前之潭州歸時，今定為桂管歸途矣。

【紀曰】此詩次第可觀，然太淺薄。（《詩説》）

【姜炳璋曰】此從桂林起程，在途之作，非歸墅後作也。『楚芝』『鄧橘』，皆故山景物，『應』字貫兩句，皆想像之辭也。故鄉未到，選客在途，家園伊邇，魂夢先馳，字字俱有喜聲。

【張曰】『行李踰南極』，謂自荆南啟程。朱氏以歸自桂林解之，不得但言旬時矣。『舊鄉』，東洛也。此將抵家時作。（《會箋》）

【按】此由桂返京行至鄧州一帶未抵商洛時作。『鄧橘未全黄』，係目擊；『楚芝應徧紫』，係揣想。鄧州至長安九百五十里，故云『旬時到舊鄉』。舊鄉、故山均指長安，就此行目的地泛言之，不必泥故鄉。

九月於東逢雪①

舉家忻共報②，秋雪墮前峰③。嶺外他年憶④，於東此日逢⑤。粒輕還自亂，花薄未成重。豈是驚離鬢，應來洗病容！

①【朱注】於東，商於東也。

②【馮注】忻，欣同。【按】舉家忻共報，非謂舉家於旅途中共聞秋雪降落之消息，乃謂旅途中所見人家均欣聞秋雪之降而奔走相告。

③【程注】白香山《和劉郎中望終南秋雪》：『徧覽古今集，都無秋雪詩。』

④【馮注】昔在桂管不可得雪。【按】他年，此指昔年。《高松》云：『有風傳雅韻，無雪試幽姿。』《即日》云：『獨撫青青桂，臨城憶雪霜。』皆所謂『嶺外他年憶』也。

⑤【馮注】今乃於秋時逢之。

【何曰】（『粒輕』二句）是秋雪。（《讀書記》） 又曰：第三句叫醒末句，收足『忻』字，題中『逢』字，亦極生動。（『豈是』句）此日逢。（『應來』句）他年憶。（《輯評》）

【姚曰】嶺南少雪，況秋雪尤難。雖粒輕花薄，而瑞色可欣。若論離鬢堪驚，應怕其早；不知病容一洗，又正喜其早也。

【屈曰】久客嶺外，逢雪而喜，可以愈病。

【馮曰】舉家在途，故不驚離鬢而可洗病容也。三四追憶桂管少雪，反託此地早逢。玩『病容』字，東川歸後挈家還鄭，頗為近之。然細跡總無可定。

【紀曰】清而淺。

【張曰】詩曰『嶺外他年憶』，是桂管歸後矣。曰『舉家忻共報』，是攜家赴選時矣。時義山在洛多病，故結句云『豈是驚離鬢，應來洗病容』也。惟唐時自洛入京，不必經商州，題曰『於東』，當是泛指商於以東，無庸泥其地以實之。若馮氏疑為東川歸後挈家還鄭時作，則去桂管之遊，將十年矣，於『嶺外』句情味不符，必非也。（《會箋》） 又曰：此大中二年由洛入京赴選作也。『嶺外』句指元年桂幕時攜眷入都，故有首句。若後此梓州罷歸，無此情景矣。（《辨正》）

【岑曰】《風》詩來鴻別燕，歸舟天外，其續發已入秋令。……再北而『青辭木奴橘』（《陸發荆南始至商洛》），『鄧橘未全黃』（《歸墅》詩），正深秋景象，是以有《九月於東逢雪》之作。（張）箋三云：『舉家忻共報，是攜家赴選時』，夫深秋猶在商洛（今商縣），由此東達洛陽，復由洛陽赴京（此殊可疑，姑依箋說），以古代陸程遲滯，時日豈敷分配？箋又云：『唐時由洛入京有兩途，一經潼關、商州，為間道。題曰於東，當是由洛道武關所經。』夫函、潼迄今為陝豫往來大道，商州祇用兵間道，張竟有此嚮壁之『參悟』，真匪夷所思矣。（《平質》）

【按】岑氏《平質》已分別就時、地及唐代交通情況力駁張箋之非（馮箋之謬亦同，蓋自京返鄭，必不經商於繞道而行）。夫既已返洛，且『攜家赴選』，則不得更謂『離鬢』。『病容』，與前此《楚澤》詩所謂『劉楨元抱病』亦相合。蓋作者遠幕依人，嶺外經年，思鄉情切，遂並故鄉之雪亦每所憶念。今乃忽於東近鄉之地逢之，恍見故人，親切、喜悅之感油然而生。故目睹粒輕花薄之秋雪，覺其非驚離鬢，乃洗病容。『忻』字貫注全篇，重見故鄉家人之欣喜即藉『逢雪』以發。此必大中二年秋由桂返京經於東時作。

陸發荊南始至商洛①

昔去真無素〔一〕②，今還豈自知！青辭木奴橘③，紫見地仙芝④。四海秋風闊，千巖暮景遲。向來憂際會⑤，猶有五湖期⑥。

校記

〔一〕『素』，蔣本、戊籤、朱本作『奈』。

集注

①【馮注】荊州即荊南。《新書・志》：『關内道商州上洛郡商洛縣東有武關。』○唐時荊州習稱荊南。自荊南陸行至襄鄧數百里，乃可前至東、西兩京。

②【朱曰】作『素』非。【馮注】《漢書・江充傳》：『以教敕亡素者。』王褒《四子講德論》：『非有積素累舊之歡。』按：有素無素，交游間習語也。此謂與鄭亞非舊交，忽承其薦辟，今忽然罷歸，皆非意料也。若作『無奈』，殊淺率矣。【按】馮注是。《自桂林奉使江陵途中感懷寄獻尚書》詩云：『投刺雖傷晚』。又云：『天文始識參』。均可證義山與亞本非舊交。

③【朱注】《水經注》：『龍陽縣氾州，長二十里，吴丹陽太守李衡植橘於其上。臨死勅其子曰：「吾氾洲木奴千頭，不責衣食，有絹千匹。」』【馮注】《通典》：『朗州武陵郡龍陽縣，沅水入縣界，歷九洲，洲長三十里，即李衡種甘所。』○是從江湘來至鄧州無疑。【何曰】切荊南。（《讀書記》）【按】李衡種橘事又見《三國志・吴志・孫休傳》注引《襄陽記》，參《故番禺侯》詩注。

④【道源注】《酉陽雜俎》：『凡學道三十年不倦，天下金翅鳥銜芝至。』『羅門山生石芝，得地仙。』【馮注】地仙謂四皓。【何曰】切商洛（《讀書記》）。【按】馮注是。頷聯除點行程、節令外，似兼寓不善謀身之慨。『江陵從種橘』『謀身綺季長』等句可參。

⑤【程注】《晉書・安平獻王孚傳》：『進用海内英賢，猶患不得，如何欲因際會自相薦舉耶？』杜甫詩：『君臣已與時際會。』

⑥【程注】《周禮・夏官・職方氏》：『東南曰揚州，其山鎮曰會稽，其澤藪曰具區，其川三江，其浸五湖。』

《史記・河渠書》：『於吳則通渠三江五湖。』《正義》：『韋昭曰：其實一湖，今太湖是也。』《後漢書・馮衍傳注》：『太湖有五湖。滆湖、洮湖、射湖、貴湖及太湖為五湖。并太湖之小支俱連太湖，故太湖得兼五湖之名。』《吳録》：『五湖者，太湖之別名，以其周行五百餘里，故曰五湖。』《水經注》：『五湖謂長蕩湖、太湖、射貴湖、滆湖、湖上湖也。』《史記索隱》：『五湖者，具區、洮、滆、彭蠡、青草、洞庭。』《小學紺珠》：『湖州太湖、楚州射陽、岳州青草、潤州丹陽、洪州宮亭，謂之五湖。』李白《永王東巡歌注》：『舊圖經謂貢湖、游湖、胥湖、梅梁湖、金鼎湖為五湖。』【馮注】《吳越春秋》：『范蠡乘扁舟，出三江入五湖，人莫知其所適。』二句與『永憶江湖』一聯同意。今則際會尚不可知，況五湖哉！

【姚曰】利祿相驅，身非自主。三句辭荊南，四句至商洛。五句傷世亂，六句歎年衰。向憂際會無期，今則惟有五湖可託耳。

【屈曰】一二身不自主。中四並未發揮，套話可厭。結言向來雖憂際會之難，然猶為（謂）功成身退不甚難也。含蓄。

【楊曰】從鄭亞幕還京途中作。（馮箋引）

【馮曰】頗似『破帆壞槳』於荊江，乃從陸路，由夏及秋，當至故鄉與東都也。

【紀曰】芥舟曰：三四鎸削而不工。○後半力足神完，居然老杜。○末二句一宕一折，以歇後作收，亦一住法。（《詩説》）

【張曰】三四寫景切時，並無鎸削之迹，何謂不工？（《辨正》）

【按】首聯謂昔之從亞桂管，非因素交，實感知遇；今之罷幕北歸，豈當初所逆料。言外有無限遭遇不偶之慨。次聯點行程，微寓謀身不臧之感，承『今還』而言。腹聯於寫景中滲透時世衰頽、身世落拓之情，與杜詩『星垂平野闊，月湧大江流』一聯神味相近，而氣韻不免蕭颯。末聯諸家解似均未確。『五湖期』即『欲迴天地入扁舟』之意，指功成而身退。身退必先功成，功成必先君臣際會。然己則向來即憂際會之難，長期落拓不遇，故所謂『五湖期』者，固遥遥而無期矣，然猶抱功成身退之夙願。雖處窮愁之境，仍懷濟世之情。二句貌似自慨自嘲，實則正所以明己執着用世之情，與少陵『老大意轉拙』之句同趣，『猶』字極見用意。

商於①

商於朝雨霽，歸路有秋光。背塢猿收果，投巖麝退香②。建瓴真得勢③，横戟豈能當④？割地張儀詐⑤，謀身綺季長〔一〕⑥。清渠州外月，黄葉廟前霜⑦。今日看雲意，依依入帝鄉⑧。

〔一〕『長』，席本作『良』。

①【朱注】《唐書》："商州上洛郡，屬關内道，即古商於地。"【按】商於，今陝西商南縣、河南淅川縣、内鄉縣一帶。秦孝公封衛鞅以商於十五邑。張儀説楚懷王，願以商於之地六百里獻楚，均指上述一帶地區。今商南縣秦漢為商縣地，隋以後為商洛縣地。此詩所稱商於當指其時商洛縣一帶。餘參見《商於新開路》注。

②【胡震亨注】《談苑》云："商、汝山中多麝，絶愛其臍，每為人所逐，勢且急，即自投高巖，舉爪裂出其香，就縶而死，猶拱四足以保其臍。"【馮注】嵇康《養生論》："麝食栢而香。"《新書·志》："商州土貢麝香。"【何曰】舉目先見景物，後見山川，故如此説。（見《輯評》）

③【馮注】《漢書·高帝紀》："秦，形勝之國也，下兵於諸侯，譬猶居高屋之上建瓴水也。"【按】事本《史記·高祖本紀》："（秦中）地勢便利，其以下兵於諸侯，譬猶居高屋之上建瓴水也。"裴駰《集解》引如淳曰："瓴，盛水瓶也。居高屋之上而翻瓴水，言其向下之勢也。建音蹇。"蹇通瀽，倒水。

④【馮注】《戰國策》："齊王建入朝於秦，雍門司馬横戟當馬前，曰："王何以去社稷而入秦？"王不聽，遂入秦。"《史記·楚世家》："秦昭王遺楚懷王書，願會武關，面結盟而去。懷王患之。昭睢曰："秦虎狼，不可信。"懷王子子蘭勸王行。秦令一將軍伏兵武關，號為秦王。楚王至，則閉武關，遂與西至咸陽。懷王卒於秦。"二句專指懷王入秦也，言秦已得地勢，而楚墮其術中，非横戟馬前所能止之也。

⑤【朱注】《史記》："張儀説楚："能閉關絶齊，請獻商於之地六百里。"楚果絶齊求地，儀與六里。"

⑥【朱注】《三輔舊事》："漢惠帝為四皓立碑，一曰東園公，二曰綺里季，三曰夏黄公，四曰甪里先生。"【程注】崔湜詩："始知亭伯去，終是拙謀身。"《史記·留侯世家》："太子侍，四人從太子，上問，各言名姓，曰

東園公、甪里先生、綺里季、夏黄公。』《高士傳》：『四皓者，皆河内軹人也。始皇時見秦政虐，乃共入商雒，隱地肺山以待天下定。』班固《終南山賦》：『榮期綺季，此焉恬心。』

⑦【徐曰】州是商州，廟是四皓廟。（馮注引）

⑧【馮注】《莊子》：『華封人謂堯曰：「千載厭世，去而上仙，乘彼白雲，至于帝鄉。」』陶潛《歸去來辭》：『富貴非吾願，帝鄉不可期。』帝鄉者，仙境，即漢武皇求白雲鄉也，每以借言帝京。

【朱曰】前四句寫歸路之樂。『建瓴』四句言地險人雄。『清渠』四句言時值承平，望帝鄉而切近君之慕也。（《李義山詩集補注》。按：此箋語全為姚氏所襲，故删去姚箋。）

【屈曰】一段時景。二段地勢、古事。三段歸時情景。

【錢曰】寫景與懷古相間，道中詩常調。（馮箋引。《輯評》作朱彝尊評。）

【馮曰】次商洛望京師之作，起結明甚。中二聯借古事以寓今慨，然未可揣其為何年也。

【紀曰】此詩極平正清楚，『清渠』二句亦佳。語但平叙，不見精神，牽綺季、張儀亦無十分取義，攫開敷衍一派，故去之。問前六句次第焉在？曰四家以為舉目先見景物，次見山川也。後六句如何貫串？曰言古人已去，惟有州外清渠、廟前黄葉，我今日從此過耳。（《詩説》）『建瓴』四句，上下脈絡未融。（《輯評》）

【張曰】『建瓴』四句，借故事以自慨，此正潛氣内轉也，紀評殊昧詩法。（《辨正》）又曰：此篇馮氏不能定為何年，余詳味詩意，必巴蜀歸後，由荆赴洛所賦，原編與《歸墅》詩相連，定一時事也。首二句點時，與《陸發荆南》一首情景正同。『背塢』二句，暗寓沈淪憔悴之意。『建瓴』二句，比牛黨日益得勢。『割地』二句，自慨巴蜀遇合之無成，受詐於人，謀事之計左矣。『清渠』二句寫景。結言將重擬入都也。確係是年（按指大中二年）作。馮氏泥於入蜀在歸洛之後，行蹤離合，宜其不能定編矣。（《會箋》）

【按】詩起言『商於』『歸路』，結言『依依入帝鄉』，必歸京道中作。大中二年自桂返京，至商洛時正值深秋（四海秋風闊），與本篇寫景（黄葉廟前霜）時令相合，當與《陸發荆南始至商洛》同時作。詩首尾寫景，點時地行程，中二聯似微有寓意。『建瓴』二句或稍寓當朝者之得勢；『割地』二句則似滲透人情反覆與不善謀身之慨。然此種寓慨，自未融洽，宜紀氏之有所譏評。

夢令狐學士

山驛荒凉白竹扉，殘燈向曉夢清暉。右銀臺路雪三尺①，鳳詔裁成當直歸②。

①【馮注】《舊書·志》：『翰林院在大明宫右銀臺門内。王者一日萬機，軍國多務，深謀密詔皆從中出。翰林學士得充選者，文士為榮。例置學士六人，擇年深德重者一人為承旨，獨承密命。貞元以後，為學士承旨者，多至宰相焉。』【朱注】李肇《翰林志》：『學士每下直，出門相謔，謂之小三昧，出銀臺門乘馬，謂之大三昧。』【程注】元稹詩：『當年出入右銀臺，每怪春風例早迴。』

②【朱注】《鄴中記》：『石虎詔書以五色紙銜木鳳皇口中，飛下端門。』《令狐綯傳》：『綯為翰林承旨，夜對禁中，燭盡，帝以乘輿金蓮華炬送還院。吏望見，以為天子來，及綯至，皆驚。』　【按】以乘輿金蓮華炬送還院，係大中三年九月以後，綯為翰林學士承旨時事。作此詩時綯尚未為翰林承旨。當直，猶值班。『直』同『值』。

【姚曰】失意人夢得意人。山驛銀臺，映發得妙。

【程曰】此望綯薦引之作。先寫自己身世之蒼涼，後寫令狐臺閣之華膴，情最動人，語最微婉。托之為夢寐者，蓋恐言之無益而心又有所不能已也。

【紀曰】有意作對照語，亦嫌有做作之態。

【張曰】此入京道中作，三句頗可與《於東逢雪》相證。（《會箋》）

【按】大中二年秋入京道中作。據『山驛荒涼』及『雪三尺』之語，當是途中已逢雪，故有此描繪與想像。張謂可與《於東逢雪》相證，甚是。『夢清暉』，夢令狐之清暉也。三四是夢境，亦夢醒後之遥想，二者融為一片。蓋夢醒向曉，正宮中翰學下直之時也。對照中含身世凄凉落寞之悲，而陳情告哀之意即寓焉。題云『夢令狐學士』，實寄贈之作。

腸

有懷非惜恨，不奈寸腸何！即席迴彌久，前時斷固多。熱因翻急燒①，冷欲徹空波〔一〕②。隔樹澌澌雨，通池點點荷。倦程山向背③，望國闕嵯峨④。故念飛書及，新懽借夢過〔二〕。染筠休伴淚⑤，繞雪莫追歌⑥。擬問陽臺事⑦，年深楚語訛⑧。

〔一〕『因』，蔣本作『應』。『空』，朱本作『微』。

〔二〕『借』，悟抄作『惜』。

集注

①【朱注】燒，去聲。【馮注】東方朔《七諫》：『心沸熱其若湯。』《史記·龜策列傳》：『腸如涫湯。』涫，一作沸。按：《莊子·在宥篇》：『廉劌彫琢，其熱焦火，其寒凝冰。』形容人心也。句意本之。

②【馮注】《顔氏家訓》：『墨翟之徒，世謂熱腹；楊朱之侣，世謂冷腸。』

③【馮注】《湘中記》：『遥望衡山如陣雲，沿湘千里，九向九背，乃不復見。』【補】《水經注》：『衡山東西二面，臨映湘川，自長沙至此，江湘七百里中有九背，故漁者歌曰：帆隨湘轉，望衡九面。』

④【程注】《晉書》《洛中謡》：『遥望魯國鬱嵯峨。』

⑤【朱注】用湘妃事。【程注】杜甫詩：『染淚在叢筠。』【按】湘妃啼竹事已見《潭州》詩注。

⑥【朱注】鮑照詩：『蜀琴抽《白雪》，郢曲繞《陽春》。』杜甫詩：『朱絃繞《白雪》。』【馮曰】見《移白菊》。

⑦【馮曰】見《元城吴令》。【按】神女陽臺事屢見。

⑧【馮注】《國語》有《楚語》。【按】此楚語係楚地之語，與『《楚語》』無涉。

【馮班曰】只三聯説腸字，餘皆借境言。（《輯評》何焯引）又曰：結妙。（《二馮評閲才調集》）

【朱彝尊曰】一句一意，百鍊千錘，皆極用意，是以全力赴之者。

【錢良擇曰】『隔樹』四句，以寫景襯出迴腸斷腸意況。『擬問』二句，言欲託渺茫之説以自解而又不可得也。（《唐音審體》）

【徐德泓曰】此類記事體，除去首末四句，中間俱每句一意。結謂年深語訛，故此衷尤疑而不釋也。通體一氣貫注，可抵一篇《腸賦》。

【姚曰】前六句着題。『隔樹』下四句寫景，漸起『迴腸』『斷腸』意。而『故念』下四句，正是迴腸斷腸處。又自作排遣語，究之終不能自排遣也，則真『不奈寸腸何』也。

【屈曰】一二倒起破題，下『迴』『斷』『熱』『冷』承上。『隔樹』四句開筆寫時寫事。『故念』四句影射本題。末二句借陽臺事結本題，蓋擬問者腸中事也。　又曰：此首氣雖小弱，却空靈綿密，全非堆垛筆墨。

【程曰】此艷詩也。所懷不見，悵懷情多，腸一日而九迴，故以『腸』命題。結用陽臺，意尤明豁。

【馮曰】亦為令狐作。首二句點題，謂固已恨之，無奈尚有餘望也。三句迴腸，此時之餘望；四句斷腸，前此之積恨也。五自言，六謂子直，一熱一冷，冰炭不相入矣。七八即席所見之景。九十記遠歸京師之跡。十一二謂飛書雖及，好事猶虛。十三謂桂管之罷，我原不甚深惜，蓋子直所增怒以此也。十四暗指昔年章奏之傳。結乃謂彭陽公之厚愛，年深多謬誤矣。綯不憐父之舊客，故遇義山冷落耳。曰『楚語』者，得毋暗寓楚之名歟？與前《燈》詩尤為託意之隱約者，非熟通全集，無由悟到。視湖湘艷情之作，語多近似，趣則懸殊。　又曰：毛西河云：『義山最不足處，是半明半暗，迷悶不決。求其句之通、調之浹，使人信口了了，亦不可得。』余細讀全集，誠有未能遽曉者，然毛氏本不求甚解耳。屈大夫之《離騷》，使前賢不早詮明，曷嘗不迷悶哉？此篇三韻以前寫題之貌，四韻以後傳題之神，句盡通、調盡浹矣。

【紀曰】瑣屑卑靡，西崑下派。（《詩説》）　題既鄙俚，詩尤瑣屑。末二句亦無着落。（《輯評》）

【張曰】《補編》有《上韋舍人狀》云：『去冬專使家僮起居，今春亦憑令狐郎中附狀。』此文為大中二年歸後作（按岑仲勉《平質》曾駁正張氏此説，以為狀當作於會昌六年宣宗繼位後），與此詩同時。詩中所謂『故念飛書及』者，即指寄書事也。〇此詩為玉谿桂管歸途，寓意令狐重修舊好而作。『湘淚』暗指李回湖南之事。『郢歌』暗指荆門寓使之事。……言此二處屬望已虛，惟有向令狐告哀而已。但恐乖天公之厚意，至此多訛失耳。義山詩用典隸事，無一泛設，於此可見。（《辨正》）　又曰：馮説妙矣。『隔樹』二句，謂跡雖隔而情則通，非寫即席所見之景。下言飛書雖及，好夢難成。『染筠』『繞《雪》』，徒詞費耳。豈多年故知，既貴而漸訛失耶？作問之之詞，詩味乃深。『染筠休伴淚』，取淚盡義；『繞《雪》莫追歌』，取和寡義。不必如馮氏所解也。（《會箋》）

【按】此大中二年自桂管北歸、行近京師時作所，『倦程山向背，望國闕嵯峨』二語可證。馮、張謂託意令狐，似之，然所釋多鑿。首二謂胸中鬱積之愁恨固多而不敢盡泄，恐寸腸難以禁受耳。『即席』二句，謂今即席之際，思前慮後，迴腸久已百結，況前時早已腸斷心摧乎？明憂愁已非一日。『熱因』二句，謂腸熱時如沸湯之翻滾，腸冷時如寒波之徹透冰涼。迴、斷、熱、冷，均狀已與令狐交惡後產生之種種複雜感情，承上『不奈寸腸何』。『隔樹』二句轉寫途中景物，寫景中寓含清冷無憀意緒。『倦程』二句點行程。京師既近，則如何處理與令狐關係之事尤覺緊迫，此正腸迴之現實背景。『故念飛書及』，謂令狐有書相寄；『新歡借夢過』，謂鄭亞等新知今後惟借夢方能相訪，時亞已貶循，故云。此即前『腸迴』之由。『染筠』二句，謂心雖傷新知之遭遇而休下淚，蓋同情新知則愈遭忌恨；心雖欲追和故交之高唱而莫徒勞，蓋故交不能諒解。二句極寫『新知遭薄俗，舊好隔良緣』之況。末聯即《九日》詩『不學漢臣栽苜蓿，空教楚客詠江蘺』之意，謂已雖欲修好，如神女之自薦，然年深日久，『楚語』已訛，情愫之難通可知。此可作商隱入京前考慮與令狐關係之心理獨白看。

鈞天

上帝鈞天會衆靈①，昔人因夢到青冥②。伶倫吹裂孤生竹③，却為知音不得聽④。

①【程注】《洛神賦》：『衆靈雜遝。』楊炯《少姨廟碑》：『羣仙畢來，衆靈咸至。』【按】『鈞天』見《寄令狐學士》注。

②【何曰】甚言其易。（《輯評》）

③【朱注】《周禮》：『孤竹之管。』注：『孤竹，竹特生者。』《古詩》：『冉冉孤生竹，結根太山阿。』【馮注】《呂氏春秋》：『黄帝令伶倫作為律。伶倫自大夏之西，乃之阮隃之陰，取竹於嶰谿之谷，以生空竅厚鈞者，斷兩節間，其長三寸九分而吹之，以為黄鐘之宫；次日舍少，次制十二筒，聽鳳凰之鳴，以別十二律。』

④【補】却為，反因也。謂伶倫反因知音而不得聽鈞天廣樂。詳箋。

【朱彝尊曰】言得聽者皆夢中人耳，豈知音乎？

【何曰】庸才貴仕，皆所謂因夢到青冥者也。何嘗知音，偏忽夢到，是真可痛耳。（《讀書記》）又曰：賢者不必遇，遇者不必賢，言下慨然。（《輯評》）

【姚曰】天上人間，知音難遇，奈何！

【屈曰】吹者本欲得知音一聽，今竟不得，故吹裂孤竹。玩『却為』二字可知。

【程曰】此寓言也。上帝喻君上，鈞天喻宫懸，衆靈喻在庭，伶倫則知音者，指當時之老於國政者而言。按史，敬宗即位，李逢吉、牛僧孺為相，而李逢吉尤用事，所親厚者皆一時小人。時人惡逢吉，目之為八關十六子。而勳高中夏、聲播外夷之裴度黜在興元，不得位於朝廷之上。當時學士韋處厚上疏言之。此詩當為此而發。蓋謂德宗以後，藩鎮之跋扈垂六十年，至憲宗時始平，乃裴度再造之功也。而竟不得與聞國政，何異伶倫造樂者轉不得一聽宫懸耶？

【楊曰】賢者不必遇，遇者不必賢，人世浮榮，恍同一夢。（馮箋引）

【徐曰】與上章（指《寄令狐學士》）同作，暗誚子直，兼自傷也。（馮箋引）

【紀曰】太激。（《詩説》）

【姜炳璋曰】此自傷不得與清華之選也。上帝鈞天之樂，會聚百神。昔人如趙簡子，何嘗是知音者，乃因夢得聞之，而知音如伶倫，反不得聽耶？以喻三館廣集英才，不無濫厠，而文章華國如義山，反不得與，是可怪也。或謂此詩為裴文忠惜，恐未必然。

【林昌彝曰】天上人間，知音難遇。故昔人謂座客三十，要求半個有心人絶少。李義山《鈞天》詩（略）即此意也。（《射鷹樓詩話》）

【張曰】『上帝鈞天』，喻令狐之得君。下言『昔人因夢』，尚得與聞廣樂，我本舊日門客，反遭排笮，不能與伶倫同列，豈非數奇也哉？『吹裂孤竹』，即史所稱『商隱歸窮自解』者也。上章（指《寄令狐學士》）是道中作，此章乃到京作，未必同時。（《會箋》） 又曰：憤語却無痕迹，由於筆妙故也。此種詩境，玉谿獨創，無庸故為苛論。（《辨正》）

【按】詩意謂不知音者因夢到青冥，得與聞鈞天廣樂；而知音者如伶倫，反因其為知音而不得聽此天上之樂。『却為知音』四字最宜重看，蓋其意不特言知音者不得聽，且言其所以不得聽，正緣知音之故。然則詩之寓意，亦不僅言『賢者不必遇，遇者不必賢』，且暗示賢者之所以不遇，在於『因夢到青冥』者之妬才也。或謂三四指伶倫因不得知音之欣賞，竟至吹裂孤生之竹管。此似是而實非。詩以『得聽』與『不得聽』相對而言。一二句謂趙簡子夢至青冥，即含『得聽』廣樂之意；『因夢』二字，暗示其並非知音者，不過偶逢機緣耳。『吹裂孤生竹』即『知音』之謂，『不得聽』者，不得與聞鈞天廣樂也。如前幅云趙簡子得聞廣樂，後幅謂伶倫不得知音之欣賞，則前後顯然脱節。《寄令狐學士》云：『鈞天雖許人間聽，閶闔門多夢自迷。』即『不得聽』鈞天廣樂之意。二詩大體同時作，亦可證所謂『不得聽』自指不得聽鈞天廣樂，非不得知音之聽也。詩寓意顯明，『昔人』指令狐綯，伶倫自指。蓋謂庸才如令狐綯者，平步青雲，忽在天上；而才能特出者如己，反因遭庸愚貴顯者之忌而不得參與朝政，沉淪下僚。詩作於大中二年。是年，令狐綯自湖州刺史内召，遷攷功郎中，旋知制誥，充翰林學士，一年數遷，驟居内職，此正所謂『因夢到青冥』也。裴庭裕《東觀奏記》：『上（指宣宗）延英聽政，問宰臣白敏中曰：「憲宗遷坐景陵，龍輴行次，忽值風雨，六宮、百官盡避去，唯有一山陵使，胡而長，攀靈駕不動，其人姓氏為誰，為我言之。」敏中奏：「景陵山陵使令狐楚。」上曰：「有兒否？」敏中曰：「緒小患風痺，不任大用；次子綯見任湖州刺史，有台輔之器。」上曰：「追來。」翌日，授攷功郎中、知制誥。到闕，詔充翰林學士。間歲，遂立為相。』載綯驟居顯職事甚詳，可資參證。

舊將軍

雲臺高議正紛紛〔一〕①，誰定當時蕩寇勳②？日暮灞陵原上獵，李將軍是舊將軍〔二〕③。

〔一〕『紛紛』，悟抄作『紛紜』。

〔二〕『舊』，朱本、季抄作『故』。

①【馮注】《後漢書》：『中興二十八將，永平中，顯宗追感前世功臣，乃圖畫於南宫雲臺，其外合三十二人。』江淹《上建平王書》：『高議雲臺之上。』

②【補】蕩寇勳，指當年李廣抗擊匈奴之功勳，詳下箋。

③【朱注】《漢書》：『李廣屏居藍田南山射獵，嘗夜從人田間飲。還至亭，灞陵尉醉，呵止廣。廣騎曰：「故李將軍。」尉曰：「今將軍尚不得夜行，何『故』也！」』【按】事初見《史記·李將軍列傳》。

【朱曰】潘畊謂為李晟而作，良然。○潘畊曰：此詩追感李晟事而發也。晟有收京之功，張延賞間之。奪其兵柄，此以文墨議論，絀元勳宿德，誰為表明之者乎？《舊傳》載貞元五年，晟與侍中馬燧，見於延英殿，上嘉其動，詔各圖像於舊功臣之次。首句蓋以南宮雲臺比延英遺像也。《傳》又云：『晟罷兵權，朝謁之外，罕所過從。』其失勢避讒之狀，可以想見。末曰『李將軍是舊將軍』，所感深矣。（《李義山詩集補注》）

【何曰】此似為石雄而發。（《讀書記》）　又曰：譏當時棄功不録也，詞致清婉。（《輯評》）

【陸鳴皋曰】此為李晟作也，故以『舊將軍』為題。晟收復京城，為張延賞所搆，解職避讒。一『故』字，增無限感慨，用事天然巧合。

【姚曰】只一『故』字，黯然。

【屈曰】必有所指。潘眒曰：『追感李晟事而發。晟有收京之功，張延賞間之，奪其兵柄。本傳云：「晟罷兵權，朝謁之外，罕所過從。」其憂讒畏譏可想而知。』意或然也。

【程曰】按史，武宗崩，宣宗立，遽罷李德裕相。德裕秉政日久，位重有功，衆不意其遽罷，聞之莫不驚駭。此詩謂此事也。德裕之相武宗，自御回鶻至平澤潞，當時蕩寇之勳不小，於是加太尉，封衛國公，不啻漢顯宗南宮雲臺圖畫功臣也。曾日月之幾何，遽罷政事，出鎮荆南。然則以有用之才，置無用之地，何異於漢之李廣，號稱飛將軍，竟放閑置散，夜獵灞陵，空為無知之醉尉所呵，而忽其為故將軍也。朱長孺補注引潘眒之言，以為李晟，其説亦切。但李晟往事，作詩者不妨明言之，而此乃隱約其詞，必為近事發也。

【馮曰】潘眒謂此詩追感李晟而發，不知曰『紛紛』，曰『誰定』，與西平久經圖像者不符；況當時雖張延賞間之，奪其兵柄，亦何至如所云也！午橋謂慨李衛公，極是。余更切證之。《新書・紀》文：『大中二年七月，續圖功臣於凌煙閣。』事詳《忠義李憕傳》。後時必紛紛論功，而李衛國之攘回紇、定澤潞，竟無一人訟之，且將置之於死地，詩所為深慨也。《舊書・傳贊》曰：『嗚呼煙閣，誰上丹青？』憤嘆之懷，不謀而相合矣。義門謂為石雄發，亦通；然衛國之廟算，乃功人也。

【紀曰】四家評曰：譏當時棄功不録也，詞致清婉。

【按】程、馮説是。詩牽合東、西漢史事，必非詠史，而係託古諷時。大中二年七月，朝廷續畫功臣三十七人圖像於淩煙閣，均唐初至貞元年間文臣武將，而會昌有功將相則不與。不惟此也，當權者且一再貶斥會昌有功將相。同年九月，李德裕再貶崖州司户參軍；石雄求一鎮以終老，執政者以雄係德裕所薦，曰：『覊日之功，朝廷以蒲、孟、岐三鎮酬之，足矣。』除左龍武統軍。雄怏怏而薨（見《通鑑》卷二四八）。會昌有功將相之不幸遭遇，有甚於往昔之李廣。詩借史抒慨，於宣宗君臣之貶斥前朝有功將相蓋深有不滿焉。『李將軍』似不必定指德裕一人，泛指會昌有功舊臣亦可。

韓碑①

元和天子神武姿，彼何人哉軒與羲②。誓將上雪列聖耻③，坐法宫中朝四夷④。淮西有賊五十載⑤，封狼生貙貙生羆⑥。不據山河據平地，長戈利矛日可麾⑦。

帝得聖相相曰度⑧，賊斫不死神扶持⑨。腰懸相印作都統⑩，陰風慘澹天王旗⑪。愬武古通作牙爪⑫，儀曹外郎載筆隨⑬。行軍司馬智且勇⑭，十四萬衆猶虎貔⑮。入蔡縛賊獻太廟〔一〕⑯，功無與讓恩不訾⑰。

帝曰：『汝度功第一⑱，汝從事愈宜為辭⑲。』愈拜稽首蹈且舞：『金石刻畫臣能為⑳。』古者世稱大手筆㉑，此事不繫於職司㉒，當仁自古有不讓，言訖屢頷天子頤㉓。

公退齋戒坐小閤，濡染大筆何淋漓。點竄《堯典》《舜典》字，塗改《清廟》《生民》詩㉔。文成破體書在紙㉕，清晨再拜鋪丹墀㉖。表曰：『臣愈昧死上』㉗，詠神聖功書之碑㉘。碑高三丈字如手〔二〕，負以靈鼇蟠以螭㉙。

句奇語重喻者少㉚，讒之天子言其私。長繩百尺拽碑倒，麤砂大石相磨治㉛。公之斯文若元氣，先時已入人肝脾㉜。湯盤孔鼎有述作㉝，今無其器存其辭。

嗚呼聖皇及聖相，相與烜赫流淳熙。公之斯文不示後，曷與三五相攀追㉞？願書萬本誦萬過〔三〕㉟，口角流沫右手胝㊱。傳之七十有三代〔四〕㊲，以為封禪玉檢明堂基㊳。

〔一〕『縛賊』，姜本作『斬馘』。

〔二〕『三』，季抄、朱本一作『二』。『手』，季抄、朱本作『斗』。

〔三〕『過』，朱本作『遍』。

〔四〕『三』，戊籤、席本、朱本作『二』。

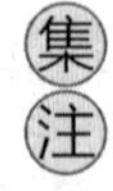

①【按】韓碑，指韓愈所作《平淮西碑》。唐憲宗元和十二年十月，裴度統軍討平淮西藩鎮吳元濟。十二月，詔命韓愈撰《平淮西碑》。碑文見《韓昌黎全集》卷一。

②【馮注】軒、羲，軒轅、伏羲。【何曰】『彼何人哉』，自憲宗對軒、羲言之，即下所謂『相攀追』也。（《輯評》）【按】《孟子·滕文公》：『舜何人也，予何人也，有為者亦若是。』二句贊憲宗英武奮發，立志追攀

軒、羲。

③【馮注】唐自安史亂後，藩鎮遂多擅命，故云。　【補】列聖耻，指玄、肅、代、德、順等歷朝君主所蒙受之耻辱，如玄宗因安史之亂出奔成都，德宗因朱泚之亂出奔奉天及多次平叛戰争之失敗。

④【何曰】起頌憲宗，得大體。（馮注引）　【補】《史記》如淳注：『法宫，路寢正殿也。』《通鑑·宣宗大中二年》：『今陛下深拱法宫，萬神擁衛。』路寢，古代君主處理政事之宫室。句意蓋謂安坐於正殿，使四方來朝。《平淮西碑》：『既定淮蔡，四夷畢來。遂開明堂，坐以治之。』

⑤【朱注】按史：肅宗寶應初，以李忠臣鎮蔡州，大曆末，為軍中所逐。歷李希烈、陳仙奇、吴少誠、吴少陽、元濟，據有淮西，凡五十餘年。　【馮注】按《新唐書·藩鎮傳》：『自吴少誠盗有蔡四十年』，而《碑》文云：『蔡帥之不廷授，於今五十年。』蓋大曆末，李希烈為其節度；建中時為亂，僭稱建興王；貞元二年，為陳仙奇藥死。仙奇領鎮，頗盡誠節；未幾，少誠殺之。合凡五十餘年矣。　【按】李忠臣鎮蔡州期間未以兵叛，《新唐書·李忠臣傳》：『（大曆）十四年，大將李希烈因衆怒……以兵脅逐忠臣。跳奔京師。』『淮西有賊』云云，似不當包李在内，然『朱泚反，偽署司空兼侍中，泚攻奉天，以忠臣居守。泚敗，繫有司，與其子俱斬。』是則終為叛臣，故詩所謂『淮西有賊五十載』當自忠臣鎮蔡之日計起而舉其成數。

⑥【朱注】貙，音樞。《思玄賦》：『射嶓冢之封狼。』注：『封，大也。』《説文》：『貙似貍。能捕獸。一云：虎五指為貙。』《爾雅》：『羆如熊，黄白文。』柳宗元《羆説》：『鹿畏貙，貙畏虎，虎畏羆。』　【馮注】（貙、羆）狼類。《爾雅》：『貙，獌，似貍。』註曰：『今山民呼貙虎之力大者為貙豻。』又『（羆）似熊而長頭高脚，猛憨多力。』

⑦【朱注】《舊唐書》：『吴少誠阻兵三十餘年，王師未嘗及其城下，嘗走韓全義，敗于頔，驕悍無所顧忌。又恃陂浸阻迴。故以天下兵環攻三年，所得者一縣而已。』　【馮注】《舊唐書·吴元濟傳》：『自少誠阻兵，王師未嘗及其城下。城池重固，陂浸阻迴。地少馬，廣蓄騾，乘之教戰，謂之「騾子軍」，尤勇悍。蔡人堅為賊用，乃至搜閲

天下豪鋭，三年而後屈。』　【補】《淮南子・覽冥訓》：『魯陽公與韓構戰酣，日暮，援戈而撝之，日為之反三舍。』撝、麾通。

以上為第一段。叙憲宗平藩决心與淮西鎮長期跋扈猖獗。

⑧【原注】《晏子春秋》：『仲尼，聖相也。』　【何注】《殷本紀》：『武丁夜夢得聖人，名曰説。』一句中使兩事也。《晏子春秋》八字乃韓集附録中孫注。（《輯評》）

⑨【馮注】孫綽《天台賦》：『實神明之所扶持。』《新書・裴度傳》：『王承宗、李師道謀緩蔡兵，乃伏盜京師，刺殺宰相武元衡。又擊度，刃三進，斷靴，劃背裂中單，又傷首，度冒氈，得不死。騶人王義持賊大呼，賊斷義手。度墜溝，賊意已死，因亡去。帝曰：「度得全，天也。」疾愈，詔毋須宣政衙，即對延英，拜中書侍郎、同中書門下平章事。』時元和十年六月。

⑩【馮注】《舊書・裴度傳》：『十二年七月，奏請自赴行營，詔以守平章事彰義節度仍充淮西宣慰招討處置使。詔出，度以韓弘為都統，不欲更為招討，請祇稱宣慰處置使，從之。其實行元帥事。』《新書・傳》：『然實行都統事。』　【何注】當時都統是韓弘。按《昌黎集》有《潼關上都統相公》詩，注家謂是韓弘，然首句『暫辭堂印執兵權』，其為晉公無疑，則稱之曰『都統』亦有據也。（《輯評》）　【按】唐自天寶以後，用兵時常任大臣為都統，總領諸道兵馬。韓弘為淮西諸軍行營都統，在元和十年九月。此句『都統』自指裴度。

⑪【補】天王旗，即天子之旗幟。《新唐書・裴度傳》：『及行，（帝）御通化門臨遣，賜通天御帶，發神策騎三百為衛。』

⑫【朱注】元和十一年十二月，李愬為唐鄧隨節度使。十年九月，韓弘為淮西都統。弘請使子公武以兵萬三千會蔡下。十一年，李道古為鄂岳觀察使。十年二月，李文通為壽州團練使。碑文：『光顔、重胤、公武合攻其北；道古攻其東南；文通戰其東；愬入其西。』　【馮注】《舊書・李愬傳》：『元和十一年，充隨唐鄧節度使。』《韓弘傳》：『憲宗授弘淮西諸軍行營都統，弘惟令其子率師二千隸李光顔軍。』《李臯傳》：『元和十一年，以臯子道古為

鄂岳蘄安黃團練使。《新書·紀》：『元和九年，以李文通為壽州團練使。討吴元濟。』【程注】揚雄《執金吾賦》：『牙爪葸葸，動作移時。』【補】牙爪，喻武臣。《詩·小雅·祈父》：『祈父！予王之爪牙。』《漢書·李廣傳》：『將軍者，國之爪牙也。』亦喻羽翼，輔佐者，《後漢書·竇憲傳》：『憲既平匈奴，威名大盛，以耿夔、任尚等為爪牙。』此似取後一義。

⑬【朱注】《舊唐書》：『以司勳員外郎李正封、都官員外郎馮宿、禮部員外郎李宗閔，皆兼侍御（史為判官書記），從度出征。』【馮注】《新書·百官志》：『武德三年，改儀曹郎曰禮部郎中。』句只指宗閔為書記。

⑭【馮注】《後漢書·志》：『將軍有長史、司馬各一人，行軍有軍司馬一人。』後之行軍司馬始此。《舊書·紀》：『以右庶子韓愈兼御史中丞，充行軍司馬。』《新書·韓愈傳》：『愈請乘遽先入汴，説韓弘使叶力。』【何曰】獨提一句。（《讀書記》）蔡兵聚於洄曲，公請於晉公，自提五千兵，間道入取元濟，晉公不從。俄而李愬破文城入蔡，三軍為公嘆恨，故曰『智且勇』也。（《輯評》）○以《論淮西事宜狀》觀之，可見其智且勇。○提一句，分出賓主。（《輯評》）【馮曰】事見公《行狀》。《論淮西事宜狀》見文集。【程注】《唐書·百官志》：『行軍司馬掌弼戎政。居則習蒐狩，有役則申戰守之法，器械、糧糒、軍籍、賜予皆專焉。』

⑮【馮注】《書·牧誓》：『如虎如貔。』

⑯【馮注】《舊書·裴度傳》：『十月十一日，李愬襲破懸瓠城，擒吴元濟。』《吴元濟傳》：『元濟至京，憲宗御興安門受俘，乃獻廟社，狥兩市，斬之獨柳。』【何曰】應『雪恥』。（《輯評》）

⑰【程注】庾信《商調曲》：『功無與讓，銘太帝之旌。』【馮注】王粲《詠史詩》：『結髮事明君，受恩良不訾。』《舊書·裴度傳》：『時諸道兵皆有中使監陣，進退不由主將。度至，奏去之。軍法嚴肅，號令畫一，以是出戰皆捷。十一月，度入朝，加金紫光禄大夫、弘文館大學士，賜勳上柱國，封晉國公。』【田蘭芳曰】省筆已括。（馮注引）【補】訾：量。恩不訾，恩遇不可計量。

以上為第二段。叙裴度親自督師，討平淮西叛鎮。

⑱【馮注】《史記·蕭相國世家》：「高帝曰：『夫獵，追殺獸兔者，狗也；發蹤指示獸處者，人也。今諸君，功狗也；蕭何，功人也。』列侯位次，蕭何第一。」【何曰】提明晉公第一，以明其詞之非私也。（《讀書記》）

⑲【朱注】《舊書·韓愈傳》：「淮蔡平。十二月，隨度還朝，以功授刑部侍郎，仍詔撰《平淮西碑》。」【馮注】《漢書·毌將隆傳》：「大司馬車騎將軍王音内領尚書，外典兵馬，踵故選置從事中郎，奏請隆為從事中郎。」《後漢書·志》：「將軍有從事中郎二人。職參謀議。」《晉書·志》：「諸公及開府有從事中郎二人。」【何曰】二語勾清平淮西功，引起作碑，是全篇關鍵。（馮注引）

⑳【馮注】《史記·秦始皇本紀》：「金石刻盡始皇帝所為。」【按】金石刻畫，原指於鐘鼎、碑碣上刻寫文字紀述功德，此指撰寫歌頌功德之文。

㉑【馮注】大手筆，見《晉書·王珣傳》，而歷朝文人傳中習用之。【《輯評》墨批】《唐書》：「燕、許二公稱大手筆。」【補】大手筆，猶言大著作，指朝廷詔令文書。《晉書·王珣傳》：「珣夢人以大筆如椽與之。既覺，語人云：『此當有大手筆事。』俄而帝崩，哀册謚議，皆珣所草。」《陳書·徐陵傳》：「世祖、高宗之世，國家有大手筆，皆陵草之。」燕、許稱大手筆，係著名作家之義，與此處所用稍異。

㉒【馮注】職司，指翰林以文章為職業者，隱射下改命段文昌。【按】時段文昌任翰林學士，撰碑正其職事。此謂『此事不繫於職司』，蓋言古之紀述朝廷大事之宏文，往往非文學侍從之臣所撰。

㉓【馮注】《列子·湯問篇》：「巧夫顉其頤則歌合律。」《説文》：「顉，低頭也。」《左傳》：「顉之而已。」徐鍇《繫傳》：「點頭以應也。」今《左傳》作「頷」。按：此謂點頭稱善。【袁彪曰】此等皆波瀾頓挫處，不爾便是直布口袋。（馮注引）

以上為第三段。叙韓愈受命撰碑。

㉔【馮注】昌黎《進碑文表》引典誥、《雅》《頌》為比例，而曰「茲事至大，不可輕以屬人。」此數句同其意也。言其慎重出之，隱見不可妄改。【朱彝尊曰】「點竄」二字奇想。減之曰點。添之曰竄。【李因培曰】句奇

而法，韓公亦自謂編之乎。　【補】《堯典》《舜典》，《尚書》篇名；《清廟》《生民》，《詩經》篇名。二句謂韓愈撰碑追摹典誥雅頌之體。

㉕【道源注】破體，破當時為文之體。　【馮曰】徐浩《論書》：『鍾善真書，張稱草聖；右軍行法，小令破體，皆一時之妙。』按：破體謂變化前人之體，戴叔倫《懷素草書歌》『始從破體逞風姿』也。又《陳書·徐陵傳》：『國家有大手筆，皆陵草之。其文頗變舊體，多有新意。』昌黎此文，非唐人舊體，故道源注曰：『破當時為文之體。』義亦似通。但既曰『文成』，當言書法。　又曰：破體或謂破文體，或謂破書體。愚謂破書體必謬，謂破當時為文之體較是。如段文昌作即當時體矣。韓公《進撰平淮西碑文表》：『其碑文今已撰成，謹録封進。』愚疑碑文録在大紙，可鋪丹墀，故曰『破體書在紙』，似可備一解。　【錢鍾書曰】此『紙』乃『鋪丹墀』呈御覽者，書跡必端謹，斷不『破體』作行草。文『破當時之體』，故曰：『句奇語重喻者少』；韓碑拽倒而代以段文昌《平淮西碑》，取青配白，儷花鬭葉，是『當時之體』矣。商隱《樊南甲集序》自言少『以古文出諸公間』，後居鄆守幕府，『敕定奏記，始通今體』，又言『仲弟聖僕特善古文……以今體規我而未能休』，『破體』即破『今體』，猶苑咸《酬王維》曰：『為文已變當時體』。……（《管錐編》八九〇頁）　【補】宋之問《范陽王挽詞二首》之一：『公才掩諸夏，文體變當時。』

㉖【馮注】《漢書注》：『丹墀，赤地也，謂以丹漆地。』

㉗【馮注】秦漢羣臣奏事，每曰『昧死上言』，屢見史書。　【按】昧死，猶冒死。古時臣下上書多用此語，以表敬畏之意。《獨斷》：『漢承秦法，羣臣上書皆言「昧死言」。王莽盜位，慕古法，去昧死曰稽首。』

㉘【紀曰】『詠神聖功書之碑』，四平押脚，調終太硬，唐人如此者絶少。

㉙【馮注】《後漢書·張衡傳》：『伏靈龜負坻兮。』何晏《景福殿賦》：『如螭之蟠。』《廣雅》：『無角曰螭龍。』按：平蔡用簡筆，作碑用繁筆，不特相題宜然，亦行文虛實之法。田、袁二評殊妙。

以上為第四段。叙撰碑、樹碑經過。

㉚【朱彝尊曰】（句奇語重）四字評韓文，即是評此詩。【李因培曰】四字盡韓碑之妙。

㉛【朱注】《舊書·韓愈傳》：『其辭多叙裴度事。時先入蔡州擒吴元濟，李愬功第一。愬不平之。愬妻（唐安公主女也）出入禁中，因訴碑辭不實。詔令磨去愈文。命翰林學士段文昌重撰文勒石。』【馮注】《廣川書跋》：『碑言夜半破蔡，取元濟以獻，豈嘗泯没愬功？愈以裴度决勝廟算，請身任之，帝黜羣議，决用不疑，其所取遠矣。』《東坡題跋》：『「淮西功業冠吾唐，吏部文章日月光。千載斷碑人膾炙，不知世有段文昌。」又一首云云。紹聖間，臨江軍驛壁上得此詩，不知誰氏子作也。』王阮亭曰：『《侯鯖録》載宋紹聖中貶東坡，毁《上清宫碑》，命蔡京别撰。有人過臨江驛題詩。此因東坡而發。時黨禁方嚴，故託之前代云爾。以為直言淮西事者，誤。』【吴景旭注】丁用晦《芝田録》云：『有老卒推倒淮西碑。』羅隱《石烈士説》云：『石烈士，名孝忠，嘗為李愬前驅。一日熟視裴（按當作韓）碑，作力推去。』《韻語陽秋》云：『愬子訟于朝，憲宗使文昌别作。』李義山詩云：『句奇語重喻者少，讒之天子言其私。長繩百尺拽碑倒，麤沙大石相磨治。』則是天子自使人拽倒。（《歷代詩話》）

㉜【馮注】繁欽《與魏文帝牋》：『凄入肝脾，哀感頑艷。』【何曰】却是長吉《高軒過》先道過，謂『元精耿耿貫當中』也。〇凡詩筆無與於此，即不足傳後也。（《輯評》）

㉝【朱注】孔鼎，衛莊公賜孔悝鼎銘。【程注】《左傳》有正考父鼎銘。正攷父，孔子之先也，故曰孔鼎。長孺引孔悝鼎銘，非湯盤之匹也。【按】程注是。湯盤傳為商湯沐浴之盤，上刻銘文：『苟日新，日日新，又日新。』

以上為第五段。叙推碑經過並贊韓碑之深入人心。

㉞【馮注】班固《東都賦》：『事勤乎三五。』《漢書注》曰：『三皇五帝也。』《文選注》曰：『《史記》：楚子西曰：「孔丘述三五之法，明周、召之業。」』按：今本《史記》皆作『三王』，據善注是誤刊矣。

㉟【馮注】《黄庭内景經》：『詠之萬遍生三天。』務成子注《黄庭内景經叙》：『當清齋九十日，誦之萬遍。』又：『萬過既畢。』又：『十遍為一過。』

㊱【馮注】《漢書・揚雄傳》：『蔡澤顩頤折頞，涕涶流沫。』《呂氏春秋》：『舜未遇時，手足胼胝不居。』《荀子》：『耕耘樹藝，手足胼胝。』《廣韻》：『胝，皮厚也。』

㊲【朱注】《史記》：『古者封泰山、禪梁父者七十二家。』【何曰】謂此碑真可作唐之一經也。（宋本）作『三代』，佳，並唐數之也。『二』字是後人妄竄。本班固《典引》云：『作者七十有四人。』（《輯評》。馮注引同）【馮注】宋本余未見，見前明刊本作『三』字。《太平御覽》引《河圖真紀鉤》云：『七十三君』，《隋書》許善心《神雀頌》：『七十三君，信蔑如也。』則作『三』亦有據。余詳味『傳之』二句，謂可告功封禪，上媲古皇，傳示後世，必作『三』為是。又曰：國朝聖廟時命何焯等纂《分類字錦》，其《數目類》引此句，而曰：『古封禪者七十二君，以唐憲宗益之，故云七十三代也。』愚謂下句可以告功封禪，則當作『三』字為是，并『傳之』亦醒豁矣。

㊳【朱注】《封禪儀》：『玉牒長一尺三寸，廣、厚五寸。玉檢如之，厚減三寸。其印齒如璽，纏以金繩五周。』【馮注】《史記・封禪書》：『封泰山下東方，其下則有玉牒書。』《後漢書・祭祀志》：『牒厚五寸，長尺三寸，廣五寸。有玉檢，檢用金縷五周，以水銀和金以為泥。』《禮記・明堂位》：『周公朝諸侯於明堂之位。』趙氏《孟子注》：『泰山下明堂，周天子東巡狩，朝諸侯之處。』《韓碑銘》曰：『淮蔡既平，四夷畢來。遂開明堂，坐以治之。』【補】玉檢，封禪所用文書所罩之封蓋。明堂，古代天子宣明政教之處，凡朝會及祭祀、慶賞、選士、養老、教學等大典均於其中舉行。

以上為第六段。贊頌憲宗、裴度之功績與韓碑之不朽價值。

【許顗曰】李義山詩，字字鍛鍊，用事宛約，仍多近體。惟有《韓碑》一首古體，有曰『塗抹《堯典》《舜典》字，點竄《清廟》《生民》詩』，豈立段碑時躁辭耶？（《許彦周詩話》）

又曰：裴度平淮西，絶世之功也；韓愈《平淮西碑》，絶世之文也。非裴之功，不足以當韓之文；非韓之文，不足以發裴之功。碑成，李愬之子乃謂没父之功，訟之於朝。憲宗使段文昌别作。此與舍周鼎而寶康瓠何異哉！李義山詩云：『碑高三丈字如手，負以靈鼇蟠以螭。句奇語重喻者少，讒之天子言其私。長繩百尺拽碑倒，粗砂大石相磨治。公之斯文若元氣，先時已入人肝脾。』愈書愬曰：『十月壬申，愬用所得賊將，自文城因天大雪疾馳百二十里，到蔡取元濟以獻。』文昌所謂『郊雲晦冥，寒可墮指，一夕卷旆，凌晨破關』等語，豈不相萬萬哉！東坡先生謫官過舊驛，壁間見有人題一詩云：『淮西功業冠吾唐，吏部文章日月光。千古斷碑人膾炙，世間誰數段文昌？』坡喜而録之。黄常明。（《詩話總龜》後集卷五十技藝門）

【黄徹曰】李義山《詠淮西碑》云：『言訖屢頷天子頤。』雖務奇崛，人臣言不當如此。……（《䂬溪詩話》）

【曾季貍曰】李義山詩雕鐫，唯《詠平淮西碑》一篇，詩極雄健，不類常日作。如『點竄《堯典》《舜典》字，塗改《清廟》《生民》詩』，及『帝得聖相相曰度，賊斫不死神扶持』等語，甚雄健。（《艇齋詩話》）

【鍾惺曰】『此事不繫於職司』句下評：特識。『點竄《堯典》《舜典》字，塗改《清廟》《生民》詩』二句下評：二語是此詩大主意。『公之斯文若元氣，先時已入人肝脾』二句下評：文章定價，説得帝王無權。篇末總評：一篇典謨雅頌大文字，出自纖麗手中，尤為不測。（《唐詩歸》）

【譚元春曰】『湯盤孔鼎有述作，今無其器存其詞』二句下評：此例甚妙。篇末總評：文章語作詩，畢竟要看

來是詩不是文章。（同上）

【陸時雍曰】宏達典雅，其品不在《淮西碑》下。（《唐詩鏡》）

【許學夷曰】七言惟《韓碑安平公》二詩稍類退之，而《韓碑》為工。（《詩源辯體》）

【吴喬曰】（賀裳）又曰：『義山綺才艷骨，作古詩乃學少陵，頗能質樸。而終有「鏡好鸞空舞，簾疏燕誤飛」等語，《韓碑》詩亦甚肖韓，得《石鼓歌》氣概，造語更勝之。』喬曰：少陵詩是義山根本得力處。叙甘露之變二長韻律及《杜工部蜀中離席》可驗。此意惟王介甫知之。時有病義山骨弱者，故作《韓碑》詩以解之，直狡獪變化耳。（《圍爐詩話》）

【王士禎曰】杜七言千古標準，自錢劉元白以來無能步趨者。貞元、元和間，學杜者唯韓文公一人耳……李義山《韓碑》一篇，直追昌黎……（《古詩箋七言詩凡例》）

【朱彝尊曰】題賦韓碑，詩定學韓文，神物之善變如此。○此詩韻即學韓文，非學韓詩也。識者辨之。

【錢良擇曰】義山詩多以好句見長，此獨渾然元氣，絶去雕飾，集中更無第二首，神物善變如此。（按：錢氏《唐音審體》另一條批語與上引朱彝尊批語大體相同，不再録。）

【沈德潛曰】晚唐人古詩穠鮮柔媚，近詩餘矣，即義山七古亦以辭勝。此篇意則正正堂堂，辭則鷹揚鳳劌，在爾時如景星慶雲，偶而一現。（《唐詩别裁》）又曰：七字每平仄相間，而義山《韓碑》一篇中『封狼生貙貙生羆』，七字平也；『帝得聖相相曰度』，七字仄也。氣盛則言之短長與聲之高下皆宜。（《説詩晬語》）

【杜庭珠曰】義山古詩奇麗有酷似長吉處，獨此篇直逼退之。荆公謂其得老杜藩籬，亦以近體言之耳。

【賀裳曰】《韓碑》詩亦甚肖韓，髣髴《石鼓歌》氣概，造語更勝之。（《載酒園詩話》又編）

【何曰】可繼《石鼓歌》。字字古茂，句句典雅，頌美之體，諷刺之遺也。○『古者世稱』四句批：此等皆波瀾頓挫處，不爾便是直頭布袋。（《讀書記》）○《韓碑》三百六十六字，《石鼓歌》四百六十二字。與韓《石鼓歌》氣調魄力旗鼓相當。○氣雄力健，足與題稱。（《輯評》）

【王應奎曰】予觀李商隱《韓碑》一篇，『封狼生貙貙生羆』，此七言皆平也；『帝得聖相相曰度』，此又七言皆仄也。然而聲未嘗不和者，則以其清濁、輕重之律仍自調協耳。（《柳南隨筆》）

【陸鳴皋徐德泓曰】陸曰：此特贊韓碑之重，以明不可毀也。首四句，以羲、軒比憲宗，而美其興治之心。『淮西』四句，叙吴元濟相繼兇逆而阻兵也。『帝得』以下十句，言相度而賊不能害，親往督師，三李一韓為將，外郎馮、李等從征，韓愈為司馬，而克逆受封。此段正叙平蔡事也。『帝曰』以下十六句，叙韓受詔撰文勒碑事。『碑高』六句，述其既立而進讒重改事。以上皆記體也。『公之』以下，始言其文不可磨滅，若不傳無以彰盛事，故願書而讀之，與《封禪文》並垂不朽也。寫得莊重得體。徐曰：其轉捩佶屈生勁處，亦規倣韓體而為者，才力與之悉敵。具是氣骨，作豔體始工。觀此，則知其風格本自堅凝。即發為綺語，亦非裙拖湘水、髻挽巫雲之類所可同日論也。

【姚曰】此詩全是推挹昌黎《平淮西文》一篇，而歎其為千秋不朽之作也。起手至『功無與讓恩不訾』，直叙平淮西事，都作軒天蓋地語，見得淮西之寇、裴相之功，却似天要放這一篇大文字出頭者。『句奇語重』下，又言此碑一出，乃天地間元氣流行之文，而碑之存與不存，殊不足為此文損益。後雖改刻段文昌，至宋，州守陳珦磨去段作，仍刻韓文。義山此時，早已卜之。段作雖至今存，不啻魚目之與夜光，其亦不幸而傳歟？

【屈曰】碑文不叙李愬之首功，昌黎不得無過。今段文不大傳，而韓文家絃户誦，不無議者，好而不知其惡，可歎也。○生硬中饒有古意，甚似昌黎，而清新過之。

【程曰】韓昌黎撰《平淮西碑》，有以其辭不實訴之於帝，其説有二：一以為李愬之武士石孝忠見其推裴度而略李愬，心大不平，遂推幾仆，致聞於帝，見於羅隱《石烈士傳》。一以為愬妻唐安公主之女出入禁中訴其不實，見《唐書》昌黎本傳。憲宗詔令磨去，命翰林學士段文昌重撰勒石。詩中所謂『句奇語重喻者少，讒之天子言其私』，直書其事也。其云『古者世稱大手筆，此事不繫於職司』，乃譏段文昌。文昌官翰林學士，文詞是其職業，然《平淮西碑》文，安能如昌黎之大手筆乎？義山不敢顯言，而託諸微辭，故不以為己之論斷，而屬之昌黎之口吻，隱而顯矣。又按：平淮西事，裴度以丞相視師，賜以節斧、通天御帶、衛卒三百，韓弘以司徒為都統，而顔、胤、愬、武、古、通諸人咸統於弘，故賞功有將帥之分，原自不同。況昌黎碑文云：『愬入其西。得賊將，輒釋不殺，用其策，戰比有功。』又云：『愬用所得賊將，自文城因天大雪疾馳百二十里，用夜半到蔡，破其門，取元濟以獻。』『戰比有功』者愬也，『取元濟以獻』者愬也，敘愬之功又與顔、胤諸人不同，曷嘗推裴度而略李愬耶？蓋石孝忠武人，孟浪不暇致詳，以為不平，愬妻遽訴於帝，故命段文昌重撰。段文遠不及韓，有識者所共知。義山與文昌之子成式交好，不便顯言，故極力褒韓，而貶段之意已在言外。當時有無名氏詩曰：『淮西功業冠吾唐』云云，同一褒貶，而未免太直矣。

【李因培曰】玉谿詩以纖麗勝，此獨古質，純以氣行，而字奇語重，直欲上步韓碑，乃全集中第一等作。（總批）『封狼』句：奇句。『帝得』句：重句。『行軍司馬』：特表韓，詩為韓作也。『帝曰汝度』句：轉入韓碑，音節好。『點竄』二句：句奇而法韓公，亦自謂編之乎？『文成』二句：詩書之册而無愧高文典册，用相如瞠乎後已。『句奇語重』：四字盡韓碑之妙。『公之斯文』二句：與東坡水在地中之喻同妙。『今無其器』句：斟酌得宜。『七十有二』二句：所謂『吏部文章日月光』也。（《唐詩觀瀾集》卷五）

【馮曰】推崇韓碑不待言矣。淮西覆轍在前，河朔終於怙惡，作者其以鋪張為風戒乎？按：韓昌黎年至長慶四年，段墨卿年至太和九年，此當非太和前所作。

【紀曰】蘅齋評曰：首四句敘平淮西之由，莊重得體，亦即從韓碑首段化來。『誓將上雪列聖耻』句，説得爾許關係，已為平淮西高占地步。『淮西』四句極言元濟之强，便令平淮西之功益壯。入手八句兩段，字字争先，不是尋常鋪敘之法。○『帝得』句，遥接起四句，大書特書，提出眼目。○十四萬兵如何鋪敘？只『陰風』七字傳神，便見出號令森嚴，步武整齊，此一筆作百十筆用也，蓋從《詩》『蕭蕭馬鳴，悠悠旆旌』化來。○層層寫下，至『帝曰』二句，一筆定母，眼目分明，前路總為此二句。○四家評曰：『愈拜稽首』一段是波瀾頓挫處，不爾便直頭布袋。○『公之斯文』四句，真撑得起，非此堅柱，如何措柱一段大文。凡大篇須有幾處精神團聚，方不平衍散緩。

收處只將聖皇聖相高占地步，而碑文之發揚壯烈、不可磨滅自見。此一篇之主峰，結處標明。有一起合有一結，必如此章法乃稱。（《詩説》）　筆筆挺拔，步步頓挫，不肯作一流易語。（《輯評》）

【方東樹曰】此詩但句法可取而已，無復章法浮切氣脈之妙，由不知古文也。歐、王皆勝之。○此詩李、杜、韓無所解悟。○此詩之病，一片板滿，而雄傑之句，勝介甫作。又曰：此詩雖句法雄傑，而氣窒勢平。所以然者，韓深於古文，義山僅以駢儷體作用之，但加精錬琢造，句法老成已耳。（《昭昧詹言》）

【管世銘曰】李義山韓碑句奇語重，追步退之。《轉韻七十二句贈同舍》，開合頓挫中，一振當時凡庸之習，三百年之後勁也。（《讀雪山房唐詩序例》）

【姜炳璋曰】淮西之役，晉公以宰相督師，則功罪繫焉。韓碑歸美天子，推重晉公，『《春秋》法』也。況碑文于愬功原未嘗略，前人論之詳矣。義山此摩昌黎酷肖。或云義山與段文昌之子成式交，故不敢貶段。愚謂詩取藴藉，極力推重韓碑，則段碑自見，義山原未嘗有譁也。若侈口詆段，豈復成風雅乎？或疑『古者世稱大手筆』語入昌黎口中，未免言大而誇。不知『大手筆』者，謂朝廷絶大制作也，故不拘職守。況當仁不讓，已亦無可推辭，本非誇大。亦非有礙成式，暗斥文昌，為是掩耳盜鈴之筆也。

【孫洙曰】詠韓碑即學韓體，才大無所不可也。（《唐詩三百首》）

【劉熙載曰】『點竄《堯典》《舜典》字，塗改《清廟》《生民》詩』，其論昌黎也外矣。古人所謂俳優之文，何嘗不正如義山所謂。詩有借色而無真色，雖藻繢實死灰耳。李義山却是絢中有素。敖器之謂其『綺密瓌妍，要非實用』，豈盡然哉！至或因其《韓碑》一篇，遂疑氣骨與退之無二，則又非其質矣。（《藝概》）

【吴闓生曰】姚薑塢云：『此詩前代無推信者，至阮亭始取以配昌黎。』又云：『此詩瑰麗磅礴，亦昌黎所尠。』闓生案：此詩琢句有近韓處，至其取勢平衍，意亦庸常，無縱蕩開闔、跌宕票姚之韻，以故無甚可觀，王、姚、劉諸公，皆盛推贊，以為有過昌黎，蓋非篤論也。（《古詩鈔》吴闓生評）

【光聰諧曰】《韓碑》詩失實】義山《韓碑》即依韓體，洵為李唐一代七古後勁。然切按之，如『點竄』『塗改』『元氣』『肝脾』等句，昌黎見之亦當變色，而通首氣格且較韓似猶遜一籌。且叙承詔數語，尤為失體，並非事實。今考韓公《進撰碑文》表云：『聞命震駭，心識顛倒，非其所任，為愧為恐，經涉旬日，不敢措手。』何嘗如詩所云『愈拜稽首蹈且舞，金石刻畫臣能為』耶？《表》又云：『必得作者，然後可盡能事。今詞學之英，所在森列；儒宗文師，磊落相望。外之則宰相公卿，郎官博士；内之則翰林禁密，游談侍從之臣，不可一二遽數，召而使之，無有不可。至於臣者，自知最為淺陋，顧貪恩侍，趨以就事。叢雜乖戾，律吕失次，乾坤之容，日月之光，知其不可繪畫。强顔為之，以塞詔旨。』又何嘗如詩所云，『古者世稱大手筆，此事不繫於職司』及『當仁自古有不讓』耶？表自謙抑，詩乃代為驕矜，是欲顯之，轉以誣之。可乎？或曰：義山殆取《潮州謝表》内論述功績與詩書相表裏，雖古人亦未肯多讓意融會為之，以騁其筆，初不計其失實也。（《有不為齋隨筆》）

【張曰】未定何年，雖力學韓體，變化未純，恐是少作。（《會箋》）

【按】韓、段二碑高下優劣，固不在二碑之文學價值（就此而論，韓碑顯優於段碑），亦不在其基本思想傾向（二碑均擁護中央集權，反對藩鎮割據），而在肯定平淮西之役誰居首功。韓碑突出裴度首功，段碑則多叙李愬之功。

淮西之役，就當時形勢論，成敗之關鍵主要不在是否有良將，而在是否有賢相，是否有得力之統帥。此觀嚴綬等人之勞師無功，以及王承宗、李師道謀緩蔡兵，乃遣刺客刺武元衡、裴度事自明。《新唐書·裴度傳》：『于時，討蔡數不利，羣臣争請罷兵，錢徽、蕭俛尤確苦。度奏：「病在腹心，不時去，且為大患。不然，兩河亦將視此為逆順。」……十二年，宰相逢吉、涯建言：「餉億煩匱，宜休師。」唯度請身督戰。』故彼時憲宗之是否能獨任裴度，及度之是否堅持討蔡並身往督戰，洵為此役成敗關鍵。《唐會要》卷十八配享功臣雜録載都省議曰：『伏以憲宗皇帝元德英猷，邁越千古……故司徒兼中書令贈太師裴度……開相位，專任大事，遂乃擒元濟……蓋憲宗有知人之明，而度盡致君之道也。』即有見于此。自大處着眼，裴度之功，屬於戰略决策性質；李愬之功，則屬戰術執行性質。韓碑突出裴度决策統帥之功，實有見於此。碑文之作，既紀功於已往，亦垂戒於將來，自含警誡其餘强藩之意。韓碑突出君相之賢明善斷，對提高朝廷威望，亦有不可忽視之作用。段碑詳李愬之功，於裴度亦無貶辭，似若公允，實則於上述根本問題上，有明顯不足。

義山詩推崇韓碑，乃以韓碑之突出裴度首功為是。詩一則曰『帝得聖相相曰度』，再則曰『帝曰「汝度功第一」』，終則曰『嗚呼聖皇及聖相，相與烜赫流淳熙』，一篇之中，三致意焉。其突出裴度決策統帥之功，手眼與韓愈全同。國家之治亂，繫人而不繫於天；宰相是否得人，尤為治亂成敗之關鍵。此係義山一貫之主張。早期所作《隋師東》即謂：『但須鸑鷟巢阿閣，豈假鵩鴞在泮林？』《韓碑》詩中所持之觀點，實與此一脈相承。

義山絶少單純詠史之作，本篇亦可能借端寄慨。會昌年間，武宗專任李德裕，討平澤潞叛鎮，其事與憲宗專任裴度平定淮西極為相似。義山推崇李德裕伐叛之功，《會昌一品集序》中譽德裕為『萬古之良相』，稱揚其『居第一功』；而於宣宗君臣之貶黜德裕則深表不滿（見《舊將軍》《漫成五章》之五等）。詩中盛讚『聖皇與聖相』，不滿於推碑之舉，或亦寓慨於德裕之功高而受黜之事焉。

馮曰：『韓昌黎年至長慶四年，段墨卿年至太和九年，此當非太和前作。』按：篇末有『嗚呼聖皇及聖相，相與烜赫流淳熙』之句，顯係憲宗、裴度均卒後追思讚歎口吻，而裴度卒於開成四年，則此詩之作當在其後。如此詩確有寄託，作年或在大中初。《潭州》詩云：『湘淚淺深滋竹色，楚歌重疊怨蘭叢。陶公戰艦空灘雨，賈傅承塵破廟風。』《昭肅皇帝挽歌辭三首》其二云：『玉塞驚宵柝，金橋罷舉烽。始巢阿閣鳳，旋駕鼎湖龍。』似皆可與『聖皇聖相』之語相參證。

戊辰會靜中出貽同志二十韻①

大道諒無外〔一〕②，會越自登真③。丹元子何索？在己莫問鄰④。蒨璨玉琳華〔二〕⑤，翱翔九真君⑥。戲擲萬里火⑦，聊召六甲旬⑧。瑶簡被靈誥⑨，持符開七門〔三〕⑩。金鈴攝羣魔〔四〕⑪，絳節何兟兟⑫！吟弄東海若⑬，笑倚扶桑春〔五〕⑭。三山誠迥視〔六〕⑮，九州揚一塵⑯。我本玄元胤〔七〕⑰，禀華由上津⑱。中迷鬼道樂⑲，沉為下土民⑳。託質屬太陰，鍊形復為人㉑。誓將覆宮澤，安此真與神㉒。龜山有慰薦㉓，南真為彌綸㉔。玉管會玄圃㉕，火棗承天姻㉖。科車遏故氣㉗，侍香傳靈芬〔八〕㉘。飄飄被青霓，婀娜佩紫紋㉙。林洞何其微？下仙不與羣㉚。丹泥因未控㉛，萬劫猶逡巡㉜。荆蕪既以薙㉝，舟壑永無湮㉞〔九〕。相期保妙命㉟，騰景侍帝宸㊱。

〔一〕「諒」，季抄一作「自」。

〔二〕「璨」，席本作「燦」。

〔三〕「開」原作「關」，據蔣本、姜本、戊籖、悟抄、席本、錢本、影宋抄、朱本改。

〔四〕「魔」，悟抄作「鬼」。

〔五〕『笑倚』，蔣本、姜本、影宋抄作『倚笑』。

〔六〕『迴』，蔣本、姜本、悟抄、席本、錢本、影宋抄作『迴』。『誠』，姜本作『試』。

〔七〕『胤』，蔣本、姜本、戊籤、席本、錢本、影宋抄、朱本作『胄』。

〔八〕『芬』，朱本、季抄作『氛』。

〔九〕『舟』原作『丹』，據姜本、朱本改。『湮』原作『因』，據戊籤、季抄、朱本改。

①【朱注】《雲笈七籤》：『正月七日、七月七日、十月五日為三會日，三官考覈功過，宜受符籙，齋戒上章，並須入靜朝禮。若其日值戊辰、戊戌、戊寅，即不須朝真，道家忌此日辰。』又：道家有入靜、出靜法。此詩乃會日遇戊辰，因出靜而作也。【馮注】戊辰，大中二年也。本集詩題如紀年，則《辛未七夕》《壬申七夕》；紀月日，則《正月十五夜》《二月二日》之類，無有以干支紀日者。是年自桂歸來，後又有巴蜀遊蹟，中間似無暇有此；然暫歸故鄉及東都而又出行，亦可也。唐時崇尚道教，義山舊有『學仙玉陽東』之事，正與相合矣。朱氏謂道家忌戊辰、戊戌、戊寅之日，不須朝真。余初以《入道秘言》六戊日望三素雲，其他有六戊日拊心祝，六戊服氣法，而辨朱氏之非，皆誤以紀年為紀日耳。《登真隱訣》有入靜法：『燒香入靜朝神，願得正一三炁灌養形神，長生久視，得為飛仙。』又曰：『每入靜出靜，當以水漱口。』【張曰】馮氏僅據《戊辰會靜中出貽同志》詩，定為暫歸東都，謂巴蜀遊踪，無暇有此。夫道家會靜，本尋常事，何時不可，何地不可，豈必定在洛中乎？此不足據。【岑曰】道家會靜，何地不可，誠如（張）箋三云豈必定在洛中也。張雖駁其證，不駁其說。【按】此詩是否戊辰年作，頗可疑。現暫依馮氏繫於此。

②【馮注】《莊子》：『至大無外，謂之大一。』　【姚注】《淮南子》：『無外之外，至大也。』　【程注】王維詩：『大道今無外。』

③【程注】《唐書·藝文志》：『陶弘景《登真隱訣》二十五卷。』元稹詩：『丹井羨登真。』　【姚注】《八素真經》：『上真之道有七，中真之道有六，下真之道有八。』〔按〕登真，昇仙。

④【朱注】《黄庭經》：『心神丹元字守靈。』　【馮注】《黄庭經》：『心部之官蓮含華，下有童子丹元家。』又：『真人在已莫問鄰，何處遠索求因緣？』按：『鄰』字暗點同志，已醒全題。

⑤【朱注】《黄庭經》：『赤珠靈裙華蒨璨。』《真誥》：『上元夫人腰垂鳳文琳華之綬，執流黄揮精之劍。』

⑥【朱注】《太上正法經》：『九真者，九天之陰氣凝而成也。』《神仙傳》：『得仙者有九品，第一上仙，號九天真王。』　【姚注】《九真中經》：『尊神有九宫，名號曰九真君。分化上下，轉形萬道。』　【馮曰】有修九真中道之法，道書習見。

⑦【朱注】《神仙感遇傳》：『玄宗與張果、葉法善棋，召羅公遠齒坐。劍南有果初進，名為日熟子，張、葉以術取，每過午必至。其日繼夜都不到，相顧曰：「莫是羅君否？」時天寒圍爐，公遠笑于火中樹一筯，及此除之，遂至。葉詰，使者云：「欲到京，焰火亘天，無路可過，值火歇方得度。」』　【道源注】《度人經》：『擲火萬里，流金八衝。』

⑧【朱注】《漢武内傳》：『上元夫人授帝六甲左右靈飛之符，可以召山靈，朝地神。』《真誥》：『仙道有素奏丹符，以召六甲。』《西谿叢語》：『古以甲子數日，故謂之旬，如今陰陽家所云甲子旬中、甲午旬中之類。』

⑨【朱注】瑶簡，玉簡也。《太上八素經》：『司命著籍，玉簡丹書。』沈約《華山館營功德詩》：『玉簡黄金編。』《真誥》：『許長史云：「欽願崇榮，欣想靈誥。」』

⑩【朱注】《黄庭經》：『負甲持符開七門。』注：『謂七竅。』《雲笈七籤》：『五色焕耀，昇入七門。』

⑪【朱注】《真誥》：『老君佩神虎之符，帶流金之鈴。』《雲笈七籤》：『左佩玉瑞，右腰金鈴。』　【馮注】《真

誥》：『仙道有流金之鈴，以攝鬼神。』《雲笈七籤》：『九星之精化為五鈴神符，威制極天之魔，召攝五方神靈。』

⑫【朱注】甡，音精。《説文》：『甡，進也。』東魯《夫子廟堂碑》：『甡甡讓席。』【姚注】梁邵陵王《祀魯山神文》：『絳節陳竿，滿堂繁會。』【補】甡甡，同『莘莘』，衆多貌。

⑬【朱注】《楚詞》：『令海若兮舞馮夷。』【姚曰】若，海神名。【馮注】《莊子·秋水篇》：『河伯順流東行，向若而嘆，北海若曰……』

⑭【馮注】見《畫松》。

⑮【姚注】《史記》：『蓬萊、方丈、瀛州三神山者，相傳在渤海中。蓋嘗有至者，諸仙人及不死之藥皆在焉。』

⑯【姚注】《史記》：『鄒衍曰：中國名赤縣神州，内自有九州，不得為州數。中國外，若赤縣神州者九，所謂九州。』《神仙傳》：『王方平曰：聖人皆言海中行復揚塵也。』【馮注】即昌谷詩『遥望齊州九點烟』之意。以上叙行法飛神，下乃述懷。

⑰【朱注】封演《見聞記》：『國朝以李氏出自老君，故崇道教。高宗乾封元年，還自岱岳，過真源，詣老君廟，追尊為玄元皇帝。』【馮注】《舊書·紀》：『高宗乾封元年行泰山封禪之禮，還次亳州，幸老君廟，追號太上玄元皇帝。』

⑱【朱注】《韻會》：『津，氣液也。』曹毘詩：『體鍊五靈妙，氣含雲露津。』【馮注】《神仙傳》：『老子母感大星而有娠，受氣於天。』

⑲【朱注】佛經：『六道中有鬼道。』【程注】《後漢書·劉焉傳》：『張魯母有姿色，兼挾鬼道，往來焉家。』【馮注】《史記·武帝本紀》：『開八通之鬼道。』《魏書·釋老志》：『佛法有三歸五戒，奉持之，生天人勝處，虧犯則墮鬼畜諸苦惡。』按：道教亦相類。

⑳【朱注】《漢武内傳》：『帝下席叩頭曰：「徹下土濁民。」』

㉑【朱注】《神仙傳》：『仙家有太陰鍊形之法，能令日中無影。』【馮注】《南岳魏夫人傳》：『白日尸解，自

是仙矣。若非尸解之例，死經太陰，暫過三官者，肉脫脈散，血沉灰爛，而五藏自生，白骨如玉，七魄營衛，三魂守宅者，或三十年、二十年、十年、三年、血肉再生，復質成形，勝于昔日未死之容。此名鍊形太陰，易貌三官之仙也。天帝云：「太陰鍊身形，勝服九轉丹。」」

㉒【道源注】覆，還也，還元辰本宫之澤，以安此真神也。　【馮注】《廣韻》：『復，房六切，返也。覆，芳福切，反覆。』按：復、覆義相類。《黄庭經》：『至道不煩决存真，泥丸百節皆有神。』又：『腦神經根字泥丸。』又：『一面之神宗泥丸，泥丸九真皆有房。』注曰：『三丹田、三洞房，合三元為九宫，中有九真神。』《經》又有云：『顔色生光金玉澤，存此真神勿落落。』《登真隱訣》：『凡頭有九宫，其經皆神仙為真人之道，真官司命，經之要言。』按：腦有九宫，即還精補腦之義。

㉓【朱注】《集仙傳》：『西王母者，九靈太妙龜山金母也。天上天下，三界十方女子之登仙者咸隸焉，所居宫闕在龜山春山西那之都。』　【程注】《漢書·趙廣漢傳》：『以和顔接士，其尉薦待遇吏，殷勤甚備。』注：『謂安慰而薦達之。』按：尉、慰古通。

㉔【朱注】《南岳魏夫人傳》：『夫人北詣上清宫玉闕之下，諸真君授夫人玉札金文，位為紫虚元君，領上真司命南岳夫人，比秩仙公陶貞白《真誥》所呼南真，即夫人也。』　【程注】《真誥》：『南真夫人司命秉權，道高妙備，實良德之宗也。』《易》：『《易》與天地準，故能彌綸天地之道。』杜甫詩：『頽綱漏網期彌綸。』

㉕【朱注】《大戴禮》：『舜時，西王母獻白玉管。』《十洲記》：『崑崙山三角，其一角正西，曰玄圃臺。』【馮注】《十洲記》：『玄圃臺上有積石圃，西母宴會之所。』王母會真仙作樂，命侍女吹笙擊金之類，道書屢見。

㉖【朱注】《真誥》：『紫微王夫人謂許長史曰：「交梨火棗，騰飛之藥，不比于金丹也。君心中荆棘相雜，是以二樹不見。」』《酉陽雜俎》：『祁連山上有仙樹，其實如棗，以竹刀剖則苦，以木刀剖則酸，以蘆刀剖則辛，以金刀剖則甘。或曰：此即仙經所謂火棗。』　【馮注】《真誥》：『晉興寧三年，衆真降楊羲家，紫微王夫人與一神女來，年可十三四許。紫微夫人曰：「此太虚元君金臺李夫人之少女，詣龜山學道成，署為紫清上宫九華真妃，於是

賜姓安，名鬱嬪，字靈簫。」真妃手握三棗，一枚見與，一枚與紫微夫人，自留一枚，各食之。真妃曰：「君師南真夫人實良德之宗也。聞君德音甚久，不圖今日得叙因緣，君不得有謙飾。」因作一紙文相贈。紫微夫人復作一紙文曰：「今我為因緣之主矣。」真妃又曰：「宿命相與，願儔中饋，內藏真方，非有邪也。」南嶽夫人授書曰：「偶靈妃以接景，聘貴真之少女，於爾親交，亦大有益。」」《九皇上經注》曰：『交梨火棗在人體中，在於心室，液精內固，開花結實，胞孕佳味。』《宋書·后妃傳》：『閭閻有對，本隔天姻。』此以火棗言真妃手握之棗。

㉗【道源注】《王母傳》：『科車天馬，霓旌羽幢，千乘萬騎，光耀宮闕。』《雲笈七籤》：『存日如雞子在泥丸中，畢乃吐出一氣，存氣為黑色，名之尸氣。次吐二氣，存氣為白色，名之故氣。次吐三氣，存氣為蒼色，名之死氣。』《真誥》：『人卧室宇潔盛，則受靈氣，否則受故氣。』注：『謂塵濁不正之氣。』【馮注】《遁山開甲圖》：『霍山南岳儲君來，或駕科車，或駕龍虎。』《真誥》：『遏穢垢之津路。』按：舍其故氣，乃可得仙，亦兼吐故納新之義，故『氣』字道書屢見。科車，俟再考。【補】《宋書·禮志》五：『又車無蓋者曰科車。』

㉘【朱注】《真誥》：『仙宮有侍香之職。』《説文》：『氛，祥氣也。』【馮曰】侍香之童，如玉女、玉童之類。芬，一作氛。

㉙【朱注】司馬彪詩：『上淩青雲霓。』李賀《綠章封事》：『青霓扣額呼宮神。』【馮注】青霓，衣也；紫紋，綬也。《楚詞》：『青雲衣兮白霓裳。』此類之言被服者，道書中極多，皆小異大同。

㉚【朱注】道書有上仙、中仙、下仙。【馮注】《登真隱訣》：『上品居上清，中品處中道，下品居三元之末。』

㉛【朱注】《抱朴子》：『李公丹法：用真丹及五石之水各一升和合如泥。』《上清經》：『真丹秘訣：先以黃丹三五斤漸築令實，約厚五寸，更下丹輕築，都大令實，取鼎為度，不計斤數，然後以六一泥泥鼎。』【馮注】丹泥，即丹元泥丸之所在也。控者，如道書之論胎息，真仙謂三魂神領腦宮元神遊於上天也。蓋葆氣成神，方尸解而登真矣。正應上『宮澤』句，舊注誤。【按】馮注是。

㉜【姚注】《廣異記》：『儒謂之世，釋謂之劫，道謂之塵。』【馮注】『萬劫』字屢見道書。《隋書·經籍志》：『天地一成一敗，謂之一劫。自此天地以前，則有無量劫矣。』【程注】《老君開天經》：『洪元一治，至於萬劫，洪元即判，而有混之。混元一治，至於百成。百成八十一萬年而有太初。』【補】逡巡：須臾，頃刻。

㉝【馮注】荆蕪即心中荆棘。《周禮》：『薙氏掌殺草。』

㉞【朱注】《莊子》：『藏舟於壑，（自謂固矣），夜半有力者負之而趨。』（二句）言人心稠濁，如荆榛之蕪穢能剪薙之，斯清净可守，永無壑舟之移矣。【馮注】陶貞白《許長史舊館壇碑》：『三相幻惑，舟壑自移。』此謂中心清净，則此身不死而湮埋。

㉟【朱注】《真誥》：『有保命君。』《雲笈七籤》：『太乙保命，固神定生。』

㊱【道源注】《真誥》：『侍帝宸有八人，如世之侍中，王子喬、郭世幹皆為之。』【馮注】雲林右英夫人授許長史詩：『來尋真中友，相攜侍帝晨。』《真誥》：『桐柏真人領五嶽司侍帝晨王子喬、青蓋真人侍帝晨郭世幹。』按：《陶隱居集》：『許玉斧為東華上相青童君之侍帝晨。』而頌曰：『錫茲帝宸。』則『晨』『宸』通用也。此以仙職收到『貽同志』。

【朱彝尊曰】既以仙自命，又以博自矜。此才人高自標置之常，不足多訝。

【姚曰】首四句提綱，『在己莫問鄰』句乃一篇之骨。『倩璨』以下十二句，言登真之樂。『我本玄元胄』以下十八句，言修真之志，正所謂『在己莫問鄰』者。『丹泥』下六句，言蹉跎未遂，而欲與同志共勉之也。

【屈曰】一段大道在自修。二段仙家之靈通妙用。三段身本仙根，成道甚易。四段貽同志。

【馮曰】篇中既用王母事，而雲林夫人，王母第十三女；紫微夫人，王母第二十女；九華真妃，本李夫人少女，與義山妻系出類同。余初謂在東川時心懷永悼，托以抒哀。『龜山』四句，謂作合成婚；『科車』四句，謂王氏之亡，頗似的確。今而悟箋詩之説每有近似而實不然者。若果以此寄哀，當更有深摯之情，且何以云『出貽同志』耶？其前《送從翁東川幕》，所用已皆女仙，蓋學仙時多與女冠相習，唐時風尚如此耳。或兼比己之婚於王氏，默叙行藏，則大可也。戊辰必為紀年，必非悼亡後矣。

【紀曰】骨法不失蒼勁，亦是五言一種，雖貌與古殊，而格力自在也，但詩無風旨可采耳。（《詩説》）雜之通明《真誥》中，殆不可辨。然終恨有章咒氣。（《輯評》）

【張曰】起一段至『九州揚一塵』，暗述生平抱負，屬望遠大，本期立登要津。『我本玄元胄』一段，言己本令狐門館中，為李黨所累，雖遭放廢，猶欲還神真宅，一雪此耻。『龜山有慰藉』一段，言無端婚於王氏。九華真妃，李夫人少女，與義山妻系出類同，詩以借況。『林洞何其微』一段，言李黨釁敗，遂致無所依恃。結言尚擬入京，與令狐重修舊好也。篇中皆假求仙寓意，確為大中二年作。道家有入静、出静法，義山篤信學仙，故有此類諸詩。戊辰乃紀年，非紀日，集中書干支例然，馮説不可易矣。

【按】姚箋雖簡而切要，張箋則鑿矣。詩題為『貽同志』，明為贈道友者。如張氏所解，則通篇均為隱語，道友豈復能解？

和孫朴韋蟾孔雀詠①

此去三梁遠②，今來萬里攜③。西施因網得④，秦客被花迷〔一〕⑤。可在青鸚鵡⑥，非關碧野雞⑦。約眉憐翠羽⑧，刮膜想金鎞〔二〕⑨。瘴氣籠飛遠，蠻花向坐低⑩。輕於趙皇后⑪，貴極楚懸黎⑫。都護矜羅幕⑬，佳人炫繡袿⑭。屏風臨燭釦⑮，捍撥倚香臍⑯。舊思牽雲葉⑰，新愁待雪泥⑱。愛堪通夢寐⑲，畫得不端倪〔三〕⑳。地錦排蒼雁㉑，簾釘鏤白犀㉒。曙霞星斗外，涼月露盤西㉓。妒好休誇舞㉔，經寒且少啼㉕。紅樓三十級㉖，穩穩上丹梯㉗。

〔一〕「客」原一作「俗」。

〔二〕「膜」，朱本、季抄作「目」。「鎞」，蔣本、戊籤、席本、錢本、影宋抄均作「篦」，字通。

〔三〕「畫」原一作「盡」，蔣本、悟抄、錢本、影宋抄作「盡」，非。【紀曰】「畫得不端倪」，當作「畫不得端倪」。

集注

①【朱注】《唐詩紀事》：「韋蟾，字隱珪，下杜人，表微之子。大中七年進士，為徐商掌書記。咸通末，官尚書左丞。」按義山《樊南乙集序》云：「大中二年，自桂府歸，為盩厔尉，與孫朴、韋嶠同官。」詩當作於是時。【馮注】《舊書·儒學·韋表微傳》：「子蟾，進士登第，咸通末為尚書左丞。」《全唐詩話》：「韋蟾字隱桂。」按：「隱桂」或作「隱珪」，誤。（商隱）又有《寄懷韋蟾詩》。韋蟾、韋嶠，當是兩人，未必訛「蟾」為「嶠」也。按趙

明誠《金石録》：『《唐崇聖寺佛牙碑》，孫朴撰，大中時立。』似即此孫朴，則亦能文之士也。【按】陶敏《全唐詩人名考證》引《蘇魏公文集》卷六三《孫公行狀》：『七世祖曰朴，始徙富春，籍於長安，在唐武宣世舉進士、宏詞，連取甲第。大中五年，從辟劍南西川節度使杜悰為掌書記。』《崇聖寺佛牙碑》署唐忠武軍節度判官、監察御史内供奉孫朴撰。

②【朱注】三梁在桂管。本集《為鄭亞桂州謝上表》：『三梁路阻，九嶠山遥。』【馮注】按曹學佺《名勝志》：『陽江源出靈川縣思磨山，流至郭西匯為澄潭，歷西南文昌三石梁，東出灕山，與灕江合，對岸即桂林城。』三梁必即此，地理固古今同也。

③【朱彝尊曰】二句言孔雀來處。

④【朱注】《西谿叢語》：『《吴越春秋》云：「吴亡，西子被殺。」杜牧之詩：「西子下姑蘇，一舸逐鴟夷。」後人遂云范蠡將西子去。嘗疑之，别無所據。』楊慎曰：『《修文御覽》引《吴越春秋》逸篇云：「吴亡後，越浮西施於江，令隨鴟夷以終。」浮，沉也。反言耳。隨鴟夷者，子胥譖死，盛以鴟夷，西施有力焉。今沉之江，所以報子胥之忠。』按：西施沉江事，容有之。但此云『西施因網得』，他詩又云『莫將越客千絲網，網得西施别贈人』，皆言初得西施，非吴亡後事也。其故實未詳，疑出小説家，今逸之耳。【馮注】《嶺表録異》：『交趾郡人多養孔雀，又養其雛為媒，旁施網罟，捕野孔雀。』【屈注】西施比孔雀羽毛華麗如美人也。

⑤【朱注】《列仙傳》《水經注》俱云：『簫史吹簫，能致白鶴、孔雀。』此『秦客』以對上『西施』，其用秦樓簫史事無疑。集内《無題》詩：『豈知一夜秦樓客，偷看吴王苑内花。』疑即此『秦客』。【馮注】徐曰：『蕭史事，言能致孔雀，不可以秦客代孔雀也。此與「一夜秦樓客」皆别有出處，未詳。』按：謂網得珍禽，愛玩若迷也。秦客當是蕭史。他詩之『吴王苑内花』，亦正是西施。【按】馮注是。『秦客』借指孫、韋。花，借喻孔雀，因其文采燦爛，故云。

⑥【朱注】《山海經》：『黄山有鳥焉，青羽、赤喙、人舌、能言，名曰鸚䳇。』《南方異物志》：『鸚䳇有三種。

一種青，大如烏鳥；一種白，大如鴟鴞；一種五色，大於青者。交州、巴南盡有之。」【補】在，關也，涉也。可在，豈關。

⑦【朱注】言孔雀如青鸚鵡之可玩，非若碧野雞之形聲恍惚也。【《輯評》墨批曰】二句比。【按】碧野雞，見《寄令狐學士》注。可在、非關，對舉義近。二句謂孔雀不同於鸚鵡、野雞。

⑧【朱注】《登徒子好色賦》：『眉如翠羽。』【程注】《子夜歌》：『約眉出前窗。』

⑨【朱注】《涅槃經》：『有盲人詣良醫，醫即以金鎞刮其眼膜。』【馮注】《事文類聚》：『魏武帝病眼，令華佗以金篦刮膜。』《埤雅》：『孔雀尾有金翠，五年而後成，初春乃生，三四月後復凋，與花蕚相榮衰。』【程注】杜甫詩：『金篦空刮眼。』【按】金鎞為古代醫者用以治療眼疾之器械。《北史·張元傳》：『夢見一老翁以金鎞療其祖目。』二句謂孔雀羽毛五彩繽紛，其翠者令人想起婦女之修眉，其金色者令人想起刮膜之金鎞。

⑩【朱注】《續漢書》：『西南夷曰滇池，出孔雀。』是從蠻瘴中來也。杜甫詩：『翠尾金花不辭辱。』【補】蠻花，喻指孔雀，因其產於南方，故云。

⑪【朱注】《西京雜記》：『趙后體輕腰弱，善行步進退。』《白帖》：『飛燕體輕，能為掌上舞。』【姚注】《飛燕外傳》：『長而纖便輕細，舉止翩然，人謂之飛燕。』【何曰】此句貼舞。（《輯評》）

⑫【朱注】《戰國策》：『梁有懸黎，楚有和璞。』【馮注】按：注云：『皆美玉名。』此乃云楚。檢阮籍《薦盧播書》：『鄧林昆吾，翔鳳所棲；懸黎和肆，垂棘所集。』似亦地名，豈近楚歟？【按】此『懸黎』自指美玉。貴極，貴比。

⑬【朱注】杜氏《通典》：『漢置西域都護。唐永徽中，始於邊方置安東、安西、安南、安北四大都護府。』【馮注】《漢書》：『宣帝使鄭吉護鄯善以西南道，并令護車師以西北道，號曰都護。』朱曰：『有引《紀聞》「孔雀其鳴曰都護」者，非也。』【程注】《太平廣記》載《紀聞》云：『孔雀聲若曰都護。』【按】程注是，詳下句注。

⑭【朱注】袿，音圭。《釋名》：『婦人上服曰袿。』《廣雅》：『長襦也。』沈約詩：『先表繡袿香。』【馮注】

《神女賦》：『振繡衣，被袿裳。』《晉書・夏統傳》：『賈充使妓女之徒，服袿襹，炫金翠。』《埤雅》：『孔雀遇芳時好景，聞絃歌，必舒張翅尾，盼睞而舞。性妒忌，遇婦女童子服錦綵者，必逐而啄之。』此言養在羅幕中，以美衣誘之舞。【《輯評》墨批】二句言都護、佳人皆愛其羽毛。【何注】宋黄休復《茅亭客話》云：『蛇與孔雀交偶。有得其卵者，使雞抱伏，即成，其名曰都護。初年生緑毛，二年生尾、小火眼，三年大火眼，其尾乃成。』【屈曰】趙皇后、楚懸黎、都護、佳人四句，皆比其毛羽之美。【按】羅幕、繡袿，皆喻孔雀尾羽，則『都護』『佳人』自指孔雀。如云『養在羅幕中』，則『都護』與『矜』字均無着，且亦不必都護始養之於羅幕也。《輯評》墨批亦誤。二句蓋謂孔雀自炫其翠羽而開屏。

⑮【朱注】《説文》：『鈿，金飾器口。』

⑯【朱注】《樂府雜録》：『琵琶以蛇皮為槽，厚二寸餘，鱗介亦具，以楸木為面，其捍撥以象牙為之。』《海録碎事》：『金捍撥在琵琶面上當絃，或以金塗為飾，所以捍護其撥也。』《説文》：『麝如小麋，臍有香。』【程注】樂曲有《孔雀雙雙彈》，如王建《和武門下傷韋令孔雀》詩『舉頭問舊曲』是也。二語謂其圖形較射，僅入屏風；譜入彈詞，徒供捍撥。【馮注】《舊書・志》：『舊琵琶皆以木撥彈之，太宗貞觀始有手彈之法，今所謂搊琵琶者是也。』《新書・蘇頲傳》：『頲節度劍南，皇甫恂使蜀，檄取庫錢市琵琶捍撥、玲瓏鞭，頲不肯予。』白香山詩：『珠顆淚霑金捍撥。』按：二句狀雀屏。【屈曰】屏風句，夜玩也；捍撥句，停撥而玩也。【按】馮注近是。屏風，指雀屏。燭鈿，似指孔雀頂部特出翹起之羽毛。『屏風臨燭鈿』蓋狀孔雀之昂首開屏。鳥喙似捍撥，孔雀形似琵琶，『捍撥倚香臍』似寫孔雀以喙剔理腹部羽毛之形象。二句以閨中陳設及閨中女子擬孔雀之形狀。

⑰【朱注】陸機《雲賦》：『金柯分，玉葉散。』梁簡文帝詩：『雲開瑪瑙葉。』【馮注】《古今注》：『黄帝與蚩尤戰，常有五色雲氣金枝玉葉。』此謂不能乘雲而歸故山。【按】似謂回憶故山，雲山迢遞，惟寄歸思於雲葉。

⑱【朱注】盧綸《送張少府》詩：『判詞花落紙，擁吏雪成泥。』【程注】『雪泥』用佛經。【馮注】《古禽經》：『孔雀愛毛，遇雨高止。』徐曰：『《盧衡志》：「孔雀喜卧沙中自浴。」故言恐為雪泥所污。』按：離暖就寒，

故將有新愁也。

⑲【朱注】《太平御覽》：『《齊書》云：武帝年十三，夢着孔雀羽衣裳，空中飛舞。』

⑳【朱注】《舊書·后妃傳》：『高祖穆皇后，少時父母於門屏畫二孔雀相對。有求昏者輒與兩箭令射，潛相謂曰：「若中孔雀之目，即以妻之。」高祖後至，兩發皆中其目，遂歸焉。』【程注】《唐名畫録》：『貞元中，新羅國獻孔雀，解舞。德宗詔邊鸞於玄武門外寫貌，一正一背，翠飾生動，金光遺妍，能應繁節。』《莊子》：『反覆終始，不知端倪。』【按】二句謂或愛極而於夢中見之，或欲圖其形貌而難得畢肖。

㉑【朱注】鄭嵎《津陽門》詩：『錦鳧繡雁相追隨。』注：『温泉湯中縫綴錦繡為鳧雁。』【馮注】綵毯之類。【補】雁飛有序，故曰『排』。蒼雁當是地毯上圖案。

㉒【朱注】李賀詩：『玳瑁釘簾薄。』《東觀漢記》：『章帝元和元年，日南獻白雉白犀。』《廣志》：『犀角之好者稱雞昧白。』【馮注】徐君蒨詩：『故留殘粉絮，掛着箔簾釘。』餘見《無題二首》（《昨夜星辰》首『靈犀』注）。

㉓【朱注】《三輔故事》：『武帝於建章宫立銅柱，高二十丈，上有仙人掌承露盤。』【馮注】言時之早暮。

㉔【何曰】自寓。（《輯評》）【按】『妒好』已見前馮注引《埤雅》。

㉕【朱注】顧有孝曰：『北地多寒，戒之以少啼，即子美《花鴨》詩「作意莫先鳴」意也。』

㉖【朱注】《酉陽雜俎》：『長樂坊安國寺紅樓，睿宗在藩時舞榭也。』李白詩：『紫殿紅樓覺春好。』王建《宫詞》：『禁寺紅樓内裏通。』【馮曰】紅樓泛喻宫殿。【屈曰】『地錦』『曙霞』句，言如此之地，如此之時，切不可誇舞多啼，妬之者衆也。

㉗【馮注】《文選》謝靈運《擬鄴中集》詩：『躧步陵丹梯。』注曰：『丹墀也。』又曰：『謂階陛赤色。』

【朱曰】後四語全是寓意。

【姚曰】首四句，羈係他鄉之歎。『可在』四句，言毛羽之不同。『瘴氣』四句，言品類之矜貴。『都護』四句，言其入富貴之家。『舊思』四句，言其懷別離之感。『地錦』四句，言其所處得地。『妒好』四句，勸其不以文采自炫，庶可以善全其生也。

【屈曰】一段愛孔雀如美人如名花，非鸚鵡、碧雞可比。二段孔雀可愛之妙。三段賞之者衆。四段通夕賞玩。五段囑其不可炫才，方得穩步上丹梯也。○『網得』者，猶言以幣帛禮儀為網羅而得之，若言沉江而網得，死矣，何用固哉？○『舊思』句，往日思而未見也；『新愁』句，恐汙其翠也。

【程曰】《樊南乙集序》云：『大中二年自桂府歸，選為盩厔尉，與韋觀文、孫朴、韋嶠同官。』朱長孺氏以為詩當作於是時，此就題中同官以為依據也。然《樊南乙集序》又云：『選盩厔尉，見尹，尹即留假參軍事，專管章奏。』則義山未官盩厔，即入尹幕。本傳云：『京兆尹盧弘正奏署掾曹，令典章奏。』則此尹當屬弘正。考《新、舊唐書》，弘正未為京兆尹。《乙集序》云：『尚書范陽公以徐戎凶悍，節度闕判官，奏入幕。』與史稱弘正為武寧節度合。據此，則尹留假參軍，弘正奏入幕自是兩事，本傳誤為一事也。序中前稱尹，後稱尚書范陽公，其非一人可知。且泛泛以尹稱之，則不以感恩知己目之明矣。此詩當作於此時。其寄興於孔雀者，以其文采可觀，徒作人耳目近玩，如翩翩書記，亦為人作嫁衣裳，故借此以自寓也。朱長孺氏謂後四句是寓意，愚謂全篇皆寓意，但當分兩半看。『新』『舊』二字是眼。前半感慨桂州之辟，後半感慨京兆之留。『此去三梁遠，今來萬里攜』，謂方自桂管，來至京兆，孔雀之蹤跡，即己之蹤跡。此是一篇綱領。『西施因網得，秦客被花迷』，謂孔雀因艷麗而為人得，因矜貴而致迷方。猶己之身應鄭辟，如西施之入網羅；久留桂管，若秦客之迷花下。此二語承『三梁遠』。『可在青鸚鵡，非關碧野雞』，謂孔雀本屬粵産，何來王畿？可比鸜鵒之生炎方，非若碧鷄之出秦地。猶之己久出京師，初離西粵。此二語承『萬里攜』也。以下寫孔雀望恩。（『約眉』）二語生可憐惜，自善約眉；想望受恩，人誰刮目？猶之己素善文章，冀逢知己也。（『瘴氣』）二語謂久遭瘴氣，纔得遠離；或遇蠻花，回思舊事。猶之己從事於瘴雨蠻烟，不堪其風馳露宿也。以下寫孔雀聲價。（『輕於』）二語謂技能善舞，竟如飛燕輕盈；購求實難，亦比懸黎貴重。猶之己受人辟聘，實有倚馬草檄之才；若論酬功，不愧國門千金之價也。以下寫孔雀所遇之人。（『都護』）二語謂其雖處羅幕，惠養者不過都護粗官；縱近繡衽，愛惜者無非佳人兒女。猶之己遭逢幕府，未為同調知音；名曰懷恩，不見丈夫慷慨也。以下寫孔雀所供之用。（『屏風』）二語謂其圖形較射，僅入屏風；譜入彈詞，徒供捍撥。猶之己以文章為職業，不過應用戟門，出金石於詩詞，或付善歌營妓也。凡此以上，舊事可知。自是而下。新情何似？故總承總領二語以為關鈕，云『舊思牽雲葉，新愁待雪泥』。然則孔雀之飄零，與此身之淪落，雲飛葉散，舊無定蹤，雪擁泥塗，今仍冷境也。以下便寫孔雀怨望。（『愛堪』）二語謂其虛蒙愛玩，未見神交；即遇畫工，無非皮相。猶之己前受恩遇，僅一判官；今日參軍，又掌章奏也。以下寫位置孔雀。（『地錦』）四語深宮大宅，地錦簾釘，蒼雁白犀，都難依傍，但處曙霞星斗之外，涼月露盤之西而已。猶之己遥望天門，渺不可即，徒調外職，又在西偏也。結句四語，則深畏時人之妬，自戒不平之鳴，明知紅樓之難登，或冀丹梯之可上。語語不離孔雀，語語貼切一身。羽毛豐美，故曰『妬好』；初出炎荒，故曰『經寒』。善舞能啼，是其本性使然。紅樓丹梯，愿其棲託得所，此己與孔雀共之者也。

【馮曰】首二聯言其來自遠方，為人所愛，領起全篇。次二聯先狀其文采。又次二聯重言其遠來貴重。又次二聯迴憶在南荒時，人皆珍玩，即所謂『舊思』也。又次二聯為中間之轉捩，拍到『今來』。又次二聯言宜置之華麗之地，朝夕給賞。結謂宜韜文采，静待良遇。不特以勗孫、韋，時義山方從桂管還京也。采色華鮮，尤工運掉。

【紀曰】後四句略見作意，通篇夾襍凑泊，不足為法。（《詩説》）『輕於』二句尤鄙。（《輯評》）

【張曰】不曉其用意，故以為凑泊，實則句句妥貼也。『輕於』二句是晚唐詠物法。此篇大中三年從桂管還京，選爲盩厔尉，京尹初留假參軍、管章奏時所作，全以孔雀自喻。（《辨正》）又曰：起二句謂自桂還京。『西施』句爲人所得。『秦客』句受人之欺，暗指令狐也。『可在』四句：言己文采如此，屬望遠大。『瘴氣』四句，言流落南荒，徒矜遠客。『都護』四句，指京尹留管章奏。『屏風燭釦』『捍撥香臍』，謂風韻不減疇曩也。『舊思』四句，尚未滿足之恨。『地錦』四句，謂内廷相隔，無異外曹。『妒好』二句，聊自慰藉。結即『豈無雲路分，相望不應迷』之意。馮氏謂『采色華鮮，尤工運掉』，信然。（《會箋》）

【按】詩作於大中三年在京兆府暫假參軍事、典章奏時。其時京兆尹爲鄭涓，見郁賢皓《唐刺史考全編》。此篇雖詠孔雀，亦兼以自寓，諸家説略同。義山題鵝中固嘗以孔翠自喻矣。然以爲必句句有託、字字比附，如程、張所箋者，則流於鑿。原其大旨，不過以來自南中、文采華鮮之孔雀，比己之富於文才；以『休誇舞』『且少啼』爲戒，庶幾免遭世忌，穩步丹梯而已。其他細加比附之解，均未必然。句解已見注，兹更略加串釋。首二言孔雀來自萬里炎方。『西施』二句，謂其如美艷之西施，係網羅而致，既入長安，則秦人均爲此『吴王苑内花』所迷。『可在』四句，謂孔雀之華艷，故非青鸚鵡、碧野雞可比，見其翠羽，令人想見佳人之修眉，睹其金碧之色，恍若見刮膜之金篦。『瘴氣』二句，謂籠養之孔雀，已遠離南方蠻瘴之地，而置身於京華坐席之間供人賞玩，『蠻花』即指來自蠻荒之孔雀。『輕於』二句，謂其身輕善舞，珍比懸黎美玉。『都護』二句，謂其自炫翠羽而開屏，暗逗下『妒好休誇舞』句。『屏風』二句，正寫開屏剔羽。『舊思』二句，謂其離萬里之故山，不免情牽；就北國之新居，反憂雪泥之汙，下句暗逗『經寒且少啼』句。『愛堪』二句，謂愛之而堪通夢寐，圖之而難得畢肖，即上『被花迷』之意。『地錦』四句，似寫其今處華麗之所，籠養而朝夕供人賞玩，所見者唯曙霞涼月。『妒好』四句，正面揭出寓意，謂處此新境，唯不炫不怨，方可穩步丹梯，入居禁近也。

寄懷韋蟾〔一〕

謝家離别正凄凉，少傅臨歧賭佩囊①。却憶短亭迴首處，夜來煙雨滿池塘②。

校記

〔一〕各本均無『寄懷』二字，據戊籤補。

集注

①【朱注】《晉書》：『謝玄少好佩紫羅香囊，叔父安患之，而不欲傷其意，因戲賭取而焚之，於此遂止。』【馮注】謝安石進拜太保，贈太傅，無少傅之階。《世説》亦無此稱，似小誤。【按】少傅自指謝玄，以喻韋蟾。

②【馮曰】句中暗寓鴛鴦。

【姚曰】是憶别之作，後二句是倒裝法。

【馮曰】豈韋有艷情而為其長者禁絶之邪？

【紀曰】不解其題，無從論詩。而詩首二句殊不佳。末二句平山以為倒裝法也。（《詩説》）題有脱字，詩遂難解，然就詩論詩，自不佳。（《輯評》）

【張曰】大中三年，義山自桂返京，曾和韋蟾《孔雀詠》。此則不定何年。詩用謝幼度賭紫羅囊故實，必有本事，今亦無從臆測矣。（《會箋》）

【按】當是與韋别後寄懷之作。首句『謝家』即指韋蟾之家。『離别』，指詩人與韋相别。次句用謝玄賭佩囊典，似暗示韋有艷情而為長者所委婉勸止，『臨岐賭佩囊』，蓋謂其於臨岐分首之際，因閒情受阻抑而情懷倍加鬱鬱，應上句『凄凉』。三四將當時分别之情景與别後遥想之情景融為一片，謂當日短亭分别，頻頻回首，今日遥想臨岐分别之處，當更寂寥冷落，惟烟雨籠罩池塘而已，馮謂末句暗寓鴛鴦，似之。『寄懷』之意，即寓『却憶』之中。此詩不定何年作，姑附前篇之後。

驕兒詩〔一〕①

衮師我驕兒，美秀乃無匹②。文葆未周晬〔二〕③，固已知六七④。四歲知姓名〔三〕，眼不視梨栗〔四〕。交朋頗窺觀，謂是丹穴物⑤。前朝尚氣貌〔五〕，流品方第一⑥。不然神仙姿，不爾燕鶴骨⑦。安得此相謂？欲慰衰朽質⑧。

青春妍和月，朋戲渾甥姪⑨。繞堂復穿林，沸若金鼎溢〔六〕。門有長者來⑩，造次請先出⑪。客前問所須，含意不吐實。歸來學客面，闖敗秉爺笏⑫。或謔張飛胡⑬，或笑鄧艾吃⑭。豪鷹毛崱屴⑮，猛馬氣佶傈⑯。截得青篔簹⑰，騎走恣唐突⑱。忽復學參軍，按聲喚蒼鶻⑲。又復紗燈旁，稽首禮夜佛。仰鞭罥蛛網⑳，俯首飲花蜜。欲争蛺蝶輕，未謝柳絮疾㉑。階前逢阿姊，六甲頗輸失㉒。凝走弄香奩㉓，拔脱金屈戌㉔。抱持多反倒〔七〕㉕，威怒不可律。曲躬牽窗網㉖，衉唾拭琴漆㉗。有時看臨書，挺立不動膝㉘。古錦請裁衣，玉軸亦欲乞㉙。請爺書春勝㉚，春勝宜春日。芭蕉斜卷牋，辛夷低過筆㉛。

爺昔好讀書，懇苦自著述。顦顇欲四十，無肉畏蚤蝨㉜。兒慎勿學爺，讀書求甲乙㉝。穰苴《司馬法》㉞，張良黄石術㉟。便為帝王師，不假更纖悉㊱。况今西與北，羌戎正狂悖㊲。誅赦兩未成，將養如痼疾㊳。兒當速成大，探雛入虎窟〔八〕㊴。當為萬户侯㊵，勿守一經帙〔九〕㊶。

〔一〕『驕』原一作『嬌』，非。

〔二〕『晬』原作『睟』，非，據席本、朱本改。

〔三〕『姓名』，朱本、季抄作『名姓』。

〔四〕『視』，馮引一本作『識』，非。

〔五〕「氣」，蔣本、戊籤、席本、錢本、影宋抄作「器」。【按】氣貌，唐五代人常語。李華《元魯山墓碣銘》：「神體和，氣貌融。」李建勳《贈送致仕郎中》：「衣冠皆古製，氣貌異常人。」氣貌指人之氣度風貌。

〔六〕「若」原作「石」，非，據戊籤、錢本、影宋抄、席本、朱本改。

〔七〕「倒」，席本、朱本作「側」。

〔八〕「窟」，朱本作「穴」。

〔九〕「勿」，姜本作「弗」。

①【馮注】或謂宜作「嬌兒」，然「驕子」固有典，杜詩有「驕兒惡臥」之句。詩正極形「驕」字。【程注】杜甫詩：「平生所驕兒，顏色白勝雪。」【按】詩作於大中三年春。

②【馮注】《蔡寬夫詩話》：「白樂天晚年極喜義山詩，云「我死得為爾子足矣。」義山生子，遂以白老名之。既長，略無文性，温庭筠嘗戲之曰：「以爾為白老後身，不亦忝乎？」然義山有「袞師我驕兒，美秀乃無匹」之句，知即此子否乎？後何其無聞也！」田曰：「此真無稽之言。」按：後人又有以薛逢子廷珪（見《舊、新書·傳》《北夢瑣言》者）而以為義山子，更謬甚也。【補】《左傳·襄公三十一年》：「子大叔美秀而文。」

③【朱注】晬，祖對切。《史記》：「公孫杵臼、程嬰謀取他人嬰兒負之，衣以文葆。」《韻會》：「晬，子生一歲也。」【馮注】《廣韻》：「晬，周年子也。」【程注】《東京夢華録》：「生子百日，謂之百晬；至來歲生日，謂之周晬。」【補】文葆，猶文褓，繡花褓衣。

④【朱注】陶潛《責子》詩：「雍端年十三，不識六與七。通子垂九齡，但覓梨與栗。」【按】此反用陶詩。

⑤【姚注】《山海經》：「丹穴之山，有鳥焉，其狀如雞，五采，名曰鳳凰。」【馮注】《爾雅》：「岠齊州以南，戴日為丹穴。」【按】丹穴物即鳳凰。

⑥【程注】《南史·王僧綽傳》：「究識流品。」《晉書》：「謝混風流，江左第一。」【馮注】《晉書·衛玠傳》：「時中興名士惟王承及玠，為當時第一。」《南史·謝晦傳》：「晦美風姿，博贍多通。時謝琨（混）風華為江左第一，嘗與晦俱在宋武帝前，帝曰：「一時頓有兩玉人。」」【按】前朝，指魏晉南北朝。其時士族矜尚門閥，重視人物儀容風度，言談舉止，並以此品評人物等第。氣貌，氣度風貌。

⑦【朱注】燕頷鶴步，皆貴人風骨。【馮注】《後漢書》：「班超燕頷虎頸，飛而食肉，此萬里侯相也。」按：以鶴比人，如嵇紹野鶴、《南史》劉歊如雲中白鶴之類屢見。此謂骨相如鶴，俟再考證。

⑧【田曰】不自信，正是自矜。（馮注引）【按】衰朽質，義山自指。

以上為第一段。叙驕兒之聰慧及交朋之稱譽。

⑨【補】朋戲渾甥姪，言其子衮師與甥姪輩渾雜遊戲。即《祭小姪女寄寄文》「姪輩數人，竹馬玉環，繡襜文褓，堂前階下，日裏風中，弄藥爭花，紛吾左右」之謂。祭文作於會昌四年，時衮師未生。而文中所描繪之情景即所謂「朋戲渾甥姪」者也。

⑩【馮注】《漢書》：「陳平家貧，負郭，以席為門，然門外多長者車轍。」

⑪【補】造次，倉卒，匆忙。

⑫【朱注】闖，羽委切。《說文》：「闖，闢門也。」《國語》：「闖門而與之言。」道源注：「闖敗者，敗其門而入，秉爺笏以學客面也。」【馮注】闖，韋委切。【按】闖敗，猶破門而入。

⑬【朱注】胡，多髯也。【馮注】《南史》：「劉胡本以面坳黑似胡，故名坳胡，及長，單名胡焉。」「張飛胡」義同，俗稱「黑張飛」也。舊注誤。【按】《南史》謂其面色坳黑似胡人，未謂「胡」即「黝黑」之義。「胡」即「鬍」，俗謂「大鬍子」。《鈞天》箋引裴庭裕《東觀奏記》「胡而長」之「胡」同此，可證。

⑭【朱注】《世説》：『鄧艾口吃，語稱「艾艾」』。【朱彝尊曰】描寫稚子好奇之狀，亦一奇。

⑮【原注】崱，化（疑作叱）力反；屴，良直反。【朱注】杜甫詩：『代北有豪鷹。』《魯靈光殿賦》：『崱屴嵫釐。』【何曰】崱屴，讀若翕力。（《輯評》）【姚注】崱屴，高竦貌。【按】崱屴，山峰高聳貌，此狀豪鷹羽毛聳立。

⑯【原注】傈，離直反。【朱注】杜甫《朝獻太清宮賦》：『張猛馬，出騰虬。』【馮注】《詩》：『四馬既佶。』箋曰：『佶，壯健之貌。』『傈』字，《玉篇》云：『廟主也，本作「栗」。』此云『佶傈』，未檢何本。【姚注】佶傈，壯健貌。【補】佶傈，聳動之狀。字或作佶栗。温庭筠《郭處士擊甌歌》：『佶栗金虬石潭古，勺陂瀲灩幽脩語。』陸龜蒙《奉和太湖詩二十首》之一《初入太湖》：『耳目駭鴻濛，精神寒佶栗。』此云『猛馬氣佶傈』，即狀猛馬氣勢聳動之貌。

⑰【原注】篔，于君反。【朱注】《異物志》：『篔簹竹生水邊，長數丈，圍一尺五六寸，一節相去六七尺或一丈，廬陵界有之。』【姚注】左思《吴都賦》：『其竹則篔簹箖箊。』

⑱【朱注】以竹為馬也。杜氏《幽求子》：『年五歲有鳩車之樂，七歲有竹馬之樂。』【馮注】竹馬，見《後漢書・郭伋傳》。《後漢書・桓帝紀》：『及所唐突壓溺物故。』【補】唐突，横衝直撞。《詩・小雅・魚藻・漸漸之石》：『有豕白蹢，烝涉波矣。』鄭箋：『豕之性能水，又唐突難禁制。』

⑲【朱注】《樂府雜録》：『開元中優人黄旛綽、張野狐弄參軍，始自漢館陶令石耽。』《西谿叢語》：『《吴史》曰：徐知訓怙威驕淫調謔，常登樓狎戲，荷衣木簡，自號參軍。令王髽髻鶉衣為蒼頭以從。』《五代史・吴世家》云：『知訓為參軍，隆演鶉衣髽髻為蒼鶻。』前云『蒼頭』非也。《太和正音》云：『副末古謂蒼鶻，故可朴靘。靘謂狐也。如鶻之可擊狐，故副末執磕瓜以朴靘也。傅粉黑者謂之靘，獻笑供諂者也。古為參軍，書語稱狐為田參軍。』【馮注】《御覽》引《樂府雜録》曰：『弄參軍，始因後漢館陶令石躭有臟穢，和帝惜其才，免罪，每宴樂，即令衣白夾衫，命優伶戲弄辱之，經年乃放，後為參軍。誤也。開元中有李仙鶴善此戲，明皇特授韶州同正參

軍，以食其幹，是以陸鴻漸撰詞云「韶州參軍」，蓋由此。』又引《趙書》曰：『石勒參軍周延為館陶令，斷官絹數百疋，下獄，宥之。後每大會，使俳優着介幘黄絹單衣，優問：「汝為何官，在我輩中？」曰：「我本為館陶令。」斗藪單衣曰：「政坐取是，故入汝輩中。」以為笑。』按：參軍固即漢時公府掾之職，然其名始於漢魏之際，至晉置官，非和帝時已有也。《樂府雜録》正辨明之，而其初似由以後趙事訛為後漢也。《文獻通考》引之，以『誤也』為『誠也』。而注家皆以為始後漢，故特詳之。朱曰：《五代史·吴世家》：『楊隆演幼懦不能自持，徐知訓尤陵侮之。嘗飲酒樓上，命優人高貴卿侍酒，知訓為參軍，隆演鶉衣髽髻為蒼鶻。』按：朱氏引此極是。蓋參軍是主，蒼鶻是僕也。朱氏又引狐為田參軍，謂蒼鶻可撲狐，則與詩意背矣。【按】參軍，指參軍戲（一種諷刺短劇）中角色之一參軍。古代參軍戲常由參軍及蒼鶻二角色扮演，藉滑稽對話及動作取悦觀衆。按聲，按參軍之調門。或謂壓低聲音（仿效大人聲音），亦通。

⑳【補】罥，掛，牽取。

㉑【補】謝，讓。

㉒【馮注】《禮記》：『九年，教之數日。』注曰：『朔望與六甲也。』《南齊書》：『顧歡年六七歲，書甲子有簡三篇，歡析計，遂知六甲。』按：『書』字誤。梁武帝《答陶隱居論書》曰：『吾少來乃至不能，嘗畫甲子，無論於篇紙。』可證此『畫』字。【紀曰】六甲諸本無注。按虞裕《談撰》曰：『雙陸之戲，最盛於唐。考其制，白黑各用六子，乃今人所謂六甲是也。』乃知六甲輸失乃與姊雙陸不勝耳。【按】以天干地支相配計算時日，其中有甲子、甲戌、甲申、甲午、甲辰、甲寅，謂之『六甲』。《漢書·食貨志》：『八歲入小學，學六甲五方書計之事。』句意謂衮師與阿姊賽誦或賽書六甲而輸失。紀注非。

㉓【何注】白（居易）詩：『舞急紅腰凝。』似『轉』字意。今字書中未見此解。（《輯評》）【紀曰】凝走當是癡走之訛。【馮注】凝，去聲。【劉盼遂曰】當時『凝』字有兩個意思，讀平聲，作動詞，是凍結；讀去聲，作狀詞，是硬。那末，……『凝走弄香奩』即『硬走弄香奩』，硬走，即今天所説的楞走，非如此不可的意思。

形容驕兒的頑皮，硬要撥弄姐姐的粧奩，拔掉粧盒上的金紐環。【按】劉説是。

㉔【道源注】梁簡文帝詩：『織成屏風金屈戌。』李賀詩：『屈戌銅鋪鎖阿甄。』《輟耕録》：『今人家窗户設鉸，名曰環鈕，即古金鋪之遺意。北方謂之屈戌。』【馮注】此謂奩具之鈕。索姊所輸物而拔脱之。【按】屈戌，今所謂鉸鏈、合頁。玩『弄香奩』，似未必因六甲輸失而為此。

㉕【馮注】《尚書·胤征》傳曰：『顛覆，言反倒。』《正義》曰：『人當竪立，今乃反倒。』

㉖【姚注】《招魂》：『網户朱綴。』程大昌曰：『網户，刻為連文，遞相綴屬，其形如網。後世遂有直織絲網，張之簷窗，以護鳥雀者，元微之詩「網索西連太液池」是也。』

㉗【姚注】《廣韻》：『衉，唾聲也。』【馮注】二聯皆頂索輸物來，自覺乏趣，乃牽網拭琴。【按】與六甲輸失事不必相關。下云『有時』，明示非一時情景。

㉘【馮注】《宣和書譜》：『御府所藏李商隱書二：正書《月賦》，行書四六藁草。』元王惲《玉堂嘉話》：『李陽冰篆二十八字，後有韋處厚、李商隱題，商隱字體絶類《黄庭經》。』

㉙【補】衣，指書衣；軸，指書軸，木製，兩端鑲嵌玉石。二句謂衮師請以古錦裁作書衣，見玉軸亦欲乞取。狀其愛書。

㉚【道源注】春勝，春旛也。書『春』帖於上迎新。【按】《歲時風土記》：『立春之日，士大夫之家，剪綵為小幡，謂之春幡。或懸於家人之頭，或綴於花枝之下。』然此曰『書春勝』，似非懸於頭或綴於花枝之旛，或即於方勝形紙上書寫祝春好之吉語。

㉛【姚注】《本草》：『辛夷花初發如筆，北人呼為木筆。』【馮注】以箋筆請書『宜春』也。以上見不徒好弄，實有慧心。按：《舊書·柳公權傳》：『宣宗召昇殿，御前書，宦官捧硯過筆。』過筆，蓋古語也。【按】過，遞也。二句謂斜卷之箋如未展芭蕉，低遞之筆如含苞木筆。

以上為第二段，寫驕兒嬉戲時天真活潑情態及對琴書學字之喜愛。

㉜【馮注】《南史·文學傳》：『卞彬仕不遂，著《蚤》《蝨》等賦，大有指斥。《序》曰：蚤蝨猥流，淫癢渭濩，無時恕肉。不勤於討捕，孫孫子子，三十五歲焉。』按：隱用此事。『畏蚤蝨』，喻畏人蚩謫也。義山時年約三十八。　【按】義山亦有《蝨賦》云：『亦氣而孕，亦卵而成。晨鷺露鶴，不如其生。汝職惟齧，而不善齧。回臭而多，跖香而絶。』徐箋曰：『《蝨賦》，刺朝士也。回賢而貧，貧故臭。跖暴而富，富故香。蝨惟回之齧，而不恤其賢；惟跖之避，而莫敢攖其暴，是以不善齧矣。世之虐煢獨而畏高明，侮鰥寡而畏彊禦者，何以異此！』似可與『畏蚤蝨』參證。

㉝【朱注】《海録》：『晉武帝分秘書為甲乙丙丁四部，秘書郎四人，各掌其一。』【馮注】《漢書·儒林傳》：『歲課博士弟子甲科四十人為郎，乙科二十人為太子舍人，丙科四十人補文學掌故。』《新書·選舉志》：『經、策全通為甲第，策通四、帖過四以上為乙第。』【按】甲乙指科舉試等第，朱注非。

㉞【朱注】《史記》：『齊威王追論古《司馬兵法》，附穰苴於其中，號曰《司馬穰苴兵法》。』【按】穰苴，春秋時齊國大夫，田氏，官司馬，深通兵法。奉齊景公命擊退晉、燕軍，收復失地。據《漢書·藝文志》載，《司馬法》共一百五十篇。今本僅存五篇。隋、唐諸志均誤以《司馬法》為司馬穰苴一人之作，故義山此處亦云『穰苴《司馬法》』。

㉟【馮注】《史記·留侯世家》：『老父出一編書，曰：「讀此則為王者師矣。後見濟北穀城山下黄石，即我矣。」視其書，乃《太公兵法》也。』【按】袞師之名，即取義於帝王之師，可見商隱對其子之期望。袞，袞衣，借指帝王。

㊱【補】賈誼《論積貯疏》：『古之治天下，至纖至悉也。』纖悉，細致周備。此謂藉穰苴《司馬法》與張良黄石術即可為帝王之師，不必假借其他更為細致周備之治術。

㊲【馮曰】指党項及回紇遺種事，詳史書。　【補】據《通鑑》：宣宗大中元年，吐蕃論恐熱乘武宗之喪，誘党項及回鶻餘衆寇河西。二年，論恐熱遣其將將兵二萬略地西鄙。直至四年，党項羌仍為患不已，吐蕃則大掠河西、

鄯、廓等八州。所謂『党項為邊患，發諸道兵討之，連年無功，戍饋不已』，正詩所云『羌戎正狂悖』也。

㊳【程注】《漢書·賈誼傳》：『天下之勢，方病大瘇，一脛之大幾如要，一指之大幾如股。失今不治，必為錮疾。』注：『堅久之疾。』亦作『痼』。【按】將養，將息調養，此指姑息養奸。句意謂養癰遺患，已成痼疾。

㊴【馮注】《後漢書·劉陶傳》：『陛下不悟，而令虎豹窟於麑場。』《班超傳》：『不入虎穴，不得虎子。』

㊵【程注】《史記·李廣傳》：『文帝謂廣曰：「如令子當高帝時，萬户侯豈足道哉！」』孔紹安詩：『若使三邊定，當封萬户侯。』

㊶【馮注】《漢書·韋賢傳》：『鄒、魯諺曰：遺子黃金滿籯，不如一經。』《説文》：『袠，書衣也。』《後漢書·楊厚傳》：『吾綈袠中有先祖所傳秘記。』《晉經簿》曰：『盛書有刺青縑袠、布袠、絹袠。』

以上為末段，抒寫由驕兒引起之感慨。

【葛立方曰】李義山作《嬌兒詩》時，袞師方三四歲爾，其末乃云（略）。夫兵禍連結，生民塗炭，以日為歲之時，而乃望三四歲兒立功於二十年後，所謂『俟河之清，人壽幾何』邪？（《韻語陽秋》）

【胡震亨曰】通篇俚而能雅，曲盡兒態。惜結處迂纏不已，反不如玉川《寄（男）抱孫》篇以一兩語謔送為斬截耳。（《唐音戊籤》）

【吳喬曰】唐人詩被宋人説壞，被明人學壞。不知比興而説詩，開口便錯。義山《驕兒詩》，令其莫學父，而於西北立功封侯，託興以言己之有才而不遇也。葛常之謂其時兵禍連結，以日為歲，而望三四歲兒立功於二十年後，為俟河之清。誤以為賦，故作寐語。（《圍爐詩話》）

【何曰】若無此段（指『爺昔好讀書』以下一段），詩便無謂。（《讀書記》）

【姚曰】起手誇其美秀之出羣。『青春妍和月』以下，正敘其恃愛作驕之態，寫得纖悉如畫。末以功名跨竈期之，通首以此為出路也。

【屈曰】此擬左思《嬌女詩》而作。雖不及其曲雅，頗有新穎之句。然胸中先有末一段感慨方作也。

【程曰】詩中敘事全從左思《嬌女詩》來，但參之杜子美《北征》中段，較左思更為擴而充之耳。中有『顛頷欲四十』句，有『況今西與北，羌戎正狂悖』句，考開成二年秋七月，西有党項，北有突厥，交訌剽掠，當是其時。太和七年《上崔華州》書義山年三十五，至此三十九，所謂欲四十也。（按程氏繫年誤）

【田曰】不減《嬌女詩》。　寫得色色可人，不知因兒有詩，抑借發詩興？（以上總評）　『四歲知名姓』句下評：書足以知名姓而已。『知名姓』伏『勿守一經帙』。『燕鶴骨』伏『當為萬户侯』。　『安得此相謂』二句下評：頓挫。『慰』字為『墾苦顛頷』伏脈。　『有時看臨書』句下評：暗渡讀書。　『請爺書春勝』句下評：暗渡。『爺昔好讀書』四句下評：憤激語，中包蘊數意。　『況今西與北』四句下評：此意雖波及，然亦心頭夙痌，觸之生痛。（以上均《輯評》朱筆批，何氏《讀書記》無。馮浩引『寫得色色可人』一條為田評，今暫繫其他各條於此。）

【馮曰】全仿左太冲《嬌女詩》，而後輻綴以感慨。

【紀曰】本太冲《嬌女》而拓之。平山出路之説可味。太冲詩以竟住為高，若按譜填腔，縱神肖亦歸窠臼，所以必別尋出路，方不虛此一作。且古人之言簡，故可言外見意；既拓為長篇，而中無主峰，末無結穴，則遊騎無歸，或刺刺不休，或隨處可住，其為詩也可知矣。凡長篇皆須解此意。（《詩説》）　借『請爺書春勝』四語遞入『爺昔讀書』，引起結束一段，有神無迹。（《輯評》）

【王闓運曰】學左思，然兒不如女，詩不能佳。（《手批唐詩選》）

【張曰】賦《驕兒詩》時在大中三年，義山罷桂管，由洛赴京後。（詩曰：『青春妍和月。』又曰：『春勝宜春日。』必作於春時。考大中二年春，義山在桂管，大中四年春，義山在徐幕，惟……三年春正在京居，與此寫景相合也。）詩有『況今西與北，羌戎正狂悖』語，指宣宗朝党項寇邊，及回紇遺種逃附奚部事。義山時三十八歲，故自嘆『憔悴欲四十』。會昌四年祭姊及姪女寄寄時，衮師未生。《驕兒詩》述其美秀嬉戲形狀，則衮師必已四歲。（《韻語陽秋》云：『作《驕兒詩》時，衮師方三四歲爾。』不知詩中固已云『文葆未周晬，固已知六七；四歲知名姓，眼不視梨栗』矣。）其生當在會昌六年後。又曰：前半形容『驕』字，後半全是借發牢騷。（《會箋》）

【按】論者多以為仿左思《嬌女詩》而拓之，然太冲之作止於描畫小兒女嬌憨情態，此則別有寄慨。必欲溯源求本，則仿左之形迹而得杜之神情。篇中『欲慰衰朽質』與『顦顇欲四十』二語，最宜重看。自表面視之，似末段以前均仿《嬌女》筆意，實則筆端流露之感情已自有別。蓋太冲純以尋常父母愛憐兒女之心情觀察、描寫嬌女，而義山則以飽經憂患、沉淪憔悴者之眼光觀察、描寫驕兒也。首段寫衮師之美秀與朋輩之誇獎，着『欲慰衰朽質』一語，即隱隱透出沉淪之悲。己身既已無望，遂寄全部人生希望於驕兒，而驕兒之美秀無匹，又適足為飽經憂患心靈之慰安。中段描繪驕兒天真爛漫、聰明活潑情態，適與作者顦顇之狀形成鮮明對照。今日之驕兒透露出父親昔日之面影，而父親之現狀又焉知不預示驕兒之將來。故末段即因此而生出『兒慎勿學爺，讀書求甲乙』，『當為萬户侯，勿守一經帙』之感慨。其中既有不遇於時之牢騷，亦含徒守經帙，無補於國，無益於己之痛苦體驗與反省。純作牢騷語或純作右武輕文語視之，均未必符合實際。李賀《南園》詩：『請君試上凌煙閣，若箇書生萬户侯？』『不見年年遼海上，文章何處哭秋風？』亦類此。

要之，知人論世，則中段於輕憐愛惜與幽默風趣中自寓有作者沉淪不遇之淚。全詩風格，或可以含淚之微笑概之。

杜司勳〔一〕①

高樓風雨感斯文②，短翼差池不及羣③。刻意傷春復傷別④，人間惟有杜司勳。

〔一〕姜本、季抄題作『杜司勳牧』。

集注

①【朱注】《舊唐書》：『杜牧，字牧之。太和二年擢進士第，累官膳部、比部員外郎，出牧黃、池、睦三郡，遷司勳員外郎、史館修撰，又授湖州刺史，遷中書舍人，卒。有集二十卷行於世。』【馮注】《舊、新書·傳》：『杜牧，字牧之，宰相佑之孫，從郁之子。善屬文，第進士，復舉賢良方正。會昌中累遷左補闕、史館修撰，轉膳部、比部員外郎，歷黃、池、睦三州刺史，入為司勳員外郎、史館修撰，轉吏部員外郎，授湖州刺史，入拜考功郎中、知制誥，遷中書舍人。』【張曰】牧之入為司勳員外郎、史館修撰，在大中二年三月，見《樊川集·上周相公啟》及《宋州寧陵縣記》。【按】杜牧大中二年九月自睦州啟程赴京。十一月十八日在宋州，作《宋州寧陵縣

記》。抵京當已在二年歲末。據《樊川文集》卷七《唐故江西觀察使武陽公韋公遺愛碑》，大中三年正月二十日，杜牧任司勳員外郎、史館修撰。詩當作於其後。據詩中『刻意傷春』語，當三年春所作。

②【何曰】含下『傷春』。（《讀書記》）【補】《詩·鄭風·風雨》：『風雨如晦，鷄鳴不已。』抒寫風雨懷人之情。此處借指懷念杜牧，並以登樓四顧，風雨迷茫之景象徵政局之昏暗。斯文，此文，即三句所謂『刻意傷春復傷別』之作。王羲之《蘭亭集序云》：『後之覽者，亦將有感於斯文。』感斯文，正用此。全句意謂：值此高樓風雨，四顧茫茫，對杜牧之詩文乃有更深切感受（此採陳永正説）。

③【馮注】《詩》：『燕燕于飛，差池其羽。』【何曰】含下『傷別』。【按】句意謂已翅短力微，不能與同羣比翼。此係自謙才短，自慨不能奮飛遠舉，非指杜牧。

④【朱注】杜牧《惜春》詩：『春半年已除，其餘强為有。即此醉殘花，便同嘗臘酒。悵望送春杯，殷勤掃花帚。誰為駐東流，年年常在手？』又《贈別》詩二首：『娉娉裊裊十三餘，荳蔻梢頭二月初。春風十里揚州路，卷上珠簾總不如。』『多情却似總無情，惟覺樽前笑不成。蠟燭有心還惜別，替人垂淚到天明。』【按】朱氏所引，泥於『傷春傷別』之字面與形迹，非義山所謂『傷春傷別』本意。觀首句及『刻意』字可知。詳箋。

【朱彝尊曰】意以自比。

【何曰】高樓風雨，短翼差池，玉谿方自傷春傷別，乃彌有感於司勳之文也。（《讀書記》）

【陸鳴臯曰】首二句，自謂不如也。杜《惜春》詩云：『春半年已除，其餘强為有。』《贈別》詩云：『蠟燭有心還惜別，替人垂淚到天明。』皆其刻意處。

【姚曰】天下惟有至性人，方解傷春傷別。茫茫四海，除杜郎外，真是不曉得傷春，不曉得傷別也。

【屈曰】三即首句『斯文』，言司勳之詩當世第一人也。

【程曰】義山於牧之凡兩為詩，其傾倒於小杜者至矣。然『杜牧司勳字牧之』律詩，專美牧之也；此則借牧之以慨己。蓋以牧之之文詞，三歷郡而後内遷，已可感矣，然較之於己短翼雌伏者不猶愈耶？此等傷心，惟杜經歷，差池鎩羽，不及羣飛，良可歎也。玩上二語，則傷己意多，而頌杜意少，味之可見。（按劉永濟曰：『詩人之措意，至為融圓，傷人即以傷己，體物即是抒情，詠古即是諷今，故不宜過於拘泥。』）

【楊曰】極力推重樊川，正是自作聲價。（馮箋引）

【馮曰】傷春謂宦途，傷別謂遠去。

【紀曰】起二句義山自道，後二句乃借司勳對面寫照，詩家弄筆法耳。『杜司勳』三字摘出為題，非詠杜也。（《詩説》）

【按】此乃高樓風雨之時適讀杜牧詩文，深有會心，別有寄慨之作。杜牧素以才略自負，喜議兵論政，指陳利病，而時值衰世，國運日頹，仕途偃蹇，抱負不遂。其憂國傷時之慨，困頓失意之感，不特發之於《感懷》《郡齋獨酌》等直接抒懷議論之作，亦每寄寓於傷春傷別、深情纏綿之作中。當時讀者，或有徒賞其風流綺靡，而忽其『刻意傷春復傷別』之真旨者，故義山特借此以發明之。『傷春』『傷別』，諸家均未得其本意，實則義山已於一二句中自作注解矣。『高樓風雨』，正昏暗時局之象徵，因『高樓風雨』而彌有感於斯文，已明示其詩文多憂國傷時之感，此即所謂『傷春』。義山《曲江》詩『天荒地變心雖折，若比傷春意未多』，正可證此詩『傷春』之為憂國傷時。『傷別』，亦非單純指尋常言別，而兼包慨歎『短翼差池』，壯志不遂。綜觀牧之優秀詩篇，憂國傷時，自慨不遇，實為其兩大基本主題，義山『刻意傷春復傷別，人間惟有杜司勳』之贊詞，洵為評杜之確論，亦為杜牧之知音。『刻意』一語，明其著意為之，用意深至，尤非泛語。

義山極力推重牧之，不特暗含惟己為牧之真知音之意，亦含惟己為牧之真同調之意。能知其『刻意傷春復傷別』者，正『刻意傷春復傷別』之詩人也。評杜、贊杜即以自評。『惟有』二字，寓慨頗深。知音之稀少，詩壇之寂寞，均可於言外見之。

詩作於大中三年春，時義山為京兆掾曹。《偶成轉韻》詩叙其時境況，有『歸來寂寞靈臺下，着破藍衫出無馬。天官補吏府中趨，玉骨瘦來無一把』之語，正極蹭蹬失意時，故自言『短翼差池不及羣』。

贈司勳杜十三員外

杜牧司勳字牧之，清秋一首《杜秋》詩〔一〕①。前身應是梁江總〔二〕，名總還曾字總持②。心鐵已從干鏌利③，鬢絲休歎雪霜垂④。漢江遠弔西江水，羊祜韋丹盡有碑⑤。

〔一〕『秋』，姜本、戊籤、錢本作『陵』，馮注本從之，非，辨詳注。

〔二〕『江總』，蔣本作『王惣』，非。

集注

①【朱注】杜牧《杜秋》詩：『杜秋，金陵女也，年十五為李錡妾。錡叛滅，入宮，有寵於景陵。穆宗即位，命秋為皇子傅姆。皇子壯，封漳王。鄭注用事，誣丞相欲去己者，指王為根。王被罪廢削，秋因賜歸故里。予過金陵，感其窮且老，為之賦詩云云。』《西谿叢語》：『《新書·李德裕傳》：漳王養母杜仲陽歸浙西，有詔在所存問。』《南部新書》云：『杜仲陽，即杜秋也。』【馮注】今細味詩情，必『《杜陵》』是也。《牧之集·新轉南曹未敘朝散初秋暑退出守吴興書此篇以見志》起聯云：『捧詔汀洲去，全家羽翼飛。』又《將赴吴興登樂遊原》一絶云：『清時有味是無能，閒愛孤雲静愛僧。欲把一麾江海去，樂遊原上望昭陵。』《舊、新書·傳》：『牧之善屬文，嘗自負經緯才略，居下位，心常不樂。』今考大中二三年，牧之仍職史館，轉歷南曹，可冀内擢，而又出刺江鄉，自有失意之嘆。樂遊原在杜陵，次句時地皆合，『一首』詩必指此也。若《杜秋娘詩》，既無清秋之景，又久在入為司勳之前，與通章都無貫注，其何謂哉？又曰：唐末李洞應舉，獻詩云：『公道此時如不得，昭陵慟哭一生休。』《葉石林詩話》：『牧之不滿於當時，故有「望昭陵」之句。』趙與虤《娱書堂詩話》：『唐制：有冤者哭昭陵下。』按：采此三條，足知所注之確。【按】馮説非。牧之出守湖州，在大中四年秋（據繆鉞《杜牧傳》），《將赴吴興登樂遊原》當作於其時。而《贈司勳杜十三員外》末句自注明言：『時杜奉詔撰《韋碑》。』則作本篇時杜牧仍任司勳員外郎，具體時間當在大中三年正、二月間（參末句注），與所謂『將赴吴興登樂遊原』者顯然無涉。即令牧之出守湖州在三年秋，與『時奉詔撰《韋碑》』之語亦不合。蓋奉詔撰碑事在三年正月，碑成最遲不過二月，斷不可能時至秋日仍言『時杜奉詔撰《韋碑》』也。再就詩意究之，亦以作《杜秋》為是。《杜秋娘詩》作於大和七年，詩因杜秋遭遇抒寫世事無常、升沉無定之慨，言外有不能掌握自身命運之意。義山於《杜秋娘詩》甚為推崇，其《井泥》詩自思想内容至藝術風格均明顯受《杜秋娘詩》影響。本篇主旨即在勸勉杜牧勿因年衰位卑而慨歎，故開首即標舉其《杜秋

詩》以逗起遇合之慨，前後一氣貫注。馮氏泥於『清秋』及所標舉小杜詩《將赴吳興登樂遊原》之作年，以為必是年秋間所作，殊不知義山所標舉者，係杜牧著名作品，亦己所服膺之作，猶呼白居易為『長恨歌主』，初不問其詩何年作也。復自詩之句式考察，此詩首聯出句與對句、第四句、第七句，均有意重第二、第六字（牧、秋、總、江），以造成特有之風調，若作『杜陵』，則風調全失矣。

②【朱注】《南史》：『江總，字總持，篤學有文辭。仕梁，為尚書僕射；入陳，歷官尚書令。陳亡入隋，拜上開府。』【程曰】江總仕梁，又仕陳，後又仕隋，然唐詩人多屬之於梁。不獨此詩，杜工部亦有『遠愧梁江總，還家尚黑頭』之句，殊不可解。　【徐曰】以總得名於梁也。（馮注引）

③【朱注】《魏志注》：『魏武令曰：長史王必，忠能勤事，心如鐵石。』　【馮注】《吳越春秋》：『闔閭請干將鑄作名劍，三月不成。干將妻莫耶曰：「夫神物之化，須人而成。」莫耶乃投於爐中，遂以成劍，陽曰干將，陰曰莫耶，陽作龜文，陰作漫理。』《莊子》：『兵莫憯于志，鏌鋣為下。』《新序》：『仁人之兵，鋌則若莫邪之利刃，嬰之者斷；鋭則若莫邪之利鋒，當之者潰。』《舊書·傳》：『武宗朝，誅昆夷、鮮卑。牧上宰相書，言戎、胡入寇，在秋冬之間，盛夏無備，宜五六月中擊胡為便。李德裕稱之。注《孫武十三篇》行於代。』《新書·傳》：『牧咎長慶以來措置無術，復失山東，嫌不當位而言，故作《罪言》。及劉稹拒命，牧復移書於德裕：「諸軍道絳而入，必覆賊巢。昭義之食盡仰山東，節度率留食邢州，山西兵單少，可乘虚襲取。」澤潞平，略如牧策。』句所謂『心鐵利』也。【按】心鐵，猶胸中甲兵，指杜牧對時局、戰事之籌策。朱注引魏武令『心如鐵石』，非所用。從，猶共也。牧又曾作《守論》《戰論》《原十六衛》，均論兵議政之文。

④【朱注】杜牧詩：『今日鬢絲禪榻畔，茶烟輕颺落花風。』○按：牧之《杜秋娘詩》乃自寓天涯遲暮之感耳，故此詩有『鬢絲休歎雪霜垂』之句。　【馮注】牧之詩：『前年鬢生雪，今年鬚帶霜。』『鬢絲』字杜集中屢見。

⑤【原注】時杜奉詔撰《韋碑》。　【朱注】《晉書》：『羊祜都督荆州，甚得江漢之心。卒時年五十八。百姓於峴山建碑，立廟其上，望其碑者莫不流涕，杜預名之曰墮淚碑。』《通鑑》：『大中三年正月，上與宰相論元和循吏孰

為第一，周墀曰：「臣嘗守土江西，聞觀察使韋丹功德被於八州，没四十年，老稚歌思，如丹尚存。」乙亥，詔史館修撰杜牧撰丹遺愛碑以記之。』【按】杜預曾任襄陽太守，襄陽在漢江之濱，故以『漢江』指代杜預，此又借指杜牧（因姓氏相同，且又同有名碑撰碑之事）。西江，即江西，此指韋丹。丹京兆萬年人。任江西觀察使時，曾築江隄，修陂塘五百八十九所，灌田一萬三千頃。並計口受俸，委餘於官。罷八州冗食者，收其財。《舊唐書·循吏列傳》有傳。二句謂杜牧奉詔撰韋丹碑文，此碑正如當年杜預追弔羊祜，名峴碑為墮淚碑，亦必流傳不朽。

【金聖嘆曰】因其名杜牧，又字牧之，於是特地借來小作狡獪，寫二『牧』字，二『杜』字，二『秋』字，三『總』字，二『字』字，成詩一解，此亦沈《龍池》、崔《黄鶴》所濫觴，而今愈出愈奇無窮也。上解止因牧又字牧，故有三四之總又字總，其實一解四句，則止贊得其一首《杜秋》而已。故此解（指後四句）再從一首《杜秋》轉筆，言杜為士大夫，心如鐵石，何用詩中多寓遲暮之嘆乎哉！夫人生立言，便是不朽，如公今日奉勅所撰韋丹一碑，已與羊祜峴山一樣墮淚，然則鬢絲禪榻，風颺落花，公正無為又作爾許言語也。看他又寫二『江』字，與前戲應，妙，妙。（《貫華堂選批唐才子詩》）

【趙臣瑗曰】贈司勳者，因見司勳所制《杜秋》詩有悲傷遲暮之意，故特稱其所撰《韋丹碑》，以為即此便是立言不朽，何故尚有不足，蓋聊以廣其志耳。不知何意，忽然就其名字弄出神通，遂尋一個不期而合之古人來作影子，四句中故意疊用二牧字、二秋字、三總字，二字字，拉拉雜雜，寫得如團花簇錦，而句法離奇夭矯，又似游龍舞馬不可捌，真近體中之大觀也。五六二句自是正文。看他尾聯又復叠用二江字，與前半之九個複字相照，二人名與前半之三個人名相照，使我並不知其未下筆時如何落想，既落想後如何下筆，文人狡獪一至於此，以視沈《龍

池》、崔《黄鶴》，真可謂之愈出愈奇矣。（《山滿樓箋注唐詩七言律》）

【何曰】牧之以氣節自負，故有第五。落句言朝廷著述，推渠手筆，比之於己，未為不遇也。（《讀書記》）又曰：按牧進《撰碑文表》，是時已不在内署。蓋特以文章為宣宗記憶。義山沈淪使府，不達於帝聽，又不可同年語矣。○總持號為狎客，而牧之出刺遠州，因所遇以致感也（按此解謬。取江總作比，贊其文才耳）。『心鐵』句，句法不佳。（《輯評》）

【《輯評》墨批】不過取其名字相類，何其纖也！

【陸曰】杜牧志在經世，嘗憤河朔三鎮之桀驁，而朝廷議者專事姑息，因作《罪言》，又傷府兵廢壞，作《原十六衛》。惜其言不用於世，官止司勳。集中《杜秋》一詩，悲秋之窮且老，亦自寓其天涯遲暮之感也。義山贈詩，足盡牧之生平。首叙官爵姓氏，而以江總比之，此不過用疊字以見巧耳。『心鐵已從干鏌利』，言其百折不回。『鬢絲休嘆雪霜垂』，言其老當益壯。……結處以羊叔子墮淚碑擬之，言牧之文章，自能行遠傳後也。

【徐德泓曰】前半另開生面，又一律法，引用巧合。五六句，一贊之，一慰之也。結不過美其才之可傳，而語覺索然窮窘，且與第二句微雜。

【姚曰】此以必傳慰杜牧也。……前借《杜秋》一詩，而以江總比之；後因詔撰《韋碑》，而以杜預比之。前從名字上比擬，後從姓上比擬，詩格絶奇。總見運命雖不酬，而文章必傳世。義山之傾倒於杜，至矣。

【屈曰】三四巧思。○死生人所不免，詩追江總，文堪不朽，何歎白首哉！

【馮曰】通篇自取機勢，别成一格也。牧之奇才偉抱，迴翔郡守，抑鬱不平，此二章深惜之而慰之也。下半言武功之奏，既與有謀畫；文章之傳，又與古争烈，不朽固自有在矣。晚唐之初，牧之、義山體格不同，而文采相敵，觀《樊南乙集序》可知，故曰『人間惟有杜司勳』也。惟既轉南曹，何以仍稱司勳？豈以新轉未叙故耶？《乙集序》亦稱司勳也。

【紀曰】嶔崎歷落，奇趣横生，筆墨恣逸之甚，所謂不可無一，不可有二。（《詩説》）自成别調。

（《輯評》）

【翁方綱曰】義山詩『杜牧司勳』一首，或謂因李德裕貶死崖州而作，以韋丹有碑，致慨衛公之相業埋没，此説非也。李德裕滑州有德政碑，大和六年所立也。其人其事何嘗湮没乎！此不得以韋丹有碑相形者也。作義山年譜者，又據大中三年杜牧撰韋丹碑事，因以杜牧之為司勳員外郎系於大中三年。愚按此詩義山自注云：『時奉詔撰韋丹碑』，則韋碑既大中三年立，即此詩為大中三年作明矣。但漢江羊祜碑一層，則未有解者。據《年譜》，大中三年商隱還京選為盩厔尉。其還京在是年之某月未有明文。而上年因鄭亞貶死，義山自桂管歷長沙、荆門北上。其途經江漢，蓋在二年、三年之間，不能確指其時日矣。翫此詩云：『清秋一首《杜秋詩》』，此所謂『清秋』者，安知非追説大中二年之秋乎？則牧之為司勳未可執為必在三年矣。詳此詩意明是義山身經漢水之上，憑弔羊叔子峴山之碑，因近援時事，羡韋丹之碑為牧之所撰耳。前半遠引梁之江總，故結處復引晉之羊祜，此主客顧盼一定之章法也。然此篇之歸宿，初不在此。蓋通首之意是因贈杜而及於韋碑，非因韋碑而懷杜也。若云因韋碑而他有所觸，以譏憤時事，則更去之遠矣。『杜秋』一句，是通篇之竅郤，江總乃其巧合處，韋丹特其借證處。而結二句與前六句相連唱嘆，以為杜之文詞不朽者是也，而必刻求於撰碑乎？江總在南朝固詞客也，而『總持』二字則具有皈依妙教之義，此所以上合『杜秋』，下歸『心鐵』也。一『嘆』字捲盡《杜秋》一篇矣。（《復初齋文集》）

【姜炳璋曰】詩意自明，首稱名、稱官、稱字，便有不可磨滅意。江總有才無行，故又以『心鐵』足之。末二，言芳名與之共不朽也。

【管世銘曰】五律解散不對，為孟（浩然）、李（太白）創格。……七言變體，始于崔司勳之《黄鶴樓》，太白深服之，故作《鸚鵡洲》詩，全倣其格。其後白樂天『早聞元九詠君詩，恨與盧君相識遲。今日逢君開舊卷，卷中多道贈微之』，李義山『杜牧司勳字牧之，清秋一首《杜秋》詩。前身應是梁江總，名總還曾字總持』，韓致堯『往年曾在溪橋上，見倚朱欄咏柳綿。今日獨來芳徑裏，更無人迹有苔錢』，雖氣體不同，杼軸各出，要皆《黄鶴樓》作為之濫觴也。

【葉煒曰】韓文公《贈張曙詩》云：『久欽江總文才妙，自嘆虞翻骨相屯。』以忠直自比，而以奸佞待人，豈聖賢謙己恕人之意哉！考曙之為人亦無奸佞似江總者。若曰以文才論，何不以鮑照、何遜為比，而必曰江總乎？此乃韓公平生之病處，而宋人多學之，謂之占地步。心術先壞矣，何地步之有？右《楊升庵外集》載之如此。煒按：唐承六朝之敝，江總文名震于梁陳間，故唐人言文才每推崇之。如李義山《贈司勳杜十三員外》詩云……由此觀之，狎客多人獨欽總持者，略其生平，重其文才耳，不獨韓公一人云然，宋人學之，豈韓公之初心哉！李義山《九成宮》詩：『風入周王八馬蹄』，或謂穆王八駿刺佚遊。紀文達公云：王融《曲水詩序》、庾信《華林園馬射賦》率作佳事用，不以為刺。大抵唐人比擬人物，祇取一節，不似後來之拘忌。紀公是説，足以折服升庵。（《煮藥漫鈔》卷下）

【黄侃曰】義山於牧之，甚相傾倒。其《杜牧之》絶句云（略）。與此五六句可以參閲。義山詠杜，即所以自詠也。（《李義山詩偶評》）

【張曰】牧之過金陵作《杜秋娘詩》在内召前，此特斷章取義耳。杜詩專闡窮通變化之理，所謂『女子固不定，士林亦難期』者，篇中三致意焉。義山一生遇合顛倒，故獨有取於此詩。若作《杜陵》詩，真閒言語矣。玩自注，則詩當作於二三月間，與上篇『傷春』字合。馮説非也。贈杜而詩即倣杜體，奇絶。（《會箋》）

【按】觀《杜司勳》及此詩，牧之時雖入居京職，然仍多歎老嗟卑、自傷不遇之慨。故義山因贈詩而勸勉之。詩不特盛贊其詩文，且極推重其『心鐵』之利。牧之素以經世濟時之才略自負，力主宰相文臣須諳軍事，義山不徒以詩人視之，可謂牧之真知己。『心鐵』二句，全篇主意，謂其籌畫既已切中時須，為國所用，則雖鬢絲雪垂，名位未達，亦自可無憾，語重心長，情深意切，頗見作者不以一己之窮達為悲喜之胸襟氣度，當與《賈生》一絶並讀。詩以姓、名作擬，又故用疊字，本極易流於文字游戲。然不覺其輕佻纖巧，反特具幽默親切情趣與清暢格調者，正緣其内含高情遠意，似諧而實莊耳。義山時屈居下僚，困厄窮愁較牧之更甚，而不作一訴苦同病之語，勸勉之中自含深摯情意，洵為可貴。注家但贊其詩格之奇，尚不免於見其小而遺其大之憾也。

李衛公①

絳紗弟子音塵絶②，鸞鏡佳人舊會稀③。今日致身歌舞地④，木綿花暖鷓鴣飛〔一〕⑤。

〔一〕『綿』，朱本、馮本作『棉』，通。

集注

①【朱注】《唐書》：『劉稹平，德裕以功兼守太尉，進封衛國公。大中初，歷貶崖州司户，卒。』○按：詩有『木棉』『鷓鴣』語，蓋衛公投竄南荒也。【馮注】《舊書·傳》：『會昌四年八月，德裕以平劉稹功，進封衛國公。大中初罷相，歷貶潮州司馬、崖州司户參軍，卒。』【按】德裕貶潮，在大中元年十二月；二年九月，再貶崖州司户。大中三年十二月卒。詩當作於德裕已貶崖州時。據『木綿花暖』語，當作於大中三年春。

②【朱注】《後漢書》：『馬融嘗坐高堂，施絳紗帳，前授生徒，後列女樂。』【按】絳紗弟子，猶受業生徒，門下士。《過故崔兖海宅》：『絳帳恩如昨。』

③【補】鸞鏡，已見前《陳後宫》注。鸞鏡佳人，本指後房妻妾，此喻指政治上之同道者。

④【補】歌舞地，即歌舞岡，在今廣州市越秀山上，南越王趙佗曾在此歌舞，因而得名。此以『歌舞地』指代嶺南地區。致，置。致身，置身。

⑤【胡震亨注】木棉樹，大可合抱，高數丈，花紅似山茶，而蕊黄色，瓣極厚。春初葉未舒時，花開滿樹，望之爛然如錦，又如火之燒空。既結實，大似酒杯，絮茸茸如細毳，半吐於杯之口，所獲與江南草木歲藝者異。唐王叡詩：『紙錢飛出木棉花。』蓋其盛開之時，正與春社相值。（《唐音癸籤》）【朱注】《吴録》：『交阯有木棉樹，高大，實如酒盃，中有綿，如絮，可作布，名曰緤，一名毛布。』《羅浮山記》：『木棉正月開花，大如芙蓉，花落結子。』楊慎曰：『即今班枝花。』【馮注】《禽經》：『子規啼必北向，鷓鴣飛必南翥。』《吴都賦》：『鷓鴣南翥而中留。』

【朱曰】詩有『木棉』『鷓鴣』，蓋衛公投竄南荒時作也。（《李義山詩補注》）

【姚曰】傷賢者之死非其地也。

【屈曰】衛公功在社稷，當寫其重大者，但寫歌舞，似有不足者。結用贊皇『紅槿花中越鳥啼』意。

【程曰】李德裕之為人，史稱其性孤峭，又不喜飲酒，後房無聲色之娛。此詩絳紗弟子、鸞鏡佳人二語，事殊無徵。大抵欲形容其今日之流貶，不得不借端於昔時之貴盛，倘所謂詩人之言，不必有其實耳。

【徐曰】《唐摭言》：『李德裕頗為寒畯開路。』與首句合。《新書·傳》：『德裕不喜飲酒，後房無聲色娱。』與第二句不符。然《樂府雜録》云：『《望江南》本名《謝秋娘》，李德裕鎮浙西，為亡姬謝秋娘製。』則聲色之娱，自

不能免，特無專房之嬖耳。（馮箋引）

【馮曰】首句非指孤寒，衛公門下士固多也。《續博物志》云：『衛公好餌雄朱。有道士李終南借以玉象子，令求勾漏瑩徹者，致象鼻下，象服之，復吐出，人乃可服。衛公服之有異，乃於都下採聘名姝，至百數不止，象砂不復吐。』斯事或非無因，似次句之類矣。下二句不言身赴南荒，而反折其詞，與『舊時王謝堂前燕，飛入尋常百姓家』同一筆法，傷之，非幸之也。徐氏謂義山黨牛，故於衛國多貶辭，是不然。

【紀曰】格意殊高，亦有神韻，似更在趙嘏《汾陽宅》詩以上，但末句如指南遷，不合云『歌舞地』；如指舊第，不合云木棉、鷓鴣，此不了了。（《詩説》）　『致身』二字亦未穩。（《輯評》）

【姜炳璋曰】或謂據史德裕性孤峭，又不喜飲酒，後房無聲色之娱，是詩用馬融前列生徒、後列女樂事，則是誣衛公也。不知此詩純是借景，蓋牛李黨人滿朝，而衛公尤對症鴆毒，豈容開口訟冤頌德？故義山於《昭肅皇帝》及《舊將軍》詩已極力推奉，而此只作迷離惝恍之辭，令人自會。『絳紗弟子』，喻平日培植之人才。『鸞鏡佳人』，喻當時識拔之賢士。『致身』猶云『去身』，言不在歌舞之地，而在崖州也，但見木棉鷓鴣而已，凄凉景况，何以堪此！而音絶會稀者，無所依托，風流雲散矣。其後果盡逐衛公親暱，而義山并坐其累。

【張曰】木棉花暖，鷓鴣亂飛，所謂歌舞者如是而已，『絳紗』『鸞鏡』之樂，安可復得耶？言雖似諷，意則深悲。（《會箋》）

【按】絳紗弟子、鸞鏡佳人當有所喻。視『絳帳恩如昨』語，此『絳紗弟子』自指門下士。鸞鏡，義山詩中用此典每有託喻。如《破鏡》：『秦臺一照山雞後，便是孤鸞罷舞時。』《鸞鳳》：『舊鏡鸞何處？衰桐鳳不棲。』此『鸞鏡佳人』當指德裕政治上之同道。大中二年二月，李回責授湖南觀察使，鄭亞貶循州刺史。九月，德裕貶崖州司户，李回貶賀州刺史。昔日政治上親近之人物星離雨散，音信斷絶，故曰『音塵絶』『舊會稀』。李德裕《與姚諫議郃書》（作於貶崖期間）云：『天地窮人，物情所棄，無復音書，平生舊知，無復吊問。』亦即首二句之意。又云：『大海之中，無人拯卹，資儲蕩盡，家事一空，百口熬然，往往絶食。』可證德裕南遷，係携帶家人同往，則『鸞鏡佳人』之非實指妻妾可知。馮氏引《續博物志》等不經之書以證德裕有聲色之娛，甚無謂。三四則傷其置身嶺外，即目所見，惟木棉花紅，鷓鴣南飛而已。二者均南中具有典型特徵之景物，然自遠謫者視之，則異鄉風物，徒增悲感耳。屈氏謂結用贊皇『紅槿花中越鳥啼』意，固過泥，然二詩意蘊相似則顯見（德裕《謫嶺南道中作》末聯為『不堪腸斷思鄉處，紅槿花中越鳥啼』）。以景結情，以麗語反襯貶地之荒涼。處境之孤寂，北歸之無望，均於言外見之。義山為鄭亞代擬《會昌一品集序》，稱頌德裕執政時功績，譽為『萬古之良相』，亦可證此詩係傷之，非刺之。温庭筠有《題李相公敕賜御屏風》詩云：『豐沛曾為社稷臣，賜書名畫墨猶新。幾人同保山河誓，獨自栖栖九陌塵。』亦致慨於衛公之功高遭貶焉。

子直晉昌李花 得分字〔一〕①

吴館何時熨②，秦臺幾夜熏③？綃輕誰解卷④？香異自先聞⑤。月裏誰無姊，雲中亦有君⑥。尊前見飄蕩，愁極客襟分⑦。

〔一〕戊籤、季抄題下有『得分字』三字，兹據補。

集注

①【朱注】《長安志》：『《酉陽雜俎》載令狐宅在開化坊，牡丹最盛，而李商隱詩多言晉昌里第，未詳。』按：令狐綯字子直，以此詩考之，晉昌乃綯之居也。《長安圖》：『自京城啟夏門北入東街第二坊曰進昌坊。進亦作晉。』《朱泚傳》：『姚令言迎朱泚於晉昌里第。』【徐曰】當是綯又移居也。（馮注引）【馮注】《長安志》：『進昌坊次南安興坊，叛臣朱泚宅；又次南通善坊；又次南通濟坊，山南節度令狐楚家廟。』此坊南街抵城之南面，而綯宅未載。然詩必可據。集中横塘、蓮塘、芙蓉塘外、南塘等字，必皆指綯所居者，豈又有別館歟？無可再考。【按】謂晉昌為綯所居第，是。

②【朱注】《吴越春秋》：『闔閭城西硯石山上有館娃宫。』【馮注】《吴都賦注》曰：揚雄方言：『吴有館娃宫。』

③秦臺事屢見前。

④【馮曰】暗為分頂。綃輕即飾西施以羅縠之義。

⑤【馮曰】香異似用韓壽事。上用『秦臺』，亦壻事也。

⑥【朱彝尊曰】與《詠槿花》同，何也？恐是傳寫之誤。【馮曰】此聯全用《槿花》詩，惟改『寧』字為『誰』，又與『誰』字複，不知何以致此？

⑦【補】極，甚。客襟分，謂作客分離之情。

【吴喬曰】詩題但稱其字，則在未授官時也。晉昌，乃綯之居。（《西崑發微》）

【姚曰】輕明淡素，是李花本色，故以綃為比。三承一，四承二。月裏雲中，自是神仙伴侶。顧相看不久，飄蕩隨之，宜客情之愁絶也。

【屈曰】通套語。五六比。

【程曰】玩結句似有怨子直不復收卹之意。

【紀曰】前四句格卑。五六自套亦不成語，七八『分』字亦强押。（《詩説》） 無一字似李花。（《輯評》）

【姜炳璋曰】此惜别也，無干請意。末二，花殆愁遠客分襟，而為此飄蕩耶？惜别之意，花猶如此。義山將有遠行，故云然。

【張曰】此（大中五年）初入京師往謁令狐時作，故有『愁極客襟分』語。前半則狀其華貴，而陳情之意，自寓言外。（《會箋》） 又曰：此詩以寓意為主，若呆貼李花，轉成死句矣。紀氏不知也。○『月裏』二句與前重複，古人集中多有之，何謂自套？且此二句，紀氏以為不佳耳，何謂本非佳句？……『分襟』常用典故，何謂押不倒？前四句鮮麗可誦，何謂支離？（《辨正》）

【按】姚箋切合詩意。李花自喻，非喻令狐，『飄蕩』『愁極客襟分』等語顯見。分韻詠物，前六賦其色香，贊其仙品，看似套語，實微寓自負自賞之意，末聯方正面點醒自寓身世之旨。

即日〔一〕

小鼎煎茶面曲池，白鬚道士竹間棋。何人書破蒲葵扇①？記着南塘移樹時〔二〕②。

〔一〕『日』原作『目』，非，據蔣本、姜本、戊籤、席本、錢本、影宋抄改。參姚箋。

〔二〕『記着』，馮曰：『着』，一作『得』。

①【姚寬曰】蒲葵，棕櫚也。《（續）晉陽秋》：『謝太傅（安）鄉人有罷中宿縣，詣安，安問歸資，答曰：「惟有五萬蒲葵扇。」安乃取其中者執之，其價數倍。』又『王羲之見老姥持六角扇賣之，因書其扇各五字。老姥初有難色，羲之謂曰：「但云右軍書，以求百金。」姥從之，人競買之。』乃二事誤用也。【何曰】温、李好並用二事。非誤也。（《輯評》）【徐曰】二事合用。（馮注引）【馮注】《説文》：『椶，栟櫚也。』《玉篇》：『椶櫚，一名蒲葵。』【程注】《本草》：『蒲葵，葉與棕櫚相似。』《南方草木狀》：『蒲葵似栟櫚而柔薄，可為扇笠。』

【補】破，在，了。書破，猶云書在或寫了。（參《詩詞曲語辭匯釋》卷三）。

②【馮注】南塘在京城南，杜詩《遊何將軍山林》：『不識南塘路，今知第五橋。』許渾《題韋曲野老村舍》詩：『背嶺枕南塘，數家村落長。』

【姚曰】煎茶、着棋、書扇，是南塘移樹時一日事，故題曰『即日』。

【屈曰】南塘移樹時，即書扇之日也。

【馮曰】曰『面曲池』，則在京之作矣。南塘移樹，記一時之蹟也。更取『紫雲新苑移花處』證之，似暗寓令狐綯之移宅，在大中三年漸貴時也。以下每書晉昌矣。穿鑿之譏，吾所不辭耳。

【紀曰】此一時記事之作，不得本事，不甚可解，而語亦不佳。（《詩説》）

【張曰】『蒲葵扇』喻無端捉弄，價至十倍；及再索書，反遭不答。從前助之登第，今乃陳情不省，緊何人哉？首句記即目所見也。兩典合用，温、李詩例多有之。考長安志：『令狐楚宅在開化坊』，而集中多言晉昌里，蓋綯既貴而移居也，故詩有『南塘移樹』語。余更檢唐慧立《玄奘法師傳》載皇太子敕《為文德皇后造寺令》云：『有司詳擇勝地，遂於宮城南晉昌里，面曲池，依净覺故伽藍而營建焉。』是晉昌里實有曲池，與首句合，大可為此詩佐證也。『南塘』亦集中屢見，亦有作『蓮塘』『芙蓉塘』者，或即指晉昌里之曲池，或子直又別有館，則無從詳考矣。（《會箋》）

【按】此似記朋輩間一時遊賞之樂，別無深義。文士雅集，面曲池，坐幽篁，小鼎煎茶，奕棋書扇，坐間有方外之士，亦有身份貴顯者。末句『南塘移樹』當依姚箋。馮、張謂曲池指令狐綯晉昌里第之曲池，似之。然附會綯之移居乃至『陳情不省』，則鑿矣。

流鶯

流鶯漂蕩復參差①，渡陌臨流不自持②。巧囀豈能無本意，良辰未必有佳期③。風朝露夜陰晴裏，萬户千門開閉時④。曾苦傷春不忍聽〔一〕，鳳城何處有花枝⑤？

〔一〕『春』原作『心』，據蔣本、姜本、戊籤、影宋抄、錢本、朱本改。『忍』原作『思』，據戊籤、朱本改。

①【補】參差，不齊貌，形容流鶯飛翔之狀，兼寓『短翼差池』之意。

②【補】不自持，謂不能自主。

③【補】謂雖遇良辰亦未必有美好之期遇。

④【馮注】《漢書・郊祀志》：『作建章宫，度為千門萬户。』《漢書・東方朔傳》：『起建章宫，左鳳闕，右神明，號千門萬户。』此聯追憶京華鶯聲，故下接『曾苦』。【按】此聯謂流鶯無論風朝露夜、陰天晴日，萬户千門開閉之時，均漂蕩啼囀不已。『萬户千門』正點流鶯在京華。

⑤【馮注】趙次公《注杜》：『弄玉吹簫，鳳降其城，因號丹鳳城。其後曰京師之盛曰鳳城。』

【金聖嘆曰】此悲羣賢不得甄録，遂致各自分散，而特託流鶯以見意也。漂蕩者，獨言其一人之失所；參差者，合言其諸人之乖隔。『度陌臨流不自持』者，又與各各人分言，其南北東西，不能自擇。蓋糊口維艱，則托身隨便，此皆出於萬無可奈，而不能以深責之者也。三四因與曲折代陳，言其學成來京，豈能無望朝廷，然而君明相賢，未審何日召見也。『風朝露夜』之為言無朝無夜也；『萬户千門』之為言無開無閉也。此二句寫流鶯之悲鳴不已也。末又結以『曾苦傷春』之二句者，自憶昔日未遇，亦復深領此味，至今回首思之，猶自神傷不安也。

【朱曰】此傷己之飄蕩無所托也。（《李義山詩集補注》）

【陸曰】此作者自傷漂蕩，無所依歸，特託流鶯以發嘆耳。渡陌臨流，喻己之東川嶺表，身不自由也。三四言巧囀中非無本意，特恐佳期難必，負此良辰耳。風朝露夜，萬户千門，言隨時隨地，人皆樂聞，而獨不可入於傷春者之耳也。結句從『上林多少樹，不借一枝棲』翻出，彼是有樹不借，此是無枝可依，見會昌以來相識諸公無一在朝矣。

【姚曰】此傷己之飄蕩無所託而以流鶯自寓也。渡陌臨流，全非自主，然聽其巧囀之聲，豈無迫欲自達之意，所恨者佳期之未可卜耳。試看風朝露夜，陰晴不定，萬户千門，開閉隨時，無日不望佳期，無日得遇佳期，鳳城一枝，不知何時得借，傷春之音，宜我之不忍聽也。

【屈曰】流鶯之飛鳴來去，風露陰晴，無處不到。我亦傷春者，不忍聽此，恐鳳城中無處有花枝耳。

【程曰】此亦借端以自嘆也。起句『漂蕩』字，結句『傷春』字是正義。首句言一身漂蕩無定。次句言去住莫能自主。三句言求其友生之意。四句言懷我好音之難。五句言天時之莫可端倪。六句言地利之無可棲託。七八句承上文萬户千門，言花開時竟不知其何處也。

【錢曰】（『良辰』句）此句何以貼鶯？讀者思之。（此二句亦作朱彝尊批語）若以言解，則索然矣。（馮箋引）

【馮曰】頷聯入神，通體悽惋，點點杜鵑血淚矣。亦客中所賦。

【紀曰】前六句將流鶯説做有情，七句打合到自己身上，若合若離，是一是二，絶妙運掉，與《蟬》詩同一關捩，但格力不高，聲響覺靡耳。

【曾國藩曰】末句亦自恨官不掛朝籍之意。（《十八家詩鈔》）

【黄侃曰】此首借流鶯以自傷漂泊。末二句言正惟己有傷春之情，所以聞此鶯啼，不禁為之代憂失所也。（《李商隱詩偶評》）

【張曰】含思宛轉，獨絶古今。亦寓客中無聊，陳情不省之慨。味其詞似在京所作，豈大中三年春間耶？此等詩當領其神味，不得呆看；若泥定為何人何事而發，反失詩中妙趣矣。讀《玉溪集》者當於此消息之。（《辨正》）

【汪辟疆曰】此義山借流鶯寓感也。起二語曰『漂蕩』，曰『參差』，即隱寓身世飄蓬之感。三四喻己屢啟陳情與見之詩文者，自有肺腑之言，而他人未必能共諒，此良辰佳期之所以不至也。五六『風朝』句，言朝局之萬變。『萬户』句，言黨派之分歧。結二句則歸到自身。詞哀心苦，茫茫人海，無枝可棲，字字血淚矣。（《玉谿詩箋舉例》）

【按】此《蟬》之姐妹篇，寓感相類，惟《蟬》詩於抒寫梗泛飄泊、無所棲託際遇之同時，兼寫其『高』與『飽』之矛盾，此則兼寫飄蕩無依之不幸遭遇與巧囀本意不被理解之苦悶耳。就風格論，《蟬》較沉鬱，此則於輕倩流美之格調中寓悽惋之情思，詞意亦較率露。《蟬》顯作於沉淪使府時，此詩則頗似作於京華。六句『萬户千門』已暗示地之所在，七八鶯、已雙綰，明點『鳳城』，更可證作者其時困居京華，無所棲託。張氏謂大中三年春作，殆近理之推測。《偶成轉韻》云：『歸來寂寞靈臺下，著破藍衫出無馬。天官補吏府中趨，玉骨瘦來無一把。』所叙困頓之情景，與此詩亦復相類。

『巧囀』句謂鶯啼雖自有本意深衷而無人理解，即《蟬》詩『徒勞恨費聲』及『五更疏欲斷，一樹碧無情』之意。『良辰』句謂鶯雖值三春良辰，然未必有遇合之佳期，即所謂『清時而獨為不遇之人』也，曰『未必』，便倍覺含思宛轉。

柳

為有橋邊拂面香①，何曾自敢占流光？後庭玉樹承恩澤②，不信年華有斷腸。

集注

①【朱注】李白詩：『風吹柳花滿店香。』

②【馮注】《三輔黃圖》：『甘泉宫北岸有槐樹，今謂玉樹，根幹盤峙，三二百年木也。楊震《關輔古語》云：「相傳即揚雄《甘泉賦》所謂「玉樹青葱」也。」《文選·甘泉賦注》：『《漢武帝故事》曰：上起神屋，前庭植玉

樹，珊瑚為枝，碧玉為葉。」《御覽》引《唐書》「雲陽縣界多漢宮故地，有似槐而葉細，土人謂之玉樹。」《陳書》：「後主使諸貴人及女學士與狎客共賦新詩，被以新聲，其曲有《玉樹後庭花》《臨春樂》等。」【按】玉樹蓋即槐樹之別名。宮中多植槐樹，即所謂後庭玉樹。槐柳相類，故用以對比，如指集衆寶而為之玉樹，則不倫矣。可參看唐劉餗《隋唐嘉話》下、宋吴曾《能改齋漫録》卷三。

【吴喬曰】似以玉樹比綯，柳自比。（《西崑發微》）

【何曰】亦為令狐而作，一榮一悴，兩面對看。（《輯評》）

【姚曰】此嘆恩寵之不均也。

【屈曰】得意之人不知失意之悲。

【程曰】此亦嘆老嗟卑之詞。後庭玉樹，喻在朝得意如綯者；己則道旁之柳，不占春光，摧折斷腸，無人見信也。

【馮曰】寓柳姓也。寄人幕下，風光皆屬他人，敢妄叨耶？何故交之不相憐也！

【紀曰】寄托亦淺露。（《詩説》） 即《題鵝》詩意，亦徑直少味。（《輯評》）

【張曰】起二句言年少氣盛，視功名如拾芥，不復以光陰為惜。今老矣，沉淪使府，雖蒙府主厚愛，而不覺年華遲暮，無能為矣。通體自傷投老不遇。曰柳者，寓姓也。（《會箋》）

【按】同一柳也，既已自寓矣，又謂寓柳姓，自喻喻他，不能兩存，馮、張箋非是。起二句謂柳雖植於橋邊而拂面飄香，然并不曾占有春光，喻己雖有才華而不遇於時。後二句則謂承受恩澤之後庭玉樹，不信柳樹之雖芳華正盛而心摧腸斷也，即屈氏所謂『得意之人不知失意之悲』之意。『後庭玉樹』喻得寵者，當指令狐綯。味其意致，蓋在綯已任內職尚未拜相之時，酌編大中三年。

送鄭大台文南覲①

黎辟灘聲五月寒〔一〕，南風無處附平安②。君懷一匹胡威絹③，爭拭酬恩淚得乾④？

〔一〕『辟』，季抄一作『壁』。【馮曰】『辟』『壁』字通。

①【錢龍惕箋】《北夢瑣言》：鄭文公畋，字台文，父亞，曾任桂管觀察使。畋生于桂州，小字桂兒。時西門思恭為監軍，有詔徵赴闕，亞餞于北郊，自以衰年，因以畋託之曰：『他日願以桂兒為念，九泉之下，不敢忘之。』言訖，泫然流涕。思恭誌之。及為神策軍中尉，亞已卒，思恭使人召畋，館之于第，年未及冠，甚愛之，如甥姪，因

選師友教導之。畋後官至將相。黄巢之入長安，西門思恭逃難於終南山，畋以家財厚募有勇者，訪而獲之以歸岐下，温清侍膳，有如父焉。思恭終于畋所，畋葬于鳳翔西岡，松栢皆手植之。未幾，畋亦卒，葬近西門之墳，百官皆造二壠以弔之，無不墮淚，咸伏其義也。【朱注】《舊唐書》：『鄭畋，字台文，年十八登進士第，以書判授渭南尉，直史館，未行，父亞出為桂管都防禦經略使，畋隨侍左右。』按：《北夢瑣言》載：『畋生於桂州，小字桂兒，時監軍西門思恭詔徵赴闕，亞餞於北郊，以畋託之。』考舊史及義山此詩，乃知其謬。【馮曰】按《舊書·傳》：『畋尉渭南，直史館，事未行，父亞出桂州，畋隨侍左右。』而其《自陳表》則曰『作尉畿南，兩考免罷。』則畋實尉渭南，史傳自相歧誤矣。循在桂之東南，題曰『南覲』，不曰『隨侍』，起句又用『黎壁』，必台文罷尉赴桂，亞已赴循，故急為南覲。時義山則自作歸計矣。《新書·傳》云『擢渭南尉，父喪免』。亦有小疎。【張曰】《全唐文》載畋《加知制誥自陳表》云：『臣會昌二年進士及第，大中首歲，書判登科。其時替故昭義節度使沈詢作渭南縣尉。兩考罷免，楊收以結綬替臣。』又《擢官自陳表》云：『臣年十八，登進士及第，二十二書判登科。此時結綬王畿，便貯青雲之望。洎一沉風水，久换星霜。厭外府之罇罍，渴明庭之禮樂。咸通五年，方始登朝。』是畋實作尉渭南在大中初元，正鄭亞赴桂之時。《傳》所云『事未行』及『隨侍左右』者，不可信也。惟罷尉年月未詳，畋既與楊收相替，檢《舊書·畋傳》云：『杜悰移鎮西川，管記室。宰相馬植奏授渭南尉，充集賢校理，改監察御史。』杜悰鎮西川在大中二年後，而三年義山正在京，則畋之罷尉，必在其時。此必罷尉後送其省父之作。若大中五年義山雖亦在京，而亞已卒矣，有《故驛迎弔》一詩可證。然則此詩作于大中三年，殆無疑矣。若如馮編在大中二年，則其時義山方徘徊荆楚，而畋亦正尉渭南，又安有南覲之事哉？又案《新書·畋傳》云：『擢渭南尉，父喪免。』亦誤。當以此詩及《自陳表》為據。（《會箋》）【岑仲勉曰】唐制一歲為一考，兩考罷免，則畋表已明言大中三年罷矣。……馬植三年三月罷相，其奏楊收應在前，兩合之而畋官渭南之期間益躍然矣。【按】張、岑説是。詩當作於大中三年五月。

②【朱注】宋之問《下桂江縣黎壁詩》：『叱沫跳急浪，合流環峻灘。』【道源注】《夷白堂便覽》：『南雄府

保昌縣有九灘，黎辟乃其一。』【馮注】《寰宇記》：『昭州平樂江中有懸藤灘、犁壁灘。』按平樂江與桂江接，台文自桂州、昭州而南至循省覲也。舊注誤。【按】馮注非。循州今廣東龍川縣，鄭畋係自京南覲，當循湘江泝流而上，度大庾嶺而南，不必再繞道桂林。此云『黎辟灘聲五月寒』，當是想象桂林今日情景：其人已去，惟黎辟灘聲猶在，故下句云『南風無處附平安』。

③【錢龍惕注】《三國志注》：《晉陽秋》曰：胡威字伯虎，少有志尚，厲操清白。父質之為荆州也，威自京都省之，家貧無車馬僮僕，威自驅驢單行拜見父，停廐中，十餘日告歸，臨辭，質賜其絹一疋為道路糧。威跪曰：『大人清白，不審於何得此絹？』質曰：『是我俸禄之餘，故以為汝糧耳。』威受之，辭歸。每至客舍，自放驢取樵炊爨，食畢，復隨旅進道，往還如是。質帳下都督，素不相識，先其將歸，請假還家，陰資裝，百餘里要之，因與為伴，每事佐助經營之，又少進飲食。行數百里，威疑之，密誘問，乃知其都督也。因取向所賜絹答謝而遣之。後因他信具以白質，質杖其都督一百，除吏名。其父子清慎如此。

④【補】争：怎。

【錢曰】何其雅而切！（馮箋引。亦作朱彝尊評）

【陸鳴皋曰】言不能定省，深荷君恩，故得去也，末句點出。

【姚曰】用事精切可法。

【屈曰】上二句言已别後音書難寄，下二句言台文之清操。

【程曰】送鄭台文南覲者，覲省其父亞於桂州也。義山大中元年從事桂幕，至三年已離之入都。是時鄭亞亦貶，故台文南行省之，而義山有此作也。玩詩落句『争拭酬恩淚得乾』，曰『酬恩』，則自屬義山從事之後；曰『拭淚』，則自屬鄭亞貶謫之時。第二句『南風無處附平安』，尤為别後相憶之情。第三句『君懷一匹胡威絹』，尤為洗脱鄭亞之意。節節推求，當台文之南覲，正鄭亞之初貶。《舊唐書》謂台文侍亞之桂管者，自是亞始為經略，不得拘此以為台文未嘗離其父也。

【紀曰】太應酬氣，借『胡威絹』關合，亦小小家數。（《詩説》）

【姜炳璋曰】按大中二年貶桂管觀察使鄭亞為循州刺史，三年義山自桂州入朝，適畋自京師至循州省父，而義山作詩送之也。時亞已去桂，而云『黎辟灘聲』，自貶官之始言之。桂州地暖，而云『五月寒』者，黨人滿朝，使人不寒而慄。斯時方盡反會昌之政，凡贊皇親厚，無不屏逐。風波正起，何處報『平安』二字乎？若云『無處』致書，則畋方省親，雙鯉甚便矣。三四，言其他日别歸，只絹一匹，安能拭此無數眼淚也？『酬恩』指畋説，猶云欲報深恩也。將畋父子平日之清介，臨别之至性，當時之受冤，無不預為道出，真勝人千百語。

【張曰】此詩蓋作於鄭亞貶循之時。結句關合雅切，實則語倍沉痛，並自己未能報恩亦暗寓其内，措詞又藴藉不露，真詩人之筆，不知者乃以為巧也，豈尋常應酬詩所可比哉！（《辨正》）

【按】張氏《辨正》曾云：『余初定為大中三年在京作。則彼時台文應徑至循州，不得有此首句情事矣』，故疑詩作於大中二年義山罷幕歸途。《會箋》雖已據畋《自陳表》改為三年，然於首句情事仍未有説。按義山與鄭亞之關係，僅在為桂幕從事期間。此次送台文南覲，彼雖不再經桂而枉道往循，然義山心目中不能不有桂府一段情事，故首句仍從桂府着筆。『五月』，點送别時令。『黎辟灘聲五月寒』，乃遥想當地情景，『寒』字暗點鄭亞已貶循，惟留險惡而帶寒意之灘聲，意致與『陶公戰艦空灘雨』相近，惟一則遥想，一則目擊而已，其中自亦含世路險艱之慨。次句承上，謂己雖懷想舊府，欲託南風而附平安，然循州較桂州更為荒遠，人所罕至，故曰『無處附平安』。三四用典，藴藉沉痛。舉凡台文與己『酬恩』之情，亞之清操厲節，均藉以傳出。紀評太苛。惟詩人流『酬恩』之淚，而懷『胡威絹』者屬鄭畋，亦不免小有夾纏。

令狐舍人説昨夜西掖翫月因戲贈〔一〕①

昨夜玉輪明②，傳聞近太清〔二〕③。涼波衝碧瓦④，曉暈落金莖⑤。露索秦宮井⑥，風絃漢殿箏⑦。幾時《緜竹頌》，擬薦《子虛》名⑧？

〔一〕英華無「因」字。英華題作「西掖翫月」，「令狐舍人説昨夜西掖翫月戲贈」十三字係題下雙行小注。

〔二〕「近」原作「道」，一作「近」，據蔣本、姜本、戊籤、悟抄、席本、錢本、影宋抄、朱本改。英華亦作「近」。

①【朱注】《唐書》：「令狐綯……大中三年拜中書舍人，襲封彭陽男。」【姚注】《長安志》：「宣政殿前西廊，曰月華門，西有中書省，即西掖也。」【馮注】《漢書注》：「正殿之旁，有東西掖門，如人臂掖，故名。」《初學記》：「《漢官儀》曰：左右曹受尚書事。前世文士以中書在右，因謂中書為右曹，又稱西掖。」

②【朱注】李賀詩：『玉輪軋露濕團光。』【程注】駱賓王詩：『玉輪涵地開。』【朱彝尊曰】月。

③【朱注】《世説》：『會稽王道子齋中夜坐，於時天月明净，都無纖翳，歎以為佳。謝景重曰：「意謂不如微雲點綴。」王因戲謝曰：「卿居心不净，乃復强欲滓穢太清耶？」』【按】太清，三清仙境之一。屢見。【朱彝尊曰】舍人説。

④【朱注】《漢書・禮樂志》：『月穆穆以金波。』劉騊駼詩：『縹碧以為瓦。』【馮注】檢《後漢書・文苑・劉珍傳》：『校書劉騊駼、馬融校定東觀《五經》、諸子傳記。』《舊書・志》：『劉騊駼集二卷。』今不可考。此句未知出處，不敢引。【程注】李賀詩：『江中緑霧起凉波。』【補】杜甫《越王樓歌》：『孤城西北起高樓，碧瓦朱甍照城郭。』碧瓦，青緑色琉璃瓦。

⑤【朱注】《廣韻》：『暈，日月旁氣也。』

⑥【朱注】《廣韻》：『綆，井索。』古樂府：『桃生露井上。』曹植《述行賦》：『濯予身於秦井。』【馮曰】朱氏引曹植《述行賦》『濯予身於秦井』，乃謂温泉也。此自謂宫中井耳。【何曰】第五以待人汲引暗引結句。（《輯評》）

⑦【朱注】杜甫詩：『風箏吹玉柱。』楊慎《丹鉛録》：『古人殿閣簷稜間有風琴、風箏，皆因風動成音，自叶宫商。』【何曰】汲之使出，縱之使高，只在一舉手耳。暗起結句。』（馮注引）【按】此風箏係懸挂於屋簷下之金屬片，風起作響，故稱風箏，亦曰『鐵馬』。李商隱《燕臺詩秋》：『西樓一夜風箏急。』即指此。何氏誤為俗稱紙鳶之風箏，故云『一舉手』。楊慎所言亦是。馮注疑楊氏之説而引何評，非。【朱彝尊曰】四句俱西掖。

⑧【朱注】《漢書》：『緜竹縣屬廣漢郡。』蔡夢弼《杜注》：『緜竹産漢州緜竹縣之紫岩山。』揚雄《甘泉賦序》：『孝成帝時，客有薦雄文似相如者。』翰注：『雄嘗作《緜竹頌》。成帝時直宿郎楊莊誦此文，帝曰：「似相如之文。」莊曰：「非也，此臣邑人揚子雲。」帝即召見，拜黄門侍郎。』按：子雲《答劉歆書》云：『先作《緜邸銘》《王佴頌》《階闥銘》及《成都四隅銘》。蜀人楊莊為郎，誦之於成帝，帝以為似相如。後又作《繡補靈節龍骨之銘

詩》三章，成帝好之，遂得盡意。』不及《緐竹頌》。翰注云云，不知何本。《五臣注》極為東坡所譏，然間有可采者，如此事義山亦引用之矣。【馮注】《史記·司馬相如傳》：『蜀人楊得意為狗監，上讀《子虛賦》而善之，得意曰：「臣邑人司馬相如自言為此賦。」上驚，乃召問相如。』按：雄《答歆書》，宋洪容齋辯其反覆牴牾，必漢魏之際好事者為之也。然李善注《文選》，已引用之矣。善注亦不及《緐竹頌》，則何歟？【《輯評》墨批】戲贈中寓干謁意。

【朱彝尊曰】結意是干謁，而題曰『戲贈』，諱之也。

【何曰】第二句『説』字不落空。次連是西掖底月，寫月即寫出『翫』字意。末二句因直宿而思薦達，足『戲贈』意。（《讀書記》）

【陸鳴皋曰】首聯點題。次聯，月在句中。三聯，月在言表。末則望其薦，而曰『幾時』，乃題中『戲』字意。

【姚曰】身居西掖，地位清高，碧瓦金莖，攀躋無路。念露索猶供井欄之角，風絃猶和殿角之箏，乃揚雄詞賦，獨不能邀故人一薦耶？

【屈曰】一昨夜月，二説西掖。中四玩。結望其薦。二，舍人已近天子，可以薦我矣，故末言何時可薦乎？

【程曰】令狐綯之拜中書舍人，在宣宗大中三年，時義山方選盩厔尉，為京兆尹留參軍事，屢辟幕官，殊為失意，故有意於綯之薦引。然綯之見疎，義山所知，正言求之，未必援手，故因其説西掖翫月而為詩以戲贈之，蓋逆睹其不然，妄言之耳。玩結句曰『幾時』，曰『擬薦』，口吻可見。

【紀曰】此詩望令狐之汲引也。題中字字俱到，可云精細，措詞亦秀整可觀，但細讀之了無深味耳。問四家評謂此詩為精細，其説安在？曰：首句點昨夜之月，『傳聞』點『説』字，『太清』點西掖，即太清、玉清之意，以西掖比天上也。而『傳聞』字、『近』字已伏人已升沉之感矣。中四句寫『玩』字，『涼波』句夜景也，至『曉暈』則流連一夜可知。五六比上二句拓開一步，用烘托點綴之法。『傳聞』句直貫至此。七八因值宿玩月，故以直宿即事作結，姑妄言之，所謂戲贈也。而『幾時』二字，又暗結『昨夜』二字矣。一篇中脈絡相生，呼吸相應，凡詩律皆當如是也。『秦宮井』『漢殿箏』是借作點綴，互文言之，不必井定秦，箏定漢也，正如『秦時明月漢時關』耳。（《詩説》）　結句直露，未免意言並盡耳。（《輯評》）

【張曰】結句乃作詩主意，借古人隱説，便不直致，且又切西掖與舍人，此真玉谿極用意之佳篇。紀氏反病其言意俱盡，試問干謁之意，將如何説法，方為有餘不盡邪？（《辨正》）

【按】中四句皆寫西掖玩月。碧瓦金莖、秦宮漢殿，皆極形宮掖之高華，以見令狐地位之清貴，為末聯望薦伏根。以為五六另有託寓者近鑿。此篇用意、結構均與七律《寄令狐學士》相似，惟七律末聯微露怨望之意，此則純乎望薦而已。

街西池館①

白閣他年別②，朱門此夜過③。疎簾留月魄〔一〕④，珍簟接煙波⑤。太守三刀夢⑥，將軍一箭歌⑦。國租容客旅⑧，香熟玉山禾⑨。

〔一〕「留」，席本作「通」。

①《唐詩鼓吹》注：「長安領街西五十四坊及西市，多王公貴戚之家。」【朱注】杜牧有《街西》詩。【馮注】《舊書·志》：「京師有東西兩市，南北十四街，東西十一街，街分一百八坊。皇城南大街曰朱雀之街。街東五十四坊，萬年縣領之；街西五十四坊，長安縣領之。」韋蘇州《寄答秘書王丞》詩：「街西借宅多臨水」，可與此題作證。

②「白閣」見《念遠》注。

③【按】朱門即題之街西池館。

④【程注】梁元帝詩：「疎簾度曉光。」【馮注】《尚書正義》曰：「魄者，形也。謂月之輪廓無光之處。」而詩中用月魄則皆作月明用，蓋月之見為魄，亦由漸有明意而然。

⑤【程注】謝朓詩：「珍簟清夏室，輕扇動涼飔。」【補】簟紋如水波，居室又緊接池水，故云「接烟波」。

⑥【朱注】《晉書》：「王濬夢懸三刀於梁上，須臾又益一刀。李毅曰：「三刀為州，又益者，明府其臨益州乎？」果遷益州刺史。」

⑦【朱注】《唐詩紀事》：「楊巨源詩：「三刀夢益州，一箭取遼城。」由此知名。」此詩三刀一箭，上用巨源

語，但下事未詳。又補注曰：《太平御覽》：《唐書》云：『王栖曜善騎，為袁傪偏將，在蘇州嘗遊虎邱寺，平野霽日，先一箭射雲中雁，再發，貫之。』【姚注】《唐書·薛仁貴傳》：『九姓羌衆三萬餘，驍騎數十來挑戰，仁貴發三矢，殺三人，於是虜降。軍中歌曰：「將軍三箭定天山，壯士長歌入漢關。」』按：此句本用此事，因上有三刀夢，故不曰三箭，而曰一箭耳。【馮注】未詳。按：朱氏謂同楊巨源『三刀夢益州，一箭取遼城』，此白香山贈楊詩所云『早聞一箭取遼城』也。其事未詳，亦似不合。或作『聊』，謂用魯仲連事，更謬也。朱又補注曰：『《御覽》引《唐書》：「王栖曜……一箭射雲中雁，再發，貫之。江東文士自梁肅以下歌詠焉。」』余檢《舊書·傳》：『栖曜為尚衡衙前總管，一箭殪逆將邢超然，遂拔曹州。後為袁傪偏將，討草賊袁晁。其後將兵拒李靈曜、李希烈，屢以功遷授鄜坊丹延節度。』而與御覽皆無朱氏所采。此皆見《南部新書》與《册府元龜·善射門》，但與所引不盡同，用此與否，殊未可定。姚氏引薛仁貴三箭定天山，謂避出句，改三為一，謬哉。凡義山用事，古今不雜，必當闕疑。《册府元龜·善射類》：『王栖曜，貞元初浙西都知兵馬使。在蘇州嘗與諸文士遊虎邱寺，中野霽日，先一箭射空，再發貫之。江東文士自梁肅以下歌詠焉。』按：據此則『一箭』字有着，但射空與射雲中雁不同，疑先一箭射空，即再發一箭貫先發者，以此誇善射，否則一雁何煩再發乎？

⑧【程注】《梁武帝紀》：『以興師費用，王公以下，各上國租及田穀以助軍資。』庾信《謝趙王賚米啟》：『仰費國租，遂開塵甑。』【馮注】《漢書·景十三王傳》：『入多於國租稅。』《後漢書·志》：『侯國納租於侯，以户數為限。』又《來歙傳》：『免歷兄弟官，削國租。』《通典》：『唐制，凡京諸司各有公廨田，在外諸司公廨田亦各有差。』徐曰：《新書·食貨志》：『給禄之外，又有職田，國租之謂也。』《晉書·裴楷傳》：『楷歲請梁、趙二王國租錢百萬，以散親族。人或譏之，楷曰：「損有餘以補不足，天之道也。」』《舊書·職官志》：『凡天下諸州有公廨田，凡諸州及都護府官又有職分田。』又：『凡有功之臣賜實封者皆以課户充，凡食封皆傳於子孫。』又：『凡京文武職事官有職分田。』

⑨【朱注】《文選》張協《七命》：『瓊山之禾。』善曰：『瓊山即崑崙山。』《山海經》：『崑崙之上有木禾，長

五尋，大五圍。』鮑照詩：『遠食玉山禾。』【馮注】《文選注》：『（瓊山之禾）即崑崙木禾。』《穆天子傳》：『黑水之阿，爰有野麥，爰有荅菫，西膜之所謂木禾，重䜌氏之所食。』【王鳴盛曰】似當時别有一種公項資糧，隸於官中以供客者。似猶有古制『郊里之委積以待賓客，野鄙之委積以待羈旅』之遺意，而今不可考矣。（《蛾術編》『街東街西』條）

【馮班曰】文極。

【朱曰】太守、將軍，似言池館主人，客旅則自謂也。

【姚曰】主人遠宦，池館虛閒，猶能以國租養客，故紀之。

【屈曰】中四皆朱門此夜景物，結到『過』字。

【馮曰】唐時街東街西各坊第宅園館，大略載宋敏求《長安志》。本集所可徵引，如昭國、開化、晉昌，皆街東也。若街西池館，如興化坊晉國公裴度池亭，宣義坊司徒李逢吉宅，園林甚盛，皆無相涉。此是主人為太守、將軍，而池館供其棲止者，無可妄舉其人以實之也。或謂疑王茂元入為司農時暫居之所，非也。

【紀曰】了無意味，末二句尤拙。（《詩說》）後四句不甚可解。（《輯評》）

【張曰】觀『太守』二句，疑此街西池館即茂元在京之宅。當是義山未成婚之前，即蒙其厚廩，棲託於此。既而赴涇原之辟，始議娶其女也。若李十將軍住招國在街東，與此不符矣。考《祭外舅文》，先辟後娶，情事顯然，可悟。○街西池館疑是李執方京邸所居。執方為茂元妻屬，『太守』句指執方，『將軍』句指茂元。結則言蒙其厚廩，棲託於此也。詩意尚不難解。案與《寄招國李十將軍》詩文不符。（《辨正》）【按】張氏會箋將此列入不編年詩，全引馮氏箋語。

【按】此自外地歸京師留宿街西池館，有感而作也。『白閣』泛指京師風物。『朱門』即指街西池館。首二句謂他年別此京師朱門，今夜又宿此也。次聯夜宿池館所見景物。『接煙波』關合題内『池』字。『留月魄』則謂簾透月影，猶似前此宿池館時之情景也。『太守』『將軍』點池館主人。謂其曾立戰功，又有升遷之望也，以為分指者大謬。末聯則謂主人之職俸足以養客，玉山之禾甚香，不必為長安居之不易愁焉。言外見己之猶需仰給於人也。曰『太守』，蓋主人遠宦，此由詩中寫池館之景況較虛寂，並不及主人接待之情，亦約略可見。然主人既不在，義山猶安然留宿，且逕稱之為『街西池館』，則此池館主人，與義山之關係又決非一般矣。味首聯，似是桂管歸京後作。酌編大中三年。王達津謂此池館主人係官場上匆匆之過客，故池館荒置，成為逆旅，義山此作係凭弔池館荒置，哀傷唐王朝政治腐朽與不安定。詳見其《李商隱詩雜考》（之二）。與《過伊僕射舊宅》互參，王説似可備一説。

過鄭廣文舊居①

宋玉平生恨有餘，遠循三楚弔三閭②。可憐留著臨江宅，異代應教庾信居③。

①【朱注】《長安志》：『韓莊在韋曲之東，退之與東野賦詩，又送其子讀書處。鄭莊又在其東南，鄭十八虔之

居也。』【馮注】《新書・文藝傳》：『鄭虔，鄭州滎陽人。明皇愛其才，更為置廣文館，以虔為博士。嘗自寫其詩并畫以獻，帝大署其尾曰：「鄭虔三絶」。遷著作郎。安禄山反，劫百官置東都，偽授水部郎中，因稱風緩，求攝市令，潛以密章達靈武。賊平，貶台州司户參軍，後數年卒。諸儒服其善著書，時號鄭廣文。』鄭州當亦有（鄭虔）故宅。義山鄭州人，味詩意似從湖湘歸後，觸緒寓慨。若長安鄭莊，不相符矣。【張曰】鄭莊近曲江，疑是年（大中二年）義山携家入京，暫居於此，故結以庾信臨江宅為喻。起云『遠循三楚弔三閭』，是新從湘楚歸也。其後曲水、曲池，屢有寄慨，寓悼亡之感，當於此尋根矣。馮氏謂故宅或在鄭州，似誤。【按】張説近是，詳箋。

②【朱注】《離騷序》：『屈原，與楚同姓，仕於懷王，為三閭大夫。三閭之職，掌王族三姓，曰昭、屈、景。』【馮注】《文選》阮嗣宗《咏懷詩》：『三楚多秀士。』注曰：『孟康《漢書注》：舊名江陵為南楚，吴為東楚，彭城為西楚。』李周翰曰：『為楚文王都郢，昭王都鄀，考烈王都壽春。』《史記・屈原傳》：『漁父曰：「子非三閭大夫歟？」』注曰：『三閭之職，掌王族三姓屈、昭、景。』宋玉《九辯》《招魂》皆為屈原作。

③【姚寬曰】唐余知古《渚宫故事》曰：『庾信因侯景之亂，自建康遁歸江陵，居宋玉故宅，宅在城北三里，故其賦曰：「誅茅宋玉之宅，穿徑臨江之府。」』老杜《送李功曹歸荆南》云：『曾聞宋玉宅，每欲到荆州』是也。又在夔府《詠懷古跡》云：『摇落深知宋玉悲』，『江山故宅空文藻』。然子美《移居夔州入宅》詩云：『宋玉歸州宅，雲通白帝城。』蓋歸州亦有宋玉宅，非止荆州也。（《西谿叢語》卷上）

【何曰】言己之視鄭虔，將如蘭成之於宋玉，蓋自傷雲散亦喜自喜絶也。（《輯評》。末句疑有訛脱）（『可憐二句）舊居。（《輯評》）。

【姚曰】多才多恨，庾信之哀，豈亦玉所波及耶？

【屈曰】宋玉之弔三閭，猶己之弔廣文。廣文之宅，應為己今日之居。廣文一生不達，異代同心之悲也。

【程曰】宋玉，比鄭廣文；庾信，義山自比也。蓋淪落文人，古今一轍，後先相望，未免有情。詩中『恨有餘』字，『可憐』字，語意固顯然矣。

【田曰】即後人復哀後人意，那轉婉曲，遂令人迷。（馮箋引）

【馮曰】結言誰克踵其風流，不愧此宅乎？虛説尤妙。自譽自歎，皆寓言外。

【紀曰】純乎比體，後二句烘托取姿。（《詩説》）　通首以宋玉為比，又自一格。（《輯評》）

【按】此詩頗婉曲。蓋過鄭廣文舊居而聯想自古才人遭際若出一轍，而有『悵望千秋一灑淚，蕭條異代不同時』之慨也。詩、題合參，其意蓋謂宋玉平生遭遇不偶，故遠循三楚而弔屈以寄其遺恨；而異代之庾信，其身世之悲又似宋玉，宋玉故宅應教庾信居住，方為宅得其主。而今我過廣文舊宅，不惟有往昔宋玉弔屈之恨，亦隱然有文采風流，相傳一脈之情。馮謂『自譽自歎，皆寓言外』，極是。曰以宋玉比鄭，以庾信自比，或曰宋玉之弔三閭，猶己之弔廣文，皆是，亦皆泥於一端。作年當依張箋，繫桂管歸京後。次句有以宋玉自寓意。『遠循三楚弔三閭』，即大中二年在潭州作《楚宮》（湘波如淚）之事也。

韓翃舍人即事①

蘐草含丹粉〔一〕，荷花抱緑房②。鳥應悲蜀帝③，蟬是怨齊王〔二〕④。通内藏珠府⑤，應官解玉坊⑥。橋南荀令過〔三〕，十里送衣香⑦。

〔一〕『蘐』，蔣本等作『萱』，字同。

〔二〕『蟬』原一作『蠋』，非。

〔三〕『橋』原一作『嬌』，非。

集注

①【朱注】《唐書》：『韓翃字君平，南陽人。侯希逸表佐淄青幕府。李勉在宣武，復辟之。俄以駕部郎中知制誥，終中書舍人。』【馮注】《新書·文藝傳》：『盧綸與吉中孚、韓翃、錢起等號大曆十才子。』《藝文志》：『翃詩集五卷。』《晁氏讀書志》：『翃，天寶十三年進士，詩興致繁富，朝野重之。』許堯佐《柳氏傳》：『天寶中，昌黎韓翃有詩名。其姬柳氏。翃擢上第，省家於清池。盜覆二京，士女奔駭，柳氏寄跡法靈寺。是時侯希逸節度淄青，請翃為書記。洎宣皇帝以神武返正，翃遣使間行求柳氏，以練囊盛麩金，題之曰：「章臺柳，章臺柳，顏色青青今在否？縱使長條似舊垂，也應攀折他人手。」柳氏捧金嗚咽，答曰：「楊柳枝，芳菲節，可恨年年贈離別。一葉隨風忽報秋，縱使君來豈堪折！」無何，有蕃將沙吒利者劫以歸第，寵之專房。及希逸除左僕射，入覲，翃得從至京。偶於龍首岡見輜軿，翃偶隨之。自車中問曰：「得非韓員外乎？某乃柳氏也。」使女奴竊言失身沙吒利，請詰旦相待於道政里門。及期，以輕素結玉合，實以香膏，自車中授之，曰：「當遂永訣，願寘誠念。」乃回車，以手揮之。翃

大不勝情。會淄青諸將合樂酒樓，請翃。翃意色皆喪，音韻悽咽。有虞候許俊者，撫劍言曰：「必有故，願一效用。」翃具告之。俊曰：「請足下數字，當立致之。」乃徑造沙吒利之第，候其出行里餘，乃被衽執轡，犯關排闥，急趨而呼曰：「將軍中惡，使召夫人。」遂升堂，出翃札示柳氏，挾之跨鞍，倏忽乃至，四座驚歎。翃、俊懼禍，乃詣希逸，希逸大驚，遂獻狀言之。尋有詔，柳氏宜還韓翃。」按：『翃』，刊本或誤作『翊』。

②【朱注】《魯靈光殿賦》：『圜淵方井，反植荷蕖。緑房紫菂，窋咤垂珠。』銑曰：『緑房，蓮子也。』

③見《哭遂州蕭侍郎二十四韻》及《錦瑟》注。應，是也。

④【朱注】《古今注》：『牛亨問董仲舒曰：「蟬名齊女者何？」答曰：「昔齊王之后怨王而死，屍變為蟬，登庭樹嘒唳而鳴。王悔恨之，故名齊女。」』

⑤【朱注】《録異記》：『江州南七里店有藏珠石。』《梁四公記》：『東海龍王第七女，掌龍王珠藏。』【程注】《莊子》：『藏珠於淵。』【馮注】又取龍宮之義。徐氏以『内』為大内之内。愚閱元微之詩『憶得雙文通内裏，玉櫳深處暗聞香』，則内室之通稱也。

⑥【朱注】《通志》：『解玉溪在成都華陽縣大慈寺南，唐韋皋所鑿，用其砂解玉則易為功。』（二句）言其通内則藏珠之府也，應官則解玉之坊也。因韓官中書舍人，故云然，未必用故實。【朱彝尊曰】蓋賦而比也。【馮注】徐曰：應官猶云當官，是唐人口語。鮑照《升天行》：『冠霞登綵閣，解玉飲椒庭。』此句非鮑詩之意，直謂治玉耳。坊名不必泥看，舊説皆非。【按】應官，應付官事。

⑦【馮注】見《牡丹》。言荀令來過，彼美能遠聞衣香否？隋人王訓《詠舞》：『笑態千金重，衣香十里傳。』

【按】馮注迂曲，不可從，詳箋。

【姚曰】此美韓之風流姿艷，冠絶一時。首聯，以萱草荷花為比。三四，言無知之物，亦應見之而生妒也。五六，以珠玉作興，言雖藏珠解玉之地，過之而益覺其美也。

【屈曰】言舍人當花開鳥鳴時通内應官，一過橋南，衣香十里，風流獨絶也。

【程曰】韓翃以『輕煙散入五侯家』絶句聞於宫禁，德宗書其名，命知制誥。時有兩韓翃，執政問之，帝因書其詩云：『與此韓翃。』蓋君平以詩受知如此。及其後有斥之為惡詩者，韓當有故君時事之感，故義山有『鳥悲蜀帝，蟬怨齊王』之語。結句則終推其風流情致以歸美之。但韓翃與義山時代頗遠，不知何以有詩，題亦不解，其詩又絶似義山，必非誤收，存疑俟考。

【馮曰】題與詩初不可解，今詳採此事與《柳枝詩序》及諸篇情事大有相近者。上四句寫柳之怨情；五喻美人如珠之深藏；六喻韓為舍人，同於翰林之為玉署也；七八記其道間相逢之事。柳枝屬意義山，而東諸侯取去，安得有如許俊其人者哉！《唐詩紀事》既載此事，又録義山此詩，似已窺見其旨，特未合以相證耳。

【紀曰】此擬韓之作，不曉所云，且詞亦卑下不足道。（《詩説》）　此不得其本事，亦不能解其詩，然就詩論詩，自不佳。（《輯評》）

【張曰】既不解其詩意，又不得其本事，則詩之佳否，何從定之？紀氏所云『就詩論詩』豈非囈語？題曰『韓翃舍人即事』者，蓋擬韓翃之作也。其原唱失考，此篇遂不得其命意。馮氏謂以韓翃柳氏事自比柳枝為人取去，細味詩意，却不見然，恐别有寄託也。（《辨正》）

【按】題『韓翃舍人即事』，與《杜工部蜀中離席》一例，均擬前代詩人之作，張氏説是也。所擬者不必某一具體篇章，泛擬其藝術風格耳。詩之可解不可解，固不在擬作有否原唱可考也。此詩題實作『即事』，然所指之事則不易曉。馮氏附會柳枝事，殊不合詩意。柳氏為沙吒利所劫及翃道遇柳氏時，翃尚未為舍人，則馮所謂『六喻韓為舍人』，『七八記其道間相逢之事』者，豈非後先倒置，叙事淆亂乎？謂『上四句寫柳之怨情』，亦未有證。

此詩首聯點時，萱含丹粉、荷抱緑房，時已值夏秋之間。次聯鳥悲蜀帝、蟬怨齊王則於時令之外，進而點明詩中人物之『悲』『怨』。『悲蜀帝』『怨齊王』不必泥，泛言其聲悲怨耳。此當與『望帝春心託杜鵑』（《錦瑟》）、『五更疏欲斷，一樹碧無情』（《蟬》）等句參讀，其意亦相近。腹聯則轉寫所謂達官顯宦如荀令者，出入於大内藏珠之府，應官（上班）於解玉之坊，聲勢烜赫。末聯更謂其路經橋南，十里聞香，風流絶世也。前後均詩中人物所見所聞，而一正一反，一景物一人事，均堪觸緒生悲，益感己之沉淪也。味其意旨，似頗與《無題》（何處哀箏）相近，蓋觸景生情，抒己不遇之感之作。詩中『荀令』，當指如令狐綯之得君顯達者。綯大中三年拜中書舍人，詩之作或在其時歟！

漫成五章

沈宋裁辭矜變律①，王楊落筆得良朋②。當時自謂宗師妙③，今日唯觀對屬能④。

其二

李杜操持事略齊⑤，三才萬象共端倪⑥。集仙殿與金鑾殿⑦，可是蒼蠅惑曙雞〔一〕⑧？

其三

生兒古有孫征虜⑨，嫁女今無王右軍〔二〕⑩。借問琴書終一世〔三〕⑪，何如旗蓋仰三分⑫？

其四

代北偏師銜使節⑬，關東裨將建行臺〔四〕⑭。不妨常日饒輕薄⑮，且喜臨戎用草萊⑯。

其五

郭令素心非黷武⑰，韓公本意在和戎⑱。兩都耆舊偏垂淚〔五〕，臨老中原見朔風⑲。

〔一〕『惑』原一作『或』，非。『曙』，萬絶作『曉』。【錢曰】諱避。

〔二〕『今』，季抄，朱本一作『全』，非。

〔三〕『借』，朱本作『但』。

〔四〕『東』，朱本作『中』，非。

〔五〕『偏』，朱本作『皆』。

集注

①【馮注】《新書·文藝傳》：『建安後訖江左，詩律屢變。至沈約、庾信，以音韻相婉附，屬對精密。及宋之問、沈佺期，又加靡麗，回忌聲病，約句準篇，如錦繡成文，號為沈宋。』又贊曰：『陳、隋風流，浮靡相務，至沈、宋等研揣聲音，浮切不差，而號律詩。』【補】裁辭，猶裁詩，指裁製詞句成詩。變律，變化詩律。

②【馮注】《新書·傳》：『王勃與楊炯、盧照鄰、駱賓王皆以文章齊名，天下稱王、楊、盧、駱四傑。』【補】味『落筆得良朋』語，『良朋』當指詩文中『佳對』，即所謂『屬對精密』，亦《甲集序》所謂『好對切事』。或謂指王楊與盧駱齊名，則與上句『矜變律』意不相屬，恐非。

③【程注】《漢書·藝文志》：『儒家者流，祖述堯舜，憲章文武，宗師仲尼，以重其言，於道為最高。』【馮注】《莊子》有《大宗師》篇。【按】宗師，此指文壇領袖。

④【補】對屬，亦稱屬對，即對仗，詩文中撰成對句。

⑤【馮注】《舊書·文苑傳》：『天寶末，詩人杜甫與李白齊名，時人謂之李杜。』【劉盼遂曰】操持應當作操翰墨解，杜甫《戲為六絕句》：『縱使盧王操翰墨，劣於漢魏近《風騷》。』義山詩即化用此句。【按】句意謂李、杜作詩才能不相上下。

⑥【劉盼遂曰】三才，即天、地、人。萬象，即自然萬物。端倪，最早見於《莊子·大宗師》：『反覆終始，不可端倪。』即頭角的意思。……在李、杜筆下，……自然萬物一切景象都能够畢現，所謂共端倪也。【補】《易·說卦》：『是以立天之道，曰陰與陽；立地之道，曰柔與剛；立人之道，曰仁與義；兼三才而兩之，故易六畫而成卦。』亦作三材。《易繫詞下》：『有天道焉，有地道焉，有人道焉，兼三材而兩之。』端倪，即頭緒，此處用作動

詞，顯露頭緒之意。

⑦【朱注】《唐六典》：『開元十三年，召學士張説等宴於集仙殿，改名集賢殿。』《唐書·杜甫傳》：『天寶中，進《三大禮賦》。上奇之，命待制集賢院，召試文章。』《李白傳》：『賀知章言於玄宗，召見金鑾殿，論當世事，奏頌一篇。帝賜食，親為調羹。』【程注】《唐書·張説傳》：『帝召説及禮官學士置酒集仙殿，曰：「朕今與賢者樂於此，當遂為集賢殿。」』

⑧【朱注】《詩》：『匪雞則鳴，蒼蠅之聲。』〇李沮於貴妃，杜抑於時相，是皆以蒼蠅惑曙雞也。【馮注】《李白傳》：『詔供奉翰林。數宴見。白嘗侍帝，醉使高力士脱韡。力士恥之，擿其詩以激楊貴妃。帝欲官白，妃輒沮止。』按：白為妃所沮，而甫為右拾遺，以上疏救房琯出外，亂離流落，非有人讒之也。詩言集仙、金鑾，李、杜不得久居，而以詩鳴；彼紛紛不如李、杜者，反得以文學侍從吟詠其間，則似蒼蠅之惑曙雞矣。義取鳴聲，非關讒口。【按】蒼蠅似兼用《詩·小雅·青蠅》：『營營青蠅，止于樊。豈弟君子，無信讒言。』以青蠅喻讒諛之徒。二句謂李、杜雖曾於集仙殿、金鑾殿上蒙受君主賞識，然終因讒諛之徒淆亂視聽而不能久居朝廷，豈非正似蒼蠅之惑亂曙雞乎。可是，豈是。

⑨【馮注】按：《吴志》：『袁術表孫堅破虜將軍，曹公表策討逆將軍，表權討虜將軍。』（《吴志·孫權傳》）注引《吴歷》曰：『曹公出濡須，見孫權舟船器仗軍伍整肅，喟然嘆曰：「生子當如孫仲謀，劉景升兒子若豚犬耳。」』以『討虜』為『征虜』，豈諧聲假借耶？

⑩【馮注】《晉書》：『太尉郄鑒使門生求女婿於王導，導令就東厢徧觀子弟，歸謂鑒曰：「王氏諸少並佳，然咸自矜持。惟一人在東牀坦腹食，獨若不聞。」鑒曰：「正此佳婿耶？」訪之，乃羲之也，遂妻之。後羲之為右軍將軍，會稽内史。』【劉盼遂注】《世説新語·方正》：『諸葛恢大女適太尉庾亮兒，次女適徐州刺史羊忱兒，……謝尚書求其小女婚，恢乃云：「羊鄧是世婚，江家我顧伊，庾家伊顧我，不能復與謝裒兒婚。」及恢亡，遂婚。於是王右軍往謝家看新婦，猶有恢之遺法，威儀端詳，容服光整，王嘆曰：「我在，遣女裁得爾耳。」』這是王右軍感嘆自

己不如諸葛恢之有威儀禮法，今天既無王右軍那樣嫁女的禮法，當然更不用説諸葛恢了。王右軍是以書法文章名世的人，嫁女却不敢望如諸葛恢之大官僚那樣威嚴莊重，所以為讀書人悲也。　【按】劉説非。一二句對文。上句謂古有生兒如孫仲謀者，下句謂今則嫁女並無如王右軍之佳婿，非謂如王右軍之嫁女也。且三四明以『琴書終一世』與『旗蓋仰三分』對舉，與嫁女有無禮法無涉。

⑪【馮注】《晉書》：『羲之雅好服食養性，不樂在京師，初渡浙江，便有終焉之志。後稱病去郡，於父母墓前自誓，朝廷亦不復徵之。』所謂『琴書終一世』也。　【按】羲之以書法著稱於世，此處『琴書』係泛指藝文之事。『琴書終一世』，意指政治上無所建樹，終生以琴書自娱。

⑫【馮注】《吴志·孫權傳注》（引《吴書》）：『陳化使魏，對魏文帝曰：「舊説紫蓋黄旗，運在東南。」』

【補】黄旗紫蓋，指天空出現之黄旗紫蓋狀雲氣，古代迷信以為皇帝之兆。事又見《三國志·吴志·孫皓傳》注引《江表傳》：『丹陽刁玄使蜀，得司馬徽與劉廙論運命曆數事。玄詐增其文，以誑國人，曰：「黄旗紫蓋見於東南，終有天下者，荆、揚之君乎？」』旗蓋仰三分，指孫權建立令人仰慕之鼎足三分帝業。何如，『比……如何』之意。二句謂：請問如王羲之之以琴書名世，與孫權之建立鼎足三分帝業相較，究屬如何哉？言外有琴書名世未必即遜於旗蓋三分之意。

⑬【程注】《左傳》：『彘子以偏師陷。』《周禮》：『凡邦國之使節，山國用虎節，土國用人節，澤國用龍節，皆金也，以英蕩輔之。門關用符節，貨賄用璽節，道路用旌節，皆有期以反節。』白居易詩：『連持使節歷專城。』

【馮注】《新書·志》：『代州雁門郡有大同軍、天安軍，又有代北軍。』《通鑑注》：『代北諸軍，陘嶺以北諸軍也。』

⑭【程注】《漢書·項籍傳》：『籍為裨將，狥下縣。』《魏書·百官志》：『刺史之任，有行臺、大行臺。』

【姚注】《通典》：『行臺省，魏、晉有之。後魏謂之尚書大行臺，别置官屬。』　【馮注】關東其地甚廣，古稱山東者，皆可曰關東。此則指河東。《新書·志》：『邊要之地，置總管以統軍，加號使持節，有行臺，有大行臺。』《晉書·温嶠傳》：『嶠乃立行臺。』『行臺』史文習見。凡命將統師征討者，皆曰行臺。　【按】代北偏師、關東裨將有所指，詳箋。

⑮【補】張相《詩詞曲語辭匯釋》：『饒，猶任也；儘也。假定之辭。凡文筆作開合之勢者，往往用饒字為曲筆以墊起之。』按：句意謂不妨其平日受盡人們菲薄輕視。

⑯【馮注】《抱朴子》：『招孫、吳於草萊。』【程注】唐太宗詩：『臨戎八陣張。』鮑照《放歌行》：『一言分珪爵，片善辭草萊。』【按】承上句謂且喜在戰爭時能任用出身草野之英雄。

⑰【朱注】《郭子儀傳》：『乾元元年，進中書令。』【馮注】子儀有單騎與回紇盟事；又吐蕃請和，得子儀載書而定，詳史書。可為非黷武之證。【補】《新唐書·郭子儀傳》：『（永泰元年）懷恩盡說吐蕃、回紇、党項、羌、渾、奴剌等三十萬，掠涇、邠，躪鳳翔，入醴泉、奉天，京師大震。……急召子儀屯涇陽，軍纔萬人。……子儀以數十騎出，免胄見其大酋，……回紇捨兵下馬拜曰：「果吾父也。」子儀即召與飲，遺錦綵結歡，誓好如初。』

⑱【朱注】《張仁愿傳》：『神龍中為朔方總管，築三受降城於河北。景龍二年，封韓國公。』【補】《新唐書·張仁愿傳》：『仁愿請乘虛取漠南地，於河北築三受降城，絕虜南寇路。唐休璟以為「兩漢以來皆北守河，今築城虜腹中，終為所有。」仁愿固請，中宗從之。……自是突厥不敢踰山牧馬，朔方益無寇，歲損費億計，減鎮兵數萬。』杜甫《諸將五首》：『韓公本意築三城，擬絶天驕拔漢旌。』即『韓公本意在和戎』意。和戎事見《左傳·襄公四年》：『無終子嘉父，使孟樂如晉，因魏莊子納虎豹之皮，以請和諸戎。』

⑲【馮注】唐時京都為西都，河南為東都。然邊事與河南無涉，當兼言太原北都。【補】耆舊，年高有聲望者，猶父老。見朔風，重見邊地民情風俗，指收復邊地。兩都自指東、西都。兩都耆舊，猶中原父老，與『朔風』相對言。

【胡震亨曰】『當時自謂宗師妙，今日唯觀對屬能。』義山自詠爾時之四子。『爾曹身與名俱滅，不廢江河萬古流。』杜少陵自詠萬古之四子。（《唐音癸籤》）

【朱彝尊曰】或云首章言從令狐楚，但學其駢體章奏，無他奇也。次言令狐綯信讒而疎之，故有蒼蠅曙雞之喻。三章言綯不肖其父，以仲謀刺其為豚犬。右軍嫁女則謂茂元。四章謂茂元奉詔出師。末言李德裕之功在朝野。德裕為蜀帥，索還南詔所掠四千人，故云耆舊垂淚臨老見中原也。

【《輯評》墨批】前二首論詩，後二首論兵，意絕不相侔，何以併作一題，是不可解。○（首章）此首貶四公。（次章）此首稱二公。（三、四、五章）此三首似指當時將帥。

【何曰】第一首嘆世之宗仰三十六體者，僅以對屬為能事，而莫窺其比興風刺之妙也。第二首嘆己之不遇時主如李杜也。第三首身既錮廢，生子又劣，所以深悲所遇之奇蹇也。第四首言反不如武夫猶得拔用於草萊也。第五首嘆貧賤以終，又將并失清平之適也。（《讀書記》）

【《輯評》朱筆批】此義山歷叙平生而作也。第一首言令狐綯（當作『楚』）以駢體章奏，唯能屬對而已，無甚深意。第二首自比李杜，而嘆其遇之窮，末句疾讒也。第三首一句譏綯之不能肖父，次句直指茂元嫁女，當時蓋以其委身武人為恥。下二句自為分辨也。第四首前二句專指茂元，後二句言辟為掌書記也。第五首言贊皇并非誤開邊釁，後二句言鮮于仲通征南敗没之兵，至贊皇始得索還，有功而無過也。又曰：李入翰林，杜獻蓬萊，猶為不遇，何況身不掛朝籍者耶？（見《輯評》。按：《輯評》所載朱筆評與《讀書記》所載何氏評頗不相合，疑是另一人之評。姑附此。）

【陸鳴皋曰】（李）杜章此為忌才而發。次句，美李杜之才，足上句意。（生兒章）此為武臣虚尚文事者發。上二句，只取『征虜』『右軍』字樣，而曰『古有』『今無』，則當時將帥可知矣，故接云：粉飾琴書，豈若建功立業乎？然『琴書』『旗蓋』，仍根孫、王來。

【姚曰】五章乃自述其詩學淵源，而傷己之不遇太平也。○（首章）王楊沈宋，乃唐初應運而興者，豈料世無具眼，皮相至此，即少陵所謂『輕薄為文哂未休』也。（次章）王楊沈宋即不論，以李、杜二公之淩跨百代，猶未免蒼蠅之惑曙雞，世俗之忌才如此。（三章）文章事業兩途，未易軒輊，此可為知者道。（四章）自藩鎮驕恣，士多屈節於幕府，而李、杜之標格不可問矣。無氣骨，焉得有文章？（五章）中原喪亂，豈料自李、杜以來，直至今日哉！士之能卓然自立者鮮矣。

【屈曰】一首言沈宋王楊尚非大才，不遇於時，猶可也。二首言李杜才大如此，而亦不遇，可嘆也。三首言文不如武。四首言銜節建臺，内外皆輕薄之人，焉得不敗？『且喜』者，不盡之詞。及臨戎而方用草萊，恐其晚也。五首言有郭、韓之英雄而不用，所以兩都垂淚而中原朔風也。

【楊曰】此五首乃玉溪生自叙其一生踪跡。前二首乃指令狐喬梓。中二首詠娶茂元之女。末一首結重於贊皇，正以茂元係贊皇所用也。（首章）『當時』二句，言從楚幕，學為對儷之文也。（二章）前半自標其本領，後半嘆綯之見抑而不得進也。（三章）第二句蓋自謙之辭。（四章）此言入河陽幕也。（五章）以韓、郭比李，推崇之至，見綯之黨私譏貶，不足為定論也。

【程曰】五章不倫不次，初讀殊不可解。及考義山平生出處，乃知五章各有所指，但不欲斥言其事與斥指其人，故以『漫成』二字目之，亦猶無題之意也。第一章慨己之詞章，以前人自比而兼及令狐楚也。《新書》：『義山初為文，瑰邁奇古。楚工章奏，因授其學。義山儷偶長短，而繁縟過之。』首句言已學楚之章奏，非復昔日之體，猶沈、宋之變律也。次句言楚之與已不啻王、楊之良朋也。三句言當時得楚之學，自謂宗師之妙，將來可以展其經濟。四句言今日方鎮之辟，不過謂其工於牋奏，徒賞對屬之能而已。第二章慨遭譏謗不得立朝也。首句言李杜操持略同，猶己之道直而窮，不求人知也。次句言李杜之才，三才萬象共一端倪，猶己之博學强記，下筆不休也。三句言杜之待制集賢，李之召見金鑾，猶己之釋褐祕書也。四句言李遭力士之謗，杜遇林甫之忌，竟能蠱惑君心，阻其進用，是皆蒼蠅惑曙雞耳。猶己之遭讒佐幕，竟不得通籍於朝也。　第三章慨己之是非起於令狐綯之惡王茂元也。首句言古人云『生子當如孫仲謀』，喻綯為楚子，繼有韋平之拜，當如孫權之於孫堅，克紹其前業也。次句言東牀坦腹，正是佳婿，喻己為茂元之婿，猶郄鑒之嫁女而得右軍，今我非其比也。三句『琴書一世』喻己，四句『旗蓋三分』喻綯，言右軍名士何如征虜功名耶？猶己屢啟陳情，綯不之省，不得已作此歸窮自解之詞也。　第四章慨從事於軍戎也。《唐書》：『會昌三年，成德軍節度使王元逵為北面招討澤潞使，魏博節度使何弘敬為東面招討澤潞使，及王茂元、劉沔討劉稹。』首句言王元逵、何弘敬為招討也。次句言劉沔首為振武牙將，今為河東節度使，共討劉稹也。三四句言平時武臣不重文士，當此軍書旁午，磨盾書檄，尚假手於翩翩書記為可喜也。時義山在茂元軍中，嘗有《代茂元檄劉稹文》。義山既為茂元愛婿，則『輕薄』之語斷不指茂元，或當時軍中有輕薄義山者，故云然耳。第五章慨回鶻之亂也。武宗時雄武軍使張仲武請以本軍擊回鶻，即拜戎馬留後、工部尚書、蘭陵郡公。會回鶻特勒那頡啜擁赤心部七千帳逼漁陽，仲武使其弟仲至率鋭兵三萬破之，又執諜者八百餘人殺之，由是不敢犯五原塞。烏介失勢，回鶻遂衰，名王貴種相繼降，捕幾千人。初，李德裕建言：『回鶻曩有功，今飢且亂，可汗無歸，不可擊，宜遣使贍安之。』及黑車子殺烏介，仲武表請立石以紀聖功，德裕為銘，揭碑於幽州，又詔回鶻營功德使在二京者悉冠帶之。此詩首句言仲武請擊回鶻，如郭令之素心本非黷武也。次句言德裕欲贍安回鶻，如韓公之本意原在和戎也。三四句言回鶻在二京者，悉授冠帶，故中原耆舊驚見朔風而皆垂淚也。考是時，義山為弘農尉，目擊亂離，不便顯言，故借往事而興慨焉。五章之義，前後各不相屬，義山詩編次錯亂，大率類此。杜子美有《戲為六絶句》，論文章之正變，義山仿之，兼及身世，此即謂之義山小傳可也。又按第四首『代北』『關中』一聯，朱本補注有箋，謂開元中代州都督王忠嗣、武德中東南道行臺李靖，愚見未然。王忠嗣時佩四將印，可謂之偏師耶？李靖為行臺兵部尚書，可謂之裨將耶？以愚推之，當指王、何諸人，故只言其事，而不著其人也。

【馮曰】論詩談兵，語絶不符，楊致軒謂是歷叙生平而作，午橋本之，已略得其用意，而未能全合。愚為之細參，蓋實義山自叙一生淪落之嘆。必先解明末二章，而前三章了然一串矣。四章『代北』二句，專為石雄發，以見李衛公之善任人也。《舊、新書》及《通鑑》曰：『雄，徐州人，系寒，不知其先所來。曾為壁州刺史，以王智興誣奏，長流白州。太和中，党項寇河西，選求武士，乃召還，隸振武軍使劉沔為裨將。會昌初，回鶻烏介可汗奉太和公主犯雲、朔北川，詔移沔河東節度，沔以太原之師屯雲州。雄受沔之教，自選勁騎三千，月暗發馬邑，直犯烏介牙，追擊之，遂迎公主還。』正代北之地，故曰『代北偏師』也。河東道諸州皆『關東』也。雄起自偏裨，以功授天德防禦副使，遷河中尹、晉絳行營節度，則『建行臺』矣。振武軍在單于東都護府，天德軍在豐州中受降城西之大同川，皆關内道之邊，與河東道之邊犄角以禦北狄。雄之立功，實在關東，舊本皆作『東』，朱氏作『中』，誤也。潞之役，雄功最多。二句蓋統指破回紇、平昭義之事。其後又移河陽、鳳翔兩鎮。而王宰者，智興之子，數沮陷之。會德裕罷相，因代歸，雄自陳黑山、烏嶺之功，求一鎮以終老。執政以德裕所薦，僅除龍武統軍，失勢怏怏，聞德裕貶，發疾而卒。雄本系寒，又召自流所，黨人既排擯於德裕罷相之後，必早輕薄於德裕委任之時，故曰『不妨常日饒輕薄，且喜臨戎用草萊』也。其時名將，劉、石並稱，然沔不可云『草萊』。且義而有勇，罕有雄之比者，故武宗、李相於諸將中最賞識者惟雄也。雄為黨人排擯，義山受黨人之累，故特為之鳴不平，而致慨於衛國也。朱氏引王忠嗣、李靖以疏『代北』二句，事雖相類，而語不可合。且前時戰功甚多，何獨舉之？至或云王茂元，則尤不足辨矣。五章詠河湟收復之事，而悼衛公也。通鑑：『會昌四年，以回紇微弱，吐蕃内亂，議復河湟四鎮十八州，令天德、振武、河東訓卒勵兵以俟其時。』《會昌一品集》所謂令代北諸軍摐摐排比也。時劉濛為巡邊使，其賜詔曰：『緣邊諸鎮，各宜選練師徒，多蓄軍食，使器甲犀利，烽火精明，密為制置，勿顯事機。』是衛公已大有收復之謀，其異議者必曰佳兵黷武，故借郭、張以白之。觀會昌初，天德軍使田牟請擊嗢没斯及赤心内附之衆，德裕獨謂當遣使鎮撫，賜以糧食，懷柔得宜，彼必感恩，此亦足見非黷武而在和戎之大指矣。及大中三年收復河湟，未始非叨會昌之餘威，而衛公則已疊貶將死也。《吐蕃傳》云：『河、隴耆老率長幼千餘人赴闕，莫不歡呼抃舞，争冠帶於康衢。』河湟在京都西北，今既來歸，則『中原見朔風』矣。曰『垂（當作『臨』）老』者，喜今日而追痛前此也。時以憲宗常有志復河湟，加順、憲二廟尊號；而武宗、李相之功，無一人言之者，此義山所為感慨出之也。又曰：義山始受知彭陽，習為章奏，自幸師承可恃，致身亨衢，豈知後為其子所棄哉！徒以章奏之學，操筆事人，故曰『惟觀對屬能』，非校文品之高下，深嘆此外之無能得益也。義山自負才華不得内用；而絢以淺陋之胸，居文學禁密之職，豈非蒼蠅之亂晨雞耶？此首二兩章為令狐父子言之也。夫義山之一生淪落，以見棄於楚之子綯也。其見棄者，以其婿於茂元也。第三首為五篇之關鍵。孫仲謀比茂元兩世節鎮，著有戰功。王右軍自比，下二句似内悔，又似解嘲，愁憤固無如何矣。余前所箋有誤也。茂元將材，衛國所任用者，故四五兩章則大白衛國任將運籌之勳，而恨讒口之無良。以衛國之相業，石雄之戰功，尚遭排斥，更何有於他人哉！此五篇之線索，而義山一生喫緊之篇章也。其體格則全仿老杜。

【紀曰】較少陵諸絶仍多婉態。專取神情，絶句之正體也。參入論宗，絶句之變體也。論宗而以神情出之，則變而不失其正者也。（《詩説》）全入論宗，絶句變體。不善效之，便成死句。要以有唱嘆神韻為佳。（《輯評》）

【張曰】此詩楊致軒謂歷叙一生踪跡……午橋、孟亭本之，大意已創通矣，而馮氏句下所釋不符，今當詳為解之。首章言當日從楚受章奏之學，今所得者不過屬對之能而已，深慨己之名位不達，而為子直所排也。二章言李杜當日齊名四海，而皆不能翱翔華省，豈亦有如我之遭毁淪落耳？『蒼蠅惑雞』，比黨人排笮也。三章更代妻致慨。言生男古曾有征虜之子，而嫁女今已無右軍之婿。兩世節鉞，不取將種，竟贅窮酸。試問琴書一世，何如旗蓋三分之為榮乎？斯真相攸之計左矣。四章專美贊皇。言我嘗平日輕薄衛公，而豈知當國秉鈞，竟能起用草萊，以成中興之功，今豈有此人哉！代北使節，謂破烏介；關東行臺，謂平澤潞，皆指石雄。雄本系寒，又為衛公所特賞，及衛公罷相，僅除龍武統軍，怏怏而卒，始終不負恩知，故特表之。五章則又為衛公維州之事辨謗。《舊書·德裕傳》：『吐蕃維州守將悉怛謀請以城降。德裕疑其詐，遣人送錦袍金帶與之，託云候取進止。悉怛謀乃盡率郡人歸成都。德裕乃發兵鎮守，因陳出攻之利害。時牛僧孺沮議，言新與吐蕃結盟，不宜敗約，乃詔德裕却送悉怛謀一部之人還維州。贊普得之，皆加虐刑。』後德裕復入相，奏論之曰：『維州據高山絶頂，三面臨江，在戎虜平州之衝，是漢地入兵之路。初河隴盡没，此州獨存。吐蕃潛將婦人嫁與此州門子。二十年後，兩男長成，竊開壘門，引兵夜入，因茲陷没。號曰無憂。因併力於西邊，遂無虞於南路。貞元中，韋皋欲經略河、湟，須以此城為始，盡鋭萬旅，急攻累年。』又云：『悉怛謀尋率一城之兵衆，并州印甲仗，塞途相繼，空壁歸臣。臣大出牙兵，受其降禮。南蠻在列，莫敢仰視。況西山八國，隔在此州，比帶使名，都成虚語。諸羌久苦蕃中征役，願作大國王人。自維州降後，皆云：但得臣信牒帽子，便相率内屬。其蕃界合水、棲雞等城，既失險阨，自須抽歸，可減八處鎮兵，坐收千里舊地。臣見莫大之利，乃為恢復之基。』又云：『況臣未嘗用兵攻取，彼自感化來降。』觀此則衛公之收維州，豈貪一城之利，其志固未嘗須臾忘河湟也。其後會昌四年，以回紇微弱，吐蕃内亂，議復河、湟四鎮十八州，……亦皆本此志行之。詩意言若早用衛公廟算，則河湟之復，豈待今日臨老而方見冠帶康衢之盛？此兩都父老所以垂淚也。馮氏引《吐蕃傳》……以解此句，意雖通而語脈反遼遠矣。當衛公之受悉怛謀降也，論者皆以生事外夷為言。觀牛僧孺奏云：『吐蕃疆土，四面萬里，失一維州，無損其勢。聞贊普牧馬茹川，俯於秦隴，若東襲壠坂，徑走回中，不三日抵咸陽橋，而發兵枝梧，駭動京國，事或及此。』黨人之所以謗衛公者，所見無遠圖如是，故首舉韓、郭往事明之。和戎而非黷武，用重筆大書特書，所以表白衛公心跡。蓋兩黨争執，實以此為一大事也。此五首者，不但義山一生吃緊之篇章，實亦為千載讀史者之公論。彼謂義山終於牛黨者，魂魄有知，能不飲恨於無窮也歟？（《會箋》）

【劉盼遂曰】『朔風』……應該是當時的習用語，用史孝山《出師頌》：『蒼生更始，朔風變楚』的話。《文選》李善注引：『《史記》子貢問樂曰：「舜彈五絃之琴，歌《南風》之詩，而天下治。紂為朝歌北鄙之音，身死國亡，何也？」夫《南風》之詩者，生長之音，舜樂好之，故天下治也。夫北者，敗也，鄙者，陋也，紂樂好之，故身死國亡。』可見朔風是殺伐之風，楚風即《周南》《召南》之風，是治世之風，王化之風。（參看章太炎《檢論》卷二《詩終始論》）《出師頌》寫的是周朝戰勝殷朝的事，以方鄧騭之大敗西羌叛軍，這裏又用來説明李德裕抵御外寇，以至於後來收復河湟事。『中原見朔風』者是説耆舊於垂老之年在中原得見朔風變楚風，北鄙之風變成王化之

風，所以激動而流淚也。義山原是對李德裕推崇備至，贊美他運籌劃策的才能，並為他的被斥而鳴不平的。（《李義山詩説》）

【按】經楊、程、馮、張諸家相繼考證箋釋，此五章大旨已明。馮氏之箋四章『專為石雄發，以見李衛公之善任人也』，張氏之箋五章『為衛公維州之事辨謗』，均考證翔實，詞意兩浹，能發前人之所未發。至前三章，則楊氏已大體探得其意旨矣。今略作補箋如下。

首章借評論王楊沈宋寄寓身世沉淪之慨。王楊沈宋皆自喻。『得良朋』即《樊南甲集序》所謂『得好對切事』，指駢文技巧之純熟。義山早歲從令狐楚學駢文章奏，通今體，當時自以為青雲可上，《謝書》至有『自蒙半夜傳衣後，不羨王祥得佩刀』之語。殊不料與令狐楚之關係，非特未能致身通顯，翻成令狐綯指斥其『忘家恩，放利偷合』，屢加沮抑之口實。而早年視為青雲階梯之駢文章奏技巧，亦徒作餬口之資，藉以於幕府中操筆事人而已。三四句以當時之躊躇滿志與今日之潦倒無成相對照，正含無限隱痛。或謂三四係對令狐楚徒工章奏文字技巧之不滿，殆非。蓋此詩就字面言，乃批評王楊沈宋之徒工聲律對偶，然其託意則固不在評文。『今日唯觀對屬能』，謂除『對屬能』之外一無所能、一無所成也，亦即《樊南甲集序》『十年京師寒且餓。人或目曰：韓文、杜詩、彭陽章檄，樊南窮凍人或知之』之謂。又，《偶成轉韻》云：『斬蛟破璧不無意，平生自許非匆匆。歸來寂寞靈臺下，著破藍衫出無馬。天官補吏府中趨，玉骨瘦來無一把。手封狴牢屯制囚，直廳印鎖黄昏愁。平明赤帖使修表，上賀嫖姚收賊州。』寫幕府窮愁寂寞生涯，正可為末句作注脚。

次章託寓明顯。以李杜之才高遭毁不能為世所用，寄寓己受排斥之憤慨。『蒼蠅惑曙雞』，既言賢愚淆亂不辨，亦含小人毁賢忌才之意。『蒼蠅』『曙雞』，即《鈞天》所謂『因夢到青冥』者與『知音不得聽』者也。『蒼蠅』所指顯然。

三章一二句係互文對句。『古有孫征虜』，亦即『今無孫征虜』；『今無王右軍』，亦即『古有王右軍』。蓋謂我為人子，既無孫仲謀之武略；我為人婿，亦無王右軍之文才。然次句實隱以右軍自比而特謙言之。一二句實謂己非英雄如孫仲謀之倫，但長於藝文之事如王右軍耳。而今之世，但重武事而薄文才，文人如己者，仕途蹭蹬，沉淪不遇。然試問『琴書終一世』者豈必讓於『旗蓋三分』者乎？此蓋空有文才不遇而發為憤激之言。或引《驕兒詩》『兒慎勿學爺，讀書求甲乙。穰苴《司馬法》，張良黄石術。便為帝王師，不假更纖悉』之句，以證作者以為文不如武，實則《驕兒詩》末段亦含『若箇書生萬户侯』之慨。『嫁女』自指己為王茂元婿。

四章馮箋甚碻。『且喜臨戎用草萊』，可與《唐摭言》所載李德裕『頗為寒畯開路』及『八百孤寒齊下淚，一時南望李崖州』之句相印證。贊美李德裕之拔英雄於草萊，即隱含己遭當位者排斥之幽憤。惟一、二、三、五各章均借詠史寄寓，此則直叙，體例不一。疑『代北偏師』『關東裨將』亦如『郭令』『韓公』原有所指。姑闕疑以待考。

五章『非黷武』『在和戎』，須合馮、張所舉德裕對待回鶻、吐蕃之正確態度與舉措解之。義山之所以重筆特書，蓋緣其時宣宗君臣，對德裕之處理回鶻、吐蕃問題，多所攻擊毁謗之故。大中元年正月，大赦，制文稱：『國家與吐蕃舅甥之好，自今後邊上不得受納投降人。』即針對德裕大和中接受維州之降及會昌間追論悉怛謀事而發（實則宣宗君臣並未遵守制文中所宣稱之原則，大中三年即受三州七關之歸降，可見制文所言純出政治上攻擊德裕之需要）。直至大中十年，詔書猶謂：『回鶻有功於國，世為婚姻。稱臣奉貢，北邊無警。會昌中虜廷喪亂，可汗奔亡，屬姦臣當軸，遽加殄滅。』可想見大中初德裕被貶時，對回鶻之措置亦為其『罪狀』之一。義山作此五章時，德裕方遠貶珠崖，足見其政治識見與正義感。

題曰『漫成』，顯仿杜甫七絶連章議論之體。然漫成中亦略有線索可尋。一、二章慨己之沉淪遭斥，涉及與令狐父子之關係。三章承次章才而見忌之意，深有慨於世之重武輕文，發為琴書一世未必遜於旗蓋三分之憤語，且由令狐綯之見忌聯及就婚王茂元之事。四、五二章則又因茂元而聯及與之關係較為密切之李德裕，而所論者已越出個人身世遭遇範圍，涉及政治之是非。統觀全體，不難窺見作者基於個人政治遭遇，其思想認識發展之線索。往昔與令狐父子之親密關係，不料竟成為日後沉淪斥棄之根源；而昔日並無交往、與令狐綯等對立之李德裕，實屬政治上有建樹之人物。此雖始料所不及，却係實踐經驗之總結。謂之『一生喫緊之篇章』『千載讀史之公論』，洵有見地。

議論中滲透强烈感情與深切體驗，又着力於虚字之開合照應，以造成唱嘆神韻與抒情氣氛，故雖連章議論而不流於概念化。此亦義山學杜而深得其神髓之作。

漫成三首

不妨何范盡詩家①，未解當年重物華②。遠把龍山千里雪③，將來擬並洛陽花④。

其二

沈約憐何遜⑤，延年毁謝莊⑥。清新俱有得，名譽底相傷〔一〕？

其三

霧夕詠芙蕖，何郎得意初⑦。此時誰最賞？沈范兩尚書⑧。

〔一〕『底』，悟抄作『祇』，書眉校語云：北宋本作『底』。

①【朱注】《南史》：『何遜，字仲言，八歲能賦詩，弱冠，（州）舉秀才。范雲見其對策，大相稱賞，結為忘年友。』【馮注】《南史》：『范雲，字彥龍，善屬文，下筆輒成，時人疑其宿構。』　【姚注】（范雲）與梁武同事竟陵王，為八友。　【屈注】不妨，言不相妨，猶妬也。妬是仄聲，故易妨字耳。

②【屈曰】文人相輕，自古如此，何、范不然。今我未解當年何其珍重物華也。　【按】屈解近是，然『未解』者非指己，當指時下文士襲文人相輕之習者。二句蓋謂何、范同為詩家而范竟如此稱賞何遜，實緣當年文士重視對方描繪物華之才能，故惺惺相惜耳。今之作者則不解當時『重物華』之風氣，並亦不解何、范之同為詩家而不相妨矣。蓋以何、范之相得，反襯時俗之相忌；以今人之『未解』，見時俗之相輕。何遜詩善於描繪山水景物，故為『當年重物華』之時風所推尚。

③【朱注】鮑照詩：『胡風吹朔雪，千里度龍山。』注：『龍山在雲中。』

④【朱注】《何遜集范廣州宅聯句》：『洛陽城東西，却作經年別。昔去雪如花，今來花似雪。』范廣州即雲也，嘗遷廣州刺史。　【程注】《梁書》：『范雲假節建武將軍、平越中郎將、廣州刺史。』　【馮曰】（『洛陽』四句）亦見《范集》聯句，共八句。此上四句，范雲作也；下四句，何遜作。而選本有只取上四句作范雲《別詩》者。

【按】《何遜集》所載《范廣州宅》聯句為：『洛陽城東西，却作經年別。昔去雪如花，今來花似雪。雲　濛濛夕煙起，奄奄殘輝滅。非君愛滿堂，寧我安車轍。遜』《范集》亦以『洛陽』四句為范作。然義山此詩似誤以『洛陽』四句屬何遜。三四承『重物華』，謂何遜以雪擬花，誠為佳句，不負『重物華』如范雲者所稱賞也。義山《韓冬郎即席為詩相送因成二絶寄酬》云：『劍棧風檣各苦辛，別時冬雪到時春。為憑何遜休聯句，瘦盡東陽姓沈人。』似亦誤以

『洛陽』四句屬何。

⑤【朱注】《南史》：『沈約嘗謂遜曰：「吾每讀卿詩，一日三復，猶不能已。」』

⑥【朱注】《南史》：『謝莊，字希逸，七歲能屬文。孝武嘗問顔延之曰：「謝希逸《月賦》何如？」答曰：「美則美矣，但莊始知『隔千里兮共明月』。」帝召莊，以延之語語之，莊應聲曰：「延之作《秋胡詩》，始知『生為久離別，没為長不歸』。」帝撫掌竟日。』【程注】《宋書》：『顔延之，字延年，瑯琊臨沂人。』

⑦【朱注】《何遜集・看伏郎新婚詩》：『霧夕蓮出水，霞朝日照梁。何如花燭夜，輕扇掩紅粧？』

⑧【朱注】沈約領中書令，遷尚書令。范雲領太子中庶子，遷尚書右僕射。杜甫詩：『沈范早知何水部。』【程注】《梁書》：『沈約為散騎常侍、吏部尚書兼右僕射。』又，『范雲遷散騎常侍、吏部尚書。』

【錢龍惕曰】作詩以論古人之詩而題曰『漫成』，必有所感而作也。三詩皆推美何水部。首言何范盡詩家，而當時之論，重范輕何，抑知花雪之句，未必勝于何也。次言沈何顔謝四子，俱清新有得，名譽無傷，而顔之毁謝，不如沈之憐何，亦所以重水部也。又言霧夕芙蕖之句，為水部得意語，而沈則三復不已，范則輒用嗟賞，其掩映一時，傾動前輩，為不可誣也。抑揚反覆于少陵之《戲為六絶句》也，直神似之，豈止伯仲之間乎？

【朱彝尊曰】此仿少陵《戲為六絶句》而作。細玩三詩，以何為主，顔、謝其客也。而首作似貶之，次作又解之，末作又褒之。豈意中暗指一人，故託言（其題曰）《漫成》與？

【何曰】此在桂林幕府思北還也。（《讀書記》）。按：此箋殊不可解，頗疑係上首《寄令狐郎中》箋語誤植）又《輯評》有朱筆評語四條，亦附於此：（首章）《離騷》以水深雪飛為小人，此刺其不樹桃李而好引陰類也。（次章）

上二句言後生猶樂奬成，同儕何事相妬？（三章）晚歲流落，追憶知己，言不復有斯人也。極有味。又，第三章評曰：此用仲言《看伏郎新婚》詩，以自述崇讓之時也。（按：此條似與上三條非出一手）

【姚曰】三首俱詠知心之不易也。（首章）將雪比花，恐非熱鬧場中所喜，乃有激之詞。（次章）此見毁不必有損，雖才如延年，原無損於謝莊耳。（三章）此言相賞别有會心。才如何郎，非沈、范不能相賞也。

【屈曰】（首章）文人相輕，自古如此，何、范不然。今我未解當年何其珍重物華也。下二句釋上二句。雪如花、花似雪，何作之，沈賞之，不相輕而相重也。曲折。（次章）何、沈相重，顏、謝相輕。下二句單承顏、謝，不解其何故相輕也。（三章）總結沈、范羡慕之深，以見今日之不然也。含蓄。

【袁枚曰】首章譏何、范虚擅詩名。二章見有詩名者常遭毁謗。三章見有真才，自有真賞。（《詩學全書》）

【程曰】此三首借端於詩，以為當時黨論而作。第一首言何、范之好，本以文交，猶己之與令狐楚也。其時為之幕官，後又從事王茂元，任情坦率，曾未解物華可戀，偏重一家，豈知水火異趣，判若冬春，楚亡而綯讎，竟如龍山之雪與洛陽之花，遂不可比而同之矣。第二首言己之見取於人者，不過以其才耳。無如憐惜者方興，而毁謗者隨至，殊不知各行其意，何至兩賢之相厄哉！第三首言己之從事令狐楚與王茂元，兩公皆為知己。追思舊事，交愛其才，不似後人之强立門户，沉霾文士也。三首皆以何遜自比，以沈、范二家比令狐、王氏，其義最明，其旨悉見。錢夕公之論得其皮毛而未得其精髓也。

【馮曰】此開成三年初婚王氏而應鴻博時作也。末首上二句借謂初婚，下二句謂周、李兩學士舉之也，詳文集。次章首句指愛我者，次句指忌我者而言。皆屬文人，何為争名相忌？蓋時在不中選之前，雖已遭忌，尚未大甚，故語猶婉約。三首皆以何遜自比：首言范不如何，三言沈、范同賞。蓋所重不在范，不妨錯言之。

【王鳴盛曰】（次章三四句）刺忌者，其語顯然。

【紀曰】（首章）花雪是本文，龍山洛陽借為點綴，所謂串用也。此種絶句已落論宗矣，要之高手能以神韻出之，依然正聲也。（次章）風骨甚老。（三章）言下多少健羡，悠然有弦外之音。三詩皆深有寄托，故言盡而意不盡，有不説出者在也。使泛泛論古，此體不免有傖父面目處。（首章）蘅齋曰：『即將聯句花雪，比擬何、范交情，同心之言，亦忘年之意也。』（《詩説》）『未解』句直貫下二句，言花雪本非同類，不識何以相擬也？美而詫之之詞。○又總評曰：此種絶句，倡自工部。（《輯評》）

【張曰】義山宏博不中選，當時必有毁之者。首章言何、范同屬知名之士，文人相輕，奈何因以及我？雖未解物華，亦何害為詩家也！次章言憐之毁之，要無傷乎我之名譽。三章『霧夕芙蕖』，比己新婚之得意。沈、范兩尚書，指周、李二學士以大德加我也。三首皆借用何遜事，而意各不同，不必泥看。（《會箋》）

【按】此三章作意，自錢氏以下，或傷於穿鑿，或流於膚廓，似均未得其要領。馮氏據末章『霧夕芙蕖』之語，以為詩作於初婚王氏之際，而以周墀、李回二學士實詩中之『沈、范兩尚書』。此説雖頗新穎，然實可疑。詩言『霧夕詠芙蕖，何郎得意初』，意謂何遜霧夕芙蕖之詠，乃其佳篇，詩成之日，正其得意之時也。此『得意』當指所詠佳篇而言。如此佳篇，不特己愛之，人亦賞之，故下接云『此時誰最賞？沈、范兩尚書。』如『得意』指新婚，則沈、范所賞者殆為何遜之新婚燕爾，而非文采風流矣。詩意恐不若是。且何詩所詠係人之新婚，豈可遽解為詠己之新婚？又『沈、范兩尚書』，馮以為指周墀、李回，然其時周、李皆學士，未至尚書，義山詩文中亦未見稱二人為尚書者。况詩言『得意初』、言『此時』，均為事後追思已往情景，非寫當前之事。凡此皆可證馮説似是而實非。統觀三章，大旨言何遜少年才俊（視『何郎』語可知），既得前輩詩人范雲、沈約之憐愛稱賞，亦遭同儕之忌毁（如延年之毁謝莊），其以何遜自况固極明顯，而所謂沈、范兩尚書，以義山之生平遭遇及有關詩文求之，當指令狐楚與崔戎。《樊南甲集序》云：『樊南生十六能著《才論》《聖論》，以古文出諸公間。後聯為鄆相國、華太守所憐，居門下時，勅定奏記，始通今體。』令狐楚、崔戎皆章奏名手，又為義山前輩，與詩中沈約、范雲以前輩詩人而賞愛何遜之少年才俊正極切合。《上令狐相公狀一》云：『某才乏出羣，類非拔俗。攻文當就傅之歲，識謝奇童；獻賦近加冠之年，號非才子。徒以四丈東平，方將尊隗，是許依劉。每水檻花朝，菊亭雪夜，篇什率徵於繼和，盃觴曲賜其盡歡，委曲款言，綢繆顧遇。』《安平公詩》云：『丈人博陵王名家，憐我總角稱才華。華州留語曉至暮，高聲喝吏放兩衙。』

『顧我下筆即千字，疑我讀書傾五車。』所述賞愛情景，正所謂『此時誰最賞？沈、范兩尚書』『沈約憐何遜』者也。令狐楚大和七年兼吏部尚書，《贈趙協律晳》稱令狐有『南省恩深』語，崔戎卒贈禮部尚書，故詩中以『兩尚書』稱之。若周、李，則本不以能文稱，以沈、范擬之，殆為不倫。

首章三四句標舉洛陽花雪之佳句以見何遜之文采不負范之賞愛，似兼有寓意。周蔏齋謂『比擬何、范交情，同心之言，亦忘年之義也』，甚為有見，此外似尚有以聯句中花、雪之喻，隱指己與令狐楚同為章奏名手之意，如龍山之雪與洛陽之花可相比並而輝映也。《甲集序》亦云『彭陽章檄，樊南窮凍人或知之』矣。次章『延年毁謝莊』，必有所指，然已不可考毁者為何人。『人譽公憐，人譖公罵』（《奠相國令狐公文》），可相印證。三四句謂與同儕俱有得於清新之一體，各有所長，於彼此之名譽有何相傷而必欲忌毁乎？末章霧夕芙蕖，泛言文采之美，不必泥新婚之詠。

三章皆追思前事之作。失意中回顧往昔之譽我毁我情景，益覺譽我者終於無補，而毁我者永無已時。末章追思得意受賞，正襯出當前之失意受抑處境。『當時自謂宗師妙，今日惟觀對屬能』，詩意與此相近，作年或亦相類也。姑附編於《漫成五章》之後。

九日〔一〕

曾共山翁把酒時〔二〕①，霜天白菊繞堦墀〔三〕②。十年泉下無消息〔四〕，九日尊前有所思。不學漢臣栽苜蓿〔五〕③，空教楚客詠江蘺〔六〕④。郎君官貴施行馬〔七〕⑤，東閣無因再得窺〔八〕⑥。

〔一〕【錢曰】一本題下有『懷令狐府主』五字。【馮曰】果有五（原作六）字，可以息衆喙，然或後人所注，必非原注，余未之見。

〔二〕『翁』，馮引一本作『公』。『時』，朱本、季抄一作『卮』。

〔三〕『繞堦墀』，馮引一本作『正離披』。

〔四〕『消息』，朱本、季抄作『人問』。

〔五〕『不』，馮引一本作『莫』，非。

〔六〕『空教』，馮引一本作『還同』，非。

〔七〕『官』，馮引一本作『漸』。『貴』，《北夢瑣言》作『重』。

〔八〕『因』，馮引一本作『人』。『再得』，悟抄作『得再』，《北夢瑣言》作『許再』，馮引一本作『更重』。

集注

①【朱注】山翁，山簡也，以比彭陽公。【姚注】《晉書》：『山簡鎮襄陽，諸習氏、荊土豪族有佳園池，簡每出遊嬉，多之池上，置酒輒醉，名之曰高陽池。』【程注】愚意當是山公，誤為翁耳。山公，山濤也。《晉書》：『濤所甄拔人物，各為題目，時稱《山公啟事》。』以比令狐楚為宜。朱意山簡有習池之醉，詩言把酒，遂謂為簡。然襄陽童兒歌亦曰『山公』，惟李白詩有『笑殺山翁醉似泥』之句。【馮注】《晉書》：『山簡鎮襄陽，惟酒是耽。』

簡稱山公，亦稱山翁。後人每言嗜酒山翁，如李白詩『笑殺山翁醉似泥』也。山濤，史亦言其飲酒至八斗方醉，然初不以酒名。余以太和七年令狐楚為吏部尚書，而疑當作『山公』，非也。文集明言『將軍樽旁』矣。【按】馮説是。共山翁把酒指在令狐楚幕。

②【馮注】劉賓客《和令狐相公翫白菊》詩：『家家菊盡黄，梁國獨如霜。』又有《酬庭前白菊花謝書懷見寄》詩。令狐最愛白菊。

③【朱注】《漢書》：『大宛馬嗜苜蓿，上遣使者采歸，種之離宫。』【馮注】以樹物比樹人，嘆其不承父志。【紀曰】苜蓿外國草也，漢使者乃採歸種之于離宫，令狐綯以義山異己之故而排擯不用，故曰『不學漢臣栽苜蓿』。（《詩説》）

④【朱注】《説文》：『江蘺，蘼蕪。』《博物志》：『芎藭苗曰江蘺，根曰蘼蕪。』《楚詞》：『覽椒蘭其若兹兮，又況揭車與江蘺！』【姚注】《楚詞注》曰：『江蘺，香草也。』【按】楚客，指屈原，兼寓楚之門客意。

⑤【朱注】《周禮》：『（掌舍）設梐枑再重。』注：『梐枑，行馬也。或曰：行馬，遶舍交木以禦衆。』《漢官儀》：『光禄勳門外特施行馬以旌别之。』後世人臣得用行馬始此。【吴景旭注】《名義考》云：『本以禁馬，曰行馬者，反言之也。』魏文帝拜楊彪光禄大夫，令門施行馬；晉孝武置檢校御史，知行馬外事；陳後主時，蕭摩訶以功授侍中，詔摩訶開閤門，施行馬。鮑防詩：『紫門豈斷施行馬。』【程注】應璩《與滿公琰書》：『外嘉郎君謙下之德。』注：『滿寵為太尉，璩嘗事之，故呼其子曰郎君。』【馮注】《後漢書·西南夷·哀牢傳》：『太守張翕政化清平，得夷人和。卒，天子以翕有遺愛，乃拜其子湍為太守。夷人懽喜，奉迎道路，曰：「郎君儀貌類我府君。」』《魏志》：『黄初四年，楊彪為光禄大夫，門施行馬。』《唐摭言》：『義山師令狐文公，呼小趙公為郎君。』【補】行馬，攔阻人馬通行之木架。程大昌《演繁露》卷一：『晉、魏以後，官至貴品，其門得施行馬。行馬者，一木横中，兩木互穿以成四角，施之於門以為約禁也。《周禮》謂之梐枑，今官府前叉子是也。』

⑥【朱注】《漢書》：『公孫弘開東閣以延賢人。』【按】閤當作閣，小門。《漢書·公孫弘傳》顔師古註：

『閤者，小門，東向開之，避當庭門，而引賓客，以别於掾吏官屬也。』詳參清胡鳴玉《訂譌雜録》卷三。

【孫光憲曰】李商隱員外依彭陽令狐公楚，以牋奏受知。……彭陽之子綯繼有韋平之拜，似疏隴西，未嘗展分。重陽日，義山詣宅，於廳事上留題，其略云：（按即《九日》詩）……相國覩之，慚悵而已，乃扃閉此廳，終身不處也。（《北夢瑣言》卷七）按：事又見王定保《唐摭言》卷十一。

【計有功《唐詩紀事》】商隱為彭陽公從事。彭陽之子綯繼有韋平之拜，惡商隱從鄭亞之辟，以為忘家恩，疎之。重陽日，商隱留詩於其廳事曰：……綯乃補太學博士。尋為東川柳仲郢判官。

【葛立方曰】唐之朋黨，延及縉紳四十年，而二李為之首，至綯而滋熾。綯之忘商隱，是不能念親；商隱之望綯，是不能揆己也。（《韻語陽秋》）

【胡仔《苕溪漁隱叢話》】唐史本傳云：『……後從王茂元之辟，其子綯以為忘家之恩，放利偷合，謝不通。綯當國，商隱歸窮，綯憾不置。』則商隱此詩必此時作也。若《古今詩話》以謂綯有韋平之拜，浸疏商隱，其言殊無所據。余故以本傳證之。但綯父名楚，商隱又受知於楚，詩中有『楚客』之語，題於廳事，更不避其家諱，何耶？（按吴喬曰：『故犯家諱，令不得削去耳。』）

【錢龍惕曰】嘗考綯之黜義山也，鈎黨之禍也。唐自元和以後，黨勢浸盛。逮文宗時，李宗閔、牛僧孺、令狐楚與李德裕大相仇怨，角立門户，驅除異己。宗閔諸人為尤。李太尉相武宗五年，雖未嘗忘情于太牢，然救楊嗣復、李珏之死，猶有大臣之度。大中初立，贊皇被參乘之禍。令狐綯當軸，舉贊皇之客誅剪無孑遺矣。義山幼受知于彭陽。自開成登第後，相國既没，累辟王茂元、鄭亞、盧弘正府。三人皆李太尉委用，故綯尤深惡之。十年輔政，抑之終于使府。史謂義山忘恩放利，而綯尤愉刻寡恩哉！

【朱曰】此諷綯不能繼其先志也。（《李義山詩集補注》）

【何曰】一氣鼓盪，言不為蓄駿之計。（《輯評》）

【張謙宜曰】『曾共山公把酒時，霜天白菊繞階墀』，觸物思人，已成隔世。『十年泉下』雖『無消息』，『九日樽前』却『有所思』，一開一闔，總説傷心。『不學漢臣栽苜蓿』，既未曾施恩；『空教楚客詠江蘺』，但責其思慕。『郎君官貴施行馬』，彼先拒我；『東閣無緣得再窺』，我豈無情？通篇如訴如泣，妙不可言。（《絸齋詩談》卷五）

【胡以梅曰】義山先受知于令狐楚。楚卒，子綯以義山從王茂元辟且娶其女，謝絶之。蓋令狐與李德裕相讎怨，各有其黨耳。是以義山於九日詣之，作是詩題於廳事，綯睹之惝悵，乃扃閉此廳終身不處。首以山簡喻楚，以已比葛彊為簡所寵，而嘗醉飲此霜菊繞階之際。作已十年，正逢九日。『無人問』，虚領起郎君謝絶之意，『人』字包生死，言妙。若別本易以『消息』便無精神。『所』字是有着落之字，儘可對人。若『消息』對『所思』反不確當。五比也，言苜蓿異域之種，漢臣尚且栽植於中國，何不效之而必令楚客之詠江蘺乎？對工切。江蘺本乎楚《騷》，所以言『楚客』。但《離騷》云：『覽椒蘭其若兹兮，又况揭車與江蘺！』注言觀子椒、子蘭變節若此，豈况衆臣！而不為佞媚，則又不便斥之如是。樂府『江蘺生幽渚』，另有詞，皆言始愛終棄之意，今曰『詠』則非《離騷》，而用樂府也。結則明言以刺之。

【陸鳴皋曰】前半言從事楚幕，撫今而思昔也。第三聯，言綯不收置門下，而使同于放逐之臣。施行馬，含阻客意。

【陸曰】余按本傳，太學博士以文章干綯得補，非關詩也。詩中雖有『楚客』之云，然古人臨文不諱，其惡義山，未必盡由乎此。大抵綯之為人，蓋不肯服善，又不能下人者也。觀温庭筠事出《南華》一言，遂成仇恨，是不服善之一證也。義山此詩，未免怨望，且以父行自居，綯能為之下乎？篇中感念舊恩處，正是激怒綯處。曰昔年把酒，同醉霜天，今日開樽，空悲泉壤。重來此地，適遇此時，能不黯然有所思乎？憶公元和以來，歷鎮宣武、天平、河東，以及山南西道，皆功在社稷，不徒如漢臣之偶一奉使，採取苜蓿歸栽已也。又憶某為記室時，蒙公歲給資裝，令隨計上都，期致通顯，豈知沉淪使府，碌碌終身，不殊楚客之行吟澤畔耶？今日者，郎君官貴，舊時東閣，無由再窺，不禁感慨系之矣。

【姚曰】此諷綯不能繼其先志也。山翁高會，白菊繞墀，見所汲引者皆同類也。十年泉下之思，正以今日樽前之不如昔耳。且公實非私厚於我一人，苜蓿比異類，江蘺義山自託。栽培不苟，氣味相投，我獨何心，輒自忘其舊恩耶？東閣之跡睽疏，實以郎君官貴故也。言外見綯之疏己，必有小人讒間之。或以此觸其忌諱，故益憾之歟？

【屈曰】一二昔。三結一二。四起。五指綯，六自己。七結五六，八結前四。○苜蓿以秣宛馬者，喻不以祿榮才士也。漢臣比楚，楚客自比。

【程曰】舊人説此詩者以為題令狐之廳壁。駁之者以為『楚客』字不避綯之家諱，必非題壁，此論得之。況明言貴施行馬，東閣難窺，又何從題壁耶？然要為怨綯而作無疑也。通篇訓詁往往有不得其腹聯承接之解者，皆由誤看『有所思』三字，以為承上思山公把酒之時，不知其為透下思郎君官貴之日也。史家行文之法，多有伏筆，然後遥接，為詩何獨不然？若以『有所思』為思山公，則腹聯緊接，竟怨令狐楚矣。考其史傳，受知於楚，辟為幕官，又授以箋奏之學。而義山《祭令狐公文》云：『將軍樽旁，一人衣白。』『十年忽然，蜩宣甲化。』則深感奏辟，正與此首前四句合。豈有追思其不加栽培而敢怨於淪落失所者乎？此詩蓋感其先世之舊德而嘆後人之不古若也。首以山公喻楚，正謂其表奏辟，有如山公之啟事薦賢。共把酒巵，又謂其門下曲宴，不啻安昌之親厚門生也。此乃即景興懷，姑舉一時一事言之耳。無端十年，又逢九日，於是感傷泉下，消息渺然，嘆息樽前，有思時事。思之者何？思郎君也。郎君之官，今已貴顯，使念世舊，何惜栽培？無如屢啟陳情，竟不之省，轉謂無行，嗤謫排擠，是則不能如張騫之求天馬，苜蓿常培，但能為上官之譖騷人，江蘺哀怨。末則直攄其情事，明點其指歸，以結『有所思』三字及腹聯二語。又暢言其見絶之深，不但望斷於加恩，亦且禮絶於晉接。東閣者，公孫丞相見賢之地，以比楚之第宅，乃屬楚，非屬綯也。其時言綯但謂『官貴』，則猶屬未相之先，不然，韋平繼拜，則立言有不止於官貴者。詩當在綯為學士或為舍人時作。但綯為學士為大中二年，綯為舍人為大中三年，義山乃自嶺表入朝，詩當作於其時。

【徐曰】楚没於開成丁巳，至大中二年戊辰，已十二年，尚可舉成數言。時綯官學士，亦已貴矣。若綯當國，則不得云十年，且豈僅施行馬哉？（馮箋引）

【馮曰】義山於子直，既怨之，猶不能無望之，敢於其宅發狂犯諱哉？諸家之辨已明。余更定為此時途次（指大中二年自桂管赴巴蜀途次）所作。第六句兼志客程也。蓋大中二年，綯已充内相，故異鄉把盞，遠有所思，恐其官已漸貴，我還京師，尚未得窺舊時之東閣，況敢望其援手哉？預為疑揣，不作實事解，彌見其佳。觀一作『許再』可悟矣。及三年入京，内實睽離，外猶聯絡，屢曾留宿，備見詩篇，何至不得窺東閣哉？本傳所云綯謝不與通，亦誤也。後人妄撰一宗公案，皆不足信。又曰：《韻語陽秋》曰：『綯之忘商隱，是不能念親；商隱之望綯，是不能揆己也。』論頗平允。

【紀曰】蒙泉以為一氣鼓盪，信然。然後四句太訐，非詩人之意。（《輯評》）

【方東樹曰】此感舊作也。流美圓轉之作。義山貪用事多不忍割，如此『苜蓿』，何所指也？又不避楚諱，皆不可之大者。（《昭昧詹言》）

【王壽昌曰】九日詩能寓悲凉于蘊藉，然不如韓昌黎之《左遷至藍關示侄孫湘》雖不無怨意而終無怨辭，所以為有德之言也。（《小清華園詩談》）

【張曰】『苜蓿』句祇取移種上苑之義，言令狐不肯援手，使之沈淪使府，不得復官禁近也。晚唐用事，往往有此種，豈以敵國寓慨哉？紀氏誤會，乃以為迂曲耳。後四句當作虚料解，意味乃佳。故别本『再得窺』有作『許再窺』者。譏以太訐，繆以千里矣。（《辨正》）　又曰：王定保、孫光憲皆五代人，於唐耳目相接，所載似可信從。於東逢雪在九月，則重陽日當已至京矣。詩意憾其子，追感其父。『山翁』指令狐楚，楚最愛菊，故云。楚歿於開成二年丁巳，至大中二年戊辰，已十二年，云『十年泉下無消息』者，舉成數也。苜蓿祇取移種上苑之意。『楚客』

『江蘺』，喻從鄭亞，兼屬望李回事，亦以放逐自況也。結即未嘗展分之恨。程氏……説亦大通，孫、王輩不免紀載小疏耳。至《唐詩紀事》又云：『綯乃補義山太學博士。』考博士一除，在徐幕罷後，且非九月，此則紀事者隨手贅及，不足據矣。……此詩是入京道中作矣。（《會箋》）

【按】此詩當作於大中三年重陽。程氏據『官貴』語，推斷此時綯尚未拜相，甚是。按綯大中四年十月拜相，如詩作於綯拜相後，當已至五年九月，時上距楚之卒已十五年，不得再稱『十年泉下』矣。況其時義山已應柳仲郢之辟入梓幕，不復屬望於令狐之援手，自亦絕再窺東閣之望。即令作於四年九月綯行將拜相時，亦與『十年』之語不甚符。故《北夢瑣言》之記載，殆因此詩而傅會，殊不足信。徐、馮、張氏力主作於大中二年，如僅就『十年泉下』語觀之，似較合。然是年九月，義山方在桂管歸途，有《九月於東逢雪》可證。張氏謂重陽日當已至京，此想當然之辭，詩僅言『九月』，不標日期，烏知其必在九月初？即令重陽日已至京，鞍馬勞頓，行裝甫卸，令狐尚未及謀面，又焉知其必不肯一援手，而作詩以攄怨望之情乎？自當日情勢視之，義山自桂管歸，雖亦可能料及令狐綯之忌恨，然中心尚存希望，冀其能念舊情而一援手，此於《夢令狐學士》《寄令狐學士》《令狐舍人説昨夜西掖玩月因戲贈》等詩均可見。迨令狐拒絕援手之態度既明，義山乃不得已應盧弘止之辟入徐幕。此詩作於三年九月，入徐幕在十月，其間消息，固不難意得也。

『九日尊前有所思』句結上逗下。『有所思』者，既緬懷追感令狐楚之厚遇栽培（白菊繞堦，固當日情景，亦微寓依其門牆，受其栽培之意，且暗逗下文『栽』字。注家或引『將軍樽旁，一人衣白』之句，殆非巧合），亦怨恨令狐綯之冷遇排斥，不念舊情。兩兩相形，益增感慨，而統於沉思默想之『有所思』一語中發之，情味特為含蓄。程氏謂專屬下，失之。『不學』句當依張箋，謂綯不學乃父之栽培文士，言外見其忌刻。『栽苜蓿』即『移根上苑』之意，與『敵國』無涉。『空教』句似非泛言己之失意怨望，如楚客之賦《離騷》。江蘺當有所指。椒蘭尚且蕪穢變質，又況等而下之之揭車江蘺！蓋以『江蘺』暗指綯也。末句『東閤』自指楚而言，視『再得窺』可知。然其意則謂綯之不念舊誼、不重賢才也。

野菊①

苦竹園南椒塢邊②，微香冉冉淚涓涓③。已悲節物同寒雁，忍委芳心與暮蟬④？細路獨來當此夕，清尊相伴省他年⑤。紫雲新苑移花處，不取霜栽近御筵〔一〕⑥。

〔一〕『雲』，英華注：一作『薇』。非。筵，悟抄作『園』，非。

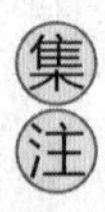

①【朱曰】此詩又見《孫逖集》，題作《詠樓前海石榴》。【程曰】格調既非盛唐，而語氣又不切海石榴，孫集誤收也。【朱彝尊曰】句句是野菊，無海石榴意。

②【朱注】《齊民要術》：『竹之醜或有四，曰青苦、白苦、紫苦、黄苦。』【馮注】《永嘉郡記》：『樂成縣民張薦，隱居頤志，不應辟命。家有苦竹數十頃，在竹中為屋，恒居其中，一郡號為高士。』薦，一作廌。謝靈運《山居賦》：『竹則四苦齊味。』竹苦、椒辛，皆喻愁恨。【陸曰】言所托根在辛苦之地也。【按】陸解是。

③【陸曰】言香微露重。涓涓者，疑花之有淚也。

④【何曰】寒雁，自比羈遠。暮蟬，則不復一鳴，欲訴而咽也。（《輯評》）【補】與，同也。二句謂其已如寒雁之空悲節物，更何忍等同於暮蟬之委棄芳心，寂默不言乎？

⑤【何曰】（「清樽」句）反醒「野」字。（《輯評》）

⑥【馮注】按《舊、新書志》：「開元元年，改中書省曰紫微省，令曰紫微令，後復舊。」故舍人皆稱紫微。此作「紫微」似更明切。作「紫雲」取霄路神仙之義，亦合。【姚注】《西京雜記》：「初修上林苑，羣臣遠方，各獻名果異卉三千餘種植其中。」【何曰】二句收「野」字。（《讀書記》）

【王夫之曰】有飛雪迴風之度，錦瑟集中賴此以傳本色。（《唐詩評選》）

【朱曰】此發遺佚之感也。（《李義山詩集補注》）

【何曰】湘蘅以此篇與《九日》詩同旨，細讀之，近是。（《讀書記》）「忍委」句評：柔情終不遠。（《輯評》）又曰：第二即「霜天」句意。第六即「與山翁把酒卮」也。結處即「不學漢臣栽苜蓿」意。當與《九日》詩參看。○三四言棄置而心不灰。○追思其父，深怨其子矣。（《輯評》。以上三條馮箋引作楊評，字句稍異。）

【胡以梅曰】此雖詠野菊，細繹通篇詞意，多寓言傷感。起處用苦竹、椒塢，總使當機之境，然而獨用之，即有辛苦之謂。繼以淚涓，雖言花之滴露，亦非無因。三雖云此花與寒雁同其節物，而寒雁多淒涼矣。四則芳心尚在，又安許與暮蟬并其雕歇？此不甘遲暮也。細路，亦兼崎嶇。他年，指昔年。紫雲樓、御筵，皆指禁近。霜栽，老輩也。觀六七八之意，昔年指令狐楚，即九日樽前有所思之事。結言令狐綯不與薦引御筵耶。全首有脈可尋，或作石

榴詩，詞意無謂，大謬矣。（《唐詩貫珠串釋》）

【《唐詩鼓吹評注》】此比賢者之遺棄草野，不得進用也。首言菊生竹園塢屋之間，微香冉冉不斷，而浥雨則如淚涓涓，知其意不自得矣。以彼冒霜而開，已悲節物於啣蘆之雁，兼之帶雨而發，忍委芳心於咽露之蟬？乃余細路獨來，偏當此夕，清罇長伴，偶省他年。思以貢之玉堂，而紫雲新苑，正繁花争艷之處，誰取霜根以近御筵哉！

○首句比君子之失所，二句比失意。頷聯見其操。已下則同心相弔，而傷其逕路之無媒耳。

【陸曰】義山才而不遇，集中多歎老嗟卑之作。《野菊》一篇，最為沉痛。起云『苦竹園南椒塢邊』，竹味苦，椒味辛，言所托根在辛苦之地也。繼云『微香冉冉淚涓涓』，言香微露重，涓涓者，疑花之有淚也。插此『淚』字，便生出下一聯來。言是菊也，敷榮在野，無異寒雁羈棲；不言而芳，等於暮蟬寂默，又何由見知於世乎？下半言細路獨來，惟有今夕；清樽相伴，空省他年。蓋傲霜之姿，本非近御之物，而冀其移栽新苑也，得乎？亦惟槁項黄馘，老死牖下而已矣。

【徐德泓曰】此自況也。首聯，喻失所而悲。次聯，喻已傷遲暮，那復甘心從事諸侯也。其下則云此地此時，相對孤芳，而可結為他日清樽之伴。蓋因此非春艷，終不為上苑所取故耳。仍是缺望之意。

【姚曰】此因野菊而發遺佚之感也。竹園椒塢，托身雖不涉蕪穢，而芳香無主，宜其淚涓涓下耳。且寒雁來時，華年已過；暮蟬喑處，晚節誰知？上半首是詠菊。細路獨來，此夕偶然相值也。清樽相伴，他年不改其操也（按姚解此句顯誤）。其如紫雲新苑，素心人無由自獻何！下半首自歎。

【屈曰】按榴夏花，與題不合之甚。『紫微新苑』正對『野』字。○一地，二香，三四時，五六得賞，七八慨不遇結。竹身多節，椒性芳烈，此中菊香已非凡品。三四言花開何晚，此淚之所以涓涓也。五野菊也，六不堪重省也。紫薇新苑不取霜栽，深歎不遇之意，皆自喻也。通首不出題，亦是大病。

【程曰】此詩與《九日》詞旨皆同，但較渾耳。中間『已悲節物』『忍委芳心』二語，即《離騷》『老冉冉其將至，恐修名之不立』意。蓋日月逝矣，能無慨然？五六二語與『九日樽前有所思』正同。七八二語與『不學漢臣栽苜蓿』正同。故知此詩為一情一事。野菊命題，即君子在野之歎也。

【馮曰】絶非詠石榴，有目共曉。近人毛西河《唐七律選》屬之孫逖，而述張南士之論以證之，此欺人之談耳。『紫雲新苑移花』者，綯官中書舍人，已移居晉昌坊也。義山此日獨至楚之舊居，而溯昔年『清罇相伴』之事，正在於此也。其為大中三年移居似確。

【紀曰】中四句佳。結處嫌露骨太甚。（《詩説》）　此詩一作《詠樓前海石榴》，毛西河力主之，其説穿鑿不足據。（《輯評》）

【王鳴盛曰】即一物而自寫淪落不遇之感。（馮注初刊本王氏手批）

【曾國藩曰】義山以官不挂朝籍為恨，故以未嘗移栽御筵，不能不致怨於令狐氏耳。（《十八家詩鈔》）

【張曰】結句雖正面收足『野』字，而別有寓意，故不覺其淺直，與空泛閒語不同。○『紫雲新苑移花處』，謂子直移居矣，亦暗喻内職尊貴之意。令狐楚居在開化坊，而集中有《子直晉昌李花》及《白雲夫舊居》等詩可證。是綯已遷晉昌，不在開化矣。『清樽』句記昔年與楚觴詠於此也。楚最愛菊。《補編上楚啟》亦有『菊亭雪夜，盃觴曲賜其盡歡』語。此篇蓋亦為子直而作。何評殊妙。約在大中二、三年秋間也。（《辨正》。《會箋》全依馮説。）

【黄侃曰】此詩義山蓋以自喻其身世。末二句與《崇讓宅紫薇意》正相類，但彼措辭徑直，此稍婉耳。（《李義山詩偶評》）

【按】與《九日》詩同中有異。《九日》詩因重陽把酒賞菊回憶當年楚之恩遇，對照今日綯之冷遇，筆筆不離令狐父子，此則因見野菊而興身世之慨，懷楚怨綯之意僅於自傷身世中及之，主旨固不在此。前四詠菊，全是自傷。次聯於感傷時序身世之中寓不甘沉淪之意。後四方因菊而聯及令狐父子。『清樽相伴省他年』，所記省之内容即九日詩所謂『曾共山翁把酒時，霜天白菊繞階墀』。彼時繞階之白菊，今則為託身辛苦地之野菊矣，『此夕』與『他年』之對照中自含無限感慨。末聯馮、張均以為寓令狐移居事，恐非。『紫雲新苑移花處』，即所謂『移根上苑栽』，指綯移官内職，任中書舍人、充翰林學士承旨，『處』即『時』意。『不取霜栽近御筵』，則怨綯不加汲引。霜栽指野菊。

白雲夫舊居

平生誤識白雲夫，再到仙簷憶酒壚①。牆外萬株人絶迹〔一〕，夕陽唯照欲栖烏。

〔一〕『外』，舊本均同，馮注本作『柳』，未知所據何本。【何曰】『外』作『柳』。（《讀書記》）『人絶迹』，萬絶作『人迹絶』。

①【馮注】《世説》：『王濬冲經黄公酒壚，顧謂後車客：「吾昔與嵇叔夜、阮嗣宗酣飲此壚，自嵇生夭、阮公亡以來，便為時所羈紲。今日視此雖近，邈若山河。」』

箋評

【何曰】義山之『平生誤識白雲夫』，致光之『若是有情争不哭』，皆是言外巧妙。（《讀書記》）

【姚曰】白雲夫必是異人，如丹邱子之屬。『誤識』者，惜其當面錯過也。

【屈曰】當時不識雲夫，則今日之樹絶人跡，殘照栖烏，景雖荒凉，何至傷心，故曰『誤識』。

【程曰】詩有『仙簷』字，白雲夫當幽栖之道流耳。其曰『誤識』者，乃追悔於平生未傳仙訣，徒增感舊之思。反言之，乃深惜之也。

【徐曰】《藝文志》：『令狐楚《表奏》十卷。』注曰：『自稱《白雲孺子表奏集》。』此白雲夫當是楚。『夫』者，尊稱也。誤識，即『早知今日繫人心，悔不當初不相識』之類，深感之之詞也。（馮箋引）

【馮曰】徐箋妙矣，此固非道家者流也。『憶酒壚』，當與《九日》《野菊》同看。

【紀曰】平正無出色。『誤識』是錯認之意，言平生相交，竟不深知，今日乃追憶之也。

【按】徐氏據《新書·藝文志》，以為『白雲夫』指令狐楚，似之。令狐楚曾為鄭儋從事，儋自號『白雲翁』（見《韓昌黎文集·鄭儋神道碑文》），楚自號『白雲孺子』蓋以媚儋也。仙簷，猶舊居（按：開化坊有令狐楚舊宅）門前，『仙』亦暗寓仙逝之意。『憶酒壚』，即『曾共山翁把酒時』『清樽相伴省他年』之謂。『憶』字點醒存殁隔世之意。三四狀舊居深静景象。『欲栖烏』三字頗見用意。蓋隱寓己昔曾依於令狐門下，今則如烏鵲失栖也。然『誤識』二字，徐氏以為『深感之之詞』，似未切當。義山早歲受知於楚，後反因此被視為牛黨私人，婚王氏，從鄭亞，均遭嫉恨擯斥。故重訪楚之舊居，固生感舊之情，亦增身世之慨。『誤識』也者，確有悔不當初之意，身不由己之慨。馮、張均繫桂管歸後，可從。

過伊僕射舊宅①

朱邸方酬力戰功②，華筵俄歎逝波窮③。迴廊簷斷燕飛出〔一〕④，小閣塵凝人語空⑤。幽淚欲乾殘菊露〔二〕，餘香猶入敗荷風⑥。何能更涉瀧江去，獨立寒流弔楚宮〔三〕⑦？

〔一〕「簷」，英華作「簾」。「出」，朱本、季抄作「去」。

〔二〕「淚」，英華作「砌」，非。

〔三〕「流」，英華作「沙」。

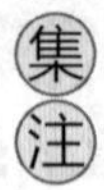

①【朱注】《唐書》：「伊慎、兖州人，善騎射。大曆間以軍功封南充郡王，歷官檢校尚書右僕射，兼右衛上將軍。元和六年卒，贈太子太保。」【馮注】《舊書·傳》：「伊慎，兖州人。大曆以後，累討哥舒晃、梁崇義、李希

烈、吴少誠，前後多戰功，封南充郡王，節度安、黄等州。安、黄置奉義軍額，為奉義軍節度使、檢校右僕射。憲宗即位，入真拜右僕射，後兼右衛上將軍。』按：安州安陸郡黄州齊安郡，安黄節度治安州。而當慎入覲時，詔其子宥領安州刺史，見權德輿所撰《神道碑》。『南充郡』有作『南兖』者，誤。《舊、新書·志、表》：『元和元年，罷奉義軍節度使，升鄂岳觀察為武昌軍節度使，治鄂州，管鄂、岳、蘄、黄、安、申、光等州。五年，罷節度使，置鄂岳都團練觀察使。』又按：此宅在舊治之地，義山至江鄉而過之，非如《長安志》所載街東光福坊有伊慎宅也。【張曰】據權德輿《伊慎神道碑》：『復檢校右僕射兼右衛上將軍，元和六年十二月晦寢疾，薨於光福里。』是慎死於京邸，不在安州，此舊宅必義山在京將遊江鄉時過而賦之者，故寫景皆係深秋。所謂瀧江獨立，憑弔楚宫，乃虚擬之辭，不得謂作於安黄，而以不能更涉寓座主遷鎮之慨也。【按】此舊宅顯指伊慎京城光福坊舊邸，馮氏為證成其『江鄉之遊』説，故謂指慎在安黄舊治之宅，岑氏已駁之矣（詳箋評引）。作年或在大中三年秋，詳箋。

②【姚注】《漢書注》：『郡國朝宿之舍在京師者，率名邸。』諸侯朱户，故曰朱邸。【朱注】謝朓《辭隋王牋》：『朱邸方開，效蓬心於秋實。』【程注】《唐書》本傳：『伊慎初為路嗣恭先鋒，討哥舒晃，下韶州，斬晃於泔溪，授連州長史。自後破梁崇義於襄漢，破李希烈於黄梅、蘄州，擒劉戒虚於應山，敗吴少誠於義陽，積功封南充郡王，累官拜安黄節度。』蓋慎之功業，初在嶺南，既在湖襄也。元和間拜尚書右僕射。國家之高爵厚禄，酬德報功，亦可謂至矣。

③【補】《論語·子罕》：『子在川上曰：「逝者如斯夫，不舍晝夜。」』逝波窮，謂伊慎已逝世。《安平公詩》：『五月至止六月病，遽頽泰山驚逝波。』

④【補】迴廊，曲折迴環之走廊。杜甫《涪城縣香積寺官閣》：『小院回廊春寂寂。』簷斷，屋簷殘斷，與下『塵凝』『殘菊』『敗荷』均寫舊宅荒廢景象。陳永正曰：『燕飛去』，活用劉禹錫《烏衣巷》詩：『舊時王謝堂前燕，飛入尋常百姓家。』

⑤【馮曰】集中雙聲疊韻甚多，此聯尤巧變者。

⑥【馮注】（五六）深秋之景。【按】二句狀深秋凋殘景象。謂露浥殘菊，如幽淚欲乾；風入敗荷，似仍送餘香。敗荷之餘香，本因風而傳送，此謂餘香入於風，筆意曲折。

⑦【朱注】瀧，閭江切。《水經注》：『瀧水又南出峽，謂之瀧口，又南逕曲江縣東。』《一統志》：『在韶州府樂昌縣。』按楚宮在荆南，疑此詩乃自桂林奉使江陵時作，故有末二句。【程曰】慎之功業，初在嶺南，繼在湖湘。……末二句用其生平本事。瀧江，嶺南道；楚宮，湖湘地。【馮注】瀧為江水通稱，見《送從翁東川》。楚宮遠在巫峽，入蜀乃經，何能更涉弔哉？【按】此『瀧江』當從馮注泛指江水，非專指嶺南韶州附近之瀧水。末二句一意貫串，謂何堪更遠涉瀧江而抵荆楚舊地，獨立寒流之畔而憑弔楚宮哉？非謂先至瀧江，更至楚宮也。且嶺南之瀧江與荆南相隔千里，謂『涉瀧江』而『弔楚宮』，亦屬不可解。若謂自桂林奉使江陵，則當取道靈渠、湘江，何事迂迴瀧江以增跋涉乎？

【朱曰】此嘆豪華之易盡也。按：楚宮在荆南，疑此詩乃自桂林奉使江陵時作，故有末二句。（《李義山詩集補注》）

【朱彝尊曰】（末聯）言楚宮荒凉，當更甚於此也。

【胡以梅曰】起是直叙酬功，封爵晉階也。華筵即指酬功榮盛事，而俄頃已同逝波盡耳。四『人語空』活潑，勝於三。五、六雙夾串合佳，言淚枯如殘菊之露，已屬無多，惟餘香入敗荷之風，猶得微聞，觸景生情之妙。（《唐詩貫珠串釋》）

【陸曰】伊慎曾以軍功封南充郡王，故有首句；卒於元和六年，故有次句。義山在大中初，自桂林奉使江陵，過伊舊宅，距其死已三十餘年，荒廢殆盡，故有『迴廊簷斷』『小閣塵凝』之句。五六言殘菊敗荷，皆增悽愴，一勳臣之第，令人生感如是，況涉瀧江而弔楚宮，復有千古興亡之歎耶？結處點出『過』字。

【徐德泓曰】結語更進一層，又增無限感慨，詩家秘妙，無窮盡也。

【姚曰】此歎豪華之易盡也。以力戰取富貴，亦非無功之享，何期轉眼銷滅，燕去人空，朱邸已廢，惟有敗荷殘菊，供人憑弔耳。因想今古興亡，不過如此，眼前近事，便是熱鬧場中痛針熱喝，又何必過瀧江、弔楚宮，然後警悟耶？楚宮在荆南，時義山自桂林奉使江陵，故有末句。

【屈曰】一二，百年瞬息也。中四句寫舊宅賓客奴僕皆已星散，而荷菊猶存，人不如草木有情也。只此荒凉，傷心已極；涉瀧江而弔楚宮，其傷心更當何如？

【程曰】伊慎……晚節，賄賂宦官，復求為河中帥，貶降以卒，惡謚壯繆，則僕射不得以功名終矣。故義山因過其舊宅而弔之。……伊慎鄉里，則在兖州；終於右衛上將軍，則在京師。義山所過之舊宅，不在京則在兖，安得指義山辟幕所過之桂林江陵，而臆度其有宅耶？

【田曰】哀音清苦，但多亮節而少微情，一結猶存風雅。（馮箋引。又見《輯評》朱批。又《輯評》朱批有『第六用筆曲折』一條，未審係何焯評抑田評，姑附此。）

【馮曰】田評不曉用意耳。高鍇出鎮鄂岳，義山當至其地。題以舊宅寄慨，結云更涉瀧江，高已由鄂岳遷鎮西川，義山不更泝江而上矣。又曰：座主高鍇觀察鄂岳，而安黄為其所管。義山既遊江鄉，必先赴其幕，路經安黄，玩《過伊僕射舊宅》詩，高於秋冬間已遷鎮西川，故以舊宅寓慨，而悵不能更涉瀧江也。

【紀曰】獨結二句就『過』字生情，攙過一步渲染本題，妙有情致，前六句直是許渾一輩套子，殊不可耐也。（《詩説》）

【曾國藩曰】末二句朱氏以為義山時自桂林奉使江陵，故有此語。程氏以為伊慎立功，初在嶺南，後在湖襄。愚意當從朱說。（《十八家詩鈔》）

【張曰】前六句結體森密，吐韻鏗鏘，設采鮮艷，是玉谿神到奇境，以為『庸俗』，可乎？○此篇甚難定其為何年。開成五年江鄉之遊，係九月東去。大中元年使南郡是十月，明春還桂。若大中二年蜀遊，留滯荊門，乃初秋時，旋即返洛。此詩味其寫景，皆係初冬，與蜀遊時令不細合。頗疑開成五年所作，然結語又與情事不細合。朱氏謂大中元年使南郡作。結語似慨不欲重入記室，意或可通也。○此在荊州時作。時衛公疊貶，故假伊慎致慨，首二句明而顯矣。義山不能從李回湖南，故曰『何能更涉瀧江去』。『獨立』句言已留滯荊門也，時正秋間。『幽淚』二句點景，『殘菊』字不必泥看，蓋大中二年賦矣。（《辨正》）又曰：此將至江鄉在京所作。伊慎舊宅在街東光福坊，《長安志》可證，非舊治安州也，馮氏編次大誤。（《會箋》）

【岑曰】按鍇卒於鄂岳，見《舊、新傳》，未嘗遷西川（參《方鎮年表》六）。如商隱南遊江鄉，分應有哭奠之作，今未之見。伊慎，兖州人，節度安黄，自有公署，何須治宅？詩之僕射舊宅，正是《長安志》所載街東光福坊伊慎宅。（《唐史餘瀋·李商隱南遊江鄉辨正》）

【陳永正曰】李德裕在大中元年冬，貶為潮州司馬，次年九月，再貶為崖州司户參軍。四年冬，終於死在蠻烟瘴雨的海南。本詩借過伊慎的舊宅，以寄懷德裕，表現了對這位在政治上有建樹的歷史人物深切的同情。……李德裕曾拜太尉封衛國公，與伊慎身份亦類。（《李商隱詩選》）

【錢鍾書曰】長吉好用『啼』『泣』等字。……李義山學昌谷，深染此習。如『幽淚欲乾殘菊露』『湘波如淚色漻漻』『天桃惟是笑』『蠟燭啼紅怨天曙』『薔薇泣幽素』『幽蘭泣露新香死』『殘花啼露莫留春』『鶯啼花又笑』『鶯啼如有淚』『留淚啼天眼』『微香冉冉淚涓涓』『强笑欲風天』『卻擬笑春風』，皆昌谷家法也。（《談藝録》）

【按】此詩内容，首二句已開宗明義，大體揭出。中二聯不過就題内『舊宅』及次句加以渲染敷衍，以寓榮寵不常、豪華易盡之感。末聯乃由此進而生出家國興亡之慨，謂我今對此舊宅，已深感盛衰不常，何能更涉瀧江，獨立寒流之畔而弔楚宫，慨興亡哉！『何能』，非望之之詞，猶何能堪也。前『歎』後『弔』，均以『逝波窮』一語貫之。姚、屈二箋，就詩作解，較得其實。是否另有寓託，不易確定。作者《潭州》云：『陶公戰艦空灘雨，賈傅承塵破廟風。』《舊將軍》云：『雲臺高議正紛紛，誰定當時蕩寇勳？』二詩均大中二年桂管歸途作，其中頗寓會昌有功將相被斥棄之感慨，此詩首聯『朱邸方酬力戰功，華筵俄歎逝波窮』，或亦微寓此慨。張氏《辨正》謂：『時衛公疊貶，故假伊慎寄慨。』似亦有此可能。温庭筠有《題李相公敕賜屏風》云：『豐沛曾為社稷臣，賜書名畫墨猶新。幾人同保山河誓，獨自栖栖九陌塵。』李相公即李德裕。此詩寓感，似與之類似。詩作於長安，或在大中三年秋間。

哭劉蕡〔一〕

上帝深宮閉九閽①，巫咸不下問銜冤②。黃陵別後春濤隔〔二〕③，湓浦書來秋雨翻④。只有安仁能作誄⑤，何曾宋玉解招魂⑥？平生風義兼師友，不敢同君哭寢門⑦。

〔一〕姜本題作『哭劉司户蕡』。

〔二〕『黃』，各本均作『廣』。【何曰】『廣陵』疑『黃陵』。【程曰】義山與去華未有廣陵蹤跡，本集詩云：『去年相送地，春雪滿黃陵。』則『廣』字為『黃』字傳寫之譌無疑。且初贈之詩有『江風』字，有『楚路』字，尤可為黃陵左證。【按】何、程説是，茲據改。

①【馮注】《楚詞・招魂》：「君無上天些，虎豹九關，啄害下人些。」《離騷》：「吾令帝閽開關兮，倚閶闔而望予。」【程注】劉禹錫《楚望賦》：「高莫高兮九閽。」【按】九閽，九天之門，猶九關。此喻帝王宫門。宋玉《九辯》：「君之門以九重。」

②【朱注】《初學記》：「《世本》曰：巫咸作筮。」○按《招魂》：「帝告巫陽云云，乃下招曰……。」王逸注：「巫陽受天帝之命，因下招屈原之魂。」此詩巫咸恐當作巫陽。【何曰】以文義論之，當作巫陽，殆因老杜「巫咸不可問」之語而誤。記六朝人亦有作巫咸者。《甘泉賦》：「選巫咸兮叫九閽，開天庭兮延羣神。」從來用巫咸者殆因此而訛。（《讀書記》）【馮注】《離騷》：「巫咸將夕降兮，懷椒糈而要之。」王逸曰：「巫咸，古神巫也，當殷中宗之世。」按：《史記・封禪書》：「殷太戊世，巫咸之興自此始。」注謂以巫咸為巫覡。蓋巫咸是殷臣，以巫接神事，太戊使禳桑穀之災也。《山海經・海外西經》：「巫咸國登葆山，羣巫所從上下。」而巫陽之名見《海内西經》諸巫中。《吕氏春秋》「巫咸」作「筮」。《史記・天官書注》：「巫咸本吴人，冢在蘇州常熟海隅山上。」巫咸之説不同，而其為巫一也。巫陽固同類。王逸曰：「女曰巫，陽其名也。」句意尚未遽謂其死，用巫咸正合，不可疑也。【按】何引《甘泉賦》解所以作「巫咸」之故，甚是。作者既另有所本而非誤記，則自當作「咸」。朱氏逕改非是。此但言朝廷竟不遣人問蕢之沉冤耳。

③【何曰】（春濤隔）三字指羣小排笮至死也。（《輯評》）【按】何解殊鑿。此但言黄陵别後，又隔一春耳。時義山在長安，與蕢所居之地遥隔大江，故云「春濤隔」。黄陵見《哭劉司户蕢》注。

④【姚注】《廬山記》：「江州有青盆山，故其城曰湓城，浦曰湓浦。」【馮曰】合之「江風吹雁」，蕢當卒於秋，此書即訃音。

⑤【朱注】《晉書·潘岳傳》：『岳詞藻絶麗，尤善為哀誄之文。』集有夏侯常侍及馬汧督諸誄。

⑥【朱注】《招魂注》：『宋玉憐屈原魂魄放佚，厥命將落，故作《招魂》。』【馮注】二句痛其竟死，不得再延。【何曰】不必將下『師友』句粘著宋玉説，其取義只在作誄、招魂四字耳。（《讀書記》）【按】安仁、宋玉均自喻，謂己惟能作詩文以致哀悼，而不能招其魂魄使之復生。

⑦【朱注】《檀弓》：『孔子曰：「師吾哭諸寢，朋友吾哭諸寢門之外。」』【朱彝尊曰】立言之體。同君，言不敢同蕡於哭諸寢門外之朋友也。【何曰】生平則友也，風義則師也。孔子曰……，然則終當以師友之義處之，不但為寢門之哭也。（《輯評》）【馮注】《後漢書·班彪傳》：『彪避地河西，大將軍竇融以為從事，深敬待之，接以師友之道。』《文苑·傳毅傳》：『車騎將軍馬防請毅為軍司馬，待以師友之禮。』《舊書·傳》：『令狐楚、牛僧孺待（蕡）如師友。』《新書·傳》：『皆以師禮禮之。』按：况義山乎？《禮記·奔喪》：『哭師於廟門外，朋友於寢門外。』【補】風義，情誼。同君，與君（指蕡）相齊相等，即處於與蕡相等之朋友地位。二句謂劉蕡平生與己兼有師友之誼（偏義於師），故不敢自居於蕡之同列而哭弔於寢門之外。

箋評

【金聖嘆曰】一解四句，便有搏胸叫天，奮顱擊地，放聲長號，涕泗縱横之狀。言夢夢上帝，爾在何處？更不遣人略看下界，今日遂致聽我劉司户且湮没而死也。三四言廣（按：當作黄）陵春别，謂限衣帶；湓浦秋書，遽言永訣。天乎？人耶？哀哉痛絶也！前解寫劉蕡死，此解寫哭也。言往往有恩義迫切之人，喜言死者容有還魂之事；殊不知人生在世，死為大都，訃既曰死，即真死矣。我為恩義迫切之人，則惟有備極哀痛，以哭其死，更不應升降招呼，以冀其生也。末句因言：古禮，朋友若死，則哭諸寢門之外，今劉於己，情雖朋友，義從師事，然則今日我直哭之於寢，不敢同於朋友之禮也。

【朱曰】此痛劉蕡之忠直不見容於世也。（《李義山詩集補注》）

【何曰】腹聯言徒令人悲思不已，而終不能使之復生，蓋反覆深惜之。雒生以末句『同君』二字，以為此和人哭去華之作。『安仁作誄』指其人言之，解得太死。然不若只就義山一人身上説，正覺曲折有深味也。（《輯評》）

【胡以梅曰】劉蕡之卒於貶所柳州，因直言對策傷中官致禍，所以哭之痛憤擬同屈平。起用《離騷》《招魂》之詞，言上帝深居而不遣巫陽下問劉之含冤，以致於死。雖用《離騷》，實賦當時之事，比既切當，而上帝亦可雙夾，即指天子，將忠良受屈，昏君無權，全部包舉，闊大典雅，所以為妙。因兩句正意已足，故三四推開，説到未死之前廣陵相別，隔春濤之浩渺；而湓浦書來，正值秋雨之翻盆，何期從此遂成千古永訣耶？此二句不同尋常格調，是倒插之意，然彌見其疏宕耐味，須補足方顯。五言如此忠賢，須得名人為之作誄，如潘岳云可。亦有兩意：一言只可作誄以傳於死後，何曾真有魂之可招；又言己如宋玉，為屈原弟子，而不能如玉之作《招魂》詞也。下有『師友』，亦有申明此句綫索。此二句總之有自謙亦自負意。結推尊心折，不敢以平常友誼哭之也。

【黄周星曰】才人銜冤之魂多矣，巫咸可勝問，宋玉可勝招乎？（《唐詩快》）

【沈德潛曰】上帝不遣巫咸問冤，言既阨於人，并阨於天也。

【陸曰】去華之以直言遭斥也，義山於前後贈言中，已屢致其惋惜矣，乃一旦卒於貶所，既厄於人，又奪於天，何其重不幸耶？九閽閉而巫咸不下，所謂視天夢夢也。廣陵別後，已有天各一方之悲；湓浦書來，更深哲人云萎之痛。雖生平抗言直節，潘誄可詳；而此時散魄離魂，宋招莫致。然則我於凶問之來也，哭諸寢乎？哭諸寢門之外乎？曰『風義兼師友』，推重之至也。

【姚曰】此痛忠直之不容於世也。劉以大和二年三月，貶柳州司户，是秋，卒於貶所。首聯直書文宗之受蔽羣小，使忠義不能保全。廣陵別緒，湓浦訃聞，嗟嗟劉君，從此已矣。只有安仁，徒聞為友作誄；何曾宋玉，却能為師招魂？而我與劉，義兼師友，舉聲一哭，蓋直為天下慟，而非止哀我私也。安敢以平交之例處之？讀此知義山與劉肝膽相契，豈但欲以浮華自炫者？

【屈曰】上帝深居，已不可見，又閉九閽，更難通矣。巫陽下問，猶可鳴冤，今又不然，冤死宜矣。憶昔廣陵相别，遠隔春濤；及今湓浦書來，已翻秋雨，言已死也。身似安仁，但能作誄；才如宋玉，不解招魂，言不能使之復生也。七八終不敢改平日之交情。

【紀曰】悲壯淋漓，一氣鼓蕩。湓浦書來，謂訃音也。哭蕡詩四首俱佳，故詩亦須擇題。二句與六句是一事，起處就朝廷説，六句就自己説，亦稍有分别，然如此等以不犯為妙，究是一病也。二句，香泉評曰：『以文義論之，當作巫陽。』《甘泉賦》：『選巫咸兮叫九閽』，從巫咸者當因此而訛。

【管世銘曰】不知其人視其友。觀義山《哭劉蕡》詩，知非僅工詞賦者。（《讀雪山房唐詩序例》）

【方東樹曰】一起沉痛，先叙情。三四追溯。五六頓轉。收親切沉着。先將正意作棱，次融叙，而三四又每句用棱，此秘法也。

【袁枚曰】首二言劉受屈而死……三四，生前音問不通。下四，正寫『哭』之情。（《詩學全書》）

【按】本篇及《哭劉司户二首》《哭劉司户蕡》共四首，均大中三年秋作於長安。馮氏曰：『義山重疊致哀，細味之實一時所作，或有代人之作而並存者。如後漢書竇融待從事班彪以師友之道，陶謙接鄭玄以師友之禮，若七律結聯用此類意，似非義山分誼矣，是豈愚之多所惑乎？』疑四首中有代人之作並存，恐非。本篇及《哭劉司户蕡》均言及黄陵晤别事，自非代人之作；即《哭劉司户二首》亦有『離居星歲易』之語，與本篇『黄陵』句正合。至『師友』語，不過表明蕡之高風亮節堪為師表，未必用竇融、陶謙事也。

據『黄陵』一聯，蕡之卒地疑即湓浦。《哭蕡》五律曰：『復作楚冤魂。』雖係用典，亦可見蕡卒於楚地。而『黄陵别後春濤隔』『江風吹雁急』『江闊惟迴首』等語，則表明蕡卒前所居之地與義山所在之長安遥隔大江，且即在江濱；再證以『湓浦書來』之語，蕡之卒於湓浦即可大體肯定。如蕡不卒於湓浦，而其噩耗則自湓浦傳來，實際生活中固可能有此種情況，然筆之於詩則為讀者所不能理解。至於蕡何以客死湓浦？竊疑係至江州依託楊嗣復。大中二年初蕡與商隱在湘陰黄陵晤别，别後蕡所至之地疑即江州。《贈劉司户蕡》腹聯『漢廷急詔誰先入，楚路高歌自欲翻』即透露出劉蕡對朝廷重新起用牛黨舊相楊嗣復之企盼。蓋自會昌六年八月，武宗朝所貶逐牛黨舊相量移内地以來，正形成重新起用諸舊相之政治趨勢。劉蕡雖不屬於任何一黨，然其與楊嗣復有門生、座主之誼，因此自然對楊之重新起用寄予希望，『漢廷』句所透露之企盼正在於此。楊自會昌六年八月量移江州刺史，至大中二年二月一直在江州任。因此劉蕡别商隱後很可能至江州拜訪甚至依託楊嗣復。而大中二年二月，嗣復果以吏部尚書内召，不料道經岳州時突然因病去世，劉蕡遂失去此一有力依託。繼嗣復任江州刺史者，當為裴夷直。《新唐書·裴夷直傳》：『斥驩州司户參軍。宣宗初内徙，復拜江、華等州刺史。』裴内徙江州刺史之時間，郁賢皓《唐刺史考全編》置於大中三年江州刺史崔黯、大中五、六年江州刺史李回之後，恐過晚。疑在大中二年二月嗣復内召之同時即任命為江州刺史，方與『宣宗初内徙』相合。且裴夷直係作為楊之同黨被貶驩州，值此嗣復内召之際，由裴接任江州刺史，亦屬順理成章。如裴夷直確於大中二年二月繼任江州刺史，則劉蕡之訃音何以從江州（即湓浦）傳來便完全合乎情理。因劉蕡早在大和八年王質任宣歙觀察使時即與裴夷直同幕，二人早已結識。後又均被作為楊嗣復之同黨遠貶，因而蕡於嗣復離任内徵道卒後轉依新任江州刺史裴夷直，亦屬情理之當然。唯勞格《郎官石柱題名考》卷七司勳郎中崔黯名下引《廬山記》二作『大中三年興復東林寺，江州刺史崔黯為捐私錢以倡施者』，説明崔黯大中三年已任江州刺史，然未書月日。按商隱接到蕡之噩耗在『秋雨翻』時，其去世當稍早于此。故崔黯極有可能是三年秋以後接任江州刺史。如上述推斷能成立，則『湓浦書來秋雨翻』之句便説明以下情况：一、劉蕡在大中二年正月與商隱晤别後，先至江州依座主楊嗣復，嗣復離任後又依新任刺史裴夷直，最後即卒于江州。二、商隱在山南令狐楚幕即已與劉蕡結識，又素仰蕡之節概，『平生風義兼師友』，故裴以劉蕡去世之消息告知遠在長安之商隱。

在四首哭蕡詩中，本篇當是寫作時間最早者，故感情之憤激超過其它各首。首聯直斥『上帝』，筆勢凌厲，感情憤鬱，如急風驟雨籠罩全篇。頷聯宕開，追溯去年黄陵别後，江湖阻隔，折回湓浦訃音傳來秋雨飄翻之現境，融叙事、寫景、抒情為一體。『春濤隔』與『秋雨翻』尤將阻隔中之思念與乍聞噩耗時之悲憤化為具體可感之畫面形象，不刻意為象徵而自然具有象徵意味。腹聯轉為直接抒情，聲情拗峭而沉鬱。尾聯「師友」承六句「宋玉」，突出對劉蕡高風亮節之欽仰，顯示出與劉蕡情誼之政治基礎。

哭劉司戶蕡

路有論冤謫①，言皆在中興②。空聞遷賈誼③，不待相孫弘④。江闊惟迴首，天高但撫膺⑤。去年相送地，春雪滿黃陵⑥。

集注

①【何曰】起句言行道為之傷嗟也。（《讀書記》）【按】論，平聲。

②【朱注】中，張仲切。【程注】《詩序》：「《烝民》，尹吉甫美宣王也。任賢使能，周室中興焉。」【按】中，再。

③【馮注】《史記·賈生傳》：「文帝召以為博士，説之，超遷，一歲中至太中大夫；後疏之，乃以為長沙王太傳。」【按】遷，升遷。非「遷謫」之意。

④【馮注】《漢書·公孫弘傳》：「武帝初即位，招賢良文學士。弘徵為博士。使匈奴，還報，不合意，上怒，乃移病免歸。元光五年，復徵賢良文學，菑川國復推上弘。弘至太常，上策詔諸儒，太常奏弘第居下，策奏，天子

擢為第一。至元朔中，為丞相，封平津侯。』按：『遷誼』不必拘看，猶前贈詩『漢廷急詔』之意。二句言遠斥之後不復徵用。【何曰】（三四）精切。公孫弘再舉賢良，乃遭遇人主而至相位，而去華不及待。第四凣精切。（《讀書記》）【按】馮注引《史記・賈生傳》『超遷』以釋『遷』字，極確；然又解為『遠斥之後不能復徵用』，何自相矛盾至此。何解亦未中肯綮。三四蓋謂蕢放還之際，雖有將其召回朝廷升遷官職之傳聞，然終未實現（故曰『空聞』）；如今蕢已抱恨沉冤而歿，不待如公孫弘之再徵而至相位矣，（故曰『不待』）。

⑤【程注】陸機詩：『慷慨獨撫膺。』【何曰】（『江闊』二句）是哭。（《讀書記》）【按】謂與蕢之卒地遥隔大江，惟頻頻迴首南望，以寄哀思；天高難問，沉冤莫訴，惟撫膺長慟而已。

⑥【程注】《水經注》：『湘水又北逕黄陵亭西，又合黄陵水口。其水上承太湖，湖水西流，逕二妃廟南，世謂之黄陵廟。』【朱注】《方輿勝覽》：『廟在潭州湘陰縣北九十里。』【馮注】《通典》：『岳州湘陰縣有地名黄陵，即二妃所葬之地。』韓昌黎《黄陵廟碑》：『自前古立以祠舜二妃者。』【何曰】長沙地暖，而方春雨雪，非君子道消，陰氣盛長乎？落句深痛去華之冤也。（《讀書記》）又曰：曰『去年相送地』，蓋去華至柳州，不經歲而卒也。（《輯評》）【按】何解殊鑿，二句謂去年黄陵分别，正春雪飄揚之時。『去年』指大中二年。末聯似從古詩『前日風雪中，故人從此去』化出。

【劉克莊曰】義山善用事，哭劉蕢云：『空聞遷賈誼，不待相孫弘。』自應制科至謫死，止以十字道盡。（《後村詩話續集》）

【陸鳴臯曰】前半總言對策切直，而遭冤謫也。『江闊』二句，與前首意同，而此更有叫哭不出之妙。可見詩境無底，愈轉愈深。

【姚曰】劉之冤謫，路人皆知，且當中興之時，尤為可痛。蓋賈誼、孫弘，皆值明時，而劉則一遷不復也。五句，言其雖謫而不忘君。六句，言其一謫而不見察。結言相信之友，亦不多得也。（按：姚箋多謬誤，不煩舉。）

【屈曰】前四言以直諫而遷謫之速。五六哭。結憶往事，字中有淚。

【程曰】劉蕡應直言極諫，對策指斥宦官，事在太和二年。時文宗初即位，承父兄之弊，恭儉儒雅，政事修飭，當時號為清明，此所以曰『言皆在中興』也。無如一遭遠謫，遂卒貶所，竟不及待朝廷之悟而復用。考之於古，漢公孫弘初以賢良對策，亦嘗罷斥，既而再徵，則擢用至相，苟蕡不死，未必不然，此所以曰『不待相孫弘』也。朱注引《公孫弘傳》，節去初罷歸、再徵二語，則『不待相孫弘』句竟成凑韻，其用意安在哉？

【紀曰】後四逆挽作收，絶好結法。『江闊』二句亦言相送時也。香泉評曰：公孫弘再舉賢良，乃遭遇人主而至相位，而去華竟不及待，用事最親切。（《詩説》）起二句拙。（《輯評》）

【姚鼐曰】義山此等詩殆得少陵之神，不僅形貌。

【許印芳曰】此章前半從旁面着筆。五六收前二章意。結句倒追，回應第一章起句，益覺黯然神傷，深得老杜用筆之妙。

【按】此首諸家箋多誤，首聯、頷聯當一氣讀，謂道路行人均議論劉蕡之冤貶，言其當年對策所論，用意均為國家之中興，乃多年冤貶之後，空有召回升遷之傳聞，竟不待重用而身歿異鄉。『論冤謫』，係聞蕡之噩耗後，道路之人追思其往日直言極諫，志在中興，而竟遭冤謫，淪落絶世，故深為痛惜傷悼也。如解為蕡貶柳時路人之議論，則『遷賈誼』之語直不可解。『在中興』，非謂在中興之時，指所言皆為國之中興。餘已見句下箋。

首聯以路人議論起，見詩中所抒哀憤不單出之私誼，且出於公論。『天高』句感憤激烈，情感達于高潮。結聯緩筆收轉，將黯淡陰寒之環境氣氛，依依惜别之情懷，與今日對故友之懷想悼念融為一體，感情從激烈轉向深沉，更增含蓄不盡之致。

哭劉司戶二首①

離居星歲易②，失望死生分。酒甕凝餘桂，書籤冷舊芸③。江風吹雁急，山木帶蟬曛④。一叫千迴首，天高不為聞。

其二

有美扶皇運，無誰薦直言⑤。已為秦逐客⑥，復作楚冤魂⑦。湓浦應分派⑧，荆江有會源⑨。併將添恨淚，一灑問乾坤。

集注

①【朱曰】蕡卒於貶所。【馮曰】司户之卒，當在會昌二年，詳《年譜》。考《舊、新書·傳》：『牛僧孺於開成四年鎮襄陽，會昌二年徵為太子少保，留守東都。』則蕡在其幕當開成、會昌際也。玩詩語，雖貶柳州，而實卒於江鄉，似未至貶所也。《粤西文載》言卒於柳州，墓在城西五里，乃後人僞託者。又曰：蕡卒年無明文，《新書·傳》載：『昭宗誅韓全誨等，左拾遺羅袞訟蕡云：「身死異土，六十餘年。」帝贈蕡左諫議大夫。』是年天復三年癸亥，上距會昌四年甲子得六十年，蕡當於開成、會昌間卒於江鄉，故詩云『復作楚冤魂』，又云『湓浦書來秋雨

翻』也。（《年譜》）【程曰】余謂諸詩乃隨鄭亞南遷以後之作也。大中元年，從鄭亞桂林判官，嘗自桂林奉使江陵，又使南郡。意蕡之貶，當在此時。義山道遇，贈之以詩，别未逾年，遂卒於貶所，又繼之以哭也。【岑曰】蕡大中初在柳州謫任，故得於桂與商隱相見。……越大中二年二月，鄭亞責循州，商隱北返，春雪黄陵，蓋是年事。又明年蕡乃卒。羅衮之『六十餘年』，殆當正作『五十』……蕡是否放還，卒於江鄉，現據哭劉蕡四首，尚難論定。【按】劉蕡會昌元年貶柳州司户參軍。約在會昌六年八月後至大中元年六月前『遷澧州員外司户』。大中二年正月與商隱晤别於湘陰黄陵。别後可能至江州先後依楊嗣復、裴夷直。大中三年秋卒于江州。以上考證，已分見《贈劉司户蕡》《哭劉蕡》二詩之編著者按語，及著者所撰有關『江鄉之游』三篇考辨文章。

②【程注】《書》：『蕩析離居。』《楚辭》：『折疏麻兮瑶華，將以遺兮離居。』【按】離居，猶分離。二句謂分别方易年歲，彼此即作生死之大别而無再見之望。蕡與義山大中二年春黄陵晤别，翌年秋蕡卒，故云『星歲易』『死生分』。

③【朱注】《楚辭》：『奠桂酒兮椒漿。』杜甫詩：『書籤映夕曛。』魚豢《魏略》：『芸香辟紙魚蠹，故藏書臺曰芸臺。』【何曰】王建集中有《與去華絶句》，言其病酒，故有第三。（《讀書記》）令狐楚、牛僧孺表蕡幕府，授秘書郎，故有第四（《輯評》。馮注引『蕡表授祕書郎』為徐逢源語）。【按】王建《寄劉蕡問疾》：『年少病多應為酒，誰家將息過今春。賒來半夏重熏盡，投著山中舊主人。』二句抒物在人亡之痛，謂甕凝餘桂，籤冷舊芸，而人則云亡矣。

④【馮曰】想其卒於江鄉之景物，所謂『迴首』也。【何曰】（江風句）言己哭之哀也。（《讀書記》）【按】馮解是。此以蕭瑟摇落之景寄情。

⑤【補】《詩·鄭風·野有蔓草》：『有美一人，清揚婉兮。』後常以『有美』指理想人物，此指劉蕡。蕡《對策》係應賢良方正、直言極諫科，策文辭意切直，無所顧忌，故譬之為『直言』。

⑥【程注】《史記·秦始皇紀》：『十年，大索，逐客，李斯上書説，乃止逐客令。』【何曰】謂下第。（《讀

書記》）【按】逐客指被貶謫者。句指劉蕡被貶柳州。何解非。

⑦【朱曰】謂屈原。杜甫詩：『應共冤魂語，投詩贈汨羅。』【何曰】謂遠貶。（《讀書記》）【按】此喻劉蕡客死於楚地，何解非。

⑧【朱注】《廬山記》：『江州有青盆山，故其城曰湓城，浦曰湓浦。』《一統志》：『湓浦在今九江府城西。』《江賦》：『流九派乎潯陽。』【馮注】《漢書·志》：『廬江郡尋陽縣。』注曰：『江自潯陽分為九。』《舊書·志》：『江州，隋九江郡，理潯陽縣，隋時改湓城縣，武德時復名。』《郡國志》：『有人此處洗銅盆，忽水漲失盆，投水取之，見一龍啣盆，奪之而出，故曰盆水。』又曰：『源出青盆山，因名。』

⑨【朱注】《禹貢》：『導江，東迤北，會為匯。』【程注】《岳陽風土記》：『鼎、澧、沅、湘合諸蠻南黔之水，匯於洞庭，至巴陵與荊江合。』長孺補注引《禹貢》……非也。匯即東匯澤，為彭蠡，非荊江也。孔安國曰：『迤，溢也。』東溢分流都共北會彭蠡。【馮注】《通鑑注》：『大江自蜀東流，入荊州界，謂之荊江口，即洞庭水與江水會處。』二句似喻劉與已跡不同而心相合。【按】二句意頗晦澀，似謂江水或流經湓浦而分派，或流經荊江而會合諸水，友朋之有時而相遇，有時而分離，自亦常事，然已與劉蕡則一別而死生相隔，故湓浦分派與荊江匯合均只能添恨耳。湓浦、荊江，似切荊江相遇與蕡卒湓浦事。

【何曰】二詩格調甚高，一氣寫成，極似少陵。（《輯評》）

【陸鳴皋曰】（離居星歲易）哀中有怨，可泣可歌。

【姚曰】（首章）劉以直言得罪，終望昭雪有時，而今已矣。五六暗比時事。江風吹雁，善類之遭擯也。山木帶蟬，謗議之未息也。此時唯有呼天訴冤，而天豈能聞耶？○（次章）承上章言，身自被逐，命亦隨之。此恨只堪訴與湓浦、荆江耳。然將此二水都化作眼淚，亦訴冤不盡也。

【屈曰】二詩雖淺顯，却大有真情血淚，不是乾號。

【馮曰】《容齋續筆》引義山詩而曰：『甘露之事，相去纔七年，未知蕡及見之否？』今考之，其為及見審矣。二章結句皆倍沉痛。又曰：義山重疊致哀，細味之，實一時所作，或有代人之作而並存者。如《後漢書》竇融待從事班彪以師友之道；陶謙接鄭玄以師友之禮。若七律結聯用此類意，似非義山分誼矣。是豈余之多惑乎？

【王鳴盛曰】沉鬱之句，誰能錘鍊到此，惟少陵有之。

【紀曰】（第一首）先逗『江風』二句，末二句倍覺黯然。與右丞《濟州送祖三》詩『天寒遠山静』二句同一法門。（第二首）此首一氣轉折，沉鬱震蕩，神力尤大。『無誰』二字不解，大約即無人之意。二首前虚後實，前暗後明，前述相悼之情，後乃説到大關係處，不見重複，亦不容倒置，此章法也。廉衣曰：就湓浦、荆江指點有神，但結法與前章犯複。

【許印芳曰】（離居首）起句便已沉痛，後半極黯慘之情。（有美首）前四句直書其事，不嫌坦白，但覺沉痛。後四句説到彼我異迹同心，欲化江水為淚，沾灑乾坤，訴此冤恨，思路甚奇，而痛愈深矣。

【張曰】二篇結句皆重疊致哀，語無倫次，方盡哭理，豈可以犯複病之哉！（《辨正》）

【按】在同一時間，一而再、再而三連寫三題四首哭弔劉蕡之詩篇，充分説明劉蕡之被黜、遭貶直至身死異鄉之事件對商隱所造成之强烈震撼及巨大之心靈傷痛，其積鬱之深之强烈，已達到噴薄欲出、欲罷不能之程度。從商隱與劉蕡之交往看，除開成二年冬在山南節度使幕兩人有過短暫見面機會外，從現存詩文中，看不出在大中二年兩人晤别於黄陵前尚有其它交往。因此，商隱哭弔劉蕡，重疊致哀，主要並非由于兩人關係之密，而係更多出于政治義憤與精神上之契合。單純從人事關係看，劉蕡與牛黨中之重要首領人物如牛僧孺、令狐楚、楊嗣復均分别有幕主與幕賓，座主與門生之誼，而商隱在大中初年無論在政治傾向或人事關係上均更接近李德裕政治集團。但商隱與劉蕡之間，根本不存在任何黨派上之分歧與矛盾，而只有在『扶皇運』、致『中興』、反宦官等重大政治原則與目標上之一致。此固非如馮浩所説『小臣文士無與於黨局』（《玉谿生年譜》），而係由於其對唐王朝命運之强烈政治責任感與正義感超越了黨派集團之私利與狹隘眼光。此四首詩無疑具有强烈政治針對性。一則云『上帝深宫閉九閽』，再則曰『江闊惟回首，天高但撫膺』，『一叫千回首，天高不為聞』，『併將添恨淚，一灑問乾坤』，矛頭直指上帝、高天、乾坤，其所寓指非常明顯。然又並非具體針對某一君主、某一人或某一羣人，而係泛指整個上層統治集團。劉蕡被黜落，被冤貶直至身死異鄉，宦官集團固為直接禍首，然若非君主之軟弱、昏暗，亦不可能持續如此長時期之政治迫害（自大和二年至大中三年，前後達二十一年）。劉蕡被黜於文宗大和二年之賢良方正能直言極諫科考試，被冤貶於武宗會昌元年，文宗武宗均不能辭其咎。宣宗既立，劉蕡隨牛黨舊相之量移而内遷澧州員外司户，但大中二年牛黨舊相楊嗣復、李珏重新起用復官後，劉蕡仍滯留楚地，以致客死異鄉，『空聞遷賈誼，不待相孫弘』，宣宗又何能辭其咎？此時直接迫害劉蕡之宦官仇士良早已死去，按理可以對劉蕡之冤貶予以昭雪，然竟『巫咸不卜問銜冤』，使劉蕡伴着司户之貶職成為『楚冤魂』。長達二十餘年之對正直敢言人士之迫害，不能不使人感到，盡管君主更換，政局屢變，但反對宦官、正直敢言之士之命運却無法改變。故此絶非某一君主、某一幫政治勢力所致，而是整個上層統治集團和整個政治環境造成劉蕡二十餘年之政治悲劇遭遇。商隱對此雖未必有明晰理性認識，但從諸詩中所抒發之既十分强烈，又欲訴無門，並無定指之怨憤中不難看出，商隱已感受到這一點。此正係詩人對現實之感受趨於深刻化、整體化之表現。

與此相關，此組詩之整體風格亦表現為既有噴涌而出、一氣鼓蕩之傾瀉，又有曲折頓宕、沉鬱藴蓄之抒情，顯得既痛快又沉着。由于感情强烈憤激，不吐不快，故往往有上引『上帝』二句、『江闊』二句，『一叫』二句、『併將』二句此類呼天搶地、痛快淋漓之宣泄。然由于感情深沉、積鬱深厚，詩中又往往有含藴不盡之境界。《哭劉司户蕡》尾聯即是典型一例。紀昀曰：『哭蕡詩四首俱佳。』紀氏對商隱詩每多不滿乃至譏評，而對此組詩則極力贊揚，足見其深刻强烈之感情與純熟之技巧保證了其藝術之高水準。系列同題政治詩如此情文並茂，實不多見。管世銘曰：『不知其人觀其友。觀義山《哭劉蕡》詩，知非僅工詞賦者。』可謂深知義山者。

劉蕡大和二年對策被黜，震動朝野上下，『物論囂然稱屈』，被取中除官之李郃至言『劉蕡下第，我輩登科，能無厚顏』，上疏云『蕡所對策，漢、魏以來無與為比。今有司以蕡指切左右，不敢以聞。恐忠良道窮，綱紀遂絕。況臣所對不及蕡遠甚，乞回臣所授以旌蕡直。』（《通鑑・大和二年》）反映其時士人中頗有具正義感者。但此次劉蕡客死異鄉，除商隱之四首哭弔詩外，在當時政壇與詩壇上竟寂無反響。大中士風之頹衰與詩壇之冷落于此可見一斑。反之亦愈顯出商隱哭蕡詩之可貴。

丹丘①

青女丁寧結夜霜②，羲和辛苦送朝陽③。丹丘萬里無消息〔一〕，幾對梧桐憶鳳凰〔二〕④。

〔一〕『丘』，朱注本作『邱』，字通。

〔二〕『對』，悟抄作『樹』。

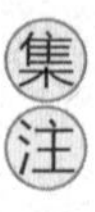

①【朱注】《楚辭·遠遊》：『仍羽人於丹邱兮，留不死之舊鄉。』《拾遺記》：『丹邱千年一燒，至聖之君，以為大瑞。』【馮注】《楚辭注》曰：『丹邱，晝夜常明之處。』徐曰：『此同丹山用。』【按】徐注是。《山海經》：『丹穴之山，有鳥狀如雞，五彩而文，名曰鳳凰。』丹丘即丹穴之山。

②【補】丁寧，本為叮囑之義，此處與下句『辛苦』對文，有『仔細』之義。『青女』見《霜月》《句芒神》注。

③【補】羲和，日御。《離騷》：『吾令羲和弭節兮，望崦嵫而勿迫。』

④【補】《詩·大雅·卷阿》：『鳳凰鳴矣，於彼高岡；梧桐生矣，於彼朝陽。』傳鳳凰非梧桐不棲（見《莊子·秋水》），故云。

【姚曰】此悲時命之不相值也。

【屈曰】歲月如流，梧桐猶在，而鳳凰不歸也。

【馮曰】上二句，夜復夜日復日也；下二句，遠無消息，徒勞憶念。

【紀曰】蒙泉曰：有西方美人之慨。　起二句猶嫌湊泊。

【姜炳璋曰】此為求仙者諷。青女結霜，羲和送日，丁寧辛苦，可見光陰不宜虛度。乃丹丘總不可見，所見者唯菶菶梧桐，憶當日之鳳凰而已。義山當敬、文、武、宣四朝，皆坐此病，故言之甚詳、甚透。『朝陽』，君也；『梧桐』，百職也；鳳凰，賢才也。言求仙徒然，不如求賢以充百職，可保君身而綿國祚也。

【張曰】首二句即日復日夜復夜意，寫得濃至，恰極自然。以為湊泊，失之矣。（《辨正》）

【按】日夜思念遠隔萬里杳無消息之丹山鳳，即此詩意。丹丘與鳳凰均有所喻。丹丘，當即朱崖；鳳凰，指李德裕。《昭肅皇帝挽歌詞》已稱德裕為鳳（始巢阿閣鳳），此曰『幾對梧桐憶鳳凰』，鳳顯指賢臣才士。頗疑大中三年秋作於長安，時德裕尚在崖州貶所，正所謂『丹丘萬里無消息』也。

對雪二首①

寒氣先侵玉女扉②，清光旋透省郎闈〔一〕③。梅華大庾嶺頭發④，柳絮章臺街裏飛⑤。欲舞定隨曹植馬〔二〕⑥，有情應濕謝莊衣⑦。龍山萬里無多遠⑧，留待行人二月歸⑨。

其二

旋撲珠簾過粉牆⑩，輕於柳絮重於霜。已隨江令誇瓊樹⑪，又入盧家妒玉堂⑫。侵夜可能争桂魄⑬？忍寒應欲試梅粧⑭。關河凍合東西路⑮，腸斷斑騅送陸郎⑯。

〔一〕『透』，馮曰：『一作遶』。

〔二〕『定』，《又玄集》作『旋』。

①【自注】時欲之東。【徐曰】此將往徐州時也。《偶成轉韻》詩曰：『挺身東望心眼開。』《乙集序》：『十月，尚書范陽公以徐戎凶悍，闕判官，奏入幕。』則正對雪時矣。【馮曰】徐箋似確。盧弘正鎮徐州，辟義山為判官，時大中四年。【按】義山應盧弘止辟，為徐府判官，在大中三年十月（詳張氏《會箋》），此詩當作於三年冬。據商隱所撰《太原白公（居易）墓碑銘》，大中三年冬至（是年冬至在閏十一月初四），商隱尚在長安，啟程赴徐當在此後。其《偶成轉韻》詩『臘月大雪過大梁』之句亦可證。

②【程注】宋之問詩：『窗搖玉女扉。』【按】參《和友人戲贈》注。旋，已而，隨即。

③【朱注】《白帖》：『諸曹郎署曰粉署。』劉孝綽《對雪詩》：『浮光亂粉壁，積照朗彤闈。』【按】參《行次昭應縣》注。

④【朱注】《舊唐書》：『東嶠縣即大庾嶺，屬韶州，一名梅嶺。』《白帖》：『大庾嶺上梅，南枝落，北枝開。』【馮注】《漢書·南粵傳》：『令諸校屯豫章梅嶺待命。』《元和郡縣志》：『韶州始興縣大庾嶺，本名塞上。』

漢伐南越，有監軍姓庾，城于此地，衆軍皆受庾節度，故名大庾。五嶺中此最在東，故一名東嶠。」【何曰】高處。（《輯評》）

⑤章臺，見《回中牡丹為雨所敗》注。柳絮，見《令狐八拾遺見招送裴十四歸華州》注。【何曰】低處。（《輯評》）

⑥【姚注】曹植有《白馬篇》。【補】曹植洛神賦：『飄颻兮若流風之迴雪。』

⑦【朱注】《宋書·符瑞志》：『大明五年正月戊午元日，花雪降殿庭。時右衛將軍謝莊下殿，雪集衣，還白，上以為瑞，於是公卿並作花雪詩。』【馮注】王阮亭曰：『二句雖非上乘語，然尚不失雅馴。《墨客揮犀》載羅可句云：「斜侵潘岳鬢，橫上馬良眉。」則晚唐五季惡道，所謂下劣詩魔者也。雅俗之間，不可不辨。』

⑧【馮注】《山海經·大荒西經》有龍山。鮑照詩：『胡風吹朔雪，千里度龍山。』

⑨【馮注】以慰閨人，故聊訂歸期。【何曰】反結『之東』。（《輯評》）

⑩【何曰】（『輕於』句）言漸積也。（《讀書記》）【補】旋，漫也。

⑪【馮注】見《南朝》（玄武湖中）。【何曰】宮殿。（《輯評》）

⑫【姚注】古樂府：『黃金為君門，白玉為君堂。』【馮注】《河中之水歌》無『白玉堂』字，詩屢云『盧家白玉堂』，當別有據。【何曰】人間。（《輯評》）

⑬【朱注】唐太宗《望月》詩：『魄滿桂枝圓。』【程注】王維詩：『桂魄初生秋露微。』【何曰】言連宵也。（《讀書記》）【按】桂魄，月也。

⑭【馮注】《雜五行書》：『宋武帝女壽陽公主，人日卧於含章殿簷下，梅花落額上，成五出花，拂之不去。皇后留之，看得幾時，經三日，洗之乃落。宮女奇其異，競效之，今梅花粧是也。』【何曰】言達曉也。（《讀書記》）起『送』字。（《輯評》）

⑮【何曰】應『寒』字。（《輯評》）

⑯【馮注】樂府《神絃歌明下童曲》：『走馬上前阪，石子彈馬蹄。不惜彈馬蹄，但惜馬上兒。』『陳孔驕赭白，陸郎乘斑騅。徘徊射堂頭，望門不欲歸。』按：《清商曲吴聲歌》有《神絃歌》十一曲，此為十也。時代未細詳，而後人或附在晉時。陳孔、陸郎，未可確指，舊注引之，而所解則誤，故特詳之。（按朱注謂陳孔指陳暄、孔範，陸指陸瑜，皆陳後主狎客。）《爾雅》：『蒼白雜毛，騅。』《説文》：『騅，蒼黑雜毛。』【何曰】以『之東』收。（《讀書記》）

【周啟琦曰】義山詩號『西崑體』，格調每嫌於板實，如《對雪》『欲舞』『有情』二句，與昌黎『隨風翻縞帶，逐馬散銀盃』，各可謂極於摹寫。若意象超脱，直到人不能處，終不及昌黎『穿細時復透，乘危忽半摧』二語遠矣。（《唐詩選脈箋釋會通評林》引。下二條同）

【周珽曰】《鼓吹》注：此詩前六句，大意只寫雪之白，但末二句有謂，此去龍山未甚遠，而雪飛集此三月尚有，當待行人歸玩焉。又一説云：何不少留三月而後下，則行人已歸，無復道路之苦。兩存以俟高明。

【蔡載集曰】大抵唐人（詠雪）詩尚工巧，失之氣格不高……其好用事，則如李義山『已隨江令誇瓊樹，又入盧家妒玉堂』，『欲舞定隨曹植馬，有情應濕謝莊衣』。至于老杜則不然，其『霏霏向日薄，脈脈去人遥』之句，便覺超出人意也。

【朱鶴齡曰】此對雪而寄飄泊之感也。（《補注》）

【朱彝尊曰】詠物穩而淺，此義山率筆。

【何曰】（首章）細看其層次，集中最卑之格。（次章『侵夜』二句）此一聯不過雪月交光，梅雪争春兩事，

却借來點化得生動如此。（《讀書記》）

【胡以梅曰】原題自注云『時欲之東』，故（首章）上六句咏雪，結歸離别懷人之意……詳結之意，用鮑照雪詩之情，以雪喻所别之人，言即使别去萬里，苟能有心，而能有龍山之風吹來可以親近，亦不為遠，需留待我二月歸時相會，不可消却。是雪天别離，所以即用雪為言，而致其情，上先以有情引出也。（次章）撲簾則簾亦成珠簾，過牆則牆為粉牆。下五句全用比擬而勝處以虚字為風致，句法變換……一結又情深，故不嫌其堆垛耳。

【《唐詩鼓吹評注》】（首章）此言雪之光氣，清寒映徹，如梅之發於大庾，絮之飛於章臺，欲舞則隨曹植之馬，有情則濕謝莊之衣，皆極擬其白也。嘗憶鮑昭有『胡風吹朔雪，千里度龍山』之句，計龍山亦止萬里之遥，留待行人既歸，庶無復有道路之苦耳。（次章）此言撲珠簾而度粉牆，輕者如絮，重者如霜，故江令之瓊樹可比，盧家之玉堂可妬也。且月明映雪，所以與桂魄争輝；疏影凌寒，所以與梅妝並色，總以形其白耳。當是時，凍合關河，東西無路，乃有征夫戒途，悠悠遠涉，則應為之斷腸矣。此亦合東行意。

【陸曰】題是『對雪』，不是詠雪，前後二篇，極有次序，結處或反或正，皆照應原注『時欲之東』一語。○（首章）寒氣先侵，欲雪而未雪也。清光旋透，已見雪矣。玉女扉、省郎闈，不過借以形其色之白耳。庾嶺梅花，以成片者言；章臺柳絮，以作團者言。曰發，曰飛，言雪之大作也。下半因時欲之東，遂預透一筆，言途中沾衣没馬，自所不免，然雪中行役，景象未始不佳，正恐往返路遥，二月歸時，不能留以相待耳。此是反結『之東』。○引用二事（曹植、謝莊）妙在不即不離。○首篇形容初下以至大作，此（次章）則言雪既止而積也。曰向之撲簾過牆，或輕或重，是處堆積者，幾於萬頃同縞矣。然分别觀之，在樹則為瓊樹，在堂則玉堂，真所謂因方成珪，遇圜成璧也。不特此也，入夜則其光如月，試粧則其白如梅，相對之下，彙狀又何止萬千也耶？獨我有事行役，而關河凍合，不能不為之腸斷耳。此是正結『之東』。二詩中四語，皆引用典故，而不嫌過實者，由用字活也。首篇梅花、柳絮一聯，是實説，下聯用『定隨』『應濕』字是虚擬。二篇瓊樹、玉堂一聯，是實説；下聯用『可能』字，『應欲』字，是虚擬。學者熟此，便知能實能虚之法，且知實處皆虚之法。

【徐德泓曰】二首一律，結俱歸行意，而前結則曰『二月歸』，蓋用『今我來思，雨雪霏霏』語意也。自禁體之說起，覺此種熟見不鮮，然在當時，亦稱穩製。

【姚曰】（首章）此對雪而寓飄泊之感也。寒氣侵扉，清光透瑣，喻己之皎潔不能同俗也。大庾梅花、章臺柳絮，喻己之才華為世所知也。曹植馬、謝莊衣，喻己之不苟所從也。北方有盧龍山，龍山萬里，能待我行人之返，不即收拾歸去乎？殆不啻與雪為知心也。（次章）此又喻己之所以不見容於時也。珠簾粉牆間，隨時所歷。輕於柳絮，言無所繫戀也；重於霜，言無所迎合也。以其無所繫戀，故瓊樹之姿，雖為江令所誇，而玉堂之艷，亦為盧家所妒。以其無所迎合，故清如桂魄，方欲與之爭光；淡若梅粧，且欲與之比節。然則當此關河凍合之時，而斑騅遠去，不亦與之同其黯淡也耶？

【屈曰】（首章）一二雪之氣色。三四雪之花樣。五六雪之性情。七八囑其勿遽消，當留待我之東歸。〇七言龍山萬里，風忽吹來，則雪不以此路為遠，我之東行更近，故當留以待歸耳。（次章）一寫飛舞，二寫輕盈。三四閒靜。五色如月，六貌如花。末感其送我東行也。前首待歸，後首送行，此亦不複之法也。

【程曰】題下原注：『時欲之東。』蓋將應柳仲郢東川之辟也。時為檢校工部郎中，故有『清光旋透省郎闈』之句，自嘆其不得真拜省郎也。（按：程說誤。）

【馮曰】用意婉轉，是別閨人之作。首篇起句即指閨閣，次句自比。三四咏雪習用之語。五謂又欲出遊，六謂終宜還朝。下以歸期不遠慰之，蓋未知府公相遇何如也。次作全與閨中夾寫。中四句皆狀其美貌，不可以『盧家』三字謂借點徐幕。結言閨人為之腸斷，從對面着筆，倍覺生動。讀者弗以堆垛没其旨趣焉。

【紀曰】二詩獨前一首結句『龍山萬里無多遠，留待行人二月歸』，後一首結句『關河凍合東西路，腸斷班騅送陸郎』四語從『時欲之東』著筆，有情有致，餘俱夾襍堆垛，殊不足觀。（《詩說》）又曰：前六句皆拙而俗。（《輯評》）

【張曰】二首用筆輕倩而神味已不乏，集中變格也。拙俗之評，無乃有意嗤點耶？（《辨正》）又曰：此將赴徐州作也。首章（一二句）喻從前登第，入為秘省。『梅花』句指隨鄭亞桂幕，桂在嶺南，故借用庾嶺故事。『柳絮』句指京尹留假參軍。『欲舞』句言暫時為人管記，曹植自比文章。『有情』言句終當還朝，用謝莊事，取殿廷意也。故結以歸約作收。次章起句……謂去令狐而婚於茂元，别傍他家門户。『輕於』句言從此飄落，不能復起也。『已隨』句借江令點桂江，『又入』句借盧家點弘正姓，言已從鄭亞，今又赴徐幕也。侵夜、忍寒，狀淪落失偶之態，言不能以文章復官禁近，徒藉章奏自試才華也。『關河』二句，與家人話别，僕僕道途，陸郎真堪腸斷矣。二詩重在『時欲之東』四字，對雪帶綰耳。（《會箋》）

【按】程箋顯誤，可勿論。姚、張二箋，以為雪係詩人自喻，亦誤。二詩末句之『行人』『陸郎』顯指『欲之東』之作者，則『待行人』『送陸郎』之雪顯非自喻亦明矣。就箋釋題中『雪』字而言，陸箋頗切當；然作者之意本不在泛泛咏雪，而係借雪擬人，馮氏謂别閨人之作，是也。然馮箋於喻人、喻己之際，仍未分明，故箋首章仍纏夾不清。首章前二聯由賦法起，詠雪之將降、初下與大作紛飛，並未關合閨人。腹聯方擬閨人之情態，謂其如飛舞之雪，隨馬，濕衣。末聯從『有情』生出，謂如此多情遠送，何不待我二月之歸乎？次章前幅狀雪之輕盈潔白、如瓊似玉；五六則謂其如花似月，喻意均極明顯。末聯點醒『之東』，謂閨人將因陸郎之遠去而腸斷也。

東下三旬苦於風土馬上戲作①

路遶函關東復東②，身騎征馬逐驚蓬③。天池遼闊誰相待④，日日虚乘九萬風〔一〕⑤。

〔一〕『虛乘』原作『乘虛』，據蔣本、悟抄、戊籤、影宋抄乙。萬絶亦作『虛乘』。

①【馮注】《爾雅》：『風而雨土為霾。』此蓋曰苦烈風揚塵也。　【補】東下，指東赴徐州。

②【朱注】《水經注》：『潼關歷北，出東崤，通謂之函谷關。邃岸天高，空谷幽深，澗道之峽，車不容軌。』【馮注】潘岳《關中記》：『秦西以隴關為限，東以函谷為界。』按：函關本東移河南穀城縣，穀城即新安。今出關而東復東，謂赴徐也。

③【程注】賈琮詩：『乘流如泛梗，逐次似驚蓬。』

④【程注】《莊子》：『窮髮之北，有溟海者，天池也。』　【補】《莊子·逍遥遊》：『海運則將徙於南冥。南冥者，天池也。』

⑤【姚注】《莊子》：『鵬之徙於南冥也，水擊三千里，摶扶摇而上者九萬里。』

【何曰】自傷流落使府，長在人下也。（《輯評》）
【姚曰】自嘲遠行之徒自苦也。
【屈曰】世無知己，空自奔馳耳。
【紀曰】偶然戲筆，亦不以詩論。（《詩説》） 此等編集者原不必存。（《輯評》）
【張曰】此亦道中詩常調，非戲筆。何至不以詩論耶！（《辨正》）
【按】自嘲中含有不遇之苦澀，末句似直遂而實幽默，故耐尋味。

題漢祖廟①

乘運應須宅八荒②，男兒安在戀池隍③？君王自起新豐後④，項羽何曾在故鄉⑤！

集注

①【馮注】《後漢書注》：『高祖廟在徐州沛縣東故泗水亭中，即高祖為亭長之所。』

②【馮注】《淮南子》：『四海之外八澤，八澤之外八埏，八埏之外八荒。』【程注】王珪詩：『漢祖起豐沛，乘運以躍鱗。』《甘泉賦》：『八荒協兮萬國諧。』【補】《史記·秦始皇本紀》引賈誼《過秦論》：『秦孝公……有席卷天下，包舉宇內，囊括四海之意，并吞八荒之心。』八荒，八方荒遠之地。宅八荒，以天下為家，一統天下。

③【馮注】《説文》：『城池也。有水曰池，無水曰隍。』【補】安在，何在。謂男兒之志豈在戀故里耶？

④【朱注】《漢書》：『京兆新豐，秦曰驪邑，高祖七年置。』《三輔舊事》：『太上皇不樂關中，思慕鄉邑，高祖徙豐沛酤酒煮餅商人，立為新豐。』【馮注】《西京雜記》：『高祖少時，常祭枌榆之社。及既作新豐，并移舊社，衢巷、棟宇，物色惟舊，士女老幼相攜路首，各知其室；放犬羊雞鴨於通塗，亦競識其家。』【補】起，建造。

⑤【馮注】《史記》：『項羽，下相人也。』又曰：『項王見秦宮室殘破，又心欲東歸，曰：「富貴不歸故鄉，如衣繡夜行。」自立為西楚霸王，都彭城。』

【朱曰】此詩疑義山居弘止幕府時作也。高祖天下既定，方過沛宮樂飲；項羽甫入關中，即汲汲有故鄉之戀，其氣量大小何如哉？宜羽之終無所成也。此意從前未發。（《李義山詩集補注》）

【朱彝尊曰】新豐建於天下大定之後，此時羽死久矣，二句似可議。

【何曰】宅八荒者可以自起新豐，戀池隍者終不能故鄉晝錦，相形最妙。（《讀書記》）又曰：言外見項王之失計，亦耐看。（見《輯評》）

【姚曰】巧在第三句，便不礙過沛一段情思。

【屈曰】同離故鄉，成敗不同。雖曰天數，不無人事，創論却是實理。

【程曰】朱長孺補注以為考之地志，沛郡有漢高祖廟，疑此詩為義山居盧弘止幕府時作。此論亦無所不可，但於漢高祖廟失考矣。沛為高祖故鄉，固然有廟，豈知西漢制度，在在多有乎？《漢書·韋玄成傳》：『初，高祖時，令諸侯王都皆立太上皇廟。至惠帝，尊高祖廟為太祖廟；景帝尊文帝廟為太宗廟。行所、嘗幸郡國，各立太祖、太宗廟。至宣帝，尊武帝廟為世宗廟，行所巡狩亦立焉。凡祖宗廟在郡國者六十八，合百六十七所。』然則漢高祖廟不知凡幾，可獨指為沛郡耶？此甚誤也。又曰：此詩言漢高有帝王大度，以天下為一家，諸郡國皆立廟祀，何止豐沛？當時因太公懷鄉，為起新豐，亦遊戲耳，遂移故鄉就我。彼項羽謂富貴不歸故鄉，如衣繡夜行，真匹夫之見矣。試看漢起新豐之後，無論尺土一民皆非項有，即殘骸餘魄亦豈得依戀於彭城下相間乎？

【紀曰】粗淺無味，毫無取義之作。（《詩説》）

【姜炳璋曰】此蓋過漢祖廟，想起劉、項興亡關頭，羽之失策不在鴻門不殺沛公，而在不聽韓生都關中之言，而『衣繡夜行』一語自誤之也。

【張曰】《舊書·崔彦曾傳》：『賊逼徐州，龐勛先謁漢高祖廟便入。』可證。此到徐時作。（《會箋》）又曰：豪語便以為粗鄙，不會通篇氣味，真强作解事者也。（《辨正》）

【按】劉、項同時崛起，而成敗異趨，本篇乃專就一端而論之。首句一篇之綱，『應須』二字，用筆最重，言外即含有批評未能乘時立志者之意。故次句即從反面着筆，以『戀池隍』與『宅八荒』相形，見『戀池隍』者之胸無大志，不足成事，誠所謂『沐猴而冠』者也。三四乃進而顯示『宅八荒』與『戀池隍』二者截然相反之後果，意謂彼懷『宅八荒』之大志者果一天下而起新豐矣，而『戀池隍』者則不免兵敗身亡，不特生不能誇示富貴於故鄉，即死後骸骨亦不得歸葬故里（項羽死後，以魯公禮葬於谷城）。『何曾在故鄉』，誠如程氏所解，諷刺最毒。晚唐君主，多庸碌而乏遠略。穆、敬以來，河北藩鎮割據已成定局，朝廷亦放棄恢復之意圖。此詩於詠史之中，不無諷慨時君之意。《偶成轉韻七十二句贈四同舍》開篇即云：『沛國東風吹大澤，蒲青柳碧春一色。我來不見隆準人，瀝酒空餘廟中客。』相互參較，其寓意固不難意會。二詩當同時作。

偶成轉韻七十二句贈四同舍①

沛國東風吹大澤②，蒲青柳碧春一色。我來不見隆準人，瀝酒空餘廟中客③。征東同舍鴛與鸞④，酒酣勸我懸征鞍⑤。藍山寶肆不可入，玉中仍是青琅玕〔一〕⑥。武威將軍使中俠〔二〕⑦，少年箭道驚楊葉⑧。戰功高後數文章⑨，憐我秋齋夢蝴蝶⑩。詰旦天門傳奏章〔三〕⑪，高車大馬來煌煌⑫。路逢鄒枚不暇揖⑬，臘月大雪過大梁⑭。

憶昔公為會昌宰⑮，我時入謁虛懷待⑯。衆中賞我賦《高唐》，迴看屈宋由年輩⑰。公事武皇為鐵冠⑱，歷廳請我相所難⑲。我時顑頷在書閣，臥枕芸香春夜闌⑳。明年赴辟下昭桂㉑，東郊慟哭辭兄弟㉒。韓公堆上跋馬時㉓，迴望秦川樹如薺㉔。依稀南指陽臺雲㉕，鯉魚食鈎猿失羣〔四〕㉖。湘妃廟下已春盡〔五〕㉗，虞帝城前初日曛㉘。謝游橋上澄江館㉙，下望山城如一彈㉚。鷓鴣聲苦曉驚眠㉛，朱槿花嬌晚相伴㉜。頃之失職辭南風，破帆壞槳荆江中㉝。斬蛟破璧不無意〔六〕，平生自許非匆匆㉞。歸來寂寞靈臺下㉟，著破藍衫出無馬㊱。天官補吏府中趨㊲，玉骨瘦來無一把㊳。手封狴牢屯制囚，直廳印鏁黄昏愁㊴。平明赤帖使修表㊵，上賀嫖姚收賊州㊶。舊山萬仞青霞外㊷，望見扶桑出東海㊸。愛君憂國去未能，白道青松了然在㊹。此時聞有燕昭臺㊺，挺身東望心眼開㊻。且吟王粲《從軍樂》，不賦淵明《歸去來》㊼。

彭門十萬皆雄勇，首戴公恩若山重㊽。廷評日下握靈蛇〔七〕㊾，書記眠時呑綵鳳㊿。之子夫君鄭與裴[51]，何甥謝舅當世才[52]。青袍白簡風流極[53]，碧沼紅蓮傾倒開[54]。我生麄疎不足數[55]，《梁父》哀吟《鴝鵒舞》[56]。

横行闊視倚公憐，狂來筆力如牛弩[57]。借酒祝公千萬年，吾徒禮分常周旋[58]。收旗臥鼓相天子[59]，相門出相光青史[60]。

校記

〔一〕『中』原作『山』，非，據蔣本、戊籤、席本、錢本、朱本改。

〔二〕『使』，悟抄作『人』，非。

〔三〕『天』原作『九』，一作『元』，蔣本、姜本、戊籤作『元』，皆非。悟抄作『轅』，亦非。據馮校改，詳注。

〔四〕『鯉』原作『紅』，據蔣本、姜本、戊籤、悟抄、席本、影宋抄、朱本改。

〔五〕『已春盡』原作『春江盡』，席本、錢本、影宋抄作『江春盡』，均非。據蔣本、姜本、戊籤、悟抄改。

〔六〕『璧』原作『壁』，非，據蔣本、錢本、朱本改。『破』，朱本、季抄作『斷』。

〔七〕『靈』原作『龍』，非，據蔣本、姜本、戊籤、朱本改。

集注

①【胡震亨曰】此在盧弘正徐州幕府所作。通篇四句轉韻，末迭用二句轉韻，以急節終之。【馮注】《舊書·地理志》：『河南道徐州彭城郡，武寧軍節度使治所，管徐泗濠宿四州。』《舊書·傳》：『盧弘正，字子強。』【補】同

舍，猶同僚。此『四同舍』即末段所謂『之子夫君鄭與裴，何甥謝舅當世才』者。《樊南乙集序》：『（大中三年）十月，尚書范陽公（指盧弘止）以徐戎凶悍，節度闕判官，奏入幕。』據『蒲青柳碧春一色』句，本篇作于大中四年春。

②【朱注】《後漢書》：『沛國，故秦泗水郡，高帝改沛郡。』【程注】《一統志》：『大澤在豐縣北六里。』《史記》：『高祖，沛豐邑中陽里人。母劉媪，嘗息大澤之陂，夢與神遇，已而有身，遂生高祖。高祖為人隆準而龍顏。』【馮注】《漢書》：『高祖被酒夜徑澤中，有大蛇當徑。高祖拔劍斬蛇，有一老姥夜哭，曰：「吾子白帝子也，化為蛇當道，今赤帝子斬之。」』【田曰】彭門起。

③【朱注】沛郡有高祖廟。【程注】《一統志》：『漢高祖廟在徐州城東南六里，臨泗水。』【按】《史記·李將軍列傳》：『文帝曰：「惜乎！子（指李廣）不遇時！如令子當高帝時，萬户侯豈足道哉！」』二句謂我來不見昔時雄才大略之君，惟於廟中備酒祭奠以表仰慕之情。此發端即寓不遇於時之意。『廟中客』作者自指。瀝，本指濾酒，此指徐徐斟酒祭奠。

④【馮注】《通典》：『四征將軍皆漢魏以來置。征東將軍，漢獻帝初平三年，以馬騰為之，或云以張遼為之。』【按】征東指武寧節度使盧弘止，徐方在京東，故云，猶以『征南』稱鄭亞。『征東同舍』，即盧幕同僚。鴛與鷺，猶鴛侶鷺朋，形容同舍之才俊。【田曰】先點出一句。

⑤【田曰】懸征鞍，欲何之乎？【馮曰】假同舍勸詞，見永將依託。【按】懸征鞍，懸掛馬鞍，示不復征行，馮注是。

⑥【朱注】藍山，藍田山。《長安志》：『藍田山在長安縣東南三十里，其山産玉，亦名玉山。』《本草》：『琅玕，一名青珠。《蜀都賦》所云「青珠黃環」也。』蘇恭曰：『琅玕有數種，以青者為勝，火齊寶也，出嶲州以西烏白蠻中及于闐國。』【程注】張衡詩：『美人贈我青琅玕。』【田曰】『仍是青琅玕』，所謂使工視之，則云石也。二句美四同舍。【馮注】《禹貢》：『球琳琅玕。』傳曰：『琅玕，石而似珠。』《本草經》：『青琅玕一名珠

圭。」《廣韻》：「琅玕，美石次玉。」謙言己之不及同舍，不宜闌入寶肆。晉束據為賈充從事中郎，其詩云：「余非荆山璞，謬登和氏場。」意相類也。【按】馮注是。青琅玕，指青玉。古代以青玉為上品。此喻四同舍。仍，更也。二句謂盧幕如藍山寶肆，四同舍更屬玉中之極品，已不宜摻入其中。蓋美同舍，且自謙也。

⑦【朱注】武威將軍，謂王茂元。《舊唐書》本傳：「茂元雖讀書為儒，本將家子。」【按】朱注誤，此「武威將軍」當依馮注指盧弘止，詳下注。使中俠，節度使中有豪俠氣概者。

⑧【朱注】《戰國策》：「養由基去楊葉百步射之，百發百中。」【馮注】《新書・藝文志》：「馬幼昌《穿楊集》四卷。」注曰：「判目。」是唐人每以比文戰。《唐摭言》：「同、華解最推利市，若首送，無不捷者。元和中，令狐文公鎮三峯，時及秋賦，牓云：特加置五場。蓋詩、歌、文、賦、帖經為五場。聞者皆寖去，惟盧弘正尚書獨詣華請試。公命供帳酒饌，侈靡於往時，客皆縱觀。盧自謂獨步文場，公命日試一場，務精不務敏也。已試兩場而馬植下解，既而試《登山採珠賦》，公大伏其精當，遂奪盧解元。」則弘正之雄於文亦可見矣。【按】句意謂盧能文而少年登第。

⑨【補】《新唐書・盧弘止傳》：「會昌中，詔河北三節度討劉稹。何弘敬、王元逵先取邢、洺、磁三州，宰相李德裕畏諸帥有請地者，乃以弘止為三州團練觀察留後。制未下，稹平，即詔為三州及河北兩鎮宣慰使。還，拜工部侍郎。」「戰功高」當指此。「數文章」，評論文章。《戲題樞言草閣三十二韻》：「尚書（指盧弘止）文與武，戰罷幕府開。」「武威」三句意同此。

⑩【姚注】《莊子》：「昔者莊周夢為蝴蝶，栩栩然蝴蝶也。」【按】秋齋夢蝴蝶，謂困居秋齋，抱負成虛，當與「顧我有懷同大夢」「莊生曉夢迷蝴蝶」「枕寒莊蝶去」等句同參。此謂弘止憐其處境困厄，故下云招其入幕。又，商隱《上華州周侍郎狀》：「驥疲吳坂，已逢伯樂而鳴；蝶過漆園，願入莊周之夢。」「秋齋夢蝴蝶」或寓含希冀入幕之意。

⑪【程注】邱遲詩：「詰旦閶闔開。」【馮注】《史記・天官書》：「蒼帝行德，天門為之開。」按：九門以京

城言，非專宸居也。此必誤『天』作『元』，後又訛作『九』耳。

⑫【補】煌煌，光明貌，此狀車馬儀仗之鮮麗。　二句叙盧弘止奏准辟己入幕並派車馬迎己赴徐上任。

⑬【姚注】《漢書》：『鄒陽、枚乘，皆去之梁，從孝王游。』　【按】鄒、枚借指汴幕文士，如李郢等。參下《汴上送李郢之蘇州》。

⑭【朱注】《漢書》：『陳留郡浚儀縣，故大梁。』　【馮注】《通典》：『汴州陳留郡，今理浚儀、開封二縣。戰國時魏惠王自安邑徙居大梁，即今浚儀縣。』按：此紀所經之地也。時方得侍御史，名稍高矣，故踴躍言之。自來諸箋無不以武威將軍為王茂元，『穿楊』謂其善射，『戰功』謂討劉稹，『憐我』句謂妻以女，於是支離膠轕，大不可通。夫長篇起承離合皆有綫索。『沛國』四句，叙到徐也。『征東』四句，同舍相留也。下文『憶昔』八句，追叙己與盧往日情款也。無緣中間夾入王茂元幕事，况未點明盧公，追叙於何伏脈？蓋此八句正點盧公奏請入幕也。『武威將軍』比盧，蓋節鎮稱將軍，如《祭令狐相公》尚曰『將軍樽旁』矣。『穿楊』句美其少年登第也。《舊傳》云：『討劉稹時，宰臣議奏命弘正為邢、洺、磁觀察留後，未行而稹誅，乃令弘正銜命宣諭河北三鎮。』『戰功』當指此，非指徐州有銀刀都，前後屢逐主帥，弘正去其首惡，軍旅無譁也。莊生夢蝶，乃變幻境，象義山赴桂管，不久即歸，去住無端，渾如一夢。其奏入幕在十月，故先言秋時之冷落。下文『赴辟昭桂』十餘句，皆以此先逗消息也。『詰旦』二句指奏辟而車騎甚都。少遲出京，故臘月過梁。汴州在京東，徐州又在汴東，路乃經過。若云赴忠武幕，則在汴西，何反越其境哉？以上叙明來幕，下乃層層追叙，以作波瀾。而『燕昭』四句兜轉，文勢騰踔，大是奇觀。通首不涉茂元一字也。惟是以武威稱盧，未知何謂，要不必泥看。按《宰相世系表》盧氏從無『武威』之稱，劉氏則每稱『武威』，其豈族望或有相通歟？或疑以武寧軍號稱，如所云『天平之年，將軍樽旁』之類，則似誤刊作『威』字，亦未必然。且再考。【王鳴盛曰】此段馮箋精確詳明，真善於考古者，洵此集之功臣也。　【按】二句謂路逢汴梁文士，亦無暇叙情話舊，於臘月大雪中驅車匆匆經過汴州。唐人每稱汴州為大梁。又，馮氏考證『武威將軍』為盧弘止，極精確，『武威』八句箋語亦大體妥貼，惟『憐我』句稍疏，可參閲注十。『武威』不必疑『武寧』，

《過故府武威公交城舊莊感事》亦稱弘止為『武威公』。又，《贈趙協律晳》：『更共劉盧族望通。』似可作盧氏稱武威之一旁證。

⑮【朱注】《唐書》：『天寶二載，分新豐、萬年置會昌縣；七載，省新豐，改會昌為昭應縣。』據此語，盧弘正嘗為會昌令，二史皆失書。　【田曰】敘初見弘正。　【按】文宗大和八年，盧弘止由兵部郎中出宰昭應縣。詳見注十九。

⑯【程注】杜甫詩：『一見能傾座，虛懷只愛才。』

⑰【朱注】由、猶通。　【何曰】年，疑作平。（《讀書記》）　【補】《高唐賦》，傳為宋玉作，內容係寫楚襄王游高唐（楚國台館，在雲夢澤中），夢見巫山神女。後代注家多以為有所寓諷。按義山《有感》云：『一自《高唐》賦成後，楚天雲雨盡堪疑。』此處所謂『賦《高唐》』疑亦指借男女之情以寄慨之作。二句謂盧弘止欣賞己所賦《高唐》一類作品，以為可與屈、宋方駕。年輩、年齡、行輩相近者。　【馮曰】《高唐》亦是諷諫，不嫌太艷。

⑱【朱注】《通典》：『侍御史一名柱後史，謂冠以鐵為柱。』《唐書》：『盧弘正初佐劉悟府，累擢監察御史。沈傳師表為江西團練副使，後為侍御史。』　【程注】《六典》：『御史，大事則鐵冠朱衣以彈之。』　【馮注】《舊、新書志》：『法冠以鐵為柱，上施兩珠，為獬豸之形，御史大夫、中丞、御史之服也。』　【補】武皇，此指武宗，義山常以漢武喻指武宗，參《昭肅皇帝挽歌辭》《茂陵》。『為鐵冠』指會昌年間盧弘止曾任御史中丞。詳下注。

⑲【馮注】此義山重入秘省時也。按：秘閣與栢臺相對，故曰歷廳以請。《舊書・弘正傳》：『沈傳師表為江西團練副使。』杜牧之集有《陪昭應盧郎中在宣州佐今吏部沈公幕罷府周歲公宰昭應牧在淮南》之題。考《舊書・紀》：『太和四年九月，傳師由江西觀察改宣歙，七年四月入為吏部侍郎，九年四月卒。』《牛僧孺傳》：『太和六年十二月出鎮淮南，凡在淮甸者六年。』則杜之在淮南與盧之宰昭應，皆在八年也。《舊傳》云弘正入朝為侍御史，三遷兵部郎中、給事中。故解者多以鐵冠為侍御史。今據牧之詩已稱昭應郎中，而《職官志》：『會昌為京縣，與御史中丞、給事中同品。』則必由郎中出宰昭應，入為中丞，方與官階合，豈至會昌初反止為六品之侍御哉？必奉使命時

例加御史中丞而遂為之也。弘正或約義山入幕同行，故曰『請相所難』。時義山重入秘省不久即罹母憂，故細蹟無可詳考。又曰：唐時視河北三鎮如荒外，『相所難』，定指弘正宣諭河北時。【按】馮氏辨『鐵冠』非侍御史甚碻，謂此二句所叙係義山重入秘省時情况亦是。然謂『相所難』指弘止宣諭河北時則非。據《通鑑》，會昌四年八月辛卯，邢、洺、磁三州降，李德裕請以盧弘止為三州留後。丙申，以劉稹已被誅，不復置三州留後，但遣弘止宣慰三州及成德、魏博兩道。是時義山以母喪閒居永樂，昭義平時有《寄和水部馬郎中題興德驛》《菊》《和馬郎中移白菊見示》等詩，皆永樂作無疑，安得有所謂歷廳相請之事？義山母喪期滿重官秘省正字，在會昌六年，其時弘止如在京，當任户部侍郎判度支（據張氏《會箋》），亦非『為鐵冠』，且二人官署亦不相對，不得謂『歷廳請我』也。况且，既云『歷廳』，則其時弘止必任御史臺之實職，非外官例加憲銜，故可決其非指宣諭河北時事也。然則二句當指會昌二年春義山任秘省正字、弘止為御史中丞時事，『相所難』，謂幫助解決疑難問題。

⑳【朱注】本集《樊南甲集序》：『兩為秘書省房中官，恣展古籍。』【姚注】《魏略》：『芸香辟紙魚蠹。』【程注】禰衡《鸚鵡賦》：『容貌慘以顦顇。』【補】顦顇，困頓萎靡狀，此猶言失意。書閣，指秘書省中收藏珍貴圖書之秘閣。芸香，香草，古代藏書多用之驅除蠹蟲。二句謂己時任秘省正字，困頓失意。『卧枕芸香』似是指當值秘閣。

㉑【朱注】《唐書》：『昭州平樂郡、桂州始安郡，俱屬嶺南道。』鄭亞觀察桂管，辟義山為判官。【田曰】叙應鄭亞嶺南之辟。【馮曰】謂赴桂管也。『明年』字活看。【按】鄭亞辟義山為觀察支使，掌表記，非判官，《樊南甲集序》：『大中元年，被奏入嶺，當表記。』《為滎陽公上荆南鄭相公狀》：『李支使商隱，雖非上介，曾受殊恩。』義山會昌六年服闋重官秘省正字，『我時』二句似已暗渡至服闋重官時，故云『顦顇』。『明年』指會昌六年之『明年』。《上李舍人狀七》作於會昌六年冬，有『某羈官書閣，業貧京都』語，可與此互證。

㉒【補】東郊，指京城長安東郊。兄弟，指義山之弟羲叟。時羲叟登進士第，在長安，故至東郊送別。

㉓【道源注】《長安志》：『韓公堆，驛名，在藍田縣南二十五里。又有桓公堆，亦曰韓公堆也。』【馮注】

《白香山集》：『韓公堆在藍橋驛南商州北。』《通鑑注》：『跋馬，勒馬使迴轉也。』【程注】嚴武詩：『跋馬望君非一度，冷猿秋雁不勝悲。』

㉔【朱注】梁戴暠詩：『長安樹如薺。』【姚注】《羅浮山記》：『望平地，樹如薺。』【馮注】《三秦記》：『長安正南秦嶺根水流為秦川，一名樊川。』按：此為移家關中稱樊南生之證，蓋赴桂辟時仍從永樂移來也。《舊書·韋貫之子澳傳》：『澳上章辭疾，以松櫝在秦川，求歸樊川別業。』跡相類也。【按】秦川，泛指關中平原，此指長安一帶，似不必實指為樊川。

㉕【姚注】宋玉《高唐賦序》：『昔先王嘗遊高唐，夢見一婦人，王因幸之。去而辭曰：「妾在巫山之陽，高丘之岨，旦為行雲，暮為行雨，朝朝暮暮，陽臺之下。」』

㉖【馮曰】暗寓夫婦離別之況。【按】鯉魚食鈎，似暗喻為生計所迫而赴辟，與『補羸貪紫桂』意近。『猿失羣』則寓失侶孤子之感。二句謂南指荊楚，遥望行雲，心情抑鬱。韓愈詩：『士生為名累，有如魚中鈎。』

㉗【朱注】《方輿勝覽》：『黄陵廟在湘陰縣北四十里。』【程注】湘陰黄陵廟，漢劉表建，祀舜二妃。』許渾詩：『竹暗湘妃廟，楓陰楚客船。』【馮注】《舊書·紀》是年閏三月。【張曰】《補編·為滎陽公赴桂州至湖南敕書慰喻表》，時積慶太后崩，事在四月，云：『時逢積水，行滯長沙。』【按】據商隱抵潭州後為鄭亞所撰諸狀，鄭亞一行抵潭州之時間為閏三月二十八日，可推知其過湘妃廟之時已是閏三月下旬初，故云『已春盡』。

㉘【朱注】虞舜廟在長沙。【馮注】《寰宇記》：『桂州舜廟在虞山之下。』（二句謂）春盡至湖南，夏時至桂州也。謂長沙舜廟者，誤。【張曰】《為滎陽公上衡州牛相公狀》云：『會昭潭積雨，南楚增波，尚滯旬時，若隔霄漢。』合之本集《為滎陽公赴桂州在道進賀端午銀狀》及《偶成轉韻》詩『湘妃廟下已春盡，虞帝城前初日曛』，則抵桂當在五月初矣。【按】據《為滎陽公赴桂州至湖南敕書慰諭表》，敕書至湖南為『今月八日』，而據《新書紀》及《通鑑》，積慶太后崩於四月己酉（十五日）。故敕書到湖南當為五月八日，此時猶因漲水而滯留潭州。而抵桂後所上諸表狀均稱『今月九日』，可推知抵桂必在六月九日。其時天已炎熱，故云『初日曛』。曛，熱也。

㉙【朱注】按《謝朓集》有《忝役湘州與吏民别》詩，謝遊橋、澄江館必亦在長沙也。【馮注】上句已至桂州矣，此橋當在其境，未詳。舊注皆誤。《南史》：『謝靈運宥徙廣州。』而靈運好遊山水，疑其曾至桂州，有遺跡也。【按】橋當如馮説在桂州境，然『澄江館』明取謝朓『澄江静如練』詩意，則謝遊橋自指謝朓而言。朓曾至嶺南，或曾至桂林。

㉚【程注】庾信《哀江南賦》：『地惟黑子，城猶彈丸。』【按】山城，指桂林。《桂林》詩：『城窄山將壓。』

㉛【姚注】《文選注》：『鷓鴣如雞，黑色，其鳴自呼。豫章以南諸郡處處有之。』【按】鷓鴣鳴聲凄苦，古人以為其鳴聲如『行不得也哥哥』，易觸動異鄉羈旅之愁。李羣玉《九子坂聞鷓鴣》：『落照蒼茫秋草明，鷓鴣啼處遠人行……此時為爾腸千斷，乞放今宵白髮生。』鄭谷《鷓鴣》詩：『游子乍聞征袖濕』，均可證。

㉜【姚注】《説文》：『木槿也。朝華暮落。』【按】朱槿花已詳見《朱槿花》二首題注。晚間正朱槿花舊華憔悴、新苞待放時，故曰『嬌』。此句暗寓幕府寂寥之況與懷想閨人之情。

㉝【朱注】義山自桂林奉使至江陵，因歸朝。【馮注】《通鑑注》：『大江自蜀東流入荆州界，謂之荆江。』荆江口即洞庭之水與入江之水會處。按：其時當從桂管渡洞庭湖入荆江遭險。【按】朱注非。大中二年二月，鄭亞責授循州刺史，義山於三、四月間離桂北歸。五月抵潭州，於李回幕滯留若干時日。旋又循水程北上，過洞庭，入荆江。『破帆壞槳荆江中』或係紀舟行遇風實況，兼寓政治道路上遇到挫折。『失職辭南風』，謂罷幕職離桂北歸。

㉞【朱注】《博物志》：『澹臺子羽濟河，齎千金之璧。陽侯波起，兩蛟夾船。子羽左操璧，右操劍，擊蛟皆死。既渡，以璧投於河，河伯躍而歸之。子羽毁璧而去。』【馮注】《吕氏春秋》：『荆有佽飛者，得寶劍於干遂，還返涉江，至於中流，有兩蛟夾繞其船，佽飛攘臂袪衣，拔寶劍赴江刺蛟，殺之。荆王聞之，仕以執珪。』意取『荆江』，乃二事合用。【按】二句謂己本有不畏風浪、斬蛟破璧之豪邁氣概，平生自許頗高，决非匆遽之間而有此意也。

㉟【朱注】《通志》：『靈臺在鄠縣東。』（《後漢書·第五倫傳》注引）《三輔決録》：『第五頡，倫之少子，洛陽無故人，鄉里無田宅。客止靈臺中，或十日不炊。』崔峒詩，『靈臺暮宿意多違。』【馮注】此謂寓居，非謂國子博士也。徐府罷歸，始為博士。《舊書·職官志》：『司天臺在永寧坊東南角也，靈臺郎二人。』按：似寓居司天臺近側。【按】謂自桂歸京後生活困窘，暗以第五頡自比。不必指寓居司天臺側。

㊱【馮注】藍衫猶青袍。【按】唐代八九品官着青袍。義山回京後選為盩厔尉（正九品下階），故着青袍。

㊲【朱注】古樂府：『冉冉府中趨。』義山歸朝，選盩厔尉。【馮注】謂歸朝尉盩厔，奏署掾曹。【補】天官，指吏部。《新唐書·百官志》：『武后光宅元年改吏部曰天官。』補吏，選補官吏。句意謂歸京後先被吏部選補為盩厔尉，又為京兆府尹奏署為掾曹，趨奔於府中。《樊南乙集序》：『（大中二年）二月府貶，選為盩厔尉，與班縣令武功（原作公，疑誤）劉官人同見尹。尹即留假參軍事，專章奏。』

㊳【田曰】『玉骨』二字與『玉中仍是青琅玕』句相應。【按】田評非。『玉中』句稱同舍，『玉骨』自指，形容不與世俗同流合污之高潔品格。句意謂以高潔品格而屈居卑職，憔悴潦倒不堪，即『高難飽』之意。

㊴【馮注】《新書·志》：『法曹掌鞫獄、麗法、督盜賊。』時所署當為法曹參軍。【補】狴牢，牢獄。古代畫狴犴獸形於獄門，故稱牢獄為狴牢。楊慎《升庵全集》卷八十一：『俗傳龍生九子不成龍……四曰狴犴，形似虎，有威力，故立於獄門。』制囚，君主下令扣押之囚犯。直廳，在府廳當值住宿。義山時暫代京兆府法曹參軍，故須管理牢獄。『封牢』『鎖印』均法曹參軍之例行公事。

㊵【朱注】《本傳》：『京兆尹盧弘正奏署掾曹，令典章奏。』按：《弘正傳》不言嘗為京兆尹，必史誤。【朱彝尊曰】京兆尹另是一人，若此時已為弘正所用，則下文『聞有燕昭』句不合矣。【馮注】尹稱牛僧孺曰『吾太尉』，當是牛氏宗黨，與弘正必不合。案《舊紀》大中五年有京兆尹韋博罰俸事，或即其人歟？赤帖，如今之硃標文檄。【補】赤帖，書寫賀表之紅色紙帖。京兆尹非盧弘止，兩《唐書》本傳誤。岑仲勉《玉谿生年譜會箋平質》云：『余按《嘉泰會稽志》，李拭大中二年二月自京兆尹授浙東。又《劉沔碑》，《關中石刻文字》二著為大中二年十一

月，撰人韋博，結銜曰「朝請大夫守左諫議大夫」，《新書》一七七《博傳》：「因行西北邊商虜强弱，還奏，有旨進左大夫，為京兆尹。」《舊紀》一八下除前引外（指馮氏所引）尚有五年十月己亥京兆尹韋博奏京畿富户為諸軍影占一條。但細閲《沔碑》，沔卒大中二年十一月七日，其立碑斷應在後，《寶刻類編》作十二月。故苟《會稽志》年月不誤，拭、博之間，尚有一人。博固許即《樊南文》之京尹，然仍待確證也。」按：據郁賢皓《唐刺史考全編》，大中三年至四年京兆尹為鄭涓。

㊶【朱注】《舊唐書》：『大中三年正月，吐蕃宰相論恐熱以秦、原、安樂三州及石門等七關軍民歸國，詔靈武節度使朱叔明、邠寧節使張景緒等各出兵應接。十二月，以河湟收復，追册順宗、憲宗廟號。』【馮注】《乙集序》：『屬天子事邊，康季榮首得七關。數月，李玭得秦州。月餘，朱叔明得長樂州，而益丞相亦尋取維州，聯為章賀。』事詳《舊書·紀》。【補】西漢霍去病曾為嫖姚都尉，隨大將軍衛青出塞抗擊匈奴。此代指收復三州七關諸將領。商隱在京兆府典章奏，所擬諸賀表，今均佚。

㊷【馮注】《雲笈七籤》：『元始天王東遊碧水豪林之境，上憩青霞九曲之房。』又：『青要帝君紫雲為屋，青霞為城。』字屢見道書。【田曰】頓挫，下始不直。【按】舊山，指作者故鄉懷州附近之王屋山。作者青年時代曾在王屋山支脈玉陽山求仙學道。『青霞外』，狀其高，兼寓學道。

㊸【馮注】謂天壇山。【補】扶桑，神話中東海神木，日所棲息。王屋山絶頂謂天壇。《李肱所遺畫松詩書兩紙》中回憶『學仙玉陽』有云：『形魄天壇上，海日高曈曨。』二句謂王屋山極高，登絶頂可見日出。

㊹【補】二句謂王屋山之青松白道，雖至今而仍了然在目，對之不勝向往，然由於愛君憂國，雖欲歸隱而未能。

㊺【何曰】以下指盧弘止。（《讀書記》）【田曰】以下指盧弘正。一縱一收，攬入本題。【補】戰國時燕昭王築臺，置千金於其上，以招攬天下賢士。後因稱黄金臺，或稱燕昭臺。此指盧弘止鎮徐州，征聘人材。

㊻【補】時義山在長安，徐州在長安東，故曰『挺身東望』。

㊼【程注】王粲《從軍詩》：『從軍有苦樂，但問所從誰。』陶潛《歸去來辭》：『歸去來兮，田園將蕪胡不歸？』【馮注】《晉書·陶潛傳》：『義熙二年，解印去縣，乃賦《歸去來》。』【按】二句謂樂於入盧幕從軍，不願歸隱田園。【田曰】上下關鎖。又顧『舊山』二連。

㊽【朱注】《舊唐書》：『徐方自王智興之後，軍士驕怠，有銀刀都尤甚，前後屢逐主帥。弘正在鎮期年，去其首惡，喻之忠義，訖於受代，軍旅無譁。』【程注】《左傳》：『彭城之役。』《唐書·地理志》：『徐州彭城郡，屬河南道。』【馮注】時義山為判官，軍職也。句中暗以自寓。以下指四同舍。【按】二句謂徐州士卒感戴盧弘止恩德，當指其整肅軍紀之事。

㊾【朱注】曹植《與楊德祖書》：『人人自謂握靈蛇之珠。（按：喻掌握寫作文章之秘訣。）』傅玄《靈蛇銘》：『嘉兹靈蛇，斷而能續，飛不須翼，行不假足，進此明珠，預身龍族。』【程注】廷評，《漢書》作平。《宣帝紀》：『地節三年，初置廷尉平四人，秩六百石。』又《刑法志》：『選于定國為廷尉，求明察寬恕黄霸等以為廷平。』【馮注】《舊書·志》：『大理評事從八品下階。』諸傳中幕官每帶試大理評事銜。曹植《與楊德祖書》注曰：『隨侯見大蛇傷斷，以藥傳而塗之，後蛇於大江中銜珠以報之，因曰隨侯之珠。』

(50)【姚注】《幽明録》：『桂陽羅君章，不屬意學問。常晝寢，夢得一鳥，五色雜耀，不似人間物，夢中因取吞之，遂勤學，讀《九經》，以清才稱。』【馮注】《晉書》：『羅含字君章，嘗晝卧，夢一鳥文彩異常，飛入口中，因驚起，自此後藻思日新。』按：《御覽》於鳥卵門引《幽明録》與《羅含傳》，皆作『夢得一鳥卵，五色雜耀，因取吞之』，小有不同。【按】二句贊美廷評、書記之富於才藻，擅長寫作。當指幕府中之文職同僚。

(51)【馮注】之子，本《詩經》；夫君，本《楚詞》。【補】《詩·魏風·汾沮洳》有『彼其之子，美如英』及『彼其之子，美如玉』之句。《楚辭·九歌》有『思夫君兮太息』（《雲中君》）及『望夫君兮未來』（《湘君》）等句，『夫君』用作神之美稱。唐人詩中亦有以『夫君』稱朋友者。鄭與裴：漢鄭當時常置驛馬長安諸郊，存問故人，請謝賓客，常恐不徧。晉裴楷容儀俊爽，時稱見楷如近玉山照映人。此句或指同舍中裴姓者容儀俊美，鄭姓者篤於友誼，或以『之子』『夫君』泛稱美鄭裴二同舍。

(52)【馮注】《南史·宋武帝紀》：『何無忌，劉牢之外甥，酷似其舅。』謝舅當用謝安，蓋安有甥羊曇也。同舍中必有為甥舅者，故云。【王鳴盛曰】四同舍，一是以幕官帶試大理評事銜，一是掌書記，一是姓鄭，一是姓裴。其的係何人，則皆不可知。【按】何甥、謝舅，或取其姓及『當世才』意，以美同舍中何姓、謝姓者，或如馮氏所謂『有為甥舅者』，然不必既姓何、謝，又同時有甥舅關係。此二句贊美幕府中之武職同僚。

(53)【補】青袍見前注。唐制：八九品服青，後以深青亂紫，改着碧青、碧藍。青、藍僅顏色深淺不同，故稱青袍、藍衫均可。白簡，《唐會要》：『五品以上執象笏，六品以下執竹木笏。』所謂白簡或竹簡，均指六品以下所用之竹木手板。句意謂四同舍雖官階不高，然均瀟灑風流，富於才華。

(54)【按】見《南山趙行軍》注。此以『碧沼紅蓮』喻四同舍。『傾倒開』，猶『爛漫開』，形容其繁艷。

(55)【程注】《絕交書》：『足下素知我潦倒麤疏。』【馮注】《吴志·魯肅傳》：『張昭訾毁之云：「年少麤疏，未可用。」』【按】謙言己粗獷疏略，不足以與四同舍比數。

(56)【道源注】《晉書》：『王導補謝尚為掾，導謂之曰：「聞君能作《鴝鵒舞》，一座傾想。」尚更著衣幘而舞，（導）令座下擊節為應，（尚俯仰在中，）旁若無人。』【姚注】《蜀注》：『諸葛亮好為《梁父吟》，自比管仲、樂毅。』【按】承上謂己亦懷雄心壯志，具有豪邁性格。《舊唐書·音樂志》二載坐部伎中之《鳥歌萬歲樂》云：『舞三人，緋大袖，亦畫鴝鵒冠作鳥像。』白居易《和夢游春一百韻》：『顛狂舞《鴝鵒》。』可見其舞之豪縱。

(57)【道源注】（《志林》）：『鍾繇弟子宋翼每作一戈，如千鈞弩。』又漢軍有八牛弩。【馮注】弩亦以筋角為之，故古曰角弩，亦曰犀弩。《玉海》云：『唐時西蜀有八牛弩。』而江淮弩士號精兵，見《唐書·傳》中。【按】牛弩，以牛筋為弦，以牛角為弓飾之弩。此狀筆力之雄健。

(58)【補】禮分，禮數。周旋，追隨。

(59)【程注】《南史》：『王僧辯軍攻巴陵，分命衆軍乘城固守，偃旗卧鼓，安若無人。』【馮注】《晉書·王鑒傳》：『卷甲韜旗。』《後漢書・隗囂傳》：『還師振旅，櫜弓卧鼓。』【按】謂凱旋還朝，輔佐天子為相。

60【馮注】《史記・孟嘗君傳》：『將門必有將，相門必有相。語亦屢見。』按：《新書・表》：四房盧氏，大房、二房、三房皆有宰相，弘正系四房，未有相，故以頌之。【朱注】《漢書》：『相門出相，將門出將。』【程注】江淹《上建平王書》：『俱啟丹青，并圖青史。』

【陸時雍曰】一往俊氣，不無纖詞巧句。（《唐詩鏡》）

【錢龍惕曰】此詩武寧軍節度使盧弘正鎮彭門時，義山為掌書記作也。……作詩在彭門，故以『沛國東風』起興。繼乃追述生平遊宦，前後受知茂元與弘正，而相得之厚，知己之深，不自今日始也。及乎從事桂管，失職還京，外則涉歷風波，内則棲遲下吏，正抑鬱無聊之時，忽有弘正徐州之辟，所以欣然樂王粲之從軍而忘淵明之歸去也。若夫芙蓉幕内，握靈蛇而吞綵鳳，吟《梁父》而舞《鴝鵒》，豈非同舍之榮而從軍之樂哉！終以感弘正之知遇，而祝其入相也。

【朱曰】義山生平游歷，略見於此篇。

【張謙宜曰】天矯如龍，換韻處陡健，當學。（《絸齋詩談》卷五）

【錢良擇曰】盧弘正鎮徐方，義山為掌書記，此詩作於幕中。（『沛國』四句）徐方沛地也，故以此發端。（『征東』二句）不欲其去，故勸使懸其鞍。（『藍山』二句）此同舍語也，言不必他求炫售（此句亦作輯評墨批，下云：『而語特晦僻難通』），義山乃歷叙平生以答之，言元無去志也（『武威』句）一受知於王茂元。（『憐我』句）茂元以女妻之。（『詰旦九門』四句）作不了語，當是獻策不見收也（朱批『當是』作『暗含』）。（『憶昔』二句）追叙始識弘正（朱批作『指盧弘正』）。（『我時』二句）初為弘正從事。（『明年』句）再受知於鄭亞，亞觀察桂管，辟為判官。（『平生』句）自桂管還京師（朱批作『自昭桂還京』）。（『天官』二句）選為盩厔縣。（『愛君』二句）不得志欲歸隱（朱彝尊批作：此下喻下僚不得志之況）。（『此時』四句）復入弘正幕中（按：朱彝尊批語與此相反，見注四十）。（『廷評』二句）廷評、書記皆幕府官。（『之子』二句）四同舍。（『我生』四句）極寫得遇知己，肆志騁才之概。（『借酒』二句）題曰贈同舍，而以祝弘正終，以五人見知之感略同也。此律詩也。題曰轉韻，自明其為律詩也。唐人律詩，有仄韻者，有通篇無對偶者，其聲調皆今體，故皆名律詩。前人論之甚詳，今雜於歌行中，蓋不得已而從俗，其體則不可不辨。

【方世舉曰】晚唐體裁愈廣，……如義山又有七古似七律音調者，《偶成轉韻七十二句》是也。（《蘭叢詩話》）

【徐德泓曰】此在盧弘正（止）徐州幕中作。首四句，先寫徐州光景。『征東』四句，言同舍勸留。藍山寶肆，喻京國；琅玕，即指同舍人，謂不能在朝，而此處仍是玉山耳。以上八句，是總冒也。以下則追叙前事。『武威』四句，述就幕河陽，而茂元才全文武（按：徐氏從朱注以『武威將軍』為王茂元），及以女妻之之事。秋齋蝴蝶，狀清冷也。『詰旦』四句，述授御史事，而寫其行道之倥偬也。『憶昔』八句，即叙入弘正事，公，謂盧也。上四韻，謂盧昔為宰時，早以文字見知，賞其才華如屈宋也。下四韵，言盧後為侍御，而已則在秘省校書也。歷廳，猶言過署；相，去聲，言請我商助所難也。『明年』十二句，述隨鄭亞至桂州事。上四韻，登程之情景；中四韻，道中之情景；下四韻，在桂之情景。『頃之』四句，述自桂歸朝事，而有激昂之思。『歸來』四句，述選盩厔尉事，而有貧瘠之苦。『手封』四句，述弘正為京尹，自尉而典章奏事也。尉司獄事，故有牢囚之語。『舊山』八句，半承上而半起下，言不能歸隱里居，而復就徐州之辟耳。至此方收轉題位上。『彭門』四句，正言在鎮事，謂軍士歸心，而幕僚才妙，以引到同舍，故下直接『之子』四句而贊美之，鄭、裴、何、謝，題中所謂四也。『我生』四句，又自言同事而疏狂之意，末則祝頌主人。

【陸鳴皋曰】俊快絶倫，不惟變盡艷體本色，且與《韓碑》各開生面，是足見其才之未易量矣。

【姚曰】時盧弘正鎮徐，義山為掌書記，此詩作於幕中，而歷叙生平遊歷，以見所託之不苟也。首四句，因沛郡有高祖廟，借此發興。次四句，言己得託足於此，而幸聲價之未虧。『武威』八句，叙己一受知於王茂元。『憶昔』八句，叙昔曾受知於盧公。『明年』下十六句，叙己再受知於鄭亞，因言桂林之荒僻，并及奉使江陵事。『歸來』下十二句，叙己還京授盩厔尉，時又為盧公奏署掾曹典章奏事，而歎歸隱之未能。『此時』下四句，叙復入盧公幕。『彭門』下八句，叙盧公之深得軍心，一時幕僚，皆非凡士。『我生』下八句，叙己深感盧公之噓植，而望其入相，以垂功名於竹帛也。

【屈曰】一段生不逢時，同舍勸之出遊。二段受知王公。三段應盧公招。四段赴昭桂。五段自桂林奉使江陵，因歸朝選縣尉。六段又為弘正典章奏。七段總收知遇，八段贈同舍。

【程曰】此詩作於徐州盧弘正幕府。前後皆言徐州，中間追及於王茂元、鄭亞，自叙其生平之閱歷耳。《通鑑》：『大中三年五月，武寧軍亂，逐其節度使李廓，詔以盧弘正代之。』《樊南乙集序》云：『大中三年十月，尚書范陽公奏入幕府。』弘正五月出鎮，義山十月應辟，則奏聘在出鎮之後。蓋義山偶遊徐州而同舍援而止之，然後為弘正所奏請也。起四語言己遊徐州之無聊。次四語言幕客之見留。『藍山寶肆不可入，玉中仍是青琅玕』二語，乃稱美同舍而自謙之辭也。次八語因弘正之見知而追憶茂元之恩遇。次八語就弘正今日之新知，追憶弘正昔日之舊好。次十二語追憶鄭亞，叙昭桂赴辟之情事。次六語追憶府罷，叙失職歸來之寂寞。次四語叙己謁天官得尉盩厔之時。次六語叙弘正為京兆尹署典箋奏之事。次六語叙弘正辟舉之恩。次六語叙同舍幕客之才。次四語叙己為知己者用。次四語叙弘正將為國家大用也。玩詩中『此時聞有燕昭臺，挺身東望心眼開』二語，則義山應辟在弘正出鎮以後明矣。『之子夫君鄭與裴，何甥謝舅當世才』，則詩題所贈之四同舍也。

【田曰】一篇皆為盧弘正發，緯以平生所歷，傲岸激昂，儒酸一洗。（馮箋引）

【馮曰】既轉韻則非律詩。此篇音節殊類高岑，其曰『偶成轉韻七十二句』者，蓋語多豪邁，頗覺自誇，製題亦寓得意之態，實古體也。否則《燕臺》《河陽》諸篇，獨非轉韻乎？何木庵不謂是律哉？順序中變化開展，語無隱晦，詞必鮮妍，神來妙境，本集中少有匹者。

【紀曰】此詩直作長慶體，而沉鬱頓挫之氣，時時震蕩於其中。故挨敘而不板不弱，覺與盛唐諸公面目各別，精神不殊，蓋玉溪骨法原高耳。起手蒼蒼茫茫，磊磊落落，是好筆法。『路逢鄒枚』二句，『韓公堆上』二句，『斬蛟斷璧』二句，俱筆意雄闊，為篇中筋節。『舊山萬仞』四句，一縱一收，攬入本題，筆意起伏，尤是筋節處也。『玉骨』句大鄙，不成語。芥舟評曰：韓公堆上、湘妃廟下、虞帝城前、謝遊橋下，句法連犯。又曰：之子、夫君疊用無理。（《詩説》）接落平鈍處，未脱元白習徑；中間沈鬱頓起處，則元白不能為也。

【吴仰賢曰】義山古詩《韓碑》一首，即仿昌黎，在集中另是一副筆墨。次則《偶成轉韻七十二句》，異曲同工，但不如《韓碑》之整鍊耳。餘皆香草閒情，體類長吉。或疑以義山之才，如《韓碑》等篇何不多覯，不知古人攻詩，各就其性之所近。併力專精，不敢歧出，卒乃自成一家。今人才不逮昔賢，輒思無體不工，無格不備，徒舍一己之性情，依傍揣摩，得其糟粕而已。（《小匏菴詩話》）

【張曰】此在徐幕作。武威將軍謂盧弘正也。惟盧氏郡望無武威之稱，《文集》則皆稱范陽。初疑武寧之誤，然集中又有《過故府中武威公交城舊莊》詩，何至混同如此？姑從蓋闕。至解者概指王茂元，馮氏已駁正之矣。詩中自敘十年來蹤跡極詳，可以庀譜。而音節頓挫，尤類高岑，馮氏所謂神來妙境，本集中少有匹者也。（《會箋》）

【按】此詩三段。第一段自入徐幕敘起，引出盧弘止辟己入幕之經過。第二段以追敘與盧之舊誼發端，着重敘述自會昌末至入徐幕期間之經歷遭遇，為全詩中心部份。第三段以贊美同舍、祝頌府主作收。全詩以自敘生平遭際、抱負性格為經，以敘述與府主盧弘止之交誼為緯。敘生平遭際之困頓失意固所以見府主之知遇，然謂『一篇皆為盧弘止發』，似此詩之作僅為感激知遇，則不免錯會。蓋詩題『贈四同舍』，幕主又與己夙有交誼，則美同舍、頌府主實係題中應有之義。然作詩之主意則不在此，而在借此作一自敘傳，不僅敘己之困頓失意，亦一抒己之抱負性情。要而言之，此實特殊形式之坎壈詠懷之作。而詩中所塑造之詩人自我形象，又實為全詩之主體。其性質與李白《憶舊遊寄譙郡元參軍》等詩極相似。第李白之作抒情方式更為直接，此則多借自敘生平發之耳。自『憔悴在書閣』至

『赴辟下昭桂』，自『失職辭南風』至『補吏府中趨』，境遇之坎坷可謂極矣，然『愛君憂國』之志，『斬蛟破璧』之概不因之而少衰。『此時聞有燕昭臺，挺身東望心眼開。且吟王粲《從軍樂》，不賦淵明《歸去來》』，報國從軍之情溢於言表；『我生癰疏不足數，《梁父》哀吟《鴝鵒舞》。横行闊視倚公憐，狂來筆力如牛弩』，豪縱不羈之概如在目前。要之，詩人所塑造之自我形象，與所謂詭薄無行、放利偷合者固大異其趣，與通常印象中多愁善感、軟弱消沉之詩人形象亦顯有區别。『傲岸激昂，儒酸一洗』，洵為的評。

詩中所叙生平經歷，以會昌末至大中三年末此段期間為主，它則僅於追叙與弘止交誼時稍涉及之。而自述困頓之同時，顯然流露對大中政治之不滿。開端即抒『我來不見隆準人』之慨，實亦針對現實，有感而發。

此詩不特構思精致，經緯密合，且能將『碧沼紅蓮顛倒開』式之鮮妍明麗與『狂來筆力如牛弩』式之豪放健舉有機融合。於叙次分明中見波瀾變化，於明麗流暢中時呈頓挫之致，揮灑自如，一氣流注。較之《安平公詩》，藝術上顯臻成熟境界。

戲題樞言草閣三十二韻①

君家在河北，我家在山西②。百歲本無業〔一〕③，陰陰仙李枝④。尚書文與武，戰罷幕府開⑤。君從渭南至，我自仙游來⑥。平昔苦南北，動成雲雨乖⑦。逮今兩攜手〔二〕，對若牀下鞵⑧。夜歸碣石館⑨，朝上黄金臺⑩。

我有苦寒調⑪，君抱《陽春》才⑫。年顔各少壯⑬，髮緑齒尚齊。我雖不能飲，君時醉如泥⑭。政静籌畫簡⑮，退食多相攜⑯。掃掠走馬路⑰，整頓射雉翳⑱。春風二三月，柳密鸎正啼⑲。清河在門外⑳，上與浮雲齊。欹冠調玉琴，彈作《松風》哀㉑。又彈《明君怨》，一去怨不迴㉒。感激坐者泣〔三〕，起視雁行低㉓。翻憂龍山雪，却雜胡沙飛㉔。仲容銅琵琶，項直聲凄凄㉕。上貼金捍撥㉖，畫為承露雞〔四〕㉗。君時卧棖觸㉘，勸客白玉杯。苦云年光疾，不飲將安歸㉙？我賞此言是，因循未能諧。君言中聖人㉚，坐卧莫我違。榆莢亂不整，楊花飛相隨。上有白日照，下有東風吹。青樓有美人㉛，顏色如玫瑰㉜。歌聲入青雲，所痛無良媒㉝。少年苦不久，顧慕良難哉㉞！徒令真珠肶〔五〕㉟，裛入珊瑚腮㊱。君今且少安，聽我苦吟詩。古詩何人作？老大猶傷悲〔六〕㊲。

〔一〕『業』，馮引一本作『異』。〔何曰〕統籤作『異』，朱本同。【按】統籤及朱本均作『業』，未知何氏所據。

〔二〕『今』，季抄一作『及』。

〔三〕『坐』，戊籤作『卧』，非。

〔四〕『承』原作『永』，馮引一本作『水』，均非，據蔣本、姜本、戊籤、悟抄、席本、錢本、影宋抄、朱本改。

〔五〕『肶』原一作『脞』，蔣本、姜本、戊籤、悟抄作『脞』，疑『玭』字之誤，詳注。

〔六〕『猶』，悟抄、季抄、朱本作『徒』，非。

㊕集注

①【錢注】樞言意草閣主人之字（馮注引。亦作朱彝尊批）【程注】草閣取名『樞言』者，其義出於《管子》。《管子》有《樞言》一篇。唐房玄齡注云：『樞者，居中以運外；言則慮心而發口。』然則取名於此者，其以運籌帷幄自許乎？【馮曰】錢説是。按：《管子》列經言、外言、内言、短語、區言、雜篇等目，『區』本不作『樞』。區言似取藏也或小也之義。後人有作『樞』者，似非。雖相傳房玄齡注《管子》：『區言，樞機之義。』然前人已云：『注淺陋，恐非玄齡。』何足據也！《易繫辭傳》『出其言善，千里之外應之』，『言行君子之樞機』，其取此乎？【王鳴盛曰】樞言姓李。其即四同舍之一乎？抑别一人乎？【按】樞言當草閣主人字，與義山同姓，盧幕同僚。

②【朱注】義山嘗寄居太原。【馮注】義山先世本隴西也。《漢書·趙充國傳》：『山東出相，山西出將。』山西謂天水、隴西、安定、北地諸郡，漢時所為六郡良家子者，皆其地。《虞詡傳》：『關東出相，關西出將。』關東、西即山東、西。宋王伯厚《地理通釋》：『秦、漢稱山東、山西、山南、山北，皆指太行，非華山。』蓋秦在山西，以太行山言；而六郡之稱山西，則又以秦隴諸山言。《漢書注》曰：『隴坻即隴山。隴西郡在隴之西，可類推矣。』二句謂各支派，否則如史文所云義山懷州人，反為河北道矣。朱氏以寓居永樂為山西，此古山東之地也，尤誤。《後漢書·鄭興傳》：『山西雄桀。』注曰：『山西，謂陝山已西也。』【按】此山西指隴西。李唐王室源出隴西李氏，義山與李唐王室同宗，故云。

③【馮注】《史記·酈生傳》：『好讀書，家貧落魄，無以為衣食業。』

④【朱注】《神仙傳》：『老子生而能言，指李樹為姓。』杜甫詩：『仙李蟠根大。』【馮曰】二句謂無恒産，

而實貴胄。【按】唐皇室奉老子李耳為祖。義山與樞言均自稱唐宗室，故曰『陰陰仙李枝』。作者《上尚書范陽公啟》云：『去年遠從桂海，來返玉京，無文通半頃之田，乏元亮數間之屋。』可為『無業』之證。

⑤【朱注】尚書謂王茂元。《舊唐書》：『太和中，茂元檢校工部尚書，鎮嶺南。會昌中，為河陽節度使。河北諸軍討劉稹，茂元亦以本軍屯天井。』【程注】考《唐書》，茂元鎮河陽，為會昌三年，時義山年已四十五，不得言年顏少壯，髮緑齒齊也。茂元檢校工部尚書是鎮嶺南時官，鎮河陽時不聞更加尚書，況《義山文集》有《代僕射濮陽公遺表》，是茂元當稱僕射，不當稱尚書也。茂元屯天井，劉稹未平，已卒於軍，不得云『戰罷幕府開』也。此尚書當指令狐楚。《舊唐書》：『楚以寶曆元年為檢校禮部尚書、宣武軍節度使』，義山從為巡官，年二十七，詩當作於楚幕。其曰『戰罷』者，蓋指穆宗時宣武軍之亂也。考《通鑑》，張弘靖為宣武節度使，屢賞以悦軍士。李愿繼之，賞勞薄於弘靖；時又以妻弟竇瑗典宿直兵，瑗驕貪，軍中惡之，牙將李臣則作亂。秋七月壬辰，斬瑗，愿與一子踰城奔鄭州。亂兵推都押牙李㝏為留後。丙午，貶李愿隨州刺史，以韓充為宣武節度使，徵李㝏為右金吾將軍，㝏不奉詔。宋州刺史高承簡斬其使者，㝏攻陷其南城，承簡保北城，與賊十餘戰。癸丑，忠武節度使李光顔將兵討李㝏，屯尉氏。兖海節度使曹華聞亂，不俟詔即發兵討之。丙辰，華逆擊破之。丁巳，光顔敗宣武兵於尉氏。八月甲子，韓充入汴境，軍於千塔。武寧節度使王智興與高承簡共破宣武兵。壬申，韓充敗宣武兵於郭橋。會李㝏疽發於首，都知兵馬使李質與監軍姚文壽擒㝏殺之。詐為㝏諜，追臣則等至，皆斬之。丁丑，充入汴，此長慶二年事也。四年，韓充卒，令狐楚代之，故曰『戰罷幕府開』也。【馮曰】尚書謂盧弘正，即『戰功高後數文章』之意。【按】馮説是。

⑥【朱注】《唐書》：『渭南縣屬京兆府，在華州西五十里。仙游縣屬清源郡。』又《長安志》：『盩厔縣有仙游澤，復有仙游宫。』《圖經》云：『隋文帝避暑處。』【馮注】《新書·志》：『京兆府渭南縣。』此亦以官所言。按《長安志》引《尹先生内傳》：『周康王時為大夫，領散關長，得遇老君，其後，先生白日上昇於此。縣界有老子墓，有廟；有尹舊宅，有廟。縣地多以仙名。』義山由盩厔尉出赴徐辟。【按】據此，則樞言入盧幕前在渭南任

職。義山雖假京兆府掾曹典章奏，而其正式職銜則仍為盩厔尉，因欲與上句構成對偶，故曰『我自仙游來』。

⑦【朱注】顏延之詩：『朋好雲雨乖。』

⑧【馮注】鞵，鞋同。【何曰】雖戲，然胡可入古詩？粗莽。○風人體有此，微不類耳。○此言二李俱在泥塗也。（《輯評》）【按】『對若牀下鞵』，戲言得朝夕和諧相處耳，與『在泥塗』意無涉。參錢鍾書《管錐編》六七九頁。

⑨【朱注】《史記》：『鄒衍如燕，昭王築碣石宮，身往師之。』《正義》：『宮在幽州薊縣西三十里。』

⑩【朱注】言共在幕府。【姚注】《圖經》：『黃金臺，易水東南十八里。燕昭王置千金於臺上，以延天下之士。』【程注】陳子昂詩：『南登碣石館，遥望黃金臺。』【按】碣石館、黃金臺均非實指，二句蓋謂與樞言夜歸館舍，朝入幕府，承上『兩攜手』而言。『黃金臺』即前詩『此時聞有燕昭臺』之『燕昭臺』，借指幕府。

以上為第一段，叙兩人家世出身及平生離合。

⑪【朱注】魏武帝樂府有《苦寒行》。【程注】陸機《苦寒行》：『劇哉行役人，慊慊恒苦寒。』【馮注】《子夜警歌》：『誰知苦寒調，共作《白雪》絃？』【補】《樂府相和歌清調曲》有《苦寒行》。《樂府解題》謂晉樂奏魏武帝《北上篇》（按：即《苦寒行》），備言冰雪谿谷之苦。此似借指己之詩作中多表現身世不偶之慨及對當時現實政治之不滿。

⑫【朱注】梁元帝《纂要》：『《白雪》《陽春》，皆古歌曲名。』【補】宋玉《對楚王問》：『客有歌於郢中者，其始曰《下里》《巴人》，國中屬而和者數千人……其為《陽春》《白雪》，國中屬而和者不過數十人。』《陽春》才，指不為世俗所理解與欣賞之才能。二句文雖分舉，意實互文。

⑬【何曰】『少壯』與結句『老大』呼應。（《輯評》）【馮曰】以今所定年譜，大中五年為三十九歲，尚可稱少壯；若如舊譜則漸老矣。義山先時已悲白髮，而此言少壯者，所遇稍足樂也。【按】詩作於大中四年春，時義山年三十九。

⑭【何曰】伏後。（《輯評》）【按】醉如泥，見《昭州》注。

⑮【程注】袁宏《三國名臣贊序》：『籌畫不以要功，故事立而後定。』【補】句意謂使府政事清靜不煩擾。

⑯【程注】《詩·國風》：『退食自公。』【按】退食，本指官吏退朝後用餐，此猶言『下班』。言公務之餘常可相攜出游。

⑰【補】掃掠，與下『整頓』對文，意即修整、灑掃。

⑱【朱注】《射雉賦》：『爾乃摯場拄翳。』注：『翳者，所以隱射也。』【姚注】潘岳《射雉賦注》：『翳上加木枝，衣之以葉。』【馮注】《後漢書·仇覽傳》：『廬落整頓。』《史記·張耳陳餘傳》：『宜整頓其士卒。』《西京雜記》：『茂陵文固陽，本琅琊人，善馴野雉為媒，用以射雉。每以三春之月，為茅障以自翳，用觟矢射之。』按：茂陵文固陽，《太平御覽》引之作『茂陵人周陽』。

⑲【何曰】（『春風』二句）物猶如此。（『清河』句）草閣。（《輯評》）

⑳【馮注】徐州臨水，韓昌黎詩所謂『汴泗交流郡城角』也。又有《雉帶箭》詩，亦可與此互證。

㉑【道源注】《樂府·河間新弄》二十一章，有《風入松》。【馮注】《樂府詩集·琴集》曰：『《風入松》，晉嵇康所作也。』【按】欹，通攲，傾側。『欹冠』彈琴，畫出不拘禮法、倜儻疏放情態。

㉒【朱注】《琴操》：『昭君在匈奴，恨帝始不見遇，作怨思之歌，後人名為《昭君怨》。』【程注】石崇《明君辭序》：『王明君者，本是王昭君，以觸文帝諱改之。』【馮注】《樂府詩集·琴曲》有《昭君怨》。【何曰】沉淪使府，如明君之一去紫臺也。（《輯評》）此上叙初相合及游宴之迹。（《輯評》）

㉓【馮曰】從琴及雁，遞生情景。【按】可與『二十五絃彈夜月，不勝清怨却飛來』同參。

㉔【姚注】鮑照詩：『胡風吹朔雪，千里度龍山。』注：『龍山，在雲中。』【按】二句描繪音樂意境及主觀感受。暗寓對邊事之憂慮。

㉕【朱注】《晉書》：『阮咸字仲容。』《國史纂異》：『元行冲為太常少卿，時有于古墓中得銅物似琵琶，而身正

圓，莫有識者。元視之，曰：「阮咸所造樂也。」命匠人改以木，其聲清雅，今呼為阮咸是也。」【程注】《樂府雜録》：『琵琶始自烏孫公主造，馬上彈之，有直項者，有曲項者。』【馮注】《晉書》：『阮咸……妙解音律，善彈琵琶。』《通典》：『阮咸亦秦琵琶也，而項長過於今制，列十有三柱。武太后時，蜀人於古墓中得銅者，時莫有識之，太常少卿元行冲曰：「此阮咸所造。」乃令匠人改以木為之，聲甚清雅。』《竹林七賢圖》阮咸所彈與此類同，因謂之『阮咸』。此亦蒙上引入，線索細妙。【何曰】二句喻同調。（《輯評》）【按】琵琶有直項、曲項二種。晉時，琵琶主要指直項琵琶（後稱為『阮』）。至詩人所處時代，琵琶已專指自西域傳入之曲項琵琶（即今琵琶）。此以阮咸所奏之直項琵琶暗喻性格梗直。

㉖【姚注】《海録碎事》：『金捍撥，在琵琶面上，當絃，或以金塗為飾，所以捍護其撥也。』【按】撥動琵琶、箏、瑟絃索之工具曰撥。金捍撥即飾金之撥。李賀《歌詩編》集外詩《春懷引》：『蟾蜍碾玉掛明弓，捍撥裝金打仙鳳。』

㉗【朱注】《江表傳》：『南郡獻長鳴承露雞。』

以上為第二段。叙兩人在盧幕出遊宴飲情景。

㉘【朱注】《廣韻》：『棖，觸也。南人以觸物為棖。』【馮注】謝惠連《祭冥漠君文》：『以物棖撥之。』注曰：《説文》：『棖，杖也。宅庚切。』然南人以物觸物為棖。此謂指琵琶勸客，彈以佐酒。上彈琴是實事，此琵琶是虛事。【按】棖觸原為觸撥之義，此處意同『感觸』。『卧棖觸』，謂悵卧而多所感觸也。【何曰】翻轉『醉如泥』。（輯評）

㉙【馮曰】應上不能飲。【按】因循，怠慢、隨便之意。謂雖賞君言而怠慢隨便未能諧君同飲。

㉚【程注】《魏略》：『徐邈為尚書郎，時禁酒，邈私飲沉醉，校事趙達問以曹事，邈曰：「中聖人。」達白之，太祖甚怒。鮮于輔進曰：「酒客謂清者為聖人，濁者為賢人，邈偶醉言耳。」竟坐得免刑。』

㉛【姚注】（美人）喻君也。【按】美人，義山、樞言自喻，姚解非。

生玫瑰樹。』

㉜【姚注】司馬相如《子虛賦》：『其石則赤玉玫瑰。』注：『玫瑰，火齊珠也。』又，《西京雜記》：『樂遊苑自生玫瑰樹。』

㉝【程注】《詩·國風》：『匪我愆期，子無良媒。』《洛神賦》：『無良媒以接歡兮。』【馮注】曹植《美女篇》：『青樓臨大道，高門結重關。媒氏何所營？玉帛不時安。』【何曰】二人皆宗室，故得以子建美女為比。（《輯評》）

㉞【程注】嵇康《琴賦》：『徘徊顧慕。』【馮注】謂所思難合而年華易逝，極宜少愁而多飲也。

㉟【朱注】朏，音皮；一作膍，皮上聲。〇《説文》：『膍，牛百葉也。』《韻會》：『一曰五臟總名。』《集韻》：『或作朏，通作脾。』【姚曰】真珠朏，比淚。【馮注】徐曰：『真珠，淚也。朏，臟也。淚出痛腸之意。』按：《説文》《廣韻》《集韻》諸書：『膍，房脂切，牛百葉也。』一曰：『烏膍胵。胵，充脂切，鳥胃也。』一曰：『五臟總名。』『朏』同『膍』。又『朏齎』亦作『妣臍』，是『妣』亦同也。又據《周禮》醢人脾析之注，是『膍』與『脾』亦通也。膍，《正韻》音陛，膍胵，胃脘也，義亦相類。徐氏之解似之。余則謂真珠朏如胸有慧珠之意，下句裛為潤濕之義，方謂紅腮清淚耳。【按】『朏』疑是『玭』之誤，玭，蚌珠。真珠玭，猶所謂珠淚。連下句謂徒然使清淚沾濕紅腮。

㊱【朱注】腮，俗顋字。江總詩：『盈盈扇掩珊瑚脣。』【馮注】上數句真美人香草之思。『君言』以下，皆彼所言相勸慰者。『青樓美人』，其人以比義山。【按】細繹上下文義，似『君言』之内容僅限於『中聖人，坐卧莫我違』。『榆莢』以下十二句，乃作者借青樓美人無媒不售喻彼此之懷才不遇，非樞言之語。

㊲【程注】《古樂府》：『少壯不努力，老大徒傷悲。』【何曰】『何人作』言彼與仙李同根者不同猶云爾也。（《輯評》）【馮曰】四句義山答詞，言老大猶將傷悲，可不及時努力耶？【按】『榆莢』十二句傷彼此之不遇，末四句則又轉以及時當努力相勸勉。

以上為第三段。借彼此對答抒寫不遇之感，以及時勉力作結。

箋評

【張謙宜曰】通篇叙幕府交情，少年行樂之詞，章法錯落，深得古法。（《絸齋詩談》卷五）

【何曰】氣味逼古，後幅純乎漢魏樂府。○『君時臥棖觸』，入本趣。○『榆莢亂不整』四句，以比小人之得君多援。（《讀書記》）又曰：莊語則恐為不知者詬嫉，命曰『戲題』，正見用心之苦。又不敢直致己意，賦語斷章而已。（《輯評》）

【徐德泓曰】樞言即詩中之人也。首四句，先言里姓。『尚書』十句，謂同在幕府也。『我有』至『露鷄』，雜叙少年遊樂飲酒調絲之事。『君時』八句，述其勸飲詞意。『榆莢』十二句，總以『君言』句貫，謂年光倏忽，近君無由，何為不飲而徒悲乎？『美人』，喻君也；真珠胒者，言肝腸之淚也。以上皆追叙前情。『今君』四句，方言此日，而少者已老，仍慨不遇也。唐後古調稀彈，此首猶有晉、魏遺意。

【姚曰】首四句叙李姓。『尚書』十句叙會合。『我有』下叙在幕時宴遊之樂。琴彈《明君怨》而琵琶和之，曲盡情致。下因李勸飲而言己不能如李之豪，又述李言，謂年光迅速，仕進無門，何必傷心墮淚，虚損紅顔。末乃答言志業不遂，毋怪我之心驚不已也。

【屈曰】一段同姓，二段同幕。三段同負俊才，四段同遊。五段憂時同感激。六段無媒。七段老大傷悲。

【程曰】樞言草閣，當是楚幕同僚之所。同僚之人雖不可考，據起句四語，當是義山同姓。詩中『年顔各少壯』『老大徒傷悲』二語先後呼應，蓋共傷其不得志也。叙事專言飲酒、聽歌、彈絲、走馬，所以曰『戲題』也。

【田曰】叙述易見散漫，以善用韻，遂使聲色俱古。中有開宋人粗莽為得意者。

【馮曰】義山在徐幕，心事稍樂，故有此種之作。音節古雅，情景瀟灑，神味綿渺，離合承引，極細、極自然，五古中上乘也。不得其解，何從研咀？今而後讀此詩者，意何如歟？（王鳴盛曰：孟亭編次年譜精當，故能使李詩趣味盡出。）

【紀曰】鋪叙是長慶體，而參以古意，意境獨高。『平昔』四句，頓挫不置。『對若』句，矗俚不成語。中一段淋漓飛動，乃一篇之警策。凡平叙長詩，如無一段振起，則索然散漫。名篇皆留意于是。其源乃自《焦仲卿妻》發之。『楊花』一段夾入比體，極有情致。收處却是長慶率筆，最不可效。（《詩説》）

【張曰】此亦徐幕作，馮解甚精。『尚書』亦謂弘正。義山由盩厔尉而承徐辟，故曰『我自仙游來』也。與茂元無涉。紀曉嵐評此篇為長慶體，又謂結四句長慶劣調。不知此篇前半波瀾起伏，音節錯落，乃純用古法；後結承『褭入』句説入，含蓄不盡，機杼遂别，豈元白滔滔如話者所能及哉！（《會箋》）又曰：古詩一筆寫成，如長江大河，精粗巨細，悉入其中，要以氣機為主，不在尋章摘句而論工拙也。如此詩『對若』句，李、杜、長吉往往有之，何害為粗俚哉！（《辨正》）

【按】此詩作年顯為大中四年，時義山居徐州盧弘止幕。馮解『尚書文與武，戰罷幕府開』為『戰功高後數文章』，均指弘止，極確。細揣《乙集序》行文，義山之正式任命本為盩厔尉，見府尹時尹『留假參軍事』，故任府曹係暫代性質，頗似今日之借調，其本官仍為盩厔尉，故詩稱『我自仙遊來』也。至『碣石館』『黄金臺』，顯非實際地名，已見前注。《上尚書范陽公啟》云：『仰燕路以長懷，望梁園以結慮』；《偶成轉韻》云：『此時聞有燕昭臺，挺身東望心眼開』，燕路、燕昭臺、梁園，亦即所謂碣石館、黄金臺也。又或疑詩言『年顔各少壯，髮緑齒尚齊』，係十七八歲光景，殊不知『少壯』一詞，本無明確時間斷限，四十歲以前稱『少壯』，亦無不可。且此句下接以『髮緑齒尚齊』，更明係形容仍壯未老情狀。如果屬十七八少年，而曰『髮緑齒尚齊』，豈非遠未及老而憂先衰乎？惟其已近不惑之年，而體貌尚屬少壯，故有此得意之言也。且詩曰『平生苦南北』，顯指其平生驅馳南北、寄跡使府之經歷，其非少年時所有更不言而喻。

義山與樞言同在盧幕，身世遭際又相仿佛，詩叙二人家世出身、平生離合，在盧幕時出遊宴樂情景，及彼此之落拓不遇，頗有天涯淪落、同病相憐之感。然古樸中別具俊邁朗爽之氣概，顧盼神飛之情態，故雖沉淪不遇而無頹唐之致。於此可見義山詩取徑之寬，尤可見其對漢魏樂府特具神會。

汴上送李郢之蘇州①

人高詩苦滯夷門②，萬里梁王有舊園③。煙幌自應憐《白紵》〔一〕④，月樓誰伴詠黃昏⑤？露桃塗頰依苔井⑥，風柳誇腰住水村⑦。蘇小小墳今在否？紫蘭香逕與招魂⑧。

〔一〕『憐』，姜本作『歌』。

集注

①【朱注】《唐書》：『李郢，字楚望，大中進士第，為侍御史。』【馮注】《九國志》：『郢，長安人，大中十年進士。詩調清麗。居餘杭，不務進取，終藩鎮從事。唐末避亂嶺表。』按：《全唐詩》所存多在浙東、西作，其中

有《淮南從事》之題，蓋遊蹟多在江鄉也。【張注】《唐語林》：『李郢有詩名，鄭尚書顥門生也。居杭州，不務進取，登第回江南，駐蘇州。』鄭顥大中十年知貢舉，郢之登第，當在其時。此送其返家，或在郢未第時歟？（《會箋》）【按】詩作於大中四年夏，詳箋。

②【朱注】《史記》：『侯嬴年七十，家貧，為大梁夷門監。』

③【朱注】《西京雜記》：『梁孝王好宮室苑囿之樂，築兔園，園有雁池，池間有鶴洲鳧渚。』【馮注】郢自汴至蘇，唐人謂遠道輒曰萬里，此似蘇州為鎮汴者之舊地。【按】馮解非。梁王有舊園，即梁王之舊園，亦即指汴州，兼寓郢在汴幕。『萬里』指郢家蘇州離汴州甚遠。

④【朱注】《宋書·樂志》：『《白紵舞詞》有巾袍之言：紵本吴地所出，宜是吴舞也。』《唐六典》：『江南道常、湖等州貢白紵。』

⑤【馮注】美其工詩。

⑥【朱注】《北史》：『盧士深妻崔氏有才學，春日以桃花靧兒面，作《靧面辭》。』梁簡文帝《桃花詩》：『飛花入露井。』【馮注】晉傅休奕《桃賦》：『華升御於内庭兮，飾佳人之令顔。』此句只言桃頰。

⑦【馮注】從蘇州寫艷，頂上『伴』字，引起下句。

⑧【朱注】《樂府廣題》：『蘇小小，錢塘名倡也，南齊時人。』《吴地記》：『嘉興縣前有晉妓蘇小小墓。』《唐志》：『嘉興縣屬蘇州。』此故及之。【馮注】句必有所借指，詳《真娘墓》。【補】與，為也。

【朱曰】此感知己之難遇也。（《李義山詩集補注》）

【朱彝尊曰】『塗』『誇』二字漸開纖套。

【何曰】起二句是汴上，第三是之蘇州，第四仍説汴上。（《讀書記》）

【胡以梅曰】李郢長安人。按其娶鄰女事及《中元夜作》《妻生日》《寄意》等詩，蓋習於艷情而冶遊滯梁者，故詩皆作綺麗語，相知謔浪，非送行常什也。首言先曾滯迹夷門，今到蘇回視梁園，遥隔如萬里。惟餘煙幌，猶憐向日歌聲；剩得月樓，誰伴黄昏吟詠乎？下言吴中風月之場，多花柳塗頰誇腰之處，昔之蘇小小墳今在否，可以訪香徑而招魂也。死者尚不欲恝置，生者可知矣。是深幾層意。句皆幽秀精膩，去盡渣滓，妙。但詩中界限不大，分明費人揣摩，西崑之習套，亦其含蓄太過之病。然依井住村，已有閒花野草之微露，可以摸索也。

【趙臣瑗曰】人最難高，高而後不流於俗；詩最難苦，苦而後自成一家。滞夷門，客已久，而志猶未得也。夫人既高詩又苦，此真是餓夫骨相，豈尚能得志於時也乎？梁王舊園若作襯貼法看，便為蛇足，正謂此本是尊賢養士之地，然已成往事，不堪復問矣。再加『萬里』字，寫羈人流落之况如見。三四承之，三虚四實，憐《白紵》、詠黄昏，自是人高詩苦之本色。『自應』者想其必有是情，『誰伴』者惜其必無是事。二句似平而實側，此皆寫汴上。五六轉筆，方寫送。上半句四字譽之，下半句三字諷之也。露桃塗頰，顔色豐滿矣；風柳誇腰，態度娉婷矣。然而佳人薄命，才子無福，自古而然，又何為是栖栖者歟？因露桃是苔井中物，風柳是水村中物，故順便凑合，猶言不如歸而自保其素修也。於是遂引一蘇州薄命佳人作結，而微婉其詞，令人驟然讀之，初不解其何所謂也。

【陸曰】先從汴上説起。言君萬里到此，雖梁園尚在，而授簡無人，何能鬱鬱久居乎？浩然赴蘇，吾知其必有合也。然人高詩苦，知我者稀，竊恐《白紵詞》成，彼中人亦寡和耳。『苔井』句，言所寓之地；『水村』句，言所過之鄉。露桃塗頰，風柳誇腰，言蘇州景物之妙也。蘇小小墓在嘉興縣前，《唐志》，縣屬於蘇，故結處及之。

【陸鳴皋曰】首二句，言其在汴。第三句，方言遊蘇。而四句，乃送别之情也。下言吴地景色之佳，而以憐香弔古之意結之。

【姚曰】此感知己之難遇也。大凡人不高，詩不苦，人高詩苦，無如梁王舊園，知己不可再也。《白紵》秖應自憐，黄昏誰與酬唱？一方如此，萬里之内可知。若不能降心貶格，恐終無投時之日。露桃風柳，艷冶夭嬈，此去姑蘇，蘇小風流宛在。『早知不入時人眼，多買胭脂畫牡丹。』普天下負氣人，同聲欲哭矣。

【屈曰】言李久滯夷門，今萬里而往蘇州，彼處花月亦有如梁王之舊園者。三四言知音之難，惟露桃風柳水村苔井猶似梁園耳。如蘇墳猶在，當與招魂，英雄之有才不遇，猶女子之有才淪落也。意深妙。

【紀曰】詩格不高。前四句説汴上，五六句突接蘇州，尤突兀無頭腦也。

【姜炳璋曰】詩謂『人高詩苦』，即萬里不過如梁王之舊園而已。頷聯，言其曲高和寡。後四，言即使厚自塗飾，露桃風柳，如蘇小小者，流落娼家，徒令後世一招其魂而已。可見遇合有命，逢世為難，而況『人高詩苦』更不相投者哉？非欲其改弦易轍，總見此行可以不必也。

【方東樹曰】前四句叙題一氣，以下切蘇州詠言之。（《昭昧詹言》）

【張曰】紀氏謂前四句方説汴上，後四句突入蘇州，天下豈有如此安章宅句而可稱名手哉！蓋首句指汴上，次句已入蘇州，由汴至蘇，一南一北，故曰萬里。『梁園』謂幕府作客，唐人常語。『烟幌』句言李郢之蘇，必可騁其才華，《白紵》吴歌，故以相況。『月樓』句言已獨留汴上，無人唱答，以致惜别之意。露桃塗頰，風柳誇腰，雖預寫蘇州景物，實則暗寓義山往日所思之人。蓋其人流轉江鄉，殁於吴地，有《河内詩》及《和人題真娘墓》詩可證，所以結句屬其代為招魂也。通首端緒分明，何嘗有一點庸下語氣哉？（《辨正》）

【按】此詩及《魏侯第東北樓堂郢叔言别聊用書所見成篇》三首向未編年。童養年據《秘殿珠林石渠寶笈續編》，於其所輯《全唐詩續補遺》卷十二中，收李郢《送李商隱侍御奉使入關》及《板橋重送》七律二首。前詩云：『梁園相遇管絃中，君踏仙梯我轉蓬。《白雪》詠歌人似玉，青雲頭角馬生風。相逢幾日虚懷待，賓幕連期醉蝶同。如有扁舟棹歌思，題詩時寄五湖東。』後詩云：『梁苑城西蘸水頭，玉鞭公子醉風流。幾多紅粉低鬟恨，一部清商駐拍留。王事有程須仃仃，客身如夢正悠悠。洛陽津畔逢神女，莫墜金樓醉石榴。』將此二首郢詩與商隱上述三首對讀，知此五詩實為同時之作。復考史籍有關盧弘止歷官之記載，知大中四年五六月間盧弘止由武寧節度使調任宣武節度使，商隱亦自徐幕而汴幕。其時李郢罷汴幕前往蘇州家居，商隱則自汴幕奉使入關。二人於汴州相遇，盤桓數日，乃相互送别。下略加考述。

《舊唐書·盧弘正傳》：『（大中）三年……檢校户部尚書，出為徐州刺史，武寧軍節度使、徐泗濠觀察等使。徐方自智興之後，軍士驕怠，有銀刀都尤勞姑息，前後屢逐主帥。弘正在鎮朞年，皆去其首惡，喻之忠義，訖於受代，軍旅無譁。鎮徐四年，遷檢校兵部尚書、汴州刺史、宣武軍節度、宋亳潁觀察等使。卒於鎮。』《新唐書·盧弘止傳》亦云：『出為武寧節度使。徐自王智興後，吏卒驕沓，銀刀軍尤不法。弘止戮其尤無狀者。終弘止治，不敢嘩。優詔褒勞。弘止羸病，丐身還東都，不許。徙宣武。卒於鎮，贈尚書右僕射。』兩書均明載弘止鎮徐之後尚有鎮汴之事，且卒於宣武任。馮譜謂『弘正拜宣武之命，而仍卒於徐。』張氏《會箋》雖糾正馮譜關於盧弘正『鎮徐四年』，卒於大中六年春之誤，但同樣認為『當是拜宣武之命未行，而仍卒於徐也。』然證以當時方鎮遷代之情況，盧在鎮徐之後，不但有鎮汴之任命，而且當已到宣武任。《全唐文》卷七八八蔣伸《授鄭涓徐州節度使制》云：『平盧軍節度使、檢校左常侍鄭涓……今以彭門重鎮……求我良翰，惟爾僉諧。』知鄭涓在任徐州節度使前曾為平盧節度使。杜牧《上宰相求湖州第三啟》云：『某去歲閏十一月十四日……乞守錢塘……出於私曲，語今青州鄭常侍云：更與一官，必任東去。』繆鉞《杜牧年譜》謂此啟大中四年作，可證大中四年鄭涓曾在平盧節度使任。其遷徐州之時間則可據繼任平盧節度使之孫範在任之時間推知。蔣伸又有《授孫範青州（即平盧）節度使制》。而《寶刻類編》卷七引《京兆金石録》：『《唐平盧節度孫公妻滎陽郡君鄭氏墓誌》，唐任繕撰，大中四年。』知大中四年孫範已在平盧節度使任。據此可以推知，大中四年鄭涓已遷任徐州，而盧弘止亦當於同年遷任宣武。

據《偶成轉韻七十二句贈四同舍》『蒲青柳碧春一色』及《戲題樞言草閣三十二韻》『春風二三月，柳密鶯正啼』『楊花飛相隨』等句，知大中四年三月商隱尚在徐州盧幕，弘止遷宣武，當在此之後。復據《舊書·盧弘正傳》『弘正在鎮朞年』之文，盧當於大中四年五六月間遷宣武（弘止于大中三年五月任武寧節度使）。《舊唐書》『弘正在鎮朞年』與『鎮徐四年』之文明顯矛盾，『鎮徐』二字當衍。

將商隱與李郢之五首詩聯繫起來考察，可以看出係同時同地之作。二人在汴州相遇，又在汴州分別。商隱係隨盧新到汴幕，即奉使入關，李郢則方罷汴幕，南去蘇州家居。故李郢有《送李商隱侍御奉使入關》，而商隱則有《汴上送李郢之蘇州》。商隱詩明點郢此行係至蘇州，郢詩則云『題詩時寄五湖東』，完全吻合。二人係在汴州城西之板橋分別，郢有《板橋重送》，商隱則有《板橋曉別》。郢詩明點『梁苑城西』送別之地，商隱此行係因『王事』，即奉使入關；商隱詩則云『水仙欲上鯉魚去』，暗示李郢係順汴水乘舟南去。二人相遇及分別之季節，據商隱詩『露桃紅頰』及『芙蓉紅淚』之語，當是桃已紅熟、荷花正開之六月。郢詩云『相逢幾日虛懷待，賓幕連期醉蝶同』，『賓幕連期』正指商隱由徐幕而汴幕，二幕相連，亦可證此次奉使入關係汴幕奉使。又據商隱詩『人高詩苦滯夷門，萬里梁王有舊園』，知二人汴州相遇時，李郢留滯汴州已久。『梁王有舊園』，既指汴州乃梁苑舊地，又暗寓郢居汴幕。郢至蘇州係回蘇家居。郢有《五湖冬日》詩云：『楚人家住五湖東，斜掩柴門水石中。』可證。

此詩首聯謂郢人高詩苦，流寓汴上，託身幕府，為時已久，而家則在萬里之外，暗起『之蘇州』。以下三聯均預想吴中情景。次聯謂郢居蘇州，雖可倚煙幌而賞清歌曼舞，然月樓孤寂，誰可伴其同詠黄昏乎？蓋惜其無詩侣酬唱也。腹聯以露桃風柳喻吴娃容顔之艷，風姿之美，亦兼詠吴中風物之佳。尾聯則謂，郢至蘇州，當訪蘇小小墳，於紫蘭香徑中為我代招香魂。約言之，則郢之蘇自不妨賞舞吟詩訪艷弔古也。

魏侯第東北樓堂郢叔言别聊用書所見成篇①

暗樓連夜閣，不擬為黄昏②。未必斷别淚，何曾妨夢魂③。疑穿花逶迤④，漸近火温黁⑤。海底翻無水⑥，仙家却有村⑦。鎖香金屈戌⑧，帶酒玉崑崙〔一〕⑨。羽白風交扇，冰清月印盆〔二〕。舊歡塵自積，新歲電猶奔⑩。霞綺空留段⑪，雲峰不帶根⑫。念君千里舸，江草漏燈痕⑬。

〔一〕『帶』，戊籤、季抄作『殢』。

〔二〕『印』，季抄、朱本作『映』。

集注

①【補箋】魏侯第，指汴州節度使府。汴州古為大梁，魏之都城，故稱汴州節度使府為魏侯第。郢叔，即李郢，其輩份長於商隱，故稱。此詩當是大中四年六月李郢回蘇州前在汴州使府之東北樓堂與其在汴結識之情人言別，商隱亦在席，故有是詠。

②【馮注】似言晝亦昏暗，不擬至晚始為黄昏也。　【按】不擬，猶不必、不定。

③【馮曰】以上費解。

④【朱注】迤，叶上聲。《説文》：『逶迤，衺去之貌。』　【程注】阮籍《東平賦》：『逶迤漫衍。』

⑤【朱注】黁，奴昆切。皮日休《桃花賦》：『或温黁而可薰，或矮婧而莫持。』　【姚注】《廣韻》：『黁，奴昆切，音渜，香也。』【胡震亨曰】南人方言曰温暾者，乃懷暖也。唐王建《宫詞》：『新晴草色暖温暾。』又白樂天詩：『池水暖温暾』，則古已然矣。（《輟耕録》）　又李商隱詩：『疑穿花逶迤，漸近火温黁。』亦暖氣之意。

花、温柔鄉。

（《唐音癸籤》）

⑥【馮注】庾信詩：「蓬萊入海底，何處可追尋？」

⑦【馮注】用三神山反居水下之意，以狀其深暗。似以避暑而為暗室，使炎曦不到也。上聯花、火，如曰解語花、温柔鄉。

⑧【道源注】李賀詩：「屈膝銅鋪鎖阿甄。」《輟耕録》：「今人家窗户設鉸，名曰環鈕，即古金鋪之遺意，北方謂之屈戌。」【按】屈戌，門窗之搭扣。

⑨【朱注】《摭異記》：「物之異者，有龍腦香、崑崙子。」《記事珠》：「宇文卓方執崑崙玉盞，聽左丞檀超高談，不覺墮地。」按：唐人小説多名奴子為崑崙。玉崑崙乃玉刻人形作器玩耳。【馮注】按「帶酒」未解。《玉篇》：「殢，極困也。」以言困酒，似近之。《通鑑》：「京兆尹韋澳欲置鄭光莊吏於法，宣宗曰：『誠如此，但鄭光殢我不置耳。』」或此當作「殢」，以言勸請之意，唐人口語也。殢，韻書皆音替，又音弟，元人曲音膩。檀超，《南齊書·文學》有傳。朱氏此所引者，本見馮贄《雲仙散録》。陳直齋（振孫）謂馮贄不知何人，其所蓄異書，皆古今所不聞。則人與書皆子虚烏有也，何足據哉！奴名崑崙，多以黑色。此玉崑崙，似指酒器耳。又曰：玉崑崙必酒盞，無煩多猜。【按】玉崑崙指酒器，則「帶酒玉崑崙」正言器中酒滿，作「殢酒」反不可解。

⑩【馮注】《淮南子》：「日行月動，電奔雷駭也。」

⑪【朱注】謝朓詩：「餘霞散成綺。」

⑫【姚注】張協詩：「雲根臨八極。」注：「雲根，石也。雲觸石而生，故曰雲根。」【馮注】陶詩：「夏雲多奇峰。」

⑬【何注】周賀《送耿山人》腹聯云：「夜濤鳴柵鎖，寒葦露船燈。」似本落句。（《讀書記》）【按】千里舸，指李郢乘舟南歸蘇州。

【朱彝尊曰】起四句，言樓臺之密。「海底」二句，狀樓臺之深暗。「新歲」句，言日月之速。「念君」二句言別。「帶酒」句以下皆所見。

【姚曰】此因席中所見而歎別緒之難忘。首四句，叙未見時。「疑穿」四句，叙既見時。「鎖香」四句，叙在席時。「舊歡」四句，叙作別時。末二句，言自此別以後，惟於草岸孤舟中相憶耳。是倒裝句法。

【屈曰】一段東樓言別。二段魏府即是仙家。三段品物之佳。四段欲留不可也。

【程曰】題云「書所見」，詩語多温柔之詞，乃妓席言別耳。起句「暗樓連夜閣」至中間「冰清月映盆」，書所見如此。「舊歡」以下六句，言別也。

【馮曰】岑參《送魏四落第還都》詩：「長安柳枝春欲來，洛陽梨花在前開。魏侯池館今尚在，猶有太師歌舞臺。」似其蹟在東都。此篇結句似洛下水程，疑可前後相證，而難詳考也。郢叔豈李郢乎？○其人將往江鄉，於此醮別，語多艷情。

【紀曰】體格不脱晚唐，只「念君千里舸，江草漏燈痕」句頗佳也。

【按】製題及内容均晦澀。詳味詩意，「言別」似指郢叔與一女性於此讌別，程謂「詩語多温柔之詞」，馮謂「艷語為多」，均是。起聯點魏侯第東北樓堂，即言別之地；次聯點「言別」，似謂此地一別，雖未必能斷別淚（暗示會合難期），然未妨其夢魂相會也，係勸慰之辭。「疑穿」四句書所見東北樓堂之建築、環境。謂入其内，似穿逶迤之花徑，似近温馨之薰香，又似入蓬萊仙境之中。「鎖香」四句，書所見別宴上情景，似謂室中香濃，杯中酒滿，羽扇交揮，月色印盤。「舊歡」四句，正面叙別情，謂舊歡將如塵積而漸成陳迹，而未來之歲月則似電奔，曾幾何時，此段情緣遂如殘留之霞錦，無根之雲峯矣。末聯則想象郢叔途中孤寂情景。郢叔即李郢。魏侯當指汴府幕主。此詩作年及寫作背景與《板橋曉别》一首相同。末聯寫水程，亦與板橋曉别相合。

板橋曉别①

迴望高城落曉河②，長亭窗户壓微波。水仙欲上鯉魚去，一夜芙蓉紅淚多③。

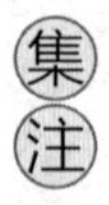

①【馮注】王阮亭《隴蜀遺聞》：『板橋在今中牟縣東十五里。白樂天詩：「梁苑城西三十里，一渠春水柳千條。若為此路重經過，十五年前舊板橋。」李義山亦有詩，皆此地。』按：板橋雖非一處，而唐人記板橋三娘子者，首云汴州西有板橋店，行旅多歸之，即梁苑城西也。義山往來東甸，其必此板橋矣。《香山集·板橋路》詩乃三韻小律，末云：『曾共玉顔橋上别，不知消息到今朝。』蓋旅舍冶遊，與此章同情矣。白詩又與劉夢得《楊柳枝詞》中相類。劉、白唱酬，故有互雜。【按】板橋為汴州西方門户，唐大曆十一年馬燧討平汴州李靈曜後，引軍西屯板橋，即此。其地位相當於長安西北之渭城。此詩寫李郢與其情人在汴州城西之板橋店曉别情景，作於大中四年六月。時李郢南去蘇州，商隱奉使入關。

②【馮注】高城指汴州城。

③【朱注】《列仙傳》：『琴高，趙人也，行涓、彭之術，浮遊冀州、涿郡間二百餘年。後入涿水中取龍子，與諸弟子期曰：「明日皆潔齋候於水旁。」果乘赤鯉來。留月餘，復入水去。』【馮注】吴均《登壽陽八公山》詩：『是有琴高者，陵波去水仙。』按：水仙鯉魚是用琴高，芙蓉以花比貌。而《南徐州記》：『子英於芙蓉湖捕魚，得赤鯉，養之一年，生兩翅，魚云：「我來迎汝。」子英騎之，即乘風雨騰而上天。每經數載，來歸見妻子，魚復來迎。』芙蓉湖即射貴湖也。又《列仙傳》云：『子英者，舒鄉人，故吴中門户作神魚子英祠。』此事與琴高相類而易混。《拾遺記》：『魏文帝美人薛靈芸，常山人也。别父母，升車就路，以玉唾壺承淚，壺則紅色。及至京師，壺中淚凝如血。』【按】芙蓉兼喻所别女子。

【姚曰】第三句言去住不得自由。

【屈曰】一曉别，二板橋。三行矣，四别恨，指所别言。芙蓉從微波、水仙生出，正是題中板橋。

【程曰】此詩與香山詩合看。板橋當是唐時冶遊之地。香山詩雖淡蕩，其實情語也。義山曉别，尤見情致。

【紀曰】何等風韻，如此作艷體，乃佳。笑裙裾脂粉之横填也。（《詩説》） 此狹邪留别之作，妙不傷雅。

【陳廣專曰】末二句不過云時已秋矣，何其幽艷蒼凉！（《唐人七言絶句批鈔》）

【俞陛雲曰】玉溪之絶句，或運典雅切，或構思深湛者為多，而全用辭采者少。此作三四句，全用凄艷之詞，寓傷離之意。行者則託諸鯉魚，别淚則託諸芙蓉。寄情于景，且神韻悠然，集中稀見也。（《詩境淺説續編》）

（《輯評》）

【按】詩寫板橋與所戀妓女曉别。首句迴望高城之上，銀河已落。既點『曉』字，亦暗示牛女期會已過，離别在即。迴望高城者，蓋因雙方曾在此城中渡過一段難忘時日，故分袂之際，翹首回望，有『多少蓬萊舊事，空回首、煙靄紛紛』之感。次句板橋即景。此窗臨微波之長亭，即昨夜雙方聚會之所，亦曉來分別之所。『壓』字寫出窗户貼近微波情景。此句寫景，頗似牛女鵲橋，夜聚曉分，故與首句自然融合。三句用琴高事，特取其乘赤鯉以渲染神奇幻想色彩。『水仙』喻行者，『鯉魚』喻舟船，全句即『方留戀處，蘭舟催發』意。末句轉憶昨夜芙蓉如面之人泣血神傷情景，而曉别之際『執手相看淚眼，竟無語凝噎』之狀可想。此女子即李郢於汴州使府東北樓堂言别之情人。喜從前代小説、神話故事汲取素材，構成新奇浪漫詩境，為義山熟技。此詩所寫本尋常離别，一經神話傳説點染，遂成水仙乘鯉，芙蓉泣淚，色彩絢爛，極富童話情趣之境界。而此種幻境，又均從『曉河』『微波』逐漸引出，故不覺其突兀。於此可見義山詩『多奇趣』之一斑。

讀任彦昇碑〔一〕

任昉當年有美名，可憐才調最縱横〔二〕①。梁臺初建應惆悵〔三〕②，不得蕭公作騎兵③。

〔一〕『昇』原作『升』，據蔣本、朱本改。《南史》作彦昇。

〔二〕調，戊籤作『大』，非。

〔三〕『建』原一作『見』，非。

集注

①【馮注】《南史》：『任昉字彦昇，能屬文，當時無輩，尤長為筆，王公表奏無不請焉。齊永元末為司徒右長史。梁武帝霸府初開，以為驃騎記室參軍。武帝踐阼，歷官御史中丞、秘書監，出為新安太守，卒。』【按】可憐，可貴。

②【馮注】《晉書·成帝紀》：『咸和五年造新宫，始繕苑城，七年遷於新宫。』《輿地圖》曰：『即臺城也。』《容齋隨筆》：『晉、宋後以朝廷禁省為臺，故稱禁城為臺城。』按：南朝每以一朝之興為某臺建。『梁臺建』之字史甚多。

③【朱注】《梁書》：『武帝與昉遇竟陵王西邸，從容謂昉曰：「我登三府，當以卿為記室。」昉亦戲帝曰：「我若登三事，當以卿為騎兵。」以帝善射也。』【馮注】《南史》：『至是引昉符昔言焉。』【按】騎兵，即騎兵參軍，為節鎮僚屬。

箋評

【朱彝尊曰】（末句）寫出文人豪概。

【何曰】『中書堂裏坐將軍』也，奈何他不得。（《讀書記》）又曰：言天子或有天命，故彦昇屈為大司馬記

室。若我與諸人比肩事主，初謂異日俱我指揮之不暇，乃晚沈使府，反為麤官掌記。在彥昇尚足惆悵，如我當如何也！（見《輯評》）

【徐德泓曰】此種聲律，又超出晚唐之上者。

【姚曰】文人崛强如此，豈帝王所能奪耶？

【屈曰】三四與『未免被他褒女笑』同是揶揄之詞，此便不妨。〇此刺彥昇之有才無恥，大言不慚，而終失節事梁武也。既有美名，又有才調，自當有恥，昔欲得蕭郎作騎兵，今竟何如？

【程曰】此詩明為大中四年十月令狐綯入相而發。蓋義山初為楚所知，令與諸子游，則綯與義山等耳。其時義山已有才名，綯自不可企及。豈知己則老為幕僚，綯轉居然政府，才質之高下，有何定耶？故借任昉與梁武帝傷之。起二句言初謁河陽時以文見知，譬如任昉美名縱横無敵；昉意中無梁武，己意中又何嘗有綯耶？末二句言綯竟為相，己且以文干之，譬如梁武欲以昉為記室，事則有之；昉欲以梁武為騎兵，不可得矣。按：綯頗不學，温飛卿嘗有『中書堂裏坐將軍』之誚，此詩用『騎兵』事，薄綯正同。若以為實詠任彥昇，則癡人説夢矣。

【馮曰】義門評云：『「中書堂裏坐將軍」也，奈何他不得。』此温飛卿嘲令狐綯者。綯固短於文學，所謂『燮理之餘，時宜覽古』者也。程氏因以梁臺初建比綯初為相。余檢《唐闕史·路舍人友盧給事》一條云：『弘正魁梧，富貴未嘗言山水。』所狀盧之俊邁，頗近粗豪。義山與盧舊交，盧初開幕府，被其辟命，情味乃極真切，必非例刺令狐也。

【紀曰】此寓升沉之感。前二句鄙甚，後二句淺直。

【姜炳璋曰】此讀彥昇碑而為彥昇惜也。彥昇文章、德望，足冠一時，而父憂去職，居喪不食鹽味，冬月單衫廬墓；齊明帝作相，起為記室，再三固辭，帝不能奪，皆可為百世矜式。乃齊梁受禪之際，不能退隱，竟與范雲、沈約共此朝班，以視顏見遠何如乎？云『應惆悵』，義山持論正矣。或謂以蕭公比令狐綯，可謂擬人不倫。

【張曰】……考弘正先鎮義成，後除武寧。『梁臺初建』，語似無根。且義山雖與盧交舊，蹤跡似不如子直之昵，亦不應如此戲謔也。仍當屬之令狐為是。詩中著重在『可憐』二字，以任昉自比，借古寄慨，無庸泥也。此子直初相時作。今從午橋。（《會箋》）又曰：通體爽俊老健。（《辨正》）

【劉永濟曰】按商隱此詩雖有升沉之感，然以任昉、蕭衍二人事為言，頗具調侃之致，非直也。（《唐人絶句精華》）

【董乃斌曰】詩的主旨在於義山以任昉自比而抒寫現實的感憤，而并不在於諷刺别人。原來，義山和任昉一樣，都是才調縱横，都是早負美名，又都有過一番豪情壯志，而到頭來又都被當年平起平坐甚至不如自己的人重重地壓在下面，從朋友關係變成了上下級乃至君臣關係。難怪詩人要想到人的命運何以如此没有定準，生活又何以如此捉弄人之類的問題，從而感到惆悵迷惘、大惑不解起來。只要把義山的一生顛躓同令狐綯那一帆風順的宦歷加以比較，就可以理解充滿於詩人胸中的抑塞不平之氣，乃是以現實政治生活中不公平、不合理現象為其根由的。（《李商隱悲劇初探》）

【按】此亦借端寄慨之作。任昉與蕭衍之對答，本屬戲言；昉固以才自負，然當『梁臺初建』之日，為武帝所用，亦未必即有『惆悵』之思，而恨『不得蕭公作騎兵』也。義山自負才調，而沉淪記室，以文墨事人；迴思往昔同遊者，則庸才貴仕，高居己上，故深感不平，託古寄慨，所謂『夫君自有恨，聊借此中傳』是也。詩之主旨，固不主於諷令狐綯，然詩人之感慨，顯由綯之庸才貴仕而引起，何、程、馮、張之説，作詩之創作背景看，自無不可；謂自慨中兼寓諷綯之意，亦非比附。就詩之典型意義言，則所揭示者正『才命相妨』之普遍現象耳。令狐綯大中四年十一月初三拜相，詩或作於其後不久。

獻寄舊府開封公①

幕府三年遠②，《春秋》一字褒③。書論秦《逐客》④，賦續楚《離騷》⑤。地里南溟闊〔一〕⑥，天文北極高⑦。酬恩撫身世，未覺勝鴻毛⑧。

〔一〕『里』，蔣本、姜本、戊籤、悟抄、朱本作『理』。

①【朱注】按開封公即令狐楚也。楚鎮汴州，義山從為巡官。【程注】此詩……乃楚貶衡州時所作。【馮注】《舊、新書·志傳表》：唐初鄭州滎陽郡，又以所屬浚儀、開封置汴州陳留郡。鄭氏在漢居滎陽，開封晉置滎陽郡，遂為郡人。鄭善果，周時襲父誠開封縣公，至唐改封滎陽郡公。唐之鄭氏皆封滎陽，而此曰開封，稍晦之也。東魏曾置開封郡，後齊廢，見《魏、隋書·志》。又曰：朱長孺諸人皆誤以為令狐楚，今考定楚鎮宣武，義山尚在

童年，嗣乃在天平幕。未久而楚徙河東，安得追稱開封公哉？且亦無三年遠之情事。況唐人最重犯諱，雖生時未諱，何得犯其名於獻寄哉？皆必不可通也。今細審之，是寄鄭亞於循州者。（按馮氏繫此詩於大中二年鄭亞貶循後，義山北歸前）【張曰】此寄鄭亞於循州者。首云：『幕府三年遠』，謂相別有三年之久。亞大中二年貶循，至是（指大中四年）正三年也。若桂幕只年餘，不得云『三年遠』矣。【按】馮說是，開封公指鄭亞。義山文稱亞為滎陽公，詩則稱開封公；猶文稱茂元為濮陽公，詩則稱太原公也。繫年當從張氏《會箋》。

②【程注】《史記》：『李牧常居雁門備匈奴，以便宜置吏，市租皆輸入幕府，為士卒費。』《索隱》曰：『古者出征，以幕簾為府署，故曰幕府。』庾信《哀江南賦》：『幕府大將軍之愛客，丞相平津侯之待士。』【馮注】崔駰《與竇憲牋》：『君侯以野幕為府，前世封青故事也。』【按】謂離鄭亞幕已三年之久。

③【程注】杜預《春秋序》：『《春秋》雖以一字為褒貶，然皆須數句以成言。』范寧《穀梁傳序》：『一字之褒，寵踰華衮之贈。』【按】謂在幕時曾受亞之褒獎知遇。義山《為某先輩獻集賢相公啟》：『蒙文宣一字之褒。』意與此略同。

④【補】論，音倫，比擬。秦《逐客》，指李斯《諫逐客書》，已見前《哭遂州蕭侍郎》詩注。此謂亞之文可比李斯之《諫逐客書》。按：亞貶循州時，曾致書刑部侍郎馬植、大理卿盧言等申述己之無罪受冤（均見《樊南文集補編》卷七，係商隱代擬），或於循州貶所仍有此類文字。

⑤【程注】元稹詩：『旋吟《新樂府》，便續古《離騷》。』【按】謂亞之詩賦可繼屈原《離騷》。鄭亞能文，然此處謂書比《逐客》，賦續《離騷》，則側重於寫其無端遭冤貶。

⑥【補】地里，猶道里。南溟，南海。句意謂鄭亞貶居南海荒僻之地，彼此間相距遼遠，難通音問。時義山在徐州或汴州盧弘止幕。

⑦【馮注】《爾雅》：『星名，北極謂之北辰。』《後漢書》：『李固曰：「陛下之有尚書，猶天之有北斗；北斗為天喉舌，尚書亦為陛下喉舌。」』【按】北極，喻朝廷。此謂北極高懸，天高難問。二句與『江潤惟迴首，天高但

撫膺』意略似。

⑧【程注】《史記·韓安國傳》：『彊弩之極，矢不能穿魯縞；衝風之末，力不能漂鴻毛。』李白《梁甫吟》：『智者可卷愚者豪，世人見我輕鴻毛。』【馮注】《漢書·司馬遷傳》：『特以為智窮罪極，不能自免，卒就死耳。何也？素所自樹立使然。人固有一死，死有重於泰山，或輕於鴻毛，用之所趨異也。』言身所酬恩輕於鴻毛也。

【朱彝尊曰】此不過投贈應酬之作，然其高渾已非後人所及。

【何曰】五六逐臣讀之定當雨泣。（《讀書記》）

【徐德泓曰】前半追叙舊情，言受知時，尚未第而無聊也。後半，言恩意深重，身輕而未能報也。此即今人祝頌詩，而古人氣體，便覺高渾不同。（按：徐氏據朱鶴齡箋，誤以開封公為令狐楚，故有此解）

【姚曰】三年幕府，曾叨一字之褒。身雖在遠，酬恩之念，未嘗忘也。所恨地位崇高，躋攀無路，豈無終始玉成之意耶？

【程曰】朱長孺年譜以此詩繫於令狐楚為宣武節度使之時，愚見乃楚貶衡州時所作。起二句言河中入幕，不覺三年之遠；文字相干，曾蒙一字之褒也。次二句『秦《逐客》』言其罷鎮，『楚《離騷》』言其遠貶也。次二句『地理南溟』，直指衡州之地；『天文北極』，無復平章之日也。結句『酬恩撫世』，不勝致慨。若作於令狐楚在鎮之時，則不應稱舊府；且現為巡官，何須獻寄耳？

【馮曰】……是寄鄭亞於循州者。首聯謂遠隨三年，叨其知遇。三四緊承説下，唐人每以罷官為逐客，義山久不調，亞特奏充幕官，而乃得至湘南，用詞精切。五謂循州。六以還朝祝之，亦暗寓天高難問之慨。結則自愧無能報恩致力也。黨局猜嫌，故製題稍隱。余初妄為詮解，亦謬甚矣。此當在送台文南覲時後。

【紀曰】詩有氣格，但首二句太湊，末句亦不甚成語。（《詩説》） 次句突兀無理。末二句亦鄙。（《輯評》）

【張曰】此寄鄭亞於循州者。首云：『幕府三年遠』，謂相别有三年之久。亞大中二年貶循，至是（大中四年）正三年也。若桂幕只年餘，不得云『三年遠』矣。次句謂蒙其褒賞。逐客、離騷，貶黜之恨；南溟、北極，睽隔之情。結歎恩重望輕，末由酬報萬一也。馮氏編諸（大中）二年，其解首句謂入幕三年，叨其知遇，仍沿史傳之誤，可謂明於秋毫，而失之目睫矣。（《會箋》） 又曰：起得超拔，無所謂突兀無理，結亦倍極沉痛。以為率筆，豈其然乎？（《辨正》）

【按】詩既傷亞之蒙冤遠貶，又表己酬恩知遇之感，而怨憤朝廷、自傷身世即寓其中。義山與亞並非素交，大中元年應亞之辟，遠赴桂管，固緣政治上當時已傾向李德裕集團，亦因其時朝局大變，牛黨得勢，自覺難以在朝廷安身。故自義山方面視之，亞之辟舉，無異於窮阨中予以援手；加以桂幕期間，又頗得亞之信賴，故『酬恩』云云，殆非泛語。況自居桂幕後，義山與李黨關係更趨密切，榮悴休戚，往往相關。故詩中所流露者，實係同命運之感，不特幕主僚屬之誼而已。

越燕二首〔一〕①

上國社方見，此鄉秋不歸②。為矜皇后舞③，猶著羽人衣④。拂水斜文亂，銜花片影微。盧家文杏好⑤，試近莫愁飛⑥。

其二

將泥紅蓼岸⑦，得草緑楊村。命侶添新意⑧，安巢復舊痕。去應逢阿母⑨，來莫害皇孫〔二〕⑩。記取丹山鳳⑪，今為百鳥尊⑫。

校記

〔一〕席本無『二首』二字。

〔二〕『皇』，朱本作『王』。

集注

①【朱注】《酉陽雜俎》：『紫胸輕小者是越燕，胸斑黑聲大者是胡燕。』（馮注引《本草注》同）《格物總論》：『胡燕作巢喜長，越燕作巢如椀。』

②【朱注】《文昌雜録》：『燕以春社來，秋社去，謂之社燕。』　【馮注】《左傳》：『郯子曰：「玄鳥氏，司分者也。」』

③【馮注】用飛燕事。詳後《蜂》。

④【馮注】《拾遺記》：『周昭王晝而假寐，忽夢白雲蓊蔚而起，有人衣服並皆毛羽，因名羽人。夢中與語，問

以上仙之術。』

⑤【朱注】沈佺期《古意》：『盧家少婦鬱金堂，海燕雙棲玳瑁梁。』《長門賦》：『飾文杏以為梁。』【馮注】陶隱居曰：『越燕多在堂室中梁上作巢，胡燕多在檐下作巢。』此句正勾清越燕。

⑥【馮注】梁武帝《河中之水歌》：『河中之水向東流，洛陽女兒名莫愁。十五嫁作盧家婦，十六生兒字阿侯。盧家蘭室桂為梁，中有鬱金蘇合香。』

⑦【朱注】《説文》：『蓼，辛菜，薔虞也。』《爾雅翼》：『蓼有紫、赤、青等種，最大者名蘢，有花。』白居易詩：『水蓼冷花紅簇簇。』【馮注】《爾雅》：『薔，虞蓼。』注曰：『澤蓼。』《詩・周頌》：『以薅荼蓼。』《毛傳》曰：『蓼，水草也。』《太平廣記》：『漢燕薅泥為窠。』即越燕也。

⑧【程注】虞世南詩：『鳧歸初命侶。』韓愈詩：『暮鳥已歸巢。』

⑨【原注】樂府詩：『東飛伯勞西飛燕，黄姑阿母長相見。』【朱曰】按今本作『黄姑織女』。

⑩【朱注】《漢書》：『成帝時童謡云：「燕飛來，啄王孫。」』【補】《漢書・五行志》謂成帝微行出游，見舞者趙飛燕而幸之，立為后。飛燕與其妹昭儀性情狠毒，因己無子，故設法將後宫懷孕者均害死，致使成帝無嗣。此事與當時民謡『燕飛來，啄皇孫，皇孫死，燕啄矢』相應驗。事又見《漢書・外戚傳・孝成趙皇后》。

⑪【朱注】《山海經》：『丹穴之山，有鳥名鳳凰，自歌自舞。』

⑫【朱注】韋應物詩：『鳳凰五色百鳥尊。』【馮注】《家語》：『子夏曰：「羽蟲三百有六十，而鳳為之長。」』　【錢良擇曰】疑指武宗初立，或指宣宗。

【朱曰】二首皆寄恃才流落之感。（《李義山詩集補注》）

【朱彝尊曰】體物工細極矣，然不辨其是越燕而非胡燕，題中『越』字疑衍。

【何曰】必有為而作。（《輯評》）

【徐德泓曰】（將泥紅蓼岸）末聯根第六句來，言見識莫小，似借意而有所規也。

【姚曰】二詩皆寓恃才流落之感。此首（指首章）以燕自況。首句言非時不見。次句言過時未歸。三四，見不同俗艷。五六，見青眼難逢。落句，言豈無知己。〇此首（指次章）乃自為慰藉之詞。將泥得草，命侶安巢，得意人沾沾自喜如此。五句言豈無奥援，六句言衷曲難知。結乃醒之曰：秉軸有人，不必以此誇耀一時也。

【屈曰】（首章）玩『上國』『此鄉』，起意似在越中見燕而作，非咏越燕也。一二見燕，三自恃其才，四猶飛飛不去。拂水啣花，流落如此，何不覓文杏而近莫愁之為妙也。（次章）結句似勸其忠君之意。

【程曰】此亦從鄭亞桂林之作。前首起二句是自慨其羈旅之歲月。次首結二句是寓意於得路之友朋，蓋為綯而發。綯方當國，禮絶百寮，語意固豁然也。

【馮曰】在徐幕作，題取燕巢於幕之義。首章次聯言因恃才傲物而被擯在外。七句方是借點盧氏。次首三四謂地雖易而職則同。五六言去宜至我閨中，來則莫為我害，義山本王孫也。時令狐綯已拜平章，禮絶百僚，故結句云。

【紀曰】（首章）三四句劣。前六句實詠燕，末二句將寓意輕輕一按，帶動次首，此是章法。此詩本不甚佳，但二首章法相生，不容割裂。有下首則此首亦佳，去此首則次首太突，故竝存之。竟陵笑選詩惜羣，不知《詩歸》

之病正坐只知摘句耳。（次章）此首純乎寓意。前半言其得志，後半戒以心在王室。雖所指之人不可考，而語意分明。字字託意，而絶不粘皮帶骨最難。（《詩説》）

【張曰】桂林，南越地，故以越燕寄意。上國謂京師，此鄉點洛，東洛本義山故鄉，時因貧病，暫爾淹留（詳《補編上韋舍人狀》），故曰不歸，謂尚未入都。「為矜」句，言己文章合當致身禁近。「猶著」句，歎沈淪記室，章紱未換也。「拂水」二句，身世無依之況。結只取莫愁為義。次首初歸洛中景況。命侶、安巢，謂塵勞乍息。阿母比令狐，王孫自謂。「記取」二句，言子直為彼黨之魁，今則日見尊貴，如朝陽之鳴鳳，此後甚望其常常相見，勿以舊憾而疏我也。馮氏泥「盧家」字，繫諸徐幕，雖亦可通，然不如余説之融洽矣。（《會箋》）。

【按】詩有「安巢」語，似以越燕喻巢幕之文士。味「來莫害皇孫」句，殆非自喻。馮氏既解此句為「（越燕）來則莫為我害」，又以越燕為作者自況，不免自相矛盾。細繹詩意，二首蓋託詠幕府同僚之善於趨附經營者。首章起聯點明其人由「上國」而遷徙流轉「此鄉」之跡。頷聯似喻其自矜有才而至今猶未任官，「羽人衣」，似指其為道流。腹聯寫其輕盈迅疾之態，承「皇后舞」。尾聯則謂彼盧家華堂文杏為梁，正堪棲託，何不飛而近之乎？承「羽人衣」。次章承上，首聯言其將泥啣草，營建新巢。頷聯謂其巢成呼朋命侶，似添新意，而安巢營幕，實復舊痕，蓋喻其雖交新侶，實託舊主也。腹聯誡其莫忌害於己，「阿母」指西王母，蓋暗點其原為道流。末聯則囑其長記鳳為百鳥之尊，勉其盡忠王室，勿於幕府操戈也。二首為連章體。馮編盧幕，蓋以「盧家」為借點盧氏，似可從。此二首兩用趙飛燕事（皇后舞及燕啄皇孫），然均係借用，非以「越燕」喻指某一具體嬪妃。故所詠非宫闈之事。

蟬

本以高難飽，徒勞恨費聲①。五更疎欲斷，一樹碧無情②。薄宦梗猶泛③，故園蕪已平④。煩君最相警，我亦舉家清⑤。

集注

①【馮注】《吳越春秋》：『秋蟬登高樹，飲清露，隨風撝撓，長吟悲鳴。』【按】『高』字雙關。既指寒蟬棲止高樹，亦隱寓其品格之高潔。二句謂蟬本因棲止高樹、品格高潔而食不果腹，故雖終日哀鳴以寄恨，亦屬枉然。『本以』『徒勞』意一貫。

②【錢鍾書曰】（江淹）《江上之山賦》：『見紅草之交生，眺碧樹之四合。草自然而千花，樹無情而百色。』……李商隱《蟬》：『五更疎欲斷，一樹碧無情。』下句本淹此賦。【沈德潛曰】（三四句）取題之神。【馮曰】所謂屢啟陳情而不之省也，寫得沉痛如許。【錢曰】傳神空際，超超元箸。（馮箋引）【朱彝尊曰】第四句更奇，令人思路斷絕。【按】二句承上『恨費聲』，謂蟬徹夜哀鳴，至五更時音響稀疏欲斷，而一樹青碧，悄然無言，似對寒蟬之悲鳴全然無動於衷。【陳永正曰】『疏欲斷』與『碧無情』成强烈對比……宋人姜夔用此意：『樹若有情時，不會得青青如此！』語雖佳，而不及本詩的精煉。

③【姚注】《戰國策》：『有土偶與桃梗相與語，土偶曰：「子東國之桃梗也，刻削子以為人，降雨下，流子而去，則子漂漂者將如何？」』【馮注】《戰國策》：蘇子曰：『土梗與木梗鬬，曰：「汝不如我，汝逢疾風淋雨，漂入漳河，東流至海，汜濫無所止。」』【何曰】雙抱。（《輯評》）【按】梗，樹木枝條。梗泛，雙關蟬、己，由蟬之寄跡樹枝聯想及己之漂泊不定之宦游生活。【程注】《南史·陶潛傳》：『弱年薄宦，不絜去就之迹。』

④【馮注】《陶潛傳》：『田園將蕪何不歸？』盧思道《聽鳴蟬篇》：『故鄉已超忽，空庭正蕪没。』又曰：『詎念漂搖嗟木梗？』

⑤【補】君，指蟬。警，警誡。舉家清，即一貧如洗之意，亦即所謂『百歲本無業』『無文通半頃之田，乏元亮數間之屋』，與『高難飽』呼應。

【鍾惺曰】起句五字名士贊。『碧無情』三字冷極、幻極。結自處不苟。（引自《唐詩選脈箋釋會通評林》）

【唐汝詢曰】堪與駱臨海、張曲江並馳。起二語意佳，『恨』下字欠妥。（同上）

【周珽曰】此借蟬自況也。前四句言蟬以高潔，空有聲聞，其如疏斷於碧樹間何！後四句自言宦游飄薄，致家鄉荒穢，亦由清高自好故耳。乃煩爾勸相警勵如此。觸物興情，良可悲也。（同上）

【朱曰】此以蟬自況也。神韻悠揚。（《李義山詩集補注》）

【錢良擇曰】客有以此詩索解者，余為之大窘。○『一樹』句批：神句非復思議可通，所謂不宜釋者是也。（《唐音審體》）

【吴喬曰】義山《蟬》詩，絶不描寫，用古，誠為杰作。《幽人不倦賞》篇，情景浹洽。《落花》起句奇絶，通篇

無實語，與《蟬》同，結亦奇。（《圍爐詩話》）

【何曰】老杜之苗（裔）。小馮云：腹連落句直下，五六正見易作求田問舍之計，結則窮而益賢也。（《輯評》）

【黄周星曰】『本以高難飽』，説得有品有操，竟似蟲中夷、齊。（《唐詩快》）

【陸次雲曰】清絶。（《晚唐詩善鳴集》）

【徐德泓曰】此從事幕府而以蟬見意也。首聯，寫高潔。項聯，微寓失所依棲意。是以嗟泛梗而興故園之思也。末以人、物同情結之。前寫物，而曰『高』，曰『恨』，曰『欲斷』『無情』，不離乎人；後寫人，而曰『梗』，曰『蕪』，曰『清』，不離乎物。正詩家針法精密處。

【陸鳴皋曰】規摹少陵《促織》作，而俊尤過之。

【姚曰】此以蟬自况也。蟬之自處既高矣，何恨之有？三承『聲』字，四承『恨』字。五六言我今實無異於蟬。聽此聲聲相喚，豈欲以警我耶？不知我舉家清况已慣，豪無怨尤，不勞警得也。

【屈曰】三四流水對，言蟬聲忽斷忽續，樹色一碧。五六説目前客况，開一筆，結方有力。（《唐詩成法》）

通首自喻清高。三四承『恨費聲』。五六又應『難飽』。七結前四，八結五六。本言其費聲，而翻寫不鳴，蓋除却五更欲斷，此外無不鳴時也。高即清也。〇本以居高，終身難飽，鳴以傳恨，徒勞費聲。惟至五更，樹碧無情，乃不鳴耳。費聲如此。梗泛園蕪，吾之遭逢如此，故煩君相警，而舉家亦清也。（《玉溪生詩意》）

【馮曰】此章無可徵實，味其意致，當在斯時（按馮編大中五年）。

【紀曰】起二句斗入有力，所謂意在筆先。〇前半寫蟬，即自喻；後半自寫，仍歸到蟬。隱顯分合，章法可玩。　李廉衣曰：『「一樹」句纖脆，此等猶易誤人。』與歸愚意相反，然可以對參。（《詩説》）

【李家瑞曰】詩有似是而實非者，如義山《蟬》詩：『五更疏欲斷，一樹碧無情』一聯，戈芥舟先生以為得題之神，李廉衣先生譏其纖詭。二説均為有理。以余考之，蟬不夜鳴，况五更正吸露之辰，非鼓翼之候，則所云疏欲斷者，自屬臆想之誤。下句專取上句神理，若上句有着，下句便有不言之妙，上句影響，則下句亦可删矣。（《停雲閣

詩話》）

【宋宗元曰】（『五更』二句旁批）咏物而揭其神，乃非漫咏。（《網師園唐詩箋》）

【李因培曰】（『五更』二句批）追魂之筆，對句更可思而不可言。（《唐詩觀瀾集》）

【范大士曰】爐錘極妙，此題更無敵手。（《歷代詩發》）

【吴瑞榮曰】詩歸極贊末語，細按殊覺稺甚拙甚。品詩必欲以此為上，是入野狐禪矣。且使神箋鬼咒，得以厠身大雅，棄黄鐘鳴瓦鼓，此又與於衰颯之甚者也。（《唐詩箋要》）

【袁枚曰】首二從聞蟬起。三句承上『聲』字，四句承上『高』字。五六轉，言薄宦而起故園之思，那堪更聞爾聲之相警也。末句仍合到聞蟬作結。（《詩學全書》）

【張文蓀曰】比體。末句點明正意。『一樹碧無情』比孟襄陽『空翠落庭陰』更微妙，玩起結自見。（《唐賢清雅集》）

【顧安曰】首二句寫蟬之鳴，三四寫蟬之不鳴。『一樹碧無情』，真是追魂取氣之句。五六先作『清』字地步，然後借『煩君』二字折出結句來。法老筆高，中、晚一人也。（《唐律消夏録》）

【周詠棠曰】『五更疏欲斷，一樹碧無情』十字神妙。結意好。（《唐賢小三昧續集》）

【吴仰賢曰】義山實有白描勝境，如詠蟬云：『五更疏欲斷，一樹碧無情』……數聯皆不著一字，盡得風流。（《小匏庵詩話》）

【施補華曰】三百篇比興為多，唐人猶得此意。同一詠蟬，虞世南『居高聲自遠，端不藉秋風』，是清華人語；駱賓王『露重飛難進，風多響易沉』，是患難人語；李商隱『本以高難飽，徒勞恨費聲』，是牢騷人語。比興不同如此。（《峴傭説詩》）

【李佳曰】李義山《詠蟬》《落花》二律詩，均遺貌取神，益見其品格之高。推此意以作詞，自以白描為妙手，豈徒事堆砌者所能見長。（《左庵詞話》）

【俞陛雲曰】此與駱賓王《詠蟬》，各有寓意。駱感鍾儀之幽禁，李傷原憲之清貧，皆極工妙。起聯即與蟬合寫，謂調高和寡，臣朔應飢；開口向人，徒勞詞費，我與蟬同一慨也。三、四言長夜孤吟，而舉世無人相賞，若蟬之五更聲斷，而無情碧樹，仍若漠漠無知。悲辛之意，託以俊逸之詞，耐人吟諷。五、六專説己事，言宦游無定，而故里已荒。末句仍與蟬合寫，言煩君警告，我本舉室耐貧，自安義命，不讓君之獨鳴高潔也。〇學作詩者，讀賓王詠蟬，當驚為絶調。及見玉溪詩，則異曲同工。可見同此一題，尚有餘義，若以他題詠物，深思善體，不患無着手處也。（《詩境淺説》甲編）

【張曰】頗難徵實，馮編徐幕，無據。（《會箋》。不編年）又曰：起四句暗托令狐屢啟陳情不省，有神無迹，真絶唱也，非細心不能味之。（《辨正》）

【按】此詩章法，紀氏謂前四寫蟬即自喻，後四自寫仍歸到蟬。然五句薄宦梗泛之感實緣蟬之抱枝棲梗而生，何氏謂此句『雙抱』，良是。六句由薄宦梗泛而思故園，自是順理成章，然此句如純屬自寫，似與題脱節。頗疑此亦『雙抱』寫法，明為自寫，隱亦寫蟬。蟬之幼蟲生長於樹下洞穴中，至若蟲、成蟲階段，方棲息於高樹，『故園』或指此。白居易《村居卧病三首》之一：『昨日穴中蟲，蛻爲蟬上樹。』可參证。『故園蕪已平』，謂空庭中雜草叢生，蕪然而平，欲歸不得也。此詩前幅，寫寒蟬棲高飲露，悲鳴欲絶，寄寓己之窮困潦倒處境與悲憤無告心情，『一樹碧無情』，極形環境之冷酷。馮氏謂『屢啟陳情不省』，作者固不妨於詩句中融鑄此種感受，然不必局限於此。五六抒寫寄跡幕府，沉淪漂泊，欲歸未能之情。末聯『君』『我』合寫。曰『最相警』，蓋謂蟬似有意警誡我之胡不及早歸故園也，曰『我亦舉家清』，則正所謂『等是有家歸未得』也。

此詩作年不可確考。然視三四句及末句，似作于汴幕之可能性較大。梓幕時已『無家與寄衣』矣，固不特『舉家清』也。

蜂

小苑華池爛熳通〔一〕①，後門前檻思無窮。宓妃腰細纔勝露②，趙后身輕欲倚風③。紅壁寂寥崖蜜盡④，碧簷迢遞霧巢空〔二〕⑤。青陵粉蝶休離恨⑥，長定相逢二月中〔三〕⑦。

校記

〔一〕『小』原作『少』，非，據戊籤、朱本、季抄及英華改。

〔二〕『簷』原作『簾』，非，據戊籤及英華改。

〔三〕『定』，英華一作『是』。

集注

①【姚注】爛漫，見《魯靈光殿賦》。後人訛作爛熳，徧查《説文》《玉篇》等書，從無『熳』字。【馮注】《莊子·在宥篇》：『大德不同而性命爛漫矣。』《上林賦》：『爛漫遠遷。』師古曰：『言其雜亂移徙也。』《洞簫

賦》：『悼恍瀾漫。』注曰：『分散也。』此字皆當作『瀾漫』，亦作『爛漫』。有作『熳』者，誤。【按】爛漫係聯綿詞，作爛漫、爛熳均無不可。唐人亦二者雜用，陳子昂《萬州曉發》詩：『空蒙巖雨霽，爛熳曉雲歸。』韓愈《山石》詩：『山紅澗碧紛爛漫。』杜甫《彭衙行》：『衆雛爛熳睡。』固不得因『熳』字後起而斷其誤也。此句『爛熳』係隨意、任意之義。

②【朱注】《洛神賦》：『腰如約素。』宓妃即洛神。【馮注】《洛神賦序》：『黃初三年，余朝京師，還濟洛川。古人有言：斯水之神名曰宓妃。感宋玉對楚王神女之事，遂作斯賦。』

③【朱注】《飛燕外傳》：『帝臨太液池，后歌《歸風送遠》之曲，帝以文犀簪擊玉甌，酒酣風起，后揚袖曰：「仙乎，仙乎，去故而就新乎！」帝令馮無方持后裾，風止，裾為之縐。他日，宮姝或襞裾為縐，號留仙裾。』【馮注】張衡《西京賦》：『飛燕寵於體輕。』《三輔黃圖》：『成帝與趙飛燕戲於太液池，以金鎖纜雲舟於波上，每輕風時至，飛燕殆欲隨風入水，帝以翠縷結飛燕之裾。今太液池尚有避風臺。』【何曰】移用不得。（《讀書記》）

④【朱注】本草：『石密又名崖密，人以長竿刺出，多者至三四石，味醶，色綠，比他密尤勝。』【馮注】《西京雜記》：『南越王獻高帝石蜜五斛。』按：《山海經》：『平逢之山，實惟蜂蜜之廬。』注曰：『蜜，赤蜂名。』蓋『蜜』字從蟲，本即蜂也。《本草注》中多以『蜜』為『密』。【程注】《演繁露》：『崖蜜者，蜂之釀蜜，即峻崖懸置其窠，使人不可攀取，人伺其窠蜜成熟，用長杆繫木桶，度可相及，即以杆刺窠。窠破，蜜注桶中。』

⑤【馮注】《御覽》引《博物志》：『人家養蜂者，以木為器，或十斛、五斛，開小孔，令蜂出入，安着簷前或庭下。』二句是過時之景，故下接『離恨』。

⑥【馮注】見《青陵臺》。

⑦【朱注】古樂府《蛺蜨行》：『蛺蜨之遨戲東園，奈何卒逢三月養子燕，接我苜蓿間。』

【馮班曰】咏物正體。

【賀裳曰】義山咏蜂：『宓妃腰細纔勝露，趙后身輕欲倚風。』思路至此，真為幽渺。（《載酒園詩話》卷一）

【朱彝尊曰】亦未刻畫。

【胡以梅曰】此詩寓刺當時淫亂之婦，然以蜂為喻，亦謂其不可近，以自警之詞。

【陸曰】義山沉淪記室，代作嫁衣，猶蜂之終年釀蜜，徒為人役耳。《小苑華池》一篇，殆自況也。首言爛熳通，則勞其力；次言思無窮，則勞其心。自顧腰細身輕，誰能堪此？乃嘗於野者，既收其液；蓄於家者，並割其脾，於己曾何益耶？且明知如此，而息肩無時，年年二月，與粉蜨相逢，又為採擷之始矣。其勤動為何如？結語括來便是。

【姚曰】此為逢時趨附者發。小苑華池，逢迎俱遍，且承顏獻媚，使人自然憐愛，其容身之巧如是。至其事去時移，蜜盡巢空，冷落亦其常理，不知若輩固終無謝絶之時也。佇見春歸以後，蝶粉蜂黄，相招相引，所謂我輩富貴自在耳。世情何日不如是。

【屈曰】一二所遊之處。三四輕細之態。五六秋冬之候，崖蜜將盡，舊巢欲空。此時休生離恨，每於二月長定相逢，不似人生一别不能再見，正應上思無窮也。

【程曰】義山嘗有『紫蝶黄蜂俱有情』之句，故好以蜂蝶比美人。蝶詩已屢見，此《蜂》詩亦寓言。蓋寄慰别情之作。篇中『思』字、『離恨』字是眼。起二句思其里巷。三四思其風流。五六思其寂寞。七八則以相見不遠慰之。猶之隋煬帝《别宫人》詩『但存顔色在，離别只今年』也。（按：馮氏未另下箋語。肯定程氏寄慰别情之説，并轉引其對各句所作之解釋。）

【紀曰】次句不成語，三四尤俗。後四句小有情致耳。

【張曰】首二來往空衙。三四伶仃末路。『崖蜜盡』『霧巢空』，喻府主之逝。結以相見不遠慰之。是徐府初罷寄内之作也。（《會箋》）又曰：起二句即『後閤罷朝眠，前墀思黯然』意。『宓妃』二句，言己從前根基未定，故隨黨局流轉。『紅壁』二句，言李黨疊貶，無處可託。結言不須悔恨，尚有令狐一門可以告哀，屈指好期，當不遠也。此篇當陳情之詞、託意之作矣。○青陵在鄆州，義山受知令狐始鄆幕，故假以自喻己之素在令狐門下也。與《青陵臺》一首可以互參，義山大中五年春罷徐州入京，此有二月相逢語，或其時途次所作歟？○次句未至不成語。三四切題，是晚唐詩法，非俗也。紀氏少見多怪，乃以為口實。（《辨正》）

【汪辟疆曰】此當為義山聞子直漸貴，而冀其援引之詩也。題為詠蜂，故託以見意。首二句喻己有託身之地，三四喻己人地寒微，非有倚託不能自致青雲之路。五六則向所賴之人，今皆不在朝列，因宣宗大中三年，衛公之黨，已罷斥殆盡矣。則此後不能不屬望於子直。結二句言相見不遠，雖子直於己初有不諒，而己則心實無他，則此後之會合不難矣。句句詠蜂，却句句寫己。

【按】此借詠蜂寓幕府寂寥、懷想京華之情與遠離家室之恨。起言小苑華池，後門前檻，昔曾爛熳而通，今則惟悵望而思之無窮。『小苑華池』指朝廷禁省，與蜨詩『小苑』『瑣闈』同。次以『腰細』『身輕』喻己之細弱無依。腹聯上言幕府寂寥，『崖蜜』已盡，新巢難寄，下言小苑華池，舊巢迢遞，早已成空，是内外均無託身之所矣。末聯『青陵粉蝶』喻指妻室，謂其不必離恨重重，二月春回日暖，自當『蜂』『蝶』相逢也，此慰之之語。此篇當與《蜨》（初來小苑中）一首參觀，託寓之迹自明。末聯與《對雪二首》『龍山萬里無多遠，留待行人二月歸』之語亦合，酌編盧幕。

房中曲①

薔薇泣幽素，翠帶花錢小②。嬌郎癡若雲，抱日西簾曉③。枕是龍宮石，割得秋波色④。玉簟失柔膚，但見蒙羅碧⑤。憶得前年春，未語含悲辛〔一〕⑥。歸來已不見，錦瑟長於人〔二〕⑦。今日澗底松，明日山頭蘗⑧。愁到天地翻〔三〕，相看不相識⑨。

〔一〕「含悲辛」，底本原作「悲含辛」，據席本、朱本改。

〔二〕「長於人」，姜本作「長埃塵」。

〔三〕「地」原作「池」，據悟抄、戊籤改。【馮曰】古樂府：「天地合，乃敢與君絕。」句意本此。天池，海也，於義亦通。然天地似暗承上「澗底」「山頭」。【紀曰】按《莊子·逍遥遊》篇天池是海之別名，而《酉陽雜俎》有海翻則塔影倒之説，知唐人有此語也，作「天地翻」則鄙而不文矣。【張曰】當作「天地」，空説方佳。

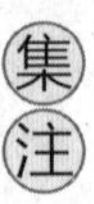

①【錢良擇曰】此悼亡詩也。（《唐音審體》）【程注】《舊唐書·音樂志》：『平調、清調，皆周《房中曲》之遺聲。』【馮注】《漢書·禮樂志》：『高祖有《房中詞》，武帝時有《房中歌》，皆本周《房中樂》。』此則以言悼亡也。集中悼亡詩始此。【張曰】弘正死於大中五年春，是年罷職還京，秋間悼亡。此詩蓋即大中五年所作。〔按〕王氏卒于春夏間，詳箋。

②【朱注】《劉子》：『春花含日似笑，秋露泫葉如泣。』【按】二句借薔薇泣露，翠帶圓花，以興起悼亡之意與下嬌郎癡小之情狀。幽素指露水，翠帶謂薔薇枝條細長柔弱，如翠葉綴成之衣帶然，帶上之花錢甚小。

③【朱彝尊曰】若雲，言亂且昏也。悲極故癡。（錢良擇評略同）【屈曰】嬌郎相愛，如雲之抱日。【馮曰】幼不知哀，日高始寤。【紀曰】『嬌郎』二字，妙可意會。（《輯評》）【鍾惺曰】妙在無謂。【按】『嬌郎』究應指誰，屈氏之解孤立視之，似較有情味，通體視之則扞格難通矣。錢氏亦以『嬌郎』為自指，惟屈解作憶昔，錢解作傷今。然時義山已四十，斷不至以『嬌郎』自稱，且與上文『花錢小』不侔。蓋日高簾捲，行雲擁日，時嬌兒仍抱枕而眠，故有『嬌郎癡若雲，抱日西簾曉』之聯想。『癡』字以幼子不知失母之哀，反襯已悼亡之痛。或謂『癡若雲』係形容悲傷失神之狀，雲，表示浮游無所依托，亦通。然終以形容幼子不知哀之解為優。

④【馮曰】龍宮有龍女，故泛言寶石耳。【朱注】《玉堂閒話》：『《息壤記》云：禹堙洪水，至荆州，見有海眼，汜溢無垠，禹乃鐫石造龍之宮室，寘于穴中，以塞其水脈。』（按：過泥，非義山所用。）李賀詩：『一雙瞳人剪秋水。』【按】秋波：以秋水之明净狀眼波。二句謂此龍宮寶石所作之枕，光可鑒人，仿佛割得其秋波之色。覩物思人，益增悽愴。

⑤【朱注】『蒙羅』是『蒙彼縐絺』之『蒙』。祖詠詩：『碧羅蒙天閣。』【錢曰】因曉卧所見，追憶其存日。【馮注】覩枕而如見明眸，見被而難尋玉體。王氏色美，而必尤艷于目，以後屢言之。【按】二句謂簟席之上不復見伊人之玉體，但見翠被蒙蓋其上而已。羅碧，猶言翠被。

⑥【錢曰】此言將别之時。【馮注】大中七年《乙集序》云：『三年已來，喪失家道』，則悼亡定在五年也。他詩云『柿葉翻時』，則當在秋深矣。此云『前年』，指四年也。『春』字不必泥。【張曰】『前年春』指大中三年，義山時留假參軍，正在京。【按】所謂『含悲辛』，除由于身世淪落艱虞而含悲外，可能王氏此時已有疾恙，預感將不久於人世也。

⑦【錢曰】錦瑟為其人平日所彈，而物在人亡矣。【姚注】《周禮·樂器圖》：『繪文如錦，曰錦瑟。』【馮注】歸來謂自徐歸也。《回中牡丹》詩已云錦瑟，意王氏女妙擅絲聲，故屢以致慨。【張曰】謂今不幸徐州罷歸，方期重樂室家之好，而其人已不見矣，非妻歿在義山未歸前也。【錢鍾書曰】『長於人』猶鮑溶《秋思》第三首之『我憂長於生』，謂物在人亡，如少陵《玉華宫》：『美人為黄土，況乃粉黛假。當時付金輿，故物猶石馬。冉冉征途間，誰是長年者』，或東坡《石鼓歌》：『細思物理坐歎息，人生安得如汝壽。』義山『長於人』之『長』即少陵之『長年』、東坡之『壽』。（《談藝録補訂》）

⑧【錢曰】（『今日』句）孤甚。（『明日』句）苦甚。【朱注】檗，黄木也。味苦。古樂府：『黄檗向春生，苦心隨日長。』又曰：『高山種芙蓉，復經黄檗塢。』【朱彝尊曰】言情至此，奇闢為千古所無。【馮注】左思《詠史》：『鬱鬱澗底松。』（澗底松）比己之不得志。（山頭蘗）比己將銜悲行役。【按】上句謂淪賤受抑，下句謂苦辛日長（山頭不必泥）。

⑨【馮注】《莊子·德充符》：『雖天地覆墜，亦將不與之遺。』【錢曰】宜作『地』，天地俱翻，或有相見之日，又恐相見之時已不相識，設必無之想，作必無之慮，哀悼之情，於此為極。【何曰】最古。（馮注引）【按】蘇軾《江城子》：『縱使相逢應不識』，似受末句啟發。

【鍾惺曰】苦情幽艷。(《唐詩歸》)

【譚元春曰】情寓纖冷。(《唐詩歸》)

【徐德泓曰】此悼亡詞。花泣幽而錢小，猶人歸泉路而遺嬰稚也。是以嬌郎無所知識，倚父寢興，如癡雲之抱日而曉耳。帳中賓枕，乃眼波所流潤者。人去牀空，惟見碧羅蒙罩而已。記得別時，傷心難語，今歸不見人，而僅見所遺之物，無人而物翻覺其長矣。人生有聚必散，今日在此，明日在彼，猶夫孤松苦檗，高下異處，即愁到天地翻覆，而高者下，則下者又高矣。豈能見而識乎？乃永訣意也。

【姚曰】此悼亡詩也。起四句，以薔薇反興。下四句言物在人亡。『憶得』二句言出門作別時。歸來不見，却將錦瑟作襯。末乃致其地老天荒之恨也。

【屈曰】一段美人如花，嬌郎相愛，如雲之抱日。二段故物猶在，而其人已去矣。三段回思往日之情不可復見。四段言他生不能相識也。『癡若雲』奇句。『今日』二句比而興也。澗底之松可以長壽，山頭蘗，生死之苦也。甚似長吉。

【程曰】此亦悼亡也。詩有歸來不見之語，蓋大中六年桂州府罷之時也(按程此説誤，馮、張二譜已正之)。

【紀曰】亦長吉體，特略有古意，猶是長吉《大堤曲》之類未甚詭怪者。問此詩之意何指？曰平山以為悼亡之詩也。

【張曰】長吉體以峭艷為宗，源出楚騷，真詩家之正嗣也。絶無鬼怪之處。紀氏寱語可笑。○此詩蓋即大中五年所作。『憶得前年春』，指大中三年也。『歸來已不見』謂自徐歸京而妻即死也。罷徐歸來在先，悼亡在後，此承『前年』句。言前年在京，雖病含悲辛而人尚在，今則歸來而人已不能常見矣，非妻死時義山尚未歸也。余謂義山大中二年冬抵京，得選尉，觀『前年春』句，亦可參悟。（《辨正》）

【按】商隱妻王氏之卒期，馮譜訂於大中五年深秋，盧幕罷歸之前（馮氏謂商隱罷盧幕在大中六年）；張氏《會箋》則謂王氏卒於大中五年夏秋間，在盧幕罷歸之後。馮謂商隱罷盧幕及王氏卒均在大中五年雖是，然據『歸來已不見，錦瑟長於人』之句謂王氏卒於商隱歸京前則是；張氏謂商隱罷盧幕在大中六年雖誤，然其謂『今不幸徐州罷歸，方期重樂室家之好，而其人已不見矣，非妻歿在義山未歸前也』則顯係曲解詩意。王氏之卒，實在大中五年暮春，《房中曲》已提供最直接之物候證據。詩起首即云『薔薇泣幽素，翠帶花錢小』。薔薇于春夏間開花。儲光羲《薔薇歌》：『春日遲遲將欲半，庭影離離正堪玩。枝上嬌鶯不畏人，葉底飛蛾自相亂……秦家兒女愛芳菲，畫眉相伴采葳蕤……連袂踏歌從此去，風吹香氣逐人歸。』白居易《薔薇正開春酒初熟因招劉十九崔二十四同飲》：『甕頭竹葉經春熟，階底薔薇入夏開。』吴融《薔薇》：『萬卉春風度，繁花夏景長。』周邦彦《六醜薔薇謝後作》：『願春暫留，春歸如過翼。為問花何在？夜來風雨，葬楚宫傾國。』均言薔薇開於晚春或初夏，其花期通常不超過一月。詩言『翠帶花錢小』，係形容薔薇初開時葉如翠帶，花錢小巧，而『泣幽素』亦表明薔薇花上有晶瑩之露水，其時當值晚春或初夏，而非鬱熱炎蒸之盛夏。此詩作於王氏已經亡故之後，而時令猶是薔薇初開之暮春或初夏。故可以斷定，王氏之卒當在大中五年之暮春甚至更早。關於此，還可從《相思》一詩得到證明（詳該詩編著者按）。

馮氏謂王氏『亡在秋深』，係據《赴職梓潼留别畏之員外同年》『柿葉翻時獨悼亡』之句及《屬疾》『許靖猶羈宦，安仁復悼亡。兹辰聊屬疾，何日免殊方。秋蝶無端麗，寒花只暫香。多情真命薄，容易即回腸』推斷。但『安仁復悼亡』不過泛説自己如潘岳為悼念亡妻之情所纏繞，『復』字對上句『猶』字而言，謂羈宦異鄉之情本已難遣，復為悼傷之情所纏，更覺不堪，故『兹辰』姑且託疾告假，非謂『兹辰』正值妻子亡故之忌日。『柿葉翻時獨悼亡』亦謂值此柿葉飄翻之深秋季節自己正獨為悼亡之情所苦，非謂『柿葉翻時』正值妻子去世之時。馮注引《南史·劉歊傳》：『歊未死之春，有人為其庭中栽柿，歊謂兄子弇曰：「吾不及見此實，爾其勿言。」及秋而亡。』其意圖蓋在證成『亡在秋深』之説。但此處是否用劉歆典，頗可疑。蓋如用此典，當曰『柿實成時』，而不當曰『柿葉翻時』。關中平原多柿樹，深秋柿葉翻飛，一片凋衰景象，觸動悼傷之情，故曰『柿葉翻時獨悼亡』。『柿葉翻時』是作詩時眼前景，非妻逝世之日。馮氏將『悼亡』均理解為王氏去世之日，實則上述二詩中之『悼亡』均指悼念王氏之情。且『柿葉翻時獨悼亡』係相對上句『桂花香處同高第』而言，此聯意即往昔與韓瞻同折桂枝共登高第，而今柿葉飄翻之時却獨為悼傷之情所苦，蓋對比二人之不同境遇，與妻亡之具體時間無涉。尤可作為有力反證者，薔薇花絶不會至秋深仍在開放，秋深妻亡説與《房中曲》『薔薇泣幽素，翠帶花錢小』直接衝突，不足信。

此詩起四句寫簾外泣露之薔薇與簾内失母癡睡之嬌兒，起悼亡之意。次四句寫枕簟，寄託物在人亡之哀思。前半由室外而室内，從空間方面着筆。後半由眼前及於往昔與未來，從時間方面着筆。由昔日『未語含悲辛』之情景益增今日瑟在人亡之悲痛。末四句將身世之感與悼亡之痛融為一體，設想天地翻覆之日『相看不相識』之情景，『設必無之想，作必無之慮，哀悼之情，於此為極』。詩仿長吉體，古澀中寓情沉摯。

相思〔一〕

相思樹上合歡枝①，紫鳳青鸞並羽儀〔二〕。腸斷秦臺吹管客②，日西春盡到來遲。

〔一〕原題下小注：一本作『相思樹上』。

〔二〕『並』，季抄、朱本作『共』。

集注

①【馮注】《吳都賦》：『相思之樹。』注曰：『大樹也，材理堅，邪斫之，則文可作器，其實如珊瑚，歷年不變。』《古今注》：『欲蠲人之忿，則贈以青棠，一名合歡。』《風土記》：『夜合一名合歡，亦名合昏。』句是借喻，不必核定。　【按】參《青陵臺》注。

②【按】屢見。『秦臺吹管客』指蕭史，此處借以自指。

【何曰】上二句言墓木已拱，徒見婢僕也。（《輯評》）

【姚曰】『閶閤兒女換，歌舞歲時新。』我每誦老杜語，為之魂斷。

【屈曰】鳥猶並棲，而秦客乃春盡不來，能無腸斷！

【馮曰】以艷情寓慨，當與青陵臺類觀，但未測何年作耳。

【紀曰】平直無佳處。（《詩説》）感遇之作。（《輯評》）

【張曰】此重官秘閣時作，自歎遇合之不偶也。『相思』二句，狀黨人之得君，殆指茂元輩言。茂元諸公，皆一時祥靈威鳳，與衛公契合無間，故能弼成中興相業。『秦臺吹管客』，自謂。『日西春盡到來遲』，即『誰料蘇卿老歸國，茂陵松柏雨蕭蕭』意。武宗崩於三月，故曰春盡也。義山服闋入京，未幾，武宗晏駕，衛公外斥，文人數奇，所慨深矣。（《會箋》。繫會昌六年）又曰：義山自婚於王氏，久為李黨。贊皇當國時，義山時正丁憂，及服闋入京，而武宗崩，衛公亦罷相矣。遇合無成，此詩之所由慨也。首二句言己初婚王氏，相思合歡，以寓夫妻恩愛。（《辨正》。後二句解同《會箋》）

【按】張氏附會武宗逝世事，殊不足信。《茂陵》以蘇武自況猶為近理，此以『秦臺吹管客』自喻，以寓君臣之事，則殊為不倫，不得因舊本兩篇相連，遂以彼例此。此詩應係悼亡之作。『秦臺吹管客』用蕭史吹簫作鳳鳴，秦穆公以女弄玉妻之典，此以蕭史自指，暗示已為茂元之婿。弄玉、蕭史結為夫婦，此言『腸斷秦臺吹管客』，其腸斷當因悼亡而起。前二句以相思樹上紫鳳青鸞之合歡喻夫婦之相愛，謂己與王氏本如雙栖於相思樹上合歡枝頭之紫鳳青鸞，羽儀相映，伉儷情深。三四則由憶往昔之相愛而傷今日之永隔，謂我於日暮春盡之時歸來，而王氏已逝，昔日之『秦臺客』寧不為『到來遲』而抱恨腸斷乎？此與《房中曲》之『歸來已不見，錦瑟長於人』正可互證。詩亦當與前首作於同時。頗疑此次義山汴幕罷歸途中已得知王氏病重消息，兼程趕回，仍未與王氏見最後一面，故有『到來遲』『已不見』之嘆。

青陵臺①

青陵臺畔日光斜，萬古貞魂倚暮霞〔一〕。莫訝韓憑為蛺蝶〔二〕②，等閒飛上別枝花③。

〔一〕「貞」，蔣本、影宋抄作「真」，英華作「春」，均非。

〔二〕「訝」，蔣本、姜本、戊籤、悟抄、萬絶、英華作「許」。

①【朱注】《彤管新編》：「韓憑為宋康王舍人，妻何氏美，王欲之，捕舍人，築青陵臺，何氏作《烏鵲歌》以見志，遂自縊死，韓亦死。」《列異傳》：「宋康王埋韓憑夫妻，宿昔文梓生，有鴛鴦雌雄各一，恒棲樹上，音聲感人。或云：化為蝴蝶。」《一統志》：「臺在開封府封丘縣界。」《寰宇記》云：「在鄆城縣，憑運土所築，至今臺跡依然。宋大夫韓憑遺跡也。」【馮注】《搜神記》：「宋康王舍人韓憑娶妻美，康王奪之，憑怨，王囚之，憑遂自殺。妻乃陰腐其衣，王與之登臺，自投臺下，左右攬之，衣不中手而死，遺書於帶曰：「願以屍與憑合葬。」王怒，使埋

之二塚相望，曰：「爾夫婦相愛，能使塚合，則吾弗阻也。」宿昔便有文梓生於二冢之端，旬日而盈抱，屈體相就，根交於下，枝錯於上。又有鴛鴦雌雄各一，恒棲樹上，交頸悲鳴。宋人哀之，號其木曰相思樹。」按：本書及《法苑珠林》《太平御覽》所引者，皆不云衣化為蝶。《寰宇記》：濟州鄆城縣韓憑冢引《搜神記》云：「左右攬之，着手化為蝶。」「憑」或作「朋」。「何氏」，《輿地記》作「息氏」，諸書每有小異。

②【馮注】《山堂肆考》：「俗傳大蝶必成雙，乃韓憑夫婦之魂。」【何曰】（莫訝）二字貫到底。（《輯評》）

③【補】等閒，隨便。

【朱彝尊曰】此必有夫負其婦者，故以此託與？

【陸鳴皋曰】為夫有薄情者發，題只借意耳。

【姚曰】寫貞魂，寫得刻酷。

【屈曰】言丈夫之情亦不肯相負，而死後乃更有他意耶？

【馮曰】此詩之眼全在「莫訝」二字，言雖暫上別枝，而貞魂終古不變。蓋自訴將傍他家門户，而終懷舊恩也。疑為令狐作於將遊江南時矣。若作「莫許」而徒以艷情解之，與上二句意不可貫。《太平御覽》引《郡國志》：「青陵臺在鄆州須昌縣。」與《寰宇記》所引，皆唐時鄆州屬也。疑義山受知令狐，實始鄆幕，故以託意歟？

【紀曰】此詩亦佳，但微乏神韻，有喫力之態耳，第二句亦趁韻寫出，「倚暮霞」三字殊無着落也。……何以云無着落？曰此詠青陵臺事，非詠青陵臺景也。「日光斜」已是旁文，何得又因旁文而波及耶？就此三字論之，暮霞如何云「倚」？就本句七字論之，如何與萬古貞魂相連？凡下字無關本意便是無着落，不必嚴霜夏零、明月晝起也。

問後二句何以如此說？曰只一兩不相負之意，因有化蝶一事，故留住韓憑另一層寫，借事點染，生出波折，此化直為曲、化板為活之法，若直說便少味矣。（《詩說》） 此亦寓意於新故去就之間。『倚暮霞』三字趁韻。（《輯評》）

【張曰】義山依違黨局，放利偷合，此自辨之詞，意謂初心本不欲如是也。以韓憑貞魄自比，其志亦可哀矣。《寰宇記》：『韓憑冢在濟州鄆城縣。』當是赴徐時（指大中四年初赴徐州盧弘止幕）經過所賦。（《會箋》） 又曰：『倚暮霞』三字練得極新極穩，神味倍覺深遠，此詩家格外烘染法也。以為『趁韻』『不妥』，豈非欲加罪古人耶？（《辨正》）

【按】義山伉儷情深，王氏亡後哀感不已，悼亡之痛，屢形諸篇章。觀其却柳仲郢贈張懿仙事，可證其悼亡後於衽席間已無意他求。然則所謂『飛上別枝花』，當另有所託，而所託之情事又與夫婦舊情有關（義山《蜂》詩嘗以青陵粉蝶喻指王氏，參見該詩箋語）。義山與王氏之婚姻，不幸而牽連黨争。大中以來，李黨疊貶，牛黨復熾，義山追隨鄭亞，益遭令狐之忌。至盧幕罷歸，窮蹙之極，不得已『復以文章干綯』。此乃義山初心最不願為而不得不為之事，內心之充滿矛盾痛苦已不待言。且結褵十餘載，己固沉淪，妻亦無端受累。乃王氏甫逝，竟因窮蹙而有此違心之舉，則負疚自譴之情亦可想見。此詩前二句以斜日暮霞渲染環境氣氛，襯托想像中之『貞魂』，其中似隱含對王氏之追念與對其義烈品格之贊美。後二句乃以『飛上別枝花』之韓憑自況。『莫訝』『等閒』四字，最宜玩味。己之干綯，自旁人視之，或正『放利偷合』之小人『等閒飛上別枝花』之又一『背恩』之行，然己為此違心之舉，實出萬不得已，內心固極痛苦而非『等閒』為之也。自譴自解，兼而有之。義山之悲劇，不特在身處末世，坎坷沉淪，且在於志存高潔而行不免有時淪於庸俗卑微，故內心之矛盾痛苦特為劇烈。此詩即可視為詩人痛苦靈魂之自剖與自白，亦可視為詩人面對亡妻貞魂之自譴與自解。此類詩之思想境界固不高，然作為封建社會不能掌握自身命運之士人痛苦心靈之記録，自有其典型意義。

本篇貌似憑弔古跡之作，實係借題托寓。所謂『青陵臺』，殆即亡妻王氏墳墓之別稱焉。

代越公房妓嘲徐公主①

笑啼俱不敢，幾欲是吞聲。遽遣離琴怨，都由半鏡明。應防啼與笑，微露淺深情②。

代貴公主〔一〕

芳條得意紅，飄落忽西東。分逐春風去，風迴得故叢。明朝金井露〔二〕③，始看憶春風。

〔一〕原無『主』字，據蔣本、姜本、悟抄、席本、影宋抄、錢本、朱本補。戊籤無『貴』字，題作『代公主答』，似較『代貴公主』為優。

〔二〕『金井』，悟抄作『含新』。原一作『含新』。

集注

①【朱注】《古今詩話》：『陳太子舍人徐德言尚樂昌公主。陳政衰，德言謂主曰：「以君之才容，國亡必入豪家。儻情緣未斷，猶期再見。」乃破一鏡，人執其半，約他日以正月望日賣於都市。及陳亡，主果歸楊素。德言訪於都市，有蒼頭賣半鏡者，高大其價。德言引至旅邸，言其故，出半鏡以合之，仍題詩曰：「鏡與人俱去，鏡歸人未歸。無復姮娥影，空留明月輝。」主得詩，悲泣不食。素知之，召德言至，還其妻；因命主賦詩，口占曰：「今日何遷次，新官對舊官。笑啼俱不敢，方信作人難。」』

②【馮注】（末句）新淺舊深。　【按】馮注非，詳箋。

③【姚注】《西征記》：『太極殿前有金井欄。』

箋評

【何曰】（首章次聯）點出本事。（末聯）啼笑則情露矣，故應防之，使其不露。（《輯評》）

【姚曰】（首章）公主固是女中鄉愿，能使前人後人憐惜。『微露』二字，刺得刻毒。（次章）嘲者，嘲其忘故，代意言本不曾忘也。

【屈曰】（首章）寓淺深於啼笑，是有心者旁觀，亦是笑啼者必有之情。（次章）別後方憶，從何處得看？妙筆。

【程曰】（次章）『貴公主』當作『徐公主』，緊接前題為是，不必混其詞稱貴主也。又曰：此正為牛、李黨人嗤謫無行而作。以越公妓比黨人，以徐公主自比。二詩顯非詠古也。

【袁彪曰】（次章）起句配徐，次句遭亂，三句歸楊，四句還徐，結言又未嘗不憶楊也。（馮箋引）

【馮曰】《宰相世系表》：『楊氏汝士、虞卿及嗣復，皆為越公房。』其借古事以詠所思歟？是愚之妄測也。

【紀曰】（《代越公房妓嘲徐公主》《代貴公主》）弄筆之作，不關大雅。此與代《魏宫私贈》及《代元城吴令暗為答》詩皆不似泛然之作，然晚唐人亦實有弄筆作戲者，非確有本事，未可武斷也。《有感》詩曰：『一自《高唐》賦成後，楚天雲雨盡堪疑』，義山已料及人之附會其詩矣。（《詩説》）　（首章）略有齊梁意味，然非齊梁之佳作。（《輯評》）

【張曰】《唐書·宰相世系表》：『楊氏：汝士、虞卿、嗣復，皆越公房。』此假以寓意。嗣復牛黨，義山自婚王氏，已脱黨籍，故以樂昌公主自喻。前首調其入幕。次首代答。『芳條得意紅』，諭子直輩助之登第；『飄落忽西東』，謂屈就縣尉。『分逐』二句，言猶欲迴依牛黨也。時尚未知嗣復貶潮也。故聊作得意語。午橋……所解近之。（《會箋》）　又曰：巧思拙致，齊梁名篇，多是此種。若再欲求佳，則明七子之學古，雙鈎填廓而已。（《辨正》）

【按】馮氏謂『淺深情』係『新淺舊深』之意，恐非。樂昌公主口占詩云：『今日何遷次，新官對舊官。笑啼俱不敢，方信作人難。』其意蓋謂因破鏡重圓而笑，則於新官為情淺矣；因離新官而啼，則於舊官為情淺矣，此所以『笑啼俱不敢，方信作人難』也。義山詩『應防啼與笑，微露淺深情』，亦此意。非謂因啼笑而露『新淺舊深』之情。姚氏謂『嘲者，嘲其忘故』，亦非。味詩意，嘲者，嘲其於新故去就之際不敢表露真情也，嘲中有憐焉。次首袁箋得其旨，其意亦謂得返故叢，固己所願，然於春風（指楊）亦有所憶焉。此即所以答『笑啼俱不敢』之嘲，而明己之心迹者。

二詩顯有託寓，前首託寓己於新故去就之間作人之難。次則先言己之新故去就之迹，復抒己之雖迴依舊好，仍思新知也。似以『故叢』指牛黨，『春風』指李黨，『芳條』自喻。『金井露』喻得任京職。然則，此二詩之作，其在大中五年將任太學博士之時乎？否則，與舊好重合、復回故叢之語殆不可解。『越公房』，馮謂指楊汝士等牛黨中人，亦非。蓋『越公』喻『新知』，而楊等則係『舊好』，豈可混淆！此似是義山重依牛黨之際，有人嘲之，故義山借此以明心迹與作人難也。然僅以此二詩為解嘲、『為牛李黨人嗤謫無行而作』，亦未盡愜。蓋二詩雖略帶調侃，實則包含血淚。詩借命不由己之樂昌公主自寓，亦可哀矣。所謂『幾欲是吞聲』，於另一種場合，以另一種方式表達之，正是『途窮方結舌』也。所謂『明朝金井露，始看憶春風』，亦難排斥言外有痛定思痛之意。

詠懷寄祕閣舊僚二十六韻〔一〕①

年鬢日堪悲②，衡茅益自嗤③。攻文枯若木④，處世鈍如鎚⑤。敢忘垂堂誡〔二〕⑥，寧將暗室欺⑦？懸頭曾苦學⑧，折臂反成醫⑨。僕御嫌夫懦⑩，孩童笑叔癡⑪。小男方嗜栗⑫，幼女漫憂葵⑬。遇炙誰先??〔三〕⑭？逢齏即更吹〔四〕⑮。官銜同畫餅⑯，面貌乏凝脂⑰。典籍將蠡測⑱，文章若管窺⑲。圖形翻類狗⑳，入夢肯非羆㉑。自哂成書簏㉒，終當呪酒巵㉓。懶霑襟上血㉔，羞鑷鏡中絲㉕。槖籥言方喻㉖，樗蒲齒詎知㉗？事神徒惕慮㉘，佞佛愧虛辭㉙。曲藝垂麟角㉚，浮名狀虎皮㉛。乘軒寧見寵㉜？巢幕更逢危㉝。禮俗拘嵇喜㉞，侯王欣戴逵㉟。途窮方結舌㊱，靜勝但揞頤㊲。糲食空彈劍㊳，亨衢詎置錐〔五〕㊴！栢臺成口號㊵，芸閣暫肩隨㊶。悔逐遷鶯伴㊷，誰觀擇虱時〔六〕㊸？甕間眠太率㊹，牀下隱何卑㊺！奮跡登弘閣㊻，摧心對董帷〔七〕㊼。校讐如有暇㊽，松竹一相思㊾。

〔一〕「二十六」，馮曰：止二十四。
〔二〕「忘」原作「望」，據朱本改。
〔三〕「炙」原作「」，一作「炙」，據各本改。
〔四〕「更」，蔣本、戊籤、悟抄、季抄、朱本作「便」。
〔五〕「衢」，悟抄作「途」。
〔六〕「擇」，蔣本、姜本、悟抄作「捫」。
〔七〕「摧」原作「推」，一作「催」，蔣本作「催」，均誤。據姜本、戊籤、悟抄、席本、錢本、影宋抄、朱本改。

集注

①【朱注】《魏略》：「蘭臺為外臺，秘書為内閣。」義山釋褐秘書省校書郎，故有舊僚。【程注】《南史·徐廣傳》：「孝武帝以廣博學，除為秘書郎，校書秘閣。」岑參詩：「粉署榮新命，霜臺憶舊僚。」【馮注】舊本皆作二十六，似誤。然細玩通篇，多是詠懷，而寄舊僚太略，似「牀下隱何卑」下再得兩韻轉捩，「奮跡」句接更融和，頗疑脱二韻，故未改從實數。《通典》：「漢氏圖籍所在，有石渠、石室、延閣、廣内，又有御史掌蘭臺秘書及麒麟、天禄二閣。後漢桓帝始置秘書監。」《文選》陸士衡詩：「絜身躋秘閣。」又《表》云：「身登三閣。」《晉官品

令》：『秘書郎掌中外三閣經書，覆校殘闕，正定脱誤。』

②【程注】《南史·齊宗室子範傳》：『為臨賀王正德長史。正德遷丹陽尹，復領尹丞，歷官十餘年，不出蕃府，意不能平。及是，為到府牋曰：「上蕃首僚，於兹再忝。（老少異時，盛衰殊日。）雖佩恩寵，還羞年鬢。」』庾信詩：『自憐才智盡，空傷年鬢秋。』

③【程注】陶潛詩：『養真衡茅下，庶以善自名。』

④【朱注】郭象《莊子注》：『與枯木同其不華。』　【姚注】陸機《文賦》：『兀若枯木。』

⑤【馮注】《晉書·祖納傳》：『納謂梅陶、鍾雅曰：「君汝潁之士，利如錐；我幽冀之士，鈍如槌。持我鈍槌，捶君利錐，皆當摧矣。」』

⑥【程注】《史記·司馬相如傳》：『故鄙諺曰：「家累千金，坐不垂堂。」』宋之問詩：『昔聞垂堂言，將誡千金子。』　【朱注】《漢書》：『千金之子，坐不垂堂。』　【馮注】《史記·索隱》：『垂，邊也。近堂邊恐其墮墜。』

⑦【朱注】《梁簡文帝紀》：『不欺暗室，豈況三光？』　【馮注】舊注引《梁簡文帝紀》，又《宋書·阮長之傳》『一生不侮暗室』，皆非初出處也。《毛詩巷伯傳》：『昔者顏叔子獨處于室，鄰之釐婦又獨處于室。夜，暴風雨至而室壞，婦人趨而至，顏叔子納之而使執燭，放乎旦而蒸盡，縮屋而繼之。』按：古所謂顏子縮屋稱貞也。而《事文類聚》『不欺暗室』一條引《史記》云云，即此事，豈古書以此為不欺暗室耶？采之以俟再考。

⑧【馮注】《楚國先賢傳》：『孫敬好學，時欲寤寐，奮志懸頭屋梁以自課。』崔鴻《前秦録》：『姜宇字子居，每夜讀書，睡則懸頭於屋梁，達旦而止。』　【補】《太平御覽》卷三六三引《漢書》：『孫敬字文寶，好學，晨夕不休，及至眠睡疲寢，以繩繫頭，懸屋梁。後為當世大儒。』

⑨【朱注】《左傳》：『（齊高彊曰）：三折肱知為良醫。』《楚辭·惜誦》：『九折臂而成醫兮，吾至今乃知其信然。』

⑩【朱注】愞，乳兖切。《韻會》：《漢書》：『公卿選愞』，劣弱也。或作懦。　【程注】《史記·管晏列傳》：

『晏子為齊相，出，其御之妻從門間而闚其夫。其夫為相御，擁大蓋，策駟馬，氣洋洋，甚自得也。既而歸，其妻請去。夫問其故，妻曰：「晏子長不滿六尺，身相齊國，名顯諸侯。今者妾觀其出，志念深矣，常有以自下者。今子長八尺，乃為人僕御，然子之意自以為足，妾以是求去也。」』【馮注】《新序》：『楚白公之難，有莊善者將往死之，比至公門，三廢車中。其僕曰：「子懼矣！」曰：「懼。」「既懼，何不返？」善曰：「懼者，吾私也；死義，吾公也。君子不以私害公。」及公門，刎頸而死。君子曰：「好義乎哉！」齊崔杼弑莊公，有陳不占者將赴之，比去，餐則失匕，上車失軾。御者曰：「怯如是，去有益乎？」不占曰：「死君，義也；無勇，私也。不以私害公。」遂往，聞戰鬬之聲，恐駭而死。人曰：「仁者之勇也。」』二事相類。詩蓋明己之好義。【按】程注引《史記》雖切『夫』及『僕御』，然與句中之關鍵字『懦』游離，恐非此句所用。與下句對照，更可見二句所謂『懦』與『癡』實為似懦而非懦，似癡而非癡。非如晏子之御者以僕御為榮也。

⑪【馮注】《晉書》：『王湛初有隱德，人莫能知，兄弟宗族皆以為癡。兄子濟輕之，嘗詣湛，見牀頭有《周易》，濟請言之。湛因剖析玄理，微妙有奇趣。濟乃嘆曰：「家有名士，三十年而不知。」武帝見濟，曰：「卿家癡叔死未？」曰：「臣叔殊不癡。」因稱其美。』

⑫【朱注】陶潛《責子》詩：『通子垂九齡，但覓梨與栗。』

⑬【朱注】《列女傳》：『魯漆室女倚柱而嘯，鄰婦曰：「欲嫁乎？」曰：「我憂魯君老，太子少也。」婦曰：「此魯大夫之憂。」女曰：「昔晉客舍我家，繫馬於園，馬佚，踐我園葵，使我終歲不厭葵味。（吾聞河潤九里，漸洳三百步。今魯國微弱，亂將及人。）」』【馮注】《後漢書·盧植傳》：『漆室有倚楹之戚。』注引《琴操》魯漆室女事，曰：『昔楚人得罪於其君，走逃吾東家，馬逸，蹈吾園葵，使吾終年不饜菜。』按：葵，即菜也。菜是統名，葵是分類，菜猶五穀之稱。【何曰】漫憂葵，並無葵之可憂也。二事借以點化無食。（《輯評》）【王鳴盛曰】其時妻已卒，惟兒女在側，對之心酸，故云。

⑭【朱注】《語林》：『王右軍年十一，周顗異之，時絶重牛心炙，座客未噉，顗先割啖右軍，乃知名。』（馮注

引《晉書・王羲之傳》曰羲之年十三。）

⑮【朱注】《楚詞》：「懲于羹者吹齏。」王逸注：「言人歠羹而熱，中心懲之，見齏即恐而吹也。」【馮注】《楚詞・九章》「懲熱羹而吹韲兮。」《六帖》：傅奕曰：「懲沸羹者吹冷齏。」

⑯【道源注】《魏志》：（明帝詔曰）：「（選舉莫取有名，）名士如畫地作餅，不可啖也。」【何曰】以名高見困。（《輯評》）

⑰【朱注】《世說》：「王右軍見杜弘治，歎曰：『面如凝脂，眼如點漆，此神仙中人。』」

⑱【朱注】《漢書・東方朔傳》：「（以筦闚天，）以蠡測海。」張晏曰：「瓠瓢也。」

⑲【朱注】《晉書・王獻之傳》：「此郎亦管中窺豹，時見一斑。」

⑳【馮注】《後漢書・馬援傳》：「馬援《誡兄子書》：『效季良不得，陷為天下輕薄子，所謂畫虎不成反類狗者也。』」

㉑【朱注】《六韜》：「文王將田，卜曰：『所獲非龍、非彲、非虎、非羆，乃伯王之輔。』果遇太公于渭陽。」【馮注】《楚詞注》：「或言周文王夢立令狐之津，太公在後，帝曰：『昌，賜汝名師。』文王再拜。太公夢亦如此。文王出田，見識所夢，載與俱歸，以為太師。」【何曰】羅隱詩：「時來天地皆無力，運去英雄不自由。」《贈相士》云：「運去英雄成畫虎，時來老耄應非熊。」從義山「圖形類狗」一聯點化出之，自成名句。（《輯評》）

㉒【朱注】《唐書》：「李善淹貫古今，不能屬辭，號為書簏。」餘見《奉使江陵》。

㉓【馮注】《晉書》：「劉伶求酒於妻，妻涕泣諫曰：『君飲酒太過，非攝生之道，宜斷之。』伶曰：『善，吾不能自禁，惟當祝鬼神自誓耳，便可具酒肉。』妻從之。伶跪祝曰：『天生劉伶，以酒為名。一飲一斛，五斗解酲。婦兒之言，慎不可聽。』乃引酒御肉，隗然復醉。」《集韻》：「祝或作呪。」【何曰】本說為霖，却用呪酒，温李語妙如此。（《輯評》）【按】二句似言攻書無謂，已將效劉伶之放情於酒。

㉔【馮注】《詩》：『鼠思泣血。』〔程注〕劉禹錫詩：『夜泊湘川逐客心，月明猿苦霑襟血。』【按】卞和泣血，見《任弘農尉》。

㉕【朱注】《齊書》：『高帝曰：「豈有為人作曾祖而鑷白髮者乎？」』【馮注】《通俗文》：『拔減髮鬚謂之鑷。』《南史》有齊高帝拔白髮擲鏡鑷事。【程注】范雲詩：『欲知憂能老，為視鏡中絲。』

㉖【朱注】《老子》：『天地之間，其猶橐籥乎！虛而不屈，動而愈出。』【按】橐籥：古代冶煉用以鼓風之器具。橐為鼓風器，籥為送風管。

㉗【朱注】馬融《樗蒱賦》：『排五木，散九齒。』《葛洪別傳》：『洪少好讀書，至不知棋局幾道，樗蒱幾齒。』【馮注】《晉書·葛洪傳》：『洪少好學，性寡欲，不知棋局幾道，樗蒲齒名。』此聯謂委心任運，不與人角勝負。【按】樗蒱：古代博戲。博具有子、馬、五木等。

㉘【程注】孟郊詩：『愜懷雖已多，惕慮未能整。』

㉙【按】佞佛，見《奉使江陵》注。

㉚【朱注】《北史·文苑傳》：『學者如牛毛，成者如麟角。』駱賓王啟：『業成麟角，引茅茹而彈冠。』【程注】《禮記》：『凡語於郊者，必取賢斂才焉。或以德進，或以事舉，或以言揚，曲藝皆誓之。』注：『曲藝，為小技能也。』【馮注】《抱朴子》：『僊人積其功勤，契闊勞藝，性篤行真，心無怨貳，萬夫中有一為多矣。為者如牛毛，獲者如麟角。』《困學紀聞》：『學如牛毛，成如麟角，出《蔣子萬機論》。』【何曰】垂謂業成。（《輯評》）

㉛【朱注】《揚子》：『羊質而虎皮，見草而悅，見狼而戰。』

㉜【朱注】《左傳》：『衛懿公好鶴，鶴有乘軒者。』注：『軒，大夫車也。』【程注】鮑照《舞鶴賦》：『入衛國而乘軒。』

㉝【朱注】《左傳》：『夫子之在此也，猶燕之巢于幕上。』《西征賦》：『危素卵之絫殼，甚玄燕之巢幕。』

㉞【馮注】《晉書·阮籍傳》：『能為青白眼，見禮俗之士，以白眼對之。嵇喜來弔，籍作白眼，喜不懌而退。

喜弟康齎酒挾琴造焉，籍大悅，乃見青眼。由是禮法之士疾之若讎。」《晉書・嵇康傳》：『兄喜有當世才，歷太僕宗正。』《北堂書鈔》：『《嵇憙集》云：晉武為撫軍，妙選官屬，以憙為功曹。』句取為幕職。喜、憙同。

㉟【朱注】《晉書》：『戴逵，字安道，性高潔，以禮度自處，累徵為散騎常侍，不至。太元二十年，太子太傅會稽王道子、少傅王雅、詹事王珣上疏曰：「逵執操貞厲，含咏獨遊。年在耆老，清風彌劭。東宮虛德，式延事外。宜加旌命，以參僚侍。」會病卒。』【馮注】《廣韻》：『忻同欣。』《玉篇》：『訢與欣同。』《集韻》：『訢，又僖上聲，亦喜也。』《晉書・隱逸傳》：『戴逵……孝武帝時，以散騎常侍國子博士累徵，辭不就……』《北堂書鈔》：『王珣啟戴逵為國子祭酒，云：『前國子博士戴逵，綽有遠概，堪發胄子之蒙。』』句取為博士。【何曰】『禮俗』句言不能諧俗，『侯王』句言耻為人所輕。戴逵有不官鼓琴事。（《輯評》）【按】馮解是。

㊱【程注】《漢書・李尋傳》：『智者結舌，邪偽並進。』《易林》：『杜口結舌，中心怫鬱。』【馮注】《史記・主父偃傳》：『吾日暮途窮。』《漢書・杜欽傳》：『皆結舌杜口。』句當用《晉書》『阮嗣宗口不臧否人物。鍾會以時事問之，欲因其可否而致之罪，以酣醉獲免。』

㊲【程注】《尉繚子》：『兵以静勝。』【朱注】王維詩：『支頤問樵客。』𢭏、支通。【馮注】《晉書》：『王徽之字子猷，為車騎桓冲騎兵參軍。冲嘗謂徽之曰：「卿在府日久，比當相料理。」徽之初不酬答，直高視，以手版拄頰云：「西山朝來，致有爽氣。」』句暗用此事。

㊳【朱注】《史記・孟嘗君傳》：『馮驩蒯緱彈劍而歌曰：「長鋏歸來乎，食無魚！」』【程注】《袁安傳》：『安子彭為光禄勛，粗袍糲食。』李白詩：『彈劍徒激昂，出門悲路窮。』

㊴【朱注】《莊子》：『堯舜有天下，子孫無置錐之地。』【馮注】《易・大畜卦》：『何天之衢，亨。』《呂氏春秋》：『無立錐之地，至貧也。』此聯謂徒充幕客，不得仕於天朝。【程注】李嶠《上高長史書》：『滄洲密邇，未徵嘉遁之文；閶闔洞開，不列亨衢之步。』

㊵【朱注】《三輔黃圖》：『武帝元鼎二年春，起栢梁臺。帝嘗置酒於其上，詔羣臣二千石能為七言詩者乃得上

坐。』【馮注】《六典》：『御史臺曰栢臺。』義山得寄禄之侍御史，故曰口號。【程注】錢起詩：『欲知別後相思處，願植瓊枝向栢臺。』杜甫有《紫宸殿退朝口號》詩。【胡鳴玉曰】李義山詩：『栢臺成口號，芸閣暫肩隨。』……號乃名稱之義，非號吟也。（《訂譌雜録》）【按】朱注是。此指當年在祕省時與諸文士共同賦詩。

㊶【朱注】秘閣掌秘書圖籍，故稱芸閣。《禮記》：『五年以長，則肩隨之。』【程注】李嶠《自叙表》：『參名芸閣，假迹蓬山。』韋應物詩：『繡衣猶在篋，芸閣已觀書。』李白詩：『小子謝麟閣，雁行忝肩隨。』【馮注】追遡為校書郎時，亦因御史臺與祕省對也。

㊷遷鶯，見《喜舍弟羲叟及第上禮部魏公》。

㊸【馮注】《晉書·顧和傳》：『王導為揚州，辟從事。月旦當朝，未入，停車門外。周顗遇之，和方擇虱，夷然不動。顗既過。顧指和心曰：「此中何所有？」和徐應曰：「此中最是難測地。」』句謂心事無人能察。

㊹【馮注】《晉書·畢卓傳》：『為吏部郎，比舍郎釀熟，卓因醉，夜至其甕間盜飲之，為掌酒者所縛。明旦視之，乃畢吏部也。』《阮籍傳》：『鄰家少婦有美色，當罏沽酒。籍嘗詣飲，醉便卧其側，籍不自嫌，其夫亦不疑。』『眠』字似兼用此，然不必拘。

㊺【道源注】《唐書》：『王維私邀孟浩然入内署，俄而玄宗至，浩然匿牀下。』【何曰】『牀下』不必用王維事，注誤。梁松謁馬援，拜於牀下。二字古來事實最多，其時《唐書》未成，義山何以用之？（《輯評》）【馮曰】用事未詳。按《唐摭言》『無官受黜』條云……《新書》採入傳文，源師引注此句，不知義山用事必不古今夾雜，意境亦不類，況本不足信乎？《後漢書》：『梁松候馬援疾，獨拜牀下，援不答。』『仇覽入太學，同郡符融與覽比宇，賓客盈室，覽常自守，不與融言，郭林宗與融就房謁之，遂請留宿，林宗嘆服，下牀為拜。』《晉書》：『夏統責諸人迎女巫章丹、陳珠，奢淫亂禮，遂隱牀上，被髮而卧。』諸事皆不可符，余前注亦謬。

㊻【馮注】《史記·平津侯傳》：『對策擢第一，拜為博士，後為丞相。』《漢書》：『公孫弘起客館，開東閤，以延賢人。』此指舊僚。【何曰】同伴。（《輯評》）

㊼【馮注】《漢書》：『董仲舒為博士，下帷講誦，弟子傳以久次相授業，或莫見其面，蓋三年不窺園。』此自謂。【程注】江總詩：『户閴董生帷。』

㊽【馮注】劉向《别傳》：『讎校：一人讀書，校其上下得謬誤為校；一人持本，一人讀書，若怨家相對曰讎。』【程注】韓愈《送鄭校理》詩：『才子富文華，校讎天禄閣。』

㊾【何曰】結句要以歲寒之意。（《輯評》）

【何曰】反復曲折，述已往，矢來兹，半悔半負，且憐且悲，情思無限，語最曲暢。〇終恨太多，翻入於陪。（《輯評》）

【姚曰】起手八句，叙生平閲歷甘苦。『僕御』八句，叙家居寂寞自甘。『典籍』八句，言自顧原無實用。『橐籥』八句，言虚名謬被世知。『禮俗』四句，言入世常憂觸忤。『糲食』八句，言與舊僚飛沉地隔。『奮跡』四句，望其念及故人也。『校讐』句，承弘閣；『松竹』句，承董帷。

【屈曰】一段魯鈍不合時宜。二段宦游不達。三段無知己。以上皆述懷。四段寄秘閣舊僚。

【程曰】此自述其釋褐秘書省校書郎，即以後終其身於幕府官也。第二聯『攻文』『處世』四字是一篇之綱領，以下但分疏此二義。就中唯『遇炙誰先噉，逢虀即便吹』一聯有所指。上句言王右軍之見知於周顗，猶己之見知之於王茂元，下句言屈原之見譖於上官大夫，猶己之見譖於令狐綯也。此後總不過由此而極寫其困厄鬱悶之境遇耳。文集中《獻河東公啟》有云：『艮背却行，冰心自處』，亦此意也。

【馮曰】此為博士時作也。《乙集序》云：『在國子監主事講經，申誦古道，教太學生為文章。』與詩中諸句皆符。其中於入幕情事三致意焉者，蓋桂管則遭貶，徐州則府公卒，皆有憂危，故有『僕御』『巢幕』等句。『栢臺』四句，乃專指徐方也。第又以述懷訴恨之辭，前後錯入其中，讀者易致淆亂耳。

【紀曰】病同《送劉五經》詩。（《詩説》）而氣格又薄。（《輯評》）

【張曰】此篇語皆樸實，不尚宏麗，氣格與温飛卿相類，在本集中則為別調。然較《送劉五經》詩又自不同，未可病其薄弱也。（《辨正》）

【按】作於大中五年夏任國子博士期間。此詠懷以寄舊日僚友，故通篇以詠懷感遇為主。『寄秘閣舊僚』僅於篇末一點即止，馮氏疑『牀下』句下脱二韻以言舊僚者，恐未必。然繫於為國子博士期間，則極是，『奮跡登弘閣，摧心對董帷』二語已皦然矣。起四句謂年鬢漸衰，衡茅依舊，唯專攻文，鈍於處世，為一篇之綱。『敢忘』四句，分承『攻文』『處世』，謂謹守禮訓，不欺闇室，懸頭苦學，歷挫而成。『僕御』四句，謂己拙於謀生處世，故兒女苦飢，而人常以己為懦為癡。言外則又隱然以好義隱德自負，而傷己之不為人所識。『遇炙』二句，謂世無知己薦己者，如周顗之割炙以啗右軍；而懲羹吹齏、以己為黨局中人致心存戒懼者則不乏其人，用事隱曲，而意則可推而得之。『官銜』十句，極言己官微體弱，空有學問文章，而遇合無時，唯欲醉酒以自遣耳。『官銜同畫餅』當指六品之太博冷官，謂徒有虚銜也。『橐籥』二句，謂己歷盡挫折，方悟委心任運之理。『事神』二句，謂己事神佞佛，均無補於實際。『曲藝』四句，謂己雖曲藝（指詩文）垂成，聲名傳世，然既不見寵於君主，又逢危於幕府，即所謂『聲名佳句在，身世玉琴張』。『禮俗』四句，似如馮注以嵇喜為功曹，喻己為幕僚；以王珣啟戴逵為國子祭酒，喻令狐綯薦己為太學博士。『拘』字固可見幕主與僚屬間尊卑有序，即『吾徒禮分常周旋』；『忻』字似亦是皮里陽秋之詞，謂彼所忻者，不過以我為『堪發胄子之蒙』而已。無論為幕職、為博士，實皆途窮無路、惟可静寂自處耳。『糲食』四句，謂今貧困不達，中朝無立錐之地，回憶當年，供職祕閣，與諸君共同賦詩，僅暫得追隨於左右。『悔逐』四句，似仍與官秘閣時情事有關，今頗難索解。『奮跡』四句；謂舊僚已奮跡而登弘閣，遇合有時矣，己則摧心而對講帷，仍為博士冷官，望舊僚公事餘暇或一思及己也。

辛未七夕①

恐是仙家好別離，故教迢遞作佳期〔一〕②。由來碧落銀河畔，可要金風玉露時③？清漏漸移相望久，微雲未接過來遲④。豈能無意酬烏鵲，唯與蜘蛛乞巧絲⑤。

〔一〕『佳』原一作『春』，非。

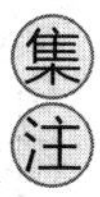

①【馮注】辛未：大中五年辛未。

②【補】迢遞：長遠。佳期：男女會合之期。傳牛郎、織女每年僅七夕一度相會，故云『迢遞作佳期』。事見《荊楚歲時記》。

③【道源曰】《度人經》：『昔于始青天中碧落空歌。』注：『東方第一天有碧霞遍滿，是名碧落。』《白帖》：『天河謂之銀漢，亦曰銀河。』【程注】《子夜四時歌》：『金風扇素節，玉露凝成霜。』【補】可要：豈要，豈

必。二句可參看陸箋，意謂：碧落銀河，如此良會之所，豈從來必待金風玉露之夕始得相會乎？此以反問回應首句，以見『迢遞作佳期』蓋由于仙家之『好別離』也。

④【馮注】古有伺織女度河事。崔寔《四民月令》：『見天漢中有奕奕正白氣如地河之波，輝輝有光耀五色，以此為徵應。』

⑤【朱注】《淮南子》：『烏鵲填河成橋而渡織女。』《荆楚歲時記》：『七夕，人家婦女結綵縷，穿七孔針，陳瓜果於庭中以乞巧。有蟢子網于瓜上者則以為得巧。』【馮曰】填橋之功最多，豈得反厚於蜘蛛耶？【按】與，給也。二句謂：豈能無意酬烏鵲填河作合之功，而惟給予蜘蛛以巧絲哉！

【金聖嘆曰】七夕詩，順口既嫌牙後，翻新又恐無干。如此幽情細筆，順則不順，翻却不翻，真為簾中悄問，耳後低商，檀口無言。蕙心密印。彼籬落下物，何處容渠插口也。〇七夕，從來傳是合會，看他偏説恐好别離，便將仙靈眷屬與下界雌雄，早已分聖分凡，即離俱失。三四一氣翻跌而下，言不然則胡為而必取於七夕哉！五，寫黄姑之急；六，寫織女之憨。看他漏移、雲接，真是用字如畫。七八一意切責遲者，猶言費盡中間周旋，自反故弄多巧，天下真有此機變女郎，使人不可奈矣！（《貫華堂選批唐才子詩》）

【朱彝尊曰】語輕而帶謔，又是一格。

【賀裳曰】温、李俱有《七夕》詩，李曰『清漏漸移相望久，微雲未接過來遲』，温曰『蘇小横塘通桂楫，未應清淺隔牽牛』，皆妙於以荒唐事説得十分真實。（《載酒園詩話又編》）

【何曰】起便翻新出奇。（《讀書記》。以下皆《輯評》朱批）辛未為宣宗大中五年，此刺詩也。又曰：總是迷離惝恍不信之意。首二句疑之也。三四言理。五六言事。結更作一意。又曰：玉度云：題熟極矣，乃用翻案，一翻傷別，一翻乞巧。起得超忽。

【胡以梅曰】七夕牛女之會本屬荒唐，此詩皆疑問翻案，不犯實位。手眼既高，而所用皆本地風光，又非空撐議論，故為靈妙。起言恐是仙家好別離，故一年方作一會之遠耶？從來上天萬古長春，豈要秋風秋露之時乎？所以一任清漏漸移，望之既久，而俗傳織女過河必有微雲，乃竟微雲不接，欲其過來不勝其遲，是從來未見其相會矣。況且既云烏鵲填河以渡，何不思酬烏鵲，反愛蜘蛛，而下略愚凡，乞巧於蛛絲哉！

【趙臣瑗曰】詩貴翻案，翻案始能出奇。雙星故事，從來只是貪于會合，此却疑其歡喜別離。夫既歡喜別離，又何故更設佳期？此真仙家情事，非凡夫之所得而與聞矣。三四一氣旋折而下，猶云所以渡河之舉，每年但是秋來一度也。下半換筆，一句表郎君急促，衷情如見，一句狀女子嬌憨，性度如見，傳神寫照，俱在阿堵間也。尤妙在結處，不嗤點郎君急促，偏責備女子嬌憨。吾意正復爾爾。○『清漏』二句旁批：何減漢武帝《李夫人》一歌。

【陸曰】牛女渡河，本屬會合；此言別離，乃詩家翻案法。然又硬派不得，故自首迄尾皆作疑而問之之辭。首言佳期迢遞，誰實使然？恐是仙家好別離之故耳。下作反語緊接云：不然而何以會合必俟此時乎？且一年中惟此一度，則今夕何夕，而遲遲我行，不顧人相望之久耶？又人間乞巧，何與己事，而故為稽留，阻我良會，是仙家誠好別離也。

【徐德泓曰】前四句，用八虛字冠首，翻跌層折而下，是為詩家別開一生面者，結未免弩末矣。

【姚曰】此言遇合之不可苟也。惡離而好合者，人之常情，而相會必於七夕者何故？蓋碧落銀河之畔，而又值金風玉露之時，天清地朗，非同私期密約、朦朧苟安之時。且此一夕中，相望相接，多少徘徊，多少矜慎！縱有烏鵲填橋，原非邪徑；俗下紛紛，至有蜘蛛乞巧之事，真是以蟲蟻之心，度仙真之腹而已。此詩亦從老杜牽牛織女篇出。

【程曰】七夕詩多矣，不過泛詠牛女之事，義山繫之以年，一《辛未七夕》，七（疑是『二』字）《壬申七夕》，則作詩必有時事。考辛未為大中五年，義山在徐州，為盧弘正書記，時令狐綯當國，傳所謂『屢啟陳情，綯竟不省』者，當在是時，故有『清漏漸移相望久，微雲未接過來遲』之句，以為相望徒殷，引接渺然也。末句則又轉而責望于盧弘正，謂已為從事，不啻烏鵲填河之勞，為府主者，豈能無意酬其辛勤而薦達於君上，遂令塵埃下士，惟乞巧于天邊耶？責望弘正，正益以怨綯也。

【屈曰】人間離别，自非得已；仙家飛行如意，無乃好此一年一度而然，故必待清秋時也？今更深望久，來過何遲，不酬烏鵲之成橋，惟與蜘蛛之巧絲，不可解也。全篇皆不然之意。題有辛未字，必非無為而作。

【紀曰】首四句作問之之辭，後四句即與就事論事，又逼入一層問之。超忽跌宕，不可方物。只是命意高則下筆得勢耳。（《詩説》）惟其望久來遲，故幸得渡河，當酬烏鵲，此二句起下二句，非叙事也。或誤以為鋪叙七夕，故有末二句另化一意之説。（《輯評》）

【馮曰】填橋之功最多，豈得反厚於蜘蛛耶？時在徐幕，必有借慨。

【張曰】此篇蓋初補太學博士喜令狐意漸轉圜而作。首二句反言之，實則深喜之。『清漏』句言子直舊好將合。『微雲』句言屬望尚未滿足。『豈能』二句則言博士一除，豈可不感激子直，而無如所得僅此，豈非仙家故教迢遞，以作將來之佳期哉？用意極為深曲。然不詳考其本事，固不能領其妙趣耳。（《辨正》。《會箋》略同）

【黄侃曰】此篇純以氣勢取勝。首二句作疑詞；三四申言致疑之理；五六句與首句『好』字、次句『故』字相應；七八句言佳會果難，則當酬鵲橋之力，今但與蜘蛛以巧，是知佳期之稀，本緣仙意，仍與首二句相應。用意之高，制格之密，即玉溪集中，亦罕見其比也。（《李義山詩偶評》）

【汪辟疆曰】義山於大中五年春徐州府罷還朝，復以文章干綯，綯意稍解，為補太學博士，此乃綯之情不可恝，非美遷也。本篇題為辛未七夕，當作於是年。〇此當為大中五年補太學博士後借七夕寄意之詩也。是年綯意既稍解，而博士亦非美遷，義山於感激之餘，仍難副其厚望，細玩詩意，從可知矣！張遯庵曰：首二句反言之，實則深喜之。清漏句，舊好將合。微雲句，屬望尚奢。豈能二句，言博士一除，我豈不感激厚恩，而無如所得僅此。或者仙家故教迢遞，以作將來之佳期未可知也。用意極為深曲，然不詳考本事，固難領其妙。此釋得之。至本篇結構，首四句，為設問之辭。後四句，即就事論事，又逼入一層問之。超忽跌宕不可方物，命意高則下筆得勢耳。惟其望久來遲，故幸得渡河，當酬烏鵲，此二句是起下二句地方，非但叙事也。或誤以為鋪叙七夕，故有末二句另化一意之說，失之。此河間紀氏說，可為讀此詩者進一解。（《玉谿詩箋舉例》）

【楊柳曰】就蜀辟而未成行前作，時妻固健在也。起聯謂又將與妻子分手，天各一方，佳期迢遞。『由來』兩句以後會有期相慰藉。『清漏』兩句謂蜀辟期待已久，奏署何遲！義山不甘博士閑職，不願居朝與牛黨周旋，惟求早日外調，情見乎辭。『豈能』兩句言記室之位尚未副我望。義山前此桂游已任支使，且一度守昭平，徐幕亦充判官，得侍御；今為記室，反不如前，是則不慊於懷者也。（《李商隱評傳》）

【按】通篇均寫對『仙家好別離』疑問不解之意。前四句一意貫串，謂牛女一年僅一度相會，恐是仙家特好別離，而故為此迢遞之佳期也。否則，碧落銀河之畔，正良會之所，何必待金風玉露之七夕方始相會乎？五六乃進而描繪佳期相會之遲遲：清漏漸移，佇望應久；而微雲相接，渡河尚遲。言外見即此一夕良會，仙家似亦不甚重視也。尾聯更進一層，言既相會矣，理應酬謝填河之烏鵲，何以從不聞有酬烏鵲之事，而惟傳織女予蜘蛛以巧絲哉？此亦正見仙家之不重相會而『好別離』也。對『仙家好別離』之疑問不解、不以為然，正緣詩人自身之『怨別離』。義山平生驅馳南北，遠幕依人，與妻長離，頗似牛女之迢遞佳期；今則王氏已逝，值此『辛未七夕』，欲求為牛女之一年一度亦不可復得。此種遭遇處境，正產生上述疑問、不然心理之基礎。要之，透過此種心理，正可見平生與妻長別、而今永別之詩人深刻之悲哀。單純作翻案詩讀，不免有負作者之苦心。

崇讓宅東亭醉後沔然有作①

曲岸風雷罷②，東亭霽日涼。新秋仍酒困〔一〕，幽興暫江鄉③。搖落真何遽，交親或未亡〔二〕④。一帆彭蠡月，數雁塞門霜⑤。俗態雖多累，仙標發近狂⑥。聲名佳句在，身世玉琴張⑦。萬古山空碧，無人鬢免黄⑧。驊騮憂老大，鶗鴂妬芬芳⑨。密竹沉虛籟，孤蓮泊晚香〔三〕⑩。如何此幽勝，淹卧劇清漳⑪？

〔一〕『酒困』，季抄、朱本一作『困病』。

〔二〕『亡』，錢本、朱本作『忘』，非，詳箋注。

〔三〕『泊』，蔣本、姜本、戊籤作『汨』。

①《戊籤》題下注：『《韋氏述征記》：洛陽崇讓坊有河陽節度使王茂元宅。』

②【補】曲岸：指宅内迴塘之曲岸。《七月二十九日崇讓宅讌作》：『風過迴塘萬竹悲。』

③【朱彝尊曰】（新秋句）醉後。（幽興句）自此而沔也。【紀曰】言暫似江鄉也，語殊未穩。【按】仍，且。暫，忽也，便也。暫江鄉，言雨後新晴，東亭曲岸，景物清幽，賞玩之間，覺其忽如江鄉也。江鄉，指南方多水之地，猶云江南。杜甫詩：『恨別滿江鄉』。

④【馮注】《楚詞·九辯》：『悲哉秋之為氣也，蕭瑟兮草木摇落而變衰。』【何曰】似指茂元。（《輯評》）【按】何説非。此以草木摇落喻己之身世遭遇不偶。遽：急疾、突然。交親：猶言親友。二句謂己之身世凋零何其急速，然親故或尚有未亡故者。此『亡』字與上句『摇落』相對，上句言己，下句言交親。《樊南文集補編·梓州道興觀碑銘》：『予也五郡知名，三河負氣……謝文學之官之日，歧路東西；陸平原壯室（當作强仕）之年，交親零落。』（陸機《歎逝賦序》：『余年方四十，而懿親戚屬，亡多存寡；昵交密友，亦不半在。』）『交親或未亡』，即陸賦所謂：『懿親戚屬，亡多存寡；昵交密友，亦不半在。』駱賓王《與博昌父老書》：『自解攜襟袖，一十五年，交臂存亡，亦不半在。』同用陸賦，亦作『亡』而不作『忘』。

⑤【馮注】《禹貢》：『揚州，彭蠡既豬，陽鳥攸居。』孔傳曰：『彭蠡，澤名。隨陽之鳥，鴻雁之屬，冬居此澤。』陸氏《釋文》：『張勃《吴録》云：今名洞庭湖。』按：今在九江郡界。《正義》曰：『是江漢合處。』《荆州記》：『宫庭湖即彭蠡澤也。』按：余初以義山至潭州必渡洞庭，疑其却用《吴録》之説。今以江路往來，或果經彭蠡，不可妄斷。《通典》曰：『彭蠡在江州潯陽郡之東南，九江在郡西北。』【按】彭蠡與下『塞門』，不過泛指南北，不必泥。『一帆彭蠡月』，猶《獻河東公啟》所謂『契闊湖嶺，凄凉路歧』，指其南游湖湘桂管之經歷。《贈送前劉五經映三十四韻》有『雁下秦雲黑，蟬休隴葉黄』之句，則涇州亦可稱塞門。

⑥【馮注】《漢書》：『梅福，九江壽春人也，為郡文學，補南昌尉，後去官歸壽春。至元始中，福一朝棄妻子，去九江，至今傳以為仙。其後有人見福於會稽者，變姓名為吴市門卒云』。《北史·儒林·王孝籍傳》：『謝相如之病，無官可以免；發梅福之狂，非仙所能避。』按：梅福之狂，指福上言變事輒報罷。成帝時，王氏浸盛，復上書譏切，終不見納。【按】仙標：仙家標格。二句謂己雖未免為世俗之態所累，然仙家標格風範終在，每發狂態如

昔之梅福也。

⑦【朱彝尊曰】改弦更張，言欲隱也。義山多有此句。【馮注】《漢書》：『董仲舒曰：「譬之琴瑟，不調甚者，必取而更張之，乃可鼓也。」』【王鳴盛曰】京華無遇合，故欲改弦更張，向東南別尋道路，寫出被擯不遇，故云『騂騮憂老大，鶗鴂妒芬芳。』【按】『身世玉琴張』，言身世不偶，屢經變幻，如琴瑟之不調而屢加更張，與『改弦易轍』無涉。

⑧【朱彝尊曰】無人酬應，庶幾鬢免於黃。【按】二句即自然長在而人生易老之意，朱彝尊解非。

⑨【馮注】魏武詩：『老驥伏櫪，志在千里。烈士暮年，壯心不已。』《離騷》：『恐鵜鴂之先鳴兮，使百草為之不芳。』王逸曰：『常以春分鳴也。音題決。』《漢書》揚雄《反離騷》：『作鷤鴂。』師古曰：『鴂，鳺字也，一名子規，常以立夏鳴，鳴則衆芳皆歇。鷤，音大系反；鴂，音桂。鷤字或作鶗，亦音題決。』《廣韻》：『鶗鴂春分鳴，則衆芳生；秋分鳴，則衆芳歇。』【按】二句謂已雖有千里之志，然騂騮老大，遭逢不偶，何况屢遭鶗鴂輩之嫉妬乎？

【吴喬曰】意有所指。

⑩【朱注】按《韋氏述征記》：『崇讓坊出大竹及桃。』故此有密竹之句。又《七月二十九日崇讓宅宴》詩：『風過寒塘萬竹悲。』【朱彝尊曰】宅東亭。【按】籟，指自孔穴中發出之聲音。風起，密竹搖曳而發細聲，故曰虚籟；風雷既罷，而竹不復搖曳作聲，故曰『沉虚籟』。二句謂風雷既罷，竹林響沉，而孤蓮香駐，故下云『幽勝』。泊，停駐。謂孤蓮猶駐餘香也。作『汩』亦通。【馮曰】曰『沉』、曰『汩』，皆因風雷初罷。

⑪【馮注】劉楨詩：『余嬰沉痼疾，竄身清漳濱。』【何注】言比劉楨之竄身清漳尤甚也。（《輯評》）

【朱彝尊曰】意曲而達，語麗而陡，獨有千古。又批末聯曰：此可隱之地，如何不可得而隱（按此箋誤，參注十一引何説）。

【姚曰】起四句叙題。『摇落』四句，叙驅馳南北。『俗態』四句，聊以自慰。『萬古』四句，不覺自傷。末四句，言不如一花一竹之自得其趣也。

【屈曰】一段東亭醉後。二段覩摇落而懷南北之交親。三段時無知音。四段白首無成。五段卧病崇讓宅也。

【程曰】此篇亦王茂元卒後義山重過其宅也。詩中『摇落真何遽，交親或未忘』，乃自謂。下有『一帆彭蠡月』，似將從鄭亞南行之時。『數雁塞門霜』，似回憶太原家居之地。下云『俗態雖多累』，承從事而言。以下自『聲名佳句在』（至）『鶗鴂妬芬芳』，乃慨己之所從，如王如鄭，皆令狐氏所不喜。自『密竹』至末，則就現在東亭之景事以為結也。

【馮曰】集中江鄉之遊，一為開成五年辭尉任南遊，一為大中二年歸自桂管，途經江漢，皆詳《年譜》。此章當屬開成五年。四句『幽興暫江鄉』，言將暫詣江鄉，與『異縣期迴雁』同為預擬之詞。『摇落』句謂罷官，慨入官未久，已遭失意。『交親』句謂所親或未忘我，將往依之。『一帆』二句預擬江鄉之程。『俗態』四句言尉乃俗吏耳，以活獄忤上官，何其狂也！唐人每云『仙尉』矣。聲名佳句，虚説亦可，或即指《獻州刺史》之篇。去職他遊，猶之不調更張，且將寄人幕中，與仕於京朝判然矣。『萬古』四句，言高隱未能，徒畏遲暮。末四句應轉首聯，以物態之摧抑比己之志不得舒，因疾羈留也……若屬大中二、三年作，則『摇落』句謂鄭亞遠貶，『交親』句及下聯謂更至江鄉訪舊求遇也。仙標近狂，謂選尉盩厔，地多仙迹，近京師也。以下皆撫身世而感嘆之，解亦可通，但細跡總屬難

詳也，他篇少可互證，且其時意緒無聊，與此之傲兀激昂又有不同，故酌移數過而附編於此（按指開成五年）。（《詩説》）

【紀曰】『一帆』二句最佳，『驊騮』二句亦可觀，餘殊平淺。『幽興』句、『淹卧』句俱牽强。『仙標』句亦粗獷。『鬢免黄』三字不足（張氏《辨正》引作『雅』），不得以黄髮字藉口。（《輯評》）

【張曰】此為義山將游江鄉所作。『暫江鄉』言將暫詣江鄉，故下以『交親或未忘』接之，皆是虚擬之詞。若如紀氏説『暫似江鄉』，則下句語脈不貫矣。『仙標』句義山現任弘農尉。仙尉常用之典，自負語，無所謂粗獷也。『鬢免黄』謂黄塵點鬢，蓋言僕僕道途，無人能免，聊為失意出遊解嘲耳。紀氏誤以黄髮解之，繆以千里，詩味亦索然矣。反據以議古人，何耶？○『無人』句蓋言遲暮之悲，無人能免，故即以『驊騮』二句承之。余初稿解作黄塵點鬢，似與後聯不貫。（《辨正》）又曰：此義山移家關中歸途所賦。『新秋』點景。『暫江鄉』言將暫詣江鄉也。『摇落真何遽』，謂辭尉從調。『交親或未忘』，謂令狐輩交誼未乖。『一帆彭蠡』『數雁塞門』，虚擬江南風景。『仙標』以仙尉自比。『萬古』二句言遲暮之悲，無人能免，聊為失意出遊作解嘲耳。《述征記》：『崇讓坊出大竹及桃。』『密竹』二句寫地。結則謂如此幽勝而不能淹卧，僕僕道途，又何為哉？馮氏不知移家在是年，而此詩遂不能定編，疏矣。（《會箋》）

【按】此詩亦馮、張『江鄉之遊』立説之一據，而其全部根據不過『幽興暫江鄉』一語。『暫』訓『暫詣』顯係添字為解，且上文方云『霽凉』『酒困』，何以突接以詣江鄉之事？紀訓為『暫似江鄉』，雖未盡碻，然較之『暫詣』則遠勝。尤可為此詩不作于開成五年秋之力證者，為『摇落真何遽，交親或未亡』二語。義山一生遭逢不偶，然詩中以『摇落』慨己之遭遇者，殆始於桂幕罷歸前後。歸途滯留夔峽時，有以《摇落》為題者（詳《摇落》詩箋）。此詩一再謂『身世玉琴張』『驊騮憂老大』『無人鬢免黄』，顯為後期口吻。『交親或未亡』暗用陸機《歎逝賦》『余年方四十，而懿親戚屬，亡多存寡；昵交密友，亦不半在』。大中五年，義山正四十歲，其妻王氏於暮春去世，其他親交，亦大都先後去世。故有『摇落真何遽，交親或未亡』之語。故此詩絶非開成五年所作，而係大中五年初秋所作。末聯『如何此幽勝，淹卧劇清漳』，與梓幕期間所作之《夜飲》（『誰能辭酩酊，淹卧劇清漳』）、《病中聞河東公樂營置酒口占寄上》（『可憐漳浦卧，愁緒亂如麻』）等詩語意多雷同，亦可為此詩作于後期一證。詩之況味與《臨發崇讓宅紫薇》相近，當為同時期作品。

義山五排，如前期之《有感二首》，沉郁頓挫，長於議論，純乎學杜。後則於學杜之同時，稍加流麗彩繪，成自己面目，如《大鹵平後移家到永樂縣居》即其顯例。本篇朱彝尊評為『意曲而達，語麗而陡』，亦屬此種類型。

七月二十八日夜與王鄭二秀才聽雨後夢作〔一〕

初夢龍宮寶焰燃①，瑞霞明麗滿晴天。旋成醉倚蓬萊樹②，有箇仙人拍我肩③。少頃遠聞吹細管〔二〕④，聞聲不見隔飛煙。逡巡又過瀟湘雨⑤，雨打湘靈五十絃。瞥見馮夷殊悵望⑥，鮫綃休賣海為田⑦。亦逢毛女無憀極⑧，龍伯擎將華岳蓮⑨。恍惚無倪明又暗⑩，低迷不已斷還連⑪。覺來正是平階雨，獨背寒燈枕手眠〔三〕⑫。

〔一〕『後夢』，姜本、朱本作『夢後』。

〔二〕『管』原作『笛』，一作『管』，據蔣本、悟抄、席本、戊籤、影宋抄、朱本改。

〔三〕『獨』原一作『未』。蔣本、姜本、影宋抄、錢本、席本作『未』。馮校作『未』。詳箋。

①【馮注】《梁四公記》：『震澤洞庭山南有洞穴，中有龍宮。梁武帝問杰公，公曰：「此東海龍王第七女，掌龍王珠藏。」』按：龍宮百寶所聚，不拘一處。【按】寶焰燃，謂珠寶光彩奪目，如火焰之燃燒。

②【程注】賈至詩：『豈無蓬萊樹，歲晏空蒼蒼。』

③【朱注】郭璞詩：『右拍洪崖肩。』【馮注】《方言》：『箇，枚也。』《集韻》：『亦作「个」，俗作「個」。』

④【程注】庾信詩：『細管調歌曲。』

⑤【朱注】打，都領切，又都歷切。《楚詞》：『使湘靈鼓瑟兮。』【補】逡巡，頃刻。與上『少頃』為對舉之互文，義亦同。韓湘《言志》詩：『解造逡巡酒，能開頃刻花。』亦以逡巡、頃刻對舉互文。參張相《詩詞曲語辭匯釋》。

⑥【朱注】《搜神記》：『馮夷，潼鄉提首人，八月上庚日死，上帝署為河伯。』【馮注】《山海經·海內北經》：『從極之淵，冰夷都焉，人面，乘兩龍。』注曰：『冰夷，馮夸也，即河伯也。』按：諸書言馮夷，怪詭不一，而《聖賢冢墓記》曰：『馮夷者，弘農華陰潼鄉隄首里人，服八石得水仙而為河伯。』似為此所取義。又，《竹書紀年》：『夏帝芬十六年，洛伯用與河伯馮夷鬬。』按：《竹書注》有『殷上甲微假師于河伯，以伐有易，滅之。』則河伯似國號，豈後人謂之河神耶？《竹書》固不足信。

⑦【馮注】見《送從翁東川》與《海上》。此暗寓悲泣之情，更張之局。

⑧【朱注】《列仙傳》：『毛女，字玉姜，在華陰山中，形體生毛，自言始皇宮人。秦亡入山，道士教食松葉，遂不飢寒。』《韻會》：『憀，悲恨也。』按唐人用無憀，皆與無聊同。《通鑑注》：『無憀，無聊賴也，其義未詳。』

【按】無聊、無憀、無聊賴，均有精神空虛，無所依託之義。

⑨【朱注】《河圖玉版》：『崑崙以北九萬里，龍伯國人長三十丈，萬八千歲。』【馮注】『龍伯』頂上『馮夷』，『岳蓮』頂上『毛女』。

⑩【程注】崔國輔詩：『揮手入無倪。』【程注】韓愈詩：『太華峰頭玉井蓮。』

⑪【馮注】嵇康《養生論》：『夜半而坐，則低迷思寢。』【馮注】《老子》：『惟怳惟惚。』

⑫【朱彝尊】獨背寒燈，則二秀才已去矣。此亦點題襯題之法。【馮曰】通首不及二秀才，蓋本與友人叙事訴懷，却諱之於言外，而託為聽雨忽夢之作，時固未解衣而寢也。或謂獨背寒燈，則二秀才已去，乃不點題而襯題之法，不知聽雨平階，固未嘗有去者，是為誤會耳。【按】馮説迂曲。題明言『聽雨後夢作』，當是與王、鄭二秀才共聽雨而後入夢，夢覺時雨仍瀟瀟，積水平階，寒燈熒熒，幾不知已之曾入夢矣。夢前聽雨情景，詩中未及，故通首不及二秀才；入夢時王、鄭已去，故云『獨背寒燈枕手眠』。

【輯評墨批】律詩而無對偶，古詩而叶今調，此格僅見。

【錢良擇曰】唐人律詩往往有通篇無對仗者，或以此詩為金針格，亦誤信宋偽書也。『初夢』『旋成』『少頃』『逡巡』『瞥見』『亦逢』『怳惚』『低迷』，皆以虛字寫夢中境。『獨背寒燈』，則二秀才已去矣。此不點題而襯題之法。（《唐音審體》。末條與朱彝尊評略同。）

【汪師韓曰】唐人五言四韻之律多不對者，七言無之，乃有七言長律而不對者，如李義山《七月二十八日夜與王鄭二秀才聽雨後夢作》（略）。此詩調諧響協，若編入古體，則凡筆力孱弱者皆得援以藉口矣，故斷其為長律而無疑

也。至馮鈍吟謂義山有轉韻律詩，此乃指《偶成轉韻》一篇，特古詩之調平而似律者耳。（《詩學纂聞》）

【何曰】述夢即所以自寓。『夢龍宫』謂校書而為尉。三四則應河陽之辟因得婚處也。以下四句謂從此沉淪使府，上下失叙。『暫見』四句則鉤黨刺促、陵谷變遷也。○詩是七古而聲調合律，僅見此篇。○『少頃』四句：下管當在後，乃反以吹嘘獲先升歌堂上；博附琴瑟，乃飄摇風雨，常居人後。○『暫見』句：深谷為陵。○『亦逢』句：高岸為谷。（以上均見《輯評》）

【陸鳴皋曰】寫得迷離恍惚，宛然夢境，一氣嘘成，隨手起滅，太白得意筆也。

【姚曰】六句，况人間得意事。六句，况人間失意事。末四句，况得意失意同歸於盡也。託意與少陵渼陂行略同。

【屈曰】一段仙會甚明。二段雲雨分明。三段又换一境。四段上二句結夢，下二句以階雨結夢雨。不惟夢中仙人馮夷、毛女、龍伯不見，並二秀才亦去也。

【程曰】此蓋追憶王茂元以歸於悼亡也。起二語謂己之文章如龍宫寶藏之雲蒸霞起。次二語謂時以拔萃科成名，受知於王茂元，不啻身遊蓬島而遇仙人。次二語謂茂元初卒，如仙人之鸞車鳳管，邈然遠去，竟隔烟霧。次二語謂己之伉儷亦亡，如湘江帝子之鼓瑟，為風雨摧折而絃斷矣。次二語謂己因茂元遂遭讎怨，如馮夷之死為河伯，致有滄海之變幻。次二語謂己失偶無聊，又為執國柄者不容，如毛女之當前，無心眷顧，欲攀蓮嶽，而有力者又獨擎之。次二語謂己之心情恍惚無倪，莫知其所憑藉；低迷不已，難忘其舊恩。結二語則極寫其羈孤之情景，而致歎於悼亡矣。通篇首尾以『夢』『覺』二字照應，蓋寓言半生如夢似幻也。本集又有《七月二十九日崇讓宅》詩，崇讓宅為王茂元居。參合兩詩，則二十八、二十九兩日必有一為悼亡之日無疑。

【馮曰】假夢境之變幻，喻身世之遭逢也。首二句比宫闕之美富。三四比為秘省清資，仙人指注擬之天官，必非猶謂座主也。五六比外斥為尉，尚得聞京華消息，而地已隔矣。七八指湘中之遊。九似以馮夷比楊嗣復，取弘農華陰之居也。十喻又有變更，我無所依，猶《海上》絶句之歎兗海也。十一二謂得見意中之人，而終不可攀（『亦逢』句下箋云：此即似他詩所謂『湘川相識』也。『龍伯』句下箋云：謂所思者仍為貴人據之也。龍伯而擎嶽蓮，失山水之性矣）。十三十四虚寫總結，其必作於湖湘歸後審矣。或謂仙人指令狐綯，毛女指茂元女，細玩不符。河伯之解，余亦自嫌太鑿，然義山用事隱僻，却似得之。此箋未必句句貼合，而大意不誤也。詩係古體，古體原有似律者，觀初唐人集便曉，毋庸故為高論。

【紀曰】通首合律，無復古詩音節，即就詩論詩，亦多不成語。且題曰王鄭二秀才而結曰『獨背寒燈』亦殊疏漏也。（《詩説》）語意尤凡猥。《杜秋詩》《桐葉詩》亦是此格，意必當時有此别體，然究不可訓，故後人罕為之。（《輯評》）

【張曰】『龍宫』以比禁近。『初夢』二句，言少年視禁近無難立致。『瑞霞明麗』，狀臺閣尊貴之景。『旋成』二句，言登第無端又婚於王氏也。『蓬萊』比登第，『仙人拍肩』喻王氏之婚。『少頃』二句，謂方欲致身通顯，不意令狐遽因以疏我，而茂元輩又不足恃也。『逡巡』二句言又從嗣復湖湘。『雨打湘靈』，比貶竄也。『瞥見』二句，以馮夷喻嗣復。《聖賢墓塚記》：『馮夷，弘農華陰潼鄉隄首里人。』此取其意。鮫綃、桑海，謂人事反復難料也。『亦逢』二句，又以毛女比令狐子直。『無憀極』，謂遇我冷落。龍伯、華蓮，暗指居周墀幕事。『恍惚』二句，狀已一生遇合顛倒，然後結以夢醒作收。此是一篇大旨，馮氏已見及此，惟句下所釋未洽，今為通之。（《會箋》。繫會昌元年）又曰：馮夷似比李回。殊悵望，言其遭貶失意也。『鮫綃』句寫黨局反復。毛女，始比令狐耳。○『瀟湘』句比桂管、湖南失意之事。『瞥見』下皆比令狐交誼之乖。令狐，華原人，故以華嶽蓮借喻。○唐人古詩，往往有似律者，觀初唐集自見，但後人仿效者少耳。何至不可為訓哉！○此詩本事未詳，語太迷幻，故閲者不見其佳處。惟桐鄉馮氏謂自叙生平，似為得之。（《辨正》）

【錢鍾書曰】李義山自開生面，兼擅臨摹；少陵、昌黎、下賢、昌谷無所不學，學無不似，近體亦往往别出心裁。《七月二十八日夜聽雨夢後》通篇不對，始創七律散體，用汪韓門《詩學纂聞》説。《題白石蓮華寄楚公》《贈司勳杜十三員外》前半首亦用散體。（《談藝録》） 又曰：七言排律散體昉於義山此篇；牧之《題桐葉》惟四韻散體，餘八韻皆偶體也。繼響極尠，余衹見祝止堂德鄰《悦親樓集》卷二十九《紀夢仿義山體寄寧圃》，平景孫《霞外捃屑》卷八下嘗嗤李、祝此兩篇為『絶好彈詞』。止堂詩九韻，溢出義山原詩一韻；原詩有對偶一聯：『恍惚無倪明又暗，低迷不已斷還連』，仿作步趨之：『恍惚疑逢終是別，迷離欲往又仍還。』（《談藝録補訂》）

【按】諸家箋解，大抵不出兩途：一曰借夢境寓身世，一曰借夢境寓艷情。此篇所夢見者，拍肩之仙人、馮夷、龍伯，例皆男仙（惟毛女為女仙，然『形體生毛』，毋寧不雅乎），與他詩之以女仙喻女冠者迥異，故寫艷遇之説顯非。自寓身世之説似較可信，然馮、張二氏先入為主，强詩就己，必將此詩繫於所謂江鄉之遊歸後，遂附會楊嗣復、湘川相識之意中人、周墀等人事以釋之，轉使夢境愈加撲朔迷離。持此説者，惟程氏較為合理。『恍惚迷離明又暗，低迷不已斷還連』，作者已自言其夢境之斷續迷離矣。欲求詩意，須先明瞭夢境之若干斷片。自『初夢』至『龍伯』句，十二句中包含六斷片。『初夢』二句，寫龍宫見寶，『逡巡』二句，寫蓬萊遇仙。以上四句，均極愜意稱心境界。『少頃』二句，寫隔飛煙而聞細管，『逡巡』二句，寫聽夜雨而打湘絃。以上四句，均寫夢中聞樂，恍惚迷離，可聞而不可見。『嘗見』二句，寫馮夷悵望，鮫綃休賣，滄海為田；『亦逢』二句，寫毛女意緒無憀，華嶽之蓮為龍伯所取。以上四句，所夢見者皆不如意事。六斷片實含三種境界：一得意愜心境界；二可聞而不可即境界；三失意悵惘境界。三種境界，或即作者生平所歷三階段之曲折反映。若以夢境看，則夢本恍惚，僅可得其大體。若從詩境産生之心理基礎看，則詩中表現者，當為種種感情活動之模糊與變形，讀者據其所展現之意象，可大致領受詩人所表現之思想、心境或意緒，然切不可坐實孰為龍宫、蓬萊，孰為仙人、馮夷、毛女、龍伯，致使穿鑿支離，反掩蓋作者所表達之情思。此三種境界，第一、三兩境均不難意會，唯第二境較難捉摸。細繹之，似『少頃』二句為心嚮往之而不能即之境界，或即政治上有所追求而難以企及境况之反映；而『逡巡』二句，則似政治上遭受打擊之象徵，《回中牡丹為雨所敗》『錦瑟驚絃破夢頻』句可參證。

《七月二十九日崇讓宅讌作》當與此詩同時同地之作。該詩作於悼亡後，詩有『悠揚歸夢惟燈見，濩落生涯獨酒知』之句，亦可證此詩所叙夢境，實即作者之『濩落生涯』，而其時間斷限則在悼亡之後。

七月二十九日崇讓宅讌作①

露如微霰下前池，風過迴塘萬竹悲〔一〕②。浮世本來多聚散，紅蕖何事亦離披③？悠揚歸夢唯燈見，濩落生涯獨酒知④。豈到白頭長只爾？嵩陽松雪有心期⑤。

校記

〔一〕「風」，各本均作「月」。季抄一作「風」。【朱曰】《西溪叢語》作「風」。【何曰】二十九日安得有月耶？（《讀書記》）【紀曰】「風」字尤與「悲」字相生。按：作「風」是。據季抄一作改。

集注

①【朱注】《宣室志》：「崇讓里在東都。」《西谿叢語》：「洛陽崇讓坊有河陽節度使王茂元宅。」

②【程注】謝惠連《雪賦》：「俄而微霰零，密雪下。」《南都賦》：「於是日將逮昏，樂者未荒。收驩命駕，分背迴塘。」梁簡文帝詩：「迴塘遶碧莎。」【何注】《月賦》：「涼夜自凄，風篁成韻。」【按】迴塘，曲折迴繞之池塘。《西谿叢語》引《韋氏述征記》：「崇讓宅出大竹及桃。」二句寫崇讓宅初秋夜景：前池露冷，迴塘風寒，萬竹

皆發蕭瑟之悲聲。

③【程注】杜甫詩：『人生在世間，聚散亦移時。』阮籍《大人先生傳》：『逍遥浮世。』【朱彝尊曰】情深於言，義山所獨。（馮注引作錢評）【按】紅蕖，紅荷。離披，萎靡貌，此處狀紅蕖散落凋零。程氏謂『用「顏如蕣華」之義』，甚是。二句謂人生飄忽不定，本多聚散離合，自然界之紅蕖，何事亦離披散落哉！語似驚紅蕖之散落，實深悲人世之聚散。

④【程注】《莊子》：『惠子謂莊子曰：「魏王遺我大瓠之種，我樹之成而實五石。以盛水漿，其堅不能自舉也。剖之以為瓢，則瓠落無所容。非不呺然大也，吾為其無用而掊之。」』【按】悠揚，飄忽不定。錢起《送鍾評事》：『世事悠揚春夢裏。』濩落、瓠落，皆空廓無用、大而無當之義。杜甫《赴奉先詠懷》：『居然成濩落。』濩落生涯，指遇合不偶、無所成就。詩人由眼前宴席之燈、酒引發對落寞飄蓬身世之聯想，故有此二句。『歸夢』指異日之歸夢。

⑤【姚注】《述征記》：『嵩山東曰太室，西曰少室，相去十七里，嵩其總名。』【何曰】（二句）猶言『庶幾有時衰，莊缶猶可擊。』（《讀書記》）【按】嵩陽松雪，係隱逸之士高標風操之象徵。二句謂己豈能白首長傷孤子濩落，嵩陽松雪，早有心期，終當遂此初願。

【金聖嘆曰】此七月二十九日，定是小盡，不然，則發言亦未必有如是之悲也。蓋霰下池，風過塘，此已是夜色向闌之候也。回思日間開宴，羣賢畢至，衆使咸作，酒曾幾行，燭曾幾跋，而馬嘶客起，鴉叫樹間，遂復如是。於是自不能解，而反怪紅蕖，花神有靈，不更失笑耶？唯燈見者，正作夢時，旁無一人，獨有燈照也。獨酒知者，愁在胸中，酒常入來，與之親處故也。此二句，即七之所謂『只爾』也。豈到白頭，妙，妙。言頻年更無處分，宛有白頭之勢，今特地自明，我自有千丈松、三尺雪於嵩山之陽，更有成算，不至孟浪一生也。

【何曰】前半自是變體。（《讀書記》）

【趙臣瑗曰】露下池是記夜之深也，觀『如霰』可知。風過塘是記風之烈也，觀『竹悲』字可知。竹有何悲？以我之悲心遇之，而如見其悲。華筵既收，嘉賓盡去，觸景傷情，不勝惆悵。浮世之聚散，紅蕖之離披，其理一也。今乃故作低昂之筆，以聚散為固然，離披為意外，何為者乎？此蓋先生托喻以悼王夫人耳。以上四句寫一夕之事。下再總寫平日，歸夢曰悠揚，妙，恍恍忽忽，了無住著也。生涯曰濩落，妙，栖栖皇皇，一無成就也。唯燈見、獨酒知，言更無一人，焉識我此中況味矣。七一頓，八一宕，目今況味雖只爾爾，抑嵩陽松雪，別有心期，其何敢長負歲寒之盟乎？

【陸曰】此義山悼亡後，重來茂元舊宅而作也。時當秋夜，露冷月寒，覩此草木變衰，而嘆人生聚散本來如此，非造物者之得私其間也。悠揚歸夢，惟燈見之；濩落生涯，惟酒知之，言形單影隻，而親卿愛卿之人，不可復作也。

【陸鳴皋曰】前半言秋深而物瘁。『浮世』句虛，『紅蕖』句實。後則寫胸中之愁，而不自信其終于寥落也。

【姚曰】此嘆浮沉從俗之無已時也。露下月明，正人世悲秋之際，獨怪浮世有情，所以常悲聚散，紅蕖何事，亦從此日離披？總之有情無情都在造化爐冶中耳。惟是歸夢悠揚，常傍燈而明滅；生涯濩落，每遇酒而蒼茫。畢竟此夢此生，作何歸宿？白頭轉眄，竟與草木同腐耳。嵩陽松雪，豈不笑人也耶？

【屈曰】一二是日之景。三四覩紅蕖之離披，感人生之聚散。五六謙時之情。結欲歸隱也。

【程曰】上卷有《七月二十八日夜與王鄭二秀才聽雨後夢作》七古一首，叙見知於王茂元而歸結悼亡之意。此詩僅後一日，其所言亦復悽惋情深。竊意以為七月二十八、九為義山悼亡之日，故題皆著其時日，而詞氣又皆因茂元以及其妻也。起二句露如霰下，月過竹邊，寫七月時景；前池、迴塘，則點崇讓宅。三句用生浮死休之義，言宅如故而茂元已不在矣。四句用『顔如蕣華』之義，言茂元去而妻亦亡矣。五句頂妻亡而言其獨居於室者寤寐求之之難。六句頂茂元死而言其見棄於世，有瓠落無用之感。七句總承中四句，嘆其冉冉老矣，安能鬱鬱久居此乎？八句言嵩山在望，松雪怡情，蓋不得已將為嵓棲谷隱之流矣。

【馮曰】此在崇讓宅讌別，而下半全從閨中着筆。時義山與妻京洛分處，結言終圖偕隱。凡集中寄内詩，亦皆隱其題，不獨此篇。又曰：題紀日月，似與上章（按指《七月二十八日夜與王鄭二秀才聽雨後夢作》）連也。會昌元年義山自江鄉還京，二年始又拔萃。此必元年七月之作。

【紀曰】三四格意可觀，對法尤活，後半開平庸敷衍一派。（《詩説》）已開宋派。（《輯評》）

【張曰】紀氏不喜此派詩，故以為『平衍滑調』，實則後幅宛轉達情，正妙於頓挫者也。又曰：結與《無題》『人生豈得常無謂，懷古思鄉共白頭』相合。詩中有『歸夢』字，豈大中二年秋自荆蜀歸至洛中作耶？『浮世聚散』，聊為遇合無成自解耳。通篇皆坎壈無聊之感，此可參合遊踪，詳味詩意，而得之於言外也。（《辨正》）又曰：詩紀日月，似與上篇相連。義山湖湘失意歸，妻黨必有見誚者，故詩以解之。言嵩陽招隱，本我素期，何傷濩落，豈到白頭而常此不偶哉？言外之意，大可與『關西狂小吏，惟喝繞牀盧』句相參。（《會箋》）

【黄侃曰】此詩蓋悼亡後失意無憀之作。五六極寫凄凉之况；七八則言世涂之樂已盡，惟有空山長往，趨向無生而已。

【按】詩有感慨身世之意，諸家解同，然陸、趙、程以為悼亡，馮氏以為寄内，此則歧異之點。馮氏謂『後半全從閨中着筆』，絶不可通。『濩落生涯獨酒知』『嵩陽松雪有心期』，皆不大可能屬諸封建時期之閨中女子。至『江鄉還京』云云，本屬臆想，箋前此有關諸篇亦已辨正。悼亡説中，程解穿鑿，陸、趙解較通達，然謂五六為當時情景，亦難解説『歸夢』一詞。今據詩題『崇讓宅讌作』與三句『浮世本來多聚散』揣之，必作於别讌之後，彼時蓋喪妻未久，此讌又設於王家，自然難免觸動喪妻之痛，故所謂『聚散』、所謂『離披』，於泛言一般離别同時，已隱含有親故零落、骨肉永别之哀感。『悠揚歸夢惟燈見，濩落生涯獨酒知』，則承上文『聚散』『離披』，謂前此歸夢，愛妻或能見之；濩落生涯，彼我亦抱同悲。然今而後則所見者唯燈，所知者惟酒，言外見浮沉於此人世中僅我一人矣。末聯『豈到白頭長只爾，嵩陽松雪有心期』，心境似拓開一步，實則悲慨更深。何氏謂即潘岳《悼亡詩》『莊缶』二句之意，得之。

詩以輕快流利之筆調，抒寫身世濩落之感，寄寓悼亡之痛，『情深于言』，洵為的評。義山後期，頗多此類平平道去而情致深婉之作，《王十二兄與畏之員外相訪見招小飲》《二月二日》及本篇皆其顯例。

昨夜

不辭鶗鴂妬年芳①，但惜流塵暗燭房②。昨夜西池涼露滿，桂花吹斷月中香。

集注

①【程注】《揚雄傳》：『徒恐鷤搗之將鳴兮，顧先百草為之不芳。』注：師古曰：『雄言終以自沉，何惜芳草而憂鷤搗也。搗，鴂字。鷤鴂，一名子規，常以立夏鳴，鳴則衆芳皆歇。鷤，字或作鶗。』江淹詩：『一旦鶗鴂鳴，嚴霜被勁草。』【馮注】《離騷》：『恐鵜鴂之先鳴兮，使百草為之不芳。』王逸曰：『常以春分鳴也。音題決。』《廣韻》：『鶗鴂春分鳴，則衆芳生；秋分鳴，則衆芳歇。』

②【朱注】劉鑠詩：『堂上流塵生。』

【何曰】此言失意之中不堪加以悼亡也。（《輯評》）

【姚曰】『昨夜』二字妙，一夜遂成千古。

【屈曰】年芳已晚，燭房塵暗，所以西池涼露，桂香吹斷，而不忍歸房中也。

【馮曰】上二句謂並不敢有遲暮之怨，但恨心跡不白耳，語愈哀矣。下二句人間天上之慨。又曰：『流塵』比流言。玩下二句，必慨讒人間之於座主四川者。

【紀曰】感逝之作，所嫌露骨。

【姜炳璋曰】此自憂無成也。一，人世之萋斐不足恤。二，一己之遲暮可憂。三四，秋風淒冷，月裏桂花猶然吹斷，況人間乎？『昨夜』二字，有不堪回首意。

【張曰】沈痛語不嫌露骨，紀評非也。此首馮氏謂寓意令狐，然定為悼亡亦得。（《辨正》）又曰：馮解入微，是從《西掖玩月》一章悟出。蓋義山篤於情者，一不得當，則煩冤莫訴，如醉如迷；偶假顔色，則又將喜將懼，急自剖白。此類諸詩，皆當如是觀也。（《會箋》）

【按】詩蓋言年芳之將衰歇，鶗鴂之妒芬芳，皆必不可免之事，所深惜者流塵滿室，伊人云逝耳。下二句即寫傷逝之情，謂昨夜西池涼露盈滿，桂香飄盡，觸緒生悲，情何以堪！當與《夜冷》《西亭》並讀。《崇讓》宅有東亭、西亭，頗疑此『西池』即崇讓宅之西池也，《夜冷》詩『西亭翠被餘香薄，一夜將愁向敗荷』之句可證。視《夜冷》《西亭》《崇讓宅東亭醉後沔然有作》《七月二十八日崇讓宅宴作》《臨發崇讓宅紫薇》及本篇，義山於大中五年秋間曾在洛陽居留。

夜冷〔一〕

樹遶池寬月影多，村砧塢笛隔風蘿①。西亭翠被餘香薄，一夜將愁向敗荷②。

〔一〕「冷」，萬絶作「吟」。

①【馮注】馬融《長笛賦序》：「融獨卧郿縣平陽塢中，有洛客舍逆旅吹笛。」【何曰】含下「敗荷」。（《讀書記》）

②【朱注】《左傳》：「楚子翠被豹舄。」《招魂》：「翡翠珠被，爛齊光些。」【馮注】何遜《嘲劉孝綽》詩：「稍聞玉釧遠，猶憐翠被香。」

【姚曰】餘香已薄，荷敗後，併餘香亦不可得矣。

【屈曰】月中繞池而行，惟聞風吹砧竹之聲，蓋翠被餘香，人已久別，故終夜繞池也。

【紀曰】憔悴欲絶，而不為歷歷之聲。

【按】首二夜間繞池徘徊，月影蕭疏，砧笛相和，清冷孤孑之情自寓言外。三句明點『夜冷』之由。曰『翠被餘香薄』，見悼亡已有一段時日。末句正下篇『孤鶴從來不得眠』意。

西亭

此夜西亭月正圓，疏簾相伴宿風烟。梧桐莫更翻清露，孤鶴從來不得眠①。

①【馮注】鶴警露，故云。　【王鍈曰】從來，本來。

【黄生曰】疏簾相伴，明無人伴也，詩人慣如此反説。好在以孤鶴託興，便於『梧桐』字有情。若云孤客，即墮惡趣矣。（《唐詩摘抄》）

【何曰】亦是悼亡之作。○烟承月，正風起露翻。（《輯評》）

【陸鳴皋曰】于警露意，又跌入一層，便覺氣味深厚。

【姚曰】『從來』二字，乞憐得妙。

【屈曰】圓月相伴，本自不眠，何用清露之驚孤哉？

【程曰】此亦傷逝之語。

【徐曰】崇讓宅有東亭、西亭。此與上章（指《夜冷》）皆悼亡作。（馮注引）

【馮曰】皆在東都宿崇讓宅作，當以謁謝仲郢而來也。仍即還京，而冬間赴梓。

【紀曰】此又病于直而淺，凡詩有恰好分際，太直太曲太深太淺弊正同耳。（《詩説》）

【張曰】悼亡所作，情深一往。正如初搨《黄庭》，恰到好處，病其淺直，真苛説耳。○此悼亡作，但不定何年。玩篇中『從來』二字，年代當已漸深。馮氏列之大中六年固誤，余初定大中五年妻歿歸葬過洛所賦，亦恐未合。義山大中五年秋妻歿，即承梓辟，旋即赴幕，有《散關遇雪》詩，當在秋冬之交。其歸葬與否，雖難斷定，然細閱此詩，必非五年之作無疑。其大中十年罷職梓潼，由京返洛時宿此耶？（《辨正》）又曰：《西亭》《夜冷》二章，皆洛中崇讓宅作。馮氏謂為謝仲郢請奏改判官而來，不知仲郢除鎮在夏杪，而王氏之歿亦在秋初，《留别畏之》詩所云『柿葉翻時獨悼亡』也。二詩皆屬秋景，是時河南尹固早已易人矣。且義山七月承辟，十月改判上軍，

其間亦無緣往返東都也。詳味詩意，當係大中十年梓府罷後回洛追悼之作。（《會箋》）

【按】前據《房中曲》《相思》等詩，已證王氏卒于春末。其赴梓在深秋，京、洛往返，於時間上自不成問題。且據《臨發崇讓宅紫薇》等詩，亦顯見義山赴梓前曾至洛中。馮謂義山為謝仲郢奏改判官而至洛，此固假設推想之辭。洛陽崇讓宅係茂元舊居，義山承梓州辟後由京返洛返鄭料理瑣事而後遠赴劍外，此情理中事，不必定為謝仲郢而來，是駁馮之假設並不能駁其説也。又二詩皆秋景，曰『從來』，正見距王氏之卒已有一段時日。然張欲定此詩作于梓幕罷歸之後，遂謂『從來』乃因年代已深，亦非。梓幕歸來，距王氏之卒，首尾已六年，悼亡之情，固所難免。然『從來不得眠』，針對喪偶數月之内情緒而言則顯真切，謂數年皆如此，則又未免誇張過甚，恐義山于悼亡詩中不至矯情也。

臨發崇讓宅紫薇①

一樹濃姿獨看來，秋亭暮雨類輕埃②。不先搖落應為有〔一〕，已欲別離休更開〔二〕③。桃綬含情依露井④，柳綿相憶隔章臺⑤。天涯地角同榮謝，豈要移根上苑栽⑥？

〔一〕『應為有』，戊籤、英華作『應有待』。【紀曰】『應為有』三字不可解。疑本作『應有為』，而校者以平仄不

協顛倒之。不知此是拗體，上句四六二仄，下句以第五字平聲救之，乃定格也。集中此調凡數處，可以互勘。【馮曰】英華作『應有待』亦非。愚意謂應為有我來看，故不先搖落耳。【按】作『應有為』更不可解。『應為有』雖因省略而有語病，然自可意會。馮解近是，可從。

〔二〕『别』，姜本作『分』。

①【補】崇讓宅，見《崇讓宅東亭醉後沔然有作》注。紫薇：落葉小喬木，夏秋之間開花，紫紅色或白色，供觀賞。又稱百日紅。

②【程注】謝朓《觀雨》詩：『散漫似輕埃。』【馮注】《羣芳譜》：『紫微四五月始花，開謝接續可至八九月。』【《輯評》墨批】（『一樹』句）紫薇。（『秋庭』句）崇讓宅。

③【錢良擇曰】為有，有所為也。【《輯評》墨批】（三四）紫薇、臨發。【按】宋玉《九辯》：『悲哉秋之為氣也，蕭瑟兮草木搖落而變衰。』紫薇至秋尚『一樹濃姿』，故云『不先搖落』；推其所以然之故，或因有（我）觀賞也。紫薇既為我而開，則我今將别此而去，自亦不必再開矣。

④【朱注】應劭《漢官儀》：『二千石綬：青地、桃花縹三采。』張正見詩：『竹葉當爐滿，桃花帶綬輕。』古樂府：『桃生露井上。』【馮注】梁武帝賦：『或帶桃花之綬。』桃綬泛用，不拘品秩。

⑤【馮注】《漢書》：『張敞為京兆尹，時罷朝會，過走馬章臺街。』

⑥【朱注】《西京雜記》：『初修上林苑，羣臣遠方各獻名果異卉三千餘種植其中。』【何曰】落句言雖因王氏見擯時宰，非所恨也。（『天涯』句）收足臨發。（《輯評》）【朱彝尊曰】感慨更深一層。【吴喬曰】結語解

嘲，疑是遠就辟命之作。【錢良擇曰】即使移根上苑，其為不久亦同。【王鳴盛曰】末二句憤激之言。【按】末聯於聊自解嘲中寓憤激之情，何云『非所恨』，非是。詳箋。

【朱曰】此隨茂元赴河陽時作也。（《李義山詩集補注》）

【陸鳴臯曰】亦是悼傷意。首句，言花而兼指人，故次句接以宅之荒凉也。三四句，言花為有人而開，今人去矣，何必更開乎？『應為有』三字，終屬語病。『桃綬』句，自況；『柳綿』句，喻亡者。因咏花，故借桃、柳字樣為闔合耳。末聯，當是從此入都，故云。然按程切脈，反欠緊密。

【陸曰】此乃臨發時對紫薇而感賦也。紫薇盛於春夏之交，秋日間有發一兩叢者。首句『濃姿獨看來』，指盛時言。今當秋庭暮雨，疑非其時矣，乃不先摇落，花之多情，似因有人在耳。不知已欲别離，則去後又何用更開乎？兩句是回互説。下言未發前有如露井之桃，朝夕相依；既發後便如章臺之柳，彼此相隔矣。然天涯地角，同此榮謝，豈必移根上苑，始稱得所耶？言外有去此何之之意。

【姚曰】此必隨茂元赴河陽時作也。相依既久，一花那得無情？顧未去之時，猶為我有；已去之後，不願更開，亦黯然銷魂時也。既又為之解曰：桃花自生露井，柳色自映章臺，各有託根之地，天涯地角，榮謝一同。紫薇誠非凡種，豈必以移根上苑為樂哉？義山之往河陽，實為黨人排笮之由，故寓意如此。

【屈曰】到處同一開落，不必移根上苑，猶人之到處同一生死也。二正寫崇讓宅，七八反結崇讓宅，細好。〇一不忍别。二點時。三承二。當秋雨如埃，宜摇落而不先摇落者，應以此宅暫為我有遇知也。謝靈運《題宅》詩：『終成天地物，暫為鄙夫有。』李用此。休更開，無相賞之人也。桃含情，柳相憶，皆不忍别也。七八傷已之遠去。

【程曰】會昌三年九月，王茂元卒，義山入京師，此題之所以為『臨發崇讓宅』也。時紫薇盛開，當是四年秋始發。起二句是懷人，言昔日花時，茂元固在，濃姿如故，今乃獨看矣。三四是詠花，言秋將摇落，幸不先凋；已欲别離，花開無益矣。五六是叙事，言幕府相依，空垂桃綬；謝庭道藴，難憶柳綿矣。末二句是自比，言此一去，榮謝相同，上苑移根，亦所不願矣。蓋茂元未卒之先，黨人業已惡之，今縱入京師，逆知其不得意也。篇中『應為有』三字恐有一誤，《戊籤》作『應有待』亦非。

【馮曰】中書省為紫薇省，而祕書省隸中書之下也。白香山詩：『紫薇花對紫薇郎』，此章暗用薇省寄慨。四句深恨别離，兼憶家室，結則强作排解也。

【紀曰】此與下《及第東歸》皆激烈盡情，少含蓄之旨，而此詩尤怨以怒。（《詩説》）此必茂元亡後而不協於茂元諸子而去也，其詞怨以怒。（《輯評》）

【曾國藩曰】將自洛陽王宅赴京也。（《十八家詩鈔》）

【張曰】義山雖卜居洛陽，與茂元諸子原不同居，《補編·祭外舅文可》證。且集中與茂元諸子贈答極多，亦未有不協之迹也。此篇慨祕省清資，不能久居，又將失意往遊江鄉。結句『上苑移根』是一篇主意。『紫薇』則以寓内職之意。『桃綬』二句兼憶家室，其時義山與妻京洛分處耳。紀氏不曉詩中命意，創為臆説，反譏其怨怒，真郢書燕説者矣。義山開成五年夏間移家關中，前有《汭然有作》一首，是移家赴京經洛中時作，故只言深夏景況。及抵京已及秋矣，所謂『惜别夏仍半，迴途秋已期』也。此首似是九月游江鄉時再過洛中之作。玩其寫景，可悟其前後也。《汭然有作》一首亦有『新秋』字，疑與此詩皆移家時經過洛中作。至九月江鄉之遊，恐未必再至東洛，且味此詩寫景，與九月亦不符也。觀『迴途秋已期』可參悟矣。（以上均《辨正》）又曰：『上苑移根』一篇主意。家雖卜居上國，而已又將遠適使幕，所謂『天涯地角同榮謝』也。『桃綬含情』『柳綿相憶』，代家室寫怨。紫薇則以寓内職之意。（《會箋》）

【黄侃曰】崇讓宅，王茂元所居。臨發，將去東都也。是時茂元已殁，義山他適，黨人傾擠，無所托身，故借詠紫薇以寄意。『應為有』，有，謂有花也。……後半以桃柳連類作喻，言處地縱殊，榮枯不異，夫何必以飄泊為恨邪！

【按】此離洛中崇讓宅赴京前夕對紫薇有感而作。首聯謂紫薇於秋庭暮雨中開放，『獨看』二字見彼之寂寞無賞。頷聯謂紫薇未即摇落，應是為我而開，然我今即將離此他往，則花開誰賞，故云『休更開』。此四句雖未即以紫薇自況，然彼此寂寞無主、惺惺相惜之情已暗寓其中，花之與己，實二而一也。頸聯露井之桃、章臺之柳皆逢時而得意者，今均異地相隔，不復得見矣。曰『桃綬』，必借以擬人，或即指當日同年之得意者。『柳綿』亦同，《回中牡丹為雨所敗》（其二）以『章臺街里芳菲伴』喻在京同袍可證。此正以桃柳之逢時得地以形紫薇之落寞無主也。末聯則明顯以紫薇自喻，謂帝京上苑之桃柳與『天涯地角』之紫薇同一榮謝，又何必以移根上苑為幸哉！聊自解嘲中正含憤激不平之意。『天涯地角』喻己離崇讓而遠適他方；『移根上苑』喻任京職，其意顯然。

視『天涯地角』語，當是義山有遠行之役。然赴桂、赴徐時令均不合。唯大中五年赴梓州約當深秋。此詩即作于將赴梓幕前。

王十二兄與畏之員外相訪見招小飲時余以悼亡日近不去因寄①

謝傅門庭舊末行②，今朝歌管屬檀郎③。更無人處簾垂地④，欲拂塵時簟竟牀⑤。嵇氏幼男猶可憫⑥，左家嬌女豈能忘⑦？秋霖腹疾俱難遣〔一〕，萬里西風夜正長⑧。

校記

〔一〕『秋』，蔣本、姜本、戊籤、錢本、悟抄、席本、影宋抄均作『愁』。

集注

①【朱注】按王十二必茂元之子。義山娶茂元女，故詩有『謝傅門庭舊末行』之句。通玩前《赴職梓潼留别畏之員外》詩及後《韓同年新居餞西迎家室》詩，蓋畏之與義山為僚壻，此云『悼亡日近』，疑所悼即茂元女也。【徐曰】文集有茂元子待御瓘，本集有王十三分司校書，王十二豈即侍御歟？【馮曰】悼亡日近，王氏之卒期近也，非初亡時。【張曰】悼亡日近者，謂悼亡後一二日未久也……馮氏謂『悼亡日近，王氏之卒期近，非初亡時』，若如此解，則次聯『更無人處簾垂地，欲拂塵時簟竟牀』，皆悼亡後語，為不合矣。【按】『悼亡日近』，指喪妻後不久，然亦非『悼亡後一二日未久』。據末聯，詩當作於大中五年深秋，而王氏則卒於是年春末，詩之作距悼亡已近半載。若悼亡後一二日未久，則王十二與畏之必不至於招義山小飲，與『欲拂塵時簟竟牀』之語亦不符。

②【朱注】《晉書》：『謝安薨，贈太傅，謚曰文靖。』《世説》：『謝道韞曰：「一門叔父則有阿大、中郎（羣從兄弟則有封、胡、羯、末，不意天壤之中乃有王郎）。」』杜甫詩：『謝庭瞻不遠。』【馮注】《漢書·嚴助傳注》：『友壻，同門之壻。』此『門庭』意同。【按】此以謝安比王茂元，以王凝之自比，謂已曾依於茂元門下，忝居諸壻行列之末。

③【朱注】李賀詩：『檀郎謝女眠何處？』或曰：檀奴，潘安仁小字，後人因號曰檀郎。【馮注】《臆乘》：『古之以郎稱者，潘岳曰潘郎、檀郎；又以奴得名者，潘岳曰檀奴。』按：朱氏引李賀詩：『檀郎謝女眠何處』。又趙嘏詩『謝家聯句待檀郎』，唐人慣以『檀郎』稱婿也。徐氏謂指畏之，其殆然乎？又曰：唐書上人《送顧處士詩》：『謝氏檀郎亦可儔。』郎當從謝家，再考。此似頂上謝傅，即指王十二，非指畏之。【按】又或謂檀郎係自指。然作者明言『以悼亡日近不去』，則『歌管屬檀郎』顯非自指；『檀郎』係頂上句『舊未行』而來，當指韓瞻，不指王十二。意謂往昔已雖忝居僚壻之末，得預王家宴飲，今日則歌管之樂惟屬韓瞻一人而已。言外見己意緒不佳，無心參與宴飲。

④【補】更，絶也。謂人去房空，重簾不捲。

⑤【馮注】潘岳《悼亡詩》：『展轉眄枕席，長簟竟牀空。牀空委清塵，室虛來悲風。』【程注】庾信賦：『遊塵滿牀不用拂。』

⑥【朱注】《晉書》：『嵇紹，字延祖，康之子，十歲而孤。』【馮注】《晉書·嵇康傳》：《與山巨源書》曰：『女年十三，男年八歲，未及成人，況復多疾。』

⑦【朱注】左思《嬌女詩》：『左家有嬌女，皎皎頗白皙。小字為織素，口齒自清歷。』【馮注】按：『織』一作『紈』……此即《上河東公啟》所謂：『眷言息胤，不暇提攜。或小於叔夜之男，或幼於伯喈之女』也。【錢良擇曰】幼男、嬌女疑即茂元之女所生。【程曰】『幼男嬌女』一聯，向來皆全作義山兒女解，愚見不然。嵇氏幼男，義山自言，指其子也。左家嬌女，對王氏言，指其妻也。言當此悼亡之日，我家之子，為亡婦所遺之幼男，見之猶為可憫；君家姊妹，為先公所愛之嬌女，痛之豈遽可忘？如此解，『忘』字乃有義理，且無合掌之病。至於文集中《上河東公啟》自叙悼亡之情……是則皆言自己兒女，不可拘執此啟以例此詩文也。【按】程説似是而實非，此聯自指兒女尚幼，深為憐念。詳箋。

⑧【程注】宋玉《九辯》：『皇天淫溢而秋霖兮。』《左傳》：『叔展曰：「有麥麴乎？」曰：「無。」「有山鞠窮

乎？」曰：「無。」「河魚腹疾奈何！」」【補】《左傳・昭公元年》：『雨淫腹疾。』《孔疏》：『雨多則腹腸泄注。』《南史・吴明徹傳》：『城中苦濕，多腹疾，手足皆腫。』腹疾，腹瀉疾也。此處似泛言内心隱痛，故云『難遣』。

箋評

【金聖嘆曰】先生與畏之同為王茂元壻，此王十二兄，想即茂元之子，故得以閨房之至悲盡情相告也。一二言已昔日先忝門下，今畏之新來末席，分為僚壻，歌管必同，乃身今有故，不忍便過，遂讓畏之獨叨此宴也。三四承寫今朝所以不忍便過之故，最是幽艷凄惋，雖在筆墨，亦有貌不瘁而神傷之嘆也。前解寫悼亡，此解（指後四句）悼亡中則有無數不堪之事也。言如幼男啼乳，嬌女尋娘，秋霖徹宵，腹悲成疾，略舉四端，俱是難遣，則有何理又來歡聚乎？夜正長者，自訴今夜决不得睡，猶言十二兄與畏之共聽歌管之時，正我一人獨聽西風之時。加『萬里』字，并西風怒號之聲皆寫出來也。

【錢曰】平平寫去，凄斷欲絶，唐以後無此風格矣。（馮注引。亦作朱彝尊批語。末作『此種風格，唐以後人不能及。』）

【張謙宜曰】『更無人處簾垂地，欲拂塵時簟竟牀。』乍看只似平常，深思方可傷悼。蓋『簾垂地』，房門鎖閉可知；『簟竟牀』，衾裯收捲可想。悼亡作如此語，真乃血淚如珠。（《絸齋詩談》卷五）

【何曰】『更無』二句，指悼亡。『嵇氏』二句，兒女滿前，身兼内外之事，欲片時宴飲亦復不可，然則此懷豈能遣也！『萬里』句，『西風』加『萬里』，『夜長』加『正』字，皆極寫鰥鰥不寐之情。（《讀書記》）

【胡以梅曰】言招飲，必有歌管，乃屬於悼亡之人，非其所宜。三四正言新喪室人，簾垂而無人，堆塵於滿簟。

有男可憐，有女堪念，何人俯視？茫茫無緒，加以秋霖腹疾，凄其之況，有萬里之長，不可限量，豈有閑情，尚赴招為樂乎！總之，指揮如意，用事措詞不同，妙處在意在言外，所以鬆靈。而五、六正用悼亡詩内事尤妙。

【趙臣瑗曰】一二叙己與畏之忝為僚壻，謝庭歌管，昔所共聞，而今則不得不獨讓畏之矣。下乃明言其故。三四是悼亡，五六又悼亡中别有幾端極不堪之苦況也。疏簾不卷，翠簟長空，已可痛矣。幼男覓乳，嬌女牽衣，不重可悲乎。結處緊與起處對照，言當此長夜，十二兄與畏之方促膝而同聽歌管，我則獨撫遺孤，抱痛而捱驚風冷雨之聲而已，豈不哀哉。嘗讀元微之《遣悲懷》云：『惟將終夜長開眼，報得生平未展眉』，以為鏤心刻骨之言，不啻血淚淋漓，然却不如先生此作，始終相稱，悽惋之中復饒幽艷也。（《山滿樓箋注唐詩七言律》）

【陸鳴皋曰】次句，言招飲，檀郎，自謂也。後俱悼亡意。項聯，寫空房景象。腹聯，言遺孤。

【姚曰】首句，義山自謂。檀郎，謂韓也。韓妻必義山之姨。頷聯，伉儷之永别可悲。中聯，男女之遺累可憫。况又重之以秋霖腹疾時耶？

【屈曰】起二句寫王兄招飲。下六句皆寫悼亡日近，此做題詳略之法。三四悲悽景況。五六兒女難離，兼秋霖腹疾，西風夜長，愁苦萬端，豈能隨人小飲哉！

【王鳴盛曰】聲情哀楚，而一歸於正，聖人不能删也。

【紀曰】此譏刺之作也。義山之妻，王十二之姊妹也。義山悼亡日近，而王十二公然歌管，公然小飲，此全無情理之事也，故五六直書以詰之。左家嬌女正指其姊，言已豈能忘，正怪王十二之能忘耳。然事固有可憤，詩亦太直，不足尚也。三四却煞有情調。（《詩説》）

【張曰】首句言同為王氏姻婭。次言琴瑟之樂，獨讓畏之，『檀郎』指韓而言。『嵇氏』一聯謂其子女，即啟所謂『男小於叔夜之男，女幼於伯喈之女』也。末句『萬里西風』云云，則初承梓辟，又將遠行，意謂愁病相兼，度夜如歲，更何心復赴讌集耶？（《會箋》）又曰：起句未至鄙。通篇皆傷感語，非憤激語。『悼亡日近』者，悼亡未久也。首二句言我昔曾綴謝庭之末，凡有歌管事必與妻同樂，今則獨自一人，更何心復赴宴會耶？故曰『屬檀郎』

也。（《辨正》）

【俞陛雲曰】『更無人處簾垂地，欲拂塵時簟竟牀』，此玉溪感逝詩也。僅言簾影簟紋，而傷感之情，溢於言外。王武子見孫楚悼亡之作，所謂情生於文，文生於情也。詩人之悼亡者，以元微之七律三首、梅宛陵五律三首最為真摯。論詩之風韻，玉溪之句，尤耐微吟。潘安仁詩『望廬思其人』，即玉溪上句之意；潘詩『入室想所歷』，即玉溪下句之意。詩格異而意同也。

【黄侃曰】集中有《七月二十八日夜聽雨》及《七月二十九日崇讓宅》二詩，悼亡之日，蓋在此頃。故是詩亦有末句所云也。

【按】義山因婚於王氏及追隨鄭亞被視為『忘家恩，放利偷合』，而屢遭朋黨勢力排斥，然伉儷之情則隨打擊之加重而愈趨深摯，所謂涸轍之鮒，相濡以沫。此詩抒寫對亡妻之深長悼念與己之凄凉寂寞情懷，其中滲透濃厚身世之感，悼亡、自傷融為一體。而萬里秋風，茫茫長夜，緜緜秋霖之環境氣氛，又曲折表達詩人對所處現實政治環境之感受。悼亡自傷之意，不從正面着筆，全借重簾不捲、游塵滿牀、長夜西風、秋霖淫雨及幼男嬌女等從側面傳出，平易樸素之叙寫中自藴無限低徊傷感，誠如錢氏所謂：『平平寫去，凄斷欲絶。』程氏謂六句指王氏，殊不知此詩悼亡之意，全見言外，若指王氏，則直致而無餘藴矣。『忘』即憐惜之反面，不必指死者。王氏亡故不久，即對妻黨聲言『豈能忘』，則貌似情深而實寡情矣。又，末聯與赴蜀辟無涉，張箋非。

故驛迎弔故桂府常侍有感①

飢烏翻樹晚雞啼②，泣過秋原没馬泥③。二紀征南恩與舊，此時丹旐玉山西④。

①【朱注】按《舊唐書》：『大中元年二月，以給事中鄭亞為御史中丞、桂管防禦觀察使。二年正月，以李德裕坐累，責授循州刺史，未幾卒。』此云常侍，或後來贈官。【馮注】鄭亞責授循州，卒於官，無年月，大約不久而卒也。《舊書·志》：『左右散騎常侍，正三品。』亞必例加此，史略之耳。【張曰】《新書》本傳：『亞謫循州，商隱從之，凡三年乃歸。』考義山未嘗隨亞循州，當是亞貶循後三年而卒耳。《獻寄舊府開封公》詩有『幕府三年遠』句，係在徐幕作，時亞尚未卒，則卒當在是年（指大中五年）也。【按】張氏繫年是。常侍是否贈官，未可定。就大中黨局觀之，似不大可能有此貶死後之追贈。然馮氏謂必例加而史略之，亦無據。鄭亞出為桂管觀察使時，加御史中丞銜，而《自桂林奉使江陵途中感懷》詩則又稱亞為『尚書』，此又云『常侍』，何哉？姑闕疑以待考。

②【補】飢烏翻樹，暗用曹操《短歌行》『月明星稀，烏鵲南飛，繞樹三匝，何枝可依』語意，暗寓己之無所依託，即『烏鵲失棲常不定』意。晚雞啼亦以雞之失棲設喻。

③【何曰】謂自分從此辱在泥塗也。（《輯評》）

④【朱注】丹旐，銘旌也。王褒《送葬詩》：『丹旐書空位。』玉山即藍田山。【馮注】《漢書·志》：『藍田縣山出美玉。』《寰宇記》：『藍田山一名玉山。』

【姚曰】『此時』二字有力，非此雨況，不見淒其極致。

【屈曰】一傷心之時，二傷心之地，三傷心之事。西州之痛，當世有幾人哉！

【馮曰】追數樊南生十六時，約二紀矣。鄭與李本皆滎陽人，淺解固相合也。然義山與亞似非舊交，在桂幕止年餘，於『有感』字無可深長思者，余竊以為別有深感也。《舊、新書・傳》：『李德裕在翰林，鄭亞以文章謁，深知之，出鎮浙西，辟為從事。』德裕於長慶二年觀察浙西，凡在浙西者八年。亞之赴辟，未知何年，至此時，要與二紀之數相符矣。此『征南』指德裕也。亞坐德裕黨貶而死，則以死報其恩舊矣，題所以云『有感』也。此解似幻而實摯，詩味倍長矣。

【紀曰】四家評曰：『悲出無字。』妙不更着一字，亦不必更着一字。（《輯評》）

【張曰】『二紀征南恩與舊』，自指李、鄭交誼而言，不必深求。馮氏謂兼感衛公，亦可備一解。要之，黨局嫌猜，義山於此大有難言之隱，此則讀詩者當於言外領之者也。（《會箋》）

【按】義山與鄭亞於桂幕前似素無交誼，視《奉使江陵》『投刺雖傷晚』『水勢初知海，天文始識參』及《陸發荊南》『昔去真無素』等句可知。然則此詩所謂『二紀征南恩與舊』自非指己與亞之舊誼而言。馮氏解為德裕與鄭亞之舊誼，似可從。自長慶二年至大中三年德裕貶死崖州，凡二十八年，正符『二紀』之約數。亞已因與德裕有恩與之誼而貶死異域，已則又因從亞桂林而失棲無託，黨局輾轉相牽，致寒士抑塞窮途，沉淪困頓，此詩人之所以『迎弔故府』而有感也。

宿晉昌亭聞驚禽①

羈緒鰥鰥夜景侵，高窗不掩見驚禽②。飛來曲渚烟方合〔一〕，過盡南塘樹更深③。胡馬嘶和榆塞笛④，楚猿吟雜橘村砧〔二〕⑤。失羣掛木知何限，遠隔天涯共此心〔三〕⑥！

〔一〕『飛』，英華作『行』。

〔二〕『雜』，馮曰：『一作斷。』

〔三〕『遠』，悟抄作『應』。

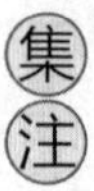

①【朱注】《長安圖經》：『自京城啟夏門北，入東街第二坊，曰進昌坊。』進亦作晉。《朱泚傳》：『姚令言迎泚于晉昌里第。』【按】參《子直晉昌李花》題注。

②【朱注】《釋名》：『愁悒不能寐，目常鰥鰥然。』【馮注】（鰥）字從魚，魚目恒不寐。【朱彝尊曰】晉昌宿。【何曰】情之所生。（按本篇所引均《輯評》朱批）

③【朱彝尊曰】二句承上『見』字意。【馮曰】曲渚、南塘，以晉昌近地言。【何曰】飛方、過更、烟合、樹深，皆雙聲間用。○遇樹不棲，與上『鰥鰥』二字相應。〔按〕曲渚，即曲江池；南塘，即慈恩寺南池，在晉昌坊。

④【朱注】《漢書》：『衛青西定河南地，按榆溪舊塞。』注：『長榆，塞名，或謂之榆中。』【馮注】《史記》：『秦却匈奴，樹榆為塞。』【程注】駱賓王詩：『邊烽驚榆塞』。

⑤【朱注】《水經注》：『湘水又北逕南津城西，對橘洲。』又，『龍陽有氾洲，李衡植橘處。』【馮注】《吳志·孫休傳注》：『丹陽太守李衡每欲治家事，妻習氏輒不聽。後密遣客十人，於武陵龍陽氾洲上作宅，種甘橘千株。』【何曰】五六客中客，不為佳。【朱彝尊曰】二句是聞。

⑥【朱彝尊曰】『失羣』，馬；『挂木』，猿。末句，人亦在其中。【何曰】末句方見本意。【馮注】蘇武詩：『胡馬失其羣，思心常依依。』《本草》：『猿居多在林木。』掛、挂、絓並同。『絓』本字，見《左傳》鞌之戰。【按】失羣挂木亦兼驚禽而言。

【金聖嘆曰】看他將寫驚禽，乃出手先寫自己亦是驚禽。於是三四之『飛來曲渚』『過盡南塘』，其中所有無限怕恐，便純是自己怕恐。後來讀者，物傷其類，自不能不為之泫然流涕也。烟方合，猶言這裏亦復可疑也。樹更深，猶言彼中一發不好也。看他不問前此何事得驚，反説後此無處不驚，最為善寫『驚』字第一好手也。五六因與普天下驚心之人悉與數之也。言馬嘶，一驚也；塞笛，又一驚也。猿吟，一驚也；村砧，又一驚也。於是而命之不猶，遂致於罹，普天之下，蓋往往而有之也。豈獨晉昌今夜此禽此驚而已也哉！

【賀裳曰】『羈緒』……數語寫景如畫。……始以『羈緒』而感『驚禽』，又因『驚禽』而思及『塞馬』『楚猿』之失偶傷離者，雖則情深，徑路何紆折也！（《載酒園詩話》卷一）

【陸曰】羈人入夜，愁悒不眠，因見窗以外之禽，群動既息，驚而復起，因感窗以内之人。起二語，無數轉折，而出之若不經意，所謂曲而有直體者也。飛來曲渚，過盡南塘，言被驚而去其漸遠也。曰烟方合，曰樹更深，言不見而但聞其聲也。下半言胡馬失群，楚猿掛木，雖天涯遠隔，而同是此心，其足感人聽聞者，亦復何限！五六一比，結處雙承，轉合極佳，香山最熟此法。

【徐德泓曰】夜飛必驚，故次聯寫其飛而驚意自見。五六句，狀其聲之哀也。榆、橘，根『樹』字來。結歸羈客離情，與首句應。失羣掛木，總謂驚禽，非分承猿、馬，蓋猿、馬已屬借影，若再作承來解，則境魔而局亦散矣。

【趙臣瑗曰】夜色已侵，高窗不掩，其中乃有一人焉。羈緒鰥鰥，此豈堪復見驚禽也乎？而忽然見之，則其有感於心為何如者，兩句中已伏得末句『此心』二字。三、四承之，狀禽之驚也如此。夫『烟方合』，『樹更深』，無可驚也，而在驚禽之心，則若有不敢即安焉者。此皆從羈緒鰥鰥人心頭曲畫而出之。後半推開一層，言天下之不堪聞者，有不獨驚禽而已也。天下之不堪聞所不堪聞者，又不獨晉昌亭上一鰥夫而已也。夫所謂不堪聞何也？失群之嘶馬，掛木之吟猿也。所謂不堪聞所不堪聞者何也？横吹之征人，擣衣之思婦也。此二句只因一『和』字、一『雜』字用得奇妙。人只認是舉四件可驚之物，而不知其非然也。蓋『和』也者，我方吹笛，而馬適嘶之；謂爾『雜』也者，我方擣衣，而猿適吟之謂爾。七即收五、六二句之上三字，八即收五、六二句之下三字，而『共此心』者，以晉昌亭上一鰥夫之心，體貼天下無數鰥夫並一切征人思婦之心也。如其仁，如其仁！（《山滿樓箋註唐詩七言律》）

【姚曰】此嘆羈緒之無可訴也。因不睡而偶見驚禽，飛來曲渚，來不知其所自來也；過盡南塘，去不知其所從去也。不過瞥然一見，感心次（剌？）骨如此。乃知天下同病相憐，人反有不如物類者。彼胡馬楚猿，失羣掛木，同心自不必同類，相對或未必相憐，又何怪我之感嘆於斯禽也耶？

【屈曰】當己失羣時夜聞驚禽。三四驚禽之悲景。五六比其慘音。七八應首句，言人生如此者甚多。

【程曰】此去國懷鄉之作也。起曰羈緒鰥鰥，結曰遠隔天涯，其語甚明。五六『胡馬』『楚猿』二句，從驚禽推廣言之。蓋夜静無聊，心思百出，偶因切近，憶及遐方。北則胡馬悲嘶，怨起征夫之笛；南則楚猿哀嘯，傷連思婦之砧。故七句緊以失羣承馬，掛木承猿，而八句即點出遠隔天涯，以為有此心者固不獨驚禽也。羈緒如此，其為鰥鰥不寐者更何如耶？

【馮曰】田曰：『一詩之情，生於首四字。三四寫夜，亦見可驚之地正自無限。下半見失意者更有猿馬，人世苦境只禽也耶？却放自己在外，更慘。』○田評真解頤矣。首四字兼悼亡言之，末二句叙别深妙。

【紀曰】後四句宕開收轉，以遠取題，用筆自好，但格調卑靡，大似許渾一輩，不足存耳。（《詩説》）末句『共此心』三字頂五六句作收，實一筆貫到第一句。先著『羈緒』一句，便通首有情。（《輯評》）

【曾國藩曰】末四句言失群之胡馬、掛木之楚猿，與此驚禽之心相同，即與義山之羈緒亦同也。（《十八家詩鈔》）

【張曰】陳情之感，悼亡之痛，遠行之恨，觸緒紛集。『飛來』句喻博士纔除，舊好將合。『過盡』句喻梓府承辟，良緣又阻。『失羣』比喪偶；『掛木』比依人。『遠隔天涯』，將赴東川也。晉昌為子直所居，南塘亦其中地名，羈緒鰥鰥，雙關而起耳。又案此云『宿晉昌亭』，而寫景不似相府，且亦未言謁見令狐與否，或晉昌里即子直之别館，而義山偶而借宿歟？（會箋）

【黄侃曰】此詩以『驚禽』興起己之離緒，以『胡馬』『楚猨』陪襯驚禽，通體惟『羈緒』一句自道本懷耳。制格布局，最為可式。

【按】首聯點題。身在京華而曰『羈緒』，當有遠行之役。三四正寫驚禽。煙籠樹深，境界空寂。五六句由此而推開，設想今夜榆塞吹笛之征夫聞胡馬之嘶鳴、橘村砧杵之思婦聞楚猿之哀吟將是何情味。末兩句總束，將人與物俱渾成一片，謂今夜天下之失羣掛木者，皆共懷此難堪之悲涼心緒，慘然極矣。田評謂『却放自己在外』，非是。張箋頗傷穿鑿，然謂此詩兼包陳情之感、悼亡之痛、遠行之恨，則似之；謂『失羣』指喪偶，『掛木』比依人，亦有可取。詩當作於大中五年深秋赴東川前。

晉昌晚歸馬上贈〔一〕①

西北朝天路，登臨思上才。城閑煙草遍，村暗雨雲迴。人豈無端別？猿應有意哀。征南予更遠②，吟斷望鄉臺③。

〔一〕本篇原本、蔣本、悟抄、錢本、影宋抄、朱本均列《朱槿花》二首之二，非。姜本、戊籤、席本題作《晉昌晚歸馬上贈》，是，茲據改。

集注

①【馮曰】原編集外詩。

②【姚注】《通典》：『征南將軍，漢光武建武二年置。』　【按】此謂南行，與征南將軍無涉。

③【朱注】《成都記》：『望鄉臺，隋蜀王秀所築。』《寰宇記》：『《益州記》云：「昇仙亭夾路有二臺，一名望鄉臺，在成都縣西北九里。」』　【馮注】按《水經注》：『升遷橋有送客觀，司馬相如所題。』《通鑑》咸通十一年注曰：『升遷橋即升僊橋。』故他書於橋於亭多作昇仙，其實當為升遷。　【程注】王勃《蜀中九日》詩：『九月九日望鄉臺。』杜甫詩：『江通神女館，地隔望鄉臺。』【補】吟斷，猶吟煞。

【姚曰】因天涯北望而思京華得意之侶也。城閑村暗，憶別聽猿，雖同作征南之客，而予之離鄉更遠。

【屈曰】此首是懷人之作，誤刻《朱槿花》下。

【程曰】《晉昌晚歸馬上贈》者，於馬上贈別友人也。晉昌為令狐綯所居，必自綯處而歸也。起二句『西北朝天路，登臨思上才』，必友人時自西北入覲長安也。次二句『城閑烟草徧，村暗雨雲迴』，寫晚歸之景象也。次二句『人豈無端別，猿應有意哀』，必友人亦不得意（於）綯，故曰『無端』，曰『有意』也。結二句『征南予更遠，吟斷望鄉臺』，必友人將歸西北，義山又欲南征，故曰『更遠』也。考望鄉臺在蜀中，當是赴柳仲郢東川幕府時作。

【馮曰】程氏謂自綯處歸，馬上贈別友人之作，是赴東川幕府時也，似之矣。『西北朝天』者，友人自東南來也。三四寫晚歸，似兼言將歸東南楚鄉。下半相別，而言我將西南行矣。友人似亦為令狐所薄。五六澹語，却沉痛。結三字統指蜀中，不必泥臺在西川也。

【紀曰】此首當是和人懷歸之作，失去本題誤附于後耳（按指附于《朱槿花》之後），詩有格意。（《詩説》）雖無新意，而句句老成。（《輯評》）

【張曰】起聯不可解，下半則與人話別，言將至蜀也。（《會箋》）

【按】題為《晉昌晚歸馬上贈》，末聯云「征南予更遠」，詩確似作于赴梓幕前夕自令狐綯處晚歸之時，然詩意仍有不甚可解者。首聯「西北朝天路，登臨思上才」，程謂友人自西北入覲固非，馮謂友人自東南來亦非，蓋友人既來長安，則不必登臨而思之矣。「朝天路」例指通往京都之路，則此二句竟似居外州登臨北望而思長安故人者（故屈復、紀昀以為懷人之作），然果如此，則首聯即與題目不符，此其一。次聯固近晚歸時景象，然「城閑」「村暗」，與帝京輦轂繁華景象似不相侔，此其二。腹聯對句曰：「猿應有意哀」，如為即景，則帝京豈得聞哀猿之啼乎？此其三。末聯固可解為予將南征，別後異時當吟斷於蜀中之望鄉臺，然解為實賦眼前事亦自不妨（予南行至蜀，因思故人而吟斷於望鄉臺），而首聯所「登臨」者亦即此「望鄉臺」也，此其四。要之，如解為在蜀登高思念故人，句竟均無窒礙，惟「西北」似當作「東北」耳。然與題面則全不相涉。如按題面作解，則首聯確不可解。疑而難明，姑闕疑以待考。

或解：前四寫「晉昌晚歸」，「朝天路」或即指正對朱雀門之朱雀大街（街在晉昌坊西北，故云「西北朝天路」），「登臨思上才」，指晚歸途中登臨而思令狐。「城閑」二句寫登臨所見薄暮暗淡寂寥景象，因係登臨，故可見城內空曠處或郊外「村暗雨雲迴」景象。五六寫別情，兼傷己之身世遭遇。七八則謂己將南行，而異日當登蜀中之望鄉臺而吟詩，以寄去國懷鄉之情也。味次句，似義山往晉昌坊訪令狐未遇，晚歸途中馬上吟此詩以贈。姑依此解繫大中五年深秋赴梓州前。

餞席重送從叔余之梓州①

莫歎萬重山〔一〕，君還我未還。武關猶悵望，何況百牢關②。

校記

〔一〕『重』原作『里』，非，據蔣本、姜本、席本改。

① 【程注】中卷有《鄭州獻從叔舍人褎》詩，意此從叔即舍人褎也。【馮注】近似，未可定。

② 【程注】《水經注》：『武關，秦之南關，通南陽郡。』《寰宇記》：『百牢關在漢中』。【按】武關，參《岳陽樓》（漢水方城）注。百牢關，參《迎寄韓魯州同年》注。

【姚曰】遠客人，近得一程兩程也好。

【程曰】文集有《為褒上崔相國啟》云：『某本洛下諸生。』此詩蓋送舍人歸洛下而義山之梓州，故曰『君還我未還』也……結言武關近洛下而猶悵望，何況遠歷百牢而之梓州耶？詩當作於……將赴東川時。

【紀曰】一氣渾成，調高意遠。（《詩說》）

【按】從叔是否李褒，未可定。味詩意，從叔當係越武關而南行，義山則越百牢而之梓州，雖各向天涯，然從叔所之之地或稍近於梓州，故曰：『君還我未還』，曰『武關猶悵望，何況百牢關』。如從叔係歸洛下舊居，則必取道函潼，豈須枉道武關，歷艱險哉！且『君還我未還』，二『還』字顯指返長安，以返長安為『還』，則從叔所之者非舊居亦明矣。此從叔或亦與義山身份相類，同為幕僚一流人物，故詩有同病相憐之慨。若然，則從叔當非舍人李褒也。李褒大中三年以禮部侍郎知貢舉，旋除禮部尚書，授浙東觀察使，六年八月追赴闕。大中五年深秋褒仍在浙東觀察使任上。故此『從叔』當非李褒。